李伟 著

晚唐五代士风递嬗与古文变迁研究

国家社科基金青年项目结项成果（16CZW022）

山东省泰山学者工程专项经费（TSQN20171207）

山东省高校青年创新团队建设经费（2020RWC005）

山东师范大学中国语言文学山东省高水平学科·优势特色学科建设经费

序

葛晓音

中唐古文运动和北宋古文革新是唐宋文学史上的两个重要现象，也是以往学界研究中国古代散文发展的重点所在。尤其是新时期以来，对韩愈、柳宗元、欧阳修、苏轼等古文大家的研究，成果众多，认识深入，较20世纪70年代以前有了极大的进展。但是，由于研究者的注意力往往集中在文学高潮而忽略低潮，对于这两次性质相似的文学运动之间的内在联系一直关注不足。由于这种联系主要潜藏在晚唐五代古文发展的趋势中，加上这一时期古文总体成就不高，难以吸引研究者的兴趣，因而相关成果寥寥无几。即使有少数研究者对晚唐五代古文做过系统的阐述，也因受平面化的传统研究方法的限制，未能将这一时段视为两次古文高潮之间的过渡，着力探索其中的深层次问题。

本书作者李伟十余年前在选择晚唐五代古文作为博士论文研究题目时，已经初步具备了要在唐宋古文发展的低谷中寻找其承前启后意义的自觉意识。博士毕业后，论文经过多年的修改，其中的问题意识愈益明确。这就是本书绪论中作者注意到的一些基本问题："如何理解中唐古文经过韩、柳创作的高潮后却在晚唐五代迅速走向衰落？而处在晚唐五代骈文复盛时期的古文又是在怎样的发展历程中逐渐酝酿着在北宋再次崛起的生机？晚唐古文是否继承了中唐古文革新的精神？怎样辨清中唐古文衰落的真正原因，才能避免古文创作走入歧路？骈文与古文的文体对立最终对古文的未来发展产生何种影响?"带着这些问题,他规定了全书的基本思路和任务,这就是研究"晚唐五代古文的阶段特征、演进过程、代表作家的创作特点、文人的阶层特点和创作趋向、文体发展的创变、古文与骈文在此时的消长关系、古文发展的地域特色等。并在此基础上归纳出当时古文创作的经验教训,挖掘其中承前启后的文学史意义"。近十几年来,国内文章学的研究热潮兴起,相关课题都取得了长足的进展,很多以前被忽视的中小作家、文章体裁也得到关注。但本书的基本内容并没有因草创于十年前而落伍,目前也还没有见到能够取代此书的著作。主要就是因为李伟不但能站在观察文学史发展的高度,将晚唐五代古文发展的低谷和中唐、北宋两个高峰视为一个整体,从中发掘出一系列应当解决的重要问题,而且打破了这种时段性分体研究向来按时代和作家分章列节的传统,根据要解决的问题建构框架,每章重点论证一个问题,各章内容之间又形成呼应。这就保证了全书观点的原创性,无论将来是否还有更新颖更深入的研究成果出现,此书都难以在同类研究中被湮没。

由于问题意识明确,本书解决问题的多个角度,都能紧扣中唐古文运动和北宋古文革新之间的关联。其中最重要的是文道关系,这固然是两次古文运动的核心问题,但是以往研究一般都着眼于重道或重文的分歧。作者抓住二者之间的"关系",着眼于道的内涵演变及其对文的影响,论证中便有新的发现。例如从儒家之道的美刺教化观来说,虽然韩愈已经使盛唐以前重雅颂的观念转向重怨刺,但没有彻底解决这个问题。本书指出晚唐五代文人对"道"的理解中其实一直存在雅颂和讽喻的两面,包括向来被视为以讽刺为主的皮日休在内,这就导致北宋前期无论古文还是骈文在相当长的时期内仍然以"助太平之颂声"为最高境界。所以说:"两种趋向并存的晚唐古文实际构成了中唐向北宋古文的转变中不可缺少的一环,而其中所呈现的经验教训和创作得失也成为北宋古文可资借鉴的宝贵资源。"又如已有研究曾经指出欧阳修要求文学发挥"忧治世而危明主"的作用,是北宋古文革新的重要思想,认为承平之世诗文仍应以兴讽怨刺为主,这是对前人强调治世而颂、世乱而怨的传统观念的重要突破,也是保证北宋诗文革新得以彻底成功的理论基础。本书则发现由唐入五代时,部分士人已经出现了"居安思危"的观念,如杨夔《创守论》、王易简《渐治论》、皮日休《六箴序》、冯道《论安不忘危状》、张昭《陈治道疏》等等。这些士人所反复提倡的谏诤讽喻中所蕴含的切于世务的精神,也成为那些具备道德才学、意欲辅时济物的士人努力追求的理想标尺,这种更为广阔的政治视野和淑世情怀,便成为北宋中期古文运动中欧阳修、苏轼等人"忧治世而危明主"的观念的先导,也是促使古文再次勃兴的重要原因。

又如已有研究曾经指出韩愈之道的内涵强调从寒庶阶层选拔道德才学之士。欧阳修则认为复古明道应以忧念天下为务,不应只求寒士个人的"光荣而饱"。本书探究了这一观念在晚唐五代的渐变过程。作者首先从研究晚唐士风的变化入手,注意到韩愈并没有解决士人在政治生活中应该坚持怎样的道德标准。晚唐前期才有韦端符《君子无荣辱解》、房千里《知道》等文章讨论君子和小人"荣辱"的内涵,韦处厚、李绛、李德裕、裴度等也对士人的道德人格问题甚为关注,这与长庆以后党争愈演愈烈,科举弊端导致进士"浮薄"等背景有关。李伟认为晚唐前期士风的深入探讨表明此时对"道"的理解已落实于士人人格的方面,并超越了当时科举取士中的"子弟、寒士之争",影响到古文创作主体精神品格的提升,这也是晚唐"道"的内涵渐变的一个新趋向。北宋古文中对君子道德品格的重视以及议论时政的现实精神都是在此基础上的延伸。欧阳修等人扭转此前对"道德"理解的种种偏颇,号召士人应具有忧世济民的情怀，才使道德内涵的社会意义得以彰显。以上所论都抓住了贯穿于唐宋古文运动中的"道"的核心内涵，并使其在晚唐五代发展过程中断线的环节得到了接续。

为了更透彻地说明文和道的关系，本书还从前些年讨论中唐子学精神的热点话题中借鉴视角，探讨创作主体的个性在文道转化的过程中所起的作用。作者抓住子学重视个性精神、现实关怀、要求成一家之言这三方面特征，在文与道之间加进了文的创作主体，指出韩愈所提倡的"师其意"的"意"只能是贤人在对"道"的独特体会中所具有的个性精神；学古文者必须在读书的过程中形成自己的体会，下笔为文才能"不师其辞"，"惟陈言之务去"，这种创作意识就与"子学精神"的"自开户牖"在精神实质层面达成了默契。同时，"子学精神"代表的现实关怀和批判针砭也是对中唐古文运动实绩的延续和保留。由于打通了子学精神和古文运动精神之间的内在联系，这一观点使以往研究中唐古文运动只关注文和道的视野有所拓展，也使道与文的转化有了中间环节。而且顺此思路，李伟还注意到李翱从哲学角度对"道"和"圣人"认识的改造，忽视了文道关系中创作主体的转化作用，从而使"子学精神"代表的个性意识和关注现实的特点退出了此时的古文创作。并据此分析了李翱、皇甫湜古文思想的共同性及其与韩、柳的差异。这就将李翱和皇甫湜处理文道关系之所以造成各自偏颇的根源挖出来了。在这样的认识基础上，作者将李商隐、刘蜕等非韩门的作家文人也纳入晚唐古文创作的主流，着重指出李商隐对"道"的反传统理解凸现的是文章之"道"的内涵需要在作者个性思想的参与下才能不断地创新，这一重视主体个性的精神与韩愈古文思想中的"能自树立，不因循"也一脉相承。因而认为李商隐将早年的古文创作经验落实于追求个性思想的创新，这是对韩愈古文革新精神的重大发展。同样，刘蜕也能够在接受韩愈古文核心理念的基础上，在古文创作中努力结合自己的生活体验和当时的社会现实,并从诸子百家的传统思想资源中寻求古文发展的新方向,以一个特立者的形象延续了中唐韩、柳古文重视创作主体怨刺之言的思想。这些论述以创作主体的个性精神为主线,将晚唐古文创作中各种分散的表层倾向统合起来,使全书对文道关系的探索达到一个新的层面。

本书对文道关系的研究重心固然在道的内涵演变以及创作主体在文道转化中的作用,但也注意到有少数古文作者已经认识到道与文不是道带动文的单向性关系。如在论述孙樵的文道思想时,特别指出其理论表述中极为强调"文"的表现对"道"的流传所起到的关键作用,认为在处理古文中的文道关系时,"道"要想取得出人意表的效果,也必须在其表现形式上,即"文"的方面达到"人所不到"的境界。这就从孙樵对文道关系的独特认识这一角度找到了其古文求难求异的原因。

此外值得称道的是,李伟在全面阅读古文文本的基础上,发现了唐末五代古文在江西地区得到较好发展的现象。第七章着重分析了符载和柳宗元、李渤和韩愈的交往及其古文创作和思想,认为中唐时期符载、李渤等人的创作奠定了江西地区古文的基本特点,晚唐刘轲古文有继承韩、柳以及向小品文转化的倾向,后继者还有来鹄和袁皓、沈颜,活跃于江西诸州的闵廷言、陈象、陈岳等,并探索了古文传统在江西得以延续的原因。这就为北宋古文大家中多江西人的现象作出了一种解释。他还在检索晚唐五代至两宋有关当时古文发展的评论条目时,注意到在"韩、柳"并称之外另有为数甚多的"韩、李"并称,这一现象前人关注很少。本书第八章着重辨析了"韩、李"并称的出现过程及其代表的文化意义,认为"韩、李"并称所代表的文化内涵就是突出强调了韩愈古文中的"道统"因素,而此点也成为晚唐五代至宋代的士人重视李翱古文的主要原因。并且通过对李翱肯定王通之"理"的分析,解释了王通在晚唐五代乃至宋初儒学地位提升的原因。这两章的研究不但具有补阙的意义,而且作为全书的结尾,也再次说明了北宋古文运动中各种现象和思想倾向都可以从晚唐五代找到渊源。

以上所梳理的只是贯穿全书的基本论点中的重要创见。而与主线相结合的还有不少独到的见解,例如对杜牧古文内容的理解,作者能联系中晚唐以来探索王道政治的思潮以及对官吏才具看法的转变,指出杜文中政治历史观念的背景;在研究唐末小品文时,注意到李商隐、刘蜕在小品文发展中的前导作用,并发掘出更多的小品作家陈黯、程晏、来鹄、袁皓、黄滔、沈颜等,使小品文的研究不再局限于皮、陆、罗三人。在探讨晚唐五代古文文体的新变时,着重对晚唐五代墓志和厅壁记的深细研究,也可填补目前研究的空白。

总之,全书对晚唐五代古文的定位是唐宋两次古文高潮之间的过渡阶段,研究思路始终把握住中唐古文因何衰落、北宋古文因何兴起的大方向。同时采用立体化、多视角的研究方法,通过文本细读将导致这一古文低谷的政治、思想、制度、士风等各种因素发掘出来,打通外因和内因的研究,从"道"的旧观念和新思想的交织中发现其内涵革新的趋势,在"文"的利弊共生的现象中看到古文发展的经验和教训,因而能够在最后的结语中,对本书绪论所提出的一系列问题作出清晰的回答和理论的归纳。

本书作者李伟,十年前曾在北大随我攻读博士学位,如此宏观的选题,能在三年内如期完成,实属不易。毕业以后,没有急于出版论文,而是继续思考,不断增订完善。今日再看,书稿内容不但比原稿厚重深入,而且提炼概括能力也有了跃升,读后颇感欣慰。他既嘱我作序,便借此写下一点感触,同时祝愿他始终保持这种鲜明的问题意识,争取开拓出更多更新的研究课题。

2022 年春分于北京海淀寓所

目　　录

序 ………………………………………………… 葛晓音　1

绪论：晚唐五代古文的概况与本书的研究方法 …………… 1
　第一节　晚唐五代古文概述 ………………………………… 2
　第二节　晚唐五代古文研究的历史与现状 ………………… 12
　　一、历史评论与国内成果 ………………………………… 12
　　二、日本与美国为代表的国外成果 ……………………… 26
　第三节　本书的基本思路和研究方法 ……………………… 34

第一章　晚唐五代时期古文之"道"的内涵及其影响 ……… 38
　第一节　古文中"道"的内涵与政治形势之关系 …………… 38
　　一、晚唐五代古文中的雅颂观念 ………………………… 39
　　二、"居安思危"的政治观与晚唐五代古文的讽喻观念 …… 46
　　三、余论：晚唐五代古文与寒士仕进 …………………… 57
　第二节　颂美盛世与讽喻现实——晚唐五代古文中的两种
　　　　　趋向及其文学呈现 ………………………………… 61
　　一、雅颂缘饰的礼乐观念与晚唐古文 …………………… 62
　　二、讽喻现实的文学观与晚唐古文创作 ………………… 71
　　三、余论：皮日休古文中的讽喻与雅颂 ………………… 81

第二章 "子学精神"与中晚唐五代文道关系的演变 ………… 85
第一节 从子书创作传统看"子学精神" ……………… 87
第二节 "子学精神"与中唐古文先驱创作中的文道关系 … 92
第三节 "子学精神"与韩、柳古文中的文道关系 ………… 98
第四节 "子学精神"与晚唐五代古文中文道关系的演变 …… 108

第三章 韩门弟子的古文创作 ……………………………… 120
第一节 "精于理"和"练于辞"——李翱、皇甫湜师韩倾向的同异 ………………………………………………… 120
　一、李翱古文创作中的文与道 …………………………… 121
　二、皇甫湜古文创作中的文与道 ………………………… 130
　三、李翱、皇甫湜古文思想的共通性及其与韩、柳古文观念的差异 ………………………………………… 134
第二节 孙樵古文的艺术创变及其理论观念 ……………… 140
　一、孙樵对文道关系的认识 ……………………………… 141
　二、孙樵古文中的艺术新变 ……………………………… 148
　三、孙樵古文中的声韵特征 ……………………………… 154

第四章 晚唐前期文人的古文创作 ………………………… 165
第一节 杜牧的古文创作与中晚唐儒学转向 ……………… 165
　一、杜牧古文创作的时间 ………………………………… 166
　二、杜牧古文的主要内容及其特点 ……………………… 168
　三、杜牧古文内容特征溯源 ……………………………… 177
第二节 晚唐前期古文创作的思想特征与文学表现——以李商隐与刘蜕为中心 ……………………… 197
　一、李商隐、刘蜕古文中重视思想个性和现实意义的特征 ……………………………………………………… 198

二、李商隐和刘蜕古文中的艺术新变 …………………… 208

第五章　士风嬗变与晚唐五代古文创作 ………………… 221
第一节　晚唐前期的士风探讨与古文创作 ………………… 221
　　一、晚唐前期士风内涵的理论探讨 …………………… 222
　　二、晚唐前期士风革新的途径 ………………………… 228
　　三、晚唐前期士风探讨的现实原因 …………………… 232
　　四、晚唐前期士风革新对古文创作的影响 …………… 239
第二节　小品文的兴起与唐末寒士文学 …………………… 244
　　一、唐末小品文作家的阶层特征 ……………………… 245
　　二、唐末小品文的缘起和讽刺精神 …………………… 248
　　三、唐末寒士文学的社会意义 ………………………… 255
第三节　士人谏诤精神与五代时期的谏议奏疏 …………… 262
　　一、北宋时期"五代观"的演变 ……………………… 263
　　二、奏疏的体制要求以及唐代奏疏发展概述 ………… 266
　　三、士人谏诤精神与五代奏疏的特点 ………………… 272

第六章　晚唐五代时期古文创作的文体新变 ……………… 280
第一节　辞不尚奇，切于理也——唐末五代小品文的内容特征与文学特色 ……………………………………… 281
　　一、现代"小品文"概念的内涵 ……………………… 282
　　二、唐末五代小品文的内容特征 ……………………… 290
　　三、唐末五代小品文的艺术特色 ……………………… 296
第二节　作为古文的晚唐墓志铭的演进 …………………… 304
　　一、墓志铭体制的基本要求和定义 …………………… 305
　　二、晚唐墓志铭的创作概观 …………………………… 311
　　三、晚唐墓志铭在艺术上的继承与新变 ……………… 315

第三节　中晚唐五代时期"厅壁记"的创作演变 …………… 332
　　一、文体论探讨中的"记"体文 ………………………… 332
　　二、中唐"厅壁记"创作观念的转型 …………………… 336
　　三、晚唐五代"厅壁记"的艺术演变 …………………… 346

第七章　中晚唐五代时期江西地区古文的发展及其原因 …… 354
第一节　中唐时期江西地区古文创作的特点 …………… 355
第二节　晚唐五代江西地区古文的发展与演变 ………… 366
第三节　中晚唐五代江西古文得到发展的原因 ………… 372
　　附录：中晚唐五代时期江西地区代表文人及其著作简表 …… 379

第八章　从"韩、李"并称看晚唐五代至北宋中期古文发展的趋势 ………………………………………………………… 382
第一节　历代文评中的"韩、李"并称 ………………… 382
第二节　韩愈、李翱古文思想的比较及其在北宋的延伸 … 388
第三节　王通的儒学地位提升之再思考 ………………… 399

结　语 ……………………………………………………… 409

参考书目 …………………………………………………… 419

后　记 ……………………………………………………… 439

绪论:晚唐五代古文的概况与本书的研究方法

唐宋以后,经由韩愈、柳宗元和欧阳修等人的提倡,"古文"成为一种与骈文形成鲜明对照的文体形式。相比于骈文的属意对偶、华丽辞采、繁密用典和谐畅韵律,古文以其疏宕的文气、简约的文辞和开阖的结构见长。若总结其最具特点之处,那就是单行散体的文句写法。因此在当代中文学科的文体研究框架内,"古文"又多等同于"散文"的概念,许多关于中国古代散文研究中的研究对象其实就是古代俗称的"古文"。文章学意义上的"古文",是伴随着具体创作的深入,逐渐过渡到文学理论观念上的清晰状态。从文学史的发展来看,先秦时期是我国古文创作的发轫阶段,只是在此时还没有明确形成后来意义上的"古文"概念[1]。"古文"中单行散体的句法特征是在与骈体文章逐渐丰富的对照下日益显现的,秦汉到魏晋南北朝是骈文日渐流行的时代,随着审美意识的日益觉醒,此时文章创作的骈俪化趋势加剧[2],辞采、声律、对偶等因素的渗入促使骈文的体制渐趋完善。从时人的观念来看,骈文是

---

[1] 关于"古文"概念的探讨,可参见孙昌武先生《唐代古文运动通论》(百花文艺出版社1984年版)中的《"古文"的含义与渊源》一节。

[2] 关于中古时期骈文与散文的研究,可参见王运熙先生的《中古文论要义十讲》(复旦大学出版社2004年版)和曹道衡先生《中古文学史论文集》(中华书局2002年版)中的相关文章。如王先生的《中国中古文人认为作品最重要的艺术特征是什么》《〈文选〉所选论文的文学性》和《南朝文人最重视骈体文学》,曹先生的《关于魏晋南北朝的骈文与散文》等文章。

魏晋六朝时期的文章正宗,这也意味着古文在当时的态势非常寂寥,除了个别复古思想浓厚的文士如苏绰、裴子野等外,很少有人再提倡古文写作,而此时的骈文在张大其辞的发展之路上越走越远,文采日趋繁缛,声律逐渐细密,对偶变化多样,导致骈文的华丽繁冗之弊日显,这一趋势一直延续到盛中唐之际。在李华、萧颖士、独孤及、柳冕等中唐古文先驱的倡导下,古文创作的声势日益高涨,并形成与骈文相对的"古文"概念,明确提倡"文以载道"的古文,以此反对内容空洞、繁文缛旨的骈文,对骈文的反动逐渐得到当时文士的认同。后经韩愈、柳宗元的全面革新,新型古文显示出瑰丽的光彩,古文于此时才在一些文体中确立自己的优势地位。然而在韩、柳古文取得巨大成就之时,骈文的生命力并未完全消歇,因而两种文体之间依然存在互为消长的发展契机,晚唐五代的古文创作就是处于这样的情势之中。

第一节　晚唐五代古文概述

就目前研究的大致说法,文学史上的"晚唐五代"指的是唐穆宗长庆时期①到北宋建立的公元960年。当然,有些作家如徐铉、徐锴、李建勋等人后又入宋,成为北宋初年文学创作中的重要人物,因此,时段的划分应该一定的伸缩性,大致在唐穆宗长庆到北宋初年。在这一阶段中,国家的政治形势经历了起伏不定之后逐渐走向没落,其间虽曾有被称为"小太宗"的宣宗治下的短暂中兴,

---

① 关于唐代文学分期,历来主张四唐说,即初、盛、中、晚,这是延续了明代高棅《唐诗品汇》的看法。但对于各阶段的时间断限则莫衷一是。本文关于晚唐起始时间取刘宁先生在《中国古代文学通论·隋唐五代卷》(辽宁人民出版社2005年版)的《晚唐五代诗歌概述》一节中的意见。本文认为,中唐古文革新集中于唐德宗至宪宗时期,文学时段并不能断然划分,而是具有一定的伸展性,唐穆宗作为中唐向晚唐的过渡阶段,在探讨晚唐文学现象时应予以考虑。

但衰朽的朝政却在藩镇割据、宦官专权、党争不止的内忧外患中难以为继了。农民起义的此起彼伏已经凸显出当时日益严重的社会阶层矛盾,中央政权岌岌可危,藩镇势力凭借其军事实力取而代之,唐朝覆亡。随后的五代十国政权都是依托地方藩镇的实力派而逐渐建立起来的,像朱温、李存勖、石敬塘等人都是在乱世之中靠反复无常的政治投机才得以登上高位,因此他们很难有长远的政治抱负和平定天下的雄心壮志。五代十国时期的许多政权都是短命王朝的结局,彼此之间无休止的攻伐征战使得军人在此时是历史的主角,而文学创作则只能是在总体上日渐归于沉寂。

在概述晚唐古文的创作情形之前,必须先对中唐文风变革的意义有所了解。众所周知,中唐的文学处于一个急剧变革的时期,经历了盛唐的辉煌之后,大多数文人都在新的时代背景中寻找文学创变的新出路,伴随着文化思潮的转向和士人精神的振作,诗、文领域的创作也再次出现了繁荣趋新的盛况。其中在文章创作方面,以韩愈、柳宗元为代表的古文大家掀起了唐代文章发展史上最为重要的一次革新运动,《新唐书·文艺传》载:"唐有天下三百年,文章无虑三变。高祖、太宗,大难始夷,沿江左余风,缔句绘章,揣合低卬,故王、杨为之伯。玄宗好经术,群臣稍厌雕瑑,索理致,崇雅黜浮,气益雄浑,则燕、许擅其宗。是时,唐兴已百年,诸儒争自名家。大历、贞元间,美才辈出,擩哜道真,涵泳圣涯,于是韩愈倡之,柳宗元、李翱、皇甫湜等和之,排逐百家,法度森严,抵轹晋、魏,上轧汉、周,唐之文完然为一王法,此其极也。若侍从酬奉则李峤、宋之问、沈佺期、王维,制册则常衮、杨炎、陆贽、权德舆、王仲舒、李德裕,言诗则杜甫、李白、元稹、白居易、刘禹锡,谲怪则李贺、杜牧、李商隐,皆卓然以所长为一世冠,其可尚已。"[①]以上叙述了唐代所

---

① 《新唐书》卷二〇一,中华书局1975年版,第5725—5726页。

经历的三次文章变革,第一次指的是王勃、杨炯为代表的"初唐四杰"沿袭南朝齐梁骈文的雕缛华靡之风,而在气势上日趋张扬阔大,实际是将骈文的写作推向极致。第二次是指张说、苏颋的庙堂典诰之文中透露出的典雅重理,已经开始逐渐走出骈文的靡弱纤细,其大气雄浑的"大手笔"文风是当时盛世气象在文章创作上的反映。第三次则是在"诸儒争自名家"的学术导引下,经韩愈和柳宗元的成功创作而使古文彻底打破了前代骈文一统文坛的格局,中唐文风的扭转正是有赖于此次古文革新的功绩。

  从文学传统来讲,以韩、柳创作为核心的中唐古文虽以"复古"的名义反对骈体文,然而就其实质来说并非文风和文体的简单反拨,而是在继承初盛唐两次文章变革的成绩下,经盛中唐之交古文先驱的理论主张的铺垫,排斥空洞无物、雕章琢句的文风,恢复了汉魏文学中言之有物、讽喻现实的情志传统,并将说理、议论和叙事等文学表现手法贯注于新的文体形式之中,既发挥文章的教化意义,又通过个性化的创作增强了古文的抒情色彩,古文创作终于在韩愈和柳宗元的手中形成一股声势浩大的文学和政治革新运动。而在六朝至初盛唐时期占据文章主流的骈文,因其繁缛华丽和空洞无物的弊端,成为中唐古文革新的反对目标。古文也正是因韩、柳等人倡导"不平之鸣"、有感而发的创作理念,革新了文章之"道"的内涵,抓住了文章变革的中心问题,变汉魏六朝以来以颂美为上的文学观而为推崇个体的穷愁之言,并将"辅时及物"的经世致用观念作为发挥儒道现实意义的重要动力,从而使文章创作与社会现实紧密结合在一起,鼓舞了出身低微的士人积极用世的进取精神。中唐古文运动的开展给当时的士风变化乃至社会政治的革新所带来的深刻影响是不可估量的,因此中唐古文运动不仅是一次简单的以散体代替骈体的文章创作的变革,而是牵动着社会文化思潮并关系着整个士人群体精神的具有广泛意义的思想政治运动。

在韩、柳的创作高潮过后,随着社会矛盾的激化和国运的日益颓败,士人积极用世的精神开始消褪,在他们身上难以见到中唐士人的开拓进取之气,逃避现实、退隐山林一时成为多数文人的选择。而且骈文也在浮靡的社会风气刺激下回潮,重又占据文坛的主流地位,甚至曾经在中唐时期被古文夺回的部分文体也开始大量出现骈文的作品,文章创作又倒向以虚美赋颂为主的观念,关注现实的文章日益减少,此消彼长,从而导致晚唐的古文发展又逐渐走入低谷。

在这种古文衰落、骈文复盛的大体趋势下,仍有一些士人以儒道思想为基础,坚持崇高的理想精神,把创作的目光投向纷乱的现实,在古文写作中或揭露社会的弊政,或抒发对时事的感慨,或借历史典故讽喻现实,或在奏章中为当政者提出改革社会政治的建议,这些闪露着思想光彩和批判锋芒的文章都是晚唐古文的杰出作品,也体现出当时士人依然心忧天下的理想和胸怀。

韩愈之后,李翱、皇甫湜和孙樵等韩门弟子成为坚持古文写作的重要作家。他们的古文在明确继承韩愈古文传统的基础上,明显呈现出两极分化的倾向。李翱是以发展韩愈古文中的道统为主,他在《答朱载言书》中说:"吾所以不协于时而学古文者,悦古人之行也;悦古人之行者,爱古人之道也。"能在哲学层面真正阐述古道意义的文章就是李翱的《复性书》三篇,在这些文章中,李翱强调性善情恶的观点,显然是在继承儒家《中庸》的心性基础上发展而来,主张从格物致知做起,途经正心、诚意、修身、齐家等阶段,最终完成治国平天下的目标,这些思想也成为此后宋明理学的发端和基础,难怪傅斯年先生认定李翱在儒学思想史上是一位承前启后的重要思想家[1]。由于李翱如此重视儒道的思想意义,其文章也

---

[1] 傅斯年,《性命古训辨证》,广西师范大学出版社1996年版,第180—182页。

就具有醇厚素朴的特点,不重辞采的雕饰和风格的险怪。与此形成鲜明对照的是,皇甫湜继承的是韩愈古文风格的奇险特色。在中唐之时,为了反对当时的骈文,韩愈在古文写作中重视语言风格的锤炼,而且由于时风都以骈文为尚,难免会对古文形成偏见,认为其风格怪异,与时代不合。加之韩愈个性的求奇倾向颇为明显,他的某些篇章也具有奇险古奥的特点,如《平淮西碑》等,用字怪异,一般人难以卒读。皇甫湜正是看准了韩愈古文的这一倾向,将其奇崛的艺术特点发挥到极致,这实际就把古文创作引向了歧途,刻意求古只能使文章在辞采方面获得翻新,而内容的表现并没有太大的开拓,模拟韩文的风气表现出韩门弟子创作方面的才力不继,这造成了古文自韩愈之后逐渐衰落。

到了大中年间,作为皇甫湜再传弟子的孙樵是晚唐时期韩门古文的后劲,其古文创作以"摆落尖新,期到古人,上规时政,下达民病"为宗旨,在一定程度上继承了韩愈古文关心现实的特征,其中在维护儒学道统、力主排佛的方面与韩愈是一致的,这在孙樵的《复佛寺奏》中有明确的体现。至于艺术特色的传统,孙樵无疑继皇甫湜之后刻意学习韩愈古文的"奇崛",而且为了求新,专主于"奇",走上了一味求怪的偏狭之路。对此弊端,《四库全书总目提要》中评价说:"韩愈包孕群言,自然高古,而皇甫湜稍有意为奇,樵则视湜益有努力为奇之态。其弥有意为奇,是其所以不及欤?"①这就指出了韩愈、皇甫湜到孙樵在艺术特色上的传统沿袭,韩愈的"奇"做到了"自然高古",是其个性的自然抒发,而皇甫湜和孙樵则是刻意为之,难免矫揉造作之气,古文成就自然难与韩愈比肩。就文体而言,孙樵也有一些亦步亦趋地模仿韩愈的篇目,其《寓居对》和《乞巧对》都是取法于韩愈的《进学解》,而《序陈生举进

---

① 《钦定四库全书总目》卷一五一,中华书局1997年版,第2024页。

士》则与《送孟东野序》近似,可见孙樵古文的独创性较差,也从一个侧面反映出晚唐古文的衰落之态。

要说晚唐古文的著名作家,当推生活于穆宗到宣宗时的杜牧,他是继韩、柳之后最具特点的古文大家。《四库全书总目》评价杜牧文章说:"纵横奥衍,多切经世之务。"①这道出了杜牧文章的主要特点,那就是关注现实问题,能够针对国家社会的弊政提出自己的独到见解,显出其卓越的才识和抱负。如《罪言》《原十六卫》《战论》《守论》等政论性文章,或针对藩镇割据而做出准确的军事判断,或对国家的军事制度提出改革的措施,或在当时的危机形势中论述巩固边防的重要,这些文章都立意高远,视野宏大,议论警策,见解深刻,切中时弊,在犀利而充满感情的文辞中奔涌着一股忧国用世的激情,杜牧经国安邦的志向在论兵论政的文章中得到如此集中的体现,与他的家学和个人的爱好有着密切的关系,其文章风格正是上述因素共同作用的体现。总结杜牧的古文成就,不仅内容充实,内中体现了他所一贯倡导的"以意为主"的精神,而且文笔雄健,纵横捭阖,论述透辟。杜牧的《罪言》等政论性文章叙议结合,也注意到在议论之余间接抒发自己的深沉感慨,从而使这些论证逻辑严密的古文名篇不时带有激情洋溢的色彩,文章气势更加丰沛,增强了文章的说服力。而且杜牧在古文中善用比喻,寓理于形,使一些说理文字更加形象生动鲜明,如在目前。他的《阿房宫赋》是骈散结合、先骈后散的杰作,不仅充分发挥了骈文辞赋的形式美和音乐美,也融入了古文的句法和笔法,文章更加活泼多彩。总之,杜牧的古文继承了韩愈文章的精髓,但去除了那些艰涩怪僻之处,形成了自己的古文特色,难怪清代著名学者全祖望曾经将杜牧誉为晚唐文章的第一人。其鲜明的经世致用的特征也为北宋中

---

① 《钦定四库全书总目》卷一五一,第 2020 页。

期王安石等人的实用派古文导夫先路。

　　与杜牧同时,仍有一些古文作家活跃于文坛,如长期生活于庐山的刘轲和从荆南入解进京科考的刘蜕代表了当时坚持古文创作的少数作家。据史料记载,刘轲隐居江西庐山,慕孟子之学,以司马迁、扬雄的文章为尚,并与白居易有文字交往。刘轲著述颇丰,尤为重视《春秋》的实录品藻、秉笔直书的史书精神,因此以《春秋》《史记》《汉书》等历史著作规范自己的创作,他理解的"圣人之道"就是《春秋》之道,而且希望能将古道施之于事。刘蜕号文泉子,年轻时为求功名遍谒当朝权贵,后于大中四年(850)从荆南递解入京科考进士及第,由于荆南往年举子多不成名,时人赞誉刘蜕此次及第为"破天荒"①。其创作不尚空文,崇尚先秦诸子的著述。李商隐作为晚唐骈文大家的代表,在其早年受到家庭因素的影响也曾深入学习古文,现存李商隐的古文作品仍有二十余篇。这些韩门弟子以外的古文作家的作品代表了当时古文创作的重要成就,他们的出现说明了古文作者的范围已经不再局限于韩愈师承的影响,而具有了更加广泛的作者基础。他们的作品大多继承了韩、柳古文的"物不得其平则鸣"的一面,其批判现实的精神主要体现在对社会黑暗的不满和针砭时弊的方面,而在思想上也不刻意专守儒学一隅,更多的是重视揭露弊政、呼吁改良社会的实际意义,这也是对中唐古文革新中"辅时及物"精神的发扬。刘蜕的古文多属即兴小品,这影响了后来唐末小品文的兴起。因此,晚唐前期这些古文作家的创作没有延续怪奇僻涩的歧路,而是继承了中唐古文注重现实的优良传统,其承前启后的作用不可忽视。

---

　　① "唐荆州衣冠薮泽,每岁解送举人,多不成名,号曰'天荒解'。刘蜕舍人以荆解及第,号为'破天荒'。"(孙光宪著,贾二强点校,《北梦琐言》,中华书局2002年版,第81页。)

唐末乱世中最值得关注的古文是以皮日休、陆龟蒙、罗隐等人为代表的小品文创作。鲁迅先生曾在《小品文的危机》一文中高度评价了皮、陆、罗三人的作品在乱世泥塘中的光彩和价值①。它们的小品文总体上具有忧世之情和讽喻现实的特点,尤其是对黑暗社会的种种弊端予以无情的揭露和深刻的批判,皮日休的小品文多以语录体的形制,在对比和反差中揭示出理想与现实的巨大差距,不仅辛辣讽刺了时代的不公和野蛮,更抒发自己对理想社会的深切向往。而陆龟蒙和罗隐则更多地以托古讽今的形式批判现实,这些小品文与皮日休的文章明显不同,一般不直抒胸臆,而是通过情事的描述和典故的讲解逐渐引出所发的议论,其讽刺力度更显深刻,如罗隐的《谗书》就是一部对黑暗社会进行全面批判的著述,继承了韩愈、柳宗元的杂文小品的特征,将讽刺寓言的艺术推向了新的高度。同时,一些传统的文章体制也在他们手中出现了新的面貌,如赋、铭、箴等通常以骈体创作的文体,皮、陆、罗等多以散体写作,使得古文与骈文的创作界限日渐模糊,推动了古文写作领域的拓展。因此,葛晓音师在《唐宋散文》中指出:"唐末小品文是唐代散文发展的一个支流。它继承和发扬了古文运动批判现实、以文载道的传统。而讽刺锋芒的锐利,以及某些见解的深刻性,甚至超过了韩柳古文。在形式上,它发展了韩柳散文中幽默生动的一面,打破了唐代古文过于一本正经的沉闷,使散文的题材开拓到日常生活中的琐闻、杂感等各个方面,风格趋向于平易、轻松和活泼。它还对赋、铭、箴、赞等文体进行了由骈转散的革新,填补了中唐古文运动在这方面留下的空白,丰富了散文的艺术表现手法。从这些成就来看,唐末小品文才真正是韩柳散文的有力后

---

① 鲁迅,《魏晋风度及其他》,上海古籍出版社2000年版,第345页。

继"①这对唐末小品文与中唐古文的关系以及此时小品文的创作特点等问题都进行了准确的定位,唐末小品文的兴起无疑是晚唐五代古文发展中最值得关注的一个现象。

至于五代古文,由于北宋文人对五代文学评价过低,导致后人始终没有对五代的文章进行过细致的研究。就时间跨度和文章数量来说,五代时期的文学都是亟待引起关注的研究对象。其中五代前期的文人多经历过唐末的战乱,后又依附于地方割据政权,其中以前蜀的牛希济为代表,而五代后期的文人则又入北宋,如南唐的徐铉等人。在他们的文章创作中,具有较为明显的时代特点。牛希济的许多政论散文针对时事的颓败提出了一些救世的措施和理念,这些文章都以"古文"写成。他在文化观念上力主教化说,并极力提倡韩愈古文,而且希望古文风格能够简要质朴,并在《荐士论》《贡士论》《铨衡论》等文章中就选拔人才提出自己的看法,也是延续了中唐古文运动中注重文人仕进的问题,牛希济的这些文章都具有针砭时弊的政治目的。另外,一些文人奏疏和有关时事的文章也值得注意,如王朴的《平边策》等,都体现了那些具有进取精神的文人关心现实的意愿②。

回顾晚唐五代古文的实际情形,从中唐的繁荣逐渐走入低潮,同时又存在着继续发展的契机,因此,从韩门弟子的古文中,既可以看到其继承韩愈的经验,又可以看出古文衰落的教训。韩门弟子之后,古文创作历经数个阶段,既出现了杜牧这样的擅长写作政论的古文大家,也有深刻批判现实、针砭时弊、颇具思想光彩的唐末小品,即使是武人主政、战乱频仍的五代十国时期,一些文士依然胸怀关心时政的责任感,这些精神在其奏疏和文论中得到鲜明

---

① 葛晓音,《唐宋散文》,上海古籍出版社2011年版,第74—75页。
② 参见陈柱《中国散文史》,商务印书馆1937年版。

体现。经历了中唐古文革新的高潮后,晚唐五代的古文创作群体日益扩大,尤其是作为中唐古文有力后继的唐末小品文,其作者多属当时的寒士群体,古文的深入影响于此可见一斑。最关键的是,古文在此时虽不及韩、柳之时高涨,但其中饱含的务实求道、关注社会的积极精神犹如一脉相承的红线贯穿始终,文章的内容革新也占据着晚唐五代古文的中心,以此推动着古文创作形制的不断翻新,使得古文写作并未彻底中断,反而在此过程中逐渐显露出古文发展的方向,为北宋古文的兴起准备了条件。

将"晚唐"和"古文"联系在一起进行研究,本身就是一个打破常规研究视野的做法,毕竟"晚唐"习惯被人看作是以温庭筠、李商隐为代表的"骈文"兴盛的时代,而在当今大多数的文学史叙述中,古文运动发展的高峰是在中唐和北宋中期,其代表作家是韩、柳和欧、苏,汗牛充栋的古文研究著作和论文也多集中于此。但是如何理解中唐古文经过韩、柳创作的高潮后却在晚唐五代迅速走向衰落?而处在晚唐五代骈文复盛时期的古文又是在怎样的发展历程中逐渐酝酿着在北宋再次崛起的生机?晚唐古文是否继承了中唐古文革新的精神?怎样辨清中唐古文衰落的真正原因,才能避免古文创作走入歧路?骈文与古文的文体对立最终对古文的未来发展产生何种影响?这些问题还缺乏深入系统的研究。因此,有必要对晚唐五代古文进行深细而理性的研究,其中包括晚唐五代古文的阶段特征、演进过程、代表作家的创作特点、文人的阶层特点和创作趋向、文体发展的创变、古文与骈文在此时的消长关系、古文发展的地域特色等。并在此基础上归纳出当时古文创作的经验教训,挖掘其中承前启后的文学史意义。弄清了这些问题,晚唐五代古文的研究意义也就不言而喻了。

第二节　晚唐五代古文研究的历史与现状

一、历史评论与国内成果

就此前的研究成果而言,晚唐文章学研究的重点集中在两个方面,即骈文的复炽和中唐古文至此时衰落的原因,而针对晚唐古文自身形态的研究则相对较少,具体的评论从当时的一些文士就已开始,如北宋初年的王禹偁在《小畜集·故尚书虞部员外郎知制诰贬莱州司马渤海高公》写道:"文自咸通后,流散不复雅。因仍历五代,秉笔多艳冶。"《送孙何序》也有"咸通以来,诗文不竞。革弊复古,宜其有闻"的说法,可见王禹偁认为晚唐文章的衰落在咸通时已甚为明显,历经五代的流弊,艳冶不雅之气笼罩文坛,其贬抑晚唐五代的观念代表了北宋初年批判五代文弊的趋向。此外北宋初年的范仲淹在《唐异诗序》中也说:"五代以还,斯文大剥,悲哀为主,风流不归。"这些认识奠定了后世看待晚唐五代文学和文章创作的基本论调。

在批评晚唐五代文章的主流认识影响下,历代一些评者对晚唐五代古文的具体评论多集中于一些作家的创作方面,而这些论述的态度和评价的取向则存在较大的差异。如对于晚唐古文的重要作家孙樵,明显分成肯定和否定两种针锋相对的认识。否定者出现较早,以北宋古文大家苏轼为代表,他在《谢欧阳内翰书》说:"盖唐之古文,自韩愈始。其后学韩而不至者为皇甫湜。学皇甫湜而不至者为孙樵。自樵以降,无足观矣。"[①]认为从韩愈到皇甫湜再到孙樵,古文创作日渐衰颓,在孙樵之后就难有可观之作了。陈

---

① 苏轼著,孔凡礼点校,《苏轼文集》,中华书局1986年版,第1423—1424页。

振孙在《直斋书录解题》中引用此语,明显是赞同苏轼的观点,南宋的洪迈也是沿袭此种说法。至于肯定孙樵古文的观念,则始于南宋的朱新仲,王应麟在《困学纪闻·考史》中引述朱新仲之说:"樵乃过湜,如《书何易于》《褒城驿壁》《田将军边事》《复佛寺奏》等,皆谨严得史法,有裨治道。"①看来王应麟也倾向认同此说,明代的毛晋也反对苏轼贬低孙樵的认识,《汲古阁书跋·孙可之集》:"苏长公谓其少逊于持正,恐未可雌雄云。"认为孙樵的文章未必如苏轼所说比不上皇甫湜。明代的王鏊也持近似的态度,只是未分出孙樵和皇甫湜的高下,而是寻找他们文章中的共同之处,他在《皇甫持正集序》写道:"昔孙可之自称为文得昌黎心法,而其传实出皇甫持正。今观持正、可之集,皆自铸伟词,槎牙突兀,或不能句,奇怪语若天心月胁,鲸铿春丽,至是归工,抉经执圣,皆前人所不能道,后人所不能至也。"到了清代,两种评价都有延续。当时文学大家王渔洋大加肯定孙樵的古文,《渔洋书跋·孙可之皮袭美集》:"予于唐人之文,最喜杜牧、孙樵二家,皮日休《文薮》、陆龟蒙《笠泽丛书》抑其次焉。"②王渔洋把孙樵置于和杜牧同等的地位,甚至超过了晚唐小品文大家皮、陆。而四库馆臣则力主苏轼的看法,《四库全书总目·别集类四·孙可之集十卷》:"今观三家之文,韩愈包孕群言,自然高古。而皇甫湜稍有意为奇。樵则视湜亦有努力为奇之态,其弥有意于奇,是其所以不及欤。《读书志》引苏轼之言,称'学韩愈而不至者为皇甫湜,学湜而不至者为孙樵',其论甚微,毛晋跋是集,乃以轼言为非,所见浅矣。"③这不仅批评了孙樵古文中刻意求奇的艺术特征,而且明确反对毛晋在《汲古阁书跋》中的认识。平心而论,孙樵的古文在晚唐时代确实有其自身的特点,但与

---

① 王应麟,《困学纪闻》,上海古籍出版社2008年版,第1645页。
② 《重辑渔洋书跋》,上海古籍出版社1958年版,第41页。
③ 《钦定四库全书总目》卷一五一,第2024页。

杜牧的古文相比则稍逊一筹,当然更无法与韩愈等中唐古文大家的创作相提并论。

至于晚唐五代其他古文作家的评价,则有刘蜕、皮日休、罗隐和陆龟蒙等人。周必大在《朱新仲舍人文集序》曰:"艺之至者不两能,故唐之诗人或略于文,兼之者杜牧之乎。苦心为诗,自其所长,至于议论切当世之务,制诰得王者之体,赋、序、碑、记未尝苟作。"他认为唐人多长于作诗而短于为文,能兼擅者只有杜牧,这其实是肯定了杜牧的古文作品。对晚唐刘蜕的评论,则以王渔洋和四库馆臣的认识为代表,《渔洋书跋·文泉子》:"唐刘蜕《文冢铭》自评其文'粲如星光,如贝气,如蛟宫之水',此喻最妙。文冢在今潼川州。予康熙壬子曾过之,为赋一诗,唐末古文,并称樵、蜕,蜕《文泉子》,予所手录,然不逮樵远甚。樵之文,在大中时,唯杜牧可称劲敌耳。"[1]《四库全书总目·别集类四·文泉子集一卷》:"观其命名之义,自负者良厚,其《文冢铭》最为世所传,他文皆原本扬雄,亦多奇奥。险于孙樵,而易于樊宗师,大旨与元结相出入,欲挽末俗反之古。而所谓古者,乃多归宗于老氏,不尽协圣贤之轨。又词多悲愤,亦非仁义蔼如之旨。然唐之末造,相率为纂组俳俪之文,而蜕独毅然以复古自任,亦可谓特立者矣。"[2]王渔洋将孙樵和刘蜕并称,虽然觉得刘蜕不及孙樵和杜牧,但其古文在当时也是颇具特色。四库馆臣则分析了刘蜕古文的艺术特点,源自扬雄,其奇险的特征介于孙樵和樊宗师之间,同时也对刘蜕能在举世崇尚骈俪的文学风气之下毅然坚持古道给予了充分的肯定。皮日休、陆龟蒙和罗隐是唐末小品文创作的主要作家,有关他们的评论也多在此方面,如明代的王鏊在《书皮日休集后》说:"予观袭美与鲁望倡和,

---

[1] 《重辑渔洋书跋》,第 41 页。
[2] 《钦定四库全书总目》卷一五一,第 2023 页。

跌宕怪伟,真所谓两雄力相当者,及读其集所谓《文薮》者,亦多感慨激昂。《六箴》有检身救己之志,《反招》《逐疠》有抑邪扶正之志,《鹿门隐书》有闵时病俗之志,《七爱》《三羞》有伤今怀古之志,《文中子碑》配享昌黎,《请孟子为学科》又几于知道者。"这一评述看到了皮日休在文章创作中抒发的感慨激昂之气,并总结了其中的重要篇目的思想内容,其实是分析了皮日休的用世之心。《四库全书总目·别集类四·皮子文薮十卷》:"今观集中书序论辨诸作,亦多能原本经术。其《请孟子立学科》《请韩愈配享太学》二书,在唐人尤为卓识,不得仅以词章目之。"这是从儒学影响的角度肯定了皮日休的两篇文章的思想意义。而宋代的黄裳则以诗歌的形式将罗隐与中唐诗人孟郊放在一起评价,他在《读罗隐孟郊集》曰:"罗隐寓以骂,孟郊鸣其穷。始读郁吾气,再味濡我胸。如何志与气,发作瓶瓮中。大见无贤愚,大乐非穷通。弃置二子集,追攀千古风。中兼六义异,下与万物同。妙象生丹青,利器资陶镕。心手适相遇,变化从色空。感寓复收敛,兀然无我翁。"在黄裳看来,罗隐作品的重点是"骂",即他的愤世嫉俗之言。元代的方回和辛文房则是结合罗隐的生平和个性,更明确地指出其作品的艺术特色,方回《罗昭谏谗书跋》:"所为《谗书》,乃愤闷不平之言,不遇于当世而无所以泄其怒之所作。"《唐才子传·罗隐》:"罗隐,少英敏,善属文,诗笔尤后拔,养浩然之气。……性简傲,高谈阔论,满座风生。好谐谑,感遇辄发。……隐恃才忽睨,凡以讥刺为主,虽荒祠木偶,莫能免者。且介僻寡合,不喜军旅。……罗隐以褊急性成,动必嘲讪,卒成谩作,顷刻相传。以其事业非不五鼎也,学述非不经史也,夫何齐东野人,猥巷小子,语及讥诮,必以隐为称首。凋丧淳才,揄扬秽德,白日能蔽于浮翳,美玉曾玷于青蝇,虽亦未必尽然,是皆阙慎微之豫。"[1]罗隐的不遇于世,加上狂傲谐谑的个性,造就了他的

---

[1] 傅璇琮主编,《唐才子传校笺》(第四册),中华书局1990年版,第118—124页。

小品文中怒世愤俗的特色。至于对陆龟蒙的评价,清代的朱袞在《笠泽丛书后序》写道:"进退取舍,君子之大节。惟循于道而不悖,然后无过于圣人之门。非明轻重之理、知好恶之正者,未有不为物所胜也。天随子居衰乱之世,仕不苟合,家于松江,躬劳苦,甘淡薄,而以读书考古为事。所养者厚,故其为文,气完而志直,言辩而意深,一归于尊君爱民,崇善沮恶,兹非所谓循于道而不悖者耶。"欣赏陆龟蒙不为世趋、坚守理想、安贫乐道的个性,文章中也有"气完而志直,言辩而意深"的特征,是其道德理想和生活实践的深刻体现。

通过梳理历代对晚唐五代古文的评述,可以看出有以下三个特点:一是过于集中在某些重要作家的单个论述,无法看出他们彼此之间的联系及其古文发展的整体面貌。二是评论者的个人偏好深刻影响着对晚唐五代古文作家的判断,这就难以作出客观、全面、深刻的评价。三是受制于传统学术中的"序跋体"写法,很多观点只是结论的罗列,这就造成知其然而难以知其所以然的弊端。

二十世纪以来,随着西方学术研究方法的引进,古代学术研究面临着形态的转换和观念的更新,一些在古代诗文评中存在的问题逐渐得到解决。具体到古文研究,首先是我国古代惯用的部分概念被新的术语所取代,如此后的很多古文研究实际是包含在"散文"研究著作的内容里。较早以"散文"的概念研究"古文"的现代学者是陈柱,他在《中国散文史》①中以"散文"代指我国古代的"古文",而且两个概念并用于书中,在具体阐述中,基于历代史传的材料记载,大致勾勒了我国古代散文发展的过程。其中第四编"古文极盛时代之散文"中,专门辟一节讲"晚唐五代之散文",在"韩门难易两派之散文"一节中,以晚唐古文的重要作家孙樵作为附论,这

---

① 陈柱,《中国散文史》,商务印书馆1937年版。

基本上触及晚唐五代古文创作中的某些关键问题,如韩门弟子古文写作中存在文从字顺和辞尚险怪两种倾向,李翱和皇甫湜的作品分别对应上述两种风格,而孙樵在陈柱看来介乎两种风格之间,并同意朱新仲的观点,认为"樵乃过湜,如《书何易于》《褒城驿壁》《田将军边事》《复佛寺奏》等,皆谨严得史法,有裨治道"。这明显针对的是苏轼"学皇甫湜不至者,为孙樵"的看法。而在"晚唐五代之散文"一节中,陈柱指出:"自晚唐以后之文学,则可论者惟诗词而已,散文、骈文俱不足论矣。至于五代十国,则所可论者唯词而已,即诗亦已不足论。"在这一总体判断之下,陈柱特别表彰了罗隐、钱镠和南唐、西蜀等十国文士的文章,其中称赞罗隐怀才不遇时所写的寓言之作,"出以过激,每不中理,然亦晚唐之后劲",而钱镠的《杭州罗城记》则"涉笔闲雅,亦有渊浑之气"。除了论及这些南方文章的创作外,陈柱认为北方文坛中可以称作名家的文士及其文章过于稀落,只举出王朴的《平边策》一文,"视苏绰之《大诰》则远过之"。对于此种情形,陈柱归咎于"五代武人多以彦名,而名士寥若晨星,汉族式微,则汉文亦绝矣"。陈柱的观点多源自史书,系统的阐述较少,其所论"散文"也实指"古文",有时两个概念并行,但他还是以文学史家的敏锐眼光看到了孙樵古文中值得肯定之处和罗隐那些寓言文章的文学价值,毕竟这些认识为后来的研究者更为深入地探讨晚唐五代古文的发展指明了方向,其论述也已大体勾画出晚唐五代古文整体面貌中的一些重点。

在陈柱之后,龚书炽在《韩愈及其古文运动》和《唐宋古文运动》①两书中也论及晚唐古文的基本情况,其中作为韩门弟子的孙樵是龚书中有关晚唐部分的论述重点,但其内容和观点与陈柱的认识大同小异,都不脱传统观念中对孙樵的基本评价。其中值得

---

① 两书由商务印书馆于1945年出版。

注意的是,龚书炽在"韩派古文家"一节中,将韩愈之后的古文发展分为三个方向:"贞元、元和以后,古文家出于韩门者,依文章风格不同而分,有三派:一为李翱,其文得韩文之平易处,以说理见长;二为皇甫湜,得韩文之奇崛,以文奇取胜;三为沈亚之,以善作传奇体之传记著称于时,惟文风与韩文略异。"这就把沈亚之的传奇小说也纳入古文研究的范畴中,有关"传奇"和"古文"的关系问题,可以说是众说纷纭,古代即有争论,如王渔洋在《香祖笔记》卷五写道:"唐沈亚之《下贤集》十二卷,昔人谓其工为情语,善窈窕之思,观集中《异梦录》《湘中怨词》《歌者叶记》等,信矣。然颇类传奇小说,姚铉概不之录,毋亦以其诞谩不经耶?"①宋代的姚铉以其"诞谩不经"而摒弃,没有选入《唐文粹》中,王渔洋对此有些不理解,他觉得沈亚之将这些文章列入《下贤集》中,就已经与普通的传奇小说区别开来,而且这些文章是"颇类传奇小说",并非就可归入小说家言,因此王渔洋应该把沈亚之的这些文章算作"古文"。《四库全书总目提要·别集类三·沈下贤集十二卷》:"杜牧、李商隐集均有拟沈下贤诗,则亚之固以诗名世,而此集所载乃止十有八篇。其文则务险崛,在孙樵、刘蜕之间。……其中如《秦梦记》《异梦录》《湘中怨解》,大抵讳其本事,托之寓言,如唐人《后土夫人传》之类。刘克庄《后村诗话》诋其名检扫地,王士祯《池北偶谈》亦谓弄玉、邢凤等事,大抵近小说家言。"②四库馆臣的意见则是认为沈亚之的《异梦录》等是"寓言"体,还提及王渔洋的观点是"近小说家言",但不能归入"传奇小说"的范畴。关于"古文"与"传奇"的关系问题,陈寅恪先生和王运熙先生等学者都有专文探讨,可资参看③。

---

① 王渔洋,《香祖笔记》,上海古籍出版社1982年版,第9页。
② 《钦定四库全书总目》卷一五〇,第2016页。
③ 陈寅恪,《元白诗笺证稿》,生活·读书·新知三联书店2000年版。王运熙,《汉魏六朝唐代文学论丛》,上海古籍出版社2002年版。

民国时期在晚唐古文研究方面颇具开创价值的文章还有鲁迅的《小品文的危机》①，他运用西方的"小品文"概念，抨击了当时小品文创作中出现的过于表现有闲阶层生活趣味的不良倾向，并以晚唐的皮、陆、罗等人注重时事弊政的小品文为例，指出小品文写作应有的方向。此后许多论及晚唐古文的著述中多以鲁迅的观点为基础进行深细的研究。

新中国成立后，散文研究在古典文学研究中稍显冷寂。上世纪五六十年代，钱冬父的《唐宋古文运动》成为不多的研究古文运动的著述之一。钱氏运用唯物主义文艺观对唐宋古文运动兴起的历史背景、主要作家和文学史意义给予了适当的定位。此外在几部文学通史的著作中也有专章讨论唐宋古文，如游国恩先生等人主编的《中国文学史》和中科院文学所主编的《中国文学史》等。由于政治形势的需要，很多学者把古文运动的研究作为附和当时政治运动的表达方式之一，因此导致建国后的古文研究受儒法斗争等政治风气的影响过多，其研究论文的学术理性有所不足。

到了新时期的文学研究，在论及晚唐五代古文研究时，多是将其作为中唐向北宋古文发展的过渡阶段，如孙昌武先生在《唐代古文运动通论》②中有关于晚唐古文的一节，由于该书的重点在论述中唐以韩愈和柳宗元为主的古文创作问题，因此晚唐古文只是简要介绍了当时的一些小品文作家，其中的作家已多于鲁迅在《小品文的危机》所提及的，如增加了陈黯、黄滔、沈颜、程晏、来鹄和袁鹄等较为重要的小品文作家，其文章风格近于皮、陆等人小品文的讽刺和愤激特征，具有诸多关怀现实、抨击时政弊端的内容。

对此更为深细的研究当推葛晓音师在《唐宋散文》③中的"唐

---

① 鲁迅，《魏晋风度及其他》，上海古籍出版社2000年版，第344—346页。
② 孙昌武，《唐代古文运动通论》，百花文艺出版社1984年版。
③ 葛晓音师，《唐宋散文》，上海古籍出版社2011年版。

末小品文的光彩"一节,其中的主要内容是从学理上对鲁迅先生的观念给予了充分的论证,分析细致,结论平正通达。另外,葛晓音师在《中晚唐古文趋向新议》中对中唐古文衰落的原因、骈文在何种文化环境中复盛和晚唐古文的整体风貌作出了全新的论述,并通过具体文章的分析来更为清晰地认识晚唐古文发展中的利弊所在,可说是新时期以来对晚唐古文研究最具卓识的一篇,内中的观点对此后的晚唐五代至北宋的古文研究启发良多。葛晓音师在《汉唐文学的嬗变》①中还有《论唐代的古文革新与儒道演变的关系》《古文成于韩、柳的标志》《欧阳修排抑"太学体"新探》《北宋诗文革新的曲折历程》等论文,对唐宋古文运动的演进形成了一个贯穿始终的思路,即:"高言空文、以道求名同务实致用、切于世务这两种复古宗旨的分歧,以雅颂为上同以风骚为本这两种风雅观的分歧,始终贯穿在各个阶段之中,构成了各种矛盾中的基本矛盾。……由政治改革带动的文风变革固然不是文学发展的唯一动力,但它促使文学内容时代精神不断更新,这是文学保持生命力和创造性的关键。"这可谓抓住了唐宋古文发展的关键问题,如何使文章内容顺应时代变化而不断取得更新,保证士人在文章创作中坚持理想和社会责任感,古文运动的深入都是基于这些问题的解决才能实现。受到葛老师以上观点的提示,香港学者冯志弘的《北宋古文运动的形成》②就是通过对北宋前中期古文发展中各个环节的考察,从处理文道关系的角度对北宋古文运动的形成做出了更为深细的探索。

近年来出现的一些硕士、博士论文中也有很多涉及晚唐五代古文研究的内容,这说明唐宋古文研究日渐成为古典文学研究的

---

① 葛晓音师,《汉唐文学的嬗变》,北京大学出版社1990年版。
② 冯志弘,《北宋古文运动的形成》,上海古籍出版社2009年版。

热点,如周乐的《李德裕与牛李党争》、丁恩全的《孙樵研究》、黄爱平的《李翱研究》、李小山的《李翱生平与思想新论》、杨娟娟的《晚唐文编年》、白盛友的《吕温研究》、南哲镇的《唐代讽喻文研究》、贾名党的《中唐儒学与文学研究》、张巍的《中晚唐经学研究》。这些新出的研究成果都是进行晚唐五代古文研究必须参考的先行资料。

研究晚唐五代古文,需要借助更多古文研究之外的资料,最近出版的有关晚唐五代的书籍也为课题的进行提供了便利的条件,如复旦大学出版社出版的《历代文话》、杭州出版社出版的重新点校辑补的《五代史书汇编》和南京出版社出版的《南唐书(两种)》等,都使得我们可以更深入细致地研究晚唐五代文章发展。当然在具体研究过程中,还须对中唐和北宋的古文研究有相当的了解,这方面的研究成果也可以加深对晚唐五代古文的理解,在研究古文时也应对骈文的研究保持相当的关注,毕竟两种文体的对立交锋和相互融合是我国文章学研究的核心问题之一。

台湾地区较早进行有关唐宋古文研究的学者是钱穆先生,他在《中国学术思想史论丛》(第四卷)[①]中有《杂论唐代古文运动》和《读〈柳宗元集〉》两篇重要的论文,尤其是《杂论唐代古文运动》一文,新见迭出,思路开阔,可谓唐代古文研究方面难得的佳作,可惜至今未得到充分的关注。在这篇文章中,钱穆先生首先将中唐兴盛的古文运动溯源至初盛唐以陈子昂为代表的古诗运动,其复古思潮的延续性是一脉相承的,这对古文运动兴起背景问题的认识是一大突破。其次,钱穆先生又着重辨析了张籍批评韩愈古文驳杂无实之说,是针对的韩愈早年《猫乳说》等文章,而不是后人一致

[①] 钱穆,《中国学术思想史论丛》(第四卷),安徽教育出版社2004年版。该文作于二十世纪六七十年代,收入《中国学术思想史论丛》系列,先有《钱宾四先生全集》本,近来由安徽教育出版社出版。

认为的《毛颖传》，藉此说明了韩愈的古文思想存在着一个发展演变的线索。该文的另一个观点是对当时存在的著述形式问题的争论进行了分析，钱穆先生指出以"整襟陈义"为目标的古文家崇尚先秦子书创作的形制，因为古文创作的最高境界是"成一家之言"，即以书的形式流传后世。而韩愈和柳宗元则明显不同于此类观念，钱穆先生指出"子厚乃站在文学本身立场上发议，抑且站在韩、柳二公在当时所欲提倡之新文学见解上立论，故既与如张籍之专重著书以卫道之观念有别，亦与同时乃及身后一辈人对文学之评价相异也。然则推柳氏之意，文之为体，固可不尽于诏策、奏议、辞赋、歌谣以及夫论辩之类，而当有所新创，要之求其能不失于褒贬之于讽喻，而能兼夫著述与比兴二者之美，庶可以穷极六艺之所蕴，而不限于古人之成格"①。这一观点可谓抓住了唐宋古文运动的核心问题，即写作形式的区分与文体有别的结果并不是古文创作的关键，最终这一切都从属于"能不失于褒贬之于讽喻，而能兼夫著述与比兴二者之美"，文章能够适应社会发展的形势而不断更新"道"的内容，发挥文章积极的社会功用，并出之以文学化的形式，这才是古文运动的重心所在。关于此点，葛晓音师在其相关的研究中已经将这一思路明确化，只有顺承这一思路，才能找到解决唐宋古文运动发展演变的核心。

近年来，台湾地区研究唐宋古文的较有成就的学者有台湾大学的何寄澎先生和台湾师范大学的王基伦先生。何寄澎先生在《北宋的古文运动》②一书指出，经世致用的学术思潮及其在文章创作中的体现是北宋古文运动能够成功的关键，而这一思潮后来在道学家的理论挤压下逐渐消褪，最终导致北宋古文运动的转折

---

① 钱穆，《中国学术思想史论丛》（第四卷），第34页。
② 何寄澎，《北宋的古文运动》，台北幼狮文化事业公司1992年版。

与变质。欧阳修的创作是何寄澎先生关注的焦点,他也因此以欧阳修为限把北宋古文发展的过程分为前后两个阶段。在该书的最后,何寄澎先生又对中唐和北宋的古文运动进行了深细的比较,附录中则是北宋古文家与佛教的关系考论。另外何先生出版的《唐宋古文新探》①一书中的文章集中讨论了唐宋一些重要的古文作家的创作和文学观,如对于范仲淹,何先生认为其文学观在载道辅政之外,还兼具文采形式的规矩,不同于经术派和政治家,实为柳开、杨亿二者观念之融合与修正。而对韩愈和欧阳修的古文作法,何先生立足于两人的具体作品,总结了韩愈和欧阳修面对不同的文体而采用的各具特色的文章写法,包括布局谋篇、语句衔接和炼字炼意。王基伦先生在《唐宋古文论集》②中对韩愈古文在中晚唐至北宋的接收、《尚书》和《春秋》与柳宗元古文创作的关系以及欧阳修、曾巩的古文都进行了别开生面的研究,其中对中晚唐北宋时期韩愈接受史的考察,发现贯穿其中的是重视韩愈古文的"怪奇"特点,这主要体现于接受韩愈时是与扬雄的文章批评紧密联系在一起。在《〈书〉与柳宗元古文表现风格之关系析论》中,王基伦先生发现柳宗元在"辅时及物"的创作思想作用下注重《尚书》中叙写大政的内容方面,反映在具体作品中则有"质朴、简要、真是"的特点,而且柳宗元在取用典故时并未蹈袭模拟,而是主张个人独创。对曾巩古文的分析,发现曾巩对写史与作墓志铭的区别分得很清楚,史书要写公是公非方能传诸久远,而墓志铭则不书死者之恶,态度必须谨严。曾文中以序跋和杂记较为出色,因其能出入经史,莫不寄予道德修养、仁心仁政的儒者情怀。曾巩的古文原本经训、长于道古,其本色须从议论典型、学问有得方面观之,其文闳博渊

---

① 何寄澎,《唐宋古文新探》,台湾大安出版社1990年版。
② 王基伦,《唐宋古文论集》,台湾里仁书局2001年版。

雅,醇厚浓郁。比较何寄澎和王基伦先生的古文研究,其共同点是都能通过作品文本的细读发现问题,关注古文大家在文学史上的重要意义。其不同点则是何先生承袭传统学术的研究方法,步步为营,较为平实,而王基伦先生更为注重对西方文论方法的借鉴,力求传统与现代的结合,其结论显得新颖而突出。此外王基伦先生另有《韩柳古文新探》等著述,对韩愈和柳宗元的古文有了更为细致的研究。

此外由台湾去美国并获博士学位的陈弱水先生在《唐代文士与中国思想的转型》①中收录了几篇有关唐代古文运动的研究论文,较有分量的是《论中唐古文运动的一个社会文化背景》和《〈复性书〉思想渊源再探——汉唐心性观念史之一章》,后文是在傅斯年先生《性命古训辨证》一书中论述李翱思想史意义的基础上,分析了李翱的哲学思想对汉唐关于心性发展的过程中所起到的重要作用。而《论中唐古文运动的一个社会文化背景》则揭示了中唐古文运动所具有的浓厚北方士族背景,他们所承载的北方文化传统对初盛唐以来文学"南朝化"形成冲击,重视文学为政教服务的复古风气是北方文化传统的核心理念,也是促成中唐古文运动能够取得成功的一个重要因素。

具体到晚唐五代古文的研究,台湾的吕武志先生已有《唐末五代散文研究》②,这是目前不多见的专题研究晚唐五代古文的著述之一。在该书中,吕先生对晚唐五代的古文作了开拓性的研究,毕竟这是此前很少有人给予特别关注的研究领域。此书总体上是以文学史的描述方法为主,通过考察晚唐五代的社会文化背景、思想学术潮流和时代发展演变的因素,具体列举了晚唐五代古文创作

---

① 陈弱水,《唐代文士与中国思想的转型》,广西师范大学出版社 2009 年版。
② 吕武志,《唐末五代散文研究》,台湾学生书局 1989 年版。

的重要作家作品、文学思想主潮和文章艺术特色,其结论是"实践元白讽喻精神"、"矫正散文道学气息"、"延续韩柳古文传统"、"扭转散文怪异风格"、"精研散文写作技巧"、"拓展散文写作视野"和"开启北宋古文契机"等,大体勾勒出处于中唐向北宋过渡阶段的晚唐五代古文的面貌。

除此之外,台湾仍有不少学者对唐宋古文运动进行过深入的研究,如对于中唐古文先驱的个案研究,取得了重要的成果,如潘吕棋昌先生的《萧颖士研究》①、萧淑贞的《李遐叔及其作品研究》②和杨承祖先生的《元结研究》③等,从文集版本流传、作家生平、作品艺术特色等角度展开研究,代表了当前台湾学界对中唐古文家个案研究的高度。至于专题方面,台湾学者则主要是从韩柳古文比较和当时的学术背景等方面进行观照。前者以储砥中的《韩柳文比较研究》④、方介的《韩柳比较研究——思想、文学主张与古文风格之析论》⑤、胡楚生的《古文正声——韩柳文论》⑥等为主要成果,通过这种比较研究,韩愈、柳宗元在古文运动中的特殊作用及其文章创作的独特风格得到较为清晰的呈现。这种比较研究甚至延伸至对韩门弟子和北宋时期古文的研究,如黄国安的《李翱、皇甫湜两家散文比较研究》⑦、王基伦的《韩欧古文比较研究》⑧等。结合中唐学术思潮的大背景研究古文创作和理论主张的学者如林伯谦的《韩柳文学与佛教关系之研究》⑨、简添兴的《韩

---

① 台北文史哲出版社 1983 年版。
② 台湾师范大学国文研究所硕士论文,1989 年。
③ 台北"国立"编译馆 2002 年版。
④ 台湾政治大学中国文学研究所硕士论文,1966 年。
⑤ 台湾大学中国文学研究所博士论文,1990 年。
⑥ 台北黎明文化事业公司 1991 年版。
⑦ 台湾辅仁大学中文所硕士论文,1970 年。
⑧ 台湾大学中国文学研究所博士论文,1991 年。
⑨ 台湾东吴大学中文研究所博士论文,2000 年。

愈之思想及其文论》①和兵界勇的《韩文"载道"与"去陈言"之研究》②等,都是这方面的重要成果。与大陆学界存在较为明显不同的是,台湾学者对古文文体的关注比较多,如段醒民的《柳子厚寓言文学探微》③和袁本秀的《柳宗元寓言研究》④等,都是针对古文中的寓言创作进行深入的探讨。台湾学者中对唐代古文研究推动最值得关注的是罗联添先生,他的《韩愈研究》(增订再版)⑤可谓这个领域的经典著述,他不仅解决了韩愈生平中的一些含混之处,而且提出了一些值得继续探索的新问题,如韩愈之后古文发展的两条线索、韩门与非韩门之间的关系,这涉及韩愈古文精神的继承问题。

二、日本与美国为代表的国外成果

中国学界之外,对中国传统学术研究最具成就的地域当推日本,有关中唐文学和文化的部分汗牛充栋,其中就包括古文研究方面的丰硕成果。因此,谈及域外研究唐宋古文的既有成绩,则须先从日本的汉学研究开始。

二十世纪较早对唐宋古文进行深入研究的日本汉学家是清水茂先生,他的《唐代古文运动与骈文》《柳宗元的生活体验及其山水记》和《杜牧与传奇》⑥等论文都是日本有关唐宋古文研究的重要文章。他指出中唐古文运动中的古文、骈文看似对立,实则在创作中也隐含着互相吸取彼此创作经验的方面,韩愈的古文中就有许

---

① 台湾师范大学国文研究所硕士论文,1978年。
② 台湾大学中国文学研究所硕士论文,1996年。
③ 文津出版社1978年版。
④ 东海大学中文研究所硕士论文,1985年。
⑤ 台湾学生书局1988年版。
⑥ 上述三篇文章见于《清水茂汉学论集》,中华书局2003年版。

多骈偶因素，这些特点都使得中唐的古文更趋成熟。《杜牧与传奇》则是立足于古文与传奇的互渗影响，深入探讨了杜牧所作的墓志铭等文章中在运用古文笔法中借用传奇的创作特色，这对突出文章中的人物形象有着重要的作用。

中唐文学一直是日本研究中国古代文化的重点，其学术渊源主要来自京都大学的内藤湖南提出的"唐宋变革论"的观念，而展开这方面的研究，势必会把关注的焦点放在中唐文化的过渡特征上，因此后来的许多日本学者都投身于此，其中京都大学的川合康三先生的《终南山的变容——中唐文学论集》①便是代表近年来中唐文学研究水平的力作。在该书的《奇——背离规范的中唐文学语言》一节中，川合先生重点分析了"奇"的概念在韩愈和皇甫湜的创作中的意义，虽然该书是以诗歌为重心，但对韩愈和皇甫湜古文的分析也有很大的启发。

日本的一些中青年学者的著作随着近年来中日学术文化翻译工作的开展而不断被引入国内，其中有关唐宋古文研究方面的重要著述有鹿儿岛大学高津孝教授的《科举与诗艺——宋代文学与士人社会》②、东英寿教授的《复古与创新——欧阳修散文与古文复兴》③和同志社大学副岛一郎先生的《气与士风——唐宋古文的进程和背景》④，书中的文章大多发表于1989年至2005年，反映了这段时期日本中青年学者研究唐宋古文的成绩。高津孝教授的《科举与诗艺》中关于唐宋古文研究的文章有《宋初行卷考》《北宋文学之发展与太学体》和《论唐宋八大家的成立》，在从科举视角关

---

① 川合康三著，刘维治、张剑、蒋寅译，《终南山的变容——中唐文学论集》，上海古籍出版社2007年版。
② 高津孝，《科举与诗艺》，上海古籍出版社2005年版。
③ 东英寿，《复古与创新》，上海古籍出版社2005年版。
④ 副岛一郎，《气与士风》，上海古籍出版社2005年版。

注文学的大思路之下，高津孝教授着重探讨了进士科举之前行卷行为对北宋士人的入仕和文章创作产生的影响和意义，并通过结合唐宋科举制度的不断演进的过程来观照受到科举制度制约的文人是如何适应时代文化的变化而进行创作。《北宋文学之发展与太学体》一文展示了北宋初年与古文发展进程相关的几个文学流派之间错综复杂的关系，通过辨析文体内部的彼此关系，说明当时的文学革新思潮受到士人科举的深刻影响，其中对"西昆体"与北宋科举的关系的分析是发前人所未发的。在《论唐宋八大家的成立》中，高津孝教授把唐宋八大家说法的形成过程分为四个阶段，并指出这四个阶段分别与宋代学术界的思潮密切相关，这其实运用了文学的社会历史文化研究的方法，从更为广阔的背景探索文学发展背后的文化动因，可谓比较成功地沟通了文学的内部与外部研究。

副岛一郎先生的《气与士风》和东英寿教授的《复古与创新》是专门研究唐宋古文发展的力作。在《气与士风》中，副岛一郎先生的《从"礼乐"到"仁义"——中唐儒学的演变及其背景》延续并发挥了葛晓音师在《论唐代的古文革新与儒道演变的关系》中的论点，并结合时代背景指出了从"礼乐"到"仁义"的儒学思想的转折给中唐士人的人格塑造和用世精神带来了深刻的变化，进而影响到中唐古文创作的发展。在此基础上，副岛先生继续考察唐宋古文中的创作主体在时代文化思潮的影响下所形成的士人风骨及其与当时古文写作风格的关系，如《唐宋古文中的"气"论与"雄健"之风》和《宋初的古文和士风——以张咏为中心》。东英寿先生的《复古与创新》则具体以欧阳修的古文为中心，围绕北宋科举的各种文化因素，将古文创作、时代的文学风气和文学研究的外围因素结合在一起，深入考察彼此之间的互动和复杂关系，如《从行卷看北宋初期的古文复兴——以王禹偁为线索》《北宋初期的古文家与行卷——从科举的考前活动看古文复兴的开展》和《欧阳修的行卷——着眼于客居的考前活动中与胥偃的关系》等文章,这与高津孝先生的相关研究彼此照应,且更为深入。而欧阳修作为北宋古文运动成功的关键,东英寿先生也用了相当的笔墨对欧阳修的古文创作——包括史书、记序体和科举取士等——作了较为全面的研究。

相比之下,英美研究唐宋古文成果的深度和广度则不及日本,而就体裁研究来说,古文研究则远不如小说与诗歌的研究实绩。通过一些资料的搜集来看,英美对唐宋古文的研究多是在各类文学史中介绍性的内容,即使有比较成规模的著作,也是出于台湾地区辗转到国外的学人之手。最早涉及唐宋古文的国外文学史是英国著名汉学家翟理思(H.A.Giles)的《中国文学史》该书于1897年曾被列为戈斯主编的《世界文学史丛书》中的第十种予以出版,是西方汉学家首次向西方读者介绍中国古代文学的发展概况,因此在国外汉学界产生了深远的影响。本书中的唐代专章重点评述了韩愈和柳宗元在唐代古文运动历史上的重要贡献,并且翻译了一些韩、柳的古文名作,进行了深入的文本分析,译文流畅耐读,文字表达准确可靠,一直受到国外读者的喜爱。

美国汉学界较早进入唐宋古文研究的则是著名美籍华裔学者陈幼石先生,他的《韩柳欧苏古文论》[①]是古文研究在美国的早期代表作之一。本书主要梳理了韩愈、柳宗元、欧阳修和苏轼四位唐宋古文大家的文学理论和创作特点,借此形成了对唐宋古文发展线索的整体性认识,即由韩、柳古文对骈文的"破"到欧、苏古文风格的"立",使得作家在表达对社会、历史题材的看法时,在灵活运用各种体裁并赋之以诗的情调时,能够获得更大的创作自由。

[①] 陈幼石,《韩柳欧苏古文论》,上海文艺出版社1983年版。

"道"的意义随着创作的深入,由韩愈所提倡的古典主义的"典范"转变为欧阳修、苏轼古文中致力于寻找"常人"生活中带有普遍意义的因素。较早对唐宋古文进行研究的美国学者是海陶伟教授(James Robert Hightower)。他发表于《哈佛亚洲研究》第44卷第一期上的《作为幽默家的韩愈》着重分析了柳宗元在《读韩愈所著〈毛颖传〉后题》中表彰韩愈写作《毛颖传》的功绩,海陶伟对柳宗元的看法非常赞同。

此后,印第安纳大学的柳无忌教授所著、倪庆饩翻译的《中国文学新论》①中设有"新古文运动"的专章讨论韩、柳所推动的中唐古文的创作情形,其中涉及古文运动的性质、特点和概况,柳无忌先生指出:"在形式和内容上这一汗牛充栋的散文整体基本上是儒家性质的,其文体则是主要源于先秦诸子的作品和汉代的史书。新古文运动本身把儒家学说抬高到佛教和道教之上的努力的一部分。……这一散文运动鼓吹复古,不仅指的是儒家经典的内容,而且是指写作这些作品的古典文体。骈文是一种对偶文章,作为对这种唐以前时期矫揉造作的文章的反应,在唐代出现的新散文称为古文,指作为启发它的源泉的古代经典著作而言。它的目的在于抛弃华而不实的词藻,采用朴素有力的散文作为表达思想感情以及从事严肃地论辩的工具。这种对古代文体的复归是跟六朝的浮华文体的影响是相对抗的,强调古代的形式,也排除在正规文章中采用方言。"同时柳无忌先生还在论述中穿插分析了韩愈、柳宗元和欧阳修、苏轼的古文名篇。

近来的美国汉学界,威斯康星大学的倪豪士教授(W. H. NIENHAUSER)在唐宋古文研究方面用力较多。他在自己所主

---

① 柳无忌著,倪庆饩译,《中国文学新论》,中国人民大学出版社1993年版。

编的 The Indiana Companion to Traditional Chinese Literature① 一书中,承担了有关散文(prose)部分的写作。其中唐代散文的部分,他根据《新唐书·文艺传》的概述,指出当时存在着三种创作演变倾向和阶段,一是以王勃、杨炯等"初唐四杰"为代表的骈文日趋繁复华丽的态势(more sophisticated handling of flowery diction and parallelism);二是以张说和苏颋为代表的"燕、许大手笔"的文章中所显露的骈俪化语法因素的减弱与崇尚汉代文风的思想(reduction of prosodic and grammatical parallelism in the writings of Chang Yüeh and Su Ting and their reverence of Han Prose as a model);三是以韩愈和柳宗元为代表的古文运动的高潮(the ku-wen yün-tung of the late eighth and ninth centuries)。在具体论述唐代古文的概况时,倪豪士教授首先指出唐代古文的文体特征是单行散体语法结构的自由体文章,而且这类文章与当时的骈文彼此对立(san-wen prose with lines of no fixed length, or "free prose" to rival P'ien-wen),同时看到了此次古文运动与当时的政治形势之间的密切联系,主要是与科举考试(chin-shih examination 进士考试)和日渐崛起的低层士人的入仕问题纠缠在一起。(This process is closely related to the gradual rise of a new gentry during T'ang and early Sung which was based at first on success in the civil-service examination and a lower-level official career as a base of power.)其次,韩愈和柳宗元的创作功绩也是倪豪士教授论述的重点,在他看来,韩愈和柳宗元的文章其实是确立了中国古代散文的典范,韩愈是中国文学史上与司马迁、欧阳修并称的三大散文家。(Han Yü and Liu Tsung-yüan, produced the writings which

---

① W. H. NIENHAUSER editor, *The Indiana Companion to Traditional Chinese Literature*, Indiana University Press, 1986.

shaped san-wen until the present day. Han Yü—with Ssu-ma Ch'ien and Ou-yang Hsiu—one of the three most significant writers in the history of Chinese prose.)再次,对中唐古文与传奇小说的关系问题,倪豪士教授也有独到的见解,他认为与其争论传奇小说与中唐古文之间的影响问题,不如把这两种文化现象都看作当时一些以历史学家刘知几为代表的反传统的文化思潮所导致的结果。(Rather than arguing that ch'uan-chi'influenced ancient-style writers, it would seem that both were the result of the iconoclastic attitude of historians like Liu Chih-chi in the late seventh century which led to a call for a style based on the classics and a distinction between history and non-history or fiction.)至于晚唐,倪豪士教授将论述的重点放在韩门弟子和重要的小品文作家那里,他指出在晚唐继承韩、柳古文的作家主要是樊宗师、李翱、皇甫湜、孙樵和皮日休、罗隐、陆龟蒙等人,其中韩愈之后的古文发展呈现出两种趋向的分化,即皇甫湜和孙樵为代表的重"奇"风格与李翱代表的重"道"倾向。(Following Han, who had a number of disciples, and Liu, there is a bifurcation of the ku-wen movement into wings. One group, which included Fan Tsung-shih, Huang-fu Shih and Sun Ch'iao overemphasized the concept of Ch'i the strange or the unconventional, which Han Yü had advocated. The other, consisting in part of P'i Jih-hsiu, Lu Kuei-meng and Lo Yin, tried to adhere too closely in style and intent producing writings which were unnatural and almost untelligible. Correspondingly the influence of ancient-style prose declined in the late T'ang.)虽然晚唐有上述那些创作不凡的古文作家,但就总体趋势而言,倪豪士教授的观点是晚唐古文不可避免地衰落了。

倪豪士教授在由宾夕法尼亚大学的梅维恒教授(Victor. H.

Mair)担任主编的 *The Columbia History of Chinese Literature*① 中也承担了关于"prose"的写作部分,其中关于唐宋古文的认识大体与前书一致,属于文学史介绍的内容。

此外,倪豪士教授还在其著作《传记与小说——唐代文学比较论集》②中有一些专题论文涉及唐代古文运动的发展问题,如《〈南柯太守传〉〈永州八记〉与唐传奇及古文运动的关系》《略论碑志文、史传文和杂史传记:以欧阳詹的传记为例》和《柳宗元的〈逐毕节文〉与西方类似物的比较研究》。在《〈南柯太守传〉〈永州八记〉与唐传奇及古文运动的关系》中,倪豪士通过材料的对比发现了柳宗元的山水记文与中唐传奇的笔法颇为类似,文章的最后虽没有提出明确的结论,但为后来者提供了继续探索古文与传奇在中唐文学中的关系的有益思路。而《柳宗元的〈逐毕节文〉与西方类似物的比较研究》则是借鉴西方文化人类学的方法进行跨文化研究的成果,这也是西方汉学家理论优势的体现。

另外,对美国的古文研究有深刻影响的是包弼德先生的《斯文:唐宋思想的转型》③,此书是美国汉学界中以文学的材料研究思想史的典范之作,本书中的《755 年之后的文化危机》和《文治政策与文学文化:宋代思想的开端》两章主要论述了唐宋古文的思想史意义,包弼德先生认为安史之乱后的唐代文化界弥漫着重新确立价值观的问题,而获得价值观的来源最后就落实到圣人之道的方面,这一问题又是通过两个途径来解决,即改革士人选拔的方式和充实士人的道德观念,变革取士方式就是要注重真才实学而反

---

① Victor. H. Mair editor, *The Columbia History of Chinese Literature*, Columbia University Press, 2001.
② 倪豪士,《传记与小说》,中华书局 2007 年版。
③ 包弼德著,刘宁译,《斯文:唐宋思想的转型》,江苏人民出版社 2001 年版。

对雕章琢句的辞采,充实士人的道德则必须恢复孔孟之道的内圣外王,这也导致了此时文章风格的急剧变化,因此古文运动的思想史意义推动了当时的文体变革,这也是中唐古文运动的核心所在。包弼德先生的这一观念在美国汉学界影响很大,并被后来的Anthony Deblasi 所继承,他的 *Reform in the Balance—The Defense of Literary Culture in Mid-Tang China*[①] 是近年来美国研究中唐文学的力作之一,本书中提出的中唐出现的思想主流就是寻找人文教化(to transform the world with literature)的观念和方法,而这一转变发展出两个阵营(track):以古文写作为主的改革派和维持现状的传统派(the creation of the more radical reform position represented by guwen and a more conventional position centered in the capital)。他们坚持着不同的文化理念,尤其是以古文写作为主的改革派强烈希望能够把文化革新作为推动社会政治进步的关键(literary practice and culture 文 were essential to the creation of social and political order)。由此可见,Anthony Deblasi 的主要观点都是承自包弼德的著述,只是他把全书论述的中心放在白居易和刘禹锡的作品上,因为他们对政治评论的意见更直接和集中。

第三节 本书的基本思路和研究方法

通过总结我国和海外有关唐宋古文研究的成果,我们可以清楚地看到对中唐和北宋中期古文的研究占据着主要的篇幅,许多学者将注意力都放在韩愈、柳宗元、欧阳修、苏轼等唐宋古文大家

---

① Anthony DeBlasi, *Reform in the Balance—The Defense of Literary Culture in Mid-Tang China*, State University of New York Press, 2002.

的创作上，研究的对象都是具有典型意义的，而对唐宋古文兴起、形成高潮和发生转折之间的关系和过程留意较少，换言之，就是对发展历程中的中间环节和起承转合的过渡没有做出更多细致的分析。即使有所涉及也是现象描述式的，采用的也是已有的研究套路，看起来面面俱到，实际上只是浮光掠影地概述，而并没有深入现象的内部去挖掘其在文学史中的重要意义。另外，古文的外部研究已引起前人广泛的关注，例如古文与当时的思想文化转型的关系、古文与科举风气的关系、进士行卷对古文创作的影响等问题，但对古文的内部研究，特别是关于古文发展中的文道关系缺少系统的考察。因此对于两次古文高潮之间的诸多问题还有不少探索的空间。这也是本书选择晚唐五代古文进行研究的主要动机。

本书的研究思路主要有以下几方面：

首先，晚唐五代介于中唐和北宋两次古文高潮之间，此时的古文创作呈现出复杂的态势。台湾的吕武志先生的《唐末五代散文研究》，对晚唐五代的古文曾有论述，但其分析多是在断代文学史研究的思路上进行现象描述，缺少深细入里的考察。唐宋古文的核心是"文以载道"，其中"道"是矛盾的主要方面。对"道"的内涵有不同理解，会影响古文创作的发展路向。晚唐五代是一个思想观念错综复杂的时段，这使得时人对"道"的理解也众说纷纭，既有对传统的因循，也有一些推动古文创作的观念。因此，本书首先针对晚唐古文中出现的有关"道"的不同内涵，梳理出趋向各异的创作认识与"道"的这些不同内涵之间存在的关系，并说明这些不同的思想观念对古文创作有着怎样的影响。在此基础上，找出晚唐五代时期真正能够引导古文正确发展的理论观念。

其次，关于古文的外部研究目前已得到充分的挖掘，就历史实际来看，古文运动并非单纯的文体改革，而是与当时的社会政治文化紧密相连的思想运动，因此，围绕古文发展的一些相关的社会历史文化的研究取得了很高的成就。然而,对于古文创作的内部研究缺少一以贯之的总体考察。本文在厘清晚唐五代对"道"的理论认识的基础上,希望进一步从"文"的方面系统考察在晚唐五代古文的各个阶段,当时的古文家在创作中是如何谨慎细致地处理文道关系,怎样进行文体创新,是否继承了中唐的经验,对此后古文的不断发展有何影响,这不仅是深入古文内部进行研究的需要,更是解决古文发展核心问题的重点思路。

再次,基于古文运动中文道关系的基本思路,针对创作主体的思想问题也是需要重点考虑的方面,究其实质,就是创作古文的士人在政治生活和从政实践中形成一种怎样的人格,这会影响到他们是从何种角度去理解古文中"道"的含义,并以何种方式去运用"道"的重要意义。毕竟,在文道关系的转化中,创作主体承担着非常重要的角色,他们的创作观念会直接关系到古文中的思想内容。因此,研究士人人格的精神趋向和士风递嬗就成为关注唐宋古文演变的重要角度。

只有把握了古文发展中"道"的内涵的变迁,系统总结晚唐五代古文创作的利弊得失,才能找到真正导致唐宋古文极盛而衰、衰而复盛背后的主要原因。在始终坚持这一思路的过程中,研究晚唐五代的古文历史,则必须首先有文学史的分析方法和眼光。任何一个文学现象的出现、发展、变异和终结,都不可避免地是在一个漫长而复杂的历史进程中体现出来,要截取某一个文学现象的某个阶段进行深入地探讨,则要对这一文学现象从出现到终结的整个发展历程有一个全面的了解,理出其中隐含的发展线索和趋势,然后才能进入具体的问题分析。作为唐宋古文发展史中的重要一环,说明晚唐五代古文承前启后的作用,就需要在把握文学发展大势的基础上去解决其中的关键问题。要达到这一目的,文学史流动的研究方法和学术眼光是不可或缺的。

此外,古文运动的特殊性决定了晚唐五代的古文研究在坚持文学本位的前提下不可能局限于文学研究的一隅。从以往的研究经验来看,古文运动的本质是一场具有深远意义的思想和政治改革运动,除了本身带有的文体文风改革的表现之外,它还广泛地涉及士人的政治理想、文人的科举仕进、社会阶层之间的利害关系以及政治文化的宏观背景等重要问题,这就需要在展开晚唐五代古文论述时,必须注意从文章的具体创作中,看到古文写作与当时士人的政治活动以及整个文化背景的关系,那么储备此时的文学和晚唐五代历史两方面的相关知识则是晚唐五代古文研究中所做的必不可少的前期准备。

最后,晚唐五代古文研究中也要充分注意文学不同体裁之间的互动关系,如此时骈文与古文的对立消长、文章创作与诗歌发展的彼此联系、古文创作中各种体裁(如赋、箴、墓志铭、序、论、记等)的写作与前代的比较,把握其源流正变的发展线索,这也是坚持文学研究本位方法论的体现。

总体来说,晚唐五代古文研究的方法就是在文化的背景之下,坚持文学本位的细致分析,结合文学和历史的相关知识,以文学史流动的眼光和方法去解释本段古文发展的历程,最终补足中唐向北宋古文过渡的重要环节,并深化对唐宋古文运动历史的理解和认识。

第一章　晚唐五代时期古文之"道"的内涵及其影响

文道关系是唐宋古文发展的核心理念,其中又以"道"的内涵为问题的主要方面,"文"的形式的变革有赖于"道"的内涵的更新,从韩愈、柳宗元之前的古文演进到韩、柳古文的成功,证明了影响古文的关键在于对"道"的认识。韩、柳正是在这个问题上形成了崭新的观念,不再视礼乐为政治兴衰的决定因素,促成了从礼乐到道德的转变,从而将作者个人的失意之悲纳入"道"的范畴,极大地解放了古文创作的个性,增强了文章的抒情意味,这才形成了新型古文①。晚唐五代时期,虽然由于政治局势的制约而使一些传统观念回潮,但与此同时,在韩、柳贡献的基础上,也逐渐推进了"道"的内涵的扩展,尤其是在政治观的方面,因而"道"的观念在晚唐五代有着错综复杂的呈现。本章着重从整体上探讨时人对"道"的不同认识与当时政治局势的关系,及其对古文创作的影响。

第一节　古文中"道"的内涵与政治形势之关系

在大多数的文学史叙述中,晚唐五代时期一直被看作是由唐入宋的过渡阶段,武人当政而文士寥落,文学成就乏善可陈。受到

---

① 参见葛晓音师《论唐代的古文革新与儒道演变的关系》,《中国社会科学》1987年第1期。

这种观念的影响,后世对晚唐五代文学的研究显得较为单薄。然而,这毕竟是一段近百年的历史,盛中唐之际开启的文化转型至此并未终结,而是在历史演进的过程中继续发展。正是因为这些历史积淀,北宋才逐步形成独具特色的时代文化。从这个意义上来说,在唐宋文化转型的漫长历程中,作为重要阶段的晚唐五代是值得深入研究的。晚唐五代时期上承中唐,下启北宋,元和中兴之后的衰势已不可避免,唐末农民战争导致当时战乱频仍,割据政权林立,面对此种危局,当时文人的思想观念呈现出非常复杂的多样性,或感慨乱政而欲救时济世,或退隐山林而重个人性灵,其中既有传统认识的延续,又有时代形势影响下而出现的新动向。在文章创作领域,这种混融杂糅的思想状态鲜明地体现为文道关系中"道"的内涵所具有的多样性。因此,要真正深入客观地研究晚唐五代时期的文章,厘清当时所出现的各具特点的"道"的内涵就成为当务之急,同时以此为基础,追溯此种形势与中唐古文革新之间的源流关系,也可凸现出中晚唐五代古文发展演变中的某些重要方面。

一、晚唐五代古文中的雅颂观念

经过安史之乱打击后的中唐时期,当时的各种社会矛盾虽已激化,但中央集权的控制力并未完全崩溃,在与藩镇割据的拉锯战中还能占据上风,宪宗平定淮西叛乱的成功可谓中兴的局面。一大批出身庶族的知识分子则带着投身政治、积极入世的热情,干预时政,抨击政治弊端,推进改革,成为当时社会政治革新势力的主要代表,以韩、柳为主的古文运动也正是凭借这种政治形势的推动而蓬勃开展,"文以载道"中"道"的内涵也随中唐古文作家的不断阐释而得到更新,从颂美到讽喻,从礼乐到道德,形成了崭新的创作观念,并以此带动了文章创作,才使得古文运动在当时取得了重要的实绩。然而晚唐五代时期已不能与中唐相比,存在已久的社会矛盾还在不断地急遽加重,那些有实力的藩镇俨然成为独立王国,父死子继,兄终弟及,这种世袭的局面促使藩镇对抗中央集权,甚至严重影响到当时的皇帝废立和政治运转。而宦官专权所带来的恶果是中央政治的日渐腐朽,他们不仅凌驾于皇权之上,而且对朝政的影响也日益加深,"甘露之变"就是宦官完全压倒朝官的典型事件。至于官员内部的纷争,也是愈演愈烈,"牛李党争"持续时间之久,波及范围之广,已经使得摇摇欲坠的晚唐政局雪上加霜。鉴于晚唐五代时期积重难返的政治危局,一些有社会责任感的文人继承了传统儒家所坚持的"诗教"传统,即礼乐教化和文关盛衰的政教文学观,从文学与政治的关系出发,极力呼吁以文学创作反映社会生活,提倡文学的社会政治价值,发挥文学对国家政治所起到的重要促进作用,这种认识所代表的文章之"道"的内涵就是盛世则颂、衰世则刺的文学观念,在当时的诸多诗论中有着鲜明的体现,如吴融在《禅月集序》中明确指出:

  夫诗之作者,善善则咏颂之,恶恶则风刺之。苟不能本此二者,韵虽甚切,犹土木偶不生于气血,何所尚哉! 自风雅之道息,为五言七言诗者,皆率拘以句度属对焉。既有所拘,则演情叙事不尽矣。且歌与诗,其道一也。然诗之所拘悉无之,足得于意。取非常语,语非常意,意又尽则为善矣。国朝为能歌诗者不少,独李太白为称首。盖气骨高举,不失颂咏风刺之道。厥后白乐天为讽谏五十篇,亦一时之奇逸极言。昔张为作诗图五层,以白氏为广大教化主,不错矣。至于李长吉以降,皆以刻削峭拔飞动文彩为第一流,而下笔不在洞房蛾眉神仙诡怪之间,则掷之不顾。迩来相教学者,靡漫浸淫,困不知变。呜呼! 亦风俗使然。君子萌一心,发一言,亦当有益于事。矧极思属词,得不动关于教化?①

---

① 《全唐文》卷八二〇,中华书局1983年版,第8643页。

吴融在此所强调的"善善则咏颂之,恶恶则风刺之"的理念正是雅颂怨刺的文学观,这明显受到儒家"诗教"传统的深刻影响,不仅以《诗经》的风雅之道为最高标准,而且过于从内容方面肯定"颂咏风刺之道",而明确否定一些颇具文学审美色彩的作品和创作技巧,如五言七言诗中的对偶和句式。受此观念制约,吴融对李贺诗歌中瑰丽奇幻、恍惚迷离的诗境颇有微词,认为这些诗作不关教化,因此无益于世。方干在《玄英集序》中也是以"风雅"代表政治教化的文学观:

> 风雅不主于今之诗,而其流涉赋。今之诗盖起于汉魏南齐五代,文愈萎,诗愈丽。陈隋之际,其君自好之。而浮靡浣灪,流于淫乐。故曰音能亡国,信哉!①

视讲求形式美的文学艺术为亡国的主因,可谓政教文学观念的极端表现,此文作时距唐亡也就十余年,这也说明此时呼吁以文学救世的观念在士人中有相当的影响。此种论调在其他的诗论中也不断出现,如王玄在《诗中旨格》中曾曰:"予平生于二南之道,劳其形,酷其思,粗著于篇。虽无遗格之才,颇见坠骚之志。且诗者,在心为志,发言为诗,时明则咏,时暗则刺之。"②旧题白居易《金针诗格》:"诗有内外意,一曰内意,欲尽其理。理,谓义理之理,美、刺、箴、诲之类是也。……诗有三体:纪帝德曰颂,干王道曰雅,讽上曰风。"③旧题贾岛《二南密旨》:"论六义:歌事曰风。布义曰赋。取类曰比。感物曰兴。正事曰雅。善德曰颂。风论一:风者,风也。即与体定句,须有感。外意随篇自彰,内意随入讽刺。歌君臣风化之事。……雅论五。雅者,正也,谓歌讽刺之言,而正君臣之道。

---

① 方干,《玄英集》卷首,台湾商务印书馆影印文渊阁《四库全书》本。
② 张伯伟,《全唐五代诗格汇考》,凤凰出版社2002年版,第456页。
③ 同上,第351—354页。

法制号令,生民悦之,去其苛政。颂论六。颂者,美也,美君臣之德化。"①徐夤《雅道机要》:"明六义:歌事曰风。布义曰赋。取类曰比。感物曰兴。正事曰雅。功成曰颂。"②王梦简《诗格要律》:"一曰风。与讽同义,含皇风,明王业,正人伦,归正宜也。二曰赋。赋其事体,伸冤雪耻,若纪功立业,旌著物情,宣王化以合史籍者也。三曰比。事相干比,不失正道。此道易明而难辨,切忌比之不当。四曰兴。起意有神勇锐气,不失其正也。五曰雅。消息孤松、白云、高僧、大儒,雅也。六曰颂。赞咏君臣之道,百执有功于国。"③上述观点都不约而同地回归儒家劝善惩恶、美刺并举的传统诗教观,结合《诗经》"六义"的内容,将"颂"等同于礼乐之美,"风"则属于讽谏篇章,整个认识的关键则是从美教化、厚人伦、正王道的角度落实文学与政治的紧密关系,从而为改善政治必先从文学入手的观念寻找合理依据。为了达到这个目的,晚唐五代的诗论中甚至出现大量以诗歌中的自然物象比附政治教化的例子,据王运熙、杨明先生的研究,当时的十一种诗格著述中有七种包含了这方面的内容④,这种情形正说明了传统"诗教"观在晚唐五代时期有着巨大的影响。

以美刺讽谕为核心的"诗教"观并非一成不变,而是在漫长的历史发展中逐步发生着内涵的演变,即从最初的兴观群怨到两汉时期的美刺并举,再到两晋时期的颂美雅正,最终形成了南北朝时期宗经述圣的观念⑤,"诗教"说偏于颂美一端、取消讽谕内容的结

---

① 张伯伟,《全唐五代诗格汇考》,第372—373页。
② 同上,第425页。
③ 同上,第474页。
④ 王运熙、杨明,《隋唐五代文学批评史》,上海古籍出版社1994年版,第593—595页。
⑤ 参见葛晓音师《论汉魏六朝"诗教说"的演变及其对诗歌发展的作用》,收入《汉唐文学的嬗变》。

果必然导致文学成为政治的附庸,那些一味歌功颂德的作品只能起到粉饰太平的不良作用,不仅对政治改革毫无益处,甚至严重影响了文学创作的风气。以颂美为尚、宗经复古的文学观念在唐代的文学发展中不乏先例,尤其是盛唐时代以张说、张九龄等"文儒"之士最具代表性,他们身居政治高位,又是当代文宗,面对开元盛世的繁荣景象,以其才华横溢的大手笔展现躬逢理想时代的心态,他们诗歌中所倡导的雅颂礼乐之声正是当时盛世气象的典型象征。但是晚唐五代时期的政治衰败已是不争的事实,当时诗格中虽然表面上还是美刺兼顾,但在实际情形中还是偏重颂美而贬低讽谕,过于强调功成而颂对于国家政治的重要意义,而这一观念显然与当时的现实不符。

此种观念也体现在当时的古文领域,其中以牛希济最为突出。作为生活于晚唐末期到五代时期的代表文人,牛希济极力强调古文创作对于儒道延续的重大作用,他在《文章论》中曾旗帜鲜明地指出:

> 圣人之德也有其位,乃以治化为文,唐虞之际是也。圣人之德也无其位,乃以述作为文,周孔之教是也。纂尧舜之运,以宫室车辂钟鼓玉帛之为文,山龙华虫粉米藻火之为章,亦已鄙矣。师周孔之道,忘仁义教化之本,乐霸王权变之术,困于编简章句之内,何足大哉!况乎浇季之下,淫靡之文,恣其荒巧之说,失于中正之道。两汉以前,史氏之学犹在;齐梁以降,国风雅颂之道委地。今国朝文士之作,有诗、赋、策、论、箴、判、赞、颂、碑、铭、书、序、文、檄、表、记,此十有六者,文章之区别也。制作不同,师模各异。然忘于教化之道,以妖艳为胜,夫子之文章,不可得而见矣。古人之道,殆以中绝,赖韩吏部独正之于千载之下,使圣人之旨复新。……今有司程式之下,诗赋判章而已。唯声病忌讳为切,比事之中,过于谐谑。学古文者,深以为惭。晦其道者扬袂而行,又屈宋之罪人也。且文

者,身之饰也,物之华也。宇宙之内,微一物无文,乃顽也,何足以观?且天以日月星辰为文,地以江河淮济为文,时以风云草木为文,众庶以冠冕服章为文,君子以言可教于人谓之文。垂是非于千载,殁而不朽者,唯君子之文而已。且时俗所省者,唯诗赋两途。即有身不就学,口不知书,而能吟咏之列。是知浮艳之文,焉能臻于理道?今朝廷思尧舜治化之文,莫若退屈宋徐庾之学,以通经之儒,居燮理之任。以杨孟为侍从之臣,使仁义治乱之道,日习于耳目。所谓观乎人文,可以化成天下也。①

晚唐五代时期,古文处于低潮,牛希济是当时对古文创作抱有热情的重要文士,他首先站在政治和文学必须紧密联系的立场,说明了周孔之道、教化之义是决定文学发展品格的关键因素,国风雅颂是文学创作的极致和理想。由此出发,牛希济才否定了齐梁文学"忘于教化之道,以妖艳为胜"的淫靡之气,并进而强调了韩愈的古文创作对于恢复圣人之道的重要意义。透过牛希济的这种观念,可见他所注重的"文"是偏于颂美一端并要时刻体现礼乐教化之道的,与此同时也贬斥了屈原以降讲求文学审美传统的一些作家,即"朝廷思尧舜治化之文,莫若退屈宋徐庾之学"。这一观念与盛中唐之际古文先驱的认识极为相似,李华、萧颖士、贾至等人在推崇"复古"的观念中,总是以讴歌三代王道理想、复兴雅颂之音作为重现盛世景象的先决条件,这显然是从传统的礼乐观来看社会兴衰的必然结果。大倡典谟、崇尚雅颂恰恰说明了盛中唐之际的这批古文先驱并未在"道"的内涵上形成突破前人的思想。尤其从内在实质来讲,铺陈礼乐王道、歌颂太平盛世的传统儒家文学观和政治观就是推动那些"体国经野、义尚光大"的赋颂骈文大行其道的根

---

① 《全唐文》卷八四五,第 8877—8878 页。

源所在。而李华、贾至、萧颖士等人在这一关键点上仍延续着陈旧的认识,因此造成了他们在创作中实践的文学复古只具有以古体散文取代赋颂骈文的文体变革作用,而且受这种观念影响所创作的赞美王化、称颂功德的古文也只能是机械拟古的僵化之作。韩愈、柳宗元等人正是由于在"道"的内涵方面作出了全新的解释后,才从实质上推动了中唐的古文革新。而晚唐五代的牛希济在《文章论》中的观念则又回复到李华、贾至、萧颖士等人的认识,以儒道教化制约文学,创作上崇尚典谟雅颂,否定屈原等具有审美特色的文学传统。当时与牛希济认识类似的文人还有一些,其论点主要集中于音乐与政治的关系方面,如张曙在《击瓯赋》中的"处士审音以知声,余审乐以知化"[①],段安节在《乐府杂录序》指出:"爰自国朝,初修郊礼,刊定乐悬。约三代之歌钟,均九成之律度,莫不韶音尽美,雅奏克谐。上可以吁天降神,下可以移风变俗也。"[②]前引王赞的《玄英诗序》的观念即是让音乐发挥移风易俗的作用,音乐的发展反映政治盛衰的起伏变化,并视音乐为政治兴废的关键,这是儒家礼乐观念的核心,从根本上说,这与文学从属于政治的"诗教"说是同质的,而且段安节强调尽善尽美的三代礼乐理想与牛希济在《文章论》中的论调彼此呼应,足见传统儒家文学观在晚唐五代有着相当的市场。

出现这一局面的重要原因在于以韩、柳为代表的中唐古文革新在"道"的内涵,即文学观念方面并没有完全否定歌功颂德的必要性,如韩愈在元和年间曾作《元和圣德颂》,平定淮西之乱后又作《平淮西碑》以歌颂宪宗的当世武功,柳宗元也曾因此作有《平淮夷雅》和《唐铙歌鼓吹曲》等歌功颂德之诗,他们的这种创作正是源于

---

① 《全唐文》卷八二九,第8742页。
② 《全唐文》卷八二〇,第8634页。

传统观念中功成之后制礼作乐的思想。北宋的穆修在《唐柳先生文集后序》中深刻地指出:"唐之文章,初未去周、隋五代之气;中间称得李、杜,其才始用为胜,而号雄歌诗,道未极浑备。至韩、柳氏起,然后能大吐古人之风。其言与仁义相华实而不杂,如韩《元和圣德》《平淮西》、柳《雅章》之类,皆辞严义密,制述如经,能崒然耸唐德于盛汉之表蔑愧让者,非先生之文则谁与?"[1]将韩、柳的这些作品比附于两汉盛世的华章,甚至儒家的经典,其根本目的正说明了三代盛世礼乐理想影响下的创作理念在当时仍有重要的影响。另外,白居易虽然在新乐府运动中大力主张诗歌的讽喻思想,但与韩、柳一样,在《赋赋》中仍不脱视雅颂正声为高的传统观念:"赋者古诗之流也。始草创于荀、宋,渐恢张于贾、马。冰生乎水,初变本于《典》《坟》;青出于蓝,复增华于《风》《雅》。而后谐四声,袪八病,信斯文之美者。我国家恐文道寖衰,颂声凌迟。乃举多士,命有司;酌遗风于三代,明变雅于一时。全取其名,则号之为赋;杂用其体,亦不出乎诗。四始尽在,六义无遗。是谓艺文之敬策,述作之元龟。"[2]由此可见,即使在古文创作取得重大突破的中唐时代,韩、柳等人在继承前代经验和教训的基础上,虽然强调了文学可以怨刺的作用,但没有彻底否定崇尚雅颂的传统文学观,这不仅为骈文在晚唐的复盛埋下了内因,更使得此后古文的发展脱离了中唐时的正确道路而逐渐衰落。

二、"居安思危"的政治观与晚唐五代古文的讽喻观念

除了崇尚雅颂的传统观念外,晚唐五代时文章之"道"的内涵还有其他的特征,其中最值得关注的是以"居安思危"的政治观为

---

[1] 曾枣庄、刘琳主编,《全宋文》,上海辞书出版社、安徽教育出版社2006年版,第16册,第31页。
[2] 顾学颉点校,《白居易集》,中华书局1979年版,第877页。

基础所形成的重视谏诤的文学观念。这一新趋向形成的缘起是中唐文人在如何看待儒家礼乐理想与现实政治之间关系的问题上改变了观念。儒家所推崇的盛世理想是功成而制礼作乐,具有铺张扬厉特色的赋颂骈文就是体现这一理想的最佳载体。同时,讲求文学的伦理教化功用也使得儒学的礼乐观念成为绾和文学和政治之间紧密关系的关键。因此,为了实践儒学的礼乐理想,历代统治者不惜大兴土木而建明堂、隆祭祀,东巡齐鲁,封禅泰山则是盛世到来的典型事件。这种把经典中反复渲染的盛世理想通过制礼作乐的形式付诸现实,甚至在很多衰世也出现了为粉饰太平而大肆铺陈礼乐的举措,实际是颠倒了儒家礼乐思想中政治与文化的关系,认为借大兴礼乐就可恢复清明政治。这种认识最鲜明的表现就是将一些自然现象(如祥瑞灾异等)与政治形势相附会,即祥瑞出现则国政清平,出现灾异则为衰世预警。

中唐时期,以韩愈、柳宗元为代表的古文作家其实已经对这一问题有过较为深入的思考,他们不再视礼乐兴衰为政治隆替的根本标准,这实际就承认了文学的相对独立性。从礼乐到道德的转变促使韩、柳等人在根本上否定了把制礼作乐视为政治清明象征的认识,重视那些道德才学之士的失意之悲,这种观念的变化也反映到韩、柳如何看待祥瑞和政治、指陈时弊与安定国家的问题上。韩愈在《获麟解》指出:"麟之所以为麟者,以德不以形。"[1]麒麟作为祥瑞的代表,之所以能够成为盛世的象征,在韩愈看来,是由于麒麟的象征意义源自政治的德政,而不是它的表面形态。柳宗元在《贞符》中的观点也与韩愈《获麟解》中一致:"受命不于天,于其人;休符不于祥,于其仁。"[2]只有实行仁政,才能保证国家的长治

---

[1] 韩愈著,马其昶校注,《韩昌黎文集校注》,上海古籍出版社1986年版,第42页。

[2] 《新唐书》卷一六八,第5139页。

久安,祥瑞只是仁政实行的结果。综合韩、柳的观点,重视政治本身的清明已成为对盲目追求祥瑞的表面化意义的有力反拨,这与以往看待盛世标准、用礼乐粉饰太平的观念大不相同了。当然,韩、柳等人的意见之外,把祥瑞灾异与政治好坏紧密结合的看法在中唐仍有一定的市场,例如沈传师在《元和辨谤略序》中曾指出:"臣闻乾坤定而上下分矣,至于播四时之候,遂万物之宜,在验乎妖祥之二气,祥气降则为丰为茂,妖气降则为沴为灾。"①

在对待妖祥的观念中,历代统治者显然更为关注祥瑞,因为这是政治清明的典型象征,许多借祥瑞出现来粉饰太平、歌功颂德的例子也源于此。关于祥瑞与政治的关系,对历史经验的借鉴也有值得探讨的空间,其中传统礼乐文化所代表的重视祥瑞的意识与时代政治之间到底是何种关系,仍须仔细辨清,尤其是在衰世大兴礼乐与治世时进行这种活动,它们彼此的不同其实是对两种认识逻辑的反映。盛唐之时,国富民强,天下安定,万国来朝,当时的玄宗在张说等人的推动下频繁进行了封禅等颇具象征意义的祭典,这些制礼作乐的活动是基于当时国力繁盛的现实,即玄宗施行仁德之政是促使当时大规模礼乐活动的根本原因。张说等人的主张与衰世中的铺张礼乐有着本质的不同,盛大礼乐的出现是开元盛世国力强盛的结果,而衰世所行的礼仪祭典等活动恰恰是倒果为因,那些当政者看到盛世之时的礼乐铺排,就认为只要实行这些典仪即可复兴王道,这样做的结果只能是借礼乐庆典的实行达到粉饰太平的目的,而对现实政治毫无裨益。晚唐五代时期,歌颂祥瑞的文章不乏其例,如陶榖在后周世宗柴荣征讨北汉和南唐的两次胜利之后作《紫芝白兔颂》,"嘉瑞"的意义象征了"酌物情,顺天意,吾君当垂衣而治"的景象,这不仅烘托当时朝野上下嘉和欢欣的气

---

① 《全唐文》卷六八四,第7005页。

氛,并在这种歌颂的调子中起到润色王业的作用。由此可见,崇拜祥瑞的观念在当时的政治生活中仍有不容忽视的重要影响。

在晚唐五代,面对衰世的景象,一些有识之士继承中唐韩、柳等人在《获麟解》《贞符》中的观念,逐渐放弃儒学中那些看似虚无缥缈的三代理想,理性地看待祥瑞对于国家政治的作用问题,理顺了礼乐活动与现实政治的内在关系。唐末的皮日休在《鹿门隐书》中曰:"圣人隐而不言,惧来世之君以幻化致其物,以左道成其乐。然后世之君,犹有黩封禅以求生,恣祠祀以祈欲者。呜呼!圣人发一言为当世师,行一行为来世轨,岂容易而传哉?当仲尼之时,苟语怪力乱神也,吾恐后世之君,怪者不在于妖祥,而在于政教也;力者不在于角觝,而在于侵凌也;乱者不在于衽席,而在于天下也;神者不在于礼鬼,而在于宗庙也。若然,其道也岂多岐哉?"①皮日休重点批评的就是一些无道君主企图借封禅和祭祀等国家典仪的大肆铺张来渲染国势的稳固,这种自欺欺人的行为只能造成国力的严重浪费,使本已动荡不堪的局势更加岌岌可危。这一认识反映出皮日休准确把握了政治的兴衰在于是否实行仁政,而祥瑞灾异并非影响政治的根本原因。基于这种理念,希图借制礼作乐以挽救世道的认识在晚唐已逐渐受到士人的怀疑。而将皮日休的这种批评进一步明确的士人则是由唐末进入五代的沈颜,他在《妖祥辨》中一针见血地指出国家治乱的关键不在于是否出现祥瑞和妖沴,王道兴废也不在于自然天象的变化,而在于现实人事的问题,即君臣是否能够公明忠诚,选拔的官吏是否称职。在沈颜看来:"凡所谓祥者,必曰麟凤龟龙,醴泉甘露,景星朱草。所谓妖者,必曰天文错乱,草木变性,川竭地震,冬雷夏霜。或者以察王道之废

---

① 皮日休著,萧涤非等点校,《皮子文薮》,上海古籍出版社1981年版,第91—92页。

兴,国家之治乱,则乩考于是,而不知君明臣忠,百司称职,国之祥也。信任谗邪,弃逐谠正,刑赏不一,货赂公行,国之妖也。三代以后,废兴之兆,理乱之故,鲜不由此矣。若向所祥者果祥,则周道衰而麟见;妖者果妖,殷道盛而桑谷生庭;不其明与?"①后晋时的康澄也在《陈政事疏》中一反政治中强调妖祥的认识:"臣闻安危得失,治乱兴亡,诚不系于天时,固匪由于地利。童谣非祸福之本,妖祥岂隆替之源!故雊雉升鼎,桑谷生朝,不能止殷宗之盛。神马长嘶,玉龟告兆,不能延晋祚之长。"②国家治乱兴废的关键不在妖祥是否出现,那些衰世中的粉饰只能是殷鉴不远,教训深刻。以祥瑞为代表的礼乐典仪被某些人视作促使政治好转的根本原因,体现的是将复兴政治的希望完全寄托于礼乐活动的铺排。若以礼乐活动与现实政治之间的真正关系来看,这其实是一种倒果为因、粉饰太平的错误观念。而沈颜、康澄等人以深刻敏锐的眼光准确把握到现实政治问题的关键,这种否定妖祥而重视人事的认识,对于正确看待儒家礼乐理想和现实政治运转的关系有着十分重要的意义,这也促使晚唐五代的士人在"道"的理解方面逐渐出现新的变化。

　　抛弃前代注重祥瑞对现实政治的粉饰,这无疑带动了晚唐五代士人更为理性地对待儒家经典中反复渲染的礼乐理想,而且这一理想所覆盖的那层神圣性也逐渐失去了在现实政治中的重要作用。士人们不再期望按照虚幻的三代理想去大兴礼乐,而是开始注重怎样更好地去改善现实政治。正如后唐时的杜崇龟在《请修省以塞天变表》中指出的:"近日星辰变度,苦雨霖霪。是生灵共感之灾,致纬象垂芒之异。惟宜修德,以答元穹。臣窃以修德遍在君臣,非独在于君父。自古创业守文之主,未有无灾变者。但能修德

---

① 《全唐文》卷八六八,第9090页。
② 《全唐文》卷八四七,第8896页。

省躬,则化灾为福。"①现实政治成败的关键在于君臣的作为,只有"修德省躬",才能"化灾为福"。马令《南唐书·先主书》曾载:"州郡言符瑞者十数,帝曰:'谴告在天,聪明在民,鲁以麟削,莽以符亡。常谨天戒,犹惧或失之,符瑞何为哉!'"②由此可见晚唐五代时期对符瑞和国家政治的省思确实更加客观和务实。

在理想与现实的关系中,士人的目光也更多地投向现实,直面现实中的种种弊政,尽可能地去解决现实中的问题,而不再是一味以虚美的理想去粉饰现实的不足,这一由华趋实的结果直接推动了"居安思危"观念的出现。由唐末入五代的杨夔和后晋时的王易简在如何治理国家的深层观念上有着独到的认识,杨夔在《创守论》中强调了相比于创业,守业要面临更为艰苦和长期的过程,他以唐太宗与房玄龄、魏徵的谈论为例,探讨了创业之后所面对的危机,即"时既平,俗既康,以泰自逸,怠于庶务者多矣。其终而不惰者,则几希矣"③。在杨夔看来,创业之时,君主由于"睹覆车之辙",在前代覆亡的教训基础上会从谏如流,奋勇向前,取得创业的成功自不待言。然而到乾坤已定,君临天下后,守业在杨夔眼中则要远比创业更难,成功后的心态变化使得君主不再能接受谏议的声音,完全听凭个人好恶来治理国家,杨夔将之总结为"及乾坤雾霁,山河有主。四海之内,罔不臣妾。言而必从,如影之附。欲而必至,如响之应。爱之可以升九霄,怒之可以挤九泉。顺意者骈肩,逆耳者畏忌。好恶之情,不由其臧否。赏罚之道,匪关于功过。下慑以求命,众怒而莫谏。此所以为守文之难也"④。长此以往,对国事的懈怠必然导致政治的崩坏,因而杨夔的结论是"守业"的

---

① 《全唐文》卷八四九,第8916页。
② 马令,《南唐书》,南京出版社2010年版,第21页。
③ 《全唐文》卷八六七,第9084页。
④ 同上。

关键在于"终而不惰",必须保持"孜孜以亲万机"的状态,勇于纳谏,知人善任。杨夔的这一认识与功成而制礼作乐的观念截然不同,对守业之难的关注也是从推动现实政治出发。因此,这已明显区别于以往看重功成之后礼乐大兴的结果,而更为关注在安定现实中不断发现问题、解决问题的过程,进而保证国家的长治久安。王易简在《渐治论》中有着与杨夔相近的理念,认为治理国家是一个"从渐而生"的持久过程,只有直面现实出现的弊政并寻求正确的解决之道,才能使"社稷无患"。达到这一要求的关键则是"制治于未乱,求安于未危",以百姓黎元为念,薄赋敛而恤万民,"蕴勤俭之风,秉宏厚之德。内无耽玩,外绝奢华"①。由此可见,王易简《渐治论》的核心就是"居安思危"的观念和时刻关注现实的问题。

与杨、王观念类似的士人在当时还有一些,如萧仿在咸通年间所作《谏懿宗奉佛疏》中希望唐懿宗能居安思危,听从臣下的谏议,皮日休在《六箴序》中总结历史中的经验教训而得出"安不忘危,慎不忘节,穷不忘操,贵不忘道"的思想,主要是针对帝王能在施政中勤俭自律。五代时的冯道在《论安不忘危状》指出:"臣为河东掌书记时,奉使中山,过井陉之险,惧马蹶失,不敢怠于御辔。及至平地,谓无足虑,遽跌而伤。凡蹈危有虑深而获全,居安者患生于所忽。此人情之常也。"②这是从自己的生活经验出发,悟出了安逸中依然要有谨慎之心的人生道理。与冯道几乎同时的张昭在《陈治道疏》中开宗明义地提出了"安不忘危,治不忘乱"的思想,并结合唐太宗和唐玄宗的历史教训,原本国势强盛的局面,就是由于志得意满、骄矜懈怠,最终造成了国家的由盛转衰。安史之乱作为唐代政治的分水岭,其惨痛的历史教训无疑给后人留下了很多反思

① 《全唐文》卷八六一,第9034页。
② 《全唐文》卷八五七,第8992页。

政治的意义,张昭也正是以这些教训警示当世,认为只有时刻保持清醒谨慎的施政态度,身处盛世更需如此,才能确保国势的稳定发展。这种"安不忘危"和"居安思危"的认识已明显不同于以三代理想为代表的功成而颂的政治模式,其中所强调的是君主不能沉湎于理想盛世的表面,而应时刻注意解决施政中的问题,这才是治国之道的关键所在。

由于形成了"居安思危"的政治观念,不再把以盛世理想为理论依据的铺陈礼乐看作是现实政治中的重中之重,这不仅消解了赋颂骈文和僵化古文的理论基础,而且更加突出了谏诤讽喻对于实现政治良性运转的重要意义,这成为"居安思危"的政治观影响现实政治生活的鲜明体现。晚唐五代时期,许多君主和士人都曾在文章中频繁论及听取群臣的直言之谏非常重要,如后周世宗柴荣《求直言诏》:"朕暇日观书,见前代名臣,议时政得失,皆直指其事,不尚枝词。举一善必适其材,惩一恶必当其咎,故能中外无壅,悔吝不生。居上者听之而不疑,在下者言之而无罪。……施于臣僚,得事君尽忠之义;用之邦国,有从谏如流之称。爰自近朝,颇亏公道。上封事者,言无可采;议刑罚者,事不酌中。论阿党则莫显姓名,述正直则曾无按据,卒岁延纳,终无可观。为臣事君,不当如是。今后每遇入阁,其待制官候对,及文武臣僚非时所上章疏,并须直书其事,不得隐情。"①其中对现实中诸多官吏的尸位素餐之举深表不满,最终希望群臣能够畅论时政得失,直刺现实弊政。而南唐的张义方在《请纳谏疏》中则是从谏官的实际职责出发来说明谏诤讽喻对保证政治清廉起到的重要作用:"古之任御史者,非止平狱讼肃班列也。有怙威侮法,弃忠贼义,树朋党,蔽聪明者,得以纠弹。至于人主,好游畋声色,说奢侈佞媚,赏非功,罚非罪,得以

---

① 《全唐文》卷一二五,第 1259 页。

争论。使诸侯不敢乱法,百司不得盗权,则御史为不失职。今文武材行之士,固不为乏,而贪墨陵犯,伤风教,弃仁义者,犹未革心。臣欲奉陛下德音,先举忠孝洁廉,请颁爵赏,然后绳纠乖戾,以正典刑。小则上疏论刑,大则对仗弹奏。臣每痛国家之败,非独人君不明,盖官卑者畏罪而不言,位尊者持禄而不谏。上下苟且,至于沦亡。今臣诚不忍忘君亲之义,有所不尽。惟陛下幸赦之。"①由唐末入五代的卢文纪在《请对便殿疏》也表达了类似的观点:"臣闻古先哲王,乐闻己过。道涂立诽谤之木,门庭树告善之旌。从谏如流,闻议能服。祈以卜年长久,享祚无穷。"②他在《陈政事疏》甚至强调了在君主身边设置谏官的重要性:"臣思德宗初置学士,本不以文翰是供。盖献纳论思,朝夕延问,至于给谏遗补之职,是曰'谏官'。月请练纸,时政有失,无不极言。望陛下听政之余,时召学士谏官,询谋政道,俾献谠言,明书黜陟之科,以责语言之效。"③这种对谏诤讽喻的重视一方面是出于历史经验的总结,如卢文纪在《陈政事疏》中的观点是受到中唐德宗的经验启发,贞观之治形成在晚唐五代士人看来是太宗善于纳谏、群臣勇于进谏的必然结果,如卢文纪在《请对便殿疏》中赞叹:"臣伏览贞观故事,见魏徵、马周之章疏,王珪、刘洎之奏论,或讲贯古今,或铺陈政术,皆万代之长策,非一介之狂言。"马胤孙在代后唐末帝所作《免史在德言事罪诏》中曰:"朕尝览贞观故事,见太宗之理。以贞观升平之运,太宗明圣之君,野无遗才,朝无阙政。书善尽美,无得而名。而陕县丞皇甫德参辄上封章,恣行讪谤。人臣无礼,罪不容诛。赖文贞弥缝,恕德参之狂瞽。徵奏太宗曰:'陛下思闻得失,只可恣其所陈。若所言不中,亦何损于国家。'朕每思之,诚要言也。遂得下情上达,德盛

---

① 《全唐文》卷八七〇,第 9107 页。
② 《全唐文》卷八五五,第 8974 页。
③ 《全唐文》卷八五五,第 8976 页。

业隆。太宗之道弥光,文贞之节斯箸。"①另一方面则是意欲扭转晚唐五代时期确实存在着官员无所作为的现实,如后周世宗柴荣在《求直言诏》所指出的:"爰自近朝,颇亏公道。上封事者,言无可采;议刑罚者,事不酌中。论阿党则莫显姓名,述正直则曾无按据,卒岁延纳,终无可观。"②

与此紧密相关的是,晚唐五代时期许多士人把能否客观公正地讽谏君主作为区别官吏贤愚、选拔真正人才的重要标准。张昭在《陈治道疏》中曾指出:"臣闻安不忘危,治不忘乱者,先儒之丕训。靡不有初,鲜克有终者,前经之至戒。究观例辟,莫不以骄矜怠惰,有亏盛德。恭惟太宗贞观之初,玄宗开元之际,焦劳庶政,以致太平。及国富兵消,年高志逸,乃忽守约之道,或贻执简之讥。陛下以慈俭化天下,以礼法检臣邻。绌奸邪之党,延正直之论。务遵纯俭,以节浮费。信赏必罚,至公无私。其创业垂统之规,如贞观开元之始。愿陛下有始有终,无荒无怠。臣又伏念保邦之道,有八审焉,愿为陛下陈之。夫委任审于材器,听受审于忠邪,出令审于烦苛,兴师审于德力,赏罚审于喜怒,毁誉审于爱憎,议论审于贤愚,嬖宠审于奸佞。推是八审,以决万机,庶可以臻至治。"③治道的关键在于"安不忘危,治不忘乱",而要真正达到这一目标,则需"以慈俭化天下,以礼法检臣邻。绌奸邪之党,延正直之论",既善于采纳群臣的意见,能够做到从谏如流,这就要求选任的官员必须是忠正刚毅、德才兼备之士。因此,在张昭开列"保邦之道"的"八审"中,"委任审于材器"、"听受审于忠邪"、"议论审于贤愚"和"嬖宠审于奸佞"都是关于如何选贤任能的,这既要以德才区别士之贤

---

① 《全唐文》卷八五六,第 8984 页。
② 《全唐文》卷一二五,第 1259 页。
③ 《全唐文》卷八六四,第 9060—9061 页。

愚，也要审慎地判断士人对时政的议论。南唐的张泌也有类似的认识，他在《上后主书》中先是据汉文帝的故事来强调谏诤的意义："臣闻昔汉文帝承高祖之后，天下一家，已三十年，德教被于物也久矣，而又封建子弟，委用将相。合朱虚、东牟之力，陈平、周勃之谋，宋昌之忠，诸侯之助，由中子而入立，可谓正矣。及即位，戒慎谦让，服勤政事，躬行节约，思治平，举贤良，赈鳏寡。除收孥相坐之法，去诽谤妖言之令。不贵难得之货，不作无益之费。其屈己爱人也如此，晁错、贾谊、贾山、冯唐之徒，犹上书进谏，言必激切，至于痛哭流涕者。盖惧靡不有初，鲜克有终也。而文帝优容不咈，圣德充塞，几至刑措。"①后又指出国家必须实行的十项急务："一曰举简大以行君道，二曰略繁小以责臣职，三曰明赏罚以彰劝善惩恶，四曰慎名器以杜作威擅权，五曰询言行以择忠良，六曰均赋役以恤黎庶，七曰纳谏诤以容正直，八曰究毁誉以远谗佞，九曰节用以行克俭，十曰克己以固旧好。"其中第三、第五、第七和第八项涉及官员选拔的问题，综合起来就是把选贤任能的标准定为能否按照治道原则真正做到讽谏君主，张泌有如此意见的依据则是"审先代之治乱，考前载之褒贬。……言君人者，必惧天之明威，遵古之令典，作事谋始，居安虑危也"。

北宋古文运动发展至欧阳修和苏轼取得成功的一个重要原因就是他们在政治思想中形成了"忧治世而危明主"的观念，以此为基础，那些具有鲜明谏诤意识、指陈时弊的文章才能得到肯定，如苏轼在《田表圣奏议叙》中尝言："古之君子，必忧治世，而危明主。明主有绝人之资，而治世无可畏之防。"②凡是真正能够施行仁政、重视民生的君主，都会在安定局面中怀有一种持续的危机意识，真

---

① 《全唐文》卷八七二，第9131页。
② 孔凡礼点校，《苏轼文集》，第317页。

正具有责任感和担当精神的士人也都会敢言直谏。只有这样,才能不断革除弊政,推动现实政治的发展,这是苏轼肯定汉文帝善于纳谏和贾谊上疏的根本所在,而欧阳修和苏轼的这种思想正是晚唐五代时期"居安思危"观念的延续和发展。从这个意义上说,正确看待治世时的谏诤行为是确保政治安定、体现士人积极用世的重要内容,这对于唐宋古文中一以贯之的关心世务的创作精神有着重要的思想意义,在晚唐五代时期逐渐形成的"居安思危"的观念恰在这个方面为欧阳修和苏轼等北宋古文家导夫先路。

三、余论:晚唐五代古文与寒士仕进

晚唐五代时期"居安思危"的政治观突破了功成而颂、制礼作乐的传统认识,促使重视以谏诤讽喻为核心的文学观的兴起,并与当时对士人仕进、选贤任能问题的关注紧密联系在一起,这一形势与中唐古文革新之间存在着怎样的关系,这是需要辨清的问题。

中唐古文革新的重要表现是文学复古,即以单行散体的古文代替四六为主、讲究对偶的骈文,取法先秦两汉的文风。然而古文革新的意义绝不仅于此,在其文学创作之下有着更为深层的社会背景,那就是与中唐政治形势息息相关的亟须解决的时代问题——寒士仕进。以韩愈为代表的中唐古文家通过古文创作基本实现了"道"的内涵从礼乐向道德的转变,进而由此提出了道德标准在国家选材中的关键作用,即面对安史之乱后的国家重建,依靠贵贱有别的门第观念维系的选材模式,已不能满足中唐时期大批寒士文人急欲在政治中施展抱负的要求。韩愈等人希望朝廷能够打破以往按门第取士的标准,大力提拔寒族文士,使那些具有道德才学的下层文人获得畅通的仕进途径,从而建立贤愚分明、以智役愚的社会结构。由于韩愈的这一主张在当时符合大多数寒士文人的迫切要求,这才使古文运动获得了广泛的社会基础。因此,中唐古文运动不单纯是一场以古文代替骈文的文学革新,更为重要的是有着为寒士争取施展政治才干的机会、为国家选贤任能的重要意义。中唐古文运动的这一深层目的确定了"道"的价值在于寒士文人以道自任,在位行道,在野则以文传道,从而肯定了那些身处草野的寒士创作的失意文章中发自真性情的穷苦愁思,扭转了单纯看重歌功颂德的大雅之作的传统观念①。

时至晚唐五代,韩愈在中唐所面对的问题依然存在,选拔人才时究竟是依赖门第还是注重道德才学,仍旧反复困扰着士人②,因此有关取士问题的文章层出不穷。如后唐的史在德指出了当时选拔士人的实际弊端:"朝廷任人,率多滥进。称武士者,不闲计策。虽披坚执锐,战则弃甲,穷则背军。称文士者,鲜有艺能,多无士行。问策谋则杜口,作文字则倩人。所谓虚设具员,枉耗国力。"③如此选士必然会严重影响政治的运转。窦俨则在后周时抨击了官员尸位素餐、不思进取的不良风气,他指出:"设官分职,授政任功,欲为政之有伦,在命官之无旷。今朝廷多士,省寺华资,无事有员,十乃六七,止于计月待奉,计年待迁。其中廉干之人,不无愧耻之意。如非历试,何展公才。"④卢文纪在《请御书殿最臣寮

---

① 参见葛晓音师《论唐代的古文革新与儒道关系的演变》中的内容,收入《汉唐文学的嬗变》。郭预衡先生在《历代散文史话》(中国文联出版社2009年版)中论及韩愈古文创作的意义时也有类似的观点,强调了韩愈倡导的古文运动中具有奖掖寒士、选拔贤能的深刻意义。

② 杜牧等晚唐士人对此有集中的探讨,参见《上宣州高大夫书》。宋代的郑樵在《通志·氏族略》序中指出:"自隋唐而上,官有簿状,家有谱系。官之选举,必由于簿状;家之婚姻,必由于谱系……此近古之制也,以绳天下。使贵有常尊,贱有等威者也。所以人尚谱系之学,家藏谱系之书。自五季以来,取士不问家世,婚姻不问阀阅,故其书散佚,而其学不传。"可见晚唐五代是六朝门第论贵贱向两宋道德取士人的关键时期,随着观念的更新和社会的转型,依附于门第论的谱系簿状之学在晚唐之后逐渐式微。

③ 《朝廷任人滥进书》,《全唐文》卷八四九,第8921—8922页。

④ 窦俨,《陈政事疏》,《全唐文》卷八六三,第9048—9049页。

奏》中讲述了门第子弟与寒士孤贞在仕进上的天壤之别:"一人御宇,百职交修,则四时无水旱之灾,万国有乐康之咏。顷属中原多事,三纪不宁,廉平因此而蔑闻,赏罚由兹而失序。所以枭鸾并起,骀骥难分。有援助者,至滥必容。守孤贞者,虽贤莫进。遂使居官亀俯,奉职因循。唯思避事以偷安,罔效辅时而济物。"①奉职因循的大族子弟显然不能胜任职责,因此也不能达到辅时济物的要求,而那些才学之士却因官场失援,无法获得进身之阶。面对此问题,晚唐五代的士人采取的解决方式也与韩愈相同,那就是整肃科举制度,这促使许多士人纷纷直面贡举中所出现的问题。由唐末入五代的牛希济虽然在文章观念方面承袭的是盛中唐古文先驱的认识,但在关注寒士文人进身的问题上则有深刻的理解,这在他的《荐士论》《贡士论》和《寒素论》中有着鲜明的体现。后唐的郭崇韬在《条陈三铨事例奏》中就曾明确指出科举选士中存在严重的舞弊行为,诸如冒名顶替、假荫入仕等,这导致一些寒素士人不能被公平地录取,郭崇韬的建议则主要是严格举子的报名身份,不可冒名滥进。窦仪在后晋时针对科举选士的诸多之弊而作《条陈贡举事例奏》,其中包括习经业而过分注重名利的心态,即"才谋习业,便切干名",帖经考试阻碍士子罕识经书大义,举送士子中出现的奔竞请托之风,窦仪因此建议重新规定省卷的内容、改革考试的科目和发榜的程序,力图革除旧弊,争取选出道德才学兼具的文士。

  寒士文人的仕进是中唐至晚唐五代一直存在的重大问题,它不仅关系到众多下层士人能否在公平公正的原则下取得为国效力的机会,更会深刻影响世风的走向和政治的发展。对此问题的持续关注则从深层促使晚唐五代的士人继承了中唐古文革新的核心理念,并保证了韩愈等人在中唐古文革新中所形成的思想得以不

---

① 《全唐文》卷八五五,第8973页。

断延续。

在晚唐五代的新形势下,尤其受到"居安思危"政治观念的影响,推崇谏诤讽喻精神的文学观则成为此时不可忽视的新动向,并以此作为区分贤愚、大力提拔辅时济物的士人的理论依据,这是对延续至晚唐五代时期关注寒士文人仕进问题的积极回应。而且这一趋势也影响到士人对韩愈的认识,一些士人在提及韩愈时更为关注他在《谏佛骨表》中所体现的谏诤精神,如钱珝的《代宰相谢降朱书御札表》:"臣伏念元和中,吏部侍郎韩愈因陈佛骨,遂拜封章。以为前古奉佛帝王,年代犹促。宪宗以人臣去就,乖忤非轻。震怒所临,遂窜荒裔。宪宗英主,韩愈名臣。典记可行,事无不顺。"①萧仿甚至在《谏懿宗奉佛疏》中以韩愈自比:"昔年韩愈,已得罪于宪宗;今日微臣,固甘心于遐徼。"②这也从一个侧面反映出晚唐五代时期的士人在评价中唐古文革新的历史时有着深刻的当代背景。

综上所述,晚唐五代文章之"道"的内涵所具有的复杂而多样的特点既反映了中唐古文革新中存在不彻底的一方面,这是导致古文在晚唐五代时期走向衰落的重要原因。同时这种复杂多样之中又孕育着古文再次复兴的因素,"居安思危"的政治观直接促使谏诤讽喻、关注现实的文学观成为晚唐五代文章之"道"内涵的重要特征。值得注意的是,对寒素文人仕进问题的持续关注是中唐古文革新的精神得以延续至晚唐五代的重要表现。这种从寒士中选贤任能的时代风气能够与当时"居安思危"的政治观、讽喻现实的文学观紧密结合,是对功成而颂的传统礼乐观的否定,为取消铺张扬厉的赋颂制作和僵化的拟古古文存在的理论依据创造了条

---

① 《全唐文》卷八三五,第 8790 页。
② 《全唐文》卷七四七,第 7738 页。

件。与此同时，士人所反复提倡的谏诤讽喻中所蕴含的切于世务的精神，也成为那些具备道德才学、意欲辅时济物的士人努力追求的理想标尺，这已明显不同于韩愈等中唐古文家将革新的重心置于寒士文人的愁苦之作与个人悲苦境遇的视角上，而是具有了更为广阔的政治视野和淑世情怀，同时也成为北宋中期古文运动中欧阳修、苏轼等人"忧治世而危明主"观念和古文再次勃兴的先导。

第二节 颂美盛世与讽喻现实
—— 晚唐五代古文中的两种趋向及其文学呈现

作为唐宋变革的转折时期，晚唐五代时期的古文和骈文之间的对立消长趋势在最近的研究中日渐得到学术界的重视。在一般文学史的叙述中，许多学者都认为晚唐五代是骈文创作的高潮阶段，而中唐在韩、柳带动下曾兴盛一时的古文在此时却相对低落，既无如韩愈那样的文章大家出现，也无经典名篇问世，古文运动似乎到此已无法与高涨的骈文创作争衡，寒门士子在科举入仕和政治生活中的蹉跎沉沦使他们丧失了积极进取之心，从而使得古文已失去了中唐时期那种特有的"不平则鸣"的愤慨之气，代之而起的更多的是对命运无常的感伤和雄志不骋的喟叹。这种认识大体不错，但若细究史实则可以看到，晚唐五代的古文创作仍在潜滋暗长地进行着，并在新的政治局面中呈现着更趋复杂的形态。与中唐相比，晚唐五代的政治情势已发生很大的变化，宣宗时的"大中之治"只是昙花一现，国势的衰颓从总体来看已不可避免，此时的士人理想与现实政治之间又在面临新的调整，儒家所崇尚的道德社会理想如何服务于此时已岌岌可危的国家政局，那些皓首穷经、饱读诗书的士人们又如何在当时政治的日薄西山中发挥平生所学而扶危局于既倒，现实生活中的弊政丛生又能以怎样的方式去革除，这些问题的焦点最后汇于一处，那就是文章创作与国家政治的关系必然成为晚唐五代古文发展中的核心，无论是对前代古文创作观念尤其是韩、柳古文的理解，还是针对晚唐五代的政治情势而发的有关文化文学的种种议论，抑或是身处不同地位、心怀政治理想的文人所写的古文作品中，文学与政治的问题总是反复出现，难以回避，由此横生出的许多枝节，归根到底也可以从此方面得到解释。因而，只有把握住晚唐五代古文中的文章创作与现实政治的复杂关系，才能更为深刻地理解当时古文作家的深层思想，并勾勒出晚唐五代的古文创作在中唐向北宋古文演变中所起到的重要作用。

一、雅颂缘饰的礼乐观念与晚唐古文

晚唐五代时期的文章创作呈现出复杂多元的态势，其中不可忽视的是一股崇尚雅颂礼乐、赞美王化政治的风气，这既有儒家文化传统的深刻影响，也是中唐古文创作某些侧面的延续。传统儒家的礼乐观念总是与憧憬盛世的社会理想紧密相连，其最常见的过程形式是乱世之后，功成而制礼作乐，这一般发生在旧朝覆灭、新朝建立之时，经历了战火纷争之后总要在文化上回归儒家所提倡的礼乐建设，等到国泰民安之时再举行封禅大典，通过祭礼的宏大仪式展示国力的强盛和政治的清明，从而在形式和本质上实践了儒家礼乐理想的最高形态。因此，这种情况下的"礼乐"观念具有社会走向盛世的象征意味，其作用是以文化的形式铺饰政治局面之美好，即"体国经野，义尚光大"。而这一理念在文学上又表现为"宗经述圣"的传统观念，儒家经典中描绘的上古三代的理想社会状态成为现实政治孜孜以求达到的目标，要想恢复到美好的三代政治，最重要的就是将模仿圣人以制礼作乐视为盛世到来的主要标志，最终导致文学创作的最高标准就是儒家经典，这也成为称颂文章和评判文化的根本信条。然而，这种"体国经野，义尚光大"

的礼乐观应有与其相匹配的社会政治条件才可实现,换言之,即将这种礼乐观付诸实践的根本前提就是社会确实达到强盛的局面,政治清明、经济繁荣才能促成制礼作乐的真正形成。正如生活于中晚唐之交的王泾在《大唐郊祀录序》中所说:"臣闻在昔圣王之御宇也,仰则观天以知变,俯则考地以取象,因顺变之道,作为礼乐,化成人文以光天下者,莫大乎郊祀。著之方策,岂微臣讵一二所能尽?臣闻礼有志诚,非玉帛无以见乎外;乐有志节,非钟磬无以达乎中。故自五帝殊时,三王异礼,莫不因之沿革,观损益焉。伏惟皇帝陛下承天景命,列圣重光,法唐尧无为而化,致大禹黻冕之美,明德超于千古,至诚通于百灵,玉帛牲县,大备前典。"[①]圣王顺天地之道而功成御宇,那么这种美好政治的最佳表现形式就是人文化成天下的礼乐郊祀典礼,上古三代的盛世想象和儒家经典的铺陈强调更为这种祭祀典礼涂上一层神圣庄重的色彩,同时也构成了这种礼乐行为的文化依据。

但是在晚唐五代政治的风雨飘摇中,如果只是一味强调礼乐观念的象征意味,就难免会有粉饰太平之嫌了。时至晚唐,在藩镇割据、宦官专权和朋党之争的打击下,国力已大不如前,甚至难以和宪宗时的中兴相比,更不用说盛唐的繁荣了。然而就是在这种内忧外患的困扰之下,晚唐的大型祭祀等典仪却远过于盛中唐时期,尤其是懿宗、僖宗、昭宗三朝,检索此时的祭祀典礼,几乎每年都会有规模盛大的郊祭礼仪,除了已成惯例的皇帝即位、立后立太子、改元建制和郊庙祭享所必需的典仪外,由于晚唐的政局动荡,皇帝数次三番地被迫逃离京师,包括被权臣胁迫迁都,在此情况下也会为祈求垂佑而改元或大赦,郊祭朝仪的次数大大增加,有时每年有两次以上的较大规模的祭典,如懿宗朝十四年有郊祀典礼十

[①] 《全唐文》卷六九三,第7113页。

次,僖宗朝十三年则有十一次,昭宗朝十四年更是达到十五次之多①。这种频繁的礼乐典仪恰与当时紊乱不堪的朝政形成鲜明的对比,本想以此获得万象更新、歌舞升平的效果,结果却是现实中难以挽回的朝政衰败。

晚唐礼乐的粉饰之用在实际政治中已经无法掩盖国事的衰落,但帝王期望盛世再现的想法却在郊祀典礼中必不可少的祭文中反复地出现,与祭祀典礼相伴而生的大量赦文成为晚唐时期文章创作的重要组成部分。这种文体继承了前代"宗经述圣"观念中推崇雅颂的传统,认为雅颂是对盛世景象的铺扬,欲要恢复盛世,则必须模仿雅颂,制礼作乐。因此,繁复冗长、风格典雅但却内容空洞、于政无补的祭文赦文大量出现,结构大同小异,一般是先言当世政治清明,表明功成才有礼乐大典之意,中承大赦和量移等惠政措施,突出皇帝的惠民抚民之举,最后告祭天地,祈求风调雨顺、国泰民安之愿。所不同的地方一般在中间部分的措施,有时会根据当时情势的具体变化而作调整,但大赦囚犯、量移官吏和优恤鳏寡孤独等是常见内容。晚唐时期,最长的一篇赦文是僖宗于乾符二年所颁的《南郊赦文》,全文长近万字,其结构与前代赦文大体相

---

① 参见黄正建主编的《中晚唐社会与政治研究》(中国社会科学出版社2006年版)一书中的《礼制变革与中晚唐政治》一章。该文指出:"唐代赦事与礼仪结合,是有其实用性的立场。一般而言,遇有内乱的朝代或多事之秋赦免总是更多些,这一点在肃宗、代宗朝和晚唐都很突出。代宗大历中几次于京畿地区实行曲赦,不但因其地遇有灾荒,更是由于安史乱后全国税收征调困难,入不敷出,而这个地区却要承担政府和军队的诸多用度,负担过重之故。所以与其说为求免灾,不如说是借全国形势好转之机缓和京畿地区的矛盾,以求达到安定京师的目的。僖宗和昭宗则是由于黄巢起义以后,藩镇争霸和动乱危及政权,以致不得不在逃离京城的情况下多次实行改元和大赦,以求获得上天的垂佑、万象更始的效果,特别是昭宗朝后期的赦事极为频繁,正和这个时期朝政的紊乱形成鲜明对比。因此赦的举行,反映着不同时期的政治需要和特色。"(第142页)由此可见,晚唐时代的大赦改元更多的是起到粉饰太平的消极作用。

同，只是在中间部分的惠政措施方面得到大篇幅的加强，主要是想针对当时丛生的弊政来提出解决的办法，内容包罗万象，事无巨细，几乎涉及晚唐所有的政治痼疾，如与当时军事行动密切相关的军粮转运、兵员阙额和为消除国家财政紧张而进行的赋税逼征等。这些枝蔓丛生的内容虽反映出弊政的积重难返，然而这样一篇冠冕堂皇的大手笔的基调却是"幸而文修政简，岁稔人安，赏罚惟公，忠厚成俗，道渐臻于清净，理将致于雍熙。由是礼上帝用答天休，御端门以崇皇极，是彰报本，式叶体元"，所存的问题只是"尚念蠹于政事者未除，害于时宜者未革"，在藩镇强权的牵扯中根本没有推行的可能，更何况借助赦文革除弊政在晚唐纷乱的时局中不免力不从心，因此这些美好的期望起到的作用只能是粉饰太平、装点门面。僖宗的《南郊赦文》颁布次年，就发生了全国规模的由黄巢领导的农民起义，国事不仅没有如赦文描述的那般有所好转，反而急转直下，难以为继了。

这种象征盛世的礼乐观念之所以在当时的政治生活中有如此深刻的影响，除了传统思想潜移默化的作用之外，还与中唐古文创作遗留下的以雅颂礼乐为尚的认识相关。韩愈在中唐古文运动中形成的思想体现出从礼乐到道德的转变，但是这种转变并不意味着传统观念的彻底消失。从文学史的实际来看，即使韩、柳这样的古文大家在某些时候也不可避免地以传统的礼乐观念进行着古文创作，如宪宗取得平定淮西战役的重要胜利时，韩愈曾作《平淮西碑》《元和盛德颂》，柳宗元也有《平淮夷雅》《唐铙歌十八曲》等，都具有浓重的提倡雅颂传统、崇尚礼乐缘饰的观念，其歌功颂德之意极为明确。宋初的穆修在《唐柳先生集后序》尝言："唐之文章……至韩、柳氏起，然后能大吐古人之风，其言与仁义相华实而不杂。如韩《元和盛德》《平淮西》、柳雅章之类，皆辞严义密，制述如经，能常崒然耸唐德于盛汉之表蔑愧让者,非先生之文则谁与?"①也是从颂美王化的角度肯定韩、柳这些文章的价值。明代的钱谦益在《彭达生晦农草序》中对此也有评说:"有唐之文,莫盛于韩、柳,而皆出元和之世。圣德之《颂》,淮西之《雅》,铿鍧其音,灏汗其气,晔然与三代同风。"②韩、柳文章中此类歌功颂德、润色鸿业的观念恰恰表明了中唐古文革新反骈主张的不彻底性,这也成为晚唐五代骈文复盛的重要原因。

晚唐五代时期,这种观念频繁出现于文人笔下,为数众多的古文家都延续着这一传统,其中多是渗透着对盛世礼乐的推崇之意。如皮日休在《补周礼九夏系文序》曰:

周礼,钟师掌金奏,凡乐事,以钟鼓奏《九夏》,案郑康成注云:夏者,大也,乐之大者,歌有九也。九夏者,皆诗篇名也,颂之类也,此歌之大者,载在乐章,乐崩,亦从而亡,是以颂不能具也。呜呼!吾观之鲁颂,其古也亦久矣,九夏亡者,吾能颂乎?夫大乐既去,至音不嗣,颂于古,不足以补亡;颂于今,不足以入用,庸可颂乎?颂之亡者,俾千世之下,郑、卫之内,窈窈冥冥,不独有大卷之音者乎?③

明确把周礼的乐颂视为恢复古道的关键,并进而模仿圣贤作四言诗,内容无非是歌颂三代的王道理想。以雅颂为核心的礼乐观在孙樵的古文中是以称赞开元盛世的形式出现的,在抨击晚唐佛教蔓延的态势时,孙樵就是拿开元时期的繁盛与晚唐当世作比较,即使在开元国力强盛之时,佛教僧侣也没有晚唐如此之多,更何况衰敝的晚唐又怎能

---

① 曾枣庄、刘琳主编,《全宋文》,第16册,第31页。
② 钱谦益著,钱曾笺注,钱仲联标校,《钱牧斋全集》,上海古籍出版社2003年版,第811页。
③ 萧涤非等点校,《皮子文薮》,第28页。

承受这么多不劳而获的寄食阶层存在,其痛心于晚唐和向往于盛唐因此形成鲜明的对照。在他的《读开元杂报》中更是在与他人的对话中对开元时代的强盛充满向往,同时也感叹于晚唐的衰败:

> 樵曩于襄汉间得数十幅书,系日条事,不立首末。其略曰:"某日皇帝亲耕籍田,行九推礼。某日百僚行大射礼于安福楼南。某日安北诸蕃君长请扈从封禅。某日皇帝自东还,赏赐有差。某日宣政门宰相与百僚廷争十刻罢。"如此凡数十百条。樵当时未知何等书,徒以为朝廷近所行事。有自长安来者,出其书示之。则曰:"吾居长安中,新天子嗣国,及穷虏自溃,则见行南郊礼,安有籍田事乎?况九推非天子礼耶。又尝入太学,见丛甓负土而起若堂皇者,就视得石刻,乃射堂旧址。则射礼废已久矣,国家安能行大射礼耶?自关以东,水不败田,则旱败苗。百姓入常赋不足,至有卖子为豪家役者。吾尝背华走洛,遇西戍还兵千人,县给一食,力屈不支,国家安能东封,从官禁兵,安所仰给耶?北虏惊啮边甿,势不可控。宰相驰出责战,尚未报功。况西关复警于西戎,安有扈从事耶。武皇帝以御史窃议宰相事,望岭南走者四人,至今卿士龂舌相戒,况宰相陈奏于仗乎?安有廷奏争事耶?"语未及终,有知书者自外来,曰:"此皆开元政事,盖当时条布于外者。"樵后得《开元录》验之,条条可复云。然尚以为前朝所行,不当尽为坠典。及来长安,日见条报朝廷事者,徒曰"今日除某官,明日授某官,今日幸于某,明日畋于某",诚不类数十幅书。樵恨生不为太平男子,及睹开元中事,如奋臂出其间。因取其书帛而漫志其末。凡补缺文者十三,正讹文者十一。是岁大中五年也。①

---

① 《全唐文》卷七九五,第 8336—8337 页。

晚唐时代早已远离开元盛世,"居长安者"眼中的京城残破不堪,庙堂荒芜,礼仪久废,灾祸连年,国家财政入不敷出,很难让孙樵将杂报中的情势与当下相联系,繁荣光景与颓败现实的反差最后化作孙樵"恨生不为太平男子,及睹开元中事,如奋臂出其间"的遗憾,这种观念在当时绝非少数,必然会深刻作用于晚唐的文学创作。

五代时期,徐铉作为当时的著名文人,他在文章中屡次推崇歌功颂德的雅颂礼乐之声,如《御制春雪诗后序》:

> 昔者汉宫故事,著成王负扆之图,鲁殿宏规,纪黄帝垂衣之象,用能昭文昭物,虽十世而可知。如玉如金,更百王而不易。况乎天统建寅之首,皇猷累洽之辰,上瑞方呈,宸游载穆。拱北极而众星咸在,祝南山而万寿无逾。明皇花萼之楼,风流不泯;德祖中和之节,雅颂常垂。实奕世之耿光,为中朝之盛观。固当腾之竹帛,饰以丹青。袭六艺以同明,与天文而共丽。①

类似的认识在其他文章中不一而足,如《北苑侍宴诗序》《御制杂说序》《文献太子诗集序》等,重视雅颂的文化观念成为徐铉在五代入宋之后得到新朝肯定的一个重要原因,毕竟赵宋创立不久,迫切需要一些能够铺陈王道、善于制礼作乐的文士参与当时的礼乐重建,徐铉的观念也正是迎合了这一趋势。

基于传统礼乐观念的影响,晚唐五代众多古文家多以贞观和开元两朝作为盛世的代表,进而称赞这两朝的文学成就也就自然成为晚唐文学批评中的重要内容,同时对中唐时期的文学新变加以否定,最明显的是皮日休在《郢州孟亭记》:"明皇世,章句之风,大得建安体,论者推李翰林、杜工部为之尤。介其间能不愧者,唯

---

① 《全唐文》卷八八一,第9211页。

吾乡之孟先生也。先生之作,遇景入咏,不拘奇抉异,令龌龊束人口者,涵涵然有干霄之兴,若公输氏当巧而不巧者也。"①李白、杜甫作为盛唐诗歌的最高代表,也是时代文化精神的象征,皮日休既然在赞颂乡贤孟浩然时是以李、杜为标准的,这更加说明礼乐鼎盛的盛唐在其心目中的地位之高。皮日休在一些诗歌评论中也多次流露出推崇盛唐时代的倾向,如《鲁望读襄阳旧传见赠五百言过褒庸材靡有称是然襄阳曩事历历在目夫耆旧传所未载者汉阳王则宗社元勋孟浩然则文章大匠予次而赞之因而寄答亦诗人无言不酬之义也次韵》:

> 开元文物盛,孟子生荆岫。斯文纵奇巧,秦玺新雕镂。甘穷卧牛衣,受辱对狗窦。思变如易爻,才通似玄首。②

《鲁望昨以五百言见贻过有褒美内揣庸陋弥增愧悚因成一千言上述吾唐文物之盛次叙相得之欢亦迷和之微旨也》:

> 射洪陈子昂,其声亦喧阗。惜哉不得时,将奋犹拘挛。玉垒李太白,铜堤孟浩然。李宽包堪舆,孟澹拟潺湲。埋骨采石圹,留神鹿门埏。俾其羁旅死,实觉天地屄。猗与子美思,不尽如转辁。纵为三十车,一字不可捐。既作风雅主,遂司歌咏权。谁知耒阳土,埋却真神仙。当于李杜际,名辈或溯沿。良御非异马,由弓非他弦。其物无同异,其人有媸妍。自开元至今,宗社纷如烟。爽若沉潋英,高如昆仑巅。百家嚣浮说,诸子率寓篇。……所以吾唐风,直将三代甄。被此文物盛,由乎声诗宣。③

上述两诗都认为唐代可与上古三代的清平治世相媲美,文物之盛又在开元之际,因此歌诗之作也以开元为最,其中的风雅之主则是

---

① 萧涤非等点校,《皮子文薮》,第70页。
② 同上,第132页。
③ 同上,第133页。

当时诗歌成就最高的李白、杜甫,孟浩然作为皮日休极力赞美的前代乡贤位列其中,斯文之美自不待言。这些评论都可与《郢州孟亭记》相互印证。

另外,司空图在《与王驾论诗书》中也有与皮日休同样的看法:

> 足下末伎之工,虽蒙誉于贤哲,未足自信,必俟推于其类,而后神跃而色扬。今之贽艺者反是,若即医而靳其病也,惟恐彼之善察,药之我攻耳。以是率人以谩,莫能自振。痛哉!且工之尤者,莫若工于文章。其能不死于诗者,比他伎尤寡。岂可容易较量哉!国初主上好文雅,风流特盛。沈宋始兴之后,杰出于江宁,宏肆于李杜极矣。左丞苏州,趣味澄敻,若清风之出岫。大历十数公,抑又其次焉。力勍而气孱,乃都市豪估耳。刘公梦得、杨公巨源,亦各有胜会。阆仙东野、刘得仁辈,时得佳致,亦足涤烦。厥后所闻,逾褊浅矣。然河汾蟠郁之气,宜继有人。今王生者,寓居其间,浸渍益久,五言所得,长于思与境偕,乃诗家之所尚者。则前所谓必推于其类,岂止神跃色扬哉!经乱索居,得其所录,尚累百篇,其勤亦至矣。吾适又自编一鸣集,且云撑霆裂月劼,作者之肝脾,亦当吾言之无怍也。①

司空图笔下的唐代文学高峰也是李、杜,这与时代的"风流特盛"紧密相关,显然是站在文学高峰必然反映盛世景象的角度肯定李、杜的文学史地位。此前的文学发展预示了李、杜文学高潮的到来,这一切又都与时势的盛况密切相关。而从创作上对雅颂礼乐观回应的则是晚唐小品文的重要作家,师韩、柳为文,生活于晚唐五代的来鹄,曾根据《穆宗实录》的记载作有《圣政纪颂》,《唐诗纪事》"来

---

① 《全唐文》卷八〇七,第 8486 页。

鹄"条载：

> 《圣政纪颂序》：穆宗皇帝临朝，与群臣言及政事，宰臣请史官执笔记。至上之即位三年，有乡校小臣来鹄，因窥《穆宗实录》，追而为之颂。①

作为当时举进士不第的失意文人，来鹄除了借小品文抒发对时事的看法外，就以这篇颂文最为重要了，因此《唐诗纪事》中"来鹄"的条目下才会有颂文的简序。颂文的主旨就是赞美穆宗朝的君臣之间在纳谏进谏的方面有贞观朝之遗风，进而以三皇五帝的"有圣有神"作比来歌颂穆宗的开明政治，这鲜明地体现了雅颂礼乐观对晚唐古文创作的影响。

雅颂创作虽在当时仍有相当的影响，但其中的社会意义却须要区别认识，受不同的政治背景和作者创作目的的制约，提倡雅颂的观念也有其明显不同的内在价值，如那些出自上层文人之手、用于祭祀礼乐大典的雅颂文章，体现的是礼乐文饰政治的传统观念，藉铺张扬厉的手法以粉饰混乱的时局。与此同时，以孙樵、皮日休等寒士文人为代表的一批作家，虽然他们也在自己的文章中表现出怀恋盛世、歌颂雅乐的认识，但这种观念与那些粉饰太平之作却有云泥之别。孙樵对开元盛世的追忆和皮日休对周公礼乐的向往，有其深刻的社会背景，那就是当时的寒士文人以盛世理想和黑暗的现实形成鲜明的对照，从而达到批判时局的目的。因此，其中蕴含着寒士文人直刺现实的深刻关怀。

二、讽喻现实的文学观与晚唐古文创作

持续八年之久、造成全国动荡的安史之乱让开元盛世的美好

---

① 计有功撰，王仲镛校笺，《唐诗纪事校笺》，中华书局2007年版，第1561页。

彻底成为过去，同时，战乱之后的国家重建更是亟须解决的现实问题，从政治经济到学术文化的深刻转折在盛中唐之交悄然发生着。经济的破落已是不争的事实，擅长理财的官吏逐渐受到重用，那些擅长大手笔制作的文儒之士开始退出政治中心。儒学的探讨也在现实政治的刺激之下开始转向对经典本身的重新理解，大胆怀疑传统权威，自出机杼、舍传求经成为新的学术趋向，并将儒学经典的思想阐发与现实政治的种种问题结合考虑，学术与政治的联系在中唐显得日趋紧密。在文学领域兴起的以韩、柳为主的古文运动和以元、白为核心的新乐府运动更是体现了中唐文人的社会责任感和变革现实、关注国事的积极精神。古文运动的领袖韩愈革新儒学道统，开始向更加关注个人道德仁义的层面转变，在此基础上，将寒士文人的不平之鸣纳入"道"的范畴，从而扭转了西晋以来偏向颂美的文学观念，肯定了那些失意悲苦的怨刺之文。更为关键的是，韩愈呼唤否定贵贱、注重才学的用人标准，希望能够建立以智役愚的社会秩序原则，不仅为寒士文人更好地入仕创造了条件，而且使得表面以变革文风的古文运动突破了单纯的文学领域，具有了现实政治的广泛意义。元、白提倡的新乐府运动则是继承了汉乐府美刺并举的创作精神，感时而作，裨补时阙，在诗歌作品中深刻地揭露当时社会所存在的弊政，鲜明地体现了文学的政治教化功能。通观韩、柳古文的内在精神和元、白的新乐府运动，其关键都是强烈关注现实、革除时弊，因此强调讽喻、直面阙政成为中唐文学在内容选择和创作取向方面的重要特点。

既然讽喻的文学观念在中唐政治的现实中起到了积极的作用，这一趋势在晚唐五代也得到了延续。除了这一传统的影响外，晚唐政治中的谏诤风气也为文学讽喻观念的流行创造了条件。晚唐五代时期，庙堂政治的复杂性非常突出，各派势力犬牙交错，他们之间的斗争此起彼伏，宦官专权的态势在当时深刻影响了君主的废立,官员党争的激烈也使得晚唐政局的发展更显扑朔迷离。然而就在这种混乱时局之中,具有强烈社会责任感的官员也不在少数,他们依然时刻关心朝政,希望通过君主的权威,挽危局于既倒,使自己的政治主张得以贯彻,这种观念集中于一点,就是他们对政治的弊政毫不讳言,并以贞观朝君臣相得的经验为例,即太宗善于纳谏和魏徵积极进谏,期望通过谏诤改善政局。《旧唐书》卷一七六载:

> 御史中丞李孝本,皇族也,坐李训诛,有女没入掖廷。谟谏曰:
>
> > 臣闻治国家者,先资于德义;德义不修,家邦必坏。故王者以德服人,以义使人。服使之术,要在修身;修身之道,在于孜孜。夫一失百亏之戒,存乎久要之源。前志曰:"勿以小恶而为之,勿以小善而不为。"斯则惧于渐也!臣又闻,君如日焉,显晦之微,人皆瞻仰;照临之大,何以掩藏?前代设敢谏之鼓,立诽谤之木,贵闻其过也。陛下即位以来,诞敷文德,不悦声色,出后宫之怨妇,配在外之鳏夫。洎今十年,未尝采择。自数月已来,天睠稍回,留神妓乐,教坊百人、二百人,选试未已;庄宅司收市,癖有闻。昨又宣取李孝本之女入内。宗姓不异,宠幸何名?此事深累慎修,有亏一篑。陛下九重之内,不得闻知。凡此之流,大生物议,实伤理道之本,未免尘秽之嫌。夫欲人不知,莫若勿为。谚曰:"止寒莫若重裘,止谤莫若自修。"伏希陛下照鉴不惑;崇千载之盛德,去一旦之玩好。教坊停息,宗女遣还,则大正人伦之风,深弘王者之体。
>
> 疏奏,帝即日出孝本女,迁谟右补阙。诏曰:"昔乃先祖贞观中谏书十上,指事直言,无所避讳。每览国史,未尝不沉吟伸卷,嘉尚久之。尔为拾遗,其风不坠,屡献章疏,必道其所以。至于备洒扫于诸王,非自广其声妓也;恤髫龀之宗女,固无嫌于征取也。虽然,疑似之间,不可家至而户晓。尔能词旨

深切,是博我之意多也。噫!人能匪躬謇谔,似其先祖;吾岂不能虚怀延纳,仰希贞观之理欤?而谟居官日浅,未当叙进,吾岂限以常典,以待直臣。可右补阙。"帝谓宰臣曰:"昔太宗皇帝得魏徵,裨补阙失,弼成圣政。我得魏谟,于疑似之间,必能极谏。不敢希贞观之政,庶几处无过之地矣。"①

作为贞观朝谏臣魏徵的后裔,魏谟秉承家风,遇不公之事总能直言敢谏。李孝本之女因牵连而被投入掖廷,在魏谟的力谏之下,文宗采纳其建议,并在颁布的诏令中引用太宗与魏徵的典故,表示要效法前朝美谈,鼓励群臣多行谏议,拾遗补阙,杜绝弊政。虽然政局的危殆已不可避免,君主在党争的各派势力和宦官的威逼之下难有大的作为,但这种政治风气的影响仍在一些士人的创作那里得到体现,如晚唐五代时期的谏议奏疏成为此时文章创作的主流,其词锋之犀利和发问之深刻,都显示了此时士人关心现实的谏诤精神②。一些谏臣可以自由地在朝堂之上陈述己见,也使得一些不合情理的命令得以及时地纠正。

谏诤风气在晚唐政治中的积极作用促使此时文学批评中出现了从政教角度肯定讽喻文学的观念。黄滔在《与王雄书》中曰:

> 蒙示盛文,拜纳之日,焉可无言。滔不业文,诚可俪偶其辞,以赘方寸。既再而思,夫俪偶之辞,文家之戏也,焉可赘其戏于作者乎?是若扬优噱,干谏舌,啼妾态,参妇德,得不为罪人乎?是乃扫降声律,直写一二,强名曰书,幸垂听览。顷越之苎工,游蜀之锦肆,锦工以之示肆人,皆哂。越工曰:"诚纤雪之与梭霞异诸,然其经纬之如此。文章之若彼。"咸言其极。

---

① 《旧唐书》卷一七六,中华书局 1975 年版,第 4567—4568 页。
② 关于晚唐五代时期士人的谏诤精神与文章创作,可参见本书第五章第三节《士人谏诤精神与五代时期的谏议奏疏》。

滔今获阁下之文,虽莫我知,亦庶几于越工之言蜀锦。至如典谟之比,宁敢辄言。若复韩校书两寓沈先辈永崇高中丞安邑刘补阙,已上十篇书,指陈时病俗弊,叙述饬躬处己,讲论文学兴废,指切知己可否,虽常人俗士闻见之,亦宜感动,况吾曹乎?则知绵十举而未第者,抑有由也。夫以唐德之盛,而文道之衰。尝聆作者论近日场中,或尚辞而鲜质,多阁下能揭元次山、韩退之之风。故天所以否其道,室其数。使若作《骚》演《易》,皆出于穷愁也,复何疑焉。今之人皆谓番禺骈宝货,游者或务所获。滔之来也,得阁下之文,为至宝奇货。充所获,岂不厚于它人哉?愿阁下脂辖跃辔,荐计贡闱,高取甲乙,然后使人人知斯之宝货。异于是也,元次山、韩退之之风复行于今日也。无令郑畋、孙泰、李瑞、闵廷言、陈峤数公寂寞而已。幸惟志之,不宣。滔再拜。[①]

肯定时人行卷中的"指陈时病俗弊"之作,同时表彰王雄能在尚辞鲜质的不良文风中突出元结和韩愈古文作品中关注现实的品格,指示了其中所具有的救文道之衰的重要意义,可见黄滔虽然是晚唐著名的律赋作家,但他对当时文风的深刻批评还是颇具卓识的。同时他所举到的几位文人中,闵廷言和陈峤都是晚唐古文的重要作家,《唐摭言》卷十载:"闵廷言,豫章人也,文格高绝。咸通中,初与来鹄齐名。王棨尝谓同志曰:'闵生之文,酷似西汉。'有《渔腹志》一篇,棨尤所推伏。"黄滔的《司直陈公墓志铭》载:"其所为文,扣孟轲、扬雄户牖。凡三百篇,有表奏牍,颇为前辈推工。"可见闵、陈二人为黄滔熟识,闵廷言虽无文章传世,但其与师韩、柳为文的来鹄齐名,且文章风格酷似西汉,其创作自应属于古文一流。而陈峤之文似孟子、扬雄,亦符合中晚唐古文发展的趋向。况且黄滔本

[①] 《全唐文》卷八二三,第 8670—8671 页。

人也有多篇小品杂文之作,因此他的观点反映了晚唐古文创作中所具有的重视讽喻、直面现实的特色。

与此同时,吴融的《禅月集序》则明确将晚唐文学中的讽喻观念与中唐白居易诗论的观点结合起来,他指出:

> 夫诗之作者,善善则咏颂之,恶恶则风刺之。苟不能本此二者,韵虽甚切,犹土木偶不生于气血,何所尚哉!自风雅之道息,为五言七言诗者,皆率拘以句度属对焉。既有所拘,则演情叙事不尽矣。且歌与诗,其道一也。然诗之,所拘悉无之,足得于意。取非常语,语非常意,意又尽则为善矣。国朝为能歌诗者不少,独李太白为称首。盖气骨高举,不失颂咏风刺之道。厥后白乐天为讽谏五十篇,亦一时之奇逸极言。昔张为作诗图五层,以白氏为广大教化主,不错矣。至于李长吉以降,皆以刻削峭拔飞动文彩为第一流,而下笔不在洞房蛾眉神仙诡怪之间,则掷之不顾。迩来相教学者,靡漫浸淫,困不知变。呜呼!亦风俗使然。君子萌一心,发一言,亦当有益于事。矧极思属词,得不动关于教化?沙门贯休,本江南人。幼得苦空理,落发于东阳金华山。机神颖秀,止于荆门龙兴寺。余谪官南行,因造其室。每谈论未尝不了于理性。自是而往,日入忘归。邈然浩然,使我不知放逐之感。此外商榷二雅,酬唱循环,越三日不得往来,恨疏矣,如此者凡期有半。上人之作,多以理胜,复能创新意,其语往往得景物于混茫之际。然其旨归,必合于道。太白乐天既殁,可嗣其美者,非上人而谁?①

继承汉乐府美刺并举的创作精神,用风雅之道批评以声律对偶为

---

① 《全唐文》卷八二〇,第 8643 页。

尚的不良风气,成为吴融在晚唐复杂的文学创作局面中所坚持的观念,同时吴融也以美刺并举、有益于事的讽谏文学观高度肯定了李白和白居易的诗歌,并将中晚唐诗人李贺作品中的荒诞虚幻、诡谲奇迷视为反对的目标。

顾云的《唐风集序》在评论杜荀鹤诗作时也有类似意见:"大顺初,皇帝命小宗伯河东裴公掌邦贡。次二年,遥者来,隐者出,异人俊士,始大集都下。于群进士中,得九华山杜荀鹤,拔居上第。诸生谢恩日,列坐既定,公揖生谓曰:'圣上嫌文教之未张,思得如高宗朝拾遗陈公,作诗出没二雅,驰骤建安。削苦涩僻碎,略淫靡浅切,破艳冶之坚阵,擒雕巧之酋帅。皆摧撞折角,崩溃解散。扫荡词场,廓清文祲。然后有戴容州、刘随州、王江宁,率其徒扬鞭按辔,相与呵乐,来朝于正道矣。以生诗有陈体,可以润国风,广王泽,因擢生以塞诏意。生勉为中兴诗宗。'生谢而退。次年,宁亲江表,以仆故山偕隐者,出平生所著五七言三百篇见简。咏其雅丽清苦激越之句,能使贪吏廉,邪臣正,父慈子孝,兄良弟顺,人伦纲纪备矣。其壮语大言,则决起逸发,可以左揽工部袂,右拍翰林肩。吞贾喻八九于胸中,曾不蛋介。或情发乎中,则极思冥搜,游泳希夷,形兀枯木。五声劳于呼吸,万象悉于抉剔,信诗家之雄杰者也。"①顾云以"能使贪吏廉,邪臣正,父慈子孝,兄良弟顺,人伦纲纪备矣"评论杜荀鹤诗歌在当时的影响,可见诗歌的社会教化意义是顾云文学观念中的重点。又晚唐的古文大家杜牧在《唐故平卢军节度巡官陇西李府君墓志铭》中曰:"所著文数百篇,外于仁义,一不关笔。尝曰:'诗者可以歌,可以流于竹,鼓于丝,妇人小儿,皆欲讽诵,国俗薄厚,扇之于诗,如风之疾速。尝痛自元和以来,有元白诗者,纤艳不逞,非庄士雅人,多为其所破坏,流于民间,疏于屏

---

① 《全唐文》卷八一五,第 8585—8586 页。

壁,子父女母,交口教授,淫言媟语,冬寒夏热,入人肌骨,不可除去。吾无位,不得用法以治之。'欲使后代知有发愤者,因集国朝以来类于古诗,得若干首,编为三卷,目为唐诗,为序以导其志。"①杜牧在此转述了李勘的诗论,其中从纤艳不逞、淫言媟语的角度否定了元白所代表的元和诗风,但与吴融肯定白居易之诗的讽谏特色是一致的,那就是诗歌必须"外于仁义,一不关笔",从而在现实生活中收到移风易俗之效。

作为这种文学观念的深刻反映,晚唐古文在骈文复盛的时代中依然继续着以文辅道、批判现实、革除时弊的创作精神。皮日休、陆龟蒙和罗隐在晚唐政局日趋混乱之时将自己的一腔愤激和不平之鸣化作篇制短小却见解深刻的小品文,《皮子文薮》中的语录体小品利用古今对比,实际是王道理想与污浊现实的反差,通过突出关键位置上价值含义相反字词的对换,从而一针见血地揭露了晚唐危局中世风日下的残酷现实。其中既有对贪官污吏横行、施政无方、与盗为伍的痛切批评,也有对名为隐逸山野、实为魏阙爵禄的虚伪行径进行辛辣讽刺。这些短小精悍、近似警句的小品文都是皮日休在自己丰富生活经历的基础上深刻总结出来的。在他的一些诗歌作品中如《三羞诗三首》等就有反映当时南方战事影响民生疾苦的场面,此时皮日休因落第而返回寿州肥陵,诗中所写正是皮日休的途中所见,战乱所至,平民流离失所,夫妇因自顾不暇而抛弃幼子,这让人不禁想起东汉末年王粲在离开长安时所作的《七哀诗》中写到的悲惨场景。这些触目惊心的惨象实录都是皮日休亲身所感,正是因为有了这些悲剧经历的深刻体验,皮日休才会在那些小品的创作中透彻而又准确地把握世风的关节,写出那

---

① 杜牧著,吴在庆校注,《杜牧集系年校注》,中华书局2008年版,第744页。

些醒人耳目的短章,将个人所体验到的现实悲欢反映到文学创作中,也成为皮日休诗文中的主要内容。他在《文薮序》中特别指出:"咸通丙戌中,日休射策不上第,退归州东别墅,编次其文,复将贡于有司。发箧丛萃,繁如薮泽,因名其书曰'文薮'焉。比见元次山纳《文编》于有司,侍郎杨公浚见《文编》叹曰:'上第,污元子耳。'斯文也,不敢希杨公之叹,希当时作者一知耳。赋者,古诗之流也。伤前王太佚,作《忧赋》;虑民道难济,作《河桥赋》;念下情不达,作《霍山赋》;悯寒士道壅,作《桃花赋》。《离骚》者,文之菁英者,伤于宏奥,今也不显《离骚》,作《九讽》。文贵穷理,理贵原情,作《十原》。太乐既亡,至音不嗣,作《补周礼九夏歌》。两汉庸儒,贱我《左氏》,作《春秋决疑》。其余碑、铭、赞、颂、论、议、书、序,皆上剥远非,下补近失,非空言也。较其道,可在古人之后矣。古风诗编之文末,俾视之粗俊于口也。亦由食鱼遇鲭,持肉偶膫。《皮子世录》著之于后,亦太史公自序之意也。凡二百篇,为十卷,览者无诮矣。"①普通民生之艰、寒士文人的失意之悲、哀痛时势之衰,都表明皮日休古文之作的重点是在"上剥远非,下补近失",延续的是前代文学传统中紧贴现实、拾遗补阙的精神,而非空言明道的虚浮之说。因此皮氏在明确效法元结进行省卷时,所选文章和其中透露出的精神主旨也都与元结在中唐初期的那些短小杂文相类似。

唐末另一小品文大家罗隐的《谗书》则真实地记录了他不遇于世的愤懑不平之情,运用大家常见的历史典故,却能于其中注入自己不同流俗的奇思妙想,从而让旧典翻出新意,其篇章结构多为在叙述典故的过程中即事为意,在自己的特殊理解中漫谈史实,最终让一些已成常识的史实具有不同的含意。《汉武山呼》取汉武帝封禅泰山的史典,本来是象征西汉盛世的标志,罗隐却以人性在坏的

---

① 萧涤非等点校,《皮子文薮》,第2页。

环境中会迷失方向为切入点，认为汉武帝误信谗言，功成之后不思进取，而是进行奢靡的东游封禅，进而从汉武帝的盛大仪式中看出了穷奢极欲、劳民伤财的恶果，于是汉武帝的封禅大典也就转变成国之不幸了。这其实也是罗隐把历史典故古为今用，曲折地表达了自己对时事的评价。晚唐时期的改元大赦等耗资巨大的重大典仪频繁举行，使本已矛盾深重、国事日衰的时局雪上加霜，如果联系当时的这些事件，罗隐在《汉武山呼》中的批判性结论也就不难理解了。因此，晚唐这些笔锋犀利的小品文所具有的指刺现实的重要意义，使之成为真正继承中唐韩、柳古文传统的后继之作，其刺世之深刻、寄寓之沉重、批判之辛辣，都在韩、柳古文中寓言体短文的基础上有了长足的进步。这无疑发展了中唐古文中比重不大的"以文为戏"的创作经验，通过古文作家在其中注入真切的政治关怀，这些幽默风趣的短章小制也可以起到那些"以文立制"的长篇大论的古文所具有的现实作用，并在轻松活泼的嬉笑怒骂中以多样化的艺术手法表达出时代的黑暗和个人的悲慨。

　　晚唐古文中重视讽喻现实的特点与那些雅颂王化的冠冕文章形成了明显的两种创作趋向，它们各有其发挥的领域和创作的群体，并在不同的场合承担着迥然相异的功能。以小品杂文为主的讽喻之作多出自下层寒士文人之手，他们可以广泛地接触底层生活的方方面面，对时政之弊有着切身的感受，因此这些文章多是有感而发，其中寄寓着科举仕途失意的不平之气，同时也能真实反映出普通大众的悲苦生活和时代面影。而雅颂王化之文多为上层文士手笔，每当祭仪举行之时，此类应景文章必不可少，体制雷同，结构趋于程式化，套语连篇，其粉饰太平的作用也就只能意味着晚唐的雅颂文章都是一些空洞无物的辞语堆砌。其中迎合典仪所写的施政举措看似冠冕堂皇，但在当时割据林立、藩镇横行的态势下很难实行，其政治效用可想而知，距离普通民众生活之远也就不言而喻了。

三、余论：皮日休古文中的讽喻与雅颂

值得注意的是，作为晚唐时期的代表作家，皮日休的作品在晚唐古文的两种趋向中都有所体现，如何厘清皮氏古文中雅颂与讽喻并存的关系，就成为理解其古文创作和评论的关键问题。首先，皮日休虽然经过数次科举而最终及第，但终其一生也没有在仕途上有所成就，根本无法承担那些朝堂廊庙的雅颂鸿文的创作任务，那么他模仿圣贤制礼作乐而写的《补周礼九夏系文》表达的是怎样的思想呢？其次，皮日休在科举省卷和小品文写作中强调自己的文章中具有讽喻现实、有感而发的特点，这与雅颂礼乐的缘饰作用截然不同，于是皮日休又以何种观念协调两者之间的关系？要解决这两个问题，就必须仔细分析皮日休古文创作和文学评论中是如何处理理想和现实的关系的。他在《正乐府十篇序》中剖析了乐府传统的美刺特征："乐府，盖古圣王采天下之诗，欲以知国之利病，民之休戚者也。得之者，命司乐氏人之于埍篪，和之以管籥。诗之美也，闻之足以观乎功；诗之刺也，闻之足以戒乎政。故《周礼》，太师之职掌教六诗，小师之职掌讽诵诗。由是观之，乐府之道大矣。今之所谓乐府者，唯以魏晋之侈丽，陈梁之浮艳，谓之乐府诗，真不然矣。"[①]皮日休所理解的古圣王的采诗活动是基于"知国之利病，民之休戚"，诗歌可以真实地展现社会生活，而文学反映现实的形式又分为两种，即美诗观功和刺诗戒政，乐府之道的核心在皮日休看来就是讽喻现实的传统。在此基础上，他才否定了魏晋梁陈乐府诗的浮艳之气。既然确定了乐府诗中的美刺特征对于现实政治的重要作用，那么进一步的追问就是何诗为"美"，何诗为"刺"，这取决于诗的内容中所反映的社会现实境况，而且这种判断

---

① 萧涤非等点校，《皮子文薮》，第107页。

又必然会联系到理想社会与现实生活的对比。如果现实确实达到了理想的状态，那么所采诗歌大多是颂美之辞，而如果现实政治的混乱难以达到清平盛世的理想，那么诗歌内容则是以怨刺之言为主。因此理想与现实的对比是决定乐府诗歌美刺分别的关键所在，那么皮日休心目中的理想社会是什么呢？他在《襄州孔子庙学记》中表明了心意："天地，吾知其至广也，以其无所不覆载。日月，吾知其至明也，以其无所不照临。江海，吾知其至大也，以其无所不容纳。料广以寸管，测景以尺圭，航大以一苇，广不能逃其数，明不能私其质，大不能忘其险。伟哉！夫子后天地而生，知天地之始。先天地而没，知天地之终。非日非月，光之所及者远。不江不海，浸之所及者溥。三代礼乐，吾知其损益。百王宪章，吾知其消息。君臣以位，父子以亲，家国以肥，鬼神以享。道未可诠其有物，释未可证其无生。一以贯之，我先师夫子圣人也。帝之圣者曰尧，王之圣者曰禹，师之圣者曰夫子。尧之德有时而息，禹之功有时而穷，夫子之道久而弥芳，远而弥光。用之则昌，舍之则亡。昔否于周，今泰于唐。不然，何被衮而垂裳，冕旒而王者哉？"[①]上古三代就是皮日休心目中的理想社会，而最能代表这种社会特点的是礼乐雅颂之道，而且皮日休强调三代礼乐对现实政治的启示是"用之则昌，舍之则亡。昔否于周，今泰于唐"，只有在现实中真正以礼乐理想为标准，国家才能回归垂衣而治的清平繁盛，可见礼乐之道对现实的实用价值才是皮日休所认可的，而这显然不同于雅颂缘饰的表面文章。

将《正乐府十篇序》和《襄州孔子庙学记》的思想逻辑理顺后，可以明显看出，礼乐理想和现实政治的对比是皮日休古文创作和文学评论的起点，坚持儒学道统中的礼乐理想，以此为标准揭露晚

---

① 萧涤非等点校，《皮子文薮》，第239页。

唐时代出现的社会矛盾和黑暗现实,并在其中寄寓自己的批判态度。归根结底,皮日休的礼乐理想是着眼于现实政治,其古文创作和文学评论也是依此理念而作,他的《补周礼九夏系文》是对儒家礼乐理想的深刻怀恋,《文薮序》中的"大乐既亡,至音不嗣"正是表达了皮氏在晚唐衰世中所怀有的这种感慨,这与那些庙堂文章的情感有着显著的不同。至于他那些切中时弊的小品杂文,就更是理想与现实对比的杰作。《鹿门隐书》的语录体小品中,"古"即是上古三代的理想,"今"则是晚唐乱世的现实,只不过已被皮日休抽象简化为两个对比鲜明的概念,古今对照的实质正是他心中的理想社会与黑暗现实巨大反差的艺术写照,而其关节点是在对现实的无情批判上,其礼乐理想的展现也是从属于关注现实这一主题。只有抓住皮日休古文作品中深藏的思想逻辑,才能更为深入地理解他古文小品中的现实意义以及他的礼乐理想表达和晚唐时期庙堂之上那些纯粹雅颂、粉饰时局的文章之间的内在区别。

晚唐五代古文创作和文学观念的复杂之处既表现为雅颂和讽喻两种趋向的延续,也有这两种趋向对此后的古文发展所产生的巨大影响。作为晚唐重要的古文作家之一,皮日休的文章创作中兼有雅颂和讽喻的观念,其创作和思想更显复杂,因此辨析其中的逻辑关系并和当时古文发展中的趋势相联系,找出同中之异和异中之同,则更能看清晚唐古文发展的正确方向是讽喻现实的创作态度。然而,上述两种趋向在宋初依然存在,那些满口儒学道统却脱离现实的道学家在北宋初年继续着以雅颂论古文的观念,如孙何《文箴》:"奕奕李唐,木铎再扬。文之纪纲,断而更张。……续典绍谟,韩领其徒。还《雅》归《颂》,杜统其众。"[①]石介《读韩文》:"亦既二雅末,六义多陵迟。寥寥千余年,颠危谁扶持?揭揭韩先生,

---

① 曾枣庄、刘琳主编,《全宋文》,第9册,第211页。

雄雄周孔姿。披榛启其涂,与古相追驰。沿波穷其源,与道相滨涯。三坟其言大,十翼畅其微。先生书之辞,包托无孑遗。春秋一王法,曲礼三千仪。先生载于笔,巨细成羁縻。杨墨乃沦胥,旷然彰其媸。"[1]在此观念制约下,他们最终将古文引到了滞涩难通的"太学体"歧路上。可见,纯粹的雅颂观念影响下的古文评论和创作并不能真正推进古文的良性发展。而北宋古文的勃兴则是基于继承了晚唐时期以小品杂文为代表的讽喻现实的传统,同时明确反对宋初"太学体"的弊端,彻底摒弃了雅颂文饰的古文观念,代之以直面时政的认识,这才逐渐形成了平易畅达的文风。由此可见,两种趋向并存的晚唐古文实际构成了中唐向北宋古文的转变中不可缺少的一环,而其中所呈现的经验教训和创作得失也成为北宋古文可资借鉴的宝贵资源。

---

[1] 石介著,陈植锷点校,《徂徕石先生文集》,中华书局1984年版,第36页。

第二章 "子学精神"与中晚唐五代文道关系的演变

发轫于盛中唐之交的古文运动,自其伊始,就是以恢复文学的政治功能为根本主张,这就意味着文道关系成为古文家极力强调的核心问题。不管是柳宗元在《答韦中立论师道书》中的"文者以明道",还是李汉在《韩昌黎文集序》中提出的"文者,贯道之器也",抑或是古文运动延续到北宋时期,周敦颐主张的"文以载道"说,文道关系的不断变化是古文运动从中唐到北宋走向深入的一个理论标志。因此后世学者大多从文道关系问题入手,通过辨析不同时期古文家的理论主张,并结合当时的古文创作来研究唐宋古文运动的发展历程和得失利弊。较早关注古文运动文道关系的学者是郭绍虞先生,他在《文学观念与其含义之变迁》《中国文学批评史上文与道的关系》《中国文学批评理论中"道"的问题》等文章和《中国文学批评史》的相关章节中对古文运动中的"文道关系"进行了深入的研究,其研究的重心放在了北宋时期的古文运动方面,将当时的古文家分为道学家、古文家和政论家三派,分别以二程、三苏和王安石为各派代表作家。其中又以道学家和古文家更为重要,因为他们的理论观点针锋相对,代表了古文运动中对"文道关系"认识的两种意见,即郭先生总结的古文家坚持的"文以贯道"和道学家提出的"文以载道"。可见郭先生对"文道关系"的研究是立足于"文"、"道"两者之间的联系如何,然后及于这种联系的不同认识对古文运动中的各派作家的创作产生了怎样的影响。只是郭先生在分析文道关系时过于重视"道"的思想渊源方面,因此造成其研究更倾向于从"道"的不同内容着手来解释"文道关系"产生歧义的原因①。此后葛晓音先生对唐代的古文运动中的"文道关系"作出了富有开拓意义的研究,她避开前人较多谈及的古文运动的文体革新意义,专门围绕"道"的涵义在古文运动中发生的深刻转变展开讨论,在此基础上分析了"道"的内涵革新对古文创作的意义,这不仅使苏轼评价韩愈中的"道济天下之溺"得到贴切的解释,更找到了唐代古文运动能够取得成功的根源②。近年韩经太先生对此问题的研究有了较新颖的阐述,他将"文""道"离合视为一个从魏晋玄学到宋明理学发展过程中的根本问题,决定了此间学术发展的基本走向,并把"文道"作为一个整体,分析其内涵的三个方面,即文体今古之辩、道体醇杂之辩和"立身之道"与"文章之道"的异同之辩③。透过学术史的回顾,我们可以发现,前贤研究的路数多是以辨清"文""道"问题的理论内涵为根本出发点,以此带动对"文以明道"、"文以载道"等理论命题乃至古文运动的经验教训的研究。本章拟立足于文道之间的关系,结合盛中唐以后学术发展,尤其是子学盛衰的过程,来探讨"文"是如何反映"道","道"是以何种方式与古文写作发生联系,以此透视文道关系在中唐至晚唐的演变趋势。

---

① 见郭绍虞《照隅室古典文学论集》的《中国文学批评史上文与道的关系》(上册第170—191页)和《中国文学批评理论中"道"的问题》(下册第34—65页)两篇文章(上海古籍出版社1983年版)。在这两篇文章中,郭先生认为道学家的"道"只限定在儒家思想内,因而造成道学家的古文以道废文,轻视文学的审美特征。而古文家的"道"由于受老庄和佛学影响,对文学的态度较为融通,"文"与"道"的关系也就显得平衡。

② 参见葛晓音师《汉唐文学的嬗变》中的《论唐代古文革新与儒道关系的演变》,第156—179页。

③ 韩经太,《"文""道"离合之辩——对一种特定文学文化现象的历史透视》,《吉林大学社会科学学报》,1996年第2期,第79—86页。

第一节　从子书创作传统看"子学精神"

本章所说的"子学精神"主要强调先秦诸子以来那些能够在学术和思想领域自立新说、关注现实的士人身上所共有的精神底蕴。基于对社会现实的关切和思考，他们不仅创作出具有鲜明思想特色的著述，而且更主要的是在其著作中透露出的直面现实、勇于担当、崇尚个性、独立思考的内在气质。创作主体只有真正具备关注现实和独立思考的精神，天地自然之"道"才能转化为个人的文章和著述中的"道"，因此"子学精神"就成为影响文章创作中"文""道"关系的重要因素。

"子学"渊源已久，春秋战国时期，王纲解纽，道术为天下裂，西周时期的王官之学不复存在，学术向民间下移，于是各种学派适应时势需要，蜂拥而起，针对政治、社会和时代的重大问题，各申己见，彼此争胜，其中以儒、道、墨、法、阴阳等学派最为突出，于是出现了诸子百家争鸣的局面，子学之流由此开启，后来这种风气一直延续到秦汉魏晋南北朝时期。随着子书创作的流行，对子书特点的认识逐渐清晰，并较早反映在汉代目录学的发展之中，如《汉书·艺文志》载：

> 诸子十家，其可观者九家而已。皆起于王道既微，诸侯力政，时君世主，好恶殊方，是以九家之术蜂出并作，各引一端，崇其所善，以此驰说，取合诸侯。其言虽殊，辟犹水火，相灭亦相生也。仁之与义，敬之与和，相反而皆相成也。《易》曰："天下同归而殊涂，一致而百虑。"今异家者各推所长，穷知究虑，以明其指，虽有蔽短，合其要归，亦《六经》之支与流裔。使其人遭明王圣主，得其所折中，皆股肱之材已。仲尼有言："礼失而求诸野。"方今去圣久远，道术缺废，无所更索，彼九家者，不

犹愈于野乎？若能修六艺之术，而观此九家之言，舍短取长，则可以通万方之略矣。①

此后编于唐初的《隋书·经籍志》载：

《易》曰："天下同归而殊途，一致而百虑。"儒、道、小说，圣人之教也，而有所偏。兵及医方，圣人之政也，所施各异。世之治也，列在众职，下至衰乱，官失其守。或以其业游说诸侯，各崇所习，分镳并骛。若使总而不遗，折之中道，亦可以兴化致治者矣。《汉书》有《诸子》《兵书》《数术》《方伎》之略，今合而叙之，为十四种，谓之子部。②

《汉书·艺文志》的分类源于刘歆的《七略》，而《隋书·经籍志》则是"四部分类法"首次进入官修目录，因此它们的认识分别代表了唐代以前两种书籍分类的标准。但从以上表述来看，它们对诸子著述特点的总结大体相同，都强调子书源于圣人六经之教，只不过各取所需，即"各引一端，崇其所善"和"而有所偏"，其"折之中道"和"得其所折中"的自成一家之言则是子书最重要的特征。因此诸子在他们的著作中以其独具特色的理论体系表达了对社会、政治和人生的深刻反思，亦即"立意"为主，重视思想性和学术性。

除了在目录学中完成对子部书籍特点的总结外，文学批评史的演进中对文学性特征的认识逐步加深，实质也是子书等书籍部类的特点日渐显现的过程，因此就有必要分析文学性特征日益清晰的进程中子书是如何被定位的。春秋战国时代，"三不朽"中的"立言"代表了时人对士人写作的基本认识，只要是形诸文字的书

---

① 班固撰，颜师古注，《汉书》卷三十，中华书局1962年版，第1746页。
② 魏徵等撰，《隋书》卷三四，中华书局1973年版，第1051页。

籍悉被纳入其中,包括子书在内的所有可以传世的书籍都可以被当作"立言不朽",这反映了当时对书籍类别特征的认识尚不清晰。汉代之时,"文章"、"文学"的两大分类代表了当时汉赋流行造成的书籍特点的区分,"文章"是指以美而动人的词章为主,在当时多指赋家作品,而"文学"是指广义的一切学术,包括经书、子书和一些条令律法等①。显然汉代的这种分类仍显粗糙,虽然其中透露出些许对文学审美本质特征的把握。到了魏晋之时,文学性特征随着诗赋等体裁的创作日益繁复而开始显现,如曹丕在《典论·论文》中说的"诗赋欲丽"正说明了具有审美特征的文章创作日益为人重视,但与此表述同时出现的依然有重视子书的认识。如曹丕《又与吴质书》曰:

> 观古今文人,类不护细行,鲜能以名节自立。而伟长独怀文抱质,恬淡寡欲,有箕山之志,可谓彬彬君子者矣。著《中论》二十余篇,成一家之言,辞义典雅,足传于后,此子为不朽矣。德琏常斐然有述作之意,其才学足以著书,美志不遂,良可痛惜。②

曹丕没有提及建安七子的那些诗赋作品,而是更为倾心于徐幹创作的子书《中论》,称赞其"成一家之言,辞义典雅,足传于后",并与"立言不朽"的传统联系起来,可见这种子书传统的价值在此时人的心目中有着很高的评价。即使以诗赋创作著称的曹植也有与曹丕类似的认识,期望自己先以建功立业为上,此路不通,也还是希望能以成一家之言的著作传之后世,丝毫不以诗赋自许。他在《与杨德祖书》曰:

---

① 郭绍虞,《中国文学批评史》,百花文艺出版社1999年版,第40页。
② 严可均辑,《全上古秦汉三国六朝文·全三国文》卷七,中华书局1958年版,第1089页。

> 吾虽薄德，位为蕃侯，犹庶几戮力上国，流惠下民，建永世之业，流金石之功，岂徒以翰墨为勋绩，辞赋为君子哉？若吾志不果，吾道不行，则将采庶官之实录，辨时俗之得失，定仁义之衷，成一家之言，虽未能藏之名山，将以传之同好。此要之白首，岂可以今日论乎？①

透过曹丕、曹植的认识，可见子书在此时因其"成一家之言"的特点而被人视为可以接续"立言不朽"的传统，因此被当作士人著述的最高理想。

然而到了六朝时期，文学性特征日益为人重视，并与子书注重理论性的特征明显区别开来，这以萧统的观点为代表。他的《文选序》载：

> 若夫姬公之籍，孔父之书，与日月俱悬，鬼神争奥，孝敬之准式，人伦之师友，岂可重以芟夷，加之剪截？老庄之作，管孟之流，盖以立意为宗，不以能文为本，今之所撰，又以略诸。若贤人之美辞，忠臣之抗直，谋夫之话，辩士之端，冰释泉涌，金相玉振。所谓坐狙丘，议稷下，仲连之却秦军，食其之下齐国，留侯之发八难，曲逆之吐六奇，盖乃事美一时，语流千载。概见坟籍，旁出子史，若斯之流，又亦繁博，虽传之简牍，而事异篇章，今之所集，亦所不取。至于记事之史，系年之书，所以褒贬是非，纪别异同，方之篇翰，亦已不同。②

这里的"立意为宗"是指子书创作，《老子》《庄子》《孟子》和《管子》等都属此类，它们与"能文为本"的作品在萧统眼中有明显的不同，因而在理论上被排除在《文选》之外，正如近人王葆心在《古文辞通

---

① 《全上古秦汉三国六朝文·全三国文》卷十六，第1140页。
② 萧统编，《文选》，上海古籍出版社，第2—3页。

义》卷十六说:"《昭明文选》自序谓:老庄之作,管孟之流,立意为宗,不以能文为本。书中例不收诸子篇次,是歧文与子而二之也。"①这一方面说明了子书的特点被定义为"立意为宗",与目录学史中形成的认识相近,一方面子书也因此区别于"能文为本"的创作,两者分属不同的创作传统。当然,在此时那些具有杂文学意识的批评家看来,子书对文章创作依然具有借鉴意义,因而也被纳入文学批评的视野加以研究。刘勰在《文心雕龙》中专门辟《诸子》为一篇,以杂文学的眼光讨论子书的创作经验:

> 诸子者,入道见志之书。太上立德,其次立言,百姓之群居,苦纷杂而莫显;君子之处世,疾名德而不章。……博明万事为子,适辨一理为论。……夫自六国以前,去圣未远,故能越世高谈,自开户牖。②

其中除了把子书与立言传统联系起来以外,刘勰将子书定为"入道见志之书",注重诸子在创作子书时具有鲜明的个体性,并以著书的形式表达自己对"道"的认识,这种认识的形成基础就是"博明万事",能够博览世间万象,从中总结出规律,最终"适辨一理为论"的结果就是诸子百家各具特色的理论观念,也就是前代所谓的"成一家之言"。更为重要的是,刘勰将诸子的"越世高谈,自开户牖"归因于"去圣未远"的学术条件,加之子书本身的"入道见志"和《文心雕龙·原道》中的"道沿圣以垂文,圣因文而明道"类似,这就说明子书在刘勰心中近于那些圣贤之制,两者之间都具有以文明道和在著述中寄托社会理想的特点,表达了对政治和人生的一己之见。

---

① 王葆心,《古文辞通义》,《历代文话》本(王水照主编),复旦大学出版社 2007 年版,第 7873 页。

② 刘勰著,范文澜注,《文心雕龙注》,人民文学出版社 1958 年版,第 307—310 页。

刘勰的这种认识代表了当时对子书评价的新趋向，子书的一些特点也被很好地揭示出来，在此基础上，子书才能在图籍的目录分类中作为单独一类，由此可见文学批评中对子书的认识与目录学中的观点殊途同归。

通过上述两条线索的清理，可以清楚地看出作为诸子思想载体的子书创作具有"成一家之言"和文以明"道"的特点，这里的"道"包含了诸子基于对社会人生的深刻认识而做出的理论总结，由于感受各异，立论不同，因此形成的理论面貌也是"自开户牖"。子书的这些特点不仅是其在图籍分类中区别于文学性特征的主要标准，更可以作为诸子学术精神的内在体现，这种"子学精神"在形成后，必然会以一种传统的深厚力量延续和影响到后世的子书创作中，在一定的社会条件作用下，也会对其他形式的著述产生作用。

第二节 "子学精神"与中唐古文先驱创作中的文道关系

唐代古文运动在文章创作方面的核心问题就是文道关系，那么突出体现文道关系的子书创作及其代表的"子学精神"在中唐时期与古文运动同时兴起，就决不是偶然的。在深入探讨两者关系之前，还应厘清此前文道关系的发展。只有如此，才能说明子书及其代表的"子学精神"究竟是在何种条件下与唐代古文运动发生联系。

先秦以来，儒家文论中对文道关系论述较多，主要体现在文学与政治的紧密联系，如"诗教说"主张的"先王以是经夫妇，成孝敬，厚人伦，美教化、移风俗"①，文学必须指向政治教化的功能，同时

---

① 《毛诗正义》，北京大学出版社1999年版，第10页。

社会环境的变化直接决定文学创作的风格,即"至于王道衰,礼义废,政教失,国异政,家殊俗,而变风变雅作矣"。可见文学在传统儒家看来受制于政治环境的制约,并直接服务于国家社会的政教风俗。在《荀子》那里,儒道与文的关系就变成"凡言不合先王,不顺礼义,谓之奸言"①。荀子把文章的内容严格限定在先王的礼义之道,这种文道关系的认识在此后的一些儒学思想家那里得到继承,如扬雄在《法言·吾子》中曰:"委大圣而好乎诸子者,恶睹其识道也?"②隋末大儒王通在《中说·天地》中曰:"学者博诵云乎哉?必也贯乎道。文者苟作云乎哉?必也济乎义。"③他们都将文所反映的"道"严格限制在儒家的范围内,而且这种文道关系过于重视对圣贤之"道"的模仿,因而就轻视了在作"文"过程中创作主体的作用,甚至认为爱好诸子者不能识"道"。

除上述文道关系之外,刘勰《文心雕龙·原道》中的"道沿圣以垂文,圣因文而明道"代表了另一种对文道关系的认识:"文之为德也大矣,与天地并生者何哉!夫玄黄色杂,方圆体分,日月叠璧,以垂丽天之象,山川焕绮,以铺理地之形,此盖道之文也。"④这里把天地大道之美作为"道之文",其自然之美"无待锦匠之奇",就把这种"道之文"区别于人工制作。在此基础上,刘勰把"言之文"视为肇自太极的"人文之元"的产物,其表现形式是庖羲和孔子所作的易象,而且这种"言之文"是"天地之心"。可见刘勰在此看到了孔子等先圣在天地之"道"向人文意义上的"言之文"转化过程中的重要作用,这才推出了"爰自风姓,暨于孔氏,玄圣创典,素王述训,莫不原道心以敷章,研神理而设教"的大道与人文之间的关系。正是

---

① 王先谦,《荀子集解》,中华书局1988年版,第83页。
② 汪荣宝,《法言义疏》,中华书局1987年版,第67页。
③ 王通著,阮逸注,《中说》,(台湾)广文书局,1975年版,第14页。
④ 刘勰著,范文澜注,《文心雕龙注》,第1页。

在这个意义上,"道沿圣以垂文,圣因文而明道"中实际透露了圣贤在文道之间所起到的重要作用。天地之道无边广大,自然之象千变万化,但反映于"文"中的是经过圣贤感受到的"道",而并非如扬雄等人那样,将先王之"道"与"文"完全对应起来。相比于此,刘勰对文道关系的认识更为关注圣贤在其间的转化之功,"文"中之"道"就是圣贤感受之后的结果。这种"道"转化为"文"的方式就和扬雄等人的观念区别开来。如果将这种认识与刘勰在《诸子》篇中有关诸子的看法结合起来,我们可以发现《文心雕龙》中关于圣贤和诸子的著述都具有"文"中见"道"的特点,而且刘勰特意指出诸子之所以如此是由于"去圣未远"。这就说明诸子在刘勰看来是继承了圣贤的传统,其"入道见志"与《原道》中的"道沿圣以垂文,圣因文而明道"是一致的,诸子在著作中总结的理论认识具有"道"的特点,在分析社会、历史、人生的现象时贯注了自己的思想,而圣贤通过对"道"的感受和把握进行创作,因此其"文"的"道"就是圣贤个人的主体认识。就在"道"和"文"之间所起的转化作用来看,诸子和圣贤在刘勰眼中并无二致,只不过有时刘勰认为圣贤之"道"最高,这是在儒家传统的影响下难以避免的,但要说到刘勰的真正贡献,那么他对"道""文"之间转化方式的重视更为可贵。正是由于这种重视文道转化的意义,强调创作主体意识的"子学精神"和圣贤以自我感受实现"道"与"文"的沟通就具有了相同的精神实质。

如果说"子学精神"与"道沿圣以垂文,圣因文而明道"具有内在精神的一致性,从内因方面决定了"子学精神"与注重文道关系的古文运动之间的联系,那么盛中唐之际的社会条件就是促进这种联系的外因。安史之乱是盛唐向中唐转折的政治标志,国家的政局面临着前所未有的剧变。逢此乱世,那些怀有社会责任感的士人都急切地盼望结束战乱,扭转颓运,重振国势,因而在士人阶层兴起了反思政治、寻求兴国之道的潮流,此时学术的转向也就成为时势发展的必然。面对由盛转衰的危局,更多的士人从理论层面思考社会、政治和历史的运行规律,此时治学的理论风气盛行就促成了子学创作的复兴。

首先"立言不朽"和"成一家之言"的创作意识成为时代的主流,这从古文运动的先驱那里就已开始,如萧颖士《赠韦司业书》:"丈夫生遇升平时,自为文儒士,纵不能公卿坐取,助人主视听,致俗雍熙,遗名竹帛,尚应优游道术,以名教为己任,著一家之言,垂沮劝之益,此其道也。岂直以辞场策试,一第声名,为知己相期之分耶?"①独孤及《唐故殿中侍御史赠考功郎中萧府君文章集录序》:"君子修其词,立其诚。生以比兴宏道,殁以述作垂裕,此之谓不朽。"②梁肃《常州刺史独孤及集后序》:"夫大者天道,其次人文,在昔圣王以之经纬百度,臣下以之弼成五教。德又下衰,则怨刺形于歌咏,讽议彰乎史册,故道德仁义,非文不明;礼乐刑政,非文不立。文之兴废,视世之治乱;文之高下,视才之厚薄。……孝弟积为行本,文艺成乎余力。凡立言必忠孝大伦,王霸大略,权正大义,古今大体。其中虽波腾雷动,起伏万变,而殊流会归,同志于道。"③这些盛中唐之际的古文家都倡导恢复儒家名教和道德仁义,以儒道自任,他们认为只有"儒道"才是决定古今历史演变的最终力量,即"殊流会归,同志于道",希望藉此从思想上力挽狂澜,改造时代,因此都不约而同地选择了儒家传统的"立言不朽",并寄寓"立诚"的道德理想,通过"成一家之言"式的为文创作,把自己对儒道的感受和体会贯穿其中,从而使儒道的影响深入人心。而"立言不朽"和"成一家之言"正是诸子在创作时所持的精神,因此这种创

---

① 《全唐文》卷三二三,第3275页。
② 《全唐文》卷三八八,第3941页。
③ 《全唐文》卷五一八,第5260页。

作意识的出现与此时子学的复兴必然存在密切的联系。

与此同时,啖、赵学派的《春秋》学在中唐的兴起意味着此时士人关切现实、崇尚义理大义的治学趋向,这与"子学精神"所注重的"适辨一理"、"博明万事"相近,因而也推动了子学创作的发展。啖、赵"春秋学"的流行以《春秋集传纂例辨疑》十七卷为主要标志,关于此书,《文献通考》载:

> 《崇文总目》:唐给事中陆淳纂。初,淳以三家三传不同,故采获善者,参以啖助、赵匡之说为集传。《春秋》又本褒贬之意,更为微旨条别三家,以朱墨记其胜否,又摭三家得失与经戾者,以啖、赵之说订正之,为辨疑。陈振孙《直斋书录解题》:"以为《左传》叙事虽多,解意殊少,公、穀传经密于左氏,至赵、陆则直谓左氏浅于公、穀。"晁公武《郡斋读书志》:"啖氏制疏统例,分别疏通其义,赵氏损益多所发挥,今纂而合之,凡四十篇。"①

晁、陈都注意到啖、赵之学不同以往之处就在其"解意"和"疏通其义",即《春秋》隐含的微言大义。而六经之中,《春秋》最能体现儒家对历史现实的批判之意,其"惩恶而劝善"的旨趣也正是儒家思想中重要的组成部分,从直面现实和一家之言的角度来说,《春秋》与诸子的精神极为接近。啖、赵选择《春秋》阐述新义理对于此时学术的转变确实起到了推波助澜的作用,如梁肃和崔甫在评价独孤及时都提到了"不为章句学",重视思想义理的阐发和论述,正是受到这种学术思潮的深刻影响所致,而这也是自先秦以来子学精神中探求义理、注重现实的集中体现。罗庸先生尝言:"《文中子》而后,子书近于绝迹,凡子书著作必须有二条件:一为当时之思想

---

① 马端临,《文献通考》卷一八二,中华书局1986年版,第1568页。

发达,一为作者善于持论。自六朝以来,文人写作多尚风云月露而不能持论,迨萧(颖士)李(华)之起,下及韩、柳,散文始又抬头。然唐代之散文或子家言,每与笔记不分,此情况至五代而结束。"①《春秋》学的兴起标志着中唐思想风气的活跃,"立言不朽"与"成一家之言"代表了此时士人立己说、新理论的创作意识已然形成,罗庸先生所言之子学复兴的两大条件在中唐时期都已具备。

盛中唐之际以"子"自称的士人以元结为代表,而且唐宋时期的许多古文家也把他视为古文运动的早期代表。《新唐书》本传载元结"世业载国史,世系在家谍。少居商余山,著《元子》十篇,故以元子为称。天下兵兴,逃乱入猗玗洞,始称猗玗子。后家瀼滨,乃自称浪士"②。更值得注意的是,元结此时所作的文章不再以整齐划一的骈体为主,而是句式长短不一,朴拙之气愈重。同时文章内容也主要是针砭时弊,直面当时已经混乱不堪的时局和世道,如《七不如七篇》通过对人之"毒、媚、诈、惑、贪、溺、忍"等方面的简要剖析指出当时世风日下、人心散漫的凄惨境况,其他如《丐论》《恶圆》《恶曲》等杂文都是他精思结撰以求"多退让者、多激发者、多嗟恨者、多伤闵者"的旨意。一方面,元结的文章都是出于自己对当时社会黑暗现实的真实感受;另一方面,他饱含的对社会人生、世道人心强烈的道义关怀又都是儒道理想的具体展现。因此元结之文与所追求的儒道理想是通过他的一己之感联系起来,换言之,即元结是对"道"有所思考后,才能结合对现实情势的判断而作"文",这正是实践了"子学精神"所隐含的文道转化方式。故而以元子自名,也就代表了其精神旨趣确与先秦诸子代表的关注政治和革新世道的目的是一致的,其著作《漫说》《元子》《元和子》等都被《新唐

---

① 郑临川记录,徐希平整理,《笳吹弦诵传薪录——闻一多、罗庸论中国古典文学》,上海古籍出版社2002年版,第330页。
② 《新唐书》卷一四三,第4685页。

书·艺文志》列入子部。当然元结此时的著作中虽体现出"子学精神"关注现实的内涵特征，但他在此基础上对文道关系作出的理论思考并未超出先秦至汉魏的文学反映政治的一般论调，如《文编序》："所为之文，多退让者，多激发者，多嗟恨者，多伤闵者。其意必欲劝之忠孝，诱以仁惠，急于公直，守其节分。如此，非救时劝俗之所须者欤？"①《二风诗论》："欲极帝王理乱之道，系古人规讽之流。"②这些认识明显继承了先秦至汉魏的"诗教说"传统，通过个体对社会时势的痛切感受折射出时代的真实面貌，并以此达到"经夫妇，成孝敬，厚人伦，美教化，易风俗"的社会功用，并在其中又吸收了汉魏乐府的"感于哀乐，缘事而发"的创作思想，强调个人面对社会现实时的情感表现，从而使那些饱含元结个人体验的"多退让者，多激发者，多嗟恨者，多伤闵者"的文章和"救时劝俗"、"极帝王理乱之道"的理想指向深刻地统一于他关注现实、伤时悯世的情怀之中。

第三节 "子学精神"与韩、柳古文中的文道关系

"子学精神"在盛中唐之际已开始深刻作用于文士的那些关注现实、反映儒道的文章作品，这一趋势随着古文运动的逐渐深入而影响到中唐时的韩愈等人。当时的士人在日常生活或学业之初多习诸子之书，如侯冕《同朔方节度副使金紫光禄大夫试太常卿兼慈州刺史王府君神道碑》："艺尚德业，脱略诸子，宪章五经，处吏事也能果断，居朋友也无忌。"③张增《段府君神道碑铭》："府君温其在邑，乐且有仪。九流百氏，经目辄诵；四忧十义，因心必达。然犹深

---

① 《全唐文》卷三八一，第3872页。
② 《全唐文》卷三八二，第3877页。
③ 《全唐文》卷四四三，第4515页。

居自琛,与物为春,希言中伦,知几其神。内葆光以恬真,外行简以倚仁。子获奉亲之禄,欲养而不待;身寄有涯之生,迁化而无恨。"①杨於陵《祭权相公文》:"伏以世济明德,天资上才。默识中照,襟灵洞开。言成典诰,笔落风雷。扣寂穷妙,神交思来。百代遐鹜,九流兼该。倾词人之薮泽,为作者之枹魁。"②柳宗元《与李翰林建书》:"仆近求得经史诸子数百卷,尝候战悸稍定,时即伏读,颇见圣人用心、贤士君子立志之分。著书亦数十篇,心病言少次第,不足远寄,但用自释。贫者士之常,今仆虽羸馁,亦甘如饴矣。"③刘禹锡《东都留守令狐楚家庙碑》:"既仕,旁通百家。爱《穀梁子》清而婉,左丘明《国语》辨而工,司马迁《史记》文而不华,咸手笔朱墨,究其微旨。恺悌以肥家,信谊以急人。德充齿鲞,独享天爵。故休佑集于身后,徽章流乎佳城。"④李渤《上封事表》:"寻《战国策》,极于隋史,见沿代得失,参以百家,统以九流,又遗其繁华,摭其精实,收视黜听,顺其所自,故游涉中理也。"⑤从这些士人接受诸子之学的趋向看,多以经世致用、考论历代政治得失为主,可见他们并非欣慕诸子文章的词采末节,而是注意吸收古人对于政治、历史之道的思想,即古人是如何结合时代的发展提出解决现实中问题的方法,能为自己在纷繁复杂的时代情势中寻求治世之策提供理论的启示。这种趋向也符合刘勰在《文心雕龙》所说的"博明万事为子,适辨一理为论",不仅对古今世事了然于心,更能从现实出发运用所掌握的知识提出一整套有利于时代发展的革新措施,并达到"适辨一理为论"的高度,在他们的人格精神和学问养成

---

① 《全唐文》卷四四五,第 4539 页。
② 《全唐文》卷五二三,第 5313 页。
③ 《全唐文》卷五七三,第 5795 页。
④ 《全唐文》卷六〇八,第 6147 页。
⑤ 《全唐文》卷七一二,第 7305 页。

的过程中都留下了鲜明的印记。也只有通过吸收"子学精神"的精髓,时人才能真正实践早期古文家期望的"立言不朽"的创作要求,韩愈也正是在这样的浓郁思想氛围中接受"子学精神"的影响而将文道关系的理论思考引向深入。

韩愈自幼习子学,两《唐书》本传记载他曾读书日记数千百言,其中除了古代士人必读的经史之书外,多数都是先秦诸子的著作,足见其阅读之广博,而且他在文章创作中也屡次表达了格外关注子学的倾向,如《答侯继书》:"仆少好学问,自《五经》之外,百氏之书,未有闻而不求,得而不观者。"①《上兵部李侍郎书》:"性本好文学,因困厄悲愁,无所告语,遂得究穷于经传、史记、百家之说,沈潜乎训义,反复乎句读,砻磨乎事业,而奋发乎文章。"②韩愈如此关注诸子之学,这就促使他采取新的观点对待经典和现实,并能从这种经验中总结出若干值得重视的规律。首先,他是以一种从现实出发的态度对待儒道和经典,根据时代的发展趋势,对儒道的内涵作出了新的阐释,他在《原道》中提出了"足乎己,无待于外之谓德"和"正心诚意"等新的儒道观,从而把士人的"穷则独善其身"与儒道理想沟通起来,使那些身处穷泽荒野的士人依然坚守儒道的行为获得了济世的意义,这与此时儒道从礼乐理想转向道德性理的现实是一致的。其次,他倡导的师道明显是针对此时尊师传统的衰落而来的。这种师道的核心在于激发士子的向学之心,能够在学习的过程中不断取得创新,"弟子不必不如师,师不必贤于弟子",一方面尊师的传统得以保留,更重要的是弟子能够在贤师的引导下通过解决现实问题而取得进步。这也是韩愈能在继承经典的基础上创新儒道的精神所在,其与现实紧密关联的特点和鼓励

---

① 韩愈著,马其昶校注,《韩昌黎文集校注》,第164页。
② 同上,第143页。

创立新说的思想也与诸子的从时势提炼义理、以义理观照现实相合。可见韩愈虽然没有如诸子那样有那些成一家之言的著作传世,但其内在精神确实与诸子相通。再次,韩愈在《答李翊书》曰:"生所谓立言者是也。……抑不知生之志蕲胜于人而取于人邪?将蕲至于古之立言者邪?……当其取于心而注于手也;惟陈言之务去,戛戛乎其难哉!"①前人多是从为文须创新的角度作解,但如果以诸子精神和立言不朽的方面来重新审视韩愈的"惟陈言之务去",就不能简单从文章创作的立场来看待。他是要求后来者要从现实的时势出发,经典所提供的只是原则而非解决一切问题的方法,如中唐时的李翰就强调:"君子致用在乎经邦,经邦在乎立事,立事在乎师古,师古在乎随时。必参今古之宜,穷终始之妙,始可以度其终,古可以行于今。"②因此必须把这些经典和当时的实际结合起来,韩愈的"取于心"即是要有现实情势的观照,不能拘泥于经典条文,而韩愈在《答刘正夫书》也有此类的认识,如:"或问:'为文宜何师?'必谨对曰:'宜师古圣贤人。'曰:'古圣贤人所为书具存,辞皆不同,宜何师?'必谨对曰:'师其意,不师其辞。'又问曰:'文宜易宜难?'必谨对曰:'无难易,惟其是尔。'"③这里的"是"即为个人基于对现实的理解而作出的文章之意,其深层逻辑是天地之"道"要经过个人的理解才能反映于文章,其中渗透的就是"子学精神"关注现实的意味。因此近人刘咸炘在《文学述林》评说:"中唐韩、柳诸家,承过文之极弊,参子家之质实以矫之,然犹未失文也。……大氐文质之异在于作述,《礼》文约而严,多作;《诗》文丰而通,多述。诸子多作,词赋多述,作者创意造言,述者征典敷藻,

---

① 韩愈著,马其昶校注,《韩昌黎文集校注》,第169—170页。
② 《全唐文》卷四三〇,第4378页。
③ 韩愈著,马其昶校注,《韩昌黎文集校注》,第207页。

赋诗言志,述之兆也,词必己出,作之标也。"①他这里就是以诸子特有的"作"的精神来解释韩愈等古文家取得成功的原因,而这种精神的实质正是士人必须通过关注政治现实,使文章创作能够真正体现出作者的思想,而不是脱离现实模拟经典或在文章形式方面求得进步。

最为值得注意的是,韩愈的"圣贤"观也与其"子学精神"的实质相通,这主要体现在他的《师说》《答刘正夫书》中。韩愈的《师说》主要是针对当时师道不存、儒学衰微的现实,并确立了"师"的职责是"传道授业解惑",学者欲求道就必须从师受学的思想。以往的传统认识中,"圣贤"一直被视作具有生而知之的能力,因而也被当作儒学道统承传中的最高代表。而在韩愈看来,圣贤虽"出人也远",但仍与凡人一样需要"从师而问",另外圣贤的高明还在于学"无常师",并以孔子问学为例来说明"弟子不必不如师,师不必贤于弟子"的道理,可见韩愈没有把圣贤之学作神秘化的解释,而是从师道继承的角度道出了圣贤何以成为圣贤的原因。他们纵然有些异于常人的天赋,但从师问学才是其成功的关键因素。同时在"师"与"弟子"的学问关系上,韩愈也持论通达,认为后学经过努力,可以超越前辈,这实际就取消了"圣贤"和"道统"之间的绝对联系,不再视为不可超越的偶像,不必亦步亦趋地模仿圣贤之作,每位问学之人都可以凭借自身的努力得到"道"的真谛,这种认识可以说与"子学精神"中重视个体创造的价值是相通的。在《答刘正夫书》中,韩愈讲述了如何写作古文的方法,指出了"师古圣贤人"的关键在于"师其意,不师其辞","圣人之道,不用文则已,用则必尚其能者,能者非他,能自树立,不因循者是也"。古圣贤人"辞皆不同",但他们所作之文都是自己经过精深思考后的独立之见,"能

---

① 刘咸炘,《文学述林》,《历代文话》本(王水照主编),第9746—9747页。

自树立,不因循"决定了他们对"道"的把握各异,其中贯穿的个性精神却是一致的。因此韩愈所说的"师其意,不师其辞"不仅提醒后学学文要超越圣贤书的字句差异,而且还要对圣贤作文的精神有深入的体会,这种精神并不是指向"道"的最终形态,而是每位圣贤对"道"的那份独立思考。在这个意义上,韩愈对"圣贤"及其"道"的认识是基于"圣贤"并非"生而知之"者,同时圣贤之文与"道"是通过圣贤的个体感受联系,即"道"只能通过每位圣贤的主观体会才能转化为"文",亦即韩愈在《原道》中所说的"道其所道"。因此"师其意"的"意"只能是圣贤在对"道"的独特体会中所具有的个性精神,韩愈在《答李翊书》曾言:"学之二十余年矣,始者非三代两汉之书不敢观,非圣人之志不敢存,处若忘,行若遗,俨乎其若思,茫乎其若迷,当其取于心而注于手也,惟陈言之务去,戛戛乎其难哉!"根据自己的读书经验,韩愈总结的重点也是"取于心而注于手",必须在读书的过程中形成自己的体会,下笔为文才能"惟陈言之务去",这种创作意识就与"子学精神"的"自开户牖"在精神实质层面达成了默契。

作为中唐古文运动最杰出的作家,韩愈以其雄放恣肆的风格树立了古文创作的新典范,而其在理论上的建树更廓清了前代留下的一些思想障碍,成为后世进一步推动古文发展的宝贵财富。在韩愈的思想中,"文"和"道"的概念都在新的历史条件下完成了内涵的更新,从而带动了文章创作的发展,更引人注意的是创作主体的个性在文道转化过程中的关键作用也受到了韩愈的关注,从当时的学术背景和韩愈个人的学习经历来看,"子学精神"的浸润和影响在其中当发挥了重要的作用。

同为中唐古文运动的代表作家,柳宗元在文道关系的处理方面有着自己的独特思考,这主要体现在他思想中的"大中之道"的观念,其中对文道关系的认识存在着对儒道的总体信仰倾向和坚持文章创作的现实意义混糅的复杂性。一方面从总体来看，柳宗元对儒家圣人之道终生信奉，但另一方面，他又在具体问题上继承先秦诸子所提倡的强烈关注现实的精神，在创作实践中通过驳斥经义、自抒己见来做翻案文章，从而深刻地展现独到的政治观点和积极用世的态度。以上两个方面看似矛盾，但柳宗元以"大中之道"的经、权意识使两者得以统一。他在《断刑论》（下）中曰："果以为仁必知经，智必知权，是又未尽于经权之道也。何也？经也者，常也；权也者，达经者也。皆仁智之事也。离之，滋惑矣。经非权则泥，权非经则悖。是二者，强名也。曰当，斯尽之矣。当也者，大中之道也。离而为名者，大中之器用也。知经而不知权，不知经者也；知权而不知经，不知权者也。偏知而谓之智，不智者也；偏守而谓之仁，不仁者也。知经者，不以异物害吾道；知权者，不以常人怫吾虑。合之于一而不疑者，信于道而已矣。"①把以仁义为核心的儒道作为万变不离其宗的"经"，而"权"则是运用常道之"经"来具体解决现实中出现的问题，两者在柳宗元看来不可偏废，"经非权则泥，权非经则悖"，无"权"之"经"会有泥古之弊，而无"经"之"权"也会陷入背离基本的道理，因此"合之于一而不疑者，信于道而已矣"。柳宗元将两者之合又称之为"道"，此"道"即为"大中之道"，"是二者，强名也。曰当，斯尽之矣。当也者，大中之道也"。在柳宗元看来，这是天地万物、人间万象不可须臾而离的最终之"道"，这一观念是柳宗元基于现实时势而得出的理解。相比于韩愈所强调的个体创造对"道"的独特发现而言，柳宗元的"大中之道"是其思想中的最终指向，这一认识可以随现实问题的不同而不断发展，但其根本的基础还是儒道之"经"。

在这种辩证思想的指导之下，出入经史诸子、深得其神髓的柳

---

① 《全唐文》卷五八二，第 5880 页。

宗元在文章创作和理论总结中都贯穿着一种针对现实问题、有感而发的精神气质，不拘泥于经义本身的限制，而是从具体时势出发，通过严密的分析和论证，得出自己的判断。因而柳宗元在此基础上能够对天人关系、礼乐、政治等各个方面提出独到的见解，如在天人关系的问题上，他将以人事为主的社会内容作为"圣人之道"的重点，有利于"人事"的治世理道才是柳宗元更为关心的内容。《腊说》针对腊祭的固有传统，柳宗元进一步发挥了自己在天人关系中重视人事的观念，提出"腊"之名义应实现其真正的现实效用，并说明腊祭祭典中的"圣人之意"是"明乎道之教"，其实质就是风调雨顺的时节源于地方官吏的施政有方，这等于揭露了祭祀神灵背后的虚伪本质。与《腊说》同时创作的《时令论》(上、下)也是借批判朝廷以《礼记·月令》为施政纲领而轻视民生的错误，提出了"利于人、备于事"在为政中的重要性。《断刑论》是对《时令论》的理论继续，柳宗元通过批驳《左传》的方式开始，对于如何实行赏刑的议论提出了"顺人顺道"的主张，否定"天命"的幻影，把为政的重点放在社会人事方面。

由于对天人关系和社会情势独特的理论辨析，柳宗元在文章创作中也继续着自己的思考，首先他对儒道的理解是以"圣人"之言为基础，在理论的基本方面仍然主要是以实现尧、舜、孔子的"圣人之道"为核心，读书作文"其归在不出孔子"，一生的努力也是为"延孔子之光烛于后来"，因此在《杨评事文集后序》中曰："作于圣，故曰经；述于才，故曰文。"[1]柳宗元区分了"经"和"文"的差异，圣人之言即为"经"，联系《断刑论》(下)中的"经"、"权"认识，其中被称为"常"的"经"如果形诸文字，在柳宗元看来就是圣人之言。换言之，就是"圣人之道"在柳宗元的心目中享有崇高的地位，《杨评

---

[1] 《全唐文》卷五七七，第5831页。

事文集后序》就有"古作者抱其根源,而必由是假道焉",即《答韦中立论师道书》所云:"本之《书》以求其质,本之《诗》以求其恒,本之《礼》以求其宜,本之《春秋》以求其断,本之《易》以求其动,此吾所以取道之原也。"①柳宗元眼中的儒家经典是"取道之原",这与《杨评事文集后序》中将"文之二道"归于《尚书》《春秋》《诗经》等经典是一致的,但与韩愈在《师道》突出主体个性、淡化尊崇"圣人"的意识是不同的。其次,柳宗元在总体上持有对儒道的信仰外,仍保留诸子所特有的个性,那就是柳宗元创作为文多是从现实问题出发,大胆怀疑经义论断,提出自己对于政治时势的意见,如《辨侵伐论》就是针对当时危害日甚的藩镇问题,说明朝廷在对待此问题上的错误策略,该文从《左传》中取题,解释"侵"、"伐"二字的含义,实际是对现实政治的影射和批判,这也是《杨评事文集后序》所说的"述于才,故曰文",充分发挥"辞令褒贬"、"导扬讽喻"的文道传统,文学深刻反映政治现实,重视文章的社会批判意义,而其中创作个体的个性施展则是渊源于柳宗元"大中之道"中基于"经"的权变思想。从文学传统来讲,柳宗元在《答韦中立论师道书》中强调:"参之穀梁氏以厉其气,参之《孟》《荀》以畅其支,参之《庄》《老》以肆其端,参之《国语》以博其趣,参之《离骚》以致其幽,参之太史以著其洁,此吾所以旁推交通而以为之文也。"这里所说的"参"与"取道之原"的"本"虽有轻重之分,然而要寻找柳宗元之所以创作那些具有现实批判意味的文章的深刻原因,以及其中洋溢着的个性特征,"子学精神"的浸染熏陶当是不可忽视的思想因素。

  韩愈在理论上强调主体的个性,这无疑保证了儒道在文章创作中的转化是依循着个体精神的抒发而实现。柳宗元的文道观更为辩证地处理了儒道传统和个性精神的关系问题,在关注现实的

---

① 《全唐文》卷五七五,第5814页。

基础上，发挥儒道传统的思想资源，结合诸子所给予的精神启发，或依经以立义，或驳经以伸己，从而更为通达地展现自己对现实的理解和认识。联系以《春秋》学为代表的中唐学风的转向，以及韩、柳两位大家的创作经验，"子学精神"对当时文士关注的文道关系的理论探讨必然产生重要的作用。

中唐时期，除了韩、柳两位古文运动的代表作家外，同时期的其他作家在写作文章时也大多透露出从现实出发思考时势的"子学精神"的特征。如李观在《帖经日上侍郎书》曰："十首之文，去冬之所献也。有《安边书》《汉祖斩白蛇剑赞》《报弟书》《邠、宁、庆三州飨军记》《谒文宣王庙文》《大夫种碑》《项籍碑》《请修太学书》《吊韩弇没胡中文》等作，上不罔古，下不附今，直以意到为辞，辞讫成章。"①其中的《安边书》是李观以华夷之辨的视角对当时的国家边境军事问题提出的一些意见，体现了李观对现实政治问题的关注，而"上不罔古，下不附今"则表现了李观创作古文的根本精神，既不刻意追摹古人先贤的文章表面，也不随波逐流而效法时人的文风，而是要"意到为辞，辞讫成章"，真正发挥自我个性，随意而发，意尽而止，自铸伟辞，从而在文章中体现出自我的精神气质。对于此点，晚唐的陆希声看得最清楚，他在《唐太子校书李观文集序》中曰："而元宾则不古不今，卓然自作一体，激扬发越，若丝竹中有金石声。每篇得意处，如健马在御，蹀蹀不能止。其所长如此，得不谓之雄文哉？"②这种对"不古不今"的强调正是体现了李观在文章创作时所流露的个体精神，并与"子学精神"的实质是一致的。同为中唐著名文人的刘禹锡在《因论》引言中曰："刘子闲居，作《因论》。或问其旨何归欤？对曰：因之为言，有所自也。夫造端乎无

---

① 《全唐文》卷五三三，第 5415 页。
② 《全唐文》卷八一三，第 8551 页。

形,垂训于至当,其立言之徒;放词乎无方,措旨于至当,其寓言之徒。蒙之智不逮于是,造形而有感,因感而有词,匪立匪寓,以因为目,《因论》之旨也云尔。"①他的《因论》上承元结的《丐论》等短文制作,并受到柳宗元寓言创作的影响,后来则对晚唐的皮日休和陆龟蒙的小品文创作有着不可忽视的影响。最值得注意的是,《因论》中的文章与先秦诸子的寓言故事较为接近,《鉴药》以"理身之弊"隐喻个人的处世之道,而《叹牛》则是从耕牛力尽而被抛弃之事,过渡到前代的历史中那些"功成身残"的历史人物的悲惨命运,从而引申出"执不匮之用而应夫无方,使时宜之"的道理,这不仅是对国君用人的提醒,更是出于当时为宦做官的自身处境的考虑。因此刘禹锡在这些文章中深刻体现出在对现实的观照中注入了自己的思考,这种精神也对后来晚唐小品文中的寓言表现有所影响。纵观中唐的古文创作,在当时崇尚学习子书的整体学术氛围中,以韩、柳为代表的古文作家深刻继承了秦汉诸子关注现实、强调自我个性的"子学精神",通过自己的深刻思考,在文章中把个人对"道"的理解真实地表现出来,使古文之"道"能够随现实的发展和个人的思索而不断得到更新,从而推动了中唐古文创作的繁荣。

第四节 "子学精神"与晚唐五代古文中文道关系的演变

时代进入晚唐,此时的一些古文家仍有子部著作,他们之中也有以"子"自居,如刘蜕自称"文泉子",陆龟蒙自称"天随子",皮日休自称"皮子",那种强烈关注现实的"子学精神"仍余脉犹存,但相比于中唐古文家,其思想中的自成一家之言的理论特征已不明显,尤其以"拟圣之风"的兴起为代表。但在文学创作中仍有对政治问

---

① 《全唐文》卷六〇八,第 6138 页。

题的关心和现实黑暗的抨击,主要体现于杜牧等人的经世之文和皮日休、陆龟蒙和罗隐等人的小品文中,这才是决定中唐古文运动的精神在晚唐文学中依然继续的主要方面。

晚唐初期,杜牧、李商隐和刘蕡对文道关系的认识仍延续了韩、柳关注现实、注重个性的特点,如杜牧在《答庄充书》中曰:"凡为文以意为主,以气为辅,以辞彩章句为之兵卫,未有主强盛而辅不飘逸者,兵卫不华赫而庄整者。四者高下,圆折步骤,随主所指,如鸟随凤,鱼随龙,师众随汤、武,腾天潜泉,横裂天下,无不如意。"①杜牧所指的"意"正是创作主体的思考,这才是决定文章成败的根本因素,足见他对作者的自我个性在文章表现中的重视。李商隐在《上崔华州书》中曰:"始闻长老言,学道必求古,为文必有师法。常悒悒不快,退自思曰:'夫所谓道,岂古所谓周公、孔子者独能邪?盖愚与周孔俱身之耳。'以是有行道不系今古,直挥笔为文,不能攘取经史,讳忌时世。百经万书,异品殊流,又岂能意分出其下哉。"②此文作于李商隐二十五岁时,他回顾了自己早年学习古文的甘苦和得失,其中最让他思索不已的事就是对待儒道圣贤的态度。李商隐在此否定了"学道必求古,为文必有师法"的泥古倾向,同时强烈肯定了自己注重主体个性的意识,"行道不系今古,直挥笔为文",这正是对受到"子学精神"影响的韩、柳古文创作传统的真正继承。而生活于同时的刘蕡则是在其应贤良方正能直言极谏科的对策文中吸收了柳宗元的从《左传》中取题的特点,这也从侧面反映出当时啖、赵《春秋》学的广泛影响,每个问题都以《春秋》起笔,展开论说,猛烈抨击了中唐以来日益严重的宦官专权和朝政腐败,在文章创作中结合时事,有感而发,仗义执言。因此刘

---

① 《全唐文》卷七五一,第7783页。
② 《全唐文》卷七七六,第8091页。

蕡的文章一出,立刻传遍士林,《新唐书·刘蕡传》载:"是时,第策官左散骑常侍冯宿、太常少卿贾悚、库部郎中庞严见蕡对嗟伏,以为过古晁、董,而畏中官眦睚,不敢取。士人读其辞,至感慨流涕者。谏官御史交章论其直。"①这种关注现实、富有责任感的士人主体意识正是中唐古文运动从"子学精神"那里借鉴而来的优良传统,刘蕡之文在此时得到时人的肯定则说明突出个性和关注现实的"子学精神"在晚唐初期仍很活跃。更为值得注意的是刘蕡对待隋代大儒王通的态度,据《南部新书·戊卷》载:"刘蕡精于儒术,常看《文中子》,忿然而言曰:'才非殆庶,拟上圣述作,不亦过乎!'客曰:'《文中子》于六籍如何?'蕡曰:'若以人望,文中子于六籍,犹奴婢之于郎主耳。'后人遂以文中子为六籍奴婢。"②中唐元和初年,刘禹锡盛赞王通之学,刘蕡于刘禹锡后却否定王通儒学的价值,称其为"拟上圣述作"、"六籍奴婢",可见王通之学在刘蕡眼中只是对圣贤的模仿,而缺少对儒道的开拓。这也从反面说明了刘蕡对文道关系的理解是以突出主体的个性为主,这也是他在策文中能够敢于直抒己见的根本原因。

继承晚唐初期杜牧等人关注现实特征的古文创作的是那些并未彻底遁迹山野、走入林泉、不问世事的士人,他们在文章创作中直面现实的乱世景象,把时代的痛苦和黑暗以讽刺之言揭露出来,其中饱含着他们强烈的愤激之情,这以皮日休和罗隐那些讥时讽世、借古喻今的作品最具代表性。皮日休在《鹿门隐书》中,继承了《论语》等语录体的文章形制,运用对比的艺术手法,通过虚拟的"古"之清明来反衬现实的"今"之黑暗,如:

    古之官人也,以天下为己累,故己忧之。今之官人也,以

---

① 《新唐书》卷一七八,第 5305 页。
② 钱易撰,黄寿成点校,《南部新书》,中华书局 2002 年版,第 63 页。

己为天下累,故人忧之。

　　古之隐也,志在其中。今之隐也,爵在其中。

　　古之杀人也怒,今之杀人也笑。

　　古之用贤也为国,今之用贤也为家。

　　古之酝酱也为酒,今之酝酱也为人。

　　古之置吏也,将以逐盗。今之置吏也,将以为盗。

在两两相对的句子中,皮日休借助关键字的对应替换,鲜明而又深刻地揭示出他的社会理想和黑暗现实之间的距离,没有具体的阐述和分析,而是在犀利浅白的语言之中,通过对比的艺术手法,造成强烈的反差,从而使文字具有了振聋发聩的千钧之力,并达到了批判现实、讽刺黑暗的效用。须要指出的是,皮日休所谓的"古"实质是儒家思想给予他的一种美好的社会理想,简而言之,即《鹿门隐书》中所说的"古圣王"之世,而他眼中的"今"也具有高度的浓缩性,代指当时社会的一切不合理、不公正的现象,如为官的士人大多尸位素餐,毫无理想大志和社会责任感,藩镇战乱造成的凄惨世相,以及人各为己的自私自利。因此虽然皮日休的这些文句看似简单,其实是他从现实生活中精炼而成的深刻的人生感悟,在嬉笑怒骂的讽刺中透露出一股末世的悲凉之感,有着含蓄不尽的言外之意。相比于皮日休的讽刺小品文,罗隐虽然也是以古喻今,但其艺术手法有着明显的个性特征。在《谗书》中,罗隐撷取了历史上一些著名的故事,即事起意,虽然是在讲述古事,但却处处影射出当时的社会矛盾和黑暗政治,因此在借助历史故事的基础上贯以己意,作出精彩的翻案文章,这是罗隐小品文的艺术特色。如《叙二狂生》中,罗隐俨然把祢衡、阮籍当作自身的写照,而祢、阮所处的时代也和罗隐当时的唐末乱世相仿,因此祢衡和阮籍的生不逢时和不平之鸣其实都是罗隐身处乱世却志不得伸的一种映照,而且这也是当时士人面对的普遍性问题。罗隐思想的特异之处在于他能见前人所未见,发前人所不敢发之言,如《伊尹有言》和《三叔碑》中,历来被儒家经典奉为圣贤的伊尹和周公在罗隐的笔下却成为不合法的谋篡之臣,这种改头换面其实在罗隐的心中并不是对伊尹、周公个人的否定,而是借此来批判唐末的宦官专权和藩镇割据,以及"君若客旅,臣若豺虎"的社会现实。由此可见,皮日休和罗隐作为晚唐讽刺小品文的代表人物,其关注现实的精神是一致的,在艺术手法上却各具面目,皮日休强调古今对比,在反差中显示对社会现实的批判,而罗隐则是借古喻今,通过翻案文章映照现实,以求发人深省的效果。基于此,鲁迅先生才会称赞皮、罗的文章是"一塌糊涂的泥塘里的光彩和锋芒"①。而在皮日休和罗隐的这些作品中,"子学精神"代表的现实关怀和批判针砭是对中唐古文运动成绩的延续和保留,也使得具有深刻社会意义的古文在晚唐骈文复盛之时衰而未绝,依然在潜滋暗长。

此外,其他的一些小品文作家笔下也多有反映现实问题的作品,虽然其批判的锋芒不及皮、罗锐利,但仍显示了通过自我思考运用儒道关注现实的"子学精神"。如陆龟蒙的《记稻鼠》,文中记录了乾符六年(879)吴兴大旱、当地连续数月无雨,农民的生活举步维艰,为求解决生计问题,农民历尽艰辛,转引远方的水流灌溉农田,但远水解不了近渴,收成的结果是"仅得㔉垎穗结,十无一二焉"。但在这样的条件下,官府对农民的盘剥依然严酷,催租交赋,甚至"殴而骇之",民不堪命,这不禁使作者想起了《诗经·硕鼠》中的时人控诉压迫和剥削的愤慨之情。可见,陆龟蒙的《记稻鼠》是对当时吴兴大旱、农民生活困苦不堪的真实写照,文章的结尾通过引用《诗经》的经典名篇加以议论,从中透露出作者对世事的感慨。陈黯的《华心》和程晏的《内夷檄》面对晚唐后期华夷之辨的讨论作

---

① 鲁迅,《魏晋风度及其他》,第345页。

出了新的解释，突破了以往从地域和生理的层面区分华夷的标准，而是深入文化的层面，通过举止教养等角度重新审视华夷之间的界限。小品文中亦有对当时政治问题的探讨，如沈颜的《妖祥辨》对传统的祥瑞和妖异提出了不同的意见，他认为麒麟龙凤代表的祥瑞和天文错乱、草木变性的灾异并非决定国家政治好坏的因素，而是国家的清明源自君明臣忠、百司称职，衰亡则是由于信任谗佞、弃贤逐能，因此沈颜是把这种人事的因素视为真正决定国家兴废的"妖祥"，这就打破了以往那种过分附会政治的错误倾向，抓住了治理国家的决定性因素。这些作为古文的小品文都显示了晚唐古文家在具体问题上仍具有关注现实的品格。

当然，晚唐后期的古文创作体现了对现实黑暗的批判，而缺少了中唐古文运动中韩愈等人理论创新的气魄，这主要体现于此时缺乏对"圣贤"之道再认识的理论勇气。这一理论转向始于和李商隐、刘蕡同时的李翱和皇甫湜，他们把对"道"和"圣贤"的认识拉回到传统的观念中。李翱在《复性书》中将"天地之性"专属于"圣人"：

> 人之所以为圣人者，性也，人之所以惑其性者，情也。……性者天之命也，圣人得之而不惑者也；情者性之动也，百姓溺之而不能知其本者也。圣人者岂其无情耶？圣人者，寂然不动，不往而到，不言而神，不耀而光，制作参乎天地，变化合乎阴阳，虽有情也，未尝有情也。然则百姓者，岂其无性耶？百姓之性与圣人之性弗差也，虽然，情之所昏，交相攻伐，未始有穷，故虽终身而不自睹其性焉。[①]

这段话中，一方面是"圣人"之性和"百姓"之情的截然分裂决定了两者之间的天壤之别，这就造成了"圣人"的神化和偶像化，只有他

---

① 《全唐文》卷六三七，第6433页。

们才可以代"道"立言,"百姓"要想得天地之大"道",就必须以"圣人"为标准,另一方面,又为"百姓"与"圣人"之间的沟通提供哲学的基础,即"百姓之性与圣人之性弗差也",这就又使得"百姓"达于"圣人"成为可能。但由于李翱这里的"性"和"情"没有客观化的参照,因此"百姓"达于"圣人"的途径只能是机械地模仿。透过李翱的这种哲学改造,他与韩愈的最大不同就是对待"圣人"的态度,李翱完全将"圣人"置于高高在上的位置,百姓欲跨越与"圣人"之间的鸿沟而得"道",只能亦步亦趋地效法"圣人",而韩愈则对"圣人"和凡人一视同仁,他们对"道"都有基于个性的体会,同样值得重视,因此每个人都是在对"道"的追求中成就个体的精神。显然这代表了两种不同的哲学观,这也就说明韩愈等人在中唐时重视鲜明个性特色的"子学精神"在他之后已逐渐消失。

与此同时,同样作为韩愈弟子的皇甫湜对"圣人"也有自己的观点,他在《孟子荀子言性论》中曰:"穷理尽性,惟圣人能之。"把性之品分为"下愚"、"中人"、"上智"三类,而"圣人"显然属于"上智"一类,可见皇甫湜的认识与李翱相近。以往的文学史著作对李翱和皇甫湜的古文创作评价是风格的不同,一为平易,一为奇崛,但在李翱的重"道"和皇甫湜的尚"文"背后是两人在哲学观上的一致性。他们都从情性两分的角度把"道"和"圣人"神化,并无限夸大了"圣人"和凡俗的差异。由于"道"是千古不易、不证自明的,在皇甫湜看来,古文家不必也不可能在"道"的方面有所建树,因而只须把古文创新的希望寄托于文章的字句风格方面。李翱则是将全副精力放在对圣贤之"道"的证明上,其中极少自己的个性体会,对"道"的内涵也缺乏新的开拓,导致他们对圣贤文章的创新也理解为文字的求异,而忽视其思想意义的深度,如李翱《答朱载言书》曰:

> 文理义三者兼并,乃能独立于一时,而不泯灭于后代,能必传也。仲尼曰:"言之无文,行之不远。"子贡曰:"文犹质也,

质犹文也,虎豹之鞟,犹犬羊之鞟。"此之谓也。陆机曰:"怵他人之我先。"韩退之曰:"唯陈言之务去。"假令述笑哂之状曰"莞尔",则《论语》言之矣;曰"哑哑",则《易》言之矣;曰"粲然",则穀梁子言之矣;曰"攸尔",则班固言之矣;曰"辴然",则左思言之矣。吾复言之,与前文何以异也?此造言之大归也。①

可见李翱在忽视推进"道"的内容革新时只能将古圣贤文章的文字差异看作创新的重点,即"文章辞句,奇险而已",于是就和皇甫湜等追求文字奇绝的文学观不谋而合,而这种倾向又都根源于他们二人的古文创作在文道关系上不再如韩愈那样注重创作主体的转化之用,而是割裂了"文"、"道"的联系,固执一端,放弃个性,促使古文创作陷入了拘泥模仿的歧途。

李翱从哲学角度对"道"和"圣人"认识的改造与晚唐时期拟圣之风的兴起在理论上是一致的,忽视了文道关系中创作主体的转化作用,从而使"子学精神"代表的个性意识和关注现实的特点退出了此时的古文创作,这突出地表现在文中子王通在晚唐后期咸通年间受到前所未有的重视。文中子王通生于隋末乱世,隐居河东,传道授学。作为当时大儒,王通之学并未受到时人的重视,虽然有些记载中提及唐初的很多名臣出身王通门下,但从后来的历史发展来看,唐代初年的帝王将相没有将王通的儒学在政治中付诸实践,如《录唐太宗与房魏论礼乐事》载:

> 酒方行,上曰:"设法施化,贵在经久。秦、汉已下,不足袭也。三代损益,何者为当?卿等悉心以对,不患不行。"是时群公无敢对者,徵在下坐,为房、杜所目,因越席而对曰:"夏、殷

---

① 《全唐文》卷六三五,第6412页。

之礼既不可详,忠敬之化,空闻其说。孔子曰:周监于二代,郁郁乎文哉!吾从周。《周礼》,公旦所裁,《诗》《书》,仲尼所述,虽纲纪颓缺,而节制具焉。荀、孟陈之于前,董、贾伸之于后,遗谈余义,可举而行。若陛下重张皇坟,更造帝典,则非驽劣所能议及也。若择前代宪章,发明王道,则臣请以《周典》唯所施行。"上大悦。翌日,又召房、杜及徵俱入,上曰:"朕昨夜读《周礼》,真圣作也。首篇云:'惟王建国,辨方正位,体国经野,设官分职,以为人极。'诚哉深乎!"良久谓徵曰:"朕思之,不井田、不封建、不肉刑而欲行周公之道,不可得也。大《易》之义,随时顺人。周任有言:陈力就列。若能一一行之,诚朕所愿,如或不及,强希大道,画虎不成,为将来所笑,公等可尽虑之。"

开国之初,唐太宗在与群臣讨论治国方略时,认为"强希大道"的结果只能是"画虎不成",没有实行儒家的政治理想,这与王通的观念相距甚远,因此在唐代的学术史上长期都没有王通的影响①。但自晚唐初期,刘禹锡于开成三年所作的《唐故宣歙池等州都团练观察处置使宣州刺史兼御史中丞赠左散骑常侍王公神道碑》追溯其先世时提到了王通和其弟王绩:"始,文中先生有重名于隋末,其弟绩,亦以有道显于国初,自号东皋子。文章高逸,传在人间。议者谓兄以大中立言,弟游方外遂性,三百年间,君子称之,虽四夷亦闻其名字。"真正在儒学思想史上确立王通地位的是晚唐的皮日休等人,皮日休在《请韩文公配飨太学书》中曰:

> 圣人之道,不过乎求用。用于生前,则一时可知也。用于死后,则百世可知也。故孔子之封赏,自汉至隋,其爵不过乎

---

① 关于唐代历史中王通的影响问题,可参见尹协理、魏明的《王通论》(中国社会科学出版社1984年版),另有葛晓音师《山水田园诗派研究》(辽宁大学出版社1993年版)第92页。

公侯。至于吾唐,乃荣王号。七十子之爵命,自汉至隋,或卿大夫,至于吾唐,乃封公侯。曾参之孝道,动天地,感鬼神。自汉至隋,不过乎诸子。至于吾唐,乃旌入十哲。噫! 天地久否,忽泰则平。日月久昏,忽开则明。雷霆久息,忽震则惊。云雾久郁,忽廓则清。仲尼之道,否于周秦而昏于汉魏,息于晋宋而郁于陈隋。遇于吾唐,万世之愤一朝而释。倘死者可作,其志可知也。今有人,身行圣人之道,口吐圣人之言,行如颜、闵,文若游、夏,死不得配食于夫子之侧,愚又不知尊先圣之道也。夫孟子、荀卿,翼传孔道,以至于文中子。文中子之末,降及贞观开元,其传者醨,其继者浅。或引刑名以为文,或援纵横以为理,或作词赋以为雅。文中之道,旷百世而得室授者,惟昌黎文公焉。①

皮日休在此仿效韩愈《原道》之法,依据自己的理解塑造了一个儒学传承的系统,文中子王通在其看来是继孟子和荀子之后唯一可以传道的儒者,而韩愈也是王通儒学的传人。这种对王通的推崇在皮日休所作的《文中子碑》也有体现,他在碑文中详细记述了王通在儒学方面的著作,以及跟随王通问学的一些唐初名臣,如杜如晦、房玄龄、魏徵等人,铭文则是表彰王通的儒学对唐代太平局面的功绩,文辞中透露出皮日休浓郁的倾慕和赞美之情。此时以碑文的形式赞美王通的还有司空图的《文中子碑》,另外陆龟蒙也在文章中多次肯定王通在儒学史的地位,如《甫里先生传》《三贤赞》等,对此,陆龟蒙的好友皮日休看得最清楚,他在《送豆卢处士谒丞相序》尝言:"龟蒙读扬雄所为书,知《太玄》准《易》,《法言》准《论语》。晚得文中子王先生《中说》,又知其书与《法言》相类。道之始塞而终通,子云轨范不足当也。何者? 子云仕于西汉末,属莽贤用

---

① 《全唐文》卷七九六,第 8349 页。

事。时皆进符命取宠,雄独默默以穷愁著书,病不得免,人希至其门,止一侯巴从之受《太玄》《法言》而已。文中子生于隋代,知圣人之道不行,归河汾间,修先王之业。九年而功就,谓之《王氏六经》,门徒弟子有若钜鹿魏公、清河房公、京兆杜公、代郡李公,咸北面称师,受王佐之道。隋亡,文中子没,门人归于唐,尽发文中子所授之道,左右其理。太宗每叹曰:'魏徵教我功业如此,恨不使封德彝见之。'逮今十八圣,举其君必曰太宗,举其相必曰房、魏,上下之心耻不及贞观,则生人受赐足矣,岂非文中子之道始塞而终通乎?"①其中不仅指出了陆龟蒙所学儒道受到了王通之学的启发,更直言王通的儒学与太宗朝贞观之治的密切关系,强调此点正表明了王通之学在皮日休心中的崇高地位。

带着晚唐后期这种缺少个性突破的理论趋向反观当时的创作,可以清楚地看到皮、罗为代表的古文小品没有中唐时期韩愈那种《原道》式深刻的理论色彩,能够把具体现实问题的解决之道抽象为儒道的复兴,抓住了当时文章由骈入散背后的文化根源,通过对儒道的内涵作出划时代的阐释而找到时代问题的症结所在,以儒道的革新带动文章的创作,并以联系的眼光解决了社会的诸多重要问题,如确立以智役愚的社会秩序、重视寒士文人的不平之鸣等,从而为中唐古文运动的成功作出了重要的理论贡献。柳宗元和刘禹锡等人也有如《天论》等古文巨制,这些都是晚唐古文所无法比拟的。因此既要看到晚唐古文小品在关注现实的"子学精神"方面与中唐古文运动的一致之处,同时也应注意晚唐时代理论气魄的局促之感,虽然皮日休在《十原》中继承了韩愈《原道》等文章的传统,对教化、仁义、兵刑等问题进行了追根溯源的讨论,然而其理论起点是"圣人之化,出于三皇,成于五帝,定于孔周"。因此孔

---

① 《全唐文》卷八〇〇,第 8406 页。

孟之道的崇高地位不容置疑,其讨论的过程就是以孔孟所理解的儒道批判现实的问题,正如罗宗强先生所言:"以儒家的传统思想,指陈时政之得失"①。总之,皮、罗等人的古文小品确实光大了古文批判的精神锋芒,关注现实之处值得肯定,但在理论的方面缺少开拓的色彩,这是此时古文难有中唐气象的根本原因。

通过分析中晚唐思想作用下古文家所形成的对文道关系的认识,我们可以较为清楚地看出"子学精神"的盛衰实际是影响当时古文家理论认识的一个重要因素。"文"、"道"之间的转化赖此维系,"子学精神"所强调的创作主体的个性保证由"道"及"文"的过程中不会走入陈陈相因的模拟境地,同时又可以从内在精神的层面实现不断更新"道"和"文"两方面的要求,从而使"文"、"道"在创作主体个性的联系下真正成为一个有机的统一整体。晚唐时期,虽然在众多士人心中,王通在思想史地位的突然上升表明了拟圣风气的开始流行,这对宋初以石介、柳开为代表的道学家的认识产生了深刻的影响。但在此时的思想背景之下,皮日休和罗隐的文章创作仍然具有"子学精神"特有的关注现实的热烈情怀,其鞭辟入里的批判锋芒和思想意义还是值得称道的。由此可见,晚唐的古文在其经历中唐的辉煌后依然继续着前进的步伐,这也是促使唐宋古文运动逐步走向深入的重要原因。

---

① 罗宗强,《隋唐五代文学思想史》,中华书局1999年版,第351页。

第三章 韩门弟子的古文创作

接续元和中兴的晚唐初期,韩愈文章影响下的韩门弟子成为当时古文创作的重要作家。正如韩愈强调继承儒学传统的那样,韩门弟子也极为尊崇韩愈古文的典范地位,这使得古文文统的脉络通过师承关系的作用而初具规模。受到韩愈古文影响的作家以李翱和皇甫湜为主要代表,而作为韩愈三传弟子的孙樵,则是韩门弟子中重要的后进作家,他所延续的是皇甫湜注重怪奇风格的艺术特色。在一般文学史著作的论述中,这批作家继韩愈之后在创作中出现审美的偏离,晚唐古文由此走向衰落①。面对这一认识,与韩愈、柳宗元的文章相比,韩门弟子的创作究竟从哪些方面传递了古文衰落的消息?在总体衰落的趋势中,他们的古文是否还有值得肯定之处?基于此,本章重点探讨李翱、皇甫湜和孙樵等韩门弟子的古文创作及其在唐宋散文史上的是非功过。

第一节 "精于理"和"练于辞"
——李翱、皇甫湜师韩倾向的同异

李翱与皇甫湜能够成为韩门弟子的代表人物,主要是基于他们的古文创作在当时确实代表了韩愈古文中"重道"和"尚文"的两

---

① 关于韩门弟子的古文研究,可参见罗联添先生的《韩愈研究》,台湾学生书局1988年版。

个特点,此后有关韩门弟子古文创作的一些重要文评,也大多集中于这两人古文特点的比较方面,如明代的瞿佑在《归田诗话》中评及李翱和皇甫湜的古文时指出:"湜与李翱皆从公学文,翱得公之正,湜得公之奇。"①而到了清代中期的四库馆臣那里,明显延续了瞿佑的观点,《四库全书总目·皇甫持正集六卷》载:"其文与李翱同出韩愈,翱得愈之醇,而湜得愈之奇崛。"②清代后期的刘熙载在《艺概·文概》中则说:"文得昌黎之传者,李习之精于理,皇甫持正练于辞。"③以上三家评论,瞿佑与四库馆臣虽有表述的微小差异,但其着眼点则在比较李翱与皇甫湜古文创作的不同艺术风格,而刘熙载则是指出了李翱和皇甫湜从两个不同层面的范畴继承和发展了韩愈的古文传统,李翱接续的是儒道内容,而皇甫湜则是发扬了怪奇辞采,此后的研究基本接受了这些认识,并将上述观念糅合在一起,强调韩愈之后古文发展中存在的两种不同倾向。但如果更换角度,从文道关系来重新审视李翱与皇甫湜的古文创作,并与中唐韩、柳的古文相联系,那么则会由此显示出韩愈之后古文逐渐衰落的重要原因。

一、李翱古文创作中的文与道

韩愈古文能够在中唐时期异军突起,依托的是革新儒"道"的内涵——儒学传统的文学观和政治观——来带动古文创作的开展,使原本被贬低的愁思之言得以纳入"道"的范畴,除了朝廷颂德所需要的大手笔之外,那些出自底层穷苦士人之手、体现他们失意之悲的文章格外受到韩愈的推重,即《荆潭唱和诗序》中所谓的"欢愉之辞难工,而穷苦之言易好也"。而"穷苦之言"能得到韩愈如此

---

① 瞿佑,《归田诗话》,上海商务印书馆1936年版,第6页。
② 《钦定四库全书总目》,第2011页。
③ 刘熙载,《艺概》,上海古籍出版社1978年版,第26页。

高度评价，主要是源自他极力提倡士人在宦途失意之时依然坚持儒道理想，在思想上确立儒道的价值观念，并将其贯穿于分析社会问题和具体文章创作之中，这也是"文以载道"的观念在士人人格方面的鲜明体现。因此，"文"与"道"两个方面在韩愈的古文思想中是统一于士人的主体人格上，一方面，"道"是士人心中社会理想价值得以维系的根源；另一方面，所创作的"文"的内容并非"道"的直接显现，而是坚守理想的士人在仕途羁旅中抒发的思想感情，即《答李翊书》中的"取于心而注于手"之意。正因为有了创作主体的参与，"文"才避免了空言明道的弊病，而具有了强烈抒情色彩的意味。

继韩愈之后，李翱更为注重从理论层面发掘儒学道统对于古文发展的作用，这决定了他的古文创作是以阐发儒学之"道"的内容和意义为关键的，尤其是李翱的哲学思想中最具特色的方面正与此相关。李翱《复性书》三篇中的主要内容是人如何成圣的问题，他强调"百姓之性"与"圣人之性"并无差别，但现实中之所以极少的人可以成圣，是由于"情"的障蔽和误导，致使"百姓之性"无法达到"圣人之性"。这里的"性"和"情"，在李翱看来，虽然也存在着彼此相关的联系，不可截然分开，"情"由"性"出，"性"赖"情"明，但"性"正"情"邪、以"性"节"情"的基本观念在李翱的认识里居于主导作用，"百姓之性"实际在生活中会受到"情"动的蒙蔽而无法达到"圣人之性"。为了祛除百姓心中"情"欲的干扰，避免人心本"性"的迷失，李翱主张"百姓"通过在静斋中反复体会诚、明的境界，不再受"情"的汩没，最终完成向本"性"的回归，这是李翱以"复性"名篇的基本意旨。这一修道成圣的理论构想实际标志着李翱成为开创儒家心性之学的先驱，他是在儒学前贤的思想基础上推进了一大步，后世的一些道学家也正是沿着李翱强调的心性一路，继续探究个人成圣与儒道思想转型的关系问题①。

李翱在《复性书》中更加重视个人在修道成圣的过程中对自我心性的提升,而在这一过程中,对诚、明之"性"的体会是在寂静之中完成,"百姓之性"即可达到"圣人之性",这实际是强化了"道"作为个人安身立命之本的重要价值,其中"道"是以"圣人之性"的形式体现出来。这一点对于个人在身处穷途时如何行道尤其重要,李翱指出"复性"过程中的"寂静"特征就是为那些身处困境的儒士指出了安贫乐道、喜怒不动于心的理想状态,他在《答侯高第二书》中曾曰:"吾之道,学孔子者也,孔子尚畏于匡,围于蒲,伐树于桓魋,逐于鲁,绝粮于陈蔡之间,夫孔子岂不知屈伸之道耶? 故贤不肖,在我者也;富与贵,贫与贱,道之行否,则有命焉。君子正己而须之尔,虽圣人不能取其容焉。"②这里的"贤不肖"即是指个人对自我人格的选择趋向,"贤"肯定体现的是高尚的道德品格,对应的是"圣人之性",而富贵贫贱与能否"行道""则有命焉",内在人格道德与外在境遇相比较之下,李翱更倾向于君子内在道德的修养,即"君子正己",这也是其在《复性书》将"圣人之性"落实于个体人格的关键问题。正是在这层意义上,李翱开启了后世儒学中重心性的趋向,这成为他对中国儒学传统的重要贡献。

以"性"节"情"最终导向的是个人能够达到以诚、明为核心的"圣人之性",进而完成修道成圣的理想人格,这其实说明了李翱更加重视儒道对于个体的道德提升意义,尤其是在"道"不行于世之时而必须坚持的"君子正己",更表现出李翱在《复性书》所强调的

---

① 关于李翱《复性书》中的思想及其在思想史的地位,可参见傅斯年《性命古训辨证》中"李习之在儒家性论发展中之地位"一节和陈弱水先生《唐代文士与中国思想的转型》中《〈复性书〉思想渊源再探——汉唐心性观念史之一章》一文中的观点。

② 《全唐文》卷六三五,第6416页。

在"寂静"中完善君子内在道德修养的意念。这种从哲学意义上对自我人格价值的肯定,其中包含了儒道思想中的内圣理想,并赋予身处逆境的个体以绝对的精神支撑,对"寂静"的讲求是要平复其内心剧烈的情感冲突,这意味着韩愈古文中强调的愁思怨苦之言中所蕴含的抒情特色就被消解了。从韩愈到李翱,儒道内涵确实继续着思想上的发展,此后的宋代道学家对心性的讲求也都是受李翱《复性书》的影响,晚唐五代到北宋中期出现的"韩、李"并称,其重点也正是强调其道统意义上的思想开拓①。

在肯定李翱对儒道思想的开拓时,还应注意其古文创作的特点,那就是李翱并未如韩愈那样重视穷愁之士的不平之言,而是把"明道"等同于纯粹的儒学复古,忽略了文道关系中创作主体的情感抒发,从而削弱了古文创作中的抒情因素。从创作方面看,李翱最重要的文章是《复性书》《从道论》和《平赋书》等,其中的说教味和理论性过重。同时李翱的小品文如《国马说》《鹤冠雄鸡志》等因过于模仿韩愈《杂说》的形式而显得个性不足。因此,李翱虽在儒道思想方面沿着心性一路继续开拓,对宋儒道学的形成有着深刻的影响,但在古文创作中没有继承韩愈古文中强调个体情感的内容,这在其古文创作的观念中也有所体现,主要见于《答朱载言书》《答侯高第二书》《寄从弟正辞书》《荐所知于徐州张仆射书》《答皇甫湜书》《与淮南节度使书》等文章。

在《答朱载言书》中,李翱提出了"创意造言,皆不相师"的创作思想,认为"六经"之中的每部书在内容表现和语言形式两个方面各有其特点,首先是"创意"的认识:

---

① 关于晚唐五代至北宋中期的"韩、李"并称问题,可参见本书第八章《从"韩、李"并称看晚唐五代至北宋中期古文发展的趋势——兼论王通在儒学道统中地位上升的原因》。

创意造言，皆不相师。故其读《春秋》也，如未尝有《诗》也；其读《诗》也，如未尝有《易》也；其读《易》也，如未尝有《书》也；其读屈原、庄周也，如未尝有六经也。故义深则意远，意远则理辩，理辩则气直，气直则辞盛，辞盛则文工。如山有恒、华、嵩、衡焉，其同者高也，其草木之荣，不必均也。如渎有淮、济、河、江焉，其同者出源到海也，其曲直浅深、色黄白，不必均也。如百品之杂焉，其同者饱于腹也，其味咸酸苦辛，不必均也。此因学而知者也，此创意之大归也。①

李翱在此运用了比喻的方式说明了"创意之大归"，这实际包括两个方面，一是《春秋》《诗》《尚书》等儒学经典在李翱看来各擅其美，二是这些经典在各有特点的同时又从属于儒道的基本内涵，这就像百川汇海那样。对李翱这一思想的分析，王运熙和杨明两位先生在其合著的《隋唐五代文学批评史》中认为李翱的"创意"是指"六经"各书的具体内容，其来源是韩愈《答刘正夫书》的"师其意不师其辞"②。

首先，李翱在一些文章中论及了"意"的内涵，如《答朱载言书》中曰："其好理者，文章叙意，苟通而已。"可见在李翱看来，"意"是作者在具体文章写作中所要表达的个人思想，尤其是喜好理论思维的人，更为追求文章意思表达的流畅通顺。在其他的文章中，李翱也多次将"意"视为作者自己所要表达的想法和认识，如《与本使杨尚书请停率修寺观钱状》的"若其所言有合于道，伏望不重改成之事，而轻为后生之所议论。意尽辞直，无任战越"。《劝裴相不自出征书》的"伏望试以狂言访于所知之厚者。意切辞尽，不暇文饰"。《与陆傪书》的"非兹世之文，古之文也，非兹世之人，古之人

---

① 《全唐文》卷六三五，第6411页。
② 王运熙、杨明，《隋唐五代文学批评史》，第561页。

也。其词与其意适,则孟子既没,亦不见有过于斯者"。《故处士侯君墓志》的"侯高字元览,上谷人。少为道士,学黄老练气保形之术,居庐山,号华阳居士。每激发则为文达意,其高处骎骎乎有汉魏之风"。《答泗州开元寺僧澄观书》的"及蔡邕《黄钺铭》,以纪功于黄钺之上尔。或盘或鼎,或峄山或黄钺,其立意与言皆同,非如《高唐》《上林》《长杨》之作赋云尔"。以上诸例,都是李翱古文中关于文章写作中"意"的思想的认识,有的是指李翱给别人所写书信中的个人想法,如《劝裴相不自出征书》;有的是指他人文章中所表达出的自己的认识,如《答陆修书》和《故处士侯君墓志》等;有的则是指在文章写作前的构思,如《答泗州开元寺僧澄观书》中对蔡邕创作《黄钺铭》的分析,而且这些例子中的"意"都与"言"、"辞"等语言表达对举,与"创意造言"的表述结构一致,这说明李翱的"创意"可以与以上的例证相参照,"意"指的是不同作者在具体文章中的个人想法和认识。

至于李翱所标榜的"六经"诸书各不相同的认识,则是中唐以来诸多古文大家的传统观念。梁肃在《常州刺史独孤及集后序》曾曰:"洎公为之,于是操道德为根本,总礼乐为冠带。以《易》之精义,《诗》之雅兴,《春秋》之褒贬,属之于辞,故其文宽而简,直而婉,辩而不华,博厚而高明。"[1]梁肃在总结独孤及古文成就时就已把"六经"中的《易》《诗经》和《春秋》的不同特点区分开来。到了韩、柳那里,这种趋向更加明显,如韩愈在《进学解》中借生徒之口自述其为文曰:"沈浸醲郁,含英咀华。作为文章,其书满家。上规姚、姒,浑浑无涯。《周诰》《殷盘》,佶屈聱牙。《春秋》谨严,《左氏》浮夸。《易》奇而法,《诗》正而葩。下逮《庄》《骚》,太史所录,子云相

---

[1] 《全唐文》卷五一八,第 5260 页。

如,同工异曲。先生之于文,可谓闳其中而肆其外矣。"①与梁肃不同的是,韩愈加入了"佶屈聱牙"的《尚书》和《庄子》《楚辞》《史记》等著作,而且都是从艺术特征的角度给予评价,指出各书在艺术上的重要成就,这与韩愈古文创作中注意吸收前代文学的艺术经验密切相关。柳宗元在《答韦中立论师道书》中曾说:"本之《书》以求其质,本之《诗》以求其恒,本之《礼》以求其宜,本之《春秋》以求其断,本之《易》以求其动,此吾所以取道之原也。参之穀梁氏以厉其气,参之《孟》《荀》以畅其支,参之《庄》《老》以肆其端,参之《国语》以博其趣,参之《离骚》以致其幽,参之太史公以著其洁,此吾所以旁推交通而以为之文也。"②柳宗元的认识比韩愈更进一步的是,古文中"道"的体现蕴涵于"六经",而且这种体现在每部书中都各有千秋,与其内容表达有关,这就不同于韩愈从艺术经验角度所作的分析了。柳宗元在提倡古文学习的"旁推交通"之法中,其实已清楚地指出"六经"中各书独具的特色,并且认为这可以作为"取道之原",显然是从内容意义的表现方面来说明取法"六经"的重要性。

正是在继承了中唐以来这些有关"六经"认识的传统观念的基础上,李翱欲通过探求"六经"诸书不同思想表现的经验来形成自己文章中的理解认识,进而以一种不同以往"六经"的方式表达出来,这就是他所谓的"创意"思想。但须要指出的是,在"创意"思想中,李翱指出"六经"之中存在的具体不同时,也看到了这些书所共有的"列天地,立君臣,亲父子,别夫妇,明长幼,浃朋友"的"六经"之旨,这是与他在创作中过分推崇儒道的说教是一致的。由此可见,"创意"在各类经书中虽有具体的差别,都无法逾越"六经"之旨

---

① 《韩昌黎文集校注》,第46页。
② 《柳宗元集》,中华书局1979年版,第873页。

的君臣之义和伦理之道,这说明了李翱所谓的"创意"追求的是在具体内容中表现的创新,而在理论上注重儒教道德的灌输①。

儒道的心性论肇始于李翱在《复性书》中的观念,但这一思想史上的贡献并未使李翱的古文有所创新。究其实质,主要由于在文道关系上,李翱没有注重由"道"向"文"的转化中创作主体的作用,虽然"创意"的思想也含有个人思考的意味,但其作品中过于强调道德说教的成分却显示出李翱是把古文创作等同于儒学复古,这势必明显降低其文章的文学品格和抒情色彩。

至于"造言"的认识,代表了李翱古文思想中有关文学性的观念。李翱强调了义理的恰当和深透固然可以影响文章创作的高下,但文采的要求也不可忽视,还以孔子的"言之无文,行之不远"和韩愈的"惟陈言之务去"为论据,说明了在文辞方面"皆不相师"的重要性。因此李翱认为:"故义虽深,理虽当,词不工者不成文,宜不能传也。文理义三者兼并,乃能独立于一时,而不泯灭于后代,能必传也。"而"造言之大归"则是"假令述笑哂之状曰'莞尔',则《论语》言之矣;曰'哑哑',则《易》言之矣;曰'粲然',则穀梁子言之矣;曰'攸尔',则班固言之矣;曰'辴然',则左思言之矣。吾复言之,与前文何以异也?"由此可见,在李翱看来,避免语辞的重复是古文创作中文辞创新的重要内容,这也说明了李翱正是从语言避熟就新的角度去理解韩愈"惟陈言之务去"的思想。从实际创作来看,文章语言的推陈出新确实成为很多作家倾心以求的目标,韩愈古文中的用字怪奇也可以为这一倾向作注脚,但事实上,文章用语不可能一概不重复前人,如果把创作的主要精力投入于此,单纯追

---

① 关于李翱"创意"的阐释,可参见李光富先生《李翱的论文理论——读〈答朱载言书〉札记》,《西南民族大学学报》1985年第3期。他认为李翱的"创意"思想虽重视个人的一点新见,但不敢违背儒道总的精神,具有比较浓重的卫道气息。

求辞采的新异,则未免本末倒置,致使文章创作走入歧途。其实在《答朱载言书》中有关"六经"之词和一些作家的文章评论时,李翱虽然对当时古文中崇尚奇险的认识有所批评,但更透露出其欣赏怪异风格的趋向,如称扬"六经"之词"掇章称咏,津润怪丽",褒贬历代著述时肯定了扬雄的《剧秦美新》和王褒的《僮约》等"词句怪丽"的特点,李翱明显是以此来佐证"创意造言,皆不相师"中语言方面追新求异的理论观念,实际也是对韩愈古文中怪奇特点的继承。对此,清代的桐城古文大家刘大櫆在《论文偶记》中有论曰:

> 文贵去陈言。昌黎论文,以去陈言为第一义。后人见为昌黎好奇故云尔,不知作古文无不去陈言者。试观欧、苏诸公,曾直用前人一言否?昌黎既云去陈言,又极言去之之难。盖经史诸子百家之文,虽读之甚熟,却不许用他一句,另作一番语言,岂不甚难?樊宗师墓志云:"必出于己,不蹈袭前人一言一句,又何其难也。"正与"戛戛乎难哉"互相发明。李习之亲炙昌黎之门,故其论文,以创意造言为宗。所谓创意者,如《春秋》之意不同于《诗》,《诗》之意不同于《易》,《易》之意不同于《书》是也。所谓造言者,如述笑哂之状,《论语》曰"莞尔",《易》曰"哑哑",《穀梁》曰"粲然",班固曰"悠然",左思曰"辴然",后人作文,凡言笑者,皆不宜复用其语。习之此言,似觉太过。然彼亲聆师长之训,故发明之如此,亦可窥见昌黎学文之大旨矣。《樊志铭》云:"惟古于词必己出,降而不能乃剽贼,后皆指前公相袭,自汉迄今用一律。"今人行文,翻以用古人成语,自谓有出处,自矜其典雅,不知其为袭也。①

刘大櫆指出了李翱的"造言"说与韩愈的"惟陈言之务去"是一脉相

---

① 刘大櫆,《论文偶记》,见于《论文偶记·初月楼古文绪论·春觉斋论文》,人民文学出版社 1959 年版,第 10—11 页。

承的,同时也认为这一观点"似觉太过",把文章创新刻意寄托于字句的方面,要求完全不同于前人的语言。这种做法的结果必然使古文创作导向樊宗师式的艰涩怪僻。

综合李翱的古文创作和思想,他在儒学思想史上开心性一路,有着重要的贡献,但在处理文道关系的方面,李翱并未延续韩愈思想中重视个体抒情的认识,而是讲求儒道观念的说教,这就把中唐时"明道"观中含有的积极现实意义变为谈道论性的枯燥无味,其作品中模仿韩愈古文的痕迹也很重,这也显示出李翱在创作上才力不济的一面。至于在文章语言的方面,李翱则是继续着韩愈古文的怪奇风格,刻意强调语言的避熟就新,这就势必造成在创作过程中忽视文章内容的表现,缺少自我个性思想的光彩,而只能在语言的方面极力翻新。

二、皇甫湜古文创作中的文与道

李翱之后,再来看皇甫湜古文理论的特点,他的古文创作思想多在《答李生第一书》《答李生第二书》和《答李生第三书》等文章中。皇甫湜在《答李生第一书》中开宗明义地表明了自己所理解的创作经验:

> 察来书所谓今之工文或先于奇怪者,顾其文工与否耳。夫意新则异于常,异于常则怪矣;词高则出于众,出于众则奇矣。①

在他看来,文章之工与否在于文采语辞是否出众,所谓的"意新"也是指在选辞造语方面的出人意表,只有达到意新词高的要求,文章才会显得奇怪,不同寻常。可见,皇甫湜是从语辞创新的角度去判

---

① 《全唐文》卷六八五,第7020页。

定文章高下的标准。在《答李生第二书》中,他又进一步说明了"奇"和"正"的关系,实际是如何处理文辞造句之"奇"和理道内容之"正"的关系。皇甫湜指出:

> 夫谓之奇,则非正矣,然亦无伤于正也。谓之奇,即非常矣。非常者,谓不如常者。谓不如常,乃出常也。无伤于正,而出于常,虽尚之亦可也。此统论奇之体耳,未以文言之,失也。夫文者非他,言之华者也,其用在通理而已,固不务奇,然亦无伤于奇也。使文奇而理正,是尤难也。生意便其易者乎?夫言亦可以通理矣,而以文为贵者,非他,文则远,无文即不远也。以非常之文,通至正之理,是所以不朽也。①

把"文"与"理"区分开来,语言辞采属于"文"的范畴,内容思想则属于"理"的范畴,"文"是服务于"理"的,即"其用在通理也",这就构成了皇甫湜古文思想的核心。在此基础上,"文"之奇怪无碍于表达平正通达之"理",这样就可以调和两者之间的差异。然而,在"文奇"与"理正"之间,皇甫湜认为"文奇"可以通过创作主体之手不断翻新,而"理正"则是遵从宗经征圣的原则,所谓"正"也就是儒道之"正",这与皇甫湜在《孟子荀子言性论》的思想观念密切相关。他认为性善情恶的理论中,圣人可以穷理尽性,而后来者的不同思考只是在圣人教化仁义之下的"同源而异派",情之恶导致了人心的混乱,只有返归圣人之性,祛除情之纷乱,才能使人心向善。因此,表现圣人的不移之性及其仁义教化之理成为皇甫湜哲学思想的基础。受到这一思想的影响,他在《答李生第二书》中的"理正"其实也就是指圣人之道的正统性。既然"理正"一端属于圣人经典,后世无法超越,那么皇甫湜就将古文创作思想的重点放在了

---

① 《全唐文》卷六八五,第 7021 页。

"文奇"的方面,而"文者非他,言之华者",这就决定了文章辞采语言的新变才是皇甫湜古文思想的关键。皇甫湜为了确立"文奇"作为古文创作的重心,更进一步抬高了"文"在文章流传中所具有的突出作用,即"以文为贵者,非他,文则远,无文即不远也"。在他看来,文章高下取决于文采是否奇特不凡,这一认识也回应了《答李生第一书》中"文工与否"的思想。

皇甫湜在《答李生第三书》中,主要论证了文采的"奇"与"质"对文章流传的不同影响。只有那些用语奇异的经典篇章才能流传久远,而质朴平易的文辞则多湮灭无闻。为了更为形象地说明"奇"与"质"的特点,皇甫湜以"虎豹文变"和"松柏不艳"作比喻,指出文之"奇"是成功创作文章的第一要素,这就彻底否定了质朴为文的可能性,使得文采只能对应"奇"的特点。在此基础上,皇甫湜又强调了文章之"奇"需要借助作者的聪明才智方能实现,通过举例说明了语言文采之"奇"来自作者的巧妙构思。因此,"奇与易作者何别,在所为耳",作者只有不断在语言艺术的构思上下功夫,文章才能达到"奇"的效果。在皇甫湜看来,《诗经》《周易》《孟子》等儒家经典以及屈原、扬雄的作品都证明了他这种思想的正确。

从这些古文思想表述看,皇甫湜的理论逻辑始于继承了传统的性情观,以圣人之道作为自己思想的哲学基础,在坚持圣人之道和仁义教化的"理正"基础上,追求文辞之工。既然在文章的思想内容上只要表现儒家圣人之道即可,那么文辞的高下就自然成为决定文章水平的主要因素了。要想在文辞上取得突破,皇甫湜就将理论的关键置于文辞的险怪上,毕竟文辞的怪异可以让人觉得不同寻常,以文辞的推陈出新收到出人意料的艺术效果,因此,古文创作的关键就落在了文辞锻炼的构思方面,而内容思想则无更新的必要。归根结底,皇甫湜围绕文辞之"奇"组织起自己的古文创作思想,重点强调了文辞对文章的重要意义,而对文章内容的更新没有投入足够的重视,致使他在处理文道关系时,偏于"文"的辞采方面,实际忽视了在由"道"及"文"的过程中创作主体的个性思考对文章内容形成的重要作用,因而只能在辞采文字方面避熟就新。

在皇甫湜的很多文学评论中,也透露出他从语言构思的角度重视辞采之"奇"的思想,其中以对韩愈古文的评价最为明显。皇甫湜在《韩文公墓铭》中曾指出:

> 先生之作,无圆无方,至是归工。抉经之心,执圣之权,尚友作者,跋邪抵异,以扶孔氏,存皇之极。知与罪,非我计。茹古涵今,无有端涯,浑浑灏灏,不可窥校。及其酬放,豪曲快字,凌纸怪发,鲸铿春丽,惊耀天下。然而栗密窈眇,章妥句适,精能之至,入神出天。呜呼极矣,后人无以加之矣,姬氏以来,一人而已矣!①

皇甫湜把自己的古文思想贯穿于对韩愈文章的评论中,一方面认为韩愈的古文道统继承了圣贤之心,排诋异端思想,彰大了儒学之道;另一方面,则发自内心地赞美了韩愈古文辞采的出神入化,"凌纸怪发"、"章妥句适"这些词语都表现出皇甫湜重视文章语言之"奇"的特色。在一般人眼中,韩愈古文的"怪奇"特点使得他的某些篇章很难被理解,其不忍卒读的感受也影响着韩愈古文在当时的流传。但就是这些常人眼中的缺陷,皇甫湜却给予很高的评价,认为韩愈古文的语言安排非常妥当合适,究其原因,这正符合了皇甫湜追求"怪奇"语言特点的特殊审美心理。除了评价韩愈古文的例证外,皇甫湜还以反证突出了自己力矫平易、崇尚险怪的思想,如高彦修的《阙史》曾载:

---

① 《全唐文》六八七,第7039—7040页。

再修福先佛寺。危楼飞阁,琼砌璇题,就有日矣。将致书于秘监白乐天,请为刻珉之词值。正郎在座,忽发怒曰:"近舍某而远征白,信获戾于门下矣!且某之文,方白之作,自谓瑶琴宝瑟,而比之桑间濮上之音也。然何门不可以曳长裾,某自此请长揖而退。"座客旁观,靡不股慄。公婉词敬谢之,且曰:"初不敢以仰烦长者,虑为大手笔见拒。是所愿也,非敢望也。"正郎赪怒稍解,则请斗酿而归。至家,独饮其半,寝酣数刻,呕哕而兴,乘醉挥毫,黄绢立就。又明日,洁本以献,文思古譽,字复怪僻。公寻绎久之,目瞪舌涩,不能分其句。读毕叹曰:"木玄虚、郭景纯《江》《海》之流也。"①

此则故事中,皇甫湜(即文中的正郎)以"瑶琴宝瑟"比喻自己的文章,而鄙夷白居易之文是"桑间濮上之音",其厚此薄彼之意不言而喻。皇甫湜回家后为裴度另作一文,文辞古雅,用字怪异,使得裴度都无法断句,更难晓文章之意。白居易作为中晚唐之交的文章大家,以通俗平易为其主要风格,而皇甫湜也正针对此点,特意标榜自己古雅怪异的文风,这也从反面证明了皇甫湜古文风格和审美心理的取向。

三、李翱、皇甫湜古文思想的共通性 及其与韩、柳古文观念的差异

在此前研究中,李翱与皇甫湜的差异问题多为人所重视,尤其是他们作为韩门弟子的代表,李翱继承了韩愈古文的道统一面,而皇甫湜发扬了韩愈古文的辞采特色。但在这种差异的背后,他们两人的古文思想,尤其是对文道关系的认识,存在着深刻的共通性。

---

① 高彦修,《阙史》,上海商务印书馆1936年版,第5页。

在前文中，有关李翱和皇甫湜的古文思想的逻辑已经梳理出来，可以明显看出他们具有共同的哲学思想基础，即推崇"圣人之性"和儒学经典为代表的仁义教化之道，后世之人都必须遵从这种儒道认识，这使得李翱和皇甫湜都将文章义理之道归属于此一哲学思想，这实际透露出他们轻视创作主体在由"道"及"文"的过程中所具有的个性作用。只有对儒道有了自己的感悟和体会，并将这种属于自己的认识写入文章之中，文章才会真正变得有意义，即由儒道向文章的转化中需要借助作者的个性思想才能获得。从这个意义上说，文中之"道"并非只是对儒道的模拟和照搬，而是需要作者自己的思想创造和内容更新。李翱和皇甫湜恰在这一点上没有足够重视作为创作主体的个性作用，造成了他们没有将文章之"道"和内容思想作为创新古文最重要的环节。李商隐在《上崔华州书》中曾就当时片面宗经拟圣的问题指出："中丞阁下，愚生二十五年矣。五年读经书，七年弄笔砚，始闻长老言，学道必求古，为文必有师法。常悒悒不快，退自思曰：'夫所谓道，岂古所谓周公、孔子者独能邪？盖愚与周孔俱身之耳。'以是有行道不系今古，直挥笔为文，不能攘取经史，讳忌时世。百经万书，异品殊流，又岂能意分出其下哉？"[1]据学者考证，此文作于唐文宗开成二年（837），距离李翱与皇甫湜去世的时间仅两年左右[2]，且李商隐早年学习古文，因此，这篇作于其青年时代的文章反映的是，李商隐根据自己的经验对当时古文创作出现偏颇的强烈不满。至于文中所反对的"学道必求古"和时人过分尊崇周公、孔子之道的认识，根据李商隐的描述，其实已成为当时的时代风气。按照时间推算，李翱与皇甫湜古文思想中关于儒道的看法正是这一时代风气的鲜明体现。

---

[1] 刘学锴、余恕诚，《李商隐文编年校注》，中华书局2002年版，第108页。
[2] 傅璇琮主编，《唐五代文学编年史》（晚唐卷），第145页。刘学锴、余恕诚著，《李商隐文编年校注》，第109—110页。

以此为基础,李翱和皇甫湜都将文采的奇崛视为古文发展的关键,虽然李翱自己的古文创作风格趋于平易畅达,但就其理论认识而言,他的"创意造言"虽然强调义理的恰当,看似重视文章的内容,这不过是追求符合儒道的纯正,而实际上是对怪奇文风的提倡。如他对"六经"之词的评价是"津润怪丽",从赞赏的角度肯定了扬雄文风的"词句怪丽",甚至对韩愈文章的评价都是"开合怪骇,驱涛涌云",注意到其文辞的"怪骇"之处,这一点确与皇甫湜重视文采之"奇"不谋而合。至于皇甫湜的古文思想,他明确表明了自己重视文章辞采的锻炼,作为"言之华"的"文"是他在创作中一直努力的方向,并认为只要是好的文章,文采肯定具有"奇"的特点。这就使得皇甫湜在自己的古文思想中没有为文章内容的开拓留下思考的空间,从根本上否定创作主体在更新"道"的内容时本应具有的重要意义,而一味追求文章辞采的奇险怪异。

既然李翱和皇甫湜古文思想中的逻辑有着同样的哲学基础,导致他们在创作古文时不可能在内容之"道"上取得创新,那么也就意味着他们虽然信奉儒道的纯正,但在由"道"及"文"的过程中,他们没有重视作为创作主体的独特思考对文章内容形成所具有的关键作用。李翱与皇甫湜的这种在文道转化的关系上的认识,也是他们的古文思想与中唐韩愈、柳宗元的古文革新之间的重要差异。

在韩愈的古文观念中,他始终将提倡儒道革新作为古文运动能够成功的关键问题,不止一次地在文章中指出古文之"道"的重要意义,如《答李秀才书》中的"然愈之所志于古者,不惟其辞之好,好其道焉尔"[1],《题欧阳生哀辞后》中的"愈之为古文,岂独取其句读不类于今者耶? 思古人而不得见,学古道,则欲兼通其辞。通其

---

[1] 韩愈著,马其昶校注,《韩昌黎文集校注》,第176页。

辞者,本志乎古道者也"①。在"辞"与"道"之间,韩愈更为看重"道"对于古文的意义。既然古文运动提倡复兴古道,那么通过学习前代经典掌握古道就成为古文创作思想中的一个重要问题。韩愈对此提出了"闳中肆外"的认识,即充分揣摩前代经典文章的构思立意,形成自己的看法,然后形之于文。面对学习古人经典的问题时,当时人曾有如何学习的争议。针对此问题,韩愈在《答刘正夫书》中指出:"或问:'为文宜何师?'必谨对曰:'宜师古圣贤人。'曰:'古圣贤人所为书具存,辞皆不同,宜何师?'必谨对曰:'师其意,不师其辞。'又问曰:'文宜易宜难?'必谨对曰:'无难易,惟其是尔。'"韩愈在此逐层推进,从师法圣贤到"师其意不师其辞",最终归于"师其是",这里的"是"超越了圣贤著述的具体内容,文章也无绝对的难易之分,"是"主要指个人须从学习前代文章的过程中揣摩出自己的认识和理解,形成独具个性的思想观念,只有达到这一要求,写出的文章才算是韩愈所认可的优秀古文。用韩愈在《答李翊书》的语言,就是"取于心而注于手",这里的"心"指的是创作主体的心理感受。因此,韩愈极力强调创作主体的精神修养问题,要求"无望其速成,无诱于势利,养其根而俟其实,加其膏而希其光,根之茂者其实遂,膏之沃者其光晔"。在韩愈看来,培养作者的人格个性是决定文章作品优劣的根本,这也显示出韩愈非常重视创作主体在由"道"及"文"的转化中所起的作用。

韩愈之外,作为中唐的古文大家,柳宗元在出入经史诸子的学习过程中,在文章创作和理论总结中,也强调一种针对现实问题、有感而发的精神气质,不拘泥于经义本身的限制,而是从具体时势出发,通过严密的分析和论证,得出自己的判断。如柳宗元在《答吴武陵论非国语书》中指出自己写作文章是"意欲施之事实,以辅

---

① 韩愈著,马其昶校注,《韩昌黎文集校注》,第304—305页。

时及物为道",这可以看出他创作古文充满了积极用世之情,而要达到此目的,创作主体必须深入思考当时的情势,才能抓住时代问题的症结,因此,柳宗元所谓的"辅时及物"之道仍离不开作者的个性因素。在《答韦中立论师道书》中,柳宗元进一步论述了作者在文章创作中的"旁推交通"之法:

> 吾子好道而可吾文,或者其于道不远矣。故吾每为文章,未尝敢以轻心掉之,惧其剽而不留也;未尝敢以怠心易之,惧其弛而不严也;未尝敢以昏气出之,惧其昧没而杂也;未尝敢以矜气作之,惧其偃蹇而骄也。抑之欲其奥,扬之欲其明,疏之欲其通,廉之欲其节,激而发之欲其清,固而存之欲其重,此吾所以羽翼夫道也。本之《书》以求其质,本之《诗》以求其恒,本之《礼》以求其宜,本之《春秋》以求其断,本之《易》以求其动,此吾所以取道之原也。参之榖梁氏以厉其气,参之《孟》《荀》以畅其支,参之《庄》《老》以肆其端,参之《国语》以博其趣,参之《离骚》以致其幽,参之太史公以著其洁,此吾所以旁推交通而以为之文也。①

这与韩愈的"闳中肆外"之法和为文养气说大体相同,都是肯定了创作主体的精神感受对于文章之"道"的表现有着关键的作用。这才从各个角度提示了许多祛除思想杂芜的方法,确保主体精神能够充分地把握"道"的意义,然后辅之以学习历代经典著述,掌握文章写作艺术的通变之法,"旁推交通"最终汇聚成作者的思想情感,这才能创作出好的文章。就柳宗元的创作实践来看,他那些针砭时弊、有所发现的古文作品都是上述创作原则的生动体现,《断刑论》中的"经"、"权"思想,《时令论》的重视民生、批判弊政的认识,

---

① 《柳宗元集》,第 873 页。

以及《腊说》中注重社会实际效用的观念,都表明了柳宗元不囿于儒家思想的拘束,能够面对具体时势的变化而提出独到的政治见解。由此可见,与韩愈的认识一致的是,柳宗元在强调"文以明道"的同时,都更加关注创作主体在文章写作中的重要作用,文中之"道"是作者的思索所得,只有做到了在立足现实的基础上对儒道有独特的理解,古文才能真正取得成功。

对比中唐韩、柳和李翱、皇甫湜的古文思想,特别是关于文道转化的关系问题,他们之间的差异是显而易见的。韩愈和柳宗元在古文革新中的经验总结有很多,但文道关系转化中的主体作用一直是他们非常关注的,高举复兴儒道的旗帜背后,韩、柳始终强调"道"是作者之道,"文"是作者之文,儒道作为中唐古文革新的思想基础,必须经由作者的思想感受,才能转化成为古文篇章,也只有这样的文章才能真正体现出个人的崭新思想和用世精神[①]。然而韩、柳古文的这一经验并没有被李翱、皇甫湜所继承,作为韩门弟子的代表,李翱与皇甫湜虽然分别延续了韩愈古文中强调道统意义和注重怪奇风格的特点,但就文道转化的关系方面,他们却有着相同的认识逻辑,即在古文思想的表达中,缺少对自我个性展现的肯定,没有关注到创作主体在由"道"及"文"的过程中的重要作用,致使他们把创作的重心放在道德说教和单纯追求语言文采的怪奇风格上。而从他们的创作实际看,韩愈之后的古文形成了过分崇尚怪奇特点的文风,使得此后的古文发展步入歧途。

若深入总结中唐古文革新的成功经验,可以从很多方面去考虑,但文道之间的转化问题是其中较为重要的一个环节,创作主体的介入与否直接影响着文章之"道"的内涵能否更新,韩、柳古文的

[①] 关于韩、柳古文中创作主体的因素分析,可参见本书第二章《"子学精神"与中晚唐五代文道关系的演变》。

成就依赖于此,而李翱和皇甫湜却忽视了创作主体的这一关键作用。如果寻找韩、柳之后古文衰落的原因,上述对比之间的差异所引出的教训无疑是值得深思的。

第二节　孙樵古文的艺术创变及其理论观念

在晚唐古文的发展历程中,继承韩愈文脉的弟子仍代不乏人,其中以生活于大中、咸通年间的孙樵最为著名。北宋的苏轼在《谢欧阳内翰书》中明确了韩门弟子古文创作的传统:"唐之古文自韩愈始,其后学韩而不至者为皇甫湜,学皇甫湜而不至者为孙樵,自樵以降,无足观矣。"①由于从韩愈到皇甫湜的古文创作呈现出变本加厉的奇险文风,逐渐失去了中唐韩柳古文中关注现实、切于世务的精神特点,因此苏轼将这种倾向看作"学韩而不至"。至于孙樵的古文,苏轼则认为相比于皇甫湜又等而下之。在承认这一逐渐衰落的趋势时,苏轼能够选出孙樵作为晚唐古文的殿军,也从一个侧面说明了孙樵在晚唐古文发展中的地位。与上述注意韩门弟子古文创作的流变趋势不同,两宋之交的李流谦在《刘蜕唐大中时人文冢在兜率寺予尝读孙樵自序》中表达了对刘蜕古文的赞许:"诏书尝下大中朝,不闻称蜕但称樵。"同时也对视孙樵为晚唐古文代表的看法提出了委婉的批评,这也从反面说明了孙樵在一些宋人的心目中已成为晚唐古文的代表作家。到了明清两代,对孙樵的评价在一些较为重要的文评中逐渐趋于正面,如明代的王鏊在《皇甫持正集序》指出:"昔孙可之自称为文得昌黎心法,而其传实出皇甫持正。今观持正、可之集,皆自铸伟词,槎牙突兀,或不能句,奇怪语若天心月胁,鲸铿春丽,至是归工,抉经执圣,皆前人所

---

① 苏轼,《苏轼文集》,第 1423—1424 页。

不能道,后人所不能至也。"①对孙樵在语言创新方面的成就给予了充分的肯定。清代的王渔洋在《渔洋书跋·孙可之皮袭美集》中也说:"予于唐人之文,最喜杜牧、孙樵二家,皮日休《文薮》、陆龟蒙《笠泽丛书》抑其次焉。"②能与晚唐古文大家杜牧并驾齐驱,足见孙樵的古文成就在王渔洋心目中的地位。从古代的这些评价中可以看出,孙樵的作品在晚唐时期古文日渐低落的大环境中确实独树一帜,自出机杼,难能可贵,因此其文学价值为历代文评家所重视也不足为奇。关于孙樵的艺术成就,当代研究中已有论文涉及③,但仍有未尽如人意处,因此本节主要从文道关系入手,联系古文创作的传统,挖掘孙樵古文艺术中的闪光之处。

一、孙樵对文道关系的认识

唐代古文运动成功的经验在于在理论和创作中能够正确地处理文道关系,每位古文家都无法回避这个重大问题,孙樵在总结自己的创作得失和向他人讲述古文理论时也必然将重点放在文道关系上。如他在《与王霖秀才书》中曰:"鸾凤之音必倾听,雷霆之声

---

① 《孙可之文集》序,见于《三唐人文集》,毛晋汲古阁刻本,北京大学图书馆古籍特藏部。

② 王士祯,《重辑渔洋书跋》,第41页。

③ 有关孙樵古文艺术的当代研究,主要论文有刘国盈的《孙樵与古文运动》(《首都师范大学学报》1983年第3期,后收入《唐代古文运动论稿》),王志昆的《孙樵作品的思想内容和艺术特色初探》(《广西大学学报》1988年第1期),刘芳琼的《评晚唐孙樵的古文》(《南京师大学报》1991年第1期),戴从喜的《孙樵古文理论概述》(《淮阴师范学院学报》2000年第4期)。近年则有丁恩全的博士论文《孙樵研究》(华中科技大学2009届博士论文),该文是在前人研究的基础上对孙樵的文集及其古文创作的全面研究,包括孙樵集的版本源流,孙樵的年谱,孙樵古文的接受和孙樵古文的创作思想、内容和艺术特色。上述论文多数是从内容和艺术两个方面评价孙樵古文的意义,而没有从文道关系的角度发掘内在的联系。而且在具体篇章分析时多就文论文,没有充分考虑文体流变的发展线索,因此对孙樵古文艺术的分析较为平面化。

必骇心。龙章虎皮,是何等物,日月五星,是何等象,储思必深,摛词必高。道人之所不道,到人之所不到,趋怪走奇,中病归正。以之明道,则显而微;以之扬名,则久而传。"①从这番讲述中可以看出,孙樵在文道关系上更为看重的是"文"的因素,只有经过作者"储思必深"的思考,写出让人倾听骇心的文辞,才能使"道"得以流传久远。为了说明这个道理,孙樵将古文创作与"龙章虎皮"、"日月五星"等怪骇之物相比附,这些事物之所以能激起人的敬畏之心,就是源自他们拥有炫人眼目的华丽外表,因此在处理古文中的文道关系时,"道"要想取得出人意表的效果,也必须在其表现形式上,即"文"的方面达到"人所不到"的境界。关于如何协调怪异之"文"与中正之"道"的关系,孙樵的意见则是"趋怪走奇,中病归正",外在的文采表现与内在的道德意蕴并不矛盾,而且只有借助这样的文采形式,才能使"道"得到"显而微"的呈现。至于"道"的具体内容,孙樵在《骂僮志》中明确指出:"凡为文章,拈新摘芳,鼓势求知,取媚一时;则必摆落尖新,期到古人,上规时政,下达民病。句句淡涩,读不可入,徒乖于众,孰适于用?"②批评了当时文章创作中的邀誉求名意识过于显露,造成举子在行卷之文中不顾个人才性而片面迎合当时的文风,针对此弊病,孙樵的主张是文章的内容应具有"上规时政,下达民病"的意义。从其创作中可以看出孙樵还是基本秉持了这一观点,如在《书何易于》和《复召堰籍》中由衷赞美了关心民瘼、施政平允的清廉之官何易于和李胤之;在《武皇遗剑录》中通过称颂唐武宗驱除戎狄边患、平定泽潞山东的藩镇叛乱和废佛以增强国力民生的举措,希望能够激励当朝君主奋发有为;《寓汴观察判官书》中提出的军政权力分离的主张则是针对

---

① 《全唐文》卷七九四,第 8325 页。
② 《全唐文》卷七九五,第 8337 页。

藩镇割据势力过于庞大的有的放矢。可见当时社会上的重大时政问题都在孙樵的古文中有所反映，可以说真正实践了"上规时政，下达民病"的认识。孙樵对"道"的内涵的此种认识，在当时并不是偶然出现的个例，如生活时期与孙樵接近的皮日休也主张文章创作要"上剥远非，下补近失，非空言也"，刘蜕也在《文泉子自序》中明确反对"垂之空言"的作品。他们这些理论上的彼此呼应共同传承着中唐韩、柳古文中关心世务、切于实用的创作精神。

孙樵这种对"文"的观念，可以上溯至皇甫湜。孙樵自称皇甫湜的再传弟子，他在《与王霖秀才书》中曰："樵尝得为文真诀于来无择，来无择得之于皇甫持正，皇甫持正得之于韩吏部退之。"皇甫湜在《答李生第二书》指出："夫谓之奇，则非正矣，然亦无伤于正也。谓之奇，即非常矣。非常者，谓不如常者。谓不如常，乃出常也。无伤于正，而出于常，虽尚之亦可也。此统论奇之体耳，未以文言之，失也。夫文者非他，言之华者也，其用在通理而已，固不务奇，然亦无伤于奇也。使文奇而理正，是尤难也。生意便其易者乎？夫言亦可以通理矣，而以文为贵者，非他，文则远，无文即不远也。以非常之文，通至正之理，是所以不朽也。"①作为韩门弟子的代表人物，皇甫湜在韩愈之后发挥了古文重视怪异辞采的倾向，他就把怪异之"文"理解为语言的华彩辞章，是表现儒道之理的最佳形式，因此他认为文道关系结合的最好形式是"文奇而理正"。对比之下，孙樵所谓的"趋怪走奇，中病归正"的认识正是源自皇甫湜的上述认识，这与其自称的习文传统是一致的。

在《与友人论文书》中，针对自己所欣赏的崇尚怪奇的创作取向在当时受到的遭遇，孙樵除了继续坚持自己的理论主张外，还结合当时的科举取士，从士风精神的角度予以进一步的发挥。当时

---

① 《全唐文》卷六八五，第 7021 页。

的古文创作中,确实存在着各不相同的多种艺术趋向,有的注重平易流畅的表达,有的崇尚怪异艰深的文辞风格,这在韩愈之后尤其如此。韩门弟子的两个重要人物李翱和皇甫湜就分别代表了平易和怪异的两种倾向,而且李翱在《答朱载言书》中还曾根据当时的创作情形指出:"天下之语文章,有六说焉:其尚异者,则曰文章辞句,奇险而已;其好理者,则曰文章叙意,苟通而已;其溺于时者,则曰文章必当对;其病于时者,则曰文章不当对;其爱难者,则曰文章宜深不当易;其爱易者,则曰文章宜通不当难。"①这说明在李翱生活之时,就已存在着三对彼此对立的创作取向,归结起来就是骈散和难易的对比,而这反映到辞章艺术表现上又呈现为险怪和平淡的不同。孙樵生活的时代依然存在着这样的问题,他在《与友人论文书》描写道:"今天下以文进取者,岁丛试于有司,不下八百辈。人人矜执,自大所得,故其习于易者,则斥艰涩之辞。攻于难者,则鄙平淡之言。至有破句读以为工,摘俚句以为奇。秦、汉已降,古人所称工而奇者,莫如扬、马。然吾观其书,乃与今之作者异耳。岂二子所工,不及今之人乎? 此樵所以惑也。当元和、长庆之间,达官以文驰名者,接武于朝,皆开设户牖,主张后进,以磨定文章。故天下之文,熏然归正。洎李御史甘以乐进,后士飘然南迁。由是达官皆阖关龂舌,不敢上下后进。宜其为文者得以盛任其意,无所取质,此诚可悲也。足下才力雄健,意语铿耀。至于发论,尚往往为时俗所拘,岂所谓以黄金注者昏邪? 顾顽朴无所知晓。然尝得为文之道于来公无择,来公无择得之皇甫公持正,皇甫持正得之韩先生退之。其于闻者,如前所述,岂樵所能臆说乎?"②当时的士子对科举试文中所显现的难易文风争执不下,互相指摘,各是其是而

---

① 《全唐文》卷六三五,第 6411 页。
② 《全唐文》卷七九四,第 8325—8326 页。

互非所非。在这种争议中,平淡和艰涩的文辞风格之争最后演变为"破句读以为工,摘俚句以为奇"的不良取向。为了驳斥这种故意求异而不惜割裂文脉的风气,孙樵以秦、汉时期的司马迁和扬雄为例,明确指出他们文章的"工而奇"与当今的作者求"奇"的认识有着明显的差别。从孙樵所表达的对时文不解的疑惑中可以看出他是以扬、马之文为佳。同时,中唐元和时期有文名的官员先后立足于当朝,主张奖掖后进,对当时的文风规正产生了重要的影响。孙樵对此也是大加称赏,但自己生活之际却已时过境迁,达官不再关心新进士子,对文章创作中出现的不良趋向更是师心自任,无所匡范,这导致更多的年轻士人不能免俗,受到时代风气的制约而无法遵循正确的写作方法,文中的"友人"即是一例。对此,孙樵是深表不满的。

通过对《与友人论文书》的分析,可以明确看出孙樵一方面固然坚持追求文章中的怪奇特征,但另一方面又对割裂文辞而刻意求异不能认同,并把这一倾向与当时文人仕进中出现的士风问题结合起来,这就使得对文风的批评获得了更深刻的社会意义。在此,孙樵实际主张真正有思想个性的士人必须对世俗的弊端应有清醒的认识,应该具有一种独立不迁的精神品格,即使世俗中那些"破句读以为工,摘俚句以为奇"的文章能够博取赞誉,能够为个人带来功名之利,但个人对此应能辨识其中的问题。孙樵这种从变革创作主体精神的角度对士风之弊提出的认识不仅切于时政,而且更是对纠正古文创作中产生的问题所作出的深刻论述。为了进一步表明自己的精神追求,孙樵在《与贾希逸书》中指出贾希逸虽然在创作中实践着以文传道的思想,"今足下立言必奇,撼意必深,抉精剔华,期到圣人",而且在文风上也体现了孙樵的艺术追求,但其邀誉钓名的心态精神却是孙樵不能苟同的,因为孙樵坚信那些在历史中真正著述不朽的士人都具有"所取者深,其身必穷"的经历，而他们的文章却在这种"所取者廉"的生活状态中"其得必多"。孙樵在接下来的举例中是从孔子开始："六经作，孔子削迹不粒矣。孟子述，子思坎轲齐鲁矣。马迁以史记祸，班固以西汉祸。扬雄以《法言》《太玄》穷，元结以《浯溪碣》穷，陈拾遗以《感遇》穷，王勃以《宣尼庙碑》穷，玉川子以《月蚀诗》穷。杜甫、李白、王江宁，皆相望于穷者也。天地其无意乎？"①上述文士都是在坎坷的经历中收获了传之后世的著作，因此孙樵以此说明凡是要在著述中有所建树的士人都须抱定一种苦其心志、身穷志坚的愿向，不能爵禄动于心而与时俯仰，随俗变迁。这种精神明显继承了韩愈在中唐时期提出的"不平则鸣"和"穷苦之言易好"的认识，并把"不平"的指向限定于个人穷苦的范畴，这实际构成了从韩愈到欧阳修，即唐宋古文运动中关于穷苦生活与个人创作关系的理论过渡。

综合孙樵对文风和士风的评述来看，他不仅对文道关系中"文"的认识有着独特的理解，而且更为值得注意的是能够结合当时的现实注意到创作主体精神在文章创作中的价值所在，这就使得孙樵对文道关系的认识具有了更为深刻而广泛的社会意义。士人仕进中的风气转向是推动中唐古文运动迅速展开的重要动力，孙樵能够从古文创作流弊看到背后隐含的士风问题，说明他已敏锐地抓住了中唐到晚唐古文发展中的关键核心，即古文运动的开展与寒士文人的仕进问题，而对穷士精神的呼唤实际反映出孙樵重视士人应具有高远的理想和独立的品格。如果只是以文博取功名，"以此贾于时，钓荣邀富，犹欲疾其驱而方其轮"，那么即使文风方面符合"道"的观念，其文章仍不能具有真正的价值意义。

"文"与"道"的观念广泛渗透于各种著述之中，而作为古文创作的重要体裁，史学著作一直就是其中的重要分支，大多数史学作

---

① 《全唐文》卷七九四，第 8324 页。

品以单行散体写就,因此对史学中"道"与"文"关系的认识也是从属于古文中文道关系理论的重要内容,孙樵在这方面也有不同以往的认识。如他在《与高锡望书》中曾指出史学著述的关键在于"文章如面,史才最难",由于史传是以个人传记为主要表现形式,因此孙樵强调的"文章如面"即要在描写中能传达出传主的精神,这也是"史才最难"的根本原因。以此为标准,孙樵最看重的史传作家是司马迁、扬雄和班固,其中班固在成就上比不上司马迁,而在唐代,即使是古文创作最著名的韩愈,在史学修撰方面也不及班固,遑论扬雄和司马迁。"司马子长之地,千载独闻得扬子云。唐朝以文索士,二百年间,作者数十辈,独高韩吏部。吏部修顺宗实录,尚不能当孟坚,其能与子长、子云相上下乎?"①在引述前代创作经验后,孙樵转而称赞高锡望在史学创作上的成绩:"足下乃小史,尚宜世嗣史法,矧足下才力雄独,意语横阔。尝序义复冈及乐武事,其说要害,在樵宜一二百言者,足下能数十字辄尽情状。及意穷事际,反若有千百言在笔下。"孙樵在此实际是表达了文字应精炼简要、善于概括的创作思想,这显然是从艺术表现的角度显示了孙樵心中史学文章的审美标准。在强调简言传神的同时,孙樵还注重史学求实外还需要追求文字的锤炼,所谓的"秉笔直书"并非为追求历史的真实而将人物语言原般照录,致使俚言俗语充斥史书。针对以俚俗为真实的认识偏差,孙樵认为"能为史笔精魄,故其立言序事,及出没得失,皆字字典要",即要求以文采的文饰可以救"直事俚言"之失。除了有关写人艺术的上述要求外,孙樵对史书中关于朝典制度、山川地理、职官礼乐等方面的记录提出了直书其事的观点:"又史家纪职官、山川、地理、礼乐、衣服,亦宜直书

---

① 《全唐文》卷七九四,第 8323 页。

一时制度,使后人知某时如此,某时如彼,不当以秃屑浅俗,别取前代名品,以就简绝。"①

至于史学之"道"的探讨,孙樵基本延续了传统观点,即推崇褒贬善恶的意旨,以存警训,而且记录官员的善恶应遵循"大恶大善,虽贱必纪,尸位浪职,虽贵必黜"的原则。这一点在《孙氏西斋录》中也有鲜明的体现:"尚德必书贱,尸位则黜贵。皆所以驱邪合正,俾汇大义。操实置例,以示惩劝。呜呼!宰相升沈人于数十年间,史官出没人于千百岁后,是史官与宰相分掣死生权也。为史官者,不能抏忠骨于枯坟,裔谄魄于下泉,磨毫黩札,丛阁饱帙,岂国家任史官意耶?"②对史臣的要求,孙樵认为必须要有立言的崇高精神,不可"擅一时胸臆,皆欲各任憎爱,手出白黑"。从整体上看,孙樵在史学修撰之"道"的方面多是延续传统的观念,而其中突过前人之处主要在于"文"的艺术表现上,寻求史传书写中艺术语言的典雅和言少意多的艺术表现力,这与孙樵在文道关系中关注语言的辞采是一致的,因此可以说孙樵在史书写作中的理论重点是从属于他对文道关系的普遍认识。

二、孙樵古文中的艺术新变

既然孙樵在关于文道关系的理论表述中极为强调"文"的表现对"道"的流传所起到的关键作用,因此他必然在自己的创作中对古文的艺术表现展开有益的探索。首先,孙樵在"赋"这一文体上的创作显示了某些突破传统的做法,这主要体现于《大明宫赋》中。赋属于骈文,其本质特征是铺张扬厉的写作风格,篇制宏长,描写精细,讲究文字的繁复运用,其中宫殿赋是大赋传统中较为突出的

---

① 《全唐文》卷七九四,第8323页。
② 《全唐文》卷七九五,第8333页。

创作支流,早期作品如东汉王延寿的《鲁灵光殿赋》等就是鲜明地体现出汉大赋中辞采繁复、描绘瑰丽的普遍特征。此后的宫殿赋颂也多是如此效法,初唐时期的王勃有《九成宫颂》和《乾元殿颂》等文章,颂体文与赋的艺术表现很类似,因此王勃的这些文章可以看作是继承了前代宫殿赋的创作传统,注重夸张式的描绘和多用宏伟的意象加以点缀。孙樵面对传统的创作方式,没有对大明宫展开细致的描绘,而是别出心裁地吸收唐传奇的艺术手法,设置了一个在梦境中人神对话的场景,大明宫神叙述了发生于大明宫的诸多历史,将国家兴盛之功归属自己而把造成衰败之势的责任推诿于当世之人。孙樵最后对大明宫神的这种见解予以坚决的回击,认为国家的盛衰完全取决于人事的处理,并非拜神灵所赐,实际道出了政治的好坏掌握在君臣士人之手的道理,只有君臣同心同德才可能真正使国家复兴。可见孙樵为完成这一主题的升华而在人神对话中形成了彼此对比的结构,最终借助赋所特有的曲终奏雅的形制而揭示自己的观点。人神对话的场景在中唐传奇中已有前例,因此将这一艺术手法引入宫殿赋的篇制为孙樵此赋中的亮点之一,难怪明代的吴馡刻本将此篇的篇名又作《大明宫纪梦》。除了篇制上的创新外,孙樵在《大明宫赋》中的对话安排也颇具匠心,大明宫神的叙述偏于历史陈述,将一些史实化为简约之言,结尾简单总括,以四言句式为主。由于字面之意与史实有距离,因此引起了后世的文评家研究这些句中之意的兴趣,他们甚至坐实了其中的某些史实(见于清代汪师韩《孙文志疑》与储欣本《唐宋十大家文集》中的夹评)①,如:

> 吾当庐陵锡武——天后即真天下,号周,废中宗为庐陵

---

① 储欣,《唐宋十大家全集录》,清光绪八年(1882)江苏书局本,北京大学图书馆古籍善本部藏。

王,赐姓武氏。

庙祐徹主——司礼博士周宗奏增武庙为七,削唐庙为五。

协二毗辅——谓梁公仁杰,魏公元忠也。

起帝仆周——五王兴犇,帝出东宫斩贼迎仙殿迫后归政,天后惊默还卧,明白革周复唐。

械二黠维——谓昌宗、易之也。

胡狲饱脂——谓禄山也。

大麓北挈——肃宗遂即位于灵武。

激髯孽悖节——谓庆绪也。

两杰愤烈——谓汾阳王及临惟王。

蓟枭妖狂——谓朱泚也。

由此可见孙樵实际是借大明宫神之口讲述了唐代历史中的一些事关盛衰的史实,语言借形象有所指但不直露,符合其史书修撰中强调的言辞典要的要求。而孙樵的对答则言简意赅,驳斥有力,直接将大明宫神说得哑口无言。在一长一短的话语之中,孙樵所要突出的侧重点却是与语言篇幅的长短形成反比,这一设置其实是通过对比而凸现了孙樵说理内容的重要意义。因此,对话篇幅的安排和语言所指涉的曲折内容,都深刻体现了孙樵综合了对比艺术、历史叙述的艺术要求等多种创作方法。这种借鉴唐传奇手法和在赋中注重议论说理的特色,使得孙樵《大明宫赋》不同以往的宫殿赋文,这也与晚唐时期赋的散文化趋势是一致的。

以对话的情节结构打破常规写法不仅在《大明宫赋》中得到很好地运用,而且在《书褒城驿壁》中收到了通过对话的娓娓讲述而具有曲折表现、讥刺幽微的艺术效果,使人有身临其境之感。通常描写城邑的记体文或称颂郡守的廉政,或歌赞国政的鼎盛,因此出之以颂美的笔调。而孙樵却反其道而行之,褒城驿作为通衢大邑,名满天下,孙樵从听闻盛名开始写起,从耳闻写到眼见,结果想象中的美好与现实的破败反差极大,孙樵以这样的起笔蓄势已足,接下来就是要追问其中由盛而衰的原因。而对原因的揭示,孙樵巧妙地安排了一场与老氓的对话,老氓的谈论可以分三个层次,分别从三个层面分析了盛衰转折的原因。第一层是郡守忠穆公的个人贡献使得褒城驿崇奢繁华,但这种繁华却招致过往官吏无休止地在褒城驿进行暴横式的掠夺,终致大邑凋零,繁华不再。第二层是以老氓为代表的曹属诸人也曾作过修补的努力,但过往官吏的残暴也使这些曹属诸人的努力化为泡影。第三层也是最关键的一层,就是与开元时政进行对比,开元与现在同样不闻金革钟鼓之声,正常的耗费应该相当,然而开元之时国库充盈,人民安居乐业,而现在却是破败不堪,老氓最后的解释是朝廷轻视郡守县令等官吏的任命,而且对官吏的管理过于轻率,更易变换的频繁,让官员们在一地施政的时间过短,导致这些地方官员根本无暇顾及政务民瘼,终日想着自己的升迁,不能真正全身心地投入地方行政管理中。通观老氓的分析,三层逐层递进,但又共同指向一个问题,就是官吏自身的素质对地方施政的重要意义。孙樵在此其实是触及了国家政治的一个重要问题,并与众多士人的仕进密切相关。更为值得注意的是,对此问题的揭示,孙樵没有一本正经地说教,而是通过老氓的个人经历娓娓道来,最终升华到官吏作为将国家政令施于地方民生的关键一环,其重要意义值得关注。因此可以说对话的场景设置不仅有利于从一个颇具现场感的角度去分析问题,而且拉近了读者与文章的距离,可以随着老氓的经历和眼光去逐步贴近当时的现实。

在《祭梓潼帝君文》中,孙樵没有效法通常以歌颂神灵起头的做法,而是采用了欲扬先抑的结构方式,主旨虽为祭祀神灵的感恩之意,但却从"不知鬼神,凡过祠庙,不笑即唾"写起,这就在起始制造了文脉的波澜。整篇文章的重心在两次夜跻山路的奇异经历,这就比单纯歌功颂德的枯涩显得饶有趣味。前次是冻雨如注、满眼漆黑时忽然飞芒射天、峻途如昼，后一次则是猛雨如霄中突然回风大发、反雨为晴、雨不沾衣，孙樵对其时晴晦夜昼变化的描写非常传神，如"冻雨如泣"一句以拟人化的手法描写雨势，一"泣"字就把人在面对天气骤变时的感情和盘托出，"焰焰逾丈，飞芒射天"将由暗转明的过程写得极富动感，足见孙樵文字表达的深厚功力，即他所言的"摛辞必高"。两次经历中对神灵的感受也有不同，从前次的将信将疑到后来"嘉神不欺"的完全信服，这也就道出了全篇的主旨，心理的变化与情节结构的推进是分不开的，可见孙樵本篇文章中在结构方面的巧意编织。

孙樵在艺术结构方面的巧妙设置打破了文体创作传统对个人作品的约束，而且他还善于从一个较小的视角和某些微小的材料去发掘内含的大问题，上述《书褒城驿壁》是一个典型的例子，另外就是《读开元杂报》。作为向番邦通报国政的报纸，经孙樵的一番巧妙解读后，却具有了批判现实的意义，这主要借助了对比艺术的运用。本来孙樵对这些杂报的内容不知所云，后经外来者的说明，方知反映的是开元时代的景象，这不禁勾起了孙樵对盛世繁华的追怀和向往。但他的这种情感又不局限于此，而是进一步与当时的现实没落作鲜明的对比，这就使得文章的主题得到深化，具有强烈刺世的深刻意义。运用对比艺术，从一个平常的事件看出时代的大问题，《读开元杂报》的主题才能得到有力地提升，这种很像读书札记体式的创作也代表了古文发展中的一个新趋向，即通过一些琐细的生活细节来表达不同寻常的人生感慨和社会意义，将之发扬光大的是与孙樵生活同时或略后的皮日休、陆龟蒙和罗隐等小品文作家。

在艺术结构的精巧安排中，孙樵多采用对比的手法以突出主旨的意义，有的是明确的对比，如《读开元杂报》中以"开元盛世"的繁荣与唐末政局的混乱作比，实际是表达了孙樵对所身处的时局深致不满，而这种不满是通过对盛世的由衷向往来表达的，在文末孙樵以"樵恨生不为太平男子，及睹开元中事，如奋臂出其间"结尾，就已点明了自己对唐末衰败的无奈和愤慨。又如《武皇遗剑录》中赞美武宗驱戎、废佛、平叛等励精图治的举措，则明显是借为政对比的方式而对当朝君主的鞭策和激励，希望能"砺之以义，淬之以智，匣之以礼，苞之以仁"。有的则是暗含的对比，如《复召堰籍》中几乎全篇都是对施政为民成功的描述，这无疑突出了李胤之的人格形象，但即使这样的廉吏却受谗言打击而获谴，虽然孙樵并未对官场黑暗再发一言，然这种对比显出的效果却已透露出深刻的激愤之感。由于身处唐末乱世，当时的时势已与晚唐初期杜牧所生活的时代有着相当的距离，当然更不及韩柳生活的元和中兴之时。很多士人已然看到弊政的积重难返，面对政局的衰弱再作挽救的努力也很难对现实有所改观，这种情势在当时的文士心里投射了太多的沉重，既然无力改变现实，那只能对没落的时势表达激愤，对比手法的运用恰好因应了这种讥讽刺世的时代情感基调。而在《祭高谏议文》中，孙樵则用对比手法突出了人物的个性，两个细节即"意我尚华，布衣御寒"和"意我苟进，蓑笠当轩"，清人储欣对此评论曰："樵常意在华饰，故友为樵常盖布被用以示俭素。……樵常汲汲于进取，故友为樵悬蓑笠于前轩以示高尚。"①可见，孙樵是以自己的世俗对应于高谏议的高洁，愈显其个性光彩。

　　孙樵在总结古文创作时提出"撅意必深"的要求，这主要是强调作者在创作过程中先要有精彩深刻的构思，才能增加文章出人

---

① 储欣，《唐宋十大家全集录》，清光绪八年（1882）江苏书局本。见于孙樵《祭高谏议文》的夹评。

意表的艺术效果,而从作品的具体内容看,孙樵古文中显现的对文体传统的突破、情节结构的巧妙设置和对比手法的娴熟运用,都印证了他"撼意必深"的构思匠心。

三、孙樵古文中的声韵特征

古文运动的高涨历来被看作对骈文的反动,其中反对的重点就是骈文发展到极端过于拘执声律而缺少实际的内容,因此古文的创作强调切于时政的内容而不拘泥于声律的格式。但从创作实践来看,古文并非完全排斥声律,在一些大家那里甚至还吸收骈文的技法,其中就包括声律的方面,如韩愈的名篇《进学解》:"沈浸醲郁,含英咀华。作为文章,其书满家。上规姚姒,浑浑无涯。《周诰》《殷盘》,佶屈聱牙。《春秋》谨严,《左氏》浮夸。《易》奇而法,《诗》正而葩。"这些四言句大体对仗,而且押韵谨严,韵部为:

华:鱼部　　家:鱼部　　涯:支部

牙:鱼部　　夸:鱼部　　葩:鱼部

几乎句句押韵,读起来朗朗上口,婉转流畅,这也反映出韩愈在古文中对讲求声韵非常重视。他在《答李翊书》中尝言:"气盛,则言之短长与声之高下者皆宜。"可见韩愈在理论上也给古文的声韵以相当的关注。晚清民国时期研究古文的大家林纾在《春觉斋论文·声调》中强调:"时文之弊,始讲声调,不知古文中亦不能无声调。"他主要是从声韵的运用和场景氛围的烘托之间的关系入手,以荆轲易水送别和杜牧的《阿房宫赋》为例①,考察了声韵在优秀

---

① 《春觉斋论文·声调》(人民文学出版社1959年版):"盖天下之最足动人者,声也。试问易水之送荆轲,闻变徵之声,士何为泣? 及为羽声,士又何为怒? 本知荆轲之必死,一触徵声,自然生感,本恶暴秦无道,一触羽声,自然生怒耳。……韩昌黎《答李翊书》言:'气盛,则言之长短,声之高下皆宜。'张濂亭先生恒执'因声求气'之言用以诲人。实则,讲声调者,断不能取古人之声调(转下页)

古文篇章中是如何使用的,这表明古文在创作过程中同样需要声韵的配合,而晚唐时期的孙樵在这方面则进行了有益的尝试。

孙樵的古文中有一些篇章主要以散句体的四言句式写就,如《大明宫赋》《露台遗基赋》《寓居对》《乞巧对》和《龙多山记》等,葛晓音师曾指出这种外骈内散的行文结构是孙樵古文的特色之一。在这些文章中,孙樵一方面展现了写景和叙事等艺术手法,另一方面则是辅之以声韵精心的运用,这就增加了古文的韵律感和可读性。上述诸篇四言句式中末字所属的韵部列表如下(以《广韵》为准):

《大明宫赋》

吾当庐陵锡武,庙祐徹主,吾则协二毗辅,左右提护。义甲愤徒,起帝仆周,吾则械二黠雏,俾即其诛。胡獭饱脂,踣肌蜡骨。惊血溅阙,仰吠白日。二圣各辙,大麓北翠,吾则激髯蘖悖节,俾济逆杀翼。两杰愤烈,俾即斫灭。蓟枭妖狂,突集五堂。纵啄怒吞,大驾惊奔,吾则励阴刀翦其翼,俾不得逃明殛。三革蚀黑,孰匪吾力?吾见若正声在悬,诤舌在轩,辍黻延谏,刳襟沃善,赏必正名。怒必正刑,当狱撒腥,当稼吞螟,吾则入渎革浊,入圉肉角,旬泽暮溥,斗谷视土。吾见若奸声在堂,谀舌在旁,窒聪怫讽,正斥邪宠,嘉赏失节,怒罚失杀,夺农而徭,厚征而雕,吾则反耀而彗,反泽而沴,荡坤而拆,裂干而石。然吾留帝宫中二百年,昔亦日月,今亦日月。往孰为设,今孰为缺。籍民其雕,有野而蒿。籍甲其虚,有垒而墟。西垣何缩,匹马不牧。北垣何感,孤垒城粒。

────────

(接上页)揣摩而摹仿之;在乎情性厚,道理足,书味深,凡近忠孝文字,偶尔纵笔,自有一种高骞之声调。试观《离骚》中句句重复,而愈重复愈见其悲凉,正其性情之厚,所以至此。""观杜牧《阿房宫赋》,把以上秦人之种种暴虐奢靡事填咽极满,用'独夫之心,日益骄固'作琐笔,其下忽顶入'戍卒叫,函谷举,楚人一炬,可怜焦土'四句,声调虽不如'山隰榛苓'之激越,然亦善于为悲壮之声矣。"(第78—80页)。

武	鱼部	主	侯部	辅	鱼部	护	鱼部
徒	鱼部	周	幽部	雏	侯部	诛	侯部
腊	术部	骨	术部	阙	月部	日	质部
辙	月部	挈	月部	节	质部	翼	职部
烈	月部	灭	月部	狂	阳部	堂	阳部
吞	谆部	奔	谆部	翼	职部	殛	职部
黑	职部	力	职部	悬	元部	轩	元部
谏	元部	善	元部	名	耕部	刑	耕部
腥	耕部	螟	耕部	浊	屋部	角	屋部
溥	鱼部	土	鱼部	堂	阳部	旁	阳部
讽	东部	宠	东部	节	质部	杀	月部
谣	宵部	雕	幽部	彗	月部	诊	脂部
拆	歌部	石	铎部	年	真部	月	月部
设	月部	缺	月部	雕	幽部	蒿	宵部
虚	鱼部	墟	鱼部	缩	沃部	牧	职部
蹙	觉部	粒	辑部				

《露台遗基赋》

骊横秦原,东走盘连。其土如积,其高逾尺。隐于修冈,屹若环堂。徘徊山下,问于牧者。对曰:惟其汉文,为天下君,守以恭默,民无怨恚。天下大同,帝驾而东。经营相视,兹山之址。乃因其崇,以兴土功。兹台之基,昣于帝思。既命其吏,校之经费,乃下诏曰:朕以凉德,君于万国。唯日兢兢,如蹈春冰。高祖惠宗,肇启我邦埸。作此宫室,庶几无逸。逮夫朕躬,孰敢加隆。矧縻府财,以经此台。周为灵台,成乎子来。文王以升,以考休征。此台以平,周德惟馨。章华虽高,楚民亦劳。灵王宣骄,诸侯不朝。民既携贰,王遂以死。岂朕不惩,斯役实兴。鸠材集工,以害三农。

原:元部　连:元部　积:锡部　尺:铎部
冈:阳部　堂:阳部　下:鱼部　者:鱼部
文:谆部　君:谆部　默:职部　慝:职部
同:东部　东:东部　视:脂部　址:之部
崇:冬部　功:东部　基:之部　思:之部
吏:之部　费:微部　德:职部　国:职部
兢:蒸部　冰:蒸部　宗:冬部　墉:东部
室:质部　逸:质部　躬:冬部　隆:冬部
财:之部　台:之部　台:之部　来:之部
升:蒸部　征:蒸部　平:耕部　馨:耕部
高:宵部　劳:宵部　骄:宵部　朝:宵部
贰:脂部　死:脂部　惩:蒸部　兴:蒸部
工:东部　农:冬部

《龙多山记》(《孙可之文集》和《经纬集》都作《龙多山录》)

梓潼南鄙,越五百里,其中有山,崛起中天。即山之趾,得径蜿蜒。举武三十,北出其巅。气象鲜妍,孕成阴烟。矻石巉巉,别为东岩。槎牙重复,争先角逐。若绝若裂,若缺若穴。突者虎怒,企者猿踞。横者木仆,挺者碑植。又有似乎飞檐连轩,栾栌交攒,敧撑兀柱,悬栋危蹬。殊状诡类,愕不得视。下有亩平,砥若户庭。摅乳侧脉,膏停泓石。俯对绝壑,杪临兰薄。仙台标异,丛石负起。屹与山别,猿鸟迹绝。腹窦而空,路由其中。断腭相望,攀缘下上①。闿然而出,曜见白日。始

---

① "攀缘下上"出自《全唐文》,而《孙可之文集》和《经纬集》则是"攀缘上下"。本书所使用的孙樵文章悉取自《全唐文》,中华书局1983年版。

时永嘉,飞真盖罗。元踪斯存,石刻传闻。丹成而仙,驾鹤腾天。一去辽廓,千载寂寞。澄泉传灵,别壑镜明。风间景清,寂寥无声。嘉木美竹,冈峦交植。风来怒黑,雷动崖谷。岜兽山禽,捷翔呀惊。晓吟暝啼,听之凄凄。回环下瞩,万类在目。因山带川,青萦碧联。莽苍际云,杳杳不分。月上于天,日薄于泉。魄朗轮昏,出入目前。其或宿雾朝云,糊空缚山。漠漠漫漫,莫知其端。阳曜始浴,彻天昏红。轮高而赤,洪流散射。浓透薄释,锦裂绮拆。千状万态,倐然收霁。

鄙:之部	里:之部	山:元部	天:真部
趾:之部	蜒:元部	十:辑部	巅:真部
妍:元部	烟:真部	巉:衔部	岩:淡部
复:沃部	逐:沃部	裂:月部	穴:质部
怒:鱼部	踞:鱼部	仆:幽部	植:职部
轩:元部	攒:元部	柱:侯部	蹲:鱼部
类:微部	视:脂部	平:耕部	庭:耕部
脉:锡部	石:铎部	壑:铎部	薄:铎部
异:之部	起:之部	别:月部	绝:月部
空:东部	中:冬部	望:阳部	上:阳部
出:术部	日:质部	嘉:歌部	罗:歌部
存:谆部	闻:谆部	仙:元部	天:真部
廓:铎部	寞:铎部	灵:耕部	明:耕部
明:阳部	清:耕部	声:耕部	竹:沃部
植:职部	黑:职部	谷:屋部	禽:侵部
惊:耕部	啼:支部	凄:脂部	瞩:烛部
目:沃部	川:元部	联:元部	云:谆部
分:谆部	天:真部	泉:元部	昏:谆部
前:元部	云:谆部	山:元部	漫:元部

端:元部　浴:屋部　红:东部　赤:铎部

射:铎部　释:铎部　拆:铎部　态:之部

霁:脂部

《寓居对》

樵天付穷骨,宜安守拙。无何提笔,入贡士列。抉文倒魄,读书烂舌。十试泽宫,十黜有司。知己日懈,朋徒分离。矧远来关东,橐装销空。一入长安,十年屡穷。长日猛赤,饿肠火迫。满眼花黑,哺西方食。暮雪严冽,入夜断骨。穴衾败褐,到晓方活。古人取文,其责盖轻。一篇跳出,至死驰名。今人取文,章章贵奇。一句戾意,全卷鲜知。言念每岁,徂春背暑。洗剔精魂,澄拓襟虑。晓窗夜烛,上下雕斫。撴言必高,储思必深。字字磨校,以牢知音。况荣辱挠其外,得失戕其内。机阱在乎足,锋刃在乎背。吾非槛豕笼雏,其能穷而反谀乎?

骨:术部　拙:月部　笔:术部　列:月部

魄:铎部　舌:月部　宫:冬部　司:之部

懈:支部　离:歌部　东:东部　空:东部

安:元部　穷:冬部　赤:铎部　迫:铎部

黑:职部　食:职部　冽:月部　骨:术部

褐:月部　活:月部　文:谆部　轻:耕部

出:术部　名:耕部　文:谆部　奇:歌部

意:之部　知:支部　岁:月部　暑:鱼部

魂:谆部　虑:鱼部　烛:屋部　斫:药部

高:宵部　深:侵部　校:宵部　音:侵部

《乞巧对》

吾守吾拙,以全吾节。巧如可求,适为吾羞。彼巧在言,便便翻翻。出口簧然,媚于人间。革白成黑,蛊直残德。誉跖为圣,谮回为贼。离间君亲,渎乱家国。彼巧在文,摘奇搴新。辖字束句,稽程合度。磨韵调声,决浊流清。雕枝镂英,花斗窠明。至有破经碎史,稽古倒置。大类于俳,观者启齿。下醨沈谢,上残骚雅。取媚于时,古风不归。彼巧在官,窃誉假善。龤舌钳口,媚灶赂权。忍耻受侮,愧畏如鼠。望尘扫门,指期九迁。君纳于违,赞唱菲菲。玩世偷安,败俗紊官。彼巧在工,狙诡不穷。唾古笑朴,雕镂错落。凭云亘天,曚霍延绵。穷侈弹丽,越礼逾制。绣文锦幅,云绡雾縠。若出鬼力,大蠹妇织。遂使俗尚浮华,名溺于奢。雕家磨国,未骋胸臆。蛊于化源,戕此民力。由此观之,巧何足云!吾宝吾拙,虽与事阔,优游经史,卧云啸月。九衢喧喧,夹路朱门,晓鼓一发,车驰马奔。予方高枕,偃然就寝。腹坦鼻息,梦到乡国。槐花扑庭,鸣蜩噪晴。怀轴囊刺,门门买声。予方屏居,咏歌吾庐。对松敧石,莫知其余。上天付性,吾岂无命。何求于巧,以挠吾静。吾方欲上叫帝阍,以窒巧门,使天下人,各归其根。无虑无思,其乐怡怡。耕食织衣,如上古时。巧乎巧乎,将何所施为。

拙:月部	节:质部	求:幽部	羞:幽部
言:元部	翻:元部	然:元部	间:元部
黑:职部	德:职部	圣:耕部	贼:职部
亲:真部	国:职部	文:谆部	新:真部
句:鱼部	度:鱼部	声:耕部	清:耕部
英:阳部	明:阳部	史:之部	置:职部
俳:微部	齿:之部	谢:鱼部	雅:鱼部
时:之部	归:微部	官:元部	善:元部
口:侯部	权:元部	侮:侯部	鼠:元部
门:谆部	迁:元部	违:微部	菲:微部

安:元部	官:元部	工:东部	穷:冬部
朴:屋部	落:铎部	天:真部	绵:元部
丽:支部	制:月部	幅:职部	縠:屋部
力:职部	织:职部	华:鱼部	奢:鱼部
国:职部	臆:职部	源:元部	力:职部
之:之部	云:谆部	拙:月部	阔:月部
史:之部	月:月部	喧:元部	门:谆部
发:月部	奔:谆部	枕:侵部	寝:侵部
息:职部	国:职部	庭:耕部	晴:耕部
刺:锡部	声:耕部	居:鱼部	庐:鱼部
石:铎部	余:鱼部	性:耕部	命:耕部
巧:幽部	静:耕部	阍:谆部	门:谆部
人:真部	根:谆部		

通过以上对孙樵古文中四言句中末字的韵部整理,可以明显看出两句一韵和四句一韵的情形最多,相较而言,其中《露台遗基赋》的用韵最为规律整齐,除了"矧糜府财,以经此台。周为灵台,成乎子来"和"章华虽高,楚民亦劳。灵王宣骄,诸侯不朝"两组各四句中是使用一个韵外,其他的四言句都是两句一换韵,"东"和"冬"、"脂"和"之"属于同部类的通押,"锡"和"铎"则是"陌锡部"与"觉铎部"通押的例子①。《大明宫赋》中,从"胡獘饱腽,踏肌醋骨"到"正斥邪宠"一段中,也是遵循了两句一换韵的规律,其中"月"和"质"属于"月屑部"与"质物部"异部通押的例子,"质"和"职"则是同部的通押。《龙多山记》中,从"矽石巉巉,别为东岩"到"冈峦交

---

① 关于《全唐文》中韵部的规律问题,参见姚颖的《〈全唐文〉用韵研究》(华中科技大学2006届硕士论文)附录中的《全唐文韵谱》。关于晚唐文用韵问题,可参考张敏的《皮日休陆龟蒙诗文用韵比较研究》(山东师范大学2006届硕士论文)和张凯的《晚唐律赋三大家用韵研究》(山东师范大学2007届硕士论文)。

植。风来怒黑",为两句一换韵之例,其中"术"和"质"、"徽"与"脂"属于同部通押,"元"和"真"则属于"寒先部"与"真文部"异部通押的例子。《乞巧对》中,从"巧如可求,适为吾羞"到"使天下人,各归其根",也几近于全部是两句一换韵的形式,其中"谆"和"真"、"之"与"徽"是同部类通押的例子,"屋"和"铎"则是"屋烛部"与"觉铎部"异部通押的例子,"谆"与"元"是"真文部"与"寒先部"异部通押的例子。《寓居对》中虽没有像上述诸文中有如此连续两句一换韵的句式,但仍有相当数量的两句同韵的例子。除了上述连续使用的例证外,两句同韵的情形在这些文章中也不在少数,有的貌似声韵不合,但却也符合唐文中通押的规律,如《龙多山记》中的"回环下瞩,万类在目","瞩"和"目"分属"烛"部和"沃"部,属于烛屋沃通用的例证。另外,《寓居对》中还有隔句押韵的形式,如"天付穷骨,宜安守拙。无何提笔,入贡士列"和"撼言必高,储思必深。字字磨校,以牢知音",一三句末字同韵,二四句末字同韵。

上述诸篇文章中,就传统的文章体裁来看,《大明宫赋》和《露台遗基赋》属于"赋"体。《寓居对》和《乞巧对》则属"问对"体。明人吴讷在《文章辨体序说》指出:"问对体者,载昔人一时问答之辞,或设客难以著其意者也。《文选》所录宋玉之于楚王,相如之于蜀父老,是所谓问对之辞。至若《答客难》《解嘲》《宾戏》等作,则皆设辞以自慰者焉。洪氏景卢云:'东方朔《答客难》,自是文中杰出;扬雄拟为《解嘲》,尚有驰骋自得之妙;至于班固之《宾戏》、张衡之《应问》,则屋下架屋,章摹句写,读之令人可厌。迨韩退之《进学解》出,则所谓青出于蓝而青于蓝矣。'"吴讷将问对体之文溯源至东方朔的《答客难》,而从孙樵的两篇对体文看,其语言是以四言句式为主,这明显承袭了中唐古文中韩愈和柳宗元的对体文,如韩之《进学解》和柳之《乞巧文》。其中韩愈的《进学解》中以"沈浸醲郁,含英咀华"一段为典型的四言句式,句末用韵较为整齐,而柳宗元的

《乞巧文》中则以"眩耀为文,琐碎排偶"到"大赧而归,填恨低首"一段用韵较为规律,基本是偶数句末押"侯"或"幽"部韵,如"偶"、"走"、"口"、"吼"、"欧"等都属"侯"韵,而"手"、"丑"、"朽"、"帚"、"首"等字都属"幽"韵。在唐代文章中,"侯"、"幽"两部在多数情形下是可以通用的,因此,柳宗元的《乞巧文》中的某些段落也明显有着押韵整齐的例子。

通过与前代文章创作的比较,孙樵在古文中注重声韵的问题其实呈现出较为复杂的情形,尤其是《大明宫赋》《露台遗基赋》《龙多山记》《寓居对》《乞巧对》等文章分属不同的文体,而这些文体在各自的创作传统中对声律方面有着不同的要求。"赋"体本是古代文章中讲求声韵的篇制,况且诸如韩偓等晚唐时人也在"赋"体文创作中关注声律问题,因此孙樵两篇赋作中的押韵是对传统"赋"体注重声韵的延续。而韩愈、柳宗元在创作"问对"体时也已注意押韵,只是篇幅较短。相较之下,孙樵的《寓居对》和《乞巧对》是在借鉴韩、柳此类文章创作经验的基础上扩大了讲究押韵的篇幅,而且韩、柳之文只是在较短的篇幅中一韵到底,孙樵则注意两句或四句换韵,这就比韩、柳的创作更为复杂多变。至于"记"体文,历代被看作古文创作的代表性文体,注重议论和叙事,而在声韵讲求方面没有形成固定的模式,因此,孙樵在《龙多山记》中加入声韵的讲求可谓是对传统"记"体文的一种突破。《龙多山记》的篇制结构其实是外骈内散,孙樵在此加入声韵的因素明显是受到了骈文创作的启发。

晚唐古文虽已无法重现中唐韩、柳之时的高潮,但仍有一定数量的文士坚持古文创作,在这种情势中,孙樵的作品无疑代表了晚唐古文发展的重要趋向。从文道关系来看,孙樵一方面继承了皇甫湜等人追求辞采怪异的文风,另一方面在"道"的内容上也以"上规时政,下达民病"的认识延续了中唐韩、柳以来关注现实的精神。

更为关键的是孙樵对当世士风精神的批评,透露出追求心忧天下、不为流俗所屈的骨鲠人格,这无疑是从创作主体的角度深化了对文道之间关系的认识,这不仅是对晚唐古文创作中邀誉钓名流弊的反拨,更是革新当世政治的有识之见。能在骈文复盛的晚唐时代继续古文创作,而且不为流俗风气所左右,这也深刻地说明孙樵身体力行地实践着他心目中理想的士人人格。与之相联系的是,他对史学之"道"与"文"的观念也从属于上述文道关系的基本认识。而在古文创作实践中,孙樵显然对"文"的艺术表现倾注了更多的心力,大力拓展古文的艺术表现,力求突破文体传统的束缚,文章结构的巧妙安排和对比手法的娴熟运用都显示了孙樵在古文写作中的创新之处。他在古文中引入对声韵之美的追求,其中不仅借鉴了如"赋"等传统骈体文的创作经验,也有在继承中唐韩、柳古文的基础上发展了古文写作中对声韵的运用。其中作为传统古文体裁的"记"体文,孙樵在《龙多山记》中糅合骈文和古文的创作经验,形成外骈内散的结构,更加入了声韵的讲求,这显示了孙樵在古文写作中主动吸取骈文艺术的某些方面,也鲜明地反映出晚唐古文在发展过程中的崭新局面。然而,孙樵这种在古文创作中借鉴骈文的方式也并非都值得表彰,如通篇四言的句式不免有艰涩古奥之弊,语言的怪奇也暴露出孙樵继承皇甫湜古文特征的一些不良倾向,这与韩愈之后古文衰落的整体表现是一致的。

第四章 晚唐前期文人的古文创作

从整体而言,韩门弟子的创作鲜明地体现出晚唐古文衰落的趋势,与此相对的是,一些作家的古文创作仍然延续着韩、柳古文革新切于世务、务实致用的特点,这以杜牧、李商隐和刘蜕为代表。而且从其形成思想观念的时代和身处的地域特征来看,他们的创作都有着明确的现实指向,并暗示了古文创作的波及范围在不知不觉中慢慢扩大。其中,杜牧的古文与中晚唐学术思潮的持续影响密切相关,他所创作的古文带有明显的经世致用的色彩,这对北宋中期王安石等人的经世派古文有着重要的影响。而李商隐作为晚唐骈文大家,其早年在族叔影响下而写的古文作品也颇具艺术光彩,他与刘蜕在小品文方面的创作成为唐末小品文勃兴的先导。罗联添先生曾在《韩愈研究》中勾勒出韩愈之后古文发展的脉络,在他看来,杜牧、李商隐等人是真正继承韩愈古文精神的作家。因此,本章对杜牧、李商隐和刘蜕等晚唐前期重要的古文作家进行研究,联系中唐以来学术思潮的转型和古文创作的演进线索,给杜牧、李商隐等人的古文创作以较为准确的历史定位,探讨他们何以能够开拓出古文创作的新境界。

第一节 杜牧的古文创作与中晚唐儒学转向

文学史著作的一般论述是自韩、柳之后,中唐轰轰烈烈的古文运动逐渐陷入沉寂。但历史的发展并不是如此简单,晚唐初期以杜牧为代表的古文作家依然在古文创作方面值得称道，尤其是他的经世文章在当时古文流变的线索中所处的位置，在以往的研究中似关注较少。本节试图将杜牧古文置于晚唐初期的时势发展中予以考察，并通过勾勒中唐到晚唐初期的学术思潮的演变线索，来确定杜牧古文创作的价值和意义。

一、杜牧古文创作的时间

文学史的嬗变呈现出多种样态，但归根结底是以作家作品的创作为中心，大作家的出现和重要作品的问世标志着一种文学现象发展进入高潮阶段，这些因素的消失也昭示着此种文学现象归于沉寂。以唐代的古文运动而言，韩愈和柳宗元这样的著名作家以其鲜明的理论倡导和颇具文学色彩的文章作品，主导了中唐古文革新的方向，但他们谢世之后，由于韩门弟子没有延续韩愈创作的优良传统，没有值得称赏的文章出现，这种情势正说明了中唐古文发展的逐渐消歇。对当时古文家的卒年和创作时代进行一番排比，可以明显看出当时古文发展中作家先后变化的时段性。

韩愈——代宗大历三年（768）生，长庆四年（824）卒。古文代表作《诤臣论》作于贞元八年（792），《与孟东野书》作于贞元十六年（800），《送孟东野序》作于贞元十七年（801），《答李翊书》和《重答李翊书》作于贞元十七年（801），《师说》作于贞元十八年（802），《讳辨》作于元和三年（808），《毛颖传》作于元和五年（810），《送穷文》作于元和六年（811），《进学解》作于元和八年（813）。

柳宗元——生于大历八年（773），卒于元和十四年（819）。古文代表作《始得西山宴游记》《钴鉧潭记》《钴潭西小丘记》《至小丘西小石潭记》同作于元和四年（809），《袁家渴记》《石渠记》《石涧记》《小石城山记》同作于元和七年（812），以上八文即为"永州八记"。

樊宗师——约生于大历元年(766)，长庆元年征拜左司郎中，长庆四年(824)进谏议大夫，未拜卒。

李翱——生于大历九年(774)，开成元年(836)卒。

皇甫湜——约生于大历十二年(777)，约于大和九年(835)去世。

刘禹锡——生于大历七年(772)，会昌二年(842)病逝于洛阳。

白居易——生于大历七年(772)，会昌六年(846)卒于洛阳。

元稹——生于大历十四年(779)，大和五年(831)去世。

就以上数位中唐作家生卒年的时间来看，上述中唐时期的代表作家都生于代宗大历年间，创作活动的主要时段在德宗和宪宗时期，这正是后世俗称的中唐时期。其中韩愈作为中唐古文运动中最杰出的古文家，卒于穆宗长庆四年，而其弟子樊宗师也于此年去世。其他两位学生李翱和皇甫湜则于文宗大和、开成年间去世。加上中唐另外一位古文大家柳宗元于宪宗元和十四年(819)去世。同时根据韩、柳这两位中唐古文运动中最著名的两位作家的古文作品创作时间来看，主要集中于德宗贞元后期和宪宗元和年间，因此中唐古文运动的创作高潮应该处于德宗朝后期和宪宗时期。至文宗时甘露之变前后，中唐时的数位古文代表作家的相继谢世，标志着中唐古文运动到此也逐渐归于沉寂。此时贞元、元和时的另外几位重要作家白居易、元稹和刘禹锡等，虽然去世时间略晚于韩愈等古文家，但他们进入晚唐之后多流连于诗酒唱和，职位的升迁和仕途的磨砺使他们失去了早年在政治上积极进取的锐气，文学创作方面则更多地表现出人生已近暮年的衰飒之气，因此其文学作品在这时的社会上很难再有当年新乐府等那样的影响规模了，更多的是文人群体之中小范围的流播和模仿。

随着中唐古文作家的离世，杜牧在晚唐初期作家中的重要位置就显而易见了。他生于贞元十九年(803)，大和二年(828)进士登第,大中六年(852)迁中书舍人,是年卒①。由此可见,杜牧虽生于贞元末,但其科举登第已到晚唐初年了。而且此时韩、柳等中唐古文家多已去世,杜牧的许多古文作品如《罪言》《原十六卫》《战论》《守论》《上知己文章启》《李贺集序》《上淮南李相公状》《上李司徒相公论用兵书》《上李太尉论北边事启》《上李太尉论江贼书》作于穆宗朝之后,因此从时间角度来说,在中唐古文渐趋衰落时,杜牧的出现恰好填补了此段空白,他的作品便也代表了晚唐初期古文创作的最高成就。

二、杜牧古文的主要内容及其特点

后世所称的晚唐时期,可以唐宪宗去世为界②。在其初期,经历了穆宗、敬宗、文宗、武宗和宣宗五位皇帝。相比于宪宗时的国势几于复振,晚唐的历史重又进入政局混乱、边患频仍、藩镇逞凶的态势。翻检史料中关于此时的记载,对王朝统治威胁最大的就是藩镇的动乱,如穆宗时的幽州、成德、相州和德州的军乱事变,以及宣武和镇海军的反叛,敬宗时的幽州卢龙的军乱,文宗时的李同捷叛乱,武宗时的刘稹叛乱。如此之多的藩镇乱事显然无法与宪宗时经过平定淮西后的稳定局势同日而语,而且其中的幽州、成德等镇历来是河朔强藩,其连续不断的挑战中央权威已说明晚唐政局的混乱不堪。与此内忧相比,同时发生的还有来自周边少数民族的入寇,如穆宗时地处西北的吐蕃入寇,敬宗时南方的黄洞蛮入寇,文宗时西南的云南蛮和东北的奚蛮相继犯边,武宗时更是有回

---

① 杜牧生平详见缪钺先生的《杜牧传》(人民文学出版社1977年版)和《杜牧年谱》(人民文学出版社1980年版)。

② 关于唐代文学分期,历来主张四唐说,即初、盛、中、晚。这是延续了明代高棅《唐诗品汇》的看法。但对于各阶段的时间断限则莫衷一是。本文关于晚唐起始时间的问题取刘宁先生在《中国古代文学通论·隋唐五代卷》的《晚唐五代诗歌概述》一节中的意见。

鹘、党项和獠等少数民族在会昌和大中年间扰乱边境，由此可见晚唐初始即有由内忧外患所带来的深刻的政治危机。而在王朝中央政权内部，延续多年的宦官专权依然存在，宪宗之死和晚唐初期的几位皇帝的登基多与宦官有着千丝万缕的联系，当时影响最大的事件莫过于发生于大和九年的"甘露之变"，郑注、李训、舒元舆和王涯等重臣被杀，京城长安因此陷于一片混乱之中。政局趋于稳定后，朝臣之间则是继续了以李宗闵和牛僧孺为首的和以李德裕为首的牛李党争，党魁每次的升迁和贬谪都会牵动其他很多朝臣的仕途命运，他们彼此之间相互倾轧，这对朝政产生了巨大的影响①。

晚唐初期的政局虽然从整体上说已进入无可挽回的衰败之中，再也没有一位皇帝可以像宪宗那样取得对藩镇的胜利，使得国势恢复，更遑论贞观和开元盛世的复兴。但五位帝王的功过是非并不能一概而论，据《新唐书》论曰："穆、敬昏童失德，以其在位不久，故天下未至于败乱，而敬宗卒及其身，是岂有讨贼之志哉！文宗恭俭儒雅，出于天性，尝读太宗《政要》，慨然慕之。及即位，锐意于治，每延英对宰臣，率漏下十一刻。唐制，天子以只日视朝，乃命辍朝、放朝皆用双日。凡除吏必召见访问，亲察其能否。故大和之初，政事修饬，号为清明。然其仁而少断，承父兄之弊，宦官桡权，制之不得其术，故其终困以此。甘露之事，祸及忠良，不胜冤愤，饮恨而已。由是言之，其能杀弘志，亦足伸其志也。昔武丁得一傅说，为商高宗。武宗得一李德裕，遂成其功烈。然其奋然除去浮图之法甚锐，而躬受道家之箓，服药以求长年。以此见其非明智之不惑者，特好恶有不同尔。宣宗精于听断，而以察为明，无复仁恩之

---

① 上述史实取自《旧唐书》卷十六至卷十八及《新唐书·穆宗、敬宗、文宗、武宗、宣宗本纪》。

意。呜呼,自是而后,唐衰矣。"①通过《新唐书》的评价可知,在这五位帝王中,穆、敬二帝享年太短,本身也"昏童失德",毫无作为。此后即位的文宗则堪称晚唐初期的明君,在政治上锐意进取,勤谨朝政,崇尚古学,因此大和年间国势稍有改观,但毕竟陈弊已深,积重难返,欲治理宦官专权,却酿成甘露之变。武宗虽任用李德裕取得了一些成绩,但盲目灭佛后又过度崇信道教,说明其并非贤明之主。宣宗"精于听断",但"无复仁恩之意",无法挽回颓势。由此可见,晚唐前期的政局在文宗朝和武宗任用李德裕的数年间最为清明,恰好杜牧古文创作的主要时期就在大和、开成、会昌之际,其科举登第在大和二年,其古文代表作如《罪言》《原十六卫》《战论》《守论》《上知己文章启》《李贺集序》《上淮南李相公状》《上李司徒相公论用兵书》《上李太尉论北边事启》《上李太尉论江贼书》等文章,并为兵书《孙子》作注。杜牧与晚唐政治局势的发展有如此紧密的联系绝不是偶然,这正说明了他深刻把握到此时的时势走向,运用平生所学,大力创作这些与治理叛乱、平定天下密切相关的古文。这种为国家献言献策的不断努力强烈地表现出杜牧力图实现自己建功立业的政治理想。

中唐古文运动的一个突出表现就是面对变乱之后的满目疮痍,富有社会责任感的文人希望改革政治,满怀传统儒学的济世意识,借高举复兴儒学的旗帜,从思想文化方面维系人心,革除弊政,发挥文学对社会的积极作用,重建稳定而健全的社会秩序,以此实现士人经世致用和建功立业的社会理想。就当时古文家的创作来说,韩愈多从围绕恢复儒家道统、纯化儒道的角度入手,提升士人的道德素质,号召士人积极入仕。柳宗元则是在典章制度、礼乐刑政的方面提出新见,以求政治的革新和社会的改善,这种对现实问

---

① 《新唐书》卷八,第253页。

题充满关切的态度是中唐古文运动能够成功的主要原因。但到了韩、柳之后的李翱、皇甫湜等古文家那里,他们并没有继续韩、柳所开创的古文结合现实的创作精神,而是分途发展,李翱进入儒道本体的探讨,皇甫湜则更多地发展了韩愈古文艺术的怪奇风格,这两种倾向都是古文日渐远离现实的突出表现。

相比于此,生活于晚唐初期的杜牧在其创作的古文中大胆运用自己所接受的经史之学和关于财赋兵甲方面的知识,抓住当时国家亟待解决的现实问题直陈己见,而且能在分析中结合前代历史的经验教训并上升到国家兴亡的高度,这种文章的立论阐述自然就显得切中时弊、富有深度。如他的《罪言》就是愤慨于河朔三镇的割据跋扈而作。杜牧在文章中先是从历史经验出发说明河朔地区在政治、经济和军事等方面对于整个国家的重要作用,进而回顾安史之乱以来此地藩镇的骄横跋扈给国家带来的种种弊端,最后指出削平藩镇,加强中央集权对于稳定国家政治秩序的重要意义。最可贵的是,杜牧还就具体策略展开了阐述,提出了"上策莫如自治,中策莫如取魏,最下策为浪战"的中肯意见。杜牧在本文中的这种看法有其借鉴所本,李渤在《上封建表》中曰:"其上是感,其次是守,其下是战。又言感不成不失为守,守不成不失为战,此求庙战,为陛下万全之谋也。"[①]对照看来,李渤所言与杜牧的意见有着密切的渊源关系,但杜牧在《罪言》中的阐述要比李渤的分析更有针对性,李渤只是以大家熟知的儒家礼乐征伐之道布局谋篇,对儒道的运用更重视理论性,而杜牧则是从现实出发,由地理之势到藩镇之害,再到解决问题的办法,步步为营,其游刃有余的阐述过程严密而切题,在揭示问题的同时又能将之上升到历史演变和国家兴亡的高度,这就不仅是简单的就题论题,而是富有战略眼光

---

① 《全唐文》卷七一二,第 7305 页。

的长远之见了。除此而外,他的《原十六卫》也是针对藩镇问题而发,但王夫之在《读通鉴论》中认为杜牧此文中以府兵制取代藩镇是"徒为卮言,贻后世以听荧耳"①,这是说杜牧之见只是照搬了已经不符合时势的过往制度,并非解决藩镇问题的良策。关于此点,唐长孺先生在《魏晋南北朝隋唐史三论》中论及"府兵制"时曾言中唐时人由于史料的匮乏而已经对府兵制不甚清楚,那么晚唐时的杜牧对此则更难有深入的了解②。因此如果纠缠于杜牧对府兵问题的误解而否定其文章的价值,这就难免苛责古人了。就具体文章来说,杜牧通过古今对比来说明府兵制之重要和藩镇危害之甚,体现出作者思考问题时的历史深度,撇开细节问题,杜牧在文中透露出的忧国济世之心还是值得后人称道的。与《罪言》作于同时的《战论》和《守论》进一步展开了杜牧在《罪言》中关于针对藩镇的策略,在论述了河北与国家的关系后,将"战"的方面归结为"治其五败",措施具体得当,而《守论》则在批驳前代对藩镇姑息纵容的前提下指出"教笞于家,刑罚于国,征伐于天下,此所以裁其欲而塞其争也"的重要性。这几篇文章共同构成了杜牧对晚唐初期藩镇问题的集中思考,或从军事制度着眼,或就具体问题发言,结合历史经验,提出了极具针对性的建议。由于杜牧能够直面现实,出之己意,没有亦步亦趋地模仿前代文章,也没有将古文创新局限于艺术风格的一隅之地,而是在分析问题时随意所适,往来于历史和现实之间,从而使文章写得富有生气,在解决问题的同时表现出自己的经国济世之情。

  杜牧古文中的另外一个重要内容是对兵事的强调。他在《注孙子序》首先批评了"分为二道,曰文曰武"的弊端,极力提倡"有文

---

① 王夫之,《读通鉴论》卷二六,中华书局 1975 年版,第 794 页。
② 杜牧将世袭兵混同于府兵制,参见唐长孺《魏晋南北朝隋唐史三论》,武汉大学出版社 1993 年版,第 413 页。

事者必有武备",并从《左传》《国语》《尚书》《毛诗》和十三代史书的历史记载中总结出"见其树立其国,灭亡其国,未始不由兵也"的经验,并指出:"主兵者,圣贤才能多闻博识之士,则必树立其国也;壮健击刺不学之徒,则必败亡其国也。然后信知为国家者,兵最为大,非贤卿大夫不可堪任其事。"这就要求兵道与儒道的结合,才能对国家兴盛有所裨益,否则只会祸国乱政,可见杜牧对兵道的思考直接针对的就是当时那些毫无信义、只知争权夺利的藩镇中的骄兵悍将。只有推崇节义、博闻多识的将领才能有利于国家的稳定。这种思想进一步发展,杜牧在大中三年(849)所作的《上周相公书》中提出大儒须知兵事:"伏以大儒在位,而未有不知兵者,未有不能制兵而能止暴乱者,未有暴乱不止而能活生人、定国家者。自生人已来,可以屈指而数也。"①由此可见,杜牧从知识结构的方面对文士提出了新的要求,希望能够产生一批"活生人、定国家"的熟悉兵事的大儒,这种思想也是中唐古文家那里所没有的。与杜牧同时的王睿在《将略论》中表达了同样的见解,既批评了"近代文儒,耻言兵事"的缺陷,又希望能如孔子所言之"夫有文德者必有武备"那样,使文武之道不坠于地。另外,年代略早于杜牧的晚唐初期古文家沈亚之和庞严也有类似的看法,如沈文中的"诚愿使兵部之纲纪根于古道之要,兵部之令加于将帅之臣,则本久益大矣。何卒货不充于古哉!"②庞文中的"经纬古今,文之业也;用之于武,武之德也。禁暴戢兵,武之业也;用之于文,文之辅也。不修其本而事其末,欲求其备,其可得乎?今苟各视其才以授其任,亦可以济天下之务矣。是以仲尼有四科以广其道,汉高有三杰以成其功。所以

---

① 吴在庆,《杜牧集系年校注》,第843页。本文关于杜牧文章的系年若无特殊交待,悉从《唐五代文学编年史·晚唐卷》(辽海出版社1998年版)与吴在庆先生的《杜牧集系年校注》。

② 沈亚之,《对贤良方正直言极谏策》,《全唐文》卷七三四,第7578页。

不求备于人,故能创业于前代,垂教于无穷者也"①。可见杜牧的这种认识并不孤立。

而从杜牧生活的时代来说,当时的士人也不乏此类文武兼擅的优秀人才,他们的出现说明关注现实的精神在此时是有一定影响的。如《李诚元除朔州刺史制》:"诚元家本北边,志气慷慨,将军之子,颇传父业,学万人敌,知四夷事。迹榆林之前政,寄马邑之名邦,仍留兼官,用震殊俗。夫车马甲兵,战之器也;礼乐慈爱,战所蓄也。"②《薛淙除邓州任如愚除信州虞藏玘除邛州刺史等制》:"淙以文科入仕,命守边郡,属当伐叛,兵于其郊,处剧不繁,事丛皆办。"③《忠武军都押衙检校太子宾客王仲玄等加官制》:"忠武军节度右都押衙、银青光禄大夫、检校太子宾客、兼殿中侍御史王仲玄等。自艰难以来,言念许师,何役不行,何战不会?居常则长法知礼,临敌则致命争登。"④此时在文事和军政方面兼得的最突出人物就是宰相李德裕,史载李德裕为宰相李吉甫之子,元和元年,以荫补秘书省校书郎。穆宗即位,担任翰林学士,这表明李德裕在文才方面已受到时人的重视。同时李德裕又曾担任兵部主官,大和年间历任兵部侍郎、义成军节度使、剑南西川节度使、兵部尚书等职。武宗年间入朝为相,力主安边削藩,沮遏朋党,辅佐武宗击败回纥乌介可汗,迎还太和公主,讨平擅自袭任泽潞节度使的刘稹,其武功方面的建树由此可见。周围有这样文武双全的同僚,还有如李德裕这样的宰相,此时内忧外患的频发,这都促使杜牧在坚持文章创作的前提下深入思考文武两得之道。在其古文创作中,也曾留下了这方面的印记。如杜牧于会昌三年(843)所作的《上李司

---

① 《全唐文》卷七二八,第 7510—7511 页。
② 吴在庆,《杜牧集系年校注》,第 1063 页。
③ 同上,第 1066 页。
④ 同上,第 1112 页。

徒相公论用兵书》中从行军用兵的角度阐述了对平定刘稹之乱的意见,首先一针见血地指出以往征讨藩镇不利的错误所在,即"征兵太杂",各自为战,号令不已,致使"每有战阵,客军居前,主人在后,势羸力弱,心志不一,既居前列,多致败亡。如战似胜,则主人引救以为己功,小不胜,则主人先退,至有歼焉",进而提出了自己所认为的用兵良策,即"今者严紫塞之守备,谨白马之堤防,只以忠武、武宁两军,以青州五千精甲,宣、润二千弩手,由绛州路直东径入,不过数日,必覆其巢"。最难能可贵的是,杜牧提出的意见是建立在总结历史经验、现实地势和以前处理藩镇所得的教训基础之上的,"以古为证,得之者多",因此杜牧详细列举了历史上前秦伐后燕和北齐攻后周的行军路线,从而得出自己的判断。加之对上党周围地势的分析并与宪宗时平定淮西一役作对比,这才胸有成竹地写出了给宰相李德裕的上书。《新唐书·杜牧传》载"俄而泽潞平,略如牧策"①,可见李德裕当时采纳了杜牧的意见才取得了对刘稹的胜利,这又证明了杜牧之见的正确性。随后两年,杜牧分别于会昌四年(844)和会昌五年(845)作《上李太尉论北边事启》和《上李太尉论江贼书》,对当时的回鹘边患和南方的地方治安提出了相应的对策。对这两篇文章,李德裕都予以称赏和采纳,如《新唐书·杜牧传》载:"宰相李德裕素奇其才。会昌中,黠戛斯破回鹘,回鹘种落溃入漠南,牧说德裕不如遂取之,以为:'两汉伐虏,常以秋冬,当匈奴劲弓折胶,重马免乳,与之相校,故败多胜少。今若以仲夏发幽、并突骑及酒泉兵,出其意外,一举无类矣。'德裕善之。"②李德裕在《会昌一品集》有《请淮南等五道置游奕船状》即接受杜牧之策后所作。通过杜牧这几篇古文的创作以及在当时的影

---

① 《新唐书》卷一六六,第5097页。
② 同上。

响可以看出,他于大中三年(849)在《上周相公书》中指出大儒须知兵事的观点是基于自己切身的从政体验而得出的,这也从一个侧面反映出杜牧对当时现实政治的深刻关怀之意。

除了制度方面的思考和对兵事的关注外,杜牧在古文创作的内容上主要继承了中唐韩、柳所重视的士人科举问题。中唐之时,面对"以门地勋力进者"远多于科举之士,造成很多有才华的寒门士人无进身之阶的现象,以韩愈为代表的中唐古文家极力强调国家的用人标准应以道德才学为上,朝廷取士即是要区分贤愚,确立道德为先、以贤役愚的新的社会秩序,从而为更多的寒门士人施展才华提供用武之地。这一趋向在中唐时得到多数出身寒微之士的拥护,但后来走向极端,造成了元和末年出现的进士考试中的"子弟、寒士"之争。在中唐古文运动的思想影响下,当时的一些主考官为了显示自己的公平取士而不敢录取子弟出身的年轻士人,"凡有亲戚在朝者,不得应举"①,这显然对那些出身门地高华而有才学的士人是一种无形的压制。此种情势在《登科记考》中亦有反映,会昌四年(844)二月,中书门下奏:"今定为五品俸入,四方有经术相当而秩卑身贱者,不可以超授。有官重而通《诗》达《礼》者,不可以退资。"②这从反面透露出当时已出现"有经术相当而秩卑身贱者"被主考官予以优擢,而那些出身门第之士在相同条件下受到"退资"的不公正对待。

针对这一不合理的风气,杜牧于会昌六年(846)所作的《上宣州高大夫书》中反复申明"选贤才也,岂计子弟与寒士也"的论点,一方面要坚持提拔那些出身低微却才华出众的士子,但同时也不能贴标签式地一概否定子弟之士的不学无术,其中门地出身的子

---

① 《云溪友议》卷中《赞皇勋》,古典文学出版社1957年版,第51页。
② 徐松撰,孟二冬补正,《登科记考补正》卷二二,北京燕山出版社2003年版,第890页。

弟还是有很多论圣贤德业、学有所成的优秀才士。杜牧提出这一观点时,还列举了自春秋到唐代的历史上很多有功于国家社稷却门地高华的贤士,如尧为天子子,禹为公子,文王为诸侯孙与子,武王为文王子,周公为文王子、武王弟,孔子为天子裔孙宋公六代大夫子,这些上古圣贤都是生于公侯世家,春秋时则有出于三桓的季友、季文子、叔孙穆子、叔孙昭子和孟献子等,"良臣多出于公族及卿大夫子孙也"。战国四公子中的平原、信陵、孟尝也是王子王孙,唐代中的郝处俊、上官仪、张九龄、裴度等十九公,在杜牧看来都是忠节之士,"皆国家与之存亡安危治乱者",杜牧以此来为那些道德贤明的子弟之士争取科举上的公平。杜牧自己出身世家,祖父杜佑为前朝宰相,但他在这里更多是出于公心而非己利。杜牧的《上宣州高大夫书》作于会昌六年(846),与《登科记考》中所反映出的情形在时间上相距不远,可见其文章应当有明确的针对性。除了要求在科举考试中对子弟和寒士一视同仁外,杜牧在文章中又再次肯定了科举制对于选拔人才的重要意义,并以唐代许多忠义之士都是由科举进身为例,驳斥了将科举与浮薄之风联系起来的错误。所有这些意见都表明杜牧希望在坚持韩柳等中唐古文家得人进贤的取士原则基础上更加强调从道德才学出发,平等对待士子,而不应厚此薄彼,在身份上人为地抬高寒士而贬低子弟。

三、杜牧古文内容特征溯源

通过上述对杜牧古文创作主要内容的梳理,我们可以明显地看出:无论是从制度改革的层面加强国家统一,抑制藩镇,还是通过对用兵之道的分析来强调文人素质中文武之道的相辅相成,抑或在科举制的利弊辨析中促使国家选拔人才更加合理,都暗含着他对国家发展的深刻思考,那就是希望通过必要的方式积极恢复国家的统治秩序,比如加强文人军事素质的锻炼是为了培养更多具有道德品格的军事将领,并让他们取代藩镇中那些只知争权夺利的骄兵悍将,能够从容应对随时发生的战事,从而在根本上解决藩镇自立和中央集权之间的矛盾问题。而革除科举中的弊端则更成为自中唐以来多数士人希求以道德取代门第并重建"以贤役愚"的社会秩序的重要内容,这尤其代表了许多寒士文人的心声,而这一切又都深刻地反映出杜牧关注现实的经世致用之情,这种倾向与杜牧在文学批评中重事功的认识是一致的①。

以往寻找杜牧这种思考路径的原因时,多数意见倾向于杜牧在《上李中丞书》的自述:"某世业儒学,自高、曾至于某身,家风不坠,少小孜孜,至今不怠。性颛固,不能通经,于治乱兴亡之迹,财赋兵甲之事,地形之险易远近,古人之长短得失。中丞即归廊庙,宰制在手,或因时事召置堂下,坐之与语,此时回顾诸生,必期不辱恩奖。"②其中固然说明了杜牧自身从家学那里所继承的关注政治、军事、制度方面的传统,但我们还必须看到中晚唐以来探索对王道政治的理解和如何达到治世的途径问题,以及对官吏才具看法的转变,才是左右这一阶段士人政治历史观念和文章创作内容的关键,对杜牧古文内容的理解也应置于这一背景下才能得到更深刻的说明。

王道政治和盛世理想在中古时代的文学批评和文化建设中曾发挥着极为重要的作用,魏晋南北朝时期的政治风云变化莫测,当时一些有气节的士人为了抵御现实政治的污浊,在文章作品中经常深情描绘三代理想政治的图景,蕴含着对当时混乱时局的深刻批判,有其重要的现实意义。这一风气延续到初盛唐时代,王道政治和盛世理想折射到文学作品中,与文质论等思想杂糅在一起,形

---

① 关于杜牧文学批评观念的分析,可参见罗根泽先生《中国文学批评史》中的内容,上海古籍出版社1982年版。

② 吴在庆,《杜牧集系年校注》,第860—861页。

成了一股大力推崇儒学经典、典谟正声的观念,这与初盛唐时期日渐走向鼎盛的政治形势相激荡,在当时的政治领域涌现出张说、张九龄等"文儒"士人,他们的文化观念中最具代表性的特点就是高度称赞了雅颂正声的历史意义,从盛唐国运的高涨来看,他们的这一认识与现实是相对应的,而这些正是以礼乐缘饰政治、润色鸿业的思想的深刻反映,在中古时期有着非常悠久的传统①。

然而安史之乱后,开元盛世的繁华景象便一去不返,留给时人的除了邑里丘墟、满目疮痍的荒凉之外,就是要尽快重建稳定的统治秩序。在此政治形势和时代背景下,具有经世致用特征的儒家学说成为统治者在思想文化领域恢复权威、维系人心的首选。不过,由于世易时移,特别是面对战乱之后的百废待举,儒家学说与国家政治的关系也出现了不同于盛唐时代的根本性转变,这种变化主要发生于肃宗到代宗时期。肃宗在收复两京、取得对叛乱的初期胜利后,即至德三载(758),就迫不及待地大兴礼乐,接受尊号②,但在当时,平叛尚未完全结束,局势还不明朗,因此肃宗的这种作为对此时复杂的政治情势只能起到粉饰太平的虚美作用,而忽略了儒家学说所本应有的现实意义。后来的代宗在彻底取得平叛胜利后,进行了一系列复兴儒学的活动,如在永泰二年(766)即安史之乱平定后的第三年,恢复学校,开科取士,《旧唐书·代宗本纪》载:

> 治道同归,师氏为上,化人成俗,必务于学。俊造之士,皆从此途,国之贵游,罔不受业。修文行忠信之教,崇祗庸孝友之德,尽其师道,乃谓成人。然后扬于王庭,敷以政事,征之以

---

① 参见拙文《李白〈古风〉其一再探讨》,《中国诗学》第十四辑,人民文学出版社 2010 年版。
② 《旧唐书》卷十,第 251 页。

理,任之以官,置于周行,莫匪邦彦,乐得贤也,其在兹乎!朕志承理体,尤重儒术,先王设教,敢不虔行。顷以戎狄多虞,急于经略,太学空设,诸生盖寡。弦诵之地,寂寥无声,函丈之间,殆将不扫,上庠及此,甚用闵焉。今宇县乂宁,文武并备,方投戈而讲艺,俾释菜以行礼。使四科咸进,六艺复兴,神人以和,风化浸美,日用此道,将无间然。其诸道节度、观察、都防御等使,朕之腹心,久镇方面,眷其子弟,为奉义方,修德立知,是资艺业。恐干戈之后,学校尚微,僻居远方,无所咨禀,负经来学,宜集京师。其宰相朝官、六军诸将子弟,欲得习学,可并补国子学生。其中身虽有官,欲附学读书者亦听,其学官委中书门下选行业堪为师范者充。其学生员数,所习经业,供承粮料,增修学馆,委本司条奏以闻。①

与肃宗大兴礼乐之举不同的是,代宗更为强调儒学的学术思想和文行忠信的教化之义对于大乱之后的国家复兴具有其他思想学说不可替代的现实作用,正是在此意义上,代宗希望通过"日用此道"而使世人投戈讲艺、释菜行礼,以达到"神人以和,风化浸美"的正常秩序。这种对儒学的新理解也促使代宗进一步把王道思想引入自己的务学化俗行动之中,他在永泰五年(769)提出要行王道的思想,"朕受昊天之成命,承累圣之鸿业,齐心涤虑,夙夜忧劳。顾以不敏不明,薄于德化,致使旧章多废,至理未弘,其心愧耻,终食三叹。虽诏书屡下,以申振恤,且朝典未举,犹深郁悼。思与百辟卿士,励精于理,俾国经王道,可举而行,各宜承式,以恭尔位。诸州置屯亦宜停。"②并把王道政治的中心定位为圣贤遗训的德化教育和百官公卿的"励精于理",在此基础上才能使国家真正推行王道

---

① 《旧唐书》卷十一,第281—282页。
② 同上,第296页。

政治。两相对比,肃宗和代宗对儒学的不同理解在实质上反映了盛唐向中唐转变的思想轨迹。在初盛唐时,国家形势蒸蒸日上,在政治、经济和军事方面都取得了长足的发展,出现了贞观之治和开元盛世两个中国历史上的盛世时代,因此这样的时代环境对儒学的要求更多的是缘饰政治,王道理想的极致就是功成之后制礼作乐,肃宗在收复两京后所进行的大兴礼乐无疑是对此种儒学传统的重现。而安史之乱后国家亟须重建的时代背景则为儒学发挥其现实意义和作用提供了绝好的契机,代宗就是顺应了这种趋势,围绕重建新的统治秩序的问题,注重儒学在移风易俗方面的教化作用,并将王道理想定位于此,放弃了前代那种仅为现实政治起到缘饰作用的王道观念,从而保证了儒学和王道理想能对现实政治的革新和国家秩序的重建起到真正的推动作用。

由于代宗这种提倡儒学和王道理想的基调和思想,后来的德宗和宪宗及当时的许多士人都沿着这样的思路,继续将如何发挥儒学的现实作用的思考引向深入。如果说代宗明确地提出了把儒学的现实意义和王道理想作为治国的基本思想的话,那么德宗和宪宗就进一步以此作为国家秩序重建过程中亟待解决的问题。其实这一问题的付诸实践在代宗朝已初露端倪。为了巩固代宗提倡的以儒学移风化俗和行王道的治国理想,当时的宰相杨绾"为太常卿,充礼仪使,以郊庙礼久废,藉绾振起之也,亦以观其效用"①,利用自己精于礼学的优势,恢复了废弃已久的郊庙祭祀之礼,并对当时在京城出现的一股奢靡之风予以制止。杨绾这种与代宗在思想观念上的同声相应促使代宗在杨绾去世后作出了如下评价:"性合元和,身齐律度,道匡雅俗,器重宗彝。宽柔敬恭,协于九德;文行忠信,弘于四教。内无耳目之役,以孝悌传于家;外无车服之容,以

---

① 《旧唐书》卷一一九杨绾本传,第 3435 页。

贞实形于代。西掖专宥密之地,南宫领选举之源。以儒术首于国庠,以礼度掌于高庙,简廉其质,条职同休。"①代宗敏锐地抓住了杨绾"以儒术首于国庠,以礼度掌于高庙"的为政举措,不仅是对杨绾的贴切评价,更是代宗对自己思想的总结,那就是此时的礼乐已不再是功成之后缘饰政治的表面文章,而是以其规范行为和移风化俗能对现实政治有所裨益,从而成为达到王道政治的重要手段。

可惜天不假年,杨绾为相不久即去世了,但代宗以礼乐通向王道理想的思想在德宗和宪宗朝仍得到君王和多数士人的继承。《旧唐书·德宗本纪》载史臣曰:

  德宗皇帝初总万机,励精治道。思政若渴,视民如伤。凝旒延纳于谠言,侧席思求于多士。其始也,去无名之费,罢不急之官;出永巷之嫔嫱,放文单之驯象;减太官之膳,诫服玩之奢;解鹰犬而放伶伦,止榷酤而绝贡奉。百神咸秩,五典克从,御正殿而策贤良,辍廷臣而治畿甸。此皆前王之能事,有国之大猷,率是而行,夫何敢议。加以天才秀茂,文思雕华。洒翰金銮,无愧淮南之作;属辞铅椠,何惭陇坻之书。文雅中兴,夐高前代,《二南》三祖,岂盛于兹。然而王霸迹殊,淳醨代变,揆时而理,斟酌斯难。苟于交丧之秋,轻取鄙夫之论,历观近世,靡不败亡。德宗在藩齿胄之年,曾为统帅;及出震承乾之日,颇负经纶。故从初罢郭令戎权,非次听杨炎谬计,遂欲混同华裔,束缚奸豪,南行襄汉之诛,北举恒阳之伐。出车云扰,命将星繁,罄国用不足以馈军,竭民力未闻于破贼。一旦德音扫地,愁叹连甍,果致五盗僭拟于天王,二朱凭陵于宗社,奉天之窘,可为涕零,罪己之言,补之何益。所赖忠臣戮力,否运再

---

① 《旧唐书》卷一一九杨绾本传,第3436页。

昌。虽知非竟逐于杨炎，而受侫不忘于卢杞。用延赏之私怨，夺李晟之兵符；取延龄之奸谋，罢陆贽之相位。知人则哲，其若是乎！贞元之辰，吾道穷矣。①

从这段评价中可见，德宗虽因不能妥当处理王霸关系及用人失误导致严重后果，但其促使"文雅中兴"的努力却不容置疑。而且他的种种施政举措延续了代宗在礼乐方面的传统，如"励精治道"、"诫服玩之奢"、"御正殿而策贤良"等，在这种举措一致性的背后实质是对以礼乐致王道的认同，同时将礼乐的现实意义转化为具体的为政方法，从而使礼乐之道与此时的政治革新之间的关系更为紧密，这也成为此时古文运动走向成熟的重要背景。

不仅德宗本人如此，当时的多数士人也纷纷从王道理想如何实现的角度来思考礼乐问题。正如《旧唐书》中对德宗的评价所言"然而王霸迹殊，淳醨代变，揆时而理，斟酌斯难"，此时对王道理想的思考占据了策文的主要议题。贞元前期，深得德宗信任的陆贽在给制举所出的题目《策问博通坟典达于教化科》中对"工祝陈礼乐之器，而不知其情；生徒诵礼乐之文，而不试以事"深表不满，认为这种倾向的蔓延会导致士人们的思想远离现实。基于这种认识，陆贽认为立教之本应是"知本乃能通于变，学古所以行于今"，而从文质论的角度来看，文质彬彬的态势是陆贽所希望的政治局面。从这一代表德宗和陆贽思想的题目中可以看出，此时对王道理想实现的问题集中于对礼乐问题的认识。其中的"陈礼乐之器"和"诵礼乐之文"还是初盛唐士人对礼乐所持的缘饰"王道"的认识，而要探寻礼乐背后的"情"和要求礼乐能"试以事"才是中唐时期产生的对礼乐和王道理想关系的新认识。前辈学者已经指出盛中唐之际的儒道随着时代的剧变而出现了"从缘饰到明道"和"从

---

① 《旧唐书》卷十二，第400—401页。

礼乐到道德"的演变①,尤其是隐含其中的关于礼乐本身的观念也出现了相应的不同理解,这种差异不仅影响到礼乐与王道理想的关系问题,也随之对士人自身的素质提出了新的要求。

德宗时期的陆贽根据当时形势的要求,总结出"理乱之本,系于人心",并主张"当今急务,在于审察群情。若群情之所甚欲者,陛下先行之;群情之所甚恶者,陛下先去之",这一认识可谓体察时变的洞见。结合此时的科举之文,可以明显发现士人对礼乐和王道之间关系的认识在这些文章深刻地反映出来,而且这些文赋之作在根本上是对陆贽"理乱之本,系于人心"认识的形象表现。贞元九年(793)的题目为《太清宫观紫极舞赋》,当年中进士的张复元和李绛都曾创作此题目的赋,由他们的文章来看,张赋开篇就点明主旨"乐者所以谐万国,舞者所以节八风",既然乐舞是对盛世景象的充分表现,那么文章继之以对乐舞场面的铺叙:"舞之作矣,应其度而展其容;乐乃遍焉,动于天而蟠于地。其始也,顾步齐进,蹁跹有序。既乍抑而复扬,遂将坠而还举。始蹙迹以盼睐,每动容于取与。陈器用之煌煌,曳衣裳之楚楚。观乎俯仰回旋,乍离乍联。轻风飒然,杳兮俯虹霓而观列仙。飘飘迁延,或却或前。清宫肃然,俨兮若披云雾而睹青天。惟紫也,取紫宫之清;惟极也,明太极之先。用之则邦国之光备,施之则中和之气宣。"②渗透其中的是功成之后以乐舞来表现王道肃然的繁盛之意,舞姿的雍容典雅和礼器的煌煌其华无不彰显了歌舞升平、天下大同的王道理想。这种强调礼乐对王道的缘饰作用,就其根本是盛唐王道观念的延续。

---

① 参见葛晓音师《汉唐文学的嬗变》中的《论唐代的古文革新与儒道关系的演变》和吴相洲先生的《中唐诗文新变》(学苑出版社2007年版)中的《中唐文的演变》,他在《对儒术现实意义的认识过程》中指出对儒术现实意义的阐发除经历了"从礼乐到道德"的转变外,还有"从缘饰到明道"的观念变化。

② 《全唐文》卷五九四,第6009页。

李绛的赋也大体如此:"申敬也,其恭翼翼;宣滞也,其乐融融。齐无声于合莫,感有情而统同。则其业之所肄,习之则利。作兹新乐,著为故事。享当其时,舞于此地。退而成列,周庙之干戚以陈;折而复旋,鲁宫之羽籥斯备。美乎!冠之象以峨峨,舞其容以傞傞。合九变之节,动四气之和。散玄风以条畅,洽皇化之宏多。是时也,天地泰,人神会。舞有容,歌无外。故曰作乐以象德,有功而可大。"①他们所关注的礼乐只是对王道理想的装饰之美,而其在现实中对人心治乱的实际作用则没有得到体现。到了贞元十年(794),以《进善旌赋》和《朱丝绳赋》为题,在当时的士人所创作的文章中开始出现礼乐观念的转变,如窦从直的《进善旌赋》:"至德在于求贤,救世资乎择善。则设旌之道也,为皇王之盛典。"他在这里特意标出达到王道理想的途径是求贤和择善,改善民俗,并以此树立新的社会风气,这与陆贽关注人心向背、审查群情的理乱之道是一致的。与窦从直同榜的进士王太真在《朱丝绳赋》中触及了对礼乐的认识:"乐匪在音,遂执中而有得。"这种认识就和贞元九年张复元和李绛的观念明显地区分开来,礼乐对王道的关键不是以往所强调的以音乐歌舞之美赞颂王道,而是要执中有得,发挥其对现实政治的革新作用,具体地说就是劝人为善,以君子的人格标准改革社会风俗,即"能贞而守正,劲以全真。含至和以不屈,抱孤直以谁邻?若刚克以自致,谅柔立而有因,齐达人之履道,比君子之修身。久而莫渝,岂红紫之见夺;劲而不挠,非纠缪之为伦。当其渷水初滋,势如木理,女工爰作,视其所以。如积微于秒忽,遂立质于经纪,察其本,同成经以自纶;喻乎时,表直道以如砥。挂端标以有准,持正色而为美,将配德于清壶,愿齐名于直矢。"由此可见,窦从直的"旌善"和王太真的"乐匪在音"、"齐达人之履道,比君子之

---

① 《全唐文》卷六四五,第 6525 页。

修身"都是陆贽所注重的"系于人心"以达于王道的认识的反映,并从根本上不同于盛唐那种重视礼乐之美缘饰王道的观念。沿着这样的思路,贞元十五年(799)和十六年(800)则出现了《乐理心赋》和《性习相近远赋》的题目。在这两年中榜的士人所作试文中都明确了礼乐对人心的现实作用,并以此达到王道理想,如独孤申叔的《乐理心赋》曰:"知乐之为用也,不独逞烦手,谨俚耳。正心术而导淳源,非听其铿锵而已。"[1]着意指出此时对礼乐的认识重在"正心术而导淳源",并非"听其铿锵"的音色之美,这两种观念的差异正是中唐对盛唐礼乐观念内涵的革新。而《性习相近远赋》的主题则是为礼乐发挥对人心的导向作用提供了哲学意义上的基础,郑俞和白居易的这两篇赋主要申述了"钦若奥旨,闻诸古先。习之则善道可进,守之则至理自全"的道理,人之本性相近,但在现实生活中会随着外在学习的差异而出现不同,因此必须"等善行之无辙,见大道之甚夷","袭慎而委顺。勿牵外以概名,在执中而克慎",唯有如此,才能导人向善,最终达到民风淳朴的王道理想。郑俞和白居易的认识在实质上与此时礼乐观念的转变是一致的,"执中而克慎"就是坚持礼乐对人心的教化意义,它们就像朱丝绳墨那样在善恶之间划出标准,劝善而惩恶,通过对人心进行以仁义为核心的礼乐教化以达到理想中的王道政治。

正是源于礼乐观念趋于实用的变化,时人才逐渐明确了运用礼乐之道改革现实政治的意义。贞元后期,礼乐之道内部的"礼"和"乐"之间的差异逐渐引起士人的注意。首先是以权德舆为首团结了一批具有礼学背景的士人,如韦渠牟诗笔兼擅,著有《贞元新集开元后礼》,张荐撰有礼学专著《五服图》和《宰辅略》,另外仲子陵和刁彝、韦彤、裴茝等"邃于礼服,上下古今仪制,著《五服图》十

---

[1] 《全唐文》卷六一七,第 6229 页。

卷,自为一家之言"。由于德宗时的礼仪之争成为朝政廷议的焦点,包括权德舆在内的这批士人运用礼学的"折衷廷议、损益仪法"来积极恢复当时的政治秩序,而这种选择则是礼乐观念的革新及其对现实政治发挥作用的鲜明体现。由此延展开去,中晚唐礼学的著作大量增加,如据《新唐书·艺文志》记载,"礼类"有:成伯玙《礼记外传》四卷,王元感《礼记绳愆》三十卷,王方庆《礼经正义》十卷,《礼杂问答》十卷,李敬玄《礼论》六十卷,张镒《三礼图》九卷,陆质《类礼》二十卷,韦彤《五礼精义》十卷,丁公著《礼志》十卷,元和十三年诏定《礼记字例异同》一卷,丘敬伯《五礼异同》十卷,孙玉汝《五礼名义》十卷,杜肃《礼略》十卷,张频《礼粹》二十卷①;"仪注"类有颜真卿《礼乐集》十卷,韦渠牟《贞元新集开元后礼》二十卷,柳逞《唐礼纂要》六卷,韦公肃《礼阁新仪》二十卷,王彦威《元和曲台礼》三十卷、《续曲台礼》三十卷,李弘泽《直礼》一卷,韦述《东封记》一卷,李袭誉《明堂序》一卷,李嗣真《明堂新礼》十卷,王泾《大唐郊祀录》十卷,裴瑾《崇丰二陵集礼》,王方庆《三品官祔庙礼》二卷、《古今仪集》五十卷,孟诜《家祭礼》一卷,徐闰《家祭仪》一卷,范传式《寝堂时飨仪》一卷,郑正则《祠享仪》一卷,周元阳《祭录》一卷,贾顼《家荐仪》一卷,卢弘宣《家祭仪》,孙氏《仲享仪》一卷,刘孝孙《二仪实录》一卷,袁郊《二仪实录衣服名义图》一卷、《服饰变古元录》一卷,王晋《使范》一卷,戴至德《丧服变服》一卷,张戬《丧仪纂要》九卷,孟诜《丧服正要》二卷,商价《丧礼极议》一卷,张荐《五服图》、《葬王播仪》一卷,仲子陵《五服图》十卷,郑氏《书仪》二卷,裴茞《内外亲族五服仪》,裴度《书仪》二卷、《书仪》三卷(朱俦注),杜有晋《书仪》二卷②。能有如此多的礼仪著作问世,其中有的是关

---

① 见《新唐书》卷五七《艺文志一》。
② 见《新唐书》卷五八《艺文志二》。

于朝廷典礼，有的是涉及日常礼仪，有的是对前代礼仪的总结，虽在应用对象方面不尽相同，但它们都具有在生活中规范行为、区别身份、维护社会秩序的内在精神，这足以反映出当时的士人希望借助礼学的规范作用来达到恢复国家秩序的迫切要求，这种重视礼的规范的认识其实隐含了"礼"和"乐"将要随着士人认识的深入而出现分化的趋势。

到了元和时期，士人在继续呼吁重视礼乐对政治的作用时，首先将礼乐与刑政联系起来，进一步强化了"礼乐"作为复兴王道的方法这一认识。《论语·为政篇》载："道之以政，齐之以刑，民免而无耻；道之以德，齐之以礼，有耻且格。"①孔子在此将礼乐所具有的正面教化功能与刑政所代表的消极防范作对比，显然是在区分两者的基础上肯定礼乐而否定刑政。但在元和时期，许多士人在论述礼乐对政治的作用时与"刑政"相连，如李渤《上封事表》曰："明刑以行令，理兵以御戎。然后经之以礼乐，纬之以道德，推诚信以化之，播风雅以畅之。坐明堂，登灵台，休息乎祥气之间，陛下袭羲轩于上，公卿侪稷契于中，黎元欢鼓腹于下。挹甘露，漱醴泉，禽畜四灵，不为难矣。"他在这里就是把刑政和礼乐都看作最终王道实现的必要途径，从而肯定礼乐刑政均对现实政治具有重要作用。而将礼乐刑政并提的说法更比比皆是，如韩愈《后廿九日复上书》："天下之所谓礼乐刑政教化之具，岂尽修理。"②《送浮屠文畅师序》："是故道莫大乎仁义，教莫正乎礼乐刑政。"③刘禹锡《许州文宣王新庙碑》："尝著书二百余篇，言礼乐刑政，古今损益，统名曰《通典》，藏在石室，副行人间。"④白居易《韦绶从右丞授礼部尚书

---

① 朱熹，《四书章句集注》，中华书局1983年版，第54页。
② 《全唐文》卷五五一，第5585页。
③ 《全唐文》卷五五五，第5618页。
④ 《全唐文》卷六〇八，第6146页。

薛放从工部侍郎授刑部侍郎丁公著从给事中授工部侍郎三人同制》:"自礼乐刑政暨君臣父子之道,博我约我,日就月将,俾予今不至墙面,克荷丕训,大扬耿光,实绶、放、公著之力也。"①韩、刘、白等元和士人的代表将礼乐和刑政连缀起来,这表明此时的礼乐在其心目中已与在政治生活中起实际作用的刑政并无二致,他们都是注重礼乐对于政治所起的现实意义。就其现实性的方面,礼乐确实和刑政有其共通之处,梁启超先生在分析我国的礼治和法治传统时曾说:"夫礼治与法治,其手段固迥然不同,若其设为若干条件以规律一般人之行为,则一也。"②瞿同祖先生在分析礼治内涵时说:"礼之功用即在于借其不同以显示贵贱、尊卑、长幼、亲疏的分别,……严格说来,礼本身并不是目的,只是用以达到'有别'的手段。"③梁、瞿两位先生的认识可以启发我们深入理解中唐时期儒学强调礼乐刑政的内涵,那就是受到刑政所具有的针对现实的特征影响,此时的礼乐被更多地赋予现实政治层面的具体作用,而不再过分追求像《论语》所说的那种差别,元和时期的这种礼乐刑政并举促使士人多从现实行政操作的方面考虑解决当时存在的诸多弊政,这种认识趋向就决定了在礼乐之间更趋于"礼"的现实意义而轻视"乐"。从与刑政的相似性角度论述"礼"的意义则隐约透露出时人更加重视"礼"的约束规范作用,并在强调其现实意义时又对具体的为政方法进行了深入的思考,这无疑是中唐初期儒学发生转向后继续开拓其现实性的集中体现。

在确认了新的礼乐之道中所突出的对现实的改革作用后,到了杜牧所生活的晚唐初期则在继承中唐思想演变的同时对礼乐的

---

① 《全唐文》卷六六三,第 6738 页。
② 梁启超,《梁启超法学论文集》,中国政法大学出版社 2004 年版,第 70 页。
③ 瞿同祖,《中国法律与中国社会》,中华书局 2003 年版,第 296 页。

思考上升到了理论的高度,这以此时舒元褒和庞严的两篇策文为代表。庞严的策文作于长庆元年(821),其文章内容明显总结了元和士人对政治认识的思考成果。在这篇文章中,庞严首先赞美了上古三代所以兴盛的原因:"以道化者皇,以德教者帝,以礼乐刑政理者王。夫以处天下之尊,举四海之力,为皇为帝,为王为霸,致之一也,犹反掌之易。而况人之诚伪,时之厚薄,必由上而下者乎!帝王之道,高不降于天,厚不取于地,远不致于四夷,师友辅弼而已矣。师友辅弼,岂有他求哉!贤哲忠信而已矣。"①明确指出道德教化是三代王道形成的根本原因,贤哲忠信之士的辅佐因素也不可轻视。接着庞严批评了"自中代已降,淳朴既漓,贤不肖混淆,莫能酌辨"的混乱,申明正是求贤取士之道的荒废和没有坚持以仁义治国致使此种局面的出现,可见庞严从正反两方面阐述了通向王道政治的方法。策文的主体部分则是为政大端的六个建议:厚耕殖、和阴阳、明劝赏、慎刑罚、修文德和任忠贤,这是在具体操作的层面上列举了进一步落实如何走向王道政治的办法,从其内容来看,基本与元和时期士人的认识类似。随后舒元褒于宝历元年(825)所作的《对贤良方正直言极谏策》就将对礼乐刑政的认识上升到理论的高度,围绕"礼"、"乐"和王道政治的关系明确指出"礼"在其中具有的现实意义。舒元褒在开篇即提出王道政治和"理人之术"的密切关系,这就把如何走向王道政治的方法提到了为政的首要问题上,进而深入论述了这种方法就是"礼乐刑政":"夫礼乐刑政,理之具也。礼乐非谓威仪升降,铿锵拊击也。将务乎阜天时,节地利,和神人,齐风俗也。刑政非谓科条章令,繁文申约也。将务乎愧心格耻,设防消微也。"②这种对比分析表明了舒元褒已

---

① 《全唐文》卷七二八,第7509—7510页。
② 《全唐文》卷七四五,第7708页。

经从理论上改造了礼乐刑政和现实政治的关系，不再视礼乐为润色鸿业的表面缘饰，而是可以移风化俗的有力工具，刑政也不再是科章律令的繁文缛节，而是在现实中具有"愧心格耻、设防消微"之用。舒元褒极力发掘礼乐刑政对现实政治所共通的工具性特征是为他进一步辨析"礼"和"乐"的关系作了准备，因而接下来便是："礼乐刑政，理天下之本也。三代之理，未始不先于礼。礼明，则君臣父子长幼尊卑识其分，而人伦之序正矣。人伦之序正，则和顺孝慈之庆感于上，所以阜天时也。贵贱之位别于内，则奢侈耗蠹之弊息于外，此所以节地利也。自然上下交泰，而天下之心悦，天下之心悦，因可以达于乐，乐达，则神人自然和矣。神人和，则风俗自然齐矣。仲尼曰：'安上理人，莫善于礼。移风易俗，莫善于乐。'此之谓乎！固非谓夫威仪升降，铿锵拊击也。伏惟陛下举三代礼乐而行之，而不以形声之为贵，则可以阜天时而节地利，和神人而齐风俗。"这里的"礼"就被赋予了与刑政相似的作用，它的维护贵贱差异和序正人伦的意义在舒元褒看来是保证社会秩序稳定的根本，只有在此基础上，才能整合人心，进而达到以"乐合同"为标志的王道政治。通过对其中"礼"、"乐"关系如何促使王道复兴的分析，我们可以看出舒元褒的这种认识首先是基于元和时代士人对"礼乐刑政"意义的内在联系，进而在理论上更为清晰地找到了"礼"本身具有的维系人心、保证社会秩序的现实作用，并与"乐"所代表的缘饰王道、点缀盛世的趋向作了明确的区分，理清了两者之间的先后关系，解决了王道之所以兴的途径，不仅表明了此时士人对"礼"的强调实际暗含了对现实的积极改造之心，也从根本上回应了自中唐以来怎样复兴王道的时代主题。

既然在杜牧生活的时代逐渐实现了对礼乐和王道理想的观念转变，儒学的现实意义成为此时士人改革弊政的理论基础，那么在此观念影响下的士人对官员为政之道的看法也日益发生着改变。

初盛唐之时,文儒型官员作为最能代表当时士人理想的群体,他们更多的是以高超的文学才能抒发对盛世的赞美之情,通过颂扬为主的骈文描绘当时歌舞升平、天下大同的繁华。这种揄扬风雅、润饰王业的意义,与其向往三代繁盛的王道理想和礼乐之道的认识是一致的。与此相关的是,文儒型士人对为官之道中的实际吏干有所忽视。然而随着中唐儒学内涵逐渐出现革新的迹象,代宗时的王道理想更为务实,礼乐在实现王道理想时所担负的现实作用也被更多的士人所接受,那么更加重视官吏在政治生活中的实际行政才能也就成为时势的必然结果。首先是中唐士人对一些与需要实际行政才能的官职予以充分的重视,这在以往是很少见的。如安史之乱后恢复经济的迫切要求为此时的很多具有经营财政才干的官员提供了用武之地,以元载、第五琦和刘晏为代表的财政官员成为这个时期深受皇帝重用的大臣,他们改革国家的盐铁经营权,改善从扬州到京城的漕运,并逐渐实行新的税收制度,这些恢复经济的举措都是为饱受战乱之苦的国家和民众创造尽可能多的物质财富,以求使政治更快地从危局中摆脱出来。因此要想顺利完成这种转变,就需要更多的具备实际施政才能的官员,尤其是类似经济、税收、漕运等工作的开展都从理财的方面对官员提出了很高的要求,而那些确实具备这方面才干的士人可以得心应手地在相应的职位上发挥更重要的作用,因此吏干之材的大量出现就成为时势使然。

到了德宗时期,盐铁度支之争和典礼之争成为朝廷瞩目的焦点①,贞元前期,藩镇叛乱的余波未平,战事方殷,国家急需大量钱财维持前线的作战之用,因此朝廷内部的各派势力都在想方设法

---

① 参见蒋寅先生的《权德舆与贞元后期诗风》,《文学史》(第 2 辑),北京大学出版社 1995 年版。

地争夺财权,盐铁、度支和户部成为朝廷内最炙手可热的三大要职,很多具有理财经验的官员凭此跻身显宦之列。最著名的当属此时的宰相杨炎,他于780年对税收和财政制度进行了彻底的改革,完全废弃了以前的税收制度,代之以更有效和更公平的以财产和耕地计征的"两税法",并取得了实际的成功,国家的财政因此而得到大大增加。以杨炎为代表的这些凭此进身的官员无疑都具有很强的实际为政才干。而在贞元后期,局势稍定,以权德舆为代表的一批士人则参与了典礼之争,礼学又成为此时许多官员进身入仕的方便之门。但这两者之间都具有同一背景,那就是那些能够发挥官员实际行政才干的官职得到前所未有的重视,由此可见这种认识自安史之乱后一直到德宗时期未曾中断,虽然其表现形式有所变化。

随着这些吏干之士日益在政治舞台上发挥重要作用,宪宗时的士人对吏干的强调则成为当时讨论的焦点,其中以韦处厚在元和元年的策文最为突出。他在《对才识兼茂明于体用策》中指出"理国之本,富之为先;富人之方,劝农为大",这种对富国的高度重视实质是对德宗时期强调财政对国家建设意义的延续。更为值得注意的是,韦处厚在论述西汉元帝和东汉光武帝为政之失时曰:

> 制策曰:……汉元优游于儒学,盛业竟衰;光武责课于公卿,峻政非美。二途取舍,未获所从,吾心浩然,益所疑惑。子大夫熟究其旨,属之于篇,兴自朕躬,无悼后害者。臣闻:契者君之所司也,综其会归,则庶务随而振之;职者臣之所司也,践其轨迹,则百役通其流矣。委之于下者,委之职业也,非委其权;专之于上者,专其操持也,非专其事。赏罚好恶之出,生杀恩威之柄,此非权与操持乎? 委之于下,则上道不行矣。提衡举尺,守器执量,此非事与职业乎? 专之于上,则下功不成矣。不委其操持,安所用其私乎? 不专其职业,孰虑无效乎? 君收

其大柄,臣职其所守。然大柄不得亢于上,臣得佐而成之;所守不可属于下,君得举而明之。①

他在这里通过比较西汉元帝崇儒学而国衰和东汉光武帝兴峻政而未获的得失,从而得出君臣之间所应确定的位置,即臣下从帝王那里得到的是"委之职业",而帝王坚持的是"赏罚好恶"和"生死恩威"的操持。换言之,就是韦处厚在此将官吏定位于"职业"的基础上,而帝王则行使大柄操持之权,两者各得其所,才能充分发挥各自的效率,帝王不需事必躬亲,臣下不能越权操柄,否则即使坚持儒学的治国之道也无法获得应有的效果。由此可见,韦处厚对官员"职业"的定位抓住了代宗至德宗时期官吏为政的根本经验,从而把前代的吏干风气上升到理论的高度,并为后来杜牧生活之时的士人从政提供直接的借鉴。

与杜牧同时的庞严在士人为政方面的认识接续了韦处厚的观点,他在《对贤良方正能直言极谏策》中曰:"臣以为文武之道虽不同,士农之业虽各异,而要归于修其职业而济于时也。"②在庞严眼中,应举之士虽然有文武之道和士农工商的身份差异,但他们的根本共同之处则在"修其职业而济于时",一方面是要能胜任自己所担任的职位,另一方面则是在任职基础上能够经世济时,两者之间,显然职业为官是济时的基础,济时则是职业为官的目标。由此可见,庞严对应举之士将来入仕之后的定位就是要"修其职业而济于时",必须以充分的吏干能够在职位上担负重任。因此他又进一步强调:"夫求贤取士,所以备官也,设官所以分理众务也。夫得一尺之木,将斫以用之,必使匠者;有一块之土,将埏而器之,必使陶者。今陛下选人以仁,天下皆归于仁矣;选人以义,天下皆归于义

---

① 《全唐文》卷七一五,第7350页。
② 《全唐文》卷七二八,第7510页。

矣。夫理天下者，必以仁与义矣。今朝廷用人不以仁，而悃默低柔；进人不以义，而因循持疑。言有不符于行，才有不足于用矣。陛下虽欲精五事，五事何术而精？虽欲法九征，九征焉得而法？若是求众务之理者，是以材与陶，以土与匠，而求器用之得也，不亦难乎？今朝廷开取士之门，不为不广，其中选择精详，望为俊彦者，通于进士，中外之重，擢清秩选于是者十八九，诚有才有器，亦尽萃于中。然而所采者浮华之名，所习者雕虫之技。是以主教化者不道皇王之术，官牧守者不知疾病之源。岂其有任事之才而无任事之智乎？盖艺非而职异也。"①国家设科取士是为了选择能够为官的士人，而为官的要务就是"分理众务"，除了平日所重视的儒学仁义等道德素质外，庞严在此更为突出了官吏所必备的"器用之得"的重要性，这是基于官吏职位设置针对的不同任务，官员的职责也就不一而同，科举取士的慎重就是体现在要根据职位要求选出那些确实能担当实际为政之职、具备行政才干的士人，而那些浮华之名和雕虫之技则不能作为取士标准。而对中晚唐儒学经世致用的认识具有总结意义的认识出于和杜牧同科考试的刘蕡，他在大和二年的《对贤良方正能直言极谏策》中首先指出："哲王之治，其则不远，惟致之之道何如耳。"说出了中唐以来儒学转向的特征，即由盛唐之时关注的王道颂美到如何实现王道理想的途径，这一转变则预示了此后对礼乐的不同认识，围绕如何复兴王道而注重礼乐的现实意义，就成为此时士人重新审视礼乐之道的焦点。既然王道理想作为推动现实政治改革的根本动力，礼乐之道又是实现这种改革的必要途径，两者的现实作用便逐渐被士人接受而运用到实际政治生活中去了。具体到实际的政治生活，刘蕡则继承了德宗以来士人有关官吏为政的思考，在坚持儒学仁义的大前提下，逐步

---

① 《全唐文》卷七二八，第 7511—7512 页。

重视官员的吏干才能,在官吏晋升时要"核考课之实,定迁序之制",务使人尽其才,赏罚分明。最值得世人称颂的是刘蕡的这篇策文本身就是发挥礼乐之道的现实意义、彰显谏议才学的典范,他在策文中以春秋大义作为立论根本,逐条阐述对治国、教化、吏道、取士等方面的建议,最重要的是将祸国根源直接指向当时得势的宦官集团,指出"陛下所先忧者,宫闱将变,社稷将危,天下将倾,四海将乱",可谓敢言人所不敢言,真正实现了"贤良方正能直言极谏科"取士的根本要求。从这个意义上说,刘蕡的这种勇气也是对其所倡导的官吏具备实际才能要求的最好回应。因此,与他同科考试的李邰听闻考官因畏惧宦官实力而没有录取刘蕡时,激切地发出了"蕡逐我留,吾颜其厚邪"①的感叹。

作为与杜牧同时的重要士人,刘蕡和庞严的认识代表了中唐至晚唐初期为政观念探讨的主要内容,德宗以来士人日渐重视吏能在实际政治生活中的作用,并最终上升到以韦处厚的认识为代表的理论高度,得出官吏需重"职业"和实用的理念。因此杜牧不仅在自己的古文中着力突出关注现实、切实时弊的积极用世精神,以期对现实政治的改革起到推动作用,而且还在文章中极力推崇那些具有实际干才的官员,欣赏他们不仅精通王道大义,更有吏干为政之才,并能指中时弊,忠心进谏,如《陆绍除信州刺史封载除遂州刺史郑宗道除南郑县令等制》:"以绍其先君子仍代作相,能以儒学缘饰吏理。"②《高元裕除吏部尚书制》:"始以御史谏官,在长庆、宝历之际,匡拂时病,磨切贵近,罔有顾虑,知无不为。"③《崔璪除刑部尚书苏涤除左丞崔玙除兵部侍郎等制》:"每师蓬瑗,常慕史

---

① 《新唐书》卷一七八,第5305页。
② 吴在庆,《杜牧集系年校注》,第1073页。
③ 同上,第1023页。

鱼,抨弹之勇,正当时病。"①《韦有翼除御史中丞制》:"介特守君子之强,文学尽儒者之业,周历华贯,擢为诤臣。攻予其专,言事颇切。"②《卢籍除河东副使李推贤除殿中丞高湜除湖南推官薛廷杰除桂管支使等制》:"其行道也,得以阜俗变俗;其行法也,得以刑人赏人。"③《顾湘除泾原营田判官夏侯觉除盐铁巡官等制》:"湘、觉本以文进,兼通吏理;从周暨鲁,皆称干能。"④这些人物都是文儒而又兼通吏能的类型。由此可见,杜牧重视为官实际才干的观念正反映了当时人才类型已经发生重大转变的事实。

综上所述,杜牧古文内容的三个特点都是他经世致用之志的体现,这种关注现实、注重实际的情怀,除了透过他从家学渊源中汲取的精神外,我们还应该注意中唐以来儒学思想中王道政治、礼乐之道等核心观念因应时势而发生的变化,以及由此而导致儒士的人才理想由初盛唐推重文儒型向中晚唐重视吏能型的转变。这些观念的变化直接影响了中晚唐士人对于文与道的思考,促使古文创作的内容与社会现实趋于紧密。杜牧的古文创作密切联系晚唐初期的形势,以务实的精神提出了许多改革时弊的具体方案,正是在这一思潮背景下对于中唐古文运动传统的继承和发展。

第二节　晚唐前期古文创作的思想特征与文学表现
——以李商隐与刘蜕为中心

晚唐前期在时代上紧承中唐,但此时古文创作的成就却不尽如人意,既没有韩、柳那样的古文大家,也没有大量出现思想深刻、

---

① 吴在庆,《杜牧集系年校注》,第 1025 页。
② 同上,第 1031 页。
③ 同上,第 1101 页。
④ 同上,第 1105 页。

见识高远的优秀作品,虽有杜牧这样关心时政的士人依然努力地坚持古文写作,但总体衰落之势已是不争的事实。在承认这一趋势的同时,还应注意到当时陷入低潮的古文正面临寻求新出路的契机,即在继承中唐古文的经验基础上如何继续开拓古文创作的发展空间。就晚唐前期的古文实际来看,这主要体现在"道"的思想观念更新和文学表现的创新上。由于杜牧是晚唐古文最重要的作家,有专文讨论,因此本节就将关注的焦点放在了李商隐和刘蜕的创作上。

一、李商隐、刘蜕古文中重视思想个性和现实意义的特征

中唐古文革新的主要特征是以复古为创新,说其复古是由于韩愈和柳宗元等人对文章创作的改革借助了复兴儒道的思想,即从儒家经典那里寻求文章改革的出路,继承了儒家"诗教说"中的人文教化意义,要求文章创作关注现实问题,必须言之有物,同时在创作中也以西汉文章为效法对象;说其创新则是韩、柳等主要作家避免了古文先驱的拟古窠臼,一方面确立了新的道统观念,在儒学传统上以孟子继承孔子的思想,突出了其中所具有的道德性理意义,并把"道"的内涵落实于个人的道德才学,而不再只是单纯强调儒家思想中的礼乐传统。另一方面则是在"道"的观念革新作用下正确处理文道之间的复杂关系,既然个人的道德才学成为关注的焦点,那么表现作者个体情感的文章就被纳入"道"的范畴,包括以屈原作品为代表的悲怨文学得到肯定,这就打破了以往视雅颂为文学极致的传统观念,在此基础上重视吸收一些有利于情感描写的艺术手法,促使文章的功能实现逐渐从说理向抒情的转变,此种文学性的增强没有重蹈古文先驱重道轻文之弊,而是在谨慎处理文道关系时以"道"的革新带动"文"的革新,并同时注重"文"的艺术表现在文学作品中的重要作用,从而取得了古文革新的成功。

从这个意义上说,古文之所以能在韩、柳手中成为抒情达意的文学散文,其主要原因就在他们在思想上对儒道内涵进行了创造性的革新,通过对儒道个性化的理解来突出自己的思考,这就使得文章创作可以在个体精神的推动下不断进步。前代曾有古文不始于韩、柳而成于韩、柳的说法,对比古文先驱的创作教训和韩、柳古文的成功,不难发现古文革新的关键就在思想观念的创变,即韩愈所倡导的"能自树立,不因循"的创作精神,以及在文学表现上广采博收后的推陈出新,即柳宗元总结的"旁推交通"的为文之法。

韩、柳古文的成功在中唐时期带来了古文革新的高潮,但他们以复古为创新的理念却在此后并未得到很好的贯彻,尤其是以李翱、皇甫湜等人为代表的韩门弟子在创作中模拟韩文的痕迹太过明显,以致丧失了自我的创作个性①。李翱重视"道统"的观念自不待言,韩愈的门人李汉在理论上也过分突出了韩愈"道统"的价值,有重"道"轻"文"之弊,如他在《唐吏部侍郎昌黎先生讳愈文集序》中极力称扬韩愈对古文革新的贡献,不仅总结出"文者贯道之器也"的理论主张,而且把韩愈的古文溯源至"其气浑然"的秦汉文章,魏晋以后的文章则因"气象萎浊"而被李汉予以贬斥,这实际是从文学史的角度对韩愈的文章作了定位。此外,李汉在评论时紧扣创作中"道"所起的重要作用,将之贯穿于对历代文章的批评,而"道"的内涵又主要牵涉思想的渊源,因此李汉对韩愈的思想也进行了辨析,"经书通念晓析,酷排释氏。诸名百子,皆搜擢抉无隐"道出了韩愈对儒家经典和诸子百家的深入学习,而对佛教则是"酷排",最终李汉的结论是韩愈的思想以周孔之教和道德仁义为主,"周情孔思,千态万貌,卒泽于道德仁义,炳如也,洞视万古,愍恻当

---

① 关于李翱、皇甫湜等人的古文创作分析,参见本书第三章第一节《"精于理"与"练于辞"——李翱、皇甫湜师韩倾向之异同》。

世,遂大拯颓风,教人自为"。李汉虽然触及了韩愈思想的特征,但对韩文中的艺术创新却未置一词,说明他的"文者贯道之器也"实质是重"道"而轻"文",把"文"看作阐发"道"的工具,认为只要复古儒道即可实现古文革新,这种认识在古文先驱那里就已证明是不利于古文的发展的。

作为韩门弟子的代表人物,李翱、皇甫湜和李汉等人古文思想中的复古特征非常明显,这与韩愈的观念是一脉相承的,毕竟韩愈在中唐古文运动中的崇高地位及其创作成就会深刻影响着当时古文发展的趋向,他提倡儒道的认识就成为韩门弟子思想的主要来源,而其中的复古性也不可避免地被延续下来。同时,韩愈作为中唐古文的创作大家,其贡献在当时已为世人瞩目,这在韩门弟子中更是如此,因而李翱、皇甫湜和李汉等人难免把韩愈的古文看作经典范本,这一心理应当是他们亦步亦趋地摹仿韩文的主要原因。除了李翱和皇甫湜等韩门弟子外,当时仍不乏一些文士在创作古文中具有推崇儒道圣人的复古思想,虽然他们没有直接受学于韩愈,但也可从一个侧面反映出当时古文创作的大体风气,如孙樵在《与贾希逸书》中评述了贾希逸的文章特色:"今足下立言必奇,撼意必深,抉精剔华,期到圣人。以此贾于时,钓荣邀富,犹欲疾其驱而方其轮。若曰爵禄不动于心,穷达与时上下,成一家书,自期不朽,则非樵之所敢知也。呜呼!孤进患心不苦,及其苦,知者何人!古人抱玉而泣,樵捧足下文,能不濡睫?惧足下自得也浅,且疑其道不固。因归《五通》,不得无言。"通过孙樵的描述可以看出,贾希逸是当时坚持古文创作的文人之一,其思想和创作特点与皇甫湜的古文极为相似,"立言必奇,撼意必深"说明贾希逸在古文中重视追求奇特的文采和深刻的构思,而他思想中的复古色彩则主要体现于"抉精剔华,期到圣人"。同时,孙樵进一步指出了贾希逸在古文创作中的不良倾向,即过分看重个人的功名利禄,以古文来"钓荣邀富"。这种倾向致使当时的古文失去了关注现实、切于世务的特征。孙樵的生活时代略晚于李翱、皇甫湜,贾希逸与孙樵为同时人,那么透过孙樵笔下的贾希逸的思想,可见古文创作中的片面复古倾向确实在当时有着相当的影响,而且已延伸至孙樵生活的晚唐前期。

与韩愈身后出现的这种"崇圣复古"倾向明显不同的,是李商隐的古文创作思想。身为晚唐骈文大家的李商隐,早年在其族叔李某的影响下曾有过一段专力创作古文的经历。他在《请卢尚书撰故处士姑臧李某志文状》中曾满怀深情地回忆过这段生活:

> 益通《五经》,咸著别疏,遗略章句,总会指归。韬光不耀,既成莫出,粗以训诸子弟,不令传于族姻,故时人莫得而知也。注撰之暇,联为赋论歌诗,合数百首,莫不鼓吹经实,根本化源,味醇道正,词古义奥。自弱冠至于梦奠,未尝一为今体诗。小学通石鼓篆,与钟、蔡八分,正楷散隶,咸造其妙。然与人书疏往复,未尝下笔,悉皆口占,惟曾为郊社君追福,于野南书佛经一通,勒于贞石。后摹写稍盛,且非本意,遂以鹿车一乘,载至于香谷佛寺之中,藏诸古篆众经之内。其晦迹隐德,率多此类。……商隐与仲弟羲叟、再从弟宣岳等,亲授经典,教为文章,生徒之中,叨称达者,引进之德,胡宁忘诸?愿襄改卜之礼,敢遗撰美之义。[1]

李某虽未有作品传世,但从李商隐的描述中可以看出他是一位专心古学、欣羡儒学经典的文士,在韬光养晦的隐居生活中研究儒学大义,发而为文则是"莫不鼓吹经实,根本化源,味醇道正,词古义奥"。正因为有了这种学问环境的熏染和族叔的悉心教导,李商隐

---

[1] 刘学锴、余恕诚,《李商隐文编年校注》,第781—782页。

早年才能"生十六,能著《才论》《圣论》,以古文出诸公间"①。

现在对李商隐多数古文的具体创作年代无法确考,但从他现存的古文中仍可以看到其思想的独特之处,这主要体现在《上崔华州书》中。李商隐在该文中非常鲜明地提出了对儒道的全新认识:

> 中丞阁下:愚生二十五年矣。五年读经书,七年弄笔砚,始闻长老言,学道必求古,为文必有师法。常悒悒不快,退自思曰:"夫所谓道,岂古所谓周公、孔子者独能邪?盖愚与周、孔俱身之耳。"以是有行道不系今古,直挥笔为文,不爱攘取经史,讳忌时世。百经万书,异品殊流,又岂能意分出其下哉。凡为进士者五年。始为故贾相国所憎,明年,病不试,又明年,复为今崔宣州所不取。居五年间,未曾衣袖文章,谒人求知,必待其恐不得识其面,恐不得读其书,然后乃出。呜呼!愚之道可谓强矣,可谓穷矣。宁济其魂魄,安养其气志,成其强,拂其穷,惟阁下可望。辄尽以旧所为发露左右,恐其意犹未宣泄,故复有是说。某再拜。②

根据今人的考证,本文作于开成二年(837)正月间,当时李商隐年约二十四岁,正值其从早年学作古文到从令狐楚习今体章奏的阶段,而从时代的发展来看,韩愈于长庆四年(824)去世,中唐古文创作的高潮已过,此间真正致力古文者就是以韩门弟子为代表的一批文士,因此李商隐在《上崔华州书》中批评的"学道必求古,为文必有师法"的长老之言所指应是韩愈去世之后古文创作中所出现的思想僵化、模拟复古的倾向,而这与李翱、皇甫湜作品中对韩愈文章的模仿及孙樵描述的贾希逸的创作特征在时间方面是吻合的。时代的彼此对照之下可以看出,在韩愈之后的晚唐前期,古文

---

① 刘学锴、余恕诚,《李商隐文编年校注》,第1713页。
② 同上,第108页。

创作确实笼罩于模拟韩文的风气之下,韩愈通过创作提倡与培养弟子两方面来扩大古文的声势,其弟子的作品在文风特点上很容易受到师承关系潜移默化的影响。同时,优秀作家的示范意义对某一文体流布和传播的作用不可低估,韩愈作为中唐最有成就的古文大家,一些倾心古文的士人也会自觉地取法韩文来提高自己的创作水平,学写古文的"师法"因此而逐渐形成,风气延续到李商隐写作《上崔华州书》的时代不难想象,韩愈古文思想中的复古特征被时人不断强调,形成了"学道必求古"的趋势。但这一倾向明显束缚了当时古文创作的发展,李商隐对此深表不满也是出于自己学作古文的经验,他在此提出的"夫所谓道,岂古所谓周公、孔子者独能邪?盖愚与周孔俱身之耳"针对的就是当时古文创作中出现的僵化复古的趋向。

"道"作为古文创作的关键因素,有关古文的很多讨论都会从"道"的问题入手,李商隐在此就是通过"道"的不同内涵来表明自己对古文创作的立场。他认为"周孔之道"能被作为经典,是由于它体现了周公、孔子的个性思想,从个体独立思考的意义而言,他们的创作才值得肯定。后人学"道"应由张扬思想个性而入,经典的示范意义也正在于此,只有挥笔为文写出自己的独特感受,所创作的古文才是好作品,因此"攘取经史,讳忌时世"所体现的文必求古的模拟蹈袭之风不足为训。这一"行道不系今古"的认识实际是注重创作主体在社会现实生活中形成的真实的思想,并将之反映到自己的文章中,李商隐在此凸显的是文章之"道"的内涵需要在作者个性思想的参与下才能不断地创新。对此文的意义,冯浩曾评价曰:"幅短而势横力健,不减昌黎。"钱锺书先生在《管锥编》中更是从思想史的脉络中注意到李商隐本文的价值,他指出:

《高僧传》卷七《竺道生传》:"洞入幽微,乃说:'一阐提人皆得成佛。'"……《孟子·告子》论"人皆可以为尧舜",《荀子·性恶》论"涂之人可以为禹",均与"一阐提人皆得成佛",貌之同逾于心之异,为援释入儒者开方便门径……《全唐文》卷六三七李翱《复性书》中篇发挥"人之性犹圣人之性";陆九渊《象山文集》卷一《与邵叔谊》、卷五《与舒西美》、卷一三《与郭邦逸》反复阐说"人皆可以为尧舜"、"涂之人可以为禹";王守仁《阳明全书》卷二零《咏良知示诸生》之一:"个个人心有仲尼,自将闻见苦遮迷";《传习录》卷三:"人胸中各有个圣人,只自信不及,都自埋倒。"此等皆如章水贡水交流,罗山浮山合体,到眼可识。李商隐亦持此论,则未见有拈出者。《全唐文》卷七七六《上崔华州书》:"退自思曰:'夫所谓道者,岂古所谓周公、孔子者独能邪?盖愚与周、孔俱身之耳。'"又卷七七九《容州经略使元结文集后序》:"孔氏于道德仁义外有何物?百千万年圣贤相随于涂中耳。"①

儒家传统中本有"人皆可以为尧舜"的思想,佛教中也曾出现"一阐提人皆得成佛"的认识,李商隐的"行道不系今古"与之相通,每个人的思想都可以成圣成佛,不必强求与古一致。这一重视主体个性的精神与韩愈古文思想中的"能自树立,不因循"也一脉相承②。从这个意义上说,冯浩以"不减昌黎"评价李商隐非常准确,而这也说明在晚唐前期的古文创作中,李商隐确实继承了韩愈古文创作的真精神。

钱锺书先生《管锥编》的评论中还提及了李商隐在《容州经略使元结文集后序》中对元结思想的认识:"而论者徒曰次山不师孔氏为非。呜呼!孔氏于道德仁义外有何物?百千万年,圣贤相随

---

① 钱锺书,《管锥编》(第四册),中华书局1986年版,第1331—1332页。
② 其中关涉"子学精神"所代表的思想个性问题,可参见本书第二章《"子学精神"与中晚唐五代文道关系的演变》。

于涂中耳。次山之书曰：三皇用真而耻圣，五帝用圣而耻明，三王用明而耻察。嗟嗟此书，可以无书？孔氏固圣矣，次山安在其必师之邪。"①元结在《元谟》中尝言："上古之君，用真而耻圣，故大道清粹，滋于至德，至德蕴沦，而人自纯。其次用圣而耻明，故乘道施教，修教设化，教化和顺，而人从信。其次用明而耻杀，故沿化兴法，因教置令，法令简要，而人顺教。此颓弊以昌之道也。迨乎衰世之君，先严而后杀，乃引法树刑，援令立罚，刑罚积重，其下畏恐。继者先杀而后淫，乃深刑长暴，酷罚恣虐，暴虐日肆，其下须臾，继者先淫而后乱，乃乘暴至亡，因虐及灭，亡灭兆钟，其下愤凶。此颓弊以亡之道也。"②其中对道德仁义境界的向往是元结面对安史乱象所发的感慨，这一认识从本质上看仍属儒家，但其关键在于元结是要到儒家更早的政治理想中寻找用真的教化之道，使人达于至德而自纯。这鲜明地体现了元结复古的概念，李商隐则是从元结以上古之君为榜样这一点着眼，批评当时泥古者唯师孔子，认为历来圣贤很多，不必非师孔子不可，这就要求在文章中最重要的是提出自己对道的理解，李商隐由此强调了元结"孔氏固圣矣，次山安在其必师之邪"的思想意义，这与其《上崔华州书》中的认识是一致的。

　　李商隐将早年的古文创作经验落实于追求个性思想的创新，这是对韩愈古文革新精神的重大发展，像此类在古文中能够冲破复古思想的藩篱而独具个性者在此时也不乏其人，刘蜕就是较为突出的一位。晚唐前期从整体来看已呈现骈文复盛之势，刘蜕则是当时为数不多能够依然坚持写作古文的重要文人。《北梦琐言》卷四载："唐荆州衣冠薮泽，每岁解送举人，多不成名，号曰'天荒

---

① 刘学锴、余恕诚，《李商隐文编年校注》，第 2257 页。
② 杨家骆编，《新校元次山集》，(台湾)世界书局 1984 年版，第 48 页。

解'。刘蜕舍人以荆解及第,号为'破天荒'。"①进士多不成名的状况说明当时的荆州地区的文化相对落后,就是在这样的地域,刘蜕还在坚持创作古文,可见经过中唐韩、柳的创作高潮和示范作用,古文已在晚唐前期有了较为广泛的地域基础,而且从文人构成来看也不仅局限于韩门弟子,而有了更广泛的创作群体,像李商隐的族叔李某这种不知名的文士都在写作古文就是一个有力的例证。

刘蜕的古文主要见于《文泉子》中的文章,其自序曰:"覃以九流之文旨,配以不竭之义曰泉。崖谷结珠玑,昧则将救之;云雷亢粢盛,乾则将救之。予岂垂之空文哉!"②这一"覃以九流之文旨"的思想明显继承韩愈《进学解》中杂取诸子百家的认识,而反对"垂之空文"则是中唐古文取得成功的关键所在,由此可见刘蜕的古文思想真正延续了中唐古文革新的精神。对"文泉"的解释是"覃以九流之文旨,配以不竭之义曰泉",而且最反对"垂之空言"的创作倾向,由此可见刘蜕对于文章创作最看重的是要言之有物,要以自身对社会现实的深刻体会为基础,能善于接纳不同思想流派的认识而形成自己的观点,这样创作出来的文章才会具有不竭的思想魅力和艺术光彩。若与韩愈之后古文出现的思想偏差和拟作之风相比,刘蜕思想上的特异之处就显得更为突出,尤其是他并未过多地表露出征圣宗经的趋向,而是如他自己所言之"覃以九流之文旨",能够融汇诸子百家的思想为我所用。其中最为突出的是刘蜕的古文中较多地吸收和化用了很多老庄思想的因素,如他的《山书一十八篇序》:"予于山上著书一十八篇。大不复物意,茫洋乎无穷。自号为《山书》。天地之气复,则结者而为山也,融者而为川也。结于其所者,安静而不动。融于其时者,疏决以忘其及(其及

---

① 孙光宪著,贾二强点校,《北梦琐言》,第81页。
② 《全唐文》卷七八九,第8259页。

一作反)。故山之性为近正,川之性为革为(革为一作融)。是以处其结者有(一作为)君子,处其融者为利人。天地之先,未尝有形。故字其形为人民,为禽虫万物。然后受其字,据其形之动曰生,形之静曰死。呜呼!我苟不生乎天地先,而未尝用其形窍以出纳,斯非混沌之似乎?故吾以混沌不尝在天地先,而在我之不为万物凿者而已矣。坏人者天地也,使其数出。故观数以象动,则有争杀乱患。夫数始乎手足,故离吾之指为五,视其指而心亦离,则数数入乎心矣。故知指生六而为有余,生四而为不足。不足与有余也,为体不备。呜呼!心既分身之有余与不足也,则争杀乱患,何尝不足尽其数出。"①天地混沌、孕生万物的思想明显源自老庄哲学中"道法自然"的观念,而"观数以象动,则有争杀乱患"则类似于老庄思想中的"大道废,有仁义;智慧出,有大伪",正是因为有了礼数强调的"余"和"不足"的观念,才导致了"争杀乱患"的惨象,刘蜕借此悲愤地表达了对道德沦丧、人心不古等社会黑暗现实的痛斥。

面对韩愈古文这样的创作高峰,刘蜕在思想上并未像时人那样受到过分的局限,而是能够在接受其中核心理念的基础上,努力结合自己的生活体验和当时的社会现实,并从诸子百家的传统思想资源中寻求古文发展的新方向。以老庄为代表的道家思想中具有深刻的批判黑暗现实的内容,这在前朝历史上的许多时期曾为士人所运用,其旷达的背后隐藏的是深沉的忧患,推崇清静无为的自然大道恰恰是对当时社会种种不公的不满,理想中所虚拟的世界与污浊的现实黑暗恰好形成强烈的反差。对理想世界越是肯定和向往,就越是对黑暗现实的否定和批判,刘蜕也是以此作为自己古文思想的一个重要内容,他在《文泉子自序》中始终强调自己所作的文章都是"怨抑颂记婴于仁义"之言。

---

① 《全唐文》卷七八九,第 8261—8262 页。

当然，纵观刘蜕古文中的思想特征，指出其突破韩愈思想之处是相对和辩证的，毕竟他也继承了韩愈思想中相当一部分的内容。如在《移史馆书》中从时政利弊的角度提倡尊崇儒学，反对佛教的浪费与虚妄，其辟佛态度显而易见。而在《江南论乡饮酒礼书》则明确以"古文"反对"时文"，又能吸收韩愈古文思想中对寒士文人怨愤之词的肯定，尤其是充分汲取了屈原所代表的悲怨文学传统的精华，创作了《吊屈原辞三章》。这些内容都说明了刘蜕与韩愈在古文传统上的渊源关系。

《四库全书总目》曾评论刘蜕的古文曰："欲挽末俗反之古。而所谓古者，乃多归宗于老氏，不尽协圣贤之轨。又词多恚愤，亦非仁义蔼如之旨。然唐之末造，相率为纂组俳俪之文，而蜕独毅然以复古自任，亦可谓特立者矣。"[①]这里就抓住了刘蜕文中的"古"来自《老子》的思想，此一理想世界的塑造乃是针对晚唐时代世风日下、末俗衰颓的现实而发，虽不合于儒家圣贤之旨，但仍值得称道。至于其文辞多"恚愤"之气，这是延续了中唐时期韩、柳古文革新中重视创作主体怨世之言的思想。因此，刘蜕不仅继承了中唐古文革新的核心观念，而且能够在立足关注现实的基本精神上反对"垂之空言"的创作趋向，并在挽救末俗、抨击现实的创作中吸收了先秦诸子思想的精粹，在创作思想上表现出强烈的个性色彩，这明显不同于单纯儒学复古的创作观念，成为他在晚唐骈文复盛的大环境中能继续推动古文发展的重要原因。

二、李商隐和刘蜕古文中的艺术新变

由于突出的创作成就和善于奖掖后进，韩愈成为中唐古文革新中最为人瞩目的作家，其文章的风格特征和立意构思也一时为

---

① 《钦定四库全书总目》，第 2023 页。

人所效仿,尤其在韩门弟子的古文创作中。李翱文风平易,但在文章结构方面与韩文非常类似,而皇甫湜主要是在自己的创作中进一步强化了韩文中奇险怪异的风格,这对当时的文风有着不容忽视的影响,如《唐国史补》载:"元和已后,为文笔,则学奇诡于韩愈,学苦涩于樊宗师。……元和之风尚怪。"①韩愈古文的"奇诡"风格演变成时代文风的主流,樊宗师的"苦涩"风格也是受到了韩愈文风的影响,这构成元和之"怪"在文学创作中的主要部分。除了此类风格上的延续外,韩愈古文在当时的深刻影响还体现于当时的文章学评价中多以韩文作为古文的典型代表,如杜牧在《冬至日寄小侄阿宜诗》:"经书括根本,史书阅兴亡。高摘屈宋艳,浓薰班马香。李杜泛浩浩,韩柳摩苍苍。近者四君子,与古争强梁。"郑谷《赠杨夔》其二:"时无韩柳道难穷,也觉天公不至公。看取年年金榜上,几人才气似扬雄。""韩、柳"并称的出现说明了晚唐时人多以韩愈和柳宗元代指中唐古文。从实际创作来看,当时师从韩愈者人数更多,韩文也在时人心目中代表了古文创作的水平。文学史的发展一再证明,大作家的出现对于推动文学创作的革新具有不可低估的意义。然而一旦典范树立起来,后来者的模仿效法也难以避免,那么原本具有革新价值的创作理念,也会在亦步亦趋的模仿中变得陈陈相因而了无生气,这也是文学史发展的辩证法。对于文学史上文体嬗变的问题,王国维先生在《人间词话》中曾有精彩的论述:"文体通行既久,染指遂多,自成习套,豪杰之士,亦难于其中自出新意,故遁而作他体,以自解脱,一切文体所以始盛终衰者,皆由于此。"②以此反观中晚唐时期的古文,韩愈的影响广泛,流行既久,模仿之中,积弊流衍,后来者难以自出机杼,这就造成韩

---

① 李肇,《唐国史补》,上海古籍出版社1979年版,第57页。
② 王国维,《人间词话》,人民文学出版社1960年版,第218页。

愈古文作为取法对象的困境。虽然相对于李华、萧颖士等古文先驱,韩愈的古文可谓光彩照人,然而在晚唐前期,韩愈的创作经验在韩门弟子的临摹中已成习套,因此,如何在韩愈之后继续推进古文发展就成为摆在晚唐前期文人面前的重大问题。

李商隐在诗文中对韩愈文章也曾多次大加褒扬,如《读韩杜集》"杜诗韩笔愁来读,似倩麻姑痒处搔",即以杜甫诗歌和韩愈文章并提。又《韩碑》诗曰:"古者世称大手笔,此事不系于职司。当仁自古有不让,言讫屡颔天子颐。公退斋戒坐小阁,濡染大笔何淋漓。点窜尧典舜典字,涂改清庙生民诗。文成破体书在纸,清晨再拜铺丹墀。"[1]称赞韩愈的《平淮西碑》为大手笔,而且由此总结出韩愈古文中所具有的破体为文的创作精神,可见李商隐对韩愈文章的推崇备至。值得注意的是,李商隐在此诗中认为韩愈文章取得成功的关键在于"破体为文"[2],即推崇韩愈善于在总结前人创作经验的基础上所具有的革新精神,那么继承韩愈古文的这种精神也就意味着李商隐必须在自己的文章中能够突破韩文创作的藩篱和章法,而不是像当时大多数文人那样去模仿韩文的"奇诡"之风。

从现存的古文来看,李商隐为了突破当时人模仿韩文所造成的程式,所采取的主要方式是向元结古文学习。盛中唐之交,就已有不少士人发出了文体变革的呼声,主张以古文代替骈文,改革华丽空洞、雕琢藻饰的文风,并以之作为推动整个社会政治变革的重要内容。韩愈和柳宗元之前的这些先驱者从理论和创作两个方面逐步推动古文发展,其中元结就是盛中唐之交古文先驱者的代表作家。作为经历过安史之乱的文人,元结受到时代剧变的感召而

---

[1] 刘学锴、余恕诚,《李商隐诗歌集解》,中华书局1998年版,第829页。
[2] 关于李商隐"破体为文"的创作思想,可参见余恕诚先生《韩愈"破体"为文与唐人文体革新的精神》,《国学研究》第十九卷,北京大学出版社2007年版。

提倡文学必须反映时代现实的观念,而他的作品也是贯彻了这一思想,很多文章都是以讽刺的笔法抨击现实的种种弊政,对下层人民的苦痛寄予深厚的同情,其文体表现也是多种多样,既有借正统文体别抒幽怀,暗喻批判的锋芒,也有通过荒诞不经的故事讥刺现实人情物理的不公与无奈。这些艺术手法的运用有时并不合于儒家温柔敦厚之旨,说明了元结思想中并未受到儒家传统观念的束缚,宋人洪迈曾对此有所评论①,章学诚则从元结那些充满比喻象征色彩的奇峭犀利的文字中读出了"愤世疾邪之意",刘熙载也认为元结的"狂狷之言"中具有深挚的忧世之心。这些评论可谓切中肯綮。中晚唐时人对元结的认识有一渐变的过程,皇甫湜较早肯定了元结的古文,他在《题浯溪石》中曾指出:"次山有文章,可惋只在碎。然长于指叙,约洁有余态。心语适相应,出句多分外。于诸作者间,拔戟成一队。中行虽富剧,粹美若可盖。子昂感遇佳,未若君雅裁。退之全而神,上与千载对。李杜才海翻,高下非可概。文与一气间,为物莫与大。先王路不荒,岂不仰吾辈。石屏立衙衙,溪口扬素濑。我思何人知,徙倚如有待。"其中既有肯定,也有不满。皇甫湜将元结的古文置于陈子昂和韩愈之间,一方面肯定其"粹美"和"雅裁"等优于陈子昂文章之处,另一方面则指出其仍无法与韩愈的"全而神"相比拟,明确指摘元结文章在"长于指叙"之外有"可惋只在碎"的不足,这应主要指其杂文的系统性不够,给

---

① 洪迈《容斋随笔》:《元子》十卷,李纾作序,予家有之,凡一百五篇,共十四篇已见于《文编》,余者大抵澶漫矫亢,而第八卷中所载窅方国二十国事,最为谲诞。其略云:"方国之僧,尽身皆方,其俗恶圆。设有问者,曰'汝心圆',则两手破胸露心,曰'此心圆耶',圆国则反之。言国之僧,三口三舌。相乳国之僧,口以下直为一窍。无手国足便于手,无足国胈行如风。"其说颇近《山海经》,固已不韪。至云:"恶国之僧,男长大则杀父,女长大则杀母。忍国之僧,父母见子如臣见君。无鼻之国,兄弟相逢则相害,触国之僧,子孙长大则杀之。"如此之类,皆悖理害教,于事无补。次山《中兴颂》与日月争光,若此书,不可作也,惜哉!

人碎屑之感。到了李商隐这里,对元结古文的评价可说是大大提升。在《容州经略使元结文集后序》中,李商隐除了对元结思想上不师孔氏体现出的思想个性表示赞赏之外,还对其文章的特点进行了细致、周密、形象的总结,"次山之作,其绵远长大,以自然为祖,元气为根,变化移易之",这是对元结古文的概括性认识。至于元结古文篇幅短小的特色,是在"总旨会源,条纲正目"的主题之下不同的表现形式之一,其中有"详缓柔润"、"正听严毅"、"碎细分擘,切截纤颗"等许多种类,可见对元结文章"碎细"的评论已与皇甫湜明显不同。此后皮日休也表示了对元结古文的赞赏之意,其小品文的短小精悍也深受元结文章如《县令箴》《七如七不如》等篇的影响,尤其是句式的对举和文字的简约方面。由此可见,从皇甫湜到李商隐,再到皮日休,元结的古文日渐在中晚唐引起关注,甚至影响到时人的文章创作。

从李商隐的古文创作看,其文风和体式也与元结接近。现存李商隐的古文约有二十篇,除了《与崔华州书》和《容州经略使元结文集后序》等明确表示其思想特征的古文作品外,能深刻体现其思想观念和思维特点的文章就是《断非圣人事》和《让非贤人事》两篇。透过两篇文章的题目可以看出,李商隐是围绕"断"和"让"这两个儒家道德的重要概念来作翻案文章,但所体现的思路却完全不同,这从一个侧面也体现出李商隐非常重视文章写作的独创性,即使面对类似的题目也能在创作思路上推陈出新。在《断非圣人事》中,针对圣人善于做出正确决断的普遍观念,李商隐首先定义了自己所认为的"断"的内涵,即"疑而后定",然后指出"圣人"所做的事都是秉承道义的公正,没有任何的"疑虑",也就不存在"疑而后定"的"断",这种翻案可以说是遵循常规顺向思路的方式,即先定义自己的认识,再进行阐述。而在《让非贤人事》中,李商隐没有去重新定义"让"的概念,而是以例证开篇,举出了伊尹助商和吕尚兴周的例子,说明了贤人面对风起云涌的时代能够勇敢坚定地身肩重任,从而建功立业、兴邦立国。可见李商隐是以逆向思维的方式突出了"贤人"的当仁不"让",以"贤人"的不"让"彻底颠覆了"让"的传统观念,称赞伊尹、吕尚他们并非刻板遵从僵化的道德信条,而是能够根据时势的需要做出正确的抉择,其中彰显的是舍我其谁的政治家的责任感。这种以某一概念为题来组织文章的方式明显取法于元结的讽刺小品。元结擅长借助一个字或一件事,由此引申开来,巧妙譬喻,推演成文。如元结在《丐论》中就运用"丐"的意义延伸,巧妙地将街头乞讨的行为与那些沽名钓誉之徒在权贵之家奴颜婢膝地求取功名的丑态联系在一起,这无疑深刻地抨击了当时社会上出现的为个人富贵而不择手段甚至出卖人格道德的卑劣风气,而在元结看来,因贫乞讨而"心不惭"者依然是君子之道,这要远胜于那些矫揉作态的虚伪之士。这种即字设喻、以喻成理的构思方式,显然影响到了李商隐的古文创作。这种创作的效法与李商隐在《容州经略使元结文集后序》中从思想上推崇元结古文是一致的。

　　除了创作思想的推崇和构思方式的效法,李商隐在《断非圣人事》与《让非贤人事》中的句法也与元结古文类似,即多采用短句排比、对称和层次递进的句法,如《断非圣人事》:"圣人持天下以道,民不得知;圣人理天下以仁义,民不得知。害去其身,未仁也;害去其家,未仁也;害去其国,亦未仁也;害去其天下,亦未仁也;害去其后世,然后仁也。"[1]本段前四句是类似于骈文的对称结构,以"害"开头的五个句子则构成层次递进的排比结构。《让非贤人事》:"汤故时非无臣也,然其卒佐汤,有升陑之役、鸣条之战,竟何人哉?非伊尹不可也。武故时非无臣也,然其卒佐武,有牧野之誓,白旗之

---

[1] 刘学锴、余恕诚,《李商隐文编年校注》,第2287页。

悬,果何人哉? 非太公望不可也。苟伊尹之让汝鸠、仲虺,太公望之让太颠、闳夭,则商、周之命其集乎? 故伊尹之丑夏复归,太公望之发扬蹈厉,当此时,虽百汝鸠、百仲虺,伊尹不让也;百太颠、百闳夭,太公望亦不让也。"①在叙述伊尹和姜尚的例子时,除了个别字句的调换,李商隐使用了彼此对称的句式。这些句式的运用在元结的杂文中有较为突出的体现,如《丐论》:"于今之世有丐者,丐宗属于人,丐嫁娶于人,丐名位于人,丐颜色于人。甚者则丐权家奴齿,以售邪佞;丐权家婢颜,以容媚惑。有自富丐贫,自贵丐贱,于刑丐命。命不可得,就死丐时,就时丐息,至死丐全形,而终有不可丐者。更有甚者,丐家族于仆圉,丐性命于臣妾,丐宗庙而不敢,丐妻子而无辞。"②《化虎论》:"其意盖欲待朝廷化小人为君子,化谄媚为公直,化奸邪为忠信,化进竞为退让,化刑法为典礼,化仁义为道德,使天下之人心,皆涵纯朴,岂止化虎而羞我哉?"③《自箴》:"有时士教元子显身之道曰:'于时不争,无以显荣;与世不佞,终身自病。君欲求权,须曲须圆;君欲求位,须奸须媚。不能此为,穷贱勿辞。'元子对曰:'不能此为,乃吾之心。反君之言,作我自箴。与时仁让,人不汝上;处世清介,人不汝害。汝若全德,必忠必直;汝若全行,必方必正。终身如此,可谓君子。'"④《丐论》中以"丐"领起的句式构成层次递进的排比结构,《化虎论》中以"化"领起的句子则是概念对称的排比句式,《自箴》中的对话内容全为四言的对称句式,而在句中的关键位置上不断进行字词的调换,或是对比,增加反差的效果,如"君欲求权,须曲须圆;君欲求位,须奸须媚";或是排比,增强语气的力度,如"与时仁让,人不汝上;处世清介,人

---

① 刘学锴、余恕诚,《李商隐文编年校注》,第 2288—2289 页。
② 杨家骆编,《新校元次山集》,第 54—55 页。
③ 同上,第 118 页。
④ 同上,第 81 页。

不汝害。汝若全德，必忠必直；汝若全行，必方必正"。经过这番对比，李商隐在《断非圣人事》和《让非贤人事》中的句式特点明显渊源自元结的杂文篇章。在强调古"道"中的个体思想独创性时，李商隐认同了元结"不师孔氏"的价值和意义，同时又在《容州经略使元结文集后序》中系统总结了元结文章的特点，并给予很高的评价，那么在创作中有意吸收运用其杂文的句式也就不难理解了。

上述两篇文章都被北宋的姚铉选入《唐文粹》的"古文"类，而《唐文粹》的"古文"类反映的主要是唐代古文运动中"杂著"文章的特点[1]，多数近似于现代意义上的小品文，这就说明李商隐的《断非圣人事》和《让非贤人事》在姚铉看来属于"杂著"文字。除了这两篇文章，李商隐的古文创作中还有值得注意的篇目，如《与陶进士书》和《别令狐拾遗书》揭露了当时黑暗社会的不公正现象，颇具骂世刺世的情怀，其中寄寓的是志不得展的文士面对丑恶时局的无奈和怨愤。这种情绪不仅出现于李商隐自己的生活中，而且影响于他对当时一些人物的描写中，如在《李贺小传》中，李商隐通过对李贺呕心沥血创作诗歌等坎坷生活场面的刻画，抒发的是怀抱才智的文士难以施展抱负的切肤之痛。其他如《齐鲁二生》《宜都内人》等文章，篇制短小精悍，利用丰富而颇具戏剧性的生活细节来深刻地刻画人物个性，可以见出李商隐对笔记小说艺术技巧的吸收，而此类近似人物小品的文章，也体现出他有意识地继承从元结到韩、柳古文创作中小品杂文的传统。

刘蜕的古文在晚唐前期独树一帜，尤其是面对骈文复盛的局面时更显难能可贵，对此，《四库全书总目》曾有中肯的评价。在思想特点方面，刘蜕既有继承韩愈之处，也有注重自我生活感受的发

---

[1] 关于姚铉《唐文粹》中"古文"类文章的特点归纳和研究，可参见兵界勇先生《论〈唐文粹〉"古文"类的文体性质及其代表意义》，《中国文学研究》2000年第14期（台湾大学中国文学研究所主办）。

挥。而就创作特色来看,刘蜕也有对韩愈古文怪奇特点的延续,如在《梓州兜率寺文冢铭》对"文"的生硬使用就表现出过分追求文字表达的心态,"蜕愚而不锐于用,百工之技,天不工蜕也,而独文蜕焉",此句中的"文"包含了"给与文才"的意思,这就将"文"这个名词动词化了,这就是韩愈《原道》"人其人,火其书,庐其居"的用法,可以明显看出是刘蜕的有意效仿。他的《古渔父四篇》中的表述过于简略,让人很难理解其中的深意,这种不利于文意通畅表达的创作趋向成为刘蜕古文中的缺陷,《四库全书总目》指出:"他文皆原本扬雄,亦多奇奥。险于孙樵,而易于樊宗师。"将其置于韩门弟子中注重怪奇艺术的序列中,也主要由于刘蜕古文中的确具有文理窒碍的弊病。

　　虽有创作中的这些缺陷,然刘蜕的古文亦有值得肯定之处,即借助篇制短小的杂文寄寓穷愁失志的感受以及对黑暗现实的不满,其中以《山书》十八篇最具代表性。在这些短小精悍的文章中,刘蜕以"道"作为理想的标志,对那些世间的不平和混乱进行了深刻的鞭挞,并在揭露黑暗现实中提出自己的某些主张,如"道"与"利"可以维系社会的安定,但"利"的作用只是暂时的,而且对"利"的争夺最后必然会导致彼此的杀伐,即"利尽所畔者必灭其后"。"道"的作用则不然,只要真心受到"道"的感化,人心就会向善,秉承"始受其应者,终亦将以应人"的信念,最终也能达成彼此的体谅。对比之下,刘蜕更为看重作为理想之"道"的意义。为了讽刺那些过分追求名利之徒,刘蜕是以辨析"爵"背后所代表的价值来揭露他们的丑态,"圣人"劝善以爵,其目的是"使利爵者乐修",即"爵"代表的名利是要督促人更加努力地修炼自己的道德,并非只是看重名利的有无。而"杀人者"是"召盗以爵",这里的名利则与"圣人"劝善的"爵"在价值意义上完全相反,那些打着"劝善以爵"旗号的人却行"召盗以爵"的事,这时"爵"的作用只能是让世风颓败、盗贼横行。刘蜕就是通过这样的对比抓住了社会表象后的真实状态,其文章所具有的针砭时弊的作用才更显深刻。面对当时社会出现的贫富不均等现象,刘蜕则明确提出了"均民以贵贱"的认识,反映了当时身处社会下层的文士基于切身惨淡生活的真实呼声,也代表了底层人民的美好愿望。除了《山书》这种较为集中的短篇集外,刘蜕还有《悯祷词》《太古无为论》《嬴秦论》《疏亡》《禹书》等小品杂文,就现存的文章来看,刘蜕古文是以此类杂文为主,这些批判文章的品格也预示着晚唐古文的转向,即随着社会政治日趋没落之势的不可逆转,此时的古文也从积极寻求社会政治改革的论道之言而变为底层寒士文人痛斥黑暗现实的愤世之言。而在这一点上,元结由于经历了安史之乱的流离失所,面对社会现象的剧变,其饱含痛苦和激愤的杂文创作又能为刘蜕的古文提供艺术表现的经验。

以《山书》为代表的杂文是刘蜕古文主要的表现载体,利用对比的手法和善于深刻辨析社会现象是这些文章的主要特色,而且在短小的篇幅中采用这些艺术手法,也能收到突出主题、发人深省的艺术效果。至于有意识地将这些文章加以整理集录,则说明了刘蜕应是受到元结古文的影响。其中对称和对比句式的相似也能看出刘蜕学习元结杂文的影子,如《较农》:"功以救于民,赖其功者有违顺;德以化于民,敦其民者有疾徐。夫以三月除谷地,五月谷入土,虽当世不拔其苗,后世不毁其谷,其饮食之道,顺于情也。故生不疵疠其道,死则俎豆其功。圣人救坏以礼,垂世以法。当世伐其树,后世毁其法,所以礼违其情,法违其欲者也。是以生为旅人疵疠于天下,肉腐于俎,酒干于器,然后为圣人。是愚民赖圣人之功,忘圣人之道。呜呼!礼亡而争器矣,虽有粟,弱者安得而食之?法坏夺其三时矣,虽有山泽,农者安得而种也?"[①]除了文意的过渡

---

① 《全唐文》卷七八九,第 8263—8264 页。

外,几乎全为对称句式,与元结的杂文句式类似。关于刘蜕古文的艺术渊源,《四库全书总目》认为刘蜕的古文本于扬雄,如果从文字的艰深看,这一观点是有道理的。若要就杂文的文体特色而言,刘蜕《山书》等文章的近源应该是元结。北宋初期的姚铉在所编选的《唐文粹》中曾将唐代的文章分为十余类,其中单列出的"古文"八卷中,刘蜕的《古渔父》三篇等小品杂文就与元结的《时议》三篇等文章置于一卷。姚铉遵循的是依类相从的编选原则,他将刘蜕和元结相近的文章放在一起,正说明了姚铉已在北宋时认识到刘、元小品文特点的相似性①。《四库全书总目》中也曾指出刘蜕的古文"大旨与元结相出入"。刘蜕受元结文章的影响也可以从元结在晚唐时期的接受得到说明,李商隐在文章中大力表彰元结杂文的成就自不待言,比刘蜕稍后已进入晚唐后期的皮日休也在省卷之书序中明确表示曾受到元结《文薮》的启发,而且皮日休小品文的艺术特点也和元结接近,这也可以看出向元结古文汲取创作艺术经验是当时变革古文和促使小品文兴起的一个重要途径。

把这一现象置于中晚唐古文发展的线索中来看,则更能说明刘蜕在古文文体艺术上的创变之功。韩愈、柳宗元作为中唐古文运动的代表,他们在当时影响广泛并得到普遍认同的是如《原道》《原人》《封建论》等大块文章,甚至裴度等人提出了"以文立制"的看法而反对"以文为戏"之言,张籍也曾批评韩愈《毛颖传》等文字为"驳杂无实之说"。但韩、柳的小品文影响也不可忽视,韩愈的《杂说》《获麟解》《讳辨》《毛颖传》等都成为文学史上的名篇,柳宗元对此深表赞赏,而他们的这种创作可以上溯到作为古文先驱的元结,其古文名篇中留有为数不少的杂文,这些文章从渊源上来看都启发了韩愈、柳宗元小品文的写作,从元结到韩愈、柳宗元,小品

---

① 参见姚铉《唐文粹》卷四四,上海古籍出版社1994年版。

文的创作线索非常明显。这一点在北宋初年姚铉的《唐文粹》中最为明确，他在《唐文粹》"古文"类中重点选录了中唐至晚唐五代重要作家的杂著文章，其中时代早于韩、柳的作家有李华和元结，其中元结有十二篇，李华只有两篇。由此可见，在姚铉的认识中，元结是韩、柳之前杂著小品文章最具代表性的作家①。这些短小精悍的文章笔锋犀利，见解深刻，主题鲜明，上述特点是一以贯之的。因此，刘蜕通过小品文这一文体，集深刻的社会批判、浓重的个人悲慨和强烈的艺术表现于一体，其实是对中唐小品文创作传统的继承和发展。

综上所述，晚唐前期的古文虽在总体上呈现衰落之势，但当时仍有一些士人以特立的姿态坚持创作古文，并在思想内涵和文体表现两个方面推动古文的发展，两者彼此互动，思想意识的创新带动了文学表现的转变，而古文艺术的推陈出新则鲜明展现了注重创作个性的特色，李商隐和刘蜕就是其中的代表。李商隐从"道"的方面强调个人思想的独立思考，并以此带动古文内容思想的创作，刘蜕则重视直面现实的社会意义，要求作者能够在文章中凸显自己的认识，反对"垂之空文"，可见他们二人都肯定了古文创作中要时刻保持创作主体的思想个性，这无疑是对韩愈古文中"能自树立，不因循"观念的继承和发展。除了注重思想的创新，李商隐和刘蜕也能在文体艺术表现的方面有所突破，不仅在语言句式上取法元结文风的特点，更能从元结和韩、柳的"杂著"小品类文章中汲取创作经验，一些颇具艺术光彩的小品杂文应时而生。其中的议论小品可以见出作者的思想个性，而人物的精到刻画则彰显出艺

---

① 有关姚铉《唐文粹》中"古文"类编选的问题，可参见衣若芬先生的《试论〈唐文粹〉之编纂、体例及其"古文"类作品》(《中国文学研究》1992年第6期，台大中文所主办)和兵界勇先生的《论〈唐文粹〉"古文"类的文体性质及其代表意义》(《中国文学研究》2000年第14期)。

术表现的匠心独运,李、刘二人古文创作的才华也正是在这些小品文中得到鲜明体现。小品文创作风格的多样性有助于打破前代古文给人的庄重板滞之感,从一个侧面反映出中晚唐古文正在从"以文立制"式的鸿篇巨制向短小精悍的"小品杂著"转变的趋势,意味着模拟韩愈之风笼罩古文的局面日益被打破,古文创作艺术的趋向也在晚唐前期逐渐走向多元化,继续推进着唐代古文的革新发展。因此,选择"小品文"这一不拘格套、自由驰骋的文体,既展示了李商隐和刘蜕在古文创作方面独具魅力的艺术个性,同时他们的小品杂文也成为唐末小品文逐渐走向兴盛的重要标志,其先导意义功不可没,并由此折射出我国古典散文发展中注重文体创新的基本规律。

第五章　士风嬗变与晚唐五代古文创作

经历了中唐古文革新，"道"的内涵基本完成了从礼乐向道德的转变。基于这一转变，韩愈等人将道德落实于寒士文人的个体人格方面，倡导以道德高下为标准，建立以智役愚的社会秩序，打破六朝以来门第主导的政治局面。但由于唐末社会风气的影响和韩愈之后儒学思想的进一步发展，道德的价值取向日渐成为制约古文前进的重大问题。寒士文人面对科举中的种种弊端，如何保持独立崇高的人格理想？他们进入仕途后怎样处理与君王的复杂关系？以及在末世的危局中，究竟哪些创作群体才是推动晚唐五代古文发展的根本，而他们在道德人格方面又具有什么样的特征？这些经验对北宋古文的再次崛起提供了何种启示？上述问题就是本章试图探索的主要内容。

第一节　晚唐前期的士风探讨与古文创作

唐宋古文运动的核心理念是"文以载道"，这促使历代研究者对其中的文道关系问题给予极大的重视。然而，在由"道"及"文"的过程中，创作主体的作用不可忽视。当时创作古文的士人是从何种角度看待古文写作，"道"的介入使他们的身上又具有怎样的个性精神，这不仅影响到反映于"文"中的"道"的相关内容，而且还关系着古文运动的整体走向。因此，具体而微地考察士人精神与古文创作的关系，就成为唐宋古文研究的重点之一。生活于晚唐前期的一些士人因应时势的要求,对士风精神曾有过相对集中的探讨,这与当时的古文创作也有着千丝万缕的联系。本节拟在分析晚唐前期①讨论士风精神的基础上,考察当时出现这种士人精神的时代原因及其对古文创作的影响。

一、晚唐前期士风内涵的理论探讨

从礼乐到道德的转变标志着"道"的内涵得到全面更新,从儒学德行的角度肯定"道德"的价值,有利于打破了前代遗留下来的以门第干预士人入仕的思想观念,使得"道德"成为决定士人高下和选贤任能的重要标准,这也为韩愈在古文运动中积极倡导道德才学之士入仕的主张准备了思想条件。也就是说只有符合道德标准的士人才有入仕的资格,于是在处理求道与求名的矛盾中,如何有效地规范士人道德的价值取向,形成怎样的士风精神,才能促使

---

① 本文在吸收刘宁先生意见(参见傅璇琮、蒋寅主编《中国古代文学通论·隋唐五代卷》中的《晚唐五代诗歌概述》一节,该节由刘宁先生撰写)的基础之上,将"晚唐"的起始时间定于穆宗长庆元年。在长庆元年至唐末的时间内,前人在评论社会政治和文学发展时又明显以懿宗的咸通元年为界,分成前后两段。如清代毛凤枝在《剑南西川节度使李德裕题名》中指出:"余少读《通鉴》,每见赞皇之料事明决,号令整齐,其才不在诸葛下,而宣宗即位,自坏长城,赞皇功业不就,唐祚因以日微。懿、僖之际,藩镇拥兵于外,宦寺弄权于内,遂酿黄巢之祸,朱温出其中,因移唐祚。君子读书至此,未尝不太息痛恨于贞陵也。"以懿、僖为界,毛凤枝从政治盛衰的角度实际分出了晚唐前后两期,前期因有李德裕等名臣的辅佐,政治较为清明,甚至有中兴的希望,而在后期,藩镇割据和宦官专权使得政权朝不保夕,弊政已是积重难返。在文学评价方面,以宋人王禹偁和范仲淹为代表,在诗文评中数次提及咸通以后文学发展艳冶不堪、流荡不返的趋势,王禹偁在《五哀诗》中指出:"文自咸通后,流散不复雅。因仍历五代,秉笔多艳冶。"范仲淹在《尹师鲁集叙》中也说:"予观《尧典》、舜歌而下,文章之作醇醨迭变,代无穷乎!惟折末扬本,去郑复雅,左右圣人之道者难之。近则唐贞元、元和之间,韩退之主盟于文,而古道最盛。懿、僖以降,寖及五代,其体薄弱。"由此可见,在古人看来,懿宗咸通之时就是晚唐前后期分限的界点。本文中的"晚唐前期"也是基于这些意见,指的是穆宗长庆至宣宗大中时期。

那些具有道德才学的寒士文人能够在行道过程中保持高远的理想和务实致用的精神，便成为中晚唐文人探讨"道"的内涵的一个重要方面。

晚唐前期，生活于穆宗朝的韦端符创作了《君子无荣辱解》，大和年间的房千里则作有《知道》，这两篇文章都是小品文的形式，曾被北宋初年的姚铉选入《唐文粹》中。这两篇文章在当时的士风探讨中颇具代表性，韦端符是从一个内在道德的角度对君子的人格作出了新颖的解释，他在《君子无荣辱解》①中指出"君子"以道立身，"志意修，术业明，德行备饰，是荣之自内者也"，至于颁给道德之士作为奖赏的功名利禄，实不足道，即"由之而爵列尊，谷禄厚，无择而不宜，是荣之自外者也。君子有诸内而外者至焉。犹是艺之耨之锄之，水泽以时，而苗之猥大者也。而世谓之荣，是果不足为君子荣也"。而"小人"则是指道德不堪之人，"曲哆险诡，突诞嫉贼，是辱自内者也"，因其道德低下而得到的"刑杀流放"是"有诸内而外者至焉"。通过从内在和外在的两个层面分析"君子"和"小人"的荣辱内涵，韦端符实际是把"荣"和"辱"都定位于内在的道德品行方面，这就明显区别于通常的以利禄为标准的荣辱观念。当然，从逻辑概念的推论来看，韦端符在这篇文章中并未将概念的定义贯穿始终，如题目"君子无荣辱"中的"荣辱"还是从外在的角度来说的，是讲"君子"不会因利禄的转移而改变自己的道德信念，但文中的重点是强调"君子"道德品行高尚是内在之"荣"，这个"荣"专属于"君子"，从这个意义上说，韦端符笔下的"君子"是有"荣"的。

荣辱有内外之分，道德高尚之"荣"属于自内而发，只有"君子"才具备，而"小人"的道德卑劣正好与之相对，属于内在之"辱"，至

---

① 《全唐文》卷七三三，第 7561 页。

于传统观念中的功名利禄之荣则"君子"、"小人"都可能有,但由于道德的高下决定了"君子"和"小人"获得的功名存在本质的不同。"君子"依靠的是自己的品行赞誉,而"小人"则仰仗的是权势。因此,韦端符心中的"君子无荣辱"是针对外在功名而言的,因为"君子"追求的是对道德理想的信仰,"小人有辱而无荣"则恰与之相反,凭借势位获得的"荣"不能与"君子"的道德之"荣"相比,"小人"身上有的只能是道德之"辱"。由此看来,韦端符从根本上颠覆了荣辱观念的判定标准,确立了以内在道德人格为士人贤愚的依据,其中对道德人格的强调与同一时期的裴度和韦处厚的思想是一致的。

相对于韦端符重在解释"君子"的人格,房千里在《知道》①一文中则是对"道"的内涵有着深刻的理解。他指出"世之所以达"的标准在于爵禄富贵,而"圣人所以为荣"的关键在于"导人于仁谊",因此虽然"恒人"与"圣人"都有富贵爵禄的追求,但有本质的差别,即"恒人"只是为个人的一己之利,而圣人则是为"行道及于人",用房千里的话就是"恒人之为己者,期于厚禄贵位,位以私尊,禄以私富,益尊而愈骄,益富而愈汰,以淫快一日之欲,才放肆于气未绝之间者也。圣人有其时,有其位,行其道以及于人;无其时,无其位,奉其道以自饰。故圣人进不为荣,退不为戚,而常得其道。恒人幸其时,窃其位,恣其所为,竭人以自足。无其时,失其位,任其愚以自困。故恒人进以为己荣,退以为己辱,而常失其道"。相比于"恒人"的个人荣辱,"圣人"关心的是以道立身、以道行世,因此"圣人"进退不取决于自己的得失荣辱,而是能否行"道"。"圣人"身处穷途时的叹息是对"道之不行"的无奈,并非对个人失去禄仕的追悔。"孔子叹行己之道足以致是,而时王不用己之道,道无所施,非叹其

---

① 《全唐文》卷七六〇,第 7902—7903 页。

身食不方丈，衣不文绣也。恒人之所悲不达者，率曰：'吾妻不能罗襦，吾儿不能肉食耳。'岂常少及于外物哉！圣人以德泽流于人，虽九命崇锡，不以为厚，以其所赏果当外其身而公于天下，非己幸也。恒人无毫毛以裨于人，苟幸得禄仕，即逸豫以自怡，以窃取偷得为大黠，其所得幸也。"内在之"道"的有无决定着士人人格的高下，对此，房千里强调了君子始终重视内在道德因素："有道之人，虽鹿裘带索而人不鄙之者，取其内而忘其外也。"尤其是处于穷途之时的道德坚守："后之君子，穷于时者，当思负其内以自笃，无以其外而诒人，达于时者，当思勉其内以自饰，无以其外而骄人。苟如是，庶几乎知道矣。"他的这种认识明显与韦端符《君子无荣辱解》中的思想是一致的，君子不以外在得失为意，而以内在守道为心。

这种形而上的理论探讨并非脱离历史实际，而是在当时的时代背景中有着诸多折射，其中最值得关注的是很多士人在晚唐前期曾强调士人人格的重要意义，以李绅、韦处厚较为突出。韦处厚作为从中唐到晚唐的重要士人，他曾在元和元年的《对才识兼茂明于体用策》中指出："图天下之安者，必称之于劳；虑天下之大者，必慎之于微。任贤诚固，思虑诚深，百姓虽未富庶，四夷虽未宾服，天下明知其治也；任贤不固，思虑不深，百姓虽富庶，四夷虽宾服，天下明知其乱也。今陛下鉴前代已往之失，求当今未然之理，使虚文不设于下，至言必闻乎上。"[①]韦处厚在此强调了居安思危的重要性，主张帝王应时刻思虑为政之失，这实际不同于以往提倡歌功颂德为主的虚美，而更多地体现出中唐古文运动中对"道"的革新的思想。在此基础上，韦处厚极为重视近君子而远小人的作用，而要实现这一主张，韦处厚认为必须加强法令赏罚的力度以劝善惩恶，尤其是那些"偷容朝夕，养声钓禄"之徒不能担任地方官吏，可见重

[①] 《全唐文》卷七一五，第 7348 页。

视士人的人格操守是韦处厚政治思想中的核心,而且明确指出君子和小人的差别就在是否以利禄之途为心。在君主与臣下的关系问题上,韦处厚认为:"臣闻契者君之所司也,综其会归,则庶务随而振之;职者臣之所司也,践其轨迹,则百役通其流矣。委之于下者,委之职业也,非委其权;专之于上者,专其操持也,非专其事。赏罚好恶之出,生杀恩威之柄,此非权与操持乎?委之于下,则上道不行矣。提衡举尺,守器执量,此非事与职业乎?专之于上,则下功不成矣。不委其操持,安所用其私乎?不专其职业,孰虑无效乎?君收其大柄,臣职其所守。然大柄不得亢于上,臣得佐而成之;所守不可属于下,君得举而明之。"①这明显是以君为上、臣处其下的观念,官员只需完成职务对应的任务。由于担任各级官吏的都是士人,从这一点来看,韦处厚实际还未对士人的主体地位有足够的认识,这一问题在晚唐五代时期的士人那里逐步得到纠正。

　　从大的方面来看,韦处厚强调士人人格的意义无疑是切中时弊的,虽然此文作于元和元年,但穆宗长庆之后,朝野的朋党习气渐重,士人的节操和人格成为时论关注的焦点,颇具政治责任感的韦处厚身处其中,对国事风气的转移极为敏感,也在文章中屡次表达自己对士人人格的意见,而且在自己的政治行为中也有所体现。先看有关韦处厚对士人人格的意见,他在《上宰相荐皇甫湜书》②中曾列出了皇甫湜在学业、文辞和道德等各个方面的优势,而最让韦处厚倾心的是皇甫湜的道德人格,即"苟坚其持操,不恐于嚚嚚之讪;修其践立,不诱于藉藉之誉"。只有具备了这样不畏流俗、以道立身的人格操守,在韦处厚看来,才能如孟子、扬雄那样,"用心合论,操毫注简",作出的文章"无不蹈正超常,曲畅精

---

① 《全唐文》卷七一五,第7350页。
② 同上,第7351页。

旨"。在当时的朋党之争中,韦处厚也能做到客观公正地直抒己见,李逢吉与李宗闵等人结成党羽,无故打击朝中不同于己的士人,其中李绅的贬谪就是如此。为了始终压制李绅,李逢吉等人又把他排除出量移的行列,韦处厚为此上《论左降官准旧例量移疏》,在文疏的最后说出自己的看法:"臣与逢吉素无仇嫌,与李绅且非亲党,所论者全大体,所陈者在至公。"明确指出疏中所言均出于公心,未曾沾染党争流习。《旧唐书·李绅传》载:"绅之贬也,正人腹诽,无敢有言。唯翰林学士韦处厚上疏,极言逢吉奸邪,诬撼绅罪。"①在当时无人敢言的情形下,韦处厚敢于直刺李逢吉等人的奸邪之状,足见韦之忠直骨鲠、不畏权势的人格精神。面对像这样的事情,韦处厚曾不止一次地痛斥奸臣,如《论裴度不宜摈弃疏》和《请明察李逢吉朋党疏》两文,前文是针对裴度贬官而作,韦处厚希望能够重用裴度这样对国家社稷卓有贡献的士人,而后文则是猛烈抨击了李逢吉党人不顾大体、屡进谗言的行为,并指出"远君子而近小人"所可能造成的恶果,以此警醒皇帝。另外,《旧唐书·韦辞传》载:"文宗即位,韦处厚执政,且以澄汰浮华、登用艺实为事,乃以辞与李翱同拜中书舍人。辞素无清藻,文笔不过中才,然处事端实,游官无党。与李翱特相善,俱擅文学高名。"②《新唐书·熊望传》载:"熊望者,字原师,擢进士第。性险躁,以辩说游公卿间。刘栖楚为京兆尹,树权势,望日出入门下,为刺取事机,阴佐计画。敬宗喜为歌诗,议置东头学士,以备燕狎。栖楚荐望,未及用,帝崩。文宗立,韦处厚秉政,诏望因缘险薄,营密职,图亵幸,谨沸众议,贬漳州司户参军。"③可见,韦处厚执政后着力提携道德中正之士,而对那些人格卑劣、品行低下的士人是不屑与之为伍的。

---

① 《旧唐书》卷一七三,第4499页。
② 《旧唐书》卷一六〇,第4215页。
③ 《新唐书》卷一七五,第5251页。

通过韦处厚的文章和行动，可以明显地看出他是一位文如其人的士人，对君子忠臣怀抱充分的同情和理解，甚至敢于为他们仗义执言；而对小人奸佞则是不为权势所左右，痛陈其祸国乱政的种种恶行，对那些人格高尚的士人予以奖拔，对那些道德浅薄的士人予以贬黜，这都透露出韦处厚身上所具有的人格光彩和道德境界，而他的那些文章也正是这一人格的真实体现。

至于由中唐入晚唐的李绛，他主要是从任贤举能的角度强调士人的人格对于国家政治的重要意义，因此，希望帝王能够选贤任能，贬黜那些祸国乱政的奸佞小人成为李绛文章的主题，这主要见于他的《论谏臣》《对宪宗论朋党》《论任贤疏》《论任贤第二疏》等。在李绛的心目中，真正的贤臣是能够直陈君过的谏臣，而作为谏臣的最重要的素质在于尽节竭忠的道德品格。在强调谏臣为贤的认识外，李绛还提出了任贤不疑的主张，君主发现贤臣殊为不易，要使他们能在政治发挥最大的作用，则需要对贤臣"任之不疑"，而且任用贤臣就是退黜奸臣，因此只有坚定地信任贤臣才能确保政治的清明。这一点对此后的李德裕有深刻的影响，在其《穷愁志》的《管仲害霸论》中称赞蜀国和前秦能够成功的历史经验就是贤臣的"专任之效"。

二、晚唐前期士风革新的途径

进入晚唐前期后，韦处厚、李绛和韦端符等人都曾积极参与政事，他们重视士人道德人格的思想，因此也对当时的时代风气有着重要的影响，这主要由于他们与以李德裕为代表的一批士人在当时的政治生活中有着较为密切的交谊，这使得韦处厚等人的思想得以继续影响晚唐前期士人的观念，其中李德裕最为显著。唐敬宗宝历元年（825），李德裕上《丹扆箴六首》，此举既是进谏敬宗，又是表达对李逢吉当政的不满。从箴文的内容看，主要集中于要求帝王能够居安思危、勤俭治国、从善如流、信任忠臣和鼓励进谏等。李德裕的这些认识与韦处厚的思想非常接近，因此，韦处厚在《答李德裕丹扆箴诏》中代敬宗予以了大力表彰："激爱君之诚，喻诗人之旨，在远而不忘忠告，讽上而常深虑微。博我以端躬，约予以循礼，三复规谏，累夕称嗟。置之座隅，用比韦弦之益；铭诸心腑，何啻药石之功。"①这篇敢言直谏、切中时弊的箴文既显示了李德裕从道德角度对帝王的规劝，更从一个侧面体现了韦处厚实际认同李德裕文中倡导的士人应有的道德责任感。

李德裕对士风的革新主要表现在改进科举制度中的种种弊端，而这些又恰是针对以李宗闵、牛僧孺等人的弊政而发。朋党之争是影响晚唐前期政局的重大事件，但若仔细考察牵涉其中的士人的所作所为，李德裕等人显然是出于道德公心，而李宗闵和牛僧孺等人明显是注重个人私利。就以当时的科举为例，《新唐书·杨虞卿传》载："李宗闵、牛僧孺辅政，引为右司郎中，弘文馆学士。再迁给事中。虞卿佞柔，善谐丽权幸，倚为奸利。岁举选者，皆走门下，署第注员，无不得所欲，升沈在牙颊间。当时有苏景胤、张元夫，而虞卿兄弟汝士、汉公为人所奔向，故语曰：'欲趋举场，问苏、张；苏、张犹可，三杨杀我。'宗闵待之尤厚，就党中为最能唱和者，以口语轩轾事机，故时号'党魁'。"②杨虞卿等人身为牛党的重要成员，利用科举选士之机，置国家大计于不顾，随意选拔，从中谋利，致使品行不端的士子竞相奔走于权奸之门，而真正有才华的士人无奈落第。相对于这种私欲膨胀之举，李德裕在大和七年和会昌三年曾两次上疏要求改革科举，李德裕前次上疏主要针对考试诗赋会导致浮华之风，因此提议停试诗赋而改考经术论义，希望借

---

① 《全唐文》卷七一五，第7342页。
② 《新唐书》卷一七五，第5248—5249页。

此在应试士子中形成务实致用的风气。李德裕在会昌三年的上疏中奏请革除进士中第后参谒座主的科举陋习,关于此次上疏,《唐摭言》卷三"慈恩寺题名游赏赋咏杂纪"条有较为详细的记载,其中最值得注意的是李德裕革除科试陋习的理由:"伏以国家设文学之科,求贞正之士,所宜行敦风俗,义本君亲,然后申于朝廷,必为国器。岂可怀赏拔之私惠,忘教化之根源!自谓门生,遂成胶固。所以时风浸薄,臣节何施,树党背公,靡不由此。"①科举本为国家选士大典,所取之人应为道德贞正、为国效力的忠诚之士,而进士中第后参谒座主会促使他们彼此看重私谊,进而导致被选取的士人依靠座主的关系结成朋党。由此可见,李德裕是把朋党之风的流行归因于科举中进士参谒座主的习气,士风的败坏由此滋生。若将杨虞卿等人在科举中的作为联系起来,我们可以明确地看出李德裕是想以改革科举弊政来阻止朋党风气的蔓延,而其中最关键的就是要使士子真正树立公心为国、道德忠正的人格。

除此以外,李德裕还在文章中表达了对当时朋党风气影响下的士风败坏的不满,这主要见于他在贬谪崖州后所作的《穷愁志》的一些论体文中。据《穷愁志序》载,李德裕暮年贬谪崖州,结合仕宦经历对自己的人生进行了反思,"偶思当世之所疑惑,前贤之所未及,各为一论",其中既有对历史事件的新评,但更多的是出于自己的人生感受而作的疾世之言。围绕士人道德名节的问题,李德裕在《穷愁志》中就有《臣节论》《小人论》《任臣论》等文章。在《臣节论》中,李德裕依据道德名节的有无而把士人分成两类,"士之有志气而思富贵者,必能建功业;有志气而轻爵禄者,必能立名节",虽然他们都有成就功业的志向,但只有具备道德名节的士人才可以在治世和乱世中都能担当重任,这一评价明显是指向当时只顾

---

① 王定保,《唐摭言》,中华书局上海编辑所1959年版,第29页。

党争私利而忘却国家大计的士人。与此相关的是《任臣论》,既然道德君子如此重要,李德裕当然希望国君能够多任用此类贤士,并将之提升到国家兴亡的高度:"欲知国之隆替,时之盛衰,察其任臣而已。……故知远君子,近小人,污泽所以兴刺也。"面对党争之中士人无常的行径,李德裕也深表忧虑,《小人论》中所批判的"便辟巧佞,翻覆难信"的"小人常态"就是晚唐前期士风败坏的典型面影,那些士人为保个人的私利而不惜以怨报德,甚至背本忘义,连基本的礼义廉耻都不顾了。因此,这些作于大中年间的文章都深刻地揭示出李德裕对当时士人无行的愤激和无奈,而对理想道德人格的期望则表明了他的思想是与韦处厚等人一脉相承的。

李德裕是从思想观念和改革科举两个方面去呼吁士风精神的革新,这对时代风气的转移无疑起到了积极的作用,尤其是他对科举不良风气的去除激发了晚唐前期士人尤其是寒士文人参与政治的热情,使得那些具有真才实学的士人对国家政治的前途充满了希望。因此,寒士文人对李德裕的政治功绩给予了充分的肯定,如《唐故中散大夫秘书监致仕上柱国赐紫金鱼袋赠左散骑常侍东平吕府君墓志铭》:"时故相国李公德裕以公孤介,欲授文柄者数矣。寒苦道艺之士,引领而望。"《唐摭言》卷七"好放孤寒"条:"八百孤寒齐下泪,一时南望李崖州。"[①]

作为党争中处于李德裕对立面的李宗闵,虽然在政治上无甚建树,在重大问题上也与李德裕针锋相对,但其关于士人精神的思想仍有特别之处。如他在《随论》中指出:"圣人以枉道为耻,以屈道为辱,不以屈身为辱。唯守其道,故虽辱其身而进焉,非其道,故洁其身而退焉。进退岂有他,唯道所在而已矣。天生圣人者,孰为然哉?为行天下之大道也。立天下之大教也,利天下之人民也。

---

① 王定保,《唐摭言》,第 74 页。

故天下有不由其道者,圣人忧也;天下有不知其教者,圣人忧也;天下之人民有不宁者,圣人忧也。圣人之职也如此,圣人之忧也如此。得其时,遭其会,上有明天子,下有明诸侯,遑遑然求合。岂不曰今辱吾身,则天下蒙其安,百姓得其利,不辱吾身,则天下不蒙其安,百姓不得其利,吾宁以一身之故,而危天下病百姓哉?此伊尹之所以乐为割烹,而不顾其耻也。若不得其时,不遭其会,上无明天子,下无明诸侯,则必汲汲而求退。岂不曰今辱吾身,泽得施乎民,道得行乎世,吾往也;今不辱吾身,泽不得施乎民,道不得行乎世,吾止也。虽然,吾岂图是安哉,亦将激偷幸之风,全百姓之教,以为乎后之人耳。此颜回所以乐穷巷而不动其心者也。"[①]李宗闵在此是对《孟子》的思想有感而发,阐述了自己对圣人之道的理解。从上述文字来看,"行天下之道"和"利天下之民"是圣人立身行道的关键,这也是"道"的中心内涵。同时,士人的进退出处必须依据"道"之所在,而不是以个人的荣辱为怀。值得注意的是,李宗闵以颜回为例说明了士人退居穷巷将如何行道,那就是依然关心百姓的"兼济天下",并非为个人的"独善其身",这是继承了中唐古文运动中无论穷达都要行道的思想,尤其明确指出了士人在身居穷途之时也能忧怀时代,相对于注重仕途失意时个人独善的思想,李宗闵的这一观念无疑是对"道"的内涵的重大发展。而对"道"的始终坚守则更表现了李宗闵要求士人能真正树立高远理想和道德人格的认识,不要因个人私利而"枉道"、"屈道"。

三、晚唐前期士风探讨的现实原因

通过对上述材料的分析,可以明显看出晚唐前期士风探讨的焦点就在重视士人人格的中正刚毅,这种人格高下的表现就是"君

[①] 《全唐文》卷七一四,第 7332—7333 页。

子"与"小人"的对比。欲说明在此时出现这样相对集中的探讨的原因,还应从当时复杂的政治背景以及时代思潮的演变线索中去寻找,尤其是李德裕和李宗闵作为当时牛李党争的代表人物,以及晚唐时期的复杂政治情势,为何会同时对士风问题如此关注?这背后的动因为何,值得深究。

从李德裕、韦处厚等人的文章看,晚唐前期关于提倡君子人格的观念,涉及两个方面的问题,一是科举取士,一是国家的选贤任能。虽然科举取士的根本也是为国家选拔真正的人才,但毕竟两个问题有其制度上的特殊性,而且当时人写作文章都是有着较为明确的针对性。士风问题应对的是科举中选拔人才有"浮薄"的不良倾向;至于国家的选贤任能,探讨士风则与朋党之争中复杂的政治形势有关。

先看关于科举制度的问题,这与中唐古文革新的影响密切相关。作为中唐古文革新带来的社会意义,鼓励道德才学之士积极入世,反映了当时众多寒士文人的迫切呼声。韩愈正是顺应了这一趋势,才能使得当时的古文运动有着深刻的社会影响,正如刘禹锡在《与刑部韩侍郎书》中所言:"退之从丞相平戎还,以功为第一官,然犹议者嗛然如未迁陟。此非特用文章学问有以当众心也,乃在恢廓器度,以推贤尽材为孜孜,故人心乐其道行,行必及物故耳。"[①]因此,中唐古文革新实际打破了魏晋南北朝以来以门第取士的传统观念,强调以道德才学作为评价士人贤愚的根本标准,这一转变在当时对于扩大统治阶层的基础和在底层士人中推广古文具有举足轻重的意义。道德才学取代门第成为选拔寒士的重要标准后,激发了他们积极入世的热情,但同时也带来了一些士风方面的问题,即寒士文人入仕的姿态和人格选择。这一点可以追溯到

---

① 《刘禹锡集》,上海人民出版社 1975 年版,第 100 页。

韩愈的创作中,他在《与凤翔邢尚书书》曾指出:"布衣之士身居穷约,不借势于王公大人则无以成其志;王公大人功业显著,不借誉于布衣之士则无以广其名:是故布衣之士虽甚贱而不诎,王公大人虽甚贵而不骄,其事势相须,其先后相资也。"①这里的"相资"与"相须"道出了寒士与王公在政治生活中的彼此关系,出身布衣的寒士文人欲行道于政治,需要凭借王公的赏识和奖拔,而王公如果想获得功业的普遍声誉,则又不得不倚重寒士的力量,这构成了草野之士进入仕途的重要根据,也是出于现实生活的不得已。韩愈对寒士与王公在这种"相资相须"的关系中所处的姿态有着清醒的认识,那就是"布衣之士虽甚贱而不诎,王公大人虽甚贵而不骄",寒士依然保留其高昂奋发的独立精神,王公则要力避其由身处高位而带来的骄傲轻蔑。做到这两点,才能保证寒士与王公的人格平等。这一观念实际透露出处于士庶转折的关键时期,韩愈虽然大力呼吁寒士以道求禄、努力寻求进身之阶的迫切要求,但仍然以人格平等为其根本前提。

　　道德才学成为寒士文人进入仕途的重要依凭后,仍然需要有王公大族的奖掖提携才能顺利进身,这也是门第传统和当朝权显的政治影响力所致。虽然韩愈从理论上指出了人格平等的重要意义,但残酷的现实仍给"相资相须"中的寒士文人造成极大的生存压力。由于中唐古文革新的推动,科举成为选拔人才的重要手段,那些跻身仕途的寒士多是寄希望于科举的成功,从古文先驱到韩愈等人也都曾不遗余力地呼吁改革科举制度以选拔更多有真才实学的士人。到了晚唐,科举取士逐渐成为士人们步入仕途不得不走的一条道路,甚至连很多高门子弟也需要通过科举考试才能入仕。这种情形实际反映出科举在晚唐政治中对士子的控制力越来

---

① 韩愈著,马其昶校注,《韩昌黎文集校注》,第201—202页。

越普遍，巨大的压力使他们在人格方面逐渐出现问题。加之相比于每年庞大的举子数量，当时科举取士的名额很少，由此而来的社会问题就是子弟与寒士之间势必在科举考试中形成非常残酷的竞争关系，当时的"子弟、寒士"之争的话题是科举改革中的重要方面。经过中唐古文革新的激荡和韩愈等人的呼吁，寒士通过入仕的机会大为增加。但在子弟眼中，寒士们为科举一第而奔波请托，到处投文干谒，因而有"浮薄"之嫌。针对这一问题，杜牧在《上宣州高大夫书》中曾明确指出："科第之设，圣祖神宗所以选贤才也，岂计子弟与寒士也。古之急于士者，取盗取仇，取于夷狄，岂计其所由来？况国家设取士之科，而使子弟不得由之？若以科第之徒，浮华轻薄，不可任以为治，则国朝自房梁公已降，有大功，立大节，率多科第人也。若以子弟生于膏粱，不知理道，不可与美名，不令得美仕，则自尧已降，圣人贤人，率多子弟。凡此数者，进退取舍，无所依据，某所以愤懑而不晓也。"①透过杜牧的观点，可以明显看出他希望一种超越子弟、寒士之争的观念去理解保证科举的公正性，那就是能够通过科举选拔真正对国家有用的人才，既不能将子弟与科举完全对立，也不能把寒士完全斥为"浮薄"。

当然，迫于生存的压力和现实政治的黑暗，在权门之间奔竞请托成为晚唐五代时期寒士文人面对科举压力时无奈的真实写照，他们为求科举一第，难免委曲求全，干谒豪门，形成一种委琐狭隘的精神面貌。对于寒士文人和高门子弟而言，寒士固然需要干谒请托以增加科举成功的砝码，高门子弟在此时有时也不能免俗。刘宁先生将这一现象产生的原因归结为"制度地位日趋提高与制度本身的极不完善形成尖锐矛盾"②，可谓中肯之见。这一风气既

---

① 吴在庆，《杜牧集编年校注》，第848页。
② 刘宁，《论唐末科场黑暗的根源》，《中国典籍与文化》1998年第4期。

已逐渐形成,当时的有识之士还是根据自己的理解提出改革的意见,如沈亚之在《对贤良方正直言极谏策》中所说:"今礼部之得进士,最为清选。而以绮言声律之赋诗而择之,及乎为仕也,则责之,不通天下之大经,无王公之重器。今取之至微,而望之甚大,其犹击陋缶而望曲齐于《韶濩》也。今仕进之风益坏矣,必以阴诈为朴,阳明为狂,顾以武为污矣,而况兼学乎? 陛下何不令礼部之臣,督其所业,考其所能,则人可化矣。夫惟博大之士,为能兼学士耳。夫持纲举维,非博大之士不能也。夫求博大之士,非竭诚不能也。"①他指出了科举中以诗赋辞采取士的弊端,而且一些士人为了标新立异,不惜"以阴诈为朴,阳明为狂"。但对于如何改革"仕进之风益坏"的局面,沈亚之语焉不详,只是希望帝王可以竭诚选拔博大之士。相对于沈亚之的观点,李德裕在《停进士宴会题名疏》中指出:"伏以国家设文学之科,求贞正之士,所宜行敦风俗,义本君亲,然后升于朝廷,必为国器。岂可怀赏拔之私惠,忘教化之根源,自谓门生,遂成胶固? 所以时风浸薄,臣节何施,树党背公,靡不由此。"②他不仅指明了科举取士的目的是"求贞正之士",明确了士人德行优先的重要性,而且将科举中追求私利的趋向与朝政中的朋党之争联系起来,这无疑具有深刻的见识。与此形成配合的是,李德裕在《荐处士李源表》中的观念:"自天宝之后,俗尚浮华,士罕仗义,人怀苟免,至有弃城郭、委符节者,其身不以为耻,当代不以为非。臣恐风俗既成,纪纲皆废,此当今之急务,教化所宜先也。……(李源)忘形患苦,绝意贪缘,迎斥浮虚,就专志节,则孰能挺操不易,沉身无声,处薄自颐,终老弥笃。"③他将"俗尚浮华"追溯至天宝年间,从那时开始,士人的道德节操就日益沉沦了。而

---

① 《全唐文》卷七三四,第 7578—7579 页。
② 同上,卷七〇一,第 7196—7197 页。
③ 同上,卷七〇〇,第 7195 页。

推荐的李源正是一位"迎斥浮虚,专就志节"的道德坚毅之士。由此可见,"浮薄"之风的不良影响是激起晚唐前期士风探讨的一个重要原因,李德裕在当时所作的科举改革也是为了消除士人的"浮薄"之气。

至于朋党之争与当时士风探讨的关系,则因牵涉复杂的政治背景而显得头绪纷繁。当时以李宗闵、牛僧孺为代表与李德裕之间的牛李党争是左右政治走向和官员升降的重要因素。关于两派之间的分野问题,文史学界曾有充分的讨论。这两派士人在一些重大的社会政治问题上分歧明显,甚至有时是针锋相对,这导致他们之间势同水火,互不相让,一派上台,必然会不遗余力地打击排挤另一派党人。既然两派的界限如此分明,那为何他们有着颇为近似的观念?如提倡士人的"君子"人格和以"道"为理想依归的观念,尤其在李德裕和李宗闵的认识中。造成这一现象的原因可以从李德裕的一段话中得到解答,《新唐书·李德裕传》载:"(德裕)尝建言:'朝廷惟邪正二途,正必去邪,邪必害正。然其辞皆若可听,愿审所取舍。不然,二者并进,虽圣贤经营,无由成功。'"①这其实揭示了当时党争中的双方在理论认识上都讲得冠冕堂皇,即"其辞皆若可听",毕竟运用一些美妙的说辞去贬低对手是当时政治中的典型现象,"君子"、"小人"的价值高下正好为时人所用,以"君子"自居而以"小人"斥责对立面,但正邪双方的目的却是截然不同的,正直的士人是真正推崇"君子"人格,而那些品德低劣之人则只是为个人一己之私,因此这才需要当政者能"审所取舍",对其中的真假优劣有所辨察,看清真正的政治目的。李德裕说这番话时是大和七年(833),他已经入朝为相,在文宗的支持下开始自己的政治改革,其中的重要内容就是破除朝野中盘根错节的朋党势力,而

---

① 《新唐书》卷一八〇,第 5333 页。

且借此革除科举取士的种种弊端。唐文宗大和之政的好转确实与李德裕的改革密不可分,其历史功绩不容抹煞。而李宗闵虽然早年与皇甫湜、牛僧孺以批评时政的对策闻名当时,但从为政经历和在党争中的种种表现看,他依附宦官以求仕进,党同伐异,重用的杨虞卿等人破坏科举的公正性,随意升沉,致使举子奔走请托之风加剧。由此可见,李宗闵虽然在文章中纵论"圣人之道",但其所作所为与之相距甚远。对于李德裕和李宗闵在党争中的功过是非,傅璇琮先生在《李德裕年谱》中已有精细的辨析①。须要指出的是,由于李宗闵这样的士人在晚唐政局中浮沉升降,李德裕从德行角度提倡的"君子"人格有着非常深刻的现实意义,不仅在文章中极力地推动,而且还能落实到具体的政治举措中。李德裕与此相关的文章都是饱含着深刻的政治思考,如他在宝历元年(825)上《丹扆箴六首》规谏敬宗就是不满于李逢吉党人和宦官王守澄把持朝政的局面。而他在大和七年指出朝中有正邪之分后,立即着手破除李宗闵党羽的势力和实施改革科举的举措。大和七年、八年(833、834),李德裕先后数次上疏,从停诗赋、通经术、罢呈榜和停进士宴会等方面革除科举弊端,目的就是选拔真正有道德才学的士人,要求士人摒弃私欲、树立道德理想的趋向是非常明确的。他所写的《穷愁志》更是激于世事人情的感慨之作,其中《小人论》对当时士风中存在的以怨报德、背本忘义的低劣品行进行深刻的揭露和批判,这都显示了李德裕对于道德人格理想的不懈追求。

---

① 参见傅璇琮先生《李德裕年谱》中的相关论述,河北教育出版社 2001 年版。关于晚唐政局中如何判断士人的品格,傅先生指出:"前人往往批评李德裕排斥异己,实则在政治斗争中不能仅以此来衡量政治人物,而应当分析其排斥的人是正是邪,也即是这些人在历史上是可以肯定的还是应该否定的。"

四、晚唐前期士风革新对古文创作的影响

晚唐前期士风的深入探讨表明此时对"道"的理解已落实于士人主体人格的方面，这无疑是沿着中唐时期从礼乐到道德的转变后一个新的趋向，同时也对古文创作中文道关系的认识产生深刻的影响，那就是促使时人在思考古文创作得失时关注创作主体的重要作用。

裴度作为从中唐到晚唐前期的代表性文人，他对古文创作的观点主要集中于批评当时古文出现的不良倾向，而他认为体现真正创作主体精神风貌的文章才是古文发展的正确之路，这一认识与当时以士人人格为核心的士风探讨的思潮紧密相关。

韩愈之后，古文确实存在着单纯追求怪奇的审美偏离。面对这一问题，裴度在《寄李翱书》中一方面赞赏李翱反对那些"偶对俪句，属缀风云，羁束声韵"的时世之文，另一方面又对古文发展中刻意追求怪奇的趋向表示不满。在论述自己的古文观时，裴度首先借前代文章经典来说明"不诡其词，而词自丽；不异其理，而理自新"的道理，接着就以圣人之作的平易特色反驳韩愈之后古文中出现的"奇言怪语"，圣人为文是"意随文而可见，事随意而可行"，而当前的古文只是刻意追求奇诡怪异的言辞，裴度在最后指出作文的宗旨在于达心穷理，而不在"磔裂章句，隳废声韵"。值得注意的是，裴度将分析的重点放在创作主体方面，他认为在强调"小人"与"君子"之分时，追求形貌不同于"小人"并非就是"君子"。裴度进而形象地说："昔人有见小人之违道者，耻与之同形貌共衣服，遂思倒置眉目，反易冠带以异也，不知其倒之反之之非也，虽非于小人，亦异于君子矣。故文人之异，在气格之高下，思致之浅深，不在其磔裂章句，隳废声韵也。人之异，在风神之清浊，心志之通塞；不在

于倒置眉目,反易冠带也。"①

裴度在《寄李翱书》中实际触及了古文在中唐到晚唐发展过程中一个非常重要的现实问题,即骈文的滞涩和僵化固然是文章之弊,这是韩愈、柳宗元等人极力提倡古文的重要契机,但古文发展中内部出现的问题更不容回避。古文本身与骈文在形制、写法和表达个性等诸多方面都有明显的不同,因此在骈文大行其道时,创作古文难免会被看作怪奇之举,而且韩愈作为中唐古文大家,其文章中的怪奇特色也较为明显,甚至成为后来者效法的对象,古文创作中的刻意追求诡怪之风,不仅体现于言辞的选择,而且深入内容层面,这些都是时人把"古文"与"怪奇"联系起来的重要原因。但就创作古文本身来看,追求奇诡的特点并非中唐古文创作的主流,韩愈虽然有些怪奇特色的古文篇章,但他更多的是那些声气流畅、辞意通达之作,这才是奠定其作为中唐古文大家的重要基础。况且韩愈的个性中确实具有求奇的特点②,因此从为文达心传意的角度看,韩愈古文中的怪奇也是其个性的真实体现。但是若把这种怪奇特点普遍化,就会把古文创作引入歧路,尤其是不顾创作实际和自我个性,刻意追求奇诡之气,这恰恰违反了为文达心的原则。相对于骈文的"偶对俪句,属缀风云,羁束声韵",古文发展中出现的"磔裂章句,隳废声韵"之弊更是惹人担心,由此可见裴度的批评有着很强的现实意义。另外,裴度之所以强调"文者,圣人假之以达其心"的观念,实际是为后面指出士风的偏颇作铺垫。既然文章体现的是作者的心灵世界,那么创作主体的精神就成为决定文章好坏的主要因素,因此改良文风的关键在于革新士风。士人既有"君子"、"小人"的不同,那么这种不同的判别标准为何就值得

---

① 《全唐文》卷五三八,第5462页。
② 王运熙,《韩愈散文的风格特征和他的文学好尚》,收入《汉魏六朝唐代文学论丛》(增补本)。

探讨。在裴度看来,"君子"、"小人"的区分不在眉目冠带的外表,而是风神气格的内里,也就是说,革新士风的实质在树立崭新的士人精神。士人只有具有君子之风式的人格精神,把这种精神转化到文章创作中,才会出现饱含真情实感的古文作品。从这个意义上说,士人精神正是影响当时古文创作的重要因素。

裴度在批评当时古文发展的不良趋势时,以革新士人精神作为改良古文的主要方向。受此观念影响,痛斥当时士人不顾道德廉耻而勾结宦官的行径就成为裴度文章中的重要内容,这主要见于《论元稹魏宏简奸状疏》:"伏惟文武孝德皇帝陛下恭承丕业,光启雄图,方殄顽人之风,以立太平之事。而逆竖构乱,震惊山东;奸臣作朋,挠乱国政。陛下欲扫荡幽镇,先宜肃清朝廷。何者?为患有大小,议事有先后。河朔逆贼,祗乱山东;禁闱奸臣,必乱天下;是则河朔患小,禁闱患大。小者臣等与诸道戎臣,必能翦灭;大者非陛下制断,非陛下觉悟,无计驱除。今文武百寮,中外万品,有心者无不愤怨,有口者无不咨嗟。直以威权方重,奖用方深,有所畏避,不敢抵犊,恐事未行,而祸已及,不为国计,且为身计耳。……以臣愚见,若朝中奸臣尽去,则河朔逆贼,不讨而自平;若朝中奸臣尚在,则河朔逆贼,虽平无益。"①裴度在此对元稹勾结宦官祸乱国政的行为深恶痛绝,甚至认为其弊远过于藩镇割据,萧墙内乱足以危害天下。元稹的这种行径归根结底是其人格精神的卑下造成的,裴度因此才会目之以"奸臣"。如果说元稹是裴度心目中理想士人人格的反面形象,那么诸葛亮就是理想士人道德人格的化身。在《蜀丞相诸葛亮武侯祠堂碑铭并序》中,裴度给予诸葛亮非常高的评价,认为他是集"事君之节"、"开国之才"、"立身之道"和"治人之术"于一身的完美之人。最让裴度感佩的是,诸葛亮真正做到了

---

① 《全唐文》卷五三七,第 5457—5458 页。

以道立身，不随波逐流，在人心竞逐的乱世之中依然心系天下。正因诸葛亮有如此的人格精神，他所指挥的战事才具备仁义的性质，这才使得随后建立的蜀国"刑政达于荒外，道化行乎域中"，而在平定南蛮的过程中让其人心服德化，更显示了诸葛亮对人格精神的关注。为了进一步表达自己对诸葛亮的敬慕，裴度甚至对陈寿和崔浩关于诸葛亮的评价提出质疑，认为两人均未切中诸葛亮所以成功的关键。在裴度心中，诸葛亮的道德人格才是决定其成就功业的主要原因，即铭文中所说的"道德城池，礼义干橹"，诸葛亮不仅注重个人的人格修养，而且能将这一思想推而广之，德化天下，这其实也正是裴度认为的理想的士人人格精神。由此可见，裴度文章中的主要内容都是围绕树立理想的士人精神和道德人格而展开的，古文的好坏在于内容，而内容的高下则取决于创作主体的人格精神，"君子"、"小人"之分也在风神气格。为此，裴度才反复强调士人人格的重要作用，革新士风对古文创作和国家政治都具有不容忽视的意义。韩愈、柳宗元在提倡古文中虽有抗拒流俗、变革士风的考虑，但裴度将这一趋向明确化，把士风精神的重要意义充分挖掘出来，并且注意到古文内部所出现的不良倾向，这就在韩、柳等人以古文反对衰朽骈文的基础之上更进一步，把纠正古文内部创作之弊与士人人格联系起来，表明了裴度是在继承韩、柳等人的经验之上又有新的发展，对"道"的认识更为具体，对古文的发展趋势也更为清醒透彻。

韦处厚在举荐古文名家皇甫湜时也是将其"坚其持操，不恐于嚣嚣之讪；修其践立，不诱于藉藉之誉"的独立人格作为重点，认为有这样的人格作用，他的文章必然是"列之东观，必有孟坚之勒成汉史；施之奏议，必有贾谊之兼对诸生"，媲美于前代经典，而皇甫湜的古文特色则并未过多地出现于韦处厚的推荐中。由此可见时人对古文创作主体的作用是非常重视的。

晚唐前期士风探讨中对"君子"人格的张扬，回应的是中唐古文革新后寒士大量参加科举时所带来的"浮薄"之风，以及晚唐复杂政治形势中部分士人道德价值取向的缺失。在上述原因的驱动下，呼吁"君子"人格不仅从儒学德行的高度超越了科举传统中的"子弟、寒士"的争论，有效地淡化了门第区分的固有标准，从而强化了道德人格在科举取士的重要意义，同时更促使在晚唐时局中处于宦官、藩镇、党争等多重压力下的士人能够树立崇高的道德理想，保持自己的独立人格。而从大的历史线索来看，这一切都是中唐政治改革和思想更新的延续，既发展了从礼乐到道德的"道"的内涵转变，又改善了科举取士的制度，李德裕的科举改革正是依据杨绾的《条奏贡举疏》中的观念。傅璇琮先生曾指出："如果我们把李德裕的政见放在历史的联系上来看，可以说，会昌政治是中唐以来一切革新行动的继续。"[①]李德裕是晚唐前期政治改革的典型缩影，那么傅先生的评价放在晚唐前期的士风探讨上也是十分贴切的。

强调忠正的道德品格势必激发更多有理想的士人关心时政，对当时出现的重要问题发表自己的意见，因此论体文和具有论述色彩的章表奏疏等文章占据了当时古文创作的主要方面，李德裕就是最突出的代表，他擅长骈文奏疏，但其《穷愁志》中的论体文章都出之以散体单行的古文写法，其中不乏见识精彩、思想深刻的翻案文章，内中的观念都是李德裕深入反思时代的问题而形成的。当然，晚唐前期的文章中也有通过骈文表达思想、体现忠正士风的显著例证，如刘蕡的策文就是如此，这也说明了创作主体精神品格的提升是此时文章取得成功的关键，骈文和古文的优劣不在于文体的区分，而是取决于创作主体能否在文章中贯注关心时政、经世

---

① 傅璇琮、周建国，《李德裕文集校笺》，河北教育出版社2000年版，前言第11页。

致用的精神。因此,晚唐前期士风精神的探讨是从理论上提升了士人的道德人格,科举的改革则从制度上保证了选拔真正的人才,文章只有在这些士人的手中才能取得成功,这是促使此时的文章创作出现新气象的主要原因。回顾从中唐到晚唐前期的过程中,不仅可以看到时人对韩、柳等人古文革新经验的继承,而且他们也更明确了古文发展的方向,即不是简单的反对骈文,而是要从根本上解决古文自身的问题,对士人精神的改革正是针对此问题而作出的准确应对。

第二节　小品文的兴起与唐末寒士文学

以直面现实、讽刺当世的小品文在晚唐咸通、乾符之时出现了创作的高潮,皮日休、陆龟蒙、罗隐等唐末的文章家都曾致力于小品文的写作,他们在继承中唐古文运动关注现实的创作精神基础上,或针对弊政而提出批评,或托史讽喻而借古比今,或寓言比兴以讽刺现实,成为晚唐古文发展的重要余脉。这种"不平则鸣"的作品凝聚了作家们对时代问题的犀利批判和辛辣嘲讽,其中通过借助文学的表现手段来揭示深刻而明确的政治主题,正是这些身处乱世却依然具有社会责任感的士人们坚持理想、关心时政的生动体现。以往的唐末小品文研究多集中于鲁迅先生在《小品文的危机》中指出的论断:"唐末诗风衰落,而小品放了光辉。但罗隐的《谗书》,几乎全部是抗争和愤激之谈;皮日休和陆龟蒙自以为隐士,别人也称之为隐士,而看他们在《皮子文薮》和《笠泽丛书》中的小品文,并没有忘记天下,正是一塌胡涂的泥塘里的光彩和锋铓。"[①]将小品文置于唐末的黑暗政治背景中,看到其抗争和愤激

[①] 鲁迅,《小品文的危机》,选入《魏晋风度及其他》,第345页。

的特征以及作家们胸怀天下的社会责任感,无疑是对历史印象中皮、陆、罗等人所流传已久的隐士身份的矫正,更为辩证地展现了他们深受儒家思想影响所形成的人格和文章创作的特质。但当代学术研究的精细化已要求我们对唐末小品文不能满足于现有的理解,除了对其政治主题的批判性和艺术手法的文学化保持必需的关注外,还应深入当时的士人生活和社会文化背景中作更仔细的思考,尤其是士人科举中的子弟与寒士之争成为晚唐社会的焦点问题之时。笔者注意到身为寒士的皮、陆、罗等多次参加科举考试,他们的小品文创作也多作于蹉跎科场、困于场屋之际,因此深入探讨小品文的创作与唐末寒士文学之间的关系就显得很有必要了。

一、唐末小品文作家的阶层特征

历来研究小品文的重点都是放在皮日休、陆龟蒙和罗隐三位作家的创作上,这是由于三位作家都曾对自己数量众多的小品文进行过编辑整理的工作,皮日休的小品文多见于他的《文薮》中,陆龟蒙和罗隐则分别有《笠泽丛书》和《谗书》传世,并在书前的序文中有明确的文论阐发,而且这些文章个性鲜明、艺术成就颇高,在后世研究小品文的著作中已成不易之论。鲁迅先生对唐末小品文的称赞是举罗隐、皮日休和陆龟蒙为例,当代学者中,葛晓音师在《唐宋散文》中对唐末小品文的论述也是重点放在皮、陆、罗的作品上[1],因此以这三位作家的小品文作为研究的重点本无疑义。然而如果通览此时段的文章,当时还有几位写作小品文的重要作家:

陈黯:作有《御暴说》《本猫说》《答问谏者》《诘凤》《华心》《拜岳言》《禹谟》《辨谋》等小品文,《全唐文》载有其文十篇,其中小品文

---

[1] 参见葛晓音师《唐宋散文》中《唐末小品文的光彩》一节。

占八篇,黄滔《颍川陈先生集序》评价陈黯的创作时曰:"先生之文,词不尚奇,切于理也。意不偶立,重师古也。其诗篇词赋檄,皆精而切,故于官试尤工。"①这里的"官试"是指晚唐时期科举考试中的律赋,而"意不偶立,重师古也"则说明了陈黯的文章创作中有崇古的倾向,当是指他在古文创作方面有所成就。从他的现存作品来看,律赋之作没有留存,无从考辨,其古文创作中则以小品文为主,主要内容为探讨社会问题,在批判中提出自己的理论主张,如《华心》针对华夷之辨,因大食国李彦升考中进士之事有感而发,时人出于中原文化心态,认为李彦升为夷人,不宜录取。但陈黯强调判别华夷的关键在于人之心理和教化,"苟以地言之,则有华夷也。以教言,亦有华夷乎?夫华夷者,辨在乎心,辨心在察其趣向"②,而心理状态又反映于日常生活的行为趋向中,从心理上行礼义之道,即使出身夷蛮,也可视作中华之人。与之相反,如果行为乖于礼义,则即使生于中州,也是蛮夷之类。这就比以往简单地只从出身地域判别的标准更深一层,更加强调华夷之辨的内在文化特征,其理论思辨的色彩颇为浓厚,与黄滔"切于理也"的评价相符。

程晏:作有《萧何求继论》《工器解》《设毛延寿自解语》《齐司寇对》《祀黄熊评》《穷达志》《内夷檄》,《全唐文》中留存的程晏之文全为小品文,据昭宗朝《覆试进士敕》所载:"其赵观文、程晏、崔赏、崔仁宝等四人,才藻优赡,义理昭宣,深穷体物之能,曲尽缘情之妙。所试诗赋,辞艺精通,皆合本意。其卢赡、韦说、封渭、韦希震、张蠙、黄滔、卢鼎、王贞白、沈崧、陈晓、李龟祯等十一人,所试诗赋,义理精通,用振儒风,且躐异级。其赵观文等四人并卢赡等十一人,并与及第。"③程晏于乾宁年间进士及第,敕文中的程晏应为同一

---

① 《全唐文》卷八二四,第 8685 页。
② 《全唐文》卷七六七,第 7986 页。
③ 《全唐文》卷九一,第 954—955 页。

人。据敕文载,程晏等及第士人皆"深穷体物之能,曲尽缘情之妙。所试诗赋,辞艺精通",可见其文章才华之高。晚唐科举多以律赋应试,因此程晏在这方面当有很高的造诣,惜无一文留传。然其小品文却有七篇保存至今,《萧何求继论》《设毛延寿自解语》和《齐司寇对》为借古喻今之作,《内夷檄》的主旨与陈黯的《华心》相同,都是根据时代的发展对华夷之辨提出新的见解。

来鹄:据全唐文小传载,来鹄为江西豫章人,咸通年间举进士不第。《全唐文》有其文九篇,小品文有《隋对女乐说》《儒义说》《相孟子说》《仲尼不得配祀说》《榛子云时说》《猫虎说》《俭不至说》,从存文数量上看,来鹄的小品文占据了大部分。

袁皓:据全唐文小传载,江西宜春人,咸通进士。僖宗幸蜀,擢仓部员外郎。龙纪中迁集贤殿图书使,自称碧池处士。《全唐文》中留存有《吴相客记》《书师旷庙文》《齐处士言》等小品文。

黄滔:与程晏同年进士及第,作有《祷说》《巫比》《龙伯国人赞》《夷齐辅周》《吴楚二医》《噫二篇》《文柏述》《公孙甲松》《唐城客梦》等。作为唐末著名的律赋作家,黄滔在《颍川陈先生集序》称自己是陈黯的内侄,而且又和小品文大家罗隐交好。四部丛刊本《唐黄御史文集》附录《昭宗实录》载,乾宁二年二月,崔凝知贡举,已取进士张贻宪等二十五人及第,发榜的当日,又敕第二天于武德殿复试,结果这二十五人中,赵观文、黄滔、王贞白等十五人及第,张贻宪等五人落第,但许以后应举,崔砺,苏楷等四人最劣,亦落第,并不许再举。《唐摭言》卷七对此评论说:"昭宗皇帝颇为寒进开路,崔合州榜放,但是子弟,无问文章厚薄,邻之金瓦,其间屈人不少。孤寒中唯程晏、黄滔擅场之外,其余以程试考之,滥得亦不少矣。"[1]可见,程晏和黄滔在时人眼中俱是寒士文人。

---

[1] 王定保,《唐摭言》,第74页。

沈颜:天复初登进士第,授校书郎,其曾祖沈既济、祖沈传师皆有文名。沈颜在唐末时避乱奔湖南,辟为巡官。未几,仕吴为淮南巡官,累迁为礼仪使,历兵部郎中、知制诰、翰林学士,顺义中卒。他曾经不满于当时文章浮靡,仿古著书百篇,仿元结聱叟之说以寓己意,故名其书为《聱书》。小品文有《时辨》《谗国》《象刑解》《妖祥辨》《视听箴》等。

上述几位小品文作家中,以陈黯最为年长,生活时间约在文宗至懿宗年间,来鹄大约生活于懿宗朝,程晏和袁皓的活动时间约在唐末的昭宗年间。皮日休的《文薮序》作于咸通七年(866),此时他的多数小品文已完成并编于文集中,罗隐的小品文集《谗书》编成于咸通八年(867),可见皮、罗的多数小品文至迟已在咸通八年之前基本完成。而陆龟蒙的《笠泽丛书》编成于乾符六年(879),可以说,小品文的创作集中于晚唐后期的宣宗至唐末的昭宗年间,其中陈黯时代较早,皮、罗、陆为小品文繁荣时的代表作家,另有来鹄和袁皓亦作有小品文,程晏、黄滔和沈颜则是唐亡前后的小品文作家。而且这些小品文的作家多为寒士文人,后来虽曾为官,但大多沉沦下僚,因此他们对当时的底层民众的生活和普通士人的艰辛深有感触,并在其作品中有所反映。在唐末至五代初这段时期,以杜牧为代表的晚唐前期的古文家已退出文坛,那种长篇大论、关系国计民生的经世古文已较少见,而短小精悍、刺世讽喻的小品文在此时的古文创作中便成为一束耀眼的光彩。

二、唐末小品文的缘起和讽刺精神

小品文的渊源当远溯至先秦时期的以《庄子》《韩非子》为代表的子书中的寓言故事。作为我国早期的哲学著作,《庄子》《韩非子》等子书在说理论道的过程中,为了避免抽象理论的枯燥,增加文章的趣味,包含拟人和象征等表现手法的寓言被大量引入子书的写作中,这些文学手段的运用以事寓理,通过塑造一个神奇虚幻而充满想象色彩的世界来说明原本需要层层推理、逻辑严密的深奥道理,为人所熟知的"庖丁解牛"、"守株待兔"、"滥竽充数"等故事就是其中的代表。在这些寓言中,故事叙述与道理呈现相得益彰,既有人物形象的生动刻画,也有妙趣横生的阅读兴味,借助于这种文学形式的表达,人生的哲理才得以深入浅出、形象化地揭示出来。当然,这种故事性很强、短小精悍的子书写作,其最终目的是为说明哲理和表达思想服务,因而寓言故事与哲理思想的类比和象征关系最为明显,这就决定了寓言故事本身的表现手法和运用范围相对简单。

到唐代古文运动之时,盛中唐之交的元结在其讽刺杂文中继承了先秦时《庄子》等子书的传统,使小品文的创作初显雏形。元结写作的这些小品文中,大量吸收了汉赋中的问答形式,通过对话的深入,抽丝剥茧,层层递进,从一些常见的生活现象中总结出深刻的道理,以批判当时社会的不公正。比如《丐论》,元结通过虚拟"或曰"、"元子"和"丐友"三位对话人物,以"或曰"的问题起始,"元子"和"丐友"的问答为中心,并将其置于已经濒近危机的天宝之时,将"丐"的本义予以创造性地发挥,从而使"丐友"之"以贫乞丐"而"心不惭"与"丐权家奴齿,以售邪佞;丐权家婢颜,以容媚惑"的羞耻之态形成鲜明的对比,说明了"丐"之义的差异背后有着士人人格的崇高和卑劣,深刻批判了当时那些毫无节操的士人。这种创作路数在元结的《恶曲》《恶圆》等小文中都有体现,而在其《化虎论》中,元结在继承大赋问答结构的同时,又设事譬喻,将动物世界与人类社会作比,如同虎豹鸮蟆的凶恶本性难移,那些奸邪谄媚的小人也很难回心向善。元结这些文章中"劝之忠孝,诱以仁惠,急于公直,守其节分"的用意过于显直,因而造成其箴戒之用和作者个体性情的不平衡,缺少形象思维和文学性,这只能是小品文发展初期的一种简单状态，与此时古文起步不久、尚未成熟的现状是一致的。中唐古文运动的两位主要作家韩愈和柳宗元也曾以游戏式的笔墨创作了一些近似小品文的寓言文章，如韩愈的《毛颖传》和《送穷文》，柳宗元的《蝂蝜传》《黔之驴》《永某氏之鼠》和《种树郭橐驼传》等，假托故事、注重叙事、描写精到，综合运用了拟人、比喻、象征等文学化手段，通过有限的寓言达到阐述思想、批判世风的深刻目的，这说明古文运动在韩、柳手中趋于成熟，并为小品文的发展打下了基础。虽然韩、柳这些文章的文学价值很高，但并未得到时人的充分肯定，如张籍曾批评韩愈的《毛颖传》等"多尚驳杂无实之说，使人陈之于前以为欢，此有累于令德"，裴度也曾言要"以文立制"而不"以文为戏"，可见中唐时的文人对这种文学性较强的文章还有些异议，就韩愈、柳宗元的整体古文创作而言，这类短小精练之文的比重也不大。

时至唐末，小品文的创作逐渐拓展开来，这突出地表现在其内容的严肃性和艺术表现的多样化，这就使得小品文日益摆脱中唐时期那种时人认为的"以文为戏"的品格，逐渐贴近现实政治和社会生活，并在艺术表现上鲜明地呈现出作家的个性精神，从而让小品文在晚唐后期文坛为时人所接受，而成为一个引人注目的文学现象。

从皮日休、陆龟蒙和罗隐的小品文创作来看，其作品的内容大致分为以下几个方面：

一、以实录的笔法真实展现唐末的时代状况。如陆龟蒙的《记稻鼠》，文中记录了乾符六年（879）吴兴大旱，当地连续数月无雨，农民的生活举步维艰，为求解决生计问题，农民历尽艰辛，转引远方的水流灌溉农田，但远水解不了近渴，收成的结果是"仅得葩坏穗结，十无一二焉"。但在这样的条件下，官府对农民的盘剥依然严酷，催租交赋，甚至"殴而骇之"，民不堪命，这不禁使作者想起了《诗经·硕鼠》中诗人控诉压迫和剥削的愤慨之情。可见,陆龟蒙的《记稻鼠》是对当时吴兴大旱,农民生活困苦不堪的真实写照,文章的结尾通过引用《诗经》的经典名篇加以议论,从中透露出作者对世事的感慨。另外,晚唐政治生活的一些新问题也在小品文中有所反映,其中以唐朝与周边少数民族的关系体现得较为突出。安史之乱以后,随着唐朝的衰落,周边少数民族凭借其军事实力不断侵扰唐帝国的边境,北面的回鹘和党项,西南的南诏,南面的黄洞蛮,西北的吐蕃等,曾袭扰过河东、剑南、岭南等地。但在这种形势中,中原与周边少数民族也不断加强文化的交流,少数民族会派送一些子弟学习唐朝的文化,而且还形成了定期轮换的制度,这无疑客观上加强了民族融合的进程,如《资治通鉴》卷二四九载:"初,韦皋在西川,开青溪道以通群蛮,使由蜀入贡。又选群蛮子弟聚之成都,教以书数,欲以慰悦羁縻之,业成则去,复以他子弟继之。如是五十年,群蛮子弟于成都者殆以千数。"[1]西川位于唐帝国与南诏的接壤之地,韦皋开通青溪道方便了西川与南诏的联系,其中最值得注意的是群蛮子弟相继入成都学习中原文化,历时五十年,殆以千数的数量说明了当时南诏受到中原文化影响之深,当时甚至有进士考试中录取外国人的情况。这一形势的出现随之带来了对华夷之辨的讨论,要求时人必须以崭新的眼光来看待华夷问题,小品文中的一些篇章曾有涉及,陈黯《华心》突破了以往从出生身份和地域的表象特征来区分华、夷的归属,而是深入文化的层面,通过教养举止、礼仪行为反映出的文化心态来判别,这就比前代的华夷之辨更显深入,与此观点相近的是程晏的《内夷檄》。因此,这些关系时事的小品文都是对当时政治和民生的真实反映,通过这些小品文的写作可以清楚地了解唐末的社会现实。

---

[1] 司马光著,胡三省注,《资治通鉴》,中华书局1979年版,第8087页。

二、讽时讥世，借古喻今。鲁迅先生对唐末小品文的赞美就是基于这些文章的讥刺特点，尤以皮日休和罗隐最具代表性。皮日休的小品文多见于他的《鹿门隐书》中，他在继承《论语》等语录体形制的基础上，运用对比艺术，通过虚拟的"古"之清明来反衬出现实的"今"之黑暗，如：

> 古之官人也，以天下为己累，故己忧之。今之官人也，以己为天下累，故人忧之。
> 古之隐也，志在其中。今之隐也，爵在其中。
> 古之杀人也怒，今之杀人也笑。
> 古之用贤也为国，今之用贤也为家。
> 古之酝醠也为酒，今之酝醠也为人。
> 古之置吏也，将以逐盗。今之置吏也，将以为盗。

在两两相对的句子中，皮日休借助关键字的对应替换，鲜明而又深刻地揭示出他的社会理想和黑暗现实之间的距离，没有具体的阐述和分析，而是在犀利浅白的语言之中，通过对比的艺术手法，造成强烈的反差，从而使文字具有了振聋发聩的千钧之力，并达到了批判现实、讽刺黑暗的效用。须要指出的是，皮日休所谓的"古"实质是儒家思想给予他的一种美好的社会理想，简而言之，即《鹿门隐书》中所说的"古圣王"之世，而他眼中的"今"也具有高度的浓缩性，代指当时社会的一切不合理、不公正的现象，如为官的士人大多尸位素餐，毫无理想大志和社会责任感，藩镇战乱引造成的凄惨世相，以及人各为己的自私自利。因此虽然皮日休的这些文句看似简单，其实是他从现实生活中精炼而成的深刻的人生感悟，在嬉笑怒骂的讽刺中透露出一股末世的悲凉之感，有着含蓄不尽的言外之意。相比于皮日休的讽刺小品文，罗隐虽然也是以古喻今，但其艺术手法有着明显的个性特征。在《谗书》中，罗隐撷取了历史上一些著名的故事,即事起意,虽然是在讲述古事,但却处处影射出当时的社会矛盾和黑暗政治,因此在借助历史故事的基础上贯以己意,作出精彩的翻案文章,这是罗隐小品文的艺术特色。如《叙二狂生》中,罗隐俨然把祢衡、阮籍当作自身的写照,而祢、阮所处的时代也和罗隐当时的唐末乱世相仿,因此祢衡和阮籍的生不逢时和不平之鸣其实都是罗隐身处乱世却志不得伸的一种映照,而且这也是当时士人面对的普遍性问题。罗隐思想的特异之处在于他能见前人所未见,发前人所不敢发之言,如《伊尹有言》和《三叔碑》中,历来被儒家经典奉为圣贤的伊尹和周公在罗隐的笔下却成为不合法的谋篡之臣,这种改头换面其实在罗隐的心中并不是对伊尹、周公个人的否定,而是借此来批判唐末的宦官专权和藩镇割据,以及"君若客旅,臣若豺虎"的社会现实。由此可见,皮日休和罗隐作为晚唐讽刺小品文的代表人物,其关注现实的精神是一致的,只是思路和方式不同,皮日休强调古今对比,在反差中显示对社会现实的批判,而罗隐则是借古喻今,通过翻案文章映照现实,以求发人深省的效果。

三、愤激时世,从自身处境出发,抒发了怀才不遇、有志难伸的悲感,实质是对当时压抑才士和科举制度的不公正的批判。皮、陆、罗以及陈黯、来鹄等人都曾多次参加科举,有的虽中进士,却没有施展抱负的机遇,而更多的是蹉跎科场、久困场屋,如罗隐"十上不中第",陈黯也是多年应举而不中,皮日休的登第还是由于缘色目员额而进,即当时俗称的"榜花"。《南部新书》载:"大中以来,礼部发榜,岁取三二人姓氏稀僻者,谓之色目人,亦为曰榜花。"但登第后的"榜花"屡受士子的嘲弄,这就可以想见皮日休中进士后的处境。因此作为寒士文人,无法通过科举顺利地进入仕途,那么抒发怀才不遇之感、批评不公正的科举制度也就成为他们小品文中的重要内容。如皮日休在《鹿门隐书》所言"古之用贤也为国,今之用贤也为家",皮日休理想中的"古代"是真正为国家选贤用能,而现实却是出于维护个人私利,这样的"选贤用能"并不能真正选拔有用的人才,因此寒士文人入仕无门。罗隐《叙二狂生》曰:"苟二子气下于物,则谓之非才。气高于人,则谓之陵我,是人难事也。张口掉舌,则谓之讪谤。俯首避事,则谓之诡随,是时难事也。"文中的祢衡和阮籍实际是罗隐的自画像,他们的处境也就是罗隐当时面对的时势,故作低下则会被人轻视,而要展现真才实学则会招来旁人的非议,如果开口言事会被人视为"讪谤",而要委曲求全则又被目之为"诡随"。生于唐末乱世,寒士文人缺少援引的机会,处处受制于人,个性无从施展,"人难事"和"时难事"的感慨也透露出罗隐"生不逢时"的身世之感,其中也隐约抨击了国家不能用贤的时弊。

四、政治问题的探讨。如沈颜的《妖祥辨》对传统的祥瑞和妖异提出了不同的意见,他认为麒麟龙凤代表的祥瑞和天文错乱、草木变性的灾异并非决定国家政治好坏的因素,而国家的清明源自君明臣忠、百司称职,衰亡则是由于信任谗佞、弃贤逐能,因此沈颜是把这种人事的因素视为真正决定国家兴废的"妖祥",这就打破了以往那种过分政治附会的错误倾向,抓住了治理国家的决定性因素。另外如《象刑解》《时辨》,陈黯的《诘凤》《辨谋》等,都属此类。虽然这样的文章没有过多文学性的渲染,说理色彩浓厚,但对政治问题的深入探讨和发人深省的新颖结论总能让读者眼前一亮,在小品文中直面政治问题可以说是晚唐小品文在内容方面的重要突破。

通过上述内容的梳理,我们可以较为清晰地看出晚唐小品文已经日益贴近政治生活和社会现实,文章的创作中注入了作家们对社会、历史和人生的诸多深入的思考,这就超越了中唐人仅以"以文为戏"目之的尴尬地位,其表现范围的扩大和内容严肃性的提升无疑从整体上推动了小品文向着更广阔的空间发展。同时艺术手法的多样化,使得小品文在贴近政治主题时依然洋溢着活泼的文学色彩,这种政治性和文学性的有机统一也意味着小品文成为晚唐的寒士文人充分展示自我个性和体现社会责任感的有效文体,因而罗隐和皮日休都把自己创作的大量小品文编辑成书,在科举应试之前用以行卷和省卷①。

三、唐末寒士文学的社会意义

皮日休将自己的小品文编辑成书以作省卷之用,他在《文薮序》中曾言:

> 咸通丙戌中,日休射策不上第,退归州东别墅,编次其文,复将贡于有司。发箧丛萃,繁如薮泽,因名其书曰"文薮"焉。比见元次山纳《文编》于有司,侍郎杨公浚见文编叹曰:"上第,污元子耳。"斯文也,不敢希杨公之叹,希当时作者一知耳。赋者,古诗之流也。伤前王太佚,作《忧赋》;虑民道难济,作《河桥赋》;念下情不达,作《霍山赋》;悯寒士道壅,作《桃花赋》。《离骚》者,文之菁英者,伤于宏奥,今也不显《离骚》,作《九讽》。文贵穷理,理贵原情,作《十原》。太乐既亡,至音不嗣,作《补周礼九夏歌》。两汉庸儒,贱我《左氏》,作《春秋决疑》。其余碑、铭、赞、颂、论、议、书、序,皆上剥远非,下补近失,非空言也。较其道,可在古人之后矣。古风诗编之文末,俾视之粗

---

① "省卷"的含义是除了上面所谈到的要向有地位的人投行卷之外,还要向主试官纳省卷。称为省卷,因为是向尚书省所属官府——礼部交纳的,它又称公卷。当然,省卷与行卷的区别主要是对象的不同,至于省卷和行卷所需的文章多数是一样的。具体论述请参见程千帆先生的《唐代进士行卷与文学》(河北教育出版社 2001 年版)和傅璇琮先生的《唐代科举与文学》(陕西人民出版社 2003 年版)。

俊于口也。亦由食鱼遇鲭,持肉偶膊。《皮子世录》著之于后,亦太史公自序之意也。凡二百篇,为十卷,览者无诮矣。①

他在文中明确指出自己在咸通七年(866)编书省卷是效法元结以"劝之忠孝,诱以仁惠,急于公直,守其节分"为宗旨编辑《文编》的行为,并要将自己的文章"贡于有司",此即是省卷之意。而罗隐将《谗书》编好后屡次呈于达官显贵以求汲誉,如《投秘监韦尚书启》:"以所著《谗书》一通,寓于阍吏。退量僭越,伏积忧惶。"《上太常房博士书》:"某前月二十五日,以所著《谗书》一通上献。"《投蕲州裴员外启》:"某月六日,辄以所著《谗书》一通,贡于客次。"《投郑尚书启》:"某前月某日,辄以所为《谗书》一通,贡于客次。"而且他在《谗书重序》中曰:"然文章之兴,不为举场也明矣。"此序是罗隐于咸通九年(868)落第后所作,此前一年他曾编好《谗书》,然仍未中第,而咸通九年因庞勋兵乱而无法赴试,故罗隐在此否定为科举考试而作的观念,可见罗隐编《谗书》的目的就是用于科举考试的行卷。对照罗隐所作有关《谗书》的两篇序言,重序中特别指出"然文章之兴,不为举场也明矣",明确标出反对只为科举作文的不良趋向,这也反证了最初的《谗书序》确是为了科举应试,后来因咸通九年的庞勋兵乱,身在江东的罗隐无法到京,朝廷也以此为由诏告罗隐等江南士子不宜参加当年的科试。罗隐出于愤激之情才在《谗书重序》中说出了文章不为科场之言,但其编辑《谗书》用于科举行卷的初衷在两序的对照中其实已很明显了。皮、罗两人几乎同时编小品文成书用以省卷或行卷,其中当有深刻的社会原因,包括小品文自身品格的提升,是和当时的科举考试风气乃至整个社会的文化风气密切相关。从此时皮、罗的小品文内容看,皮日休主张为文要"上剥远非,下补近失",几乎篇篇继承讽喻传统,而罗隐在《谗书

---

① 《全唐文》卷七九六,第 8352—8353 页。

序》中也强调自己"不能学扬子云寂寞以诳人","有可以谀者则谀之",有为当世,因此其文多带有强烈的政治色彩,或批评时政,或讽刺黑暗,或抒发自己的政治怀抱,总之都是与当时的社会现实息息相关。这一主张恰好适应了晚唐科场行卷强调经世之论的倾向,《南部新书》甲编载:

> 李景让典贡年,有李复言者,纳省卷,有《纂异》一部十卷。榜出曰:"事非经济,动涉虚妄,其所纳仰贡院驱使官却还。"复言因此罢举。①

这里所说的"动涉虚妄"反映的是晚唐一股崇尚诙谐滑稽的文学风气,李复言曾有传奇小说集《续玄怪录》传世,有人怀疑《纂异》与《续玄怪录》是一部书,但不管怎样,《纂异》的"动涉虚妄"在科试主考官李景让看来不合于省卷、行卷所需要的文章事关经济的特点。而皮日休在《文薮序》大力主张自己的每篇文章都有"上剥远非,下补近失"之用,不尚空言,罗隐也在《谗书序》和《谗书重序》中明确指出不做"寂寞以诳人"的扬雄,而是要"著私书而疏善恶,斯所以警当世而诫将来也",这种抑扬褒贬、关注现实的精神与晚唐时期对科举考试前的行卷、省卷中的文章要求是一致的。

除了要适应晚唐时期科举考试行卷、省卷的基本要求外,与皮、罗几乎同时活跃于诗坛的一批寒士诗人的刺世之作以及他们的生活经历,也和皮日休、罗隐在咸通年间小品文的创作有着不可忽视的密切关系。从皮、罗创作小品文的时间来看,同时的诗坛还有一批擅写古风诗以刺世讽时的寒士诗人,其中的代表包括曹邺、刘驾、于濆、邵谒、聂夷中、杜荀鹤等,胡震亨在《唐音癸签》评论他们的诗歌是"洗剥到极净极真,不觉自成一体",这是指他们虽没有

---

① 钱易著,黄寿成点校,《南部新书》,第9页。

元、白那种题旨明确、声势浩大的外在诗派形式,但其风格的近似和创作内容的趋同足以说明构成唐末一支重要的诗歌流派的特征。

他们继承中唐时期元、白所提倡的"文章合为时而著,歌诗合为事而作"的新乐府运动的创作传统,强调诗歌必须反映社会现实和民生疾苦,其作品更是以内容充实、刚健质朴的特色明确反对晚唐诗风空乏贫瘠、绮靡艳冶的不良倾向。曹邺效仿元稹的《筑城曲》五解而作《筑城》三首,作者在诗中运用乐府笔法描写了筑城人夫妻之间分别的悲伤和徭役的沉重,最后苦役的无休无止迫使农民即使生还也必然是家破人亡的社会惨状,诗的结尾是诗人对这种社会黑暗的评论和控诉,筑城的结果只能是"化作宫中火"。《战城南》虽用乐府古题,却是指责当时藩镇的彼此攻伐带给人民生活的苦难,而那些将帅却奢侈淫乐,两种生活的鲜明对比所隐含的愤激之情不言而喻。与曹邺友善的刘驾也作有《战城南》一诗,但他是以几个典型意象的组合来表现战争带给平民的深重灾难,其《反贾客乐》是拿商旅的行路危险反衬"农夫更苦辛",由此可见曹邺和刘驾在诗歌内容与反映沉重的社会现实方面是一致的。相比于曹、刘主要在创作的投入来说,于濆在理论上的主张更显明确,他不满于当时"拘束声律而入轻浮"的诗风,创作《古风》三十篇,在短小精悍的篇章中展示厚重饱满的社会生活内容,《塞下曲》中紫塞、黄沙所覆盖的边塞已不是盛唐的那种豪情象征,而是大战之后横尸荒野的凄惨之地,最后两句"卫、霍徒富贵,岂能清乾坤"则是以反诘的口吻讽刺了那些自比卫、霍的将领其实只是贪图自己的富贵,根本没有所谓澄清寰宇、立功边塞的雄心大志。《陇头水》中对战场惨不忍睹的意象描写实质是揭示了当时战争中一将功成却"名著生灵灭"的历史哲理,其他还有诸如《宫怨》《思归行》《古别离》《青楼曲》等诗歌,从各个方面展示了当时底层民众生活困苦、士人科举不第等社会现实。因此这些诗人作品有着强烈关注现实的精神,刺世之意明显,不同于晚唐那些风花雪月的绮靡之作,辛文房在《唐才子传》称赞曰:"观唐诗至此间,弊亦极矣,独奈何国运将弛,士气日丧,文不能不如之。嘲云戏月,刻翠粘红,不见补于采风,无少裨于化育,徒务巧于一联,或伐善于只字,悦心快口,何异秋蝉乱鸣也。于濆、邵谒、刘驾、曹邺等,能反棹下流,更唱喈俗,置声禄于度外,患大雅之凌迟,使耳厌郑、卫,而忽洗云和;心醉醇醴,而乍爽玄酒。所谓清清泠泠,愈病析酲。逃空虚者,闻人足音,不亦快哉。"①

就皮、罗等人的文学创作而言,不仅是小品文的风格与曹、刘、于等类似,其诗论主张和诗歌风格亦复相通。皮日休赞同古乐府传统的美刺比兴,反对侈丽浮艳的诗风,罗隐诗中亦多讽刺之作,如《江南别》《铜雀台》《隋堤柳》等,表达了对权贵的讥讽和唐末国运日衰的忧虑,由此可见皮、罗的诗作和曹、刘、于等古风诗人属于同一种文学思潮影响下的结果,因此他们的小品文与此风格类似,也应看作关注现实的文学精神在当时的集中反映。而要追问这一文学趋势集中体现在皮、罗以及古风诗人的作品中的原因,当与他们的生活经历和身份特征相关。他们的经历中都充满着普通寒士所必有的艰难坎坷,多年底层的生活让他们可以更多地接触到普通民众的艰辛困苦,诗作中的描述绝非虚言,而是对真实生活的反映。而且在这种艰苦的磨砺中,他们依然能始终坚持正义,反抗现实的黑暗和不公,其作品正是这种生活和个性的真实体现。曹邺曾累举不第,后受中书舍人韦悫的引荐而于大中四年被裴休擢为进士,咸通四年因责白敏中怙威肆行而议其谥为丑,六年又以高璩交游丑杂而议其谥为刺,此后又任主客员外郎、洋州刺史等职。可

---

① 辛文房著,傅璇琮等校笺,《唐才子传校笺》(第三册),第459—460页。

见曹邺不仅有着屡试不第的科场艰难,更在入仕之后能仗义直言。刘驾初举进士不第,寓居长安数年,于大中三年进献《唐乐府十首》贺收复河湟之地,六年登进士第,后官至国子博士,不久卒。于濆年轻时曾流寓各地,远入边塞,咸通二年登进士第,但仕途不达,官终于泗州判官。皮日休出身贫寒,咸通年间多次科试不第,故四方游历,看到很多底层民众生活的凄惨,比如他的《三羞诗三首并序》记录了当时的政事和南方战事影响民生疾苦之状。罗隐的诗文中则有基于自己亲身感受的科场落第之悲,而这也是当时许多寒士文人共同经历的无奈。

更为值得注意的是,皮日休与罗隐将小品文编辑成书的时间与咸通七年温庭筠奖拔邵谒等创作古风作品的寒士诗人之事甚为接近,而从他们当时的经历和序文中的表述来看,也能反映出两人科试心态的一些侧面,因此这也能说明皮、罗两位唐末小品文大家的创作与此时寒士诗人古风诗歌之间所存在的一致关系。皮日休在《文薮序》中表示自己是效法元结"纳《文编》于有司",这就说明《文薮》就是按省卷的要求在科试之前将自己选好的诗文呈送给礼部,而咸通七年十月身为国子助教的温庭筠在担任试官时榜进了当时士子的三十多篇诗作,《榜国子监》:"前件进士所纳诗篇等,识略精微,堪裨教化。声词激切,曲备风谣。标题命篇,时所难著。灯烛之下,雄词卓然。诚宜榜示众人,不敢独专华藻。并仰榜出,以明无私。仍请申堂,并榜礼部。咸通七年十月六日,试官温庭筠榜。"[1]文中"识略精微,堪裨教化"的诗文指国子邵谒、李涛等讽刺时政、有助教化的诗赋数十篇,由此可见温庭筠在职期间,公正无私,同情并奖拔寒苦士子,并因而触怒宰相杨收,此事在当时影响甚大,所以皮日休于咸通七年五月省卷的考官应为关心寒士文人

---

[1] 《全唐文》卷七八六,第 8232 页。

且喜好刺世诗文的温庭筠。《唐诗纪事》卷七"温宪"条："温宪员外,庭筠子也。僖昭之间,就试于有司,值郑相延昌掌邦员也,以其父文多刺时,复傲毁朝士,抑而不录。"在时人眼中,温庭筠的诗文中刺时的特征明显,这甚至还耽误了其子温宪的仕进问题,足见温庭筠诗文在当时的影响之广,因而温庭筠对邵谒的赞赏是与自己的创作特色密切相关,而温文在当时的影响应该也能传到皮日休等文士那里,对他的省卷和创作产生一定的作用。从罗隐咸通八年所作的《谗书序》曰："生少时自道有言语,及来京师七年,寒饥相接,殆不以似寻常人。丁亥年春正月,取其所为书诋之曰:'他人用是以为荣,而予用是以为辱。他人用是以富贵,而予用是以困穷。苟如是,予之旧乃自谗耳。'目曰《谗书》。"序文中将"他人"的成功与自己的沉寂作鲜明的对比,透露出浓重的牢骚之气,本序作于咸通八年二月,结合咸通七年十月温庭筠"榜国子监"之事及其对邵谒等人的揄扬,罗隐当时在京师生活已久,一直为科举及第而努力,因此《谗书序》中的"他人"应是指创作刺时诗文的邵谒等人,这也说明罗隐其实也承认自己的小品文与邵谒等文人的诗作具有同样的风格。

作为当时的寒士文人,以皮日休、罗隐、陆龟蒙为代表的晚唐小品文作家没有醉心林泉,逃避现实,而是以普通文人的视角和真实的感受,满怀社会责任感地在小品文创作中关注重大的政治问题,反映社会现实,既有底层民众的疾苦悲欢,也有寒士文人的艰辛无奈,在表现这些生活内容时借助了对比、寓言、隐喻等文学手段,这无疑有效地提升了小品文的社会意义和文学品格。同时这些小品文又和当时的古风诗歌创作声气相通,彼此互动,在诗、文两大领域共同构成了晚唐时期关注现实精神的寒士文学创作,因此这些讽时刺世的小品文也代表着古文在唐末的继续发展。

第三节　士人谏诤精神与五代时期的谏议奏疏

在唐宋文学史研究的领域,五代十国时期历来被看作过渡阶段而难受重视,在这方面的论著中,对五代文学的时代发展和历史地位的论述都是置于唐末或宋初来处理。然而就唐宋时期的文章发展线索来看,作为承上启下的阶段,五代十国时期又不是可有可无的,毕竟在这近六十年的历史中,诗、文等文学体裁仍然在不绝如缕地发展着。文章创作方面,北宋古文的再度复兴,就包含着反对"五代体"、"西昆体"和"太学体"三个阶段,这也说明五代时期文章的发展构成了北宋古文逐步走向成熟的一个重要坐标。就先行研究而言,此前对五代文章的认识更多地受到宋人观念的深刻影响,而没有真正深入五代文章的创作实际。近来冯志弘先生在《"五代体"析论——兼论北宋对五代文弊的革新》[1]中作出了新的探索,从记序、奏疏、词学等文体方面入手,将其置于五代的文化背景之中,对影响五代文章发展的种种因素进行了较为周密的研究,通过对五代文章本身的深入体察,着眼于五代时期的文章创作在唐宋古文演变过程中的作用和意义,以及五代文章本身所反映出的时代特征,由此尽可能科学而客观地找出"五代体"的确切内涵。本节则在此基础上,以五代时期数量最多的奏疏文章为研究对象,并结合五代时期的社会风气,再作探讨。

---

[1]　见冯志弘《北宋古文运动的形成》第二章。"五代体"是现代学术研究中对于五代文章风格的总体概括,这一概念的较早使用者是罗根泽先生,他在《中国文学批评史》中对宋代古文的演变加以辨析,认为北宋古文是在反对五代体、西昆体以及古文内部的不良倾向的基础上曲折前进的。新时期以后,葛晓音师在《唐宋散文》中曾简略提及北宋古文反拨五代文风的意义。冯志弘正是以上述研究为基础,从五代时期文章创作的实绩出发,展开对"五代体"的深入考察。

一、北宋时期"五代观"的演变

以往研究五代十国时期的文章和文学,大多是从其负面影响入手,阐述当时创作凋零的大体情状和时代原因,这种对五代文学的不够关注主要源于宋人从政治文化的角度对五代的贬抑,后世对五代的评价多是建立于宋人观念的基础之上,如宋祁在《诋五代篇》为了论证宋室兴起的历史必然性而将五代置于王道政治的对立面,对其大加挞伐。若回顾北宋时期对"五代"的认识,其中有着一个由大体肯定到全面否定的渐变过程。因此,欲深入客观地研究五代十国时期的文章创作,首先是要弄清前代论述中尤其是北宋时期对"五代"认识的内在逻辑,即他们所认识的"五代"究竟为何,以及是以何种观念来评价"五代"。

在北宋初期,时人大体上还是从肯定的角度去认识"五代"。从薛居正主持修撰的《旧五代史》中的论点来看,赵宋承后周而来,其礼乐制度也多采自后周时期的理念。这种政治文化趋向的选择与当时北宋初年的政治需要密不可分。北宋是从后周禅让而来,以五德转移的政治传统观念而言,北宋如欲确立自己的正统地位,则必须先为"五代"找寻存在的合理根据。关于此点,王夫之在《读通鉴论》中曾指出:"宋之得天下也不正,推柴氏以为所自受,因而溯之,许朱温以代唐,而五代之名立焉。"[①]因此,从政治传统上肯定"五代",其根本目的是为北宋的正统地位作铺垫,以表明自己的政治渊源有自。当然,对于五代中的各个朝代,北宋初年也有不同的认识,例如对待朱梁的正朔问题,北宋初年的士人曾有过激烈的争论,然而这一问题也是在承认五代正统的前提下去讨论的。因此,北宋初年对"五代"的认识还是基本肯定的,尤其是从政治传统

---

① 王夫之,《读通鉴论》卷二八,第869页。

的延续方面来看，这一倾向较为明显。此种政治观念的趋向必然影响到当时对五代文学的基本评价，那就是对五代文学也持大体肯定的态度，如《旧五代史》中多是以文词雅正、"蔚有贞规，无亏懿范"的评语肯定了五代文学，另外经历过五代时期的多数文人也在北宋初年得到当朝的重用，如李昉、徐铉、徐锴、陶榖、张洎等人，他们以自己的鸿词丽藻铺陈北宋初年蒸蒸日上的隆盛气象，正与当时帝王意欲润色鸿业的政治心理相符合，因此他们在当时占据着文坛的显赫位置，这种文坛态势也正说明了北宋初年并未反对五代文学。

对"五代"质疑的声音在北宋中叶达于高潮，然而若追溯这一观念的发展线索，则起于北宋太宗、真宗时期，当时已有否定"五代"正统的声音出现，如当时有关德运的三次争论都表明了时人欲从时间和道德两个层面彻底摒弃肯定"五代"的认识，认为北宋应该上接李唐。而到了北宋中叶的仁宗时期，这种思潮逐步上升为时代的总体认识，许多士人都把"五代"看作衰世，并站在王道理想的立场而对"五代"大加挞伐，其中以宋祁的《诋五代篇》最具代表性。宋祁的这篇文章写得立场分明，其中心思想就是"君道得而本基固"，即只有实行先王之道才能保证国家的长治久安，然而五代时期的各个王朝都是短命，因此宋祁发问："五代狎主，何五代无道之短，而先王有道之长也？"这显然就是将五代王朝的短命归因于"无道"，完全背离于先王之长"道"。为了进一步说明五代的"无道"，宋祁从德教陵迟、漠视民生、人伦失序等方面激烈地贬抑五代各王朝的统治，与理想中的先王之道形成鲜明的对比。在此基础上，赵宋奉王道而拨乱反正，就成为历史的必然，这也成为宋祁《诋五代篇》的结论。通过对宋祁此篇文章的分析，可以明显地看出鄙视"五代无道"的声音已成为北宋仁宗朝时期相当一批士人的共识，以王道理想从政治层面否定"五代"更是成为当时论证北宋王朝取代"五代"的主流认识,这也与当时朝野上下提倡礼乐理想、颂美王道的呼声是相适应的①。

伴随着这种政治观念的流行,对五代时期文学的看法也经历着深刻的转变,即日益把五代文学看作是衰世之作而予以贬斥,并将之视作唐末文风衰飒的延续。如王禹偁在《五哀诗·故尚书虞部员外郎知制诰贬莱州司马渤海高公》指出:"因仍历五代,秉笔多艳冶。"夏竦也曾强烈地批评五代文学是"王道陵迟,颂声彫缺",当时批判五代文章最具代表性的观点就是范仲淹在《唐异诗序》中所说的"斯文大剥,悲哀为主,风流不归"。这些认识都是从政治上配合了当时以杨亿等人提倡的"礼乐追于三代"和"颂声来复"的文学观念,以五代文学的衰飒低落来反衬北宋仁宗朝的盛世文章,从而更加凸显北宋政治清明气象的"王道之正"。

综合上述认识的发展,从北宋初年的肯定到仁宗朝的贬抑,时人对五代文学的评价确实经历了一个深刻的转折。然而,在转折的背后,无论是肯定,抑或是贬抑,其中的内在逻辑却是一致的,那就是受传统儒学诗教说所影响而形成的由政治及于文学的认识观念。《毛诗序》尝言:"情发于声,声成文谓之音。治世之音安以乐,其政和;乱世之音怨以怒,其政乖;亡国之音哀以思,其民困。"这种传统儒学诗教说本身注重文学的社会背景和生活基础,但经过历史的演变后发展成时世治乱决定文学兴衰的僵化思想,受此影响,这就导致对历代文学的评价也单纯从政治的角度去考虑,即盛世之文学必定受到推崇,乱世之文学多被贬斥。以此分析北宋时期对五代文学评价的变化,由政治及于文学的评判痕迹非常明显。这显然不是从五代文学的真实情形出发而作的判断,其认识也不

---

① 对北宋前期五代史观演变的讨论,可参见刘浦江先生的《正统论下的五代史观》,载《唐研究》第十一辑,第73—94页。

能准确反映出五代文学发展的复杂性及其在唐宋之际文学演变中的重要作用。因此在研究五代文学时，首先要廓清北宋反对"五代体"的认识中所隐含的由政治批判而及于贬低文学的评价逻辑。

"五代体"这一概念对应的是五代文学的总体评价，但是对其内涵的认识在前代研究中却莫衷一是，尤其是五代文学研究一直并未引起足够的重视，鲜有研究者能将五代文学作为单独的研究对象进行深入理性的探讨，这在唐宋古文研究中表现得尤为突出。据冯志弘先生的统计和研究，五代时期的文章以奏疏和制诰为最多，其中奏疏占到五代文章总数的44%，制诰则占到12%。这种体式的数量正反映出五代文章是以悲哀伤世和激扬颂声为主要特点，由于士人在奏疏中大多流露出对现政的不满，因而上疏直谏，这就造成奏疏的内容多以悲哀为主。而制诰则是体国经野、润色鸿业之作，用于国家的礼乐大典和重要官员的任命，因此其格调多以颂美为尚。上述两种文体对应着五代文风的特点，但就文章创作的个性而言，奏疏显然要比制诰复杂，毕竟士人要在奏疏中准确而深刻地反映现实的情势和自己的意见，社会现实的变化带动着士人们时刻面对新的问题，做出新的思考，加之个人写作文章的特点各异，这就使得奏疏的内容和面貌呈现不同的特征。至于制诰文章，多是涉及官吏任免和国家大典等事务，因此其中程式化的特征较为明显，如任用官吏的制文，其内容要素多是称颂官员个人的品质、此前的政绩以及适合担任何种官职。这相比于奏疏文章的写作，就显得缺乏个性和变化。况且从五代时期的数量而言，奏疏也远多于制诰之文，因此要深入客观地研究五代文章，能够鲜明地反映出作者思想和社会现实的奏疏是最为重要的文体。

二、奏疏的体制要求以及唐代奏疏发展概述

奏疏文章是我国古代非常重要的文类之一，它是在国家政治

制度的不断完善中逐渐发展起来的,大多使用于庙堂议论的政治场合,因此具有非常明显的实用色彩。在这种发展过程中,种类越来越多的相关文体被吸纳进奏疏之中,造成奏疏作为一个类别的范围越来越大,因此从其发展的历史来追溯奏疏中的文体样式及其大致特点就显得非常重要了。关于这一问题,我们可以从历代文学批评的资料中大体梳理出奏疏的一些基本的体制要求,那就是典雅而简明的行文风格。曹丕在《典论·论文》中曾指出"奏议宜雅",要求朝堂之上群臣对皇帝的上疏务必"典雅",显然是强调群臣对皇帝的恭敬心理、庙堂之上的正式场合与奏议文体的上行性质,因此其文风要表现出雅致得体、用词考究的特征。与此类似的是陆机在《文赋》中提出"奏平彻以闲雅",陆机在曹丕注重"雅"的方面之上,又加入了"平彻"的特点,即此类文章要写得平实清晰,这一认识主要是针对奏疏的实用性质而言,群臣上疏皇帝,必然是有事而发,因此就要把事情的是非曲直和个中道理说清楚,使得皇帝能够通过奏疏准确而透彻地了解群臣的意见和想法,因此奏疏之中不宜过度张扬文采,尊重其实用特征,力求清晰通畅的表达。

唐前在文章学方面集大成的著述是刘勰的《文心雕龙》,他在此书中将前代的文体分为数十种,并结合往代的创作实际,对其中的许多文体从内容和艺术等方面作了深入的探讨。由于刘勰的文体划分较之以往更为细密,因此涉及奏疏的文体自然也就较多。刘勰关于奏疏的分析主要见于《章表》《奏启》和《议对》等篇目。围绕奏疏的创作,结合其中不同分类的文体所具有的价值和功用,他是在曹丕和陆机的基础上进行了更加细密的分析。比如刘勰在《文心雕龙·章表》中,从章表之用的角度,明确指出章表之文有着"对扬王庭,昭明心曲"的实用性质,其中"章"是针对现实缺失而查漏补缺的文体,其特点是"要而非略,明而不浅",即简明清晰地表明观点,同时文风也不落浅俗。而"表"则更多的是为皇帝提供建设性的政策意见,其文体特点是在体现典雅的同时可以适当彰显辞采华章。由于这两类文体都使用于正式的场合,面对的也是政治的重大问题,因此刘勰在深入了解历代章表的作品后而总结出的共同特点是"繁约得正,华实相胜,唇吻不滞,则中律矣",这就要求两种文体都必须能清楚流畅地表达观点,同时文风方面也要做到繁简恰当、文质相得。此外,刘勰将曹丕《典论·论文》中的"奏议"分在两篇探讨,即《奏启》和《议对》。对于"奏启",刘勰强调了其作为"谠言"的谏诤色彩,注重以"道"取胜,发挥补裨时政之效,这就决定了奏启不以文采见长,而是注重辨析道理,摆明观点。而要达到这一要求,刘勰从作者的素质方面强调了写作奏文的关键,即作者能够对历代政治得失了然于胸,从纷繁复杂的经验教训中总结出属于自己的真知灼见,这样写出来的奏文才能真正有用于现实,并能在奏启中体现作者的忠谏人格。对于"议对",刘勰则关注其达于权变、务实致用的特征,这就要求作者既能深谙历史故实,又能权变当时,更重要的是要能深达政体,对国之大事有所了解,才能就现实问题对症下药,提出切于当时的意见,同时在文章表现方面能做到"文以辨洁为能,不以繁缛为巧;事以明核为美,不以环隐为奇",这与《奏启》中的"辨要轻清,文而不侈"的文体风格要求极为类似。上述归纳集于一点,就是刘勰认为能做好"奏启"、"议对"之人必属"通才",实干与文才缺一不可,既能熟识经典历史,还能密切关注现实,即"枢纽经典,采故实于前代,观通变于当今"。

通过上述的前代评论,其中透露出若干共识,即"奏疏"所应有的现实意义和论谏色彩,作者所必备的通古驭今的才识,内容上的观点鲜明和文风上的简洁流畅之感,这都鲜明地反映出"奏疏"作为古代重要的实用公文的特色。

除了刘勰等人的评论外,唐代奏疏文章的创作实绩也反映着其中一些具有时代意义的特点,尤其是那些有着明确变革意识的作家文人,他们的作品往往会成为一个时代文风扭转的指向标。从这个意义上说,这些文人及其创作的文章就蕴含着唐代奏疏发展的阶段性特征。因此,分析五代奏疏的特色,就有必要先对唐代奏疏文章作一大体的回顾。

初唐时期上承隋代,在公文领域的散体文风改革有着渊源一脉的线索可循。隋代的李谔曾应隋文帝号召崇实黜华,讲求实用的文风,这一风气历来被看作是中唐古文革新的远源之一,即以古文代骈文起始于南北朝后期至隋代的反对齐梁绮艳文风。初唐时人在此风气的影响下继续着这方面的探索,唐高祖李渊和太宗李世民也都在公文写作上积极提倡实用之风,反对华伪,《贞观政要》载,李世民主张"上书论事"要"词理切直",对奏疏文章影响最直接,唐代散文的发端就是以贞观谏臣魏徵和马周的奏疏为重要标志的。作为初唐最具影响的谏臣,魏徵在领衔修撰的《隋书》中就继承了前隋李谔等人批判齐梁文风的观念,明确指出当时的骈文"词尚轻险,情多哀思"。在此基础上,魏徵则以奏疏为基础,在日常创作中大力提倡文章的实用价值。他的《十渐不克终疏》《论政事疏》《谏太宗十思疏》《论治道疏》等就是贯彻其文章思想的代表作品。在这些文章中,魏徵创造了一种半骈半散、杂以排比句为主、趋向质朴实用的文体风格,论述透辟,观点鲜明,对偶句式增强了理论阐述的力度,通过正反观念的交锋,显示出正面论点的确切,同时去除了骈文过于华丽的典故堆砌,这就加强了说理的通畅,这在重视南朝文风的初唐时期是难能可贵的,也预示了文风逐渐转变的契机。与魏徵同时的马周也在奏疏创作上颇具个性,他的《陈政事疏》等文章多以总结前代历史经验为主线,为了论述某一观点,采取多方撷取历史事实的方式,围绕观点组织史实,从纷繁的史实中归纳出有资于治道的认识,进而有效地展示自己的政治观念。这一论、史结合的创作特点,使得马周在处理文章中的句式时,往往是论点和结论部分以散句为主,而史实部分则是骈散结合,以较少的语言说出史实论据,从而呈现出一种会理文切、气势慷慨的特色。《大唐新语》曾说他:"论事多矣,援引事类,扬榷古今,举要删芜,言辩而理切,奇锋高论,往往间出,听之靡靡,令人忘倦。"①可见马周的奏疏取事虽多,却能详略得当,观点鲜明,切中时论。

盛唐时期,骈文领域的"燕、许大手笔"成为引人注目的文章体格,奏疏领域则有颜真卿、元结等人继承陈子昂的复古思想,在奏疏创作中开拓出散体文章的格局。颜真卿为文强调"导达心志,发挥性灵",提倡直言极谏之风,有《乞御书题天下放生池碑额表》等文章。元结作为中唐古文革新的先驱,破除了虚饰溢表、铺陈敷衍之弊,指陈时政,言之有物,其文风激切危苦,质朴无华,代表作有《谢上表》《再谢上表》《奏免科率状》等政论文。

与中唐古文先驱的创作声气相应的是科举文体的散体化趋势日益明显。宝应、建中时期,贾至等人在科举试策中提倡废诗赋、重义旨,以强调对儒学经典根本宗旨的研究。令狐垣在建中元年主持的科举考试中,贤良方正直言极谏科出现散体文形式的对策,这体现出时人对文体改革的思考渐趋深入,并最终反映到当时的科举之中。自策问文章多出现散体之后,朝野之中的公文奏疏也开始普遍使用古文,如柳冕、独孤及、梁肃、崔元翰、唐京和齐抗等人。

中唐时期对骈文改造贡献最巨的作家是陆贽,他的《奉天兴元大赦敕》《奉天请罢琼林大盈二库状》等奏疏公文体现出崭新的骈文形制。与以往骈文用典晦涩、辞采华丽明显不同,陆贽在这些公文中以散句双行为主,杂以单句,句式的变化有利于说理晓畅。这

---

① 刘肃,《大唐新语》,中华书局1984年版,第112页。

种吸收散文文风入骈文的作法，既保持了骈文句式整齐的特色，又呈现出一种明白如话的清新风气。陆贽对骈体公文的改造与当时公文中的散体化趋势是一致的，都说明对文章创作的革新在当时已成为时代的共识。

韩、柳等人领导的古文革新是对公文领域浮艳风气的一次彻底反拨，韩愈的《御史台上论天旱人饥状》《论佛骨表》等成为此时奏疏公文的代表作，辅以"文以明道"、"气盛言宜"和"陈言务去"等理论主张，使得当时的公文中古文文体成为重要的创作形式。与韩、柳等人同时的白居易、元稹等对于当时的制诏、奏疏也进行了改造，《旧唐书·白居易传》载："元之制策，白之奏议，极文章之壶奥，尽治乱之根荄。"元稹主要针对制诏的陈腐而发，改造的内容涉及内容、语言、形制等方面。他要求明切具体地说明事实，杜绝含糊模棱的表述方式，反对骈四俪六的语句形式，引入散句单行的古文写法，力求古朴简洁的文风，白居易曾称赞元稹的这一革新是"制从长庆辞高古"。由于元稹的举措得到穆宗和段文昌的赞同，此时正值长庆年间，因此元稹所倡导的文体被称为"长庆体"，其代表作为《陈政事疏》《论谏职表》等。白居易在当时主要从文风方面提倡质朴自然的写作风格，他在《议文章碑碣辞赋》中指出："尚质抑淫，著诚去伪。"不同于韩愈文章的奇奥之气，元、白的文章风格更趋明白质朴，他们可谓是中唐古文革新在公文领域的代表作家，"长庆体"也成为古文延伸到奏疏公文创作中的典型体式。由于他们的身体力行，散体创作在当时公文领域的地位进一步得到巩固。

时至晚唐，散体公文的余响并未断绝，李德裕、韦处厚、舒元舆、杜牧等人多用散体创作公文，杜牧的《上司徒李公论用兵书》《上李太尉论北边事启》成为当时经世之文的代表。与此相对，骈文在晚唐的复盛主要体现于公文写作，这也是唐代骈文在此末世的回光返照，李商隐等骈文大家以秾丽典雅的文风创作出颇具新意的骈体奏疏,因应当时幕府角逐的政治形势,骈体章奏重新焕发出生机,同时进一步暴露出骈文用典晦涩、繁缛浮华的弊端,晚唐骈文的兴盛其实也预示其生命力的枯竭,其积重难返之势已无可挽回了。

纵观唐代奏疏公文的创作,骈体和散体的相互竞争和融合成为各个时期公文写作领域的重要表征。无论是骈文中吸收古文的文风和散句,抑或是古文中杂以骈句的对偶,最终的目的都是通过改革奏疏公文的写作以适应政治形势的变化,而这一趋势也推动了唐代奏疏公文的写作逐渐超越骈散之争而更加注重彰显出作者的创作个性和人格。

三、士人谏诤精神与五代奏疏的特点

五代时期延续唐代公文创作的风气,其奏疏之文不仅是当时创作最为丰厚的一类文章,更与当时的政治和士风有着极为密切的关系。既然"奏疏"的实用性和现实感为历代文士所关注,其中透露出的是士人的谏诤精神,那么其内容必然既折射出时事政治的深刻变化,也体现出士人在当时的乱世是如何参与到政治中,并在这些活动中表现出别样的人格心态。

五代时期"奏疏"的一个鲜明特点是具有浓厚的论谏色彩,这体现于当时很多的奏疏之文直接冠以"谏"字,如幸寅逊的《谏孟昶击球驰骋疏》,田淳的《谏用兵疏》《谏蜀后主疏》,蒲禹卿的《谏蜀后主东巡表》,李详的《谏修德省灾疏》,冯涓的《谏伐李茂贞疏》《谏用兵疏》,张昭的《谏田猎疏》,高锡的《谏亲决庶政疏》,汪焕的《谏事佛疏》,桑维翰的《谏赐优伶无度疏》,赵凤的《谏皇后拜张全义为养父疏》,杨昭俭的《谏宥张彦泽疏》,魏励的《谏滥放囚徒疏》,拓跋恒的《谏楚文昭王书》等。从上述奏疏的内容来看,或就君主失政而犯颜直谏,或就施政举措提出不同意见,或对时势发展发表个人看法,这体现出五代群臣在面对君主权威时能坚持独立的思想和骨鲠的品格,敢于讲出自己的真实想法,而这么做的基础则是他们始终坚持心中的政治理想,其中以李详的《谏修德省灾疏》表现得最为明确:"鉴前朝得丧之本,采历代圣哲之规,近君子而远小人,任贤无贰。杜迩言而求谠议,择善而从。崇不讳之风,罢不急之务。则景公修德,荧惑退舍以为祥。太戊小心,桑谷生朝而不害。自然妖不胜德,所谓宏之在人。寰瀛永定于无疆,遐迩长归于有道。"在李详看来,决定政治成败的关键不在虚无缥缈的祥瑞灾异,而是君主自身的有道与否,即能否做到鉴古知今、亲贤远佞。君主既然要择善而从,那么群臣也应谠言进谏,纠正时弊。这种认识在五代之时并不孤立,希望君臣之间形成纳谏与进谏默契的观念成为当时较为普遍的共识,如《十国春秋·南唐·张易传》载张易"迁谏议大夫,复判大理寺,寻乞解大理,改勤政殿学士,判御史台。采武德至宝历君臣问对及臣下论奏骨鲠者七十事,为七卷,曰《谏奏集》,上之"①。《十国春秋·后蜀·赵元拱传》载赵元拱"有良史才。广政时,授职方员外郎。会宰相李昊监修国史,请置史官。后主乃以元拱为修撰,未几,修《前蜀书》,复命元拱等董其事。国亡,降宋,除虞部员外郎。元拱所纂辑有《唐谏诤集》十卷"②。根据唐代政治史实编纂谏诤文集,正说明了张易和赵元拱是当时关注谏议传统的重要士人,他们希望藉此能为君主执政提供历史借鉴,当时"好学嗜古"的何光远也是出于此目的而作《鉴戒录》,《十国春秋·何光远传》载:"何光远,字辉夫,东海人也。好学嗜古。广政初,官普州军事判官。撰《聂公真龛记》。又常著《鉴戒录》十卷,纂辑唐以来君臣事绩可为世法者。"③而从五代典籍来看,诸如此类的文集

---

① 吴任臣,《十国春秋》,中华书局 1983 年版,第 346 页。
② 同上,第 815—816 页。
③ 同上,第 817 页。

还有不少,据清代顾怀三所作《补五代史艺文志》,涉及谏议传统的文集包括《谏草》二卷,杜光庭的《历代忠谏书》五卷,《谏书》八十卷,徐融的《帝王指要》三卷,而赵元琪除了《唐谏诤集》十卷外,还有《唐谏诤论》十卷①。这种对谏诤传统的重视不仅体现于士人编纂文集的方面,在现实政治中也多有表示,如《十国春秋·前蜀》中曾记载"持坚刚之节,百折不挠"的张道古"上疏言五危二乱七事",《十国春秋·后蜀》卷五四《幸寅逊、章九龄、田淳传》载:"章九龄,事后主,累官右补阙。慷慨好直言,不避权贵。广政中,上言政事不治,由奸佞在朝。后主问奸佞为谁,九龄指宰相李昊、知枢密使王昭远以对。……田淳,成都人。广政中,官龙游县令。好谈治乱大略,屡陈朝廷得失。"②本传后的评论是:"幸寅逊《明德》一疏,兢兢乎得防微杜渐之意焉。章、李直言,陈、田谠议,皆广政之诤臣也。"《五代史补》曾记载了一位不知名的县令对后唐庄宗的进谏③,这说明了士人谏诤风气在当时是较为普遍的。南唐时期的张义方则作《请纳谏疏》,呼吁君主亲近贤臣,群臣不可尸位素餐,必须纠弹时弊,可见即使在乱象丛生、武人当政的五代衰世,面对君主的喜怒无常,许多士人依然坚持骨鲠的人格和节操,继承自古而来的谏诤传统,针砭时弊,谠言议政,而当时出现的为数众多的

---

① 傅璇琮、徐吉军主编,《五代史书汇编》(5),杭州出版社 2004 年版,第 3124 页。

② 吴任臣,《十国春秋》,第 795—797 页。

③ 《五代史补·庄宗为县令所谏》:"庄宗好猎,每出未有不蹂践苗稼,一旦至中牟,围合,忽有县令,忘其姓名,犯围谏曰:'大凡有国家者,当视民如赤子,性命所系,陛下以一时之娱,恣其蹂践,使比屋嚣然,动沟壑之虑,为民父母,岂若是耶?'庄宗大怒,以为遭县令所辱,遂叱退,将斩之。伶官镜新磨者知其不可,乃与群伶齐进,挽住令,佯为诟責曰:'汝为县,可以指麾百姓为儿。既天子好猎,即合多留闲地,安得纵百姓耕锄皆遍,妨天子鹰犬飞走耶? 而又不能自责,更敢啾啾,吾知汝当死罪。'诸伶亦皆嘻笑继和。于是庄宗默然,其怒少霁,顷之恕县令罪。"见傅璇琮、徐吉军主编,《五代史书汇编》(5),第 2487—2488 页。

谏议奏疏正是这种精神的鲜明体现。

五代时期的大多数谏议奏疏在语言方面的特征是较为直白浅显，尤其是在不长的篇幅中只求讲明问题，如郑珰《请禁诸吏僭侈奏》："诸司诸使职掌人吏，乘暖坐，带银鱼席帽，轻衣肥马，参杂庭臣。尊卑无别，污染时风。请下禁止。"卢咸雍《请禁盗贼疏》："贼寇宵行，逼胁村舍，俾供食宿。及当败露，指引行程，追禁经时，虑妨农作。望颁明敕，俾得疏治。"萧希甫《请禁州府推委刑狱奏》："府州官吏，不务守官，咸思避事。每睹微小刑狱，皆是闻天。不惟有紊朝纲，实恐淹延刑狱。"刘虔廙《上时务奏》："里俗有父母在而析财别居；又宗族之间，或有不义凌其孤弱者；请行止绝。"类似篇幅简短、语言直白的奏疏在当时数量众多，由此可见当时奏疏的写作风气。关于此点，牛希济在《表章论》中曾明确指出："人君尊严，臣下之言，不可达于九重，表章之用，下情可以上达，得不重乎？历观往代策文奏议，及国朝元和以前名臣表疏，词尚简要，质胜于文，直指是非，坦然明白，致时君易为省览。夫聪明睿哲之主，非能一一奥学深文，研穷古训。且理国、理家、理身之道，唯忠孝仁义而已。苟不逾是，所指自合于典谟，所行自偕于尧舜，岂在乎属文比事？况人君以表疏为急者，窃以为稀。况览之茫然，又不亲近儒臣，必使旁询左右。小人之宠，用是为幸。傥或改易文意，以是为非，逆鳞发怒，略不为难。故《礼》曰：'臣事君，不援其所不及。'盖不可援引深僻，使夫不喻。且一郡一邑之政，讼者之辞，蔓引数幅，尚或弃之，况万乘之主，万几之大，焉有三复之理？国史以马周建议，不可以加一字，不可以减一字，得其简要。又杜甫尝雪房琯表，朝廷以为庚辞。倘端明易晓，必庶几免于深僻之弊。夫僻事新对，用以相夸，非切于理道者。明儒尚且抒思移时，岂守文之主可以速达？窃愿复师于古，但置于理，何以幽僻文烦为能也。"①牛希济是

---

① 《全唐文》卷八四五，第 8878 页。

结合前代文章创作的经验,从正反两个方面称道奏疏文章之简明易晓的益处,"直指是非,坦然明白"可以方便君主的观览,况且奏疏文章的实用性决定了它并非骋辞扬华之体,其内容的正确是最重要的方面。若在奏疏文体中过分注重辞华,尤其是用典深僻,则不易让君主明白,更会使那些君主身边的小人有机可乘,曲解奏文,"以是为非"。因此"切于理道"在牛希济看来是写作奏疏的关键,文章体式的选择服从于这一观念,而用事深僻、恃才骋词则是大忌,牛希济的这一判断大体符合五代时期奏疏文章的创作实际。

至于当时奏疏讲求直白的特点,除了牛希济在《表章论》中所指出的原因外,其实还渗透着当时现实情势的要求,那就是五代时期绝大部分君主的文化素质不高,他们更希望文士的文章能写得通俗易晓。如《旧五代史·敬翔传》载:"太祖比不知书,章檄喜浅近语,闻翔所作,爱之。"①《新五代史·敬翔传》也有类似的表述:"敬翔,字子振,同州冯翊人也,自言唐平阳王晖之后。少好学,工书檄。乾符中举进士不中,乃客大梁。翔同里人王发为汴州观察支使,遂往依焉。久之,发无所荐引,翔客益窘,为人作笺刺,传之军中。太祖素不知书,翔所作皆俚俗语,太祖爱之。"②梁太祖朱全忠起身草莽,在唐末农民起义中发迹,虽然后来凭借权诈多变的机谋取唐而代之,但文化水平的低下在其戎马生涯中却没有太多的改变,因此他所欣赏的就是比较浅俗直白的文章,敬翔的文风恰好具有这样的特点,能得到重用也就顺理成章了。杜荀鹤之所以能被梁太祖看中,也是出于同样的原因,《北梦琐言》载:"唐杜荀鹤尝游梁,献太祖诗三十章,皆易晓也,因厚遇之。洎受禅,拜翰林学士,五日而卒。"③可见朱全忠在选择文士时更倾向于文风简易之

---

① 《旧五代史》卷十八,中华书局1976年版,第247页。
② 《新五代史》卷二一,中华书局1974年版,第207—208页。
③ 孙光宪著,贾二强点校,《北梦琐言》,第144页。

人。在当时像朱全忠这样的情况不乏其例,如前蜀的王建,《北梦琐言》尝载:"唐卢延让业诗,二十五举方登一第。卷中有句云:'狐冲官道过,狗触店门开。'租庸张浚亲见此事,每称赏之。又有'饿猫临鼠穴,馋犬舐鱼砧'之句,为成中令汭见赏。又有'栗爆烧毡破,猫跳触鼎翻'句,为王先主建所赏。尝谓人曰:'平生投谒公卿,不意得力于猫儿、狗子也。'人闻而笑之。卢尝有诗云:'不同文赋易,为是者之乎。'后入翰林,阁笔而已。同列戏之曰:'不同文赋易,为是者之乎。'竟以不称职,数日而罢也。"卢延让能被王建看重,其诗风的浅俗诙谐是主要原因。王建作为五代时期善于延揽文士的君主,尚且如此,其他一些从社会底层起家的武人君主的文化水平就可想而知了。杨凝式之于张全义也是如此,《别传》载:"凝式诗什,亦多杂以诙谐,少从张全义辟,故作诗纪全义之德云:'洛阳风景实堪哀,昔日曾为瓦子堆。不是我公重葺理,至今犹自一堆灰。'他类若此。"[①]由此可见,当时的诗风与文风都出现了通俗易晓的倾向[②],这与君主的文化水平偏低有着密切的关系,他们更加偏爱那些通俗易懂的文字。而奏疏文章作为向皇帝进言的上行文体,群臣必然会充分考虑到君主的这种喜好,而君主在选择文士时,也必然会以上述喜好作为标准,这些都是深刻影响五代时期奏疏文章偏于直白易晓的重要原因。

五代时期奏疏文章的文体与其内容有着密切的关系。就内容而言,当时的奏疏可分为宏观论势之文和解决具体问题之文。在那些高屋建瓴、纵论大势的奏疏文章中,骈体文句较多,有的甚至通篇骈文,如桑维翰的《论安重荣请讨契丹疏》、薛昭文的《陈十事疏》、窦俨的《上治道事宜疏》等,为了显示文章的冠冕堂皇和雅正

[①] 《旧五代史》,第 1684 页。
[②] 对五代诗风中浅俗特色的分析,可参见刘宁先生的《唐宋之际诗歌演变研究》,北京师范大学出版社 2002 年版。

有致,他们都不约而同地选择骈体作为行文的主要形式,但这些骈体文章与晚唐李商隐等人的骈文又有着显著的不同,没有深僻的典故,讲求说理的条理性,文风显得平易朴实。而在那些解决具体问题的奏疏中,单行散体的表述成为主要的写作体式,在这些文章中,只要讲清所要面对的问题和所需采取的措施即可,有时还要罗列数据资料,作者为了便于平白如话地讲述,就选择了一种相对自由的表达方式,这样写出的文章多是单行散体的叙述而更接近于古文。当然这两种划分只是大致的情形,有的骈体文中在碰到过渡和叙述的情况时也会夹杂散句,如窦俨的《陈政事疏》;散体文中为了加强表达的严肃,也会以骈句作为文章的开头,如杨昭俭的《谏宥张彦泽疏》。相比于这种骈散体式的大体区分,文风的平易浅切显得更为重要,成为大多数奏疏所共具的创作特点。它既使此时的骈体文不再如晚唐时的深丽幽僻,而在说理方面更显流易畅达,也使散体文章的文风表现避免了割裂章句、故作怪奇的古文之弊,这些都显示出五代奏疏文章的新趋向。

  作为庙堂之上重要的实用文体,五代时期的奏疏文章不仅数量众多,而且与当时的士风精神密切相关。在这些文章中,坚持政治理想的士人们面对时弊而拾遗补缺,体现出忠直謇谔的谏诤精神,或纵论国之大事,或纠正时政之偏,充分张扬了士人积极入世的个性。以往对五代的观念,都认为是武人当道、文士寥落的时代,但谏议奏疏所展现的士人精神却透露出他们在当时的政治中依然发挥着重要的作用。值得注意的是,这种对谏诤品格的强调与时人所理解的"道"的内涵紧密相连,即当时在一些文士中间已逐渐摆脱盛则颂扬、衰则哀怨的传统诗教说,而开始形成"居安思危"的政治理念①,如冯道的《论安不忘危状》,张昭在《陈治道疏》

---

① 对"安不忘危"理念的分析,可参见本书第一章第一节《晚唐五代时期文章之"道"内涵的多样性及其影响》中的相关内容。

中也曾言"安不忘危,治不忘乱",这就表明此时的士人已意识到身处盛世亦须具有忧患之感,乱世之中则更须如此,这也成为北宋中期欧阳修"忧治世而危明主"的理论先导,因此五代时的士人逐渐关注时弊而纠偏补阙,这种谏诤精神正是"居安思危"理念作用于士人主体性格而产生的必然结果。同时,作为向君主进言的上行文体,此时的奏疏文风又不得不受到君主个人喜好的规范,因而文士的创作更倾向于平易浅切的特点。这一方面说明由于奏议文体的实用性,为了使奏议能充分发挥谏诤的功能,士人创作不得不适应君主文化水平低下的现实;另一方面也体现出文章创作风气的逐渐转移,虽在公文系统中仍有为数不少的骈体文,但骈散彼此对立的态势正在逐渐弥合,骈中有散,散中有骈,文风的平易浅切则成为当时文章创作的突出表征。奏疏文章的实际样态也说明了五代时期的文士在创作中能以直面现实、切于世务为重,选择合适的表达方式,而不再纠缠于骈散之争。奏疏文章的这些特点都可视为北宋文章逐渐走向平易务实的先导。

第六章　晚唐五代时期古文创作的文体新变

韩愈和柳宗元之所以能取得古文革新的成功，主要是以"道"的更新带动"文"的创变，摒弃了礼乐决定政治兴衰的传统观念后，文学的艺术特征获得了相对独立的地位，这意味着艺术形式的不断进步成为新体古文创作的重要内涵。从更广泛的意义上说，艺术性的高下是决定古文、骈文对立消长的重要因素，也是新型古文起始于中唐李华、元结等人而最终成于韩、柳的重要原因。骈文在晚唐五代通过艺术形式的改善重新占据主流，不仅在传统的制诰之言中，甚至还渗透进某些古文创作的文体中，显示了其仍具有一定的创造活力。与此同时，古文逐渐落入低潮，虽然受到骈文的影响而被边缘化，但在一些私人文体的创作中，如书信、墓志铭、厅壁记等之中，其艺术探索仍在继续①。这说明古文、骈文在艺术表现上的较量势属必然。除了私人化文体的艺术革新外，一些独具个

---

① 从骈文和古文的演变趋势来看，文体的划分有着重要的认知意义。一般而言，适用于较为正式场合的文体多数运用骈文，而私人化色彩更重的文体则多为古文。唐代古文、骈文的对立消长主要受社会政治改革和思想变革的深层背景所驱动，提倡古文者以反对骈文作为明确的目标。但随着创作的深入，如何看待古文、骈文的关系逐渐趋于理性化。因此，宋代以后，骈文和古文基本上分途发展，有其各自的领域和创作式样。古文具有书写更为自由、风格更趋多样的语言形式特色，这也成为它更多出现于私人写作领域的重要原因。关于此点，可参见葛晓音师的《中晚唐古文趋向新议》、沈松勤先生《宋代政治与文学研究》（商务印书馆2010年版）中的《宋体四六的功能与价值》、翟景运的《晚唐骈文研究》（商务印书馆2010年版）和本书的结语部分。

性的寒士文人也以体式形式的创新延续着古文艺术的发展,唐末五代小品文的勃兴就是突出的现象。因此,本章着重分析晚唐五代古文在艺术方面的创变。

第一节　辞不尚奇,切于理也
——唐末五代小品文的内容特征与文学特色

唐末五代是我国散文史上小品文创作取得丰厚成绩的时代,不仅出现了皮日休、陆龟蒙和罗隐这样的被鲁迅先生称道的小品文作家,而且它在中唐古文革新后作为古文发展的重要支流,其内容指向和艺术表现都有鲜明的时代特色。因此,关注唐末五代的古文必然会把研究的目光投向此时的小品文创作。在具体展开唐末五代小品文的研究之前,首先要对小品文这一"舶来品"的概念内涵作一清理。

受到西方文学影响,"小品文"这一文学概念在二十世纪初的我国文坛曾受到广泛的瞩目,围绕"小品文"的文体概念和风格特征进行过深入的讨论。当时正值文学转型的契机,以古代文法写成的诗、词、曲等在我国历史上曾长期占据主流的旧文体,在"文学革命"反传统的号召下遭到当时人的强烈批判,代之而起的是以白话文写成的新文体。这种新旧语言的更替标志着新文化运动对我国传统文学创作的根本性变革,"小品文"这一概念正是在这种时代文化的背景中被引入白话文学,并在当时的文人群体中引起了激烈的争论。由于对创作实践的不同理解和品格各异的文学趣味,加之中外文学观念的不同传统影响,导致现代文学史上有关"小品文"文体问题的争论莫衷一是,见仁见智。因此要想在这些概念和理解的纠缠中寻找"小品文"文体的内涵和外延,首先是要对那些在现代文学史上争论不休的作家学者的认识进行一番正本清源的梳理。

一、现代"小品文"概念的内涵

从我国现有文献来看,"小品"这一语词最早出现于魏晋六朝的佛经之中,《世说新语·文学篇》刘孝标注曾引释氏《辨空经》曰:"经有详者焉,有略者焉。详者为大品,略者为小品。"与此同时,北方的高僧鸠摩罗什曾翻译《摩诃般若波罗蜜经》,有 27 卷本和 10 卷本两种,27 卷本称为《大品般若》,10 卷本称为《小品般若》。由此可见,六朝时期出现的"小品"一词是与"大品"相对而言,是指佛经的节文,因此在篇幅上简约短略,易于诵读和传播。而真正把"小品"一词用于文章创作中,则要到晚明时代的小品文出现创作高潮之时。吴承学先生在《晚明小品研究》中指出:"中国古代小品文历史悠久,但到了晚明,人们才真正把'小品'一词运用到文学之中,把它作为某类作品的称呼,而小品文在晚明也从古文的附庸独立而成为自觉的文体。"[①]这一判断基于晚明时代小品文大盛的文化背景,当时的小品文风格多样,流派众多,创作的繁荣确实使得小品文的文体地位迅速提升,在当时成为引人注目的文学潮流,由此可见,既然"小品文"在我国古代的文献记载中具有语源学的根据,又能找到创作的积淀,因而说"小品文"在我国古代文章创作过程中有着深厚的基础是大致不错的。

除了这种历史的追溯之外,我国近现代文学争论中的"小品文"概念则与西方散文的影响有着密切的联系。正如朱肇洛先生在《谈小品文》中所说:"当然,处于东西文化交流的今日,一种文体的产生或复活,一方面有它的历史背景,一方面有它的外来文体及思想的影响。小品文虽是中国原有的东西,但最近之所以复活的

[①] 吴承学,《晚明小品研究》,江苏古籍出版社 1998 年版,第 5 页。

发达起来,恐怕也不能说不受外国文学的影响。"①夏丏尊与刘薰宇在《小品文》一文中提到:"小品文,我国古来早已有了,如东坡小品就很有名;普通的所谓'随笔',也可看做小品文的一种。近来在各国小品文更盛行,并且体裁和我国的向来的所谓小品文大不相同。现在的所谓小品文实即 Sketch 的译语。大概都是以片断的文字,表现感想或现实生活的一部分的。"②而在钟敬文先生的《试探小品文》中,他把"小品文"归结到英文中的"familiar essay",并指出"胡梦华先生把它翻作'絮语散文'",钟先生觉得这种"絮语散文"译作"小品文"很确切。在西方文学传统中,"essay"特指意味活泼、幽默风趣的短文,这种文章的风格有其特殊性,就我国传统的小品文创作来看,晚明时代大量出现的闲适小品文与其相类,讲究情绪的淡雅含蓄,文字表达方面也是追求蕴藉之美,没有过分激烈的情感抒发。因此对"絮语散文"的认同其实多是受到了晚明闲适小品的影响,把这种淡雅含蓄、幽默风趣的风格作为小品文的正宗,这就是后来林语堂等人把小品文定性为闲适笔调的根本原因。至于"sketch"代表的概括速描式的短文,与"絮语散文"在概念的内涵上基本相同,这都表明二十世纪初时人讨论的"小品文"既有我国传统文学观念的影子,当然也和西方文学的传入有着千丝万缕的关系。

在新文化运动中,最先注意到"小品文"创作价值的学者是胡适先生,他在《五十年来中国之文学》说:"白话散文很进步了。长篇议论文的进步,那是显而易见的,可以不论。这几年来,散文方面最可注意的发展,乃是周作人等提倡的'小品散文'。这一类的小品,用平淡的谈话,包藏着深刻的意味,有时很像笨拙,其实却是滑稽。这一类作品的成功,就可彻底打破那'美文不能用白话'的

---

① 李宁编,《小品文艺术谈》,中国广播电视出版社1990年版,第302页。
② 同上,第2页。

迷信了。"①胡适说这番话是在论述新文化运动开展以来白话文所取得的一系列成绩,可见这里的"小品文"主要承担着扩大白话文影响的功能,其对立面则是当时一致反对的古文语法。在把"小品文"作为白话散文之一种来看时,胡适实际在"小品文"的风格方面接受了周作人等人的平淡含蓄之美,这仍然是晚明闲适小品的遗绪。

在胡适以小品文作为新文化运动中白话文学取得成功的一部分之后,有关"小品文"争议最大的就是什么是"小品文"的问题,而此问题又主要是围绕"小品文"的风格究竟如何定位来展开。综观当时文坛的纷纭意见,总括起来,大致可以分为三派:

一是以鲁迅先生和伯韩等人的"刺时"派,他们主张面对国家危亡的紧急关头,文坛的创作不应深陷于有闲阶级的"小玩意",而是应该直面现实,深刻反映波澜壮阔的时代风貌,紧密结合当时的社会生活,这就意味着"小品文"必须摆脱帮闲文学的"小摆设"的尴尬地位,而要变成讽刺黑暗、回应现实的投枪和匕首。鲁迅先生在《小品文的危机》中强烈斥责那些只知玩弄翰墨却逃避现实问题的小品文,他指出:"然而就是在所谓'太平盛世'罢,这'小摆设'原也不是什么重要的物品。在方寸的象牙版上刻一篇《兰亭序》,至今还有'艺术品'之称,但倘将这挂在万里长城的墙头,或供在云冈的丈八佛像的足下,它就渺小得看不见了,即使热心者竭力指点,也不过令观者生一种滑稽之感。何况在风沙扑面,狼虎成群的时候,谁还有这许多闲工夫,来赏玩琥珀扇坠,翡翠戒指呢。他们即使要悦目,所要的也是耸立于风沙中的大建筑,要坚固而伟大,不必怎样精;即使要满意,所要的也是匕首和投枪,要锋利而切实,用不着什么雅。"②正是在此意义上,鲁迅先生极力称赞皮、陆、罗的

---

① 李宁编,《小品文艺术谈》,第302页。
② 同上,第70页。

小品文在唐末乱世的一塌糊涂中所放射出的耀眼光辉,而且对晚明小品中并非主流的讽刺之作大加揄扬:"明末的小品虽然比较的颓放,却并非全是吟风弄月,其中有不平,有讽刺,有攻击,有破坏。这种作风,也触着了满洲君臣的心病,费去许多助虐的装将的刀锋,帮闲的文臣的笔锋,直到乾隆年间,这才压制下去了。"如果说鲁迅先生出于激愤之情和时代的主题而猛烈批判当时的小品文泛滥于吟风弄月的狭窄风格里,那么伯韩对小品文的认识则是从古文传统的载道角度呼吁小品文的创作要为大多数民众着想,他在《由雅人小品到俗人小品》中说:"小品文是言志的,但言志之中便载了'道',天下没有无'道'之'志',尽管你'道其所道,非吾所谓道',但总而言之,言志是不知不觉地载了道了。而且,这种的事,是一切文学所共有的,并不是小品文所独有。"①除强调"载道"的小品文外,伯韩又着重论述了文学反映客观现实的意义,最终落脚到小品文要为大多数民众着想,他说:"至于小品文是主观的文学,这句话更不好讲了。一切文学,无论怎样的形式,都不能不通过主观而表现出来,不止是小品文这样;但一切文学,都同时反映了客观现实,而且有时还具有改造它的反作用,可见得并没有什么主观的文学了。"伯韩在此就借文学反映客观生活的论点反驳了当时流行的逃避现实的小品文创作倾向。两相对照,鲁迅先生的观点与伯韩在反映现实生活的层面上是一致的,只不过伯韩是从中国文学的载道传统中汲取理论资源,对小品文的创作内容进行改造,而鲁迅先生则是站在时代的客观要求立场来呼吁小品文从内容到风格要作彻底的扭转,其针对的对象显然是当时林语堂主张的闲适小品。

　　二是林语堂在《人间世》发刊词中主张的闲适笔调和个人性

---

① 李宁编,《小品文艺术谈》,第122页。

情。"十四年来中国现代文学唯一之成功,小品文之成功也,创作小说,即有佳作,亦由小品散文训练而来。盖小品文,可以发挥议论,可以畅泄衷情,可以摹绘人情,可以形容世故,可以札记琐屑,可以谈天说地,本无范围,特以自我为中心,以闲适为格调,与各体别,西方文学所谓个人笔调是也。"①林语堂着力将抒发个人的性情和闲适的风格作为判断小品文的标准,至于具体内容的展示可以随意,议论、叙事、描写皆可,并把这种重视个人笔调的渊源上溯至西方文学那里,其实对林语堂此种观念影响更为直接的则是晚明时代的公安派小品文。林语堂在《小品文之遗绪》中说:"中国古文中虽少好散文,却也有不少个人笔调之著作。若用另眼搜集,倒也有趣。在提倡小品文笔调时,不应专谈西洋散文,也须寻出中国祖宗来。"结果,林语堂在晚明散文中最推崇那些接近白话散文的小品文字,如黄道周、屠隆和公安派的文章。而在林语堂之时,擅写这类风格文章的则是以周作人为代表,因此他借用了周作人在《中国文学的源流》中崇尚公安竟陵的观念,也认为现代小品文直承晚明公安的遗绪。这种强调个人性情和闲适笔调的特点与当时以鲁迅先生为代表的刺时派的主张针锋相对,但比较之下,两派争论的立场却有不一致之处,鲁迅先生等人是看到了时代风云的迫切要求,受到时代气氛的感召,需要文学站出来发挥其应有的社会作用,真正面对现实的问题,揭露当时的黑暗,从而对社会风气起到推动作用,而林语堂则是接受晚明闲适小品传统的影响,紧守小品文注重抒发个人情怀的特征。更为关键的是,两派围绕的核心是小品文的风格和内容问题,这与小品文文体的探讨没有直接的关系,因为风格的问题并不是决定何为小品文文体的关键因素,何况鲁迅先生的意见是随着时代的变化,小品文的风格也应随之变

---

① 李宁编,《小品文艺术谈》,第89页。

化。由此可见,两派争论的实质只是在时代的大背景下如何创作小品文的问题,而没有介入小品文文体的关键。

第三派则是折衷派,即看到了鲁迅先生和林语堂争论的焦点问题以及他们立论的缺失,这以茅盾先生的观点为代表。他在《关于小品文》中谈道:"小品文本身只是文学上一种体裁,小品文之利弊如何,全看人们用它来装载怎样的内容。飞机可以带了炸弹去轰炸乡下人,但也可以播种,可以杀蝗虫。小品文在'高人雅士'手里是一种小玩意儿,但在'志士'手里,未始不可以成为'标枪'、为'匕首'。"[1]茅盾先生是以比喻的方式指出了小品文的内容风格不是决定小品文文体的关键,作者如何运用小品文写作怎样的内容,以及选择何种风格,只会影响到小品文的社会作用,而不会改变其文体的性质。当然,茅盾先生也认为在当时的背景下只是关注文人雅士的小玩意儿确实不应该,身处民族危难的关头,如果一味写作"苍蝇之微"而遗忘"宇宙之大",显然是不合时宜的。因此,茅盾先生在品评鲁迅先生和林语堂关于小品文风格之争的问题时,态度较为通达,而且看到了彼此争议的焦点并非小品文文体的关键,他们只是在面对时代的要求时选择了截然相反的创作风格,而这又与他们各自的文学趣味紧密相关。因此谢六逸先生在《小品文之弊》特别指出:"写小品文的人,不能'称孤道寡,唯我独尊'。如以为自己的笔调便是天秤,可以衡量一切,别人的笔调不值一钱,严划防线,鸣鼓而攻,我想必非智者之所应为。"[2]

综合上述意见,小品文的文体特征并没有在鲁、林的争论中取得有效的进展,一种文体之所以能够区别于其他的文体,那是因为它具有唯一的、其他文体所不具备的特征,至于风格和内容的不

---

[1] 李宁编,《小品文艺术谈》,第112页。
[2] 同上,第261页。

同,在不同的文体中都会存在,而不同的文体也可能具有相同的文章风格和表现内容,因此要想解决小品文的文体问题,仅从风格和内容层面是无法得到完满解决的。

除了鲁、林在小品文的风格方面各执一词外,对小品文的文体讨论还有过于拘泥于如何写好小品文的问题。如谢六逸在《小品文之弊》中指出:"现在流行的小品文,大多数只做到一个'小'字,其实并没有'品'。这里的'品'字并不作'下品'的品字的解释,是指小品文这种文体所特有的优点而言。"[1]谢六逸所特指的"品"是希望小品文的写作不能流于虚浮轻慢,而应有自己高雅的"品格"。这其实是要求在创作小品文时要以高标准严格要求,而不能信笔所至,不顾格调的取舍。至于怎样具体写好小品文,前辈学者曾有多种意见,许钦文先生在《小品文与个性》中说:"小品文不必有一定的'结构',无须遵守'三一律',不妨凭着主观的兴趣,随弯倒弯的写去;对于人物的个性,当然不能勾拘执着详细的描写。而且篇幅来得小;短篇小说则不像长篇小说和剧本的着重人物个性的详表,只以揭要为妙;何况小品文,是要并提多端的[2]。""由于自然的流露,无以做作,不容虚伪,才是作者的真面目。所以小品文,虽然是短短的,在'人格的表现'这文学的基本原则上,倒是占着重大地位的。"[3]可见,许钦文先生希望小品文的写作能够以表现人格的真实为上,只有这样才是真正写出了优秀的小品文。而在味橄先生看来,"小品文轻而易举,乘兴走笔,倚马可待。不像小说戏剧的内容复杂,结构整严,如何开头,如何发展,如何收束,都要先有细密的考虑,然后才能动笔。写小品文却不然,只要灵犀一动,心有所感,便很容易把握住它,一口气就把它写出来了。而且那些断片

---

[1] 李宁编,《小品文艺术谈》,第260页。
[2] 同上,第265页。
[3] 同上,第266页。

的思想,常常是很有独到之处,含有真理,富于人性,就是偶然批评一下社会,描写一点自然,也有一股热情存乎其间①。""小品文是一种表现自己的文学,尽管取材的范围没有涯尽,但总是以自己为中心的。最上乘的小品文,是从纯文学的立场,作生活的纪录,以闲话的方式,写自己的心情。"②从这种观点出发,上乘的小品文主要是在提炼生活经验的基础上真实而随兴地表现自己对生活和人生的认识,从而在小品文中展现一种人性的自然。而王力先生在《谈谈小品文》中开列了一些好的小品文必须具备的特点,如"好的小品文常常是幽默的",但幽默又不等于滑稽;"讲究情趣",但情趣又不等于低级趣味;"写小品文要有丰富的生活和敏锐的观察";"小品文要有个性,个性表现出来就是你的文章风格"。相比于前人的观点,王力先生在如何写好小品文的问题上提出了重视个性抒发和讲究情趣的特点,更为关键的是在"幽默"和"情趣"的定性时特别指出防止出现滑稽和低级趣味等不良倾向,这就显得在观点的逻辑上更为严谨。但总括以上对优秀小品文标准的讨论,都不外乎强调个性问题和自由创作的方式,在小品文中展示真实的自我和自然的人性。如果把这种标准放大来看,其中明显透露着小品文的"文学性"问题,即只有具备深刻"文学性"的小品文才是成功之作,而这种"文学性"是一切文学作品成功的必要保障,并非决定小品文之为小品文的根本特征。因此如何写好小品文的讨论在根本上也并没实际解决小品文文体的归属问题。

虽然风格和内容的争论没有真正找到小品文文体的特点,而如何写好小品文的讨论只是围绕"文学性"的标准大做文章,也没有在何为小品文方面取得有效的突破,但在这些讨论中有关小品

---

① 李宁编,《小品文艺术谈》,第309页。
② 同上,第310页。

文体制上某些共通的方面对确认小品文的体制可以有参考的价值，那就是小品文首先在于篇制短小，少则百十字，多也不会过千字，而且在这样短小的篇幅内必须集中表达一个主题。至于这个主题的内容，可以是"经国大业"，也可以是"雕虫小技"，风格问题则视个人的文学趣味而定，不必拘泥一端。当然，在为小品文的特点寻找定位的同时，还应该充分考虑我国历史悠久的文章创作实际。吴承学先生在《晚明小品研究》中就曾指出："'小品'是一个颇为模糊的文体概念，要为'小品'下一个准确的定义，恐怕不是一件容易的事。"① 因此吴先生就把"小品文"定位为一种"文类"，可以包括古代很多具体的文体，如尺牍、游记、小说、赠序等，但其基本的体制特点是篇制的"小"和文辞的简约，这与前辈学者的讨论大体一致。因此这可算作"小品文"之为小品文在体制上的一种特征。

二、唐末五代小品文的内容特征

在确定了篇幅短小的体制特点后，对"小品文"的特征还应考虑到我国漫长历史中出现的文章创作实绩，它们在不同的时期具有不同的特点。而且一种文体的发展总是由萌芽到成熟，其中必然会经历相当长的历史时期，因此在不同的发展阶段，对文体的认识应具有时代特征的眼光。换言之，即从每个时代的创作实绩出发去总结文体发展到那时的实际情形。当代学者多给晚唐五代时期皮日休、罗隐、陆龟蒙等人的杂文冠以"小品文"的名称，并认为这些小品文是韩愈、柳宗元古文革新之后的重要支流。这一观点基本成为当前分析唐末五代小品文的共识。这些产生于当代的观点确实是研究皮、罗、陆等人创作的重要依据，但从历史的实际出

---

① 吴承学，《晚明小品研究》，第5页。

发,其实早在宋初之时,姚铉的《唐文粹》就以选集的形式突出了唐末五代小品文的重要地位。《唐文粹》中"古文"类的选文,绝大多数就是皮日休、罗隐和陆龟蒙等人的小品文。这说明距离唐末五代不远的北宋初年,"小品文"已成为代表当时古文创作的重要文体,受到时人的关注。

关于姚铉《唐文粹》"古文"类的研究,台湾学者已有专题论文,据何沛雄、衣若芬和兵界勇等学者的研究,入选《唐文粹》"古文"类的唐末五代文章,绝大多数都是符合现代意义上短小精悍的小品文①。兵界勇先生曾指出这些文章是当时人为指陈时事、议论政治而作的"杂著"之文,他的根据是李汉在《昌黎先生文集序》中的文章体裁分类:"遂收拾遗文,无所失坠。得赋四,古诗二百一十,联句十一,律诗一百六十,杂著六十五,书、启、序九十六,哀词、祭文三十九,……并目录合为四十一卷。目为《昌黎先生集》。"②那些不受传统文章观念拘束而自由挥洒的短文章多属于"杂著"类,李汉虽然没有明确"杂著"究竟包含哪些韩文,但《杂说》《获麟解》《毛颖传》等短小精悍之文应当归入此类。将"古文"作为单独一类,置于文章选集之中,是北宋初年姚铉在《唐文粹》中的独创,此前的文选和文章批评著作都无"古文"的分类。《唐文粹》中入"古文"类的短文,韩、柳之前的作者仅李华和元结,其中元结的文章有 12 篇,而韩、柳之后的文章则占大部分,以皮日休、罗隐和陆龟蒙最多,基本囊括了当时代表性的小品文作家。这种状况正反映出姚铉独特的文章学观念,就是把唐末五代那些近于现代意义上的小品文作为韩、柳古文的后

---

① 何沛雄《略论〈唐文粹〉的"古文"》,载《唐代文学研讨会论文集》,台北文史哲出版社 1987 年版。兵界勇《论〈唐文粹〉"古文类"的文体性质及其代表意义》,载《中国文学研究》2000 年第 14 期,台湾大学中国文学研究所主办。衣若芬《试论〈唐文粹〉之编纂、体例及其"古文类"作品》,载《中国文学研究》1992 年第 6 期,台湾大学中国文学研究所主办。

② 《全唐文》卷七四四,第 7697 页。

劲,并将这种创作的传统溯源至盛中唐之际的元结。

中唐时期,小品文创作已成为古文革新的重要内容,而且文学性都很强,如韩愈的《杂说》《毛颖传》和《蓝田县丞厅壁记》等,柳宗元的《捕蛇者说》《种树郭橐驼传》和"永州八记"等。这些文章在短小的篇幅内,以饶有趣味的情节,引发对社会问题的深入思考,特征是笔法多样、形制自由。尤其是寓言体的小品文,故事本身和寓意指向的联系有时隐含不彰,需要仔细体味,这就迥异于那些长篇大论的古文之主题鲜明、一目了然。这种风格的差异在当时文人中曾有不同意见,如裴度批评韩愈小品文"以文为戏",真正的古文应该是"以文立制",张籍也表达了类似的不满,认为是"多尚驳杂无实之论,……此有以累于令德"(《上韩昌黎书》),不合于韩愈自己所言之"约六经之旨而成文"的主张。具体分析韩、柳小品文的创作内容,其实都与当时的社会问题密切相关,韩愈《杂说》中关于伯乐与千里马的一节就是应对选拔人才的问题,《毛颖传》则影射了官僚"赏不酬劳"的遭遇和统治者的刻薄寡恩。柳宗元那些寓言体小品文更是讽刺时事的名篇。与韩、柳古文的主流相比,这些小品文的数量和影响都远不及《原道》《天论》等。

到唐末五代,小品文的创作有了明显的进步。就作家而言,鲁迅先生提及了皮日休等小品文作家,但姚铉在《唐文粹》"古文"类开列的作家为数更多。除继承中唐韩、柳关注现实的题材、内容外,陈黯、程晏、来鹄、袁皓、杨夔、黄滔、司空图、沈颜等还开拓了新的题材领域,这使得小品文逐渐成为当时古文创作的主流。黄滔是唐末五代时期著名的律赋作家,同时也曾创作为数不少的小品杂著。与其交好的陈黯也是小品文作家,黄滔在《颍川陈先生集序》中曾指出陈黯文章的特点:"先生之文,辞不尚奇,切于理也。意不偶立,重师古也。"[1]这不仅是对陈黯个人创作小品文特点的总

---

[1] 《全唐文》卷八二四,第8685页。

结,也从内容和艺术两个方面道出了唐末五代小品杂著的整体特征。

先看"切于理也",这是唐末五代小品文内容的核心。其中的"理"指文章的内容,主要是有关时政的治道之理,体现作者对社会政治的理论思考。就陈黯的作品而言,他的《禹诰》《拜岳言》《华心》《诘凤》《本猫说》《御暴说》等,针对的都是当时带有普遍意义的政治文化问题。例如《华心》从新的角度探讨华夷之辨;《御暴说》则以自然界和社会现实中的残暴现象作对比,分析历史上暴政产生的根源;《本猫说》看似讲述了乡野用猫捕鼠的小故事,但借"猫"的本性退化,喻指现实之中的某些官吏逐渐丧失为官的原则,与黑暗政治同流合污。陈黯的小品文内容各异,但其说理的色彩颇为浓厚,他总能从一个现象之中发掘出现实意义,深入事理内部,并进而提炼出具有理论深度的认识,分析深刻,切中要害,这就是黄滔所言之"切于理也"的关键。重视文中之"理"的观念在唐末五代并不孤立,如皮日休在《文薮序》中就曾提出"穷理贵情"的主张,他认为:"文贵穷理,理贵原情,作《十原》。"其《十原系述》曾曰:"夫原者,何也?原其所自始也。穷大圣之始性,根古人之终义,其在十原乎?呜呼!谁能穷理尽性,通幽洞微,为吾补三坟之逸篇,修五典之堕策,重为圣人之一经者哉?否则,吾于文,尚有歉然者乎!"[1]虽然皮日休在此强调"穷理"的主张是基于重视发掘性命意义的传统,意在从哲理的层面形成自己独特的思想,但纵观皮日休在《鹿门隐书》中对社会现实中不公现象的激烈抨击,他所言之"理"与陈黯小品文一样,有着深厚的现实基础,并不是脱离生活的空言明道。还有裴延翰在《樊川文集后序》中通过联系隋末大儒王通的认识来称赞杜牧文章。他认为杜牧文章最重要的是在内容方面根植经史而关涉政教之理的特征,这都反映出重视理论思想的

---

[1] 萧涤非等点校,《皮子文薮》,第21页。

趋向在唐末五代已蔚然成风。

　　唐末小品文的题目和文体也能体现"切于理也"的特点,例如"论"、"说"、"辨"、"解"等具有鲜明议论色彩的文体。以"说"为名的小品文多为从理论上探讨与政治相关的问题,因此有很强的说理特征,《文章辨体序说·说、解》:"按:说者,释也,述也,解释义理而以己意述之也。说之名,起自吾夫子之《说卦》,厥后汉许慎著《说文》,盖亦祖述其名而为之辞也。"①《文体明辨序说·说》:"按字书:'说,解也,述也,解释义理而以己意述之也。'说之名起于《说卦》,汉许慎作《说文》,亦祖其名以命篇。而魏晋以来,作者绝少,独《曹植集》中有二首,而《文选》不载,故其体阙焉。要之传于经义,而更出己见,纵横抑扬,以详赡为上而已;与论无大异也。"②可见,"说"在古代作为一种特殊的文体,其本质特征就是以说理为主。唐末五代数量最多的小品文体是"辨",约有二十篇。据明人徐师曾的《文体明辨序说》载:"按字书云:'辨,判别也。'其字从言,或从刂,盖执其言行之是非真伪而以大义断之也。……至唐韩、柳乃始作焉。然其原实出于孟、庄。盖非本乎至当不易之理,而以反复曲折之词发之,未有能工者也。"③上述虽是后人的解释,但大体适合秦汉以后以"说"、"辨"等命名的文章。它们性质上偏于说理,内容可长可短,行文较为自由。"辨"这一文体以辨析道理见长,而从文体分类来看,"辨"经过韩、柳等古文家的创作,在唐末五代得以单独列为一类,如裴延翰的《樊川文集后序》为杜牧文章分类:"得诗、赋、传、录、论、辨、碑、志、序、记、书、启、表、制,离为二十编,合四百五十首,题曰《樊川文集》。"④"辨"与"诗"、"赋"、"碑"、"记"

---

① 吴讷,《文章辨体序说》,人民文学出版社1962年版,第43页。
② 徐师曾,《文体明辨序说》,人民文学出版社1962年版,第132页。
③ 同上,第133页。
④ 《全唐文》卷七五九,第7881页。

等传统文体并列而论,这说明"辨"作为单独文体在时人的观念中已然成熟,而这与"辨"体文在唐末五代的创作得以普及是一致的。据现存的唐末文章统计,以"辩"或"辨"为名的小品文有六篇,包括陈黯的《辩谋》,罗隐的《辩害》,沈颜的《妖祥辩》《时辩》,陆龟蒙的《象耕鸟耘辩》和杨夔的《公狱辩》,这些文章明确是以驳论为主,针对沿袭已久的观念,在逐层的反驳中提出新的认识。与"辨"具有类似特征的是"解",《文体明辨序说·解》云:"按字书云:'解者,释也,因人有疑而解释之也。'扬雄始作《解嘲》,世遂仿之。其文以辩释疑惑,解剥纷难为主,与论、说、议、辩,盖相通焉。其题曰解某,曰某解,则惟其人命之而已。雄文虽谐谑回环,见讥正士,而其词颇工,且以其为此体之祖也,故亦取焉。此外又有字解,则别附名字说类,此不混列。"[①]以"解"为题目的有四篇,包括沈颜的《象刑解》《时日无吉凶解》,程晏的《工器解》和陆龟蒙的《祀灶解》,这类文章则是继承了韩愈《进学解》的传统,正面立论直接表明自己的立场。除了"辨"(或"辩")体文,"说"类的文章在晚唐的小品文创作中数量很多,共有16篇,包括李翱的《杂说》(上、下)《国马说》《知凤说》,陈黯的《御暴说》《本猫说》,罗隐的《杂说》,陆龟蒙的《杂说》,黄滔的《祷说》,来鹄的《儒义说》《相孟子说》《俭不至说》《猫虎说》《仲由不得配祀说》《针子时说》,沈颜的《祭祀不祈说》等。

说理性的内容已成为唐末五代小品杂著的重要题材,尤其是对某些传统问题进行颇具新意的探讨,体现了当代士人面对现实的新见。这比中唐时期的小品文有着更广的内容和更深的思考。如沈颜在《妖祥辨》中对传统的祥瑞妖异提出了新看法,认为麒麟龙凤代表的祥瑞和天文错乱的灾异并非决定国家政治好坏的因素,国家的清明应该源自君明臣忠、百司称职,衰亡则是由于信任

---

① 徐师曾,《文体明辨序说》,第134页。

谗佞、弃贤逐能。沈颜是把人事的因素视为真正决定国家兴废的"妖祥",这就打破了虚妄灾异影响政治的错误倾向,抓住了治理国家的真正因素。另外,如皮日休的《鹿门隐书》、陈黯的《诘凤》《辨谋》等都属此类,这种直面政治问题的探讨模式可以说是唐末小品杂著在内容方面的重要特征。

三、唐末五代小品文的艺术特色

"辞不尚奇",是说唐末五代小品杂著的艺术性,其中包含两层含义:一是当时的古文末流确实存在崇尚怪奇的审美偏颇,成为制约古文发展的瓶颈。二是唐末小品文的创作并未与此合流,而是遵循"文从字顺"的原则,以创作来纠正过分求奇的古文弊病,呈现出颇具时代特点的艺术新风貌。怪奇特点在韩愈的古文中已有体现,如《曹成王碑》等写的古奥奇崛,当然这一倾向在韩文中并不占主流,但在一些韩门弟子中却被过度地张扬,皇甫湜至孙樵一脉基本上就是沿着"怪奇"越走越远。最能代表这一特点的是樊宗师,《唐国史补》曾载:"元和以后,为文笔则学奇诡于韩愈,学苦涩于樊宗师。……元和之风尚怪。"①当时模仿樊宗师文风的就有韩愈之子韩昶,其在《自为墓志铭》曾自述学文的经历:"至年长,不能通诵得三五百字,为同学所笑。至六七岁,未解把笔书字,即是性好文字,出言成文,不同他人所为。张籍奇之,为授诗,时年十余岁。日通一卷,籍大奇之。试授诸童,皆不及之。能以所闻,曲问其义,籍往往不能答。受诗未通两三卷,便自为诗。及年十一二,樊宗师大奇之。宗师文学为人之师,文体与常人不同,昶读慕之。一旦为文,宗师大奇。其文中字或出于经史之外,樊读不能通。稍长,爱

---

① 李肇,《唐国史补》,第 57 页。

进士及第,见进士所为之文与樊不同,遂改体就之,欲中其汇。"①韩昶倾慕樊宗师的文章而尽力学习,结果写出的文章连樊宗师都读不通,可见怪奇文风流行一时,尤其是在韩门弟子的范围内。韩愈作为中唐古文的代表作家,其影响力在晚唐依然很大,因此涉及古文评价的问题,时人多会参考韩门古文的创作倾向。从时间上看,唐末小品文的"辞不尚奇"针对的正是韩门弟子古文的这一问题。

唐末小品文作家没有延续过分怪奇的文风,他们将创新的重点放在小品文的结构艺术方面,尤其是一些特殊文体的艺术表现力。例如唐末小品文中数量很多的"说"体文,艺术结构大体分为四类:一为以陈黯的《御暴说》为代表,将问题进行分类辨析,所御之"暴"被分为两类,一是"暴攫搏于山薮"的"狼虎之暴",一为"必祸害于天下"的"权幸之暴",两相对举,狼虎之暴不过是从外表上"炳其形",旁人一看便知,其害只不过是"噬人之腥,咋人之骨血",易于防范;而"权幸之暴"则是萌发于心理,不易判断,因此一旦为害更甚于狼虎,"亡人之家,赤人之族"。针对两者的不同,各有相应的所御之法,御"狼虎之暴"可用"弓矢",御"权幸之暴"只能是"刑法"。这些对应措施与暴虐之害形成此消彼长的关系,之所以"权幸之暴"在秦之赵高和汉之王莽的时代大行其道,就是因为刑法不明造成的恶果。通过以上分析,可以明显看出两条线索贯穿全文的始终,形成彼此对应的关系,对比增强了说理的力度,并突出了"权幸之暴"的危害以及造成流行的原因,从而引出了强化刑法乃是作者针对衰世暴虐流行的治世良方。运用两条线索分进并行的结构在晚唐的小品文中不乏其例,如陈黯的《华心》和程晏的《内夷檄》,都是从心理角度开拓了华夷之辨的认识,突破了以往出

---

① 《全唐文》卷七四一,第 7666 页。

生地域的判定标准。因此在文章构思时，运用两组概念互相搭配，出生地域与文化心理之间形成的行文线索显现鲜明对比，突出了文化心理的作用。这种从心理角度入手的论证也与陈黯《御暴说》中"权幸之暴"的"萌于心"是一致的，因此，其结构和论证的角度都有很强的相似性。这种双线结构不仅可以凸显作者的个人思想，而且还显出见解的新颖之处。

"说"类小品文通过寓言故事进行布局谋篇的篇目也较为突出。这类小品文明显继承了柳宗元的《捕蛇者说》等文章的结构特点，柳文通过虚拟的作者与蒋氏的一番对话，道出永州之地的贫民甘冒生命危险而争相捕蛇的苦衷，最后的主题自然就引申到儒家经典的"苛政猛于虎"。通观《捕蛇者说》，蒋氏与作者的对话是文章的重点，通过主客问答逐层深入，农人宁可选择危险的捕蛇而不愿交纳赋税的原因得以深刻地揭示。中晚唐之交的舒元舆在《养狸述》就采用了寓言故事的结构，以养狸灭鼠来喻指君子进则小人退的道理。晚唐小品文中，类似于这种艺术表现的文章有陈黯的《本猫说》和杨夔的《蓄狸说》。例如《本猫说》是借猫的逐渐退化来影射现实中那些坐享其成、不思进取的人和事，因此，猫与那些尸位素餐的官吏之间构成一种喻体与本体的比喻关系，整个文章是一个以喻体结构全文的形式，在最后点出比喻所指向的深层问题。这比柳宗元在《捕蛇者说》中用事实比附的联系来结构文章，显得更为巧妙，最终呈现的意义也更深刻。此类寓言的精巧构思是唐末小品杂著的艺术不断深化的重要体现。

在上述两种艺术手法运用之外，文体艺术互渗的现象也比较突出，如"说"类小品注意借鉴"辨"类的驳论艺术，在突破前代认识的基础上自立新说，如来鹄《儒义说》、杨夔《原晋乱说》和沈颜《祭祀不祈说》等，这是第三种类型。由于作者要突破传统观念，带有论辩的色彩，《儒义说》对"儒"的定位不再是书斋学者，而是兼通文武的君子,在这些君子身上,通晓文武具有"求是"的品格,即要达古今之变,切于现实。杨夔的《原晋乱说》则指出了东晋乱局的根源在于王导等人的无所作为,王敦、苏峻的叛乱只是这一失政的结果,这其实在警示当政者要时刻注意日常的为政措施,而不要等到无法收拾的地步才想起补救。

"说"体文的第四种类型以来鹄《猫虎说》和《俭不至说》为代表,为了说明主题,来鹄以一个平常的生活现象引起疑问,通过找出其中的相似联系,逐步过渡到要表达的深刻道理,最终使文章的思想境界得到升华。如在《俭不至说》中,来鹄从焚衣、弃食的浪费现象开始,指出日常生活中的浪费不可取,进而过渡到"无用之人"和"无力之马"耗费资财,实际说明了尸位素餐者对国家的财政是一种很大的浪费。文章最后是借汉朝宰相公孙弘惊骇于自家的浪费而无视于汉武帝的奢靡,透露出来鹄真正关心的问题,即帝王的奢华浪费乃是国家最大的耗损,不能只顾及细小处的节俭而忽视了节俭的大处。《猫虎说》也是如此,通过相似联系贯穿始终并逐层递进的结构,十分有利于说理线索的清晰和主题思想的高度升华,达到以小见大、见微知著的艺术效果。就艺术源流而言,这种小品文的模式借鉴了中唐元结的《化虎论》和《丐论》等文章,通过一个概念的相似性串连起一系列的社会现象,逐步深化主题,深化之中辅之以比喻、联想等艺术手段,从而使作者的认识得以升华。

唐末的讽刺小品文在艺术表现方面也取得一定的成绩。如皮日休的《鹿门隐书》是语录体的小品文,通过关键字面的对换而收到对比强烈的艺术效果,最重要的是皮日休小品文的讽刺和抨击力度要远过于中唐时期的小品文,甚至把批判的矛头直接指向帝王。还有一些小品文则是借助古代的故事来寄托己意,所讲述的故事大体符合历史的原貌,但其中会有别出心裁的场景安排和人物设置,突出若干颇有想象力的细节描写,内中蕴涵的道理并不明确讲出，从而收到意在言外的效果。如罗隐的《吴宫遗事》，取材于春秋时期的吴越战争，整篇文章中虽然没有直接点出主旨，但其现实意义却很明显，即抨击唐末时期奸臣当道、昏君听信谗言的腐败局面。罗隐的这种写法体现的是晚唐五代小品文中善做翻案文章的艺术特征，如陆龟蒙的《象耕鸟耘辨》《冶家子言》和李商隐的《断非圣人事》《让非贤人事》等，都是对传统观念的反拨和挑战，只不过陆龟蒙和李商隐更多地体现出冷静理性的逻辑分析，而罗隐的此类文章倾向于构筑故事的细节和人物关系来揭示深刻的主题思想。

晚唐五代小品文创作的新开拓，对此时骈文体式的变化产生了影响，这主要表现为"箴"、"铭"的小品化和散文赋的发端①。先看"箴"、"铭"的小品化，这两类原属骈文，即使在中唐韩、柳那里，也没有受到古文创作的影响。然而到唐末五代，"箴"、"铭"逐渐有了"小品化"的趋势，这鲜明地体现小品文创作的影响在扩大。皮日休在《皮子文薮》中编有"箴"一卷，包括《六箴》《酒箴》和《食箴》等，"铭"与"碑"、"赞"合为一卷，这些"箴"、"铭"之文，几乎每篇之前都有序文。陆龟蒙的文集中也有《砚铭》《书铭》《马当山铭》《两观铭》《卜肆铭》等，孙樵亦有《潼关甲铭》《文贞公笏铭》等。这些"箴"与"铭"的"小品化"有着艺术体式上的不同表现，"箴"主要是通过扩大序文的规模以"喧宾夺主"，在序文中展现作者的思想，使得序文成为"箴"的主体，"箴"的四言式正文则并未受到太多的改变，因此，"箴"的小品化主要在于序文的变革。而"铭"则主要是打破了四言的模式，采用杂言体。皮日休对"箴"的改造具有代表性，他的《酒箴》和《食箴》都有长篇的序言。在序文中，皮日休从自我形象的塑造开始，《酒箴》中自诩为"醉士"，《食箴》则表明自甘粗食

---

① 葛晓音师，《唐宋散文》，第68页。

的生活，一反一正的形象其实是皮日休的艺术表现，然后从故事的叙述和引经据典中将主题引向深入，表达自己希望世人能够节欲自爱，这种序文颇似晚唐的一些说理作品。

"铭"的变革，以陆龟蒙和孙樵为代表。原本骈体四言"铭"，陆龟蒙和孙樵多是以散文写成，融入了对话、衬托、夸张、说理等艺术手法，如《马当山铭》中，陆龟蒙为了凸显马当山的险峻，以太行、吕梁作衬托的背景，并运用夸张的艺术描写其屹立于大江之旁的地势，"屹于大江之旁。怪石凭怒，跳波发狂。日黯风助，摧牙折樯。血和蛟涎，骨横鱼吭。幸而脱死，神魂飞扬"。待蓄势已足，陆龟蒙却笔锋一转，马当山虽险，却不及当世小人的包藏祸心更为险恶。可见，他是借写马当山来揭示其对晚唐末代世风日下之不满。这篇铭文是典型的杂言体，通篇散体，与那些发议论、重说理的小品文几无二致。此外，他的《卜肆铭》也是如此，《砚铭》是三言体，这说明陆龟蒙对传统"铭"文的改造颇为成功。孙樵的《潼关甲铭》则是设置了一场与关吏的对话，他对关禁松弛深表担忧，然而关吏的一番话更引人思索："古之善守天下者，展礼以防之，阐乐以和之，明刑以齐之，修政以固之。则其守在四海之外，何以关为？而况完其甲乎？是天下愈安，而其禁愈弛，天下愈平，而其甲愈敝耳。"即对于国家安全而言，勤修仁政、安抚万民是比修筑关隘更为重要的举措，铭文的最后是以反问的句式寄托了作者的思考："潼关之甲完，吾孰与安？潼关之甲敝，吾孰与济？甲乎甲乎，理与尔谋，乱与尔谋，无俾工尔修。"①这种写法不仅突破了"铭兼褒赞"、"体贵弘润"的传统要求，而且利于展现作者的思考深度，这也昭示出孙樵与陆龟蒙对"铭"文体式的革新使其成为一种说理深刻、议论惊警的小品文。

---

① 《全唐文》卷七九四，第 8330 页。

赋作为一种介于诗与文之间的特殊文体，其体式特征总是游移于一些文体之间，而且受到各个时代文学风气的影响，呈现出时代的阶段性特点①。我国古代的赋史演变就是其体式特征在时代风气制约下而不断发生变化的历史过程。时至晚唐五代，赋体的演变出现了两个值得注意的现象，一是在科举制度作用下形成的律赋在此时向一种抒情的文学体裁过渡②，一是受到古文运动的深层影响而出现的散文赋的发端。律赋属于广义上的骈文，在晚唐五代骈文复盛时取得了可喜的成绩。而散文赋在晚唐五代的创作特征则与当时小品文的发展有着密切的联系，因此将其放在小品文的内容中来探讨。

杜牧的《阿房宫赋》是晚唐出现较早的典型的散文赋。从其序言可以看出这篇赋作具有借古讽今之意。正文大体分为两部分，前半部分重点描写阿房宫的雄伟壮丽，既有宫殿的广大，也有妃嫔的众多，还有殿内装饰的豪华奢靡。杜牧在这部分中基本延续了传统创作赋文的描写特色，只是采取了夸张、白描等艺术手法，而不再是铺采摛文式的洋洋洒洒。后半部分则转入议论，这是散文赋的重要特征。议论部分分为两层，第一层是就阿房宫的覆灭抒发感慨，属于题内应有之义，第二层则站在历史兴亡的高度，通过总结秦亡的教训来分析政治兴衰的根本问题，这是对原有主题的升华。杜牧在此赋中不仅见识高远，还展示了高度的文学才华，全文的多数篇幅都用散文句，变传统的对偶为句式错落有致的排比，加之杜牧文章特有的气势充沛，使得《阿房宫赋》成为晚唐散文赋

---

① "赋"作为我国古代较为特殊的一类文体，其在历史过程中曾产生过"古赋"、"骚体赋"、"俳赋"、"律赋"、"文赋"等具有阶段性特点的赋体类型，可参见马积高先生的《赋史》(上海古籍出版社1992年版)。

② 关于晚唐律赋的研究，可参见翟景运《晚唐律赋题材的拓展与闽地律赋创作的繁荣》，《国学研究》第十八卷，北京大学出版社2006年版。

的经典。

与杜牧同时和时代略后的作家李商隐和孙樵在散文赋的探索上有新的发展。讽刺小赋是李商隐对晚唐散文赋的重要贡献,如《虱赋》《蝎赋》等。这些作品都是四言八句,在如此短小的篇幅内,李商隐注意捕捉那些最能体现思想的特征,尽可能加大讽刺的力度。《虱赋》主要讽刺了那些剥削贫民的小人却不敢打权贵的主意,《蝎赋》则针对的是晚唐专搞阴谋诡计的官吏。这种创作手法后来被陆龟蒙和罗隐所继承,陆龟蒙在《后虱赋》中明确指出了与李商隐《虱赋》的渊源关系,他是在李商隐的思想基础上提出了新见。罗隐的《秋虫赋》是对一些历史现象有感而发,并没有特殊的所指,但"绳其小而不绳其大"有着丰富的内蕴。这些讽刺小赋在品格上类似于当时的小品文,可以说是小品文影响下对赋体的一种改造。

继承杜牧《阿房宫赋》议论化特点的代表作家是皮日休和杨夔。皮日休在《文薮序》中尝言:"赋者,古诗之流也,伤前王太佚,作《忧赋》;虑民道难济,作《河桥赋》;念下情不达,作《霍山赋》;悯寒士道壅,作《桃花赋》。"①可见,这几篇赋都是别有幽怀、讽时刺世的作品。其中《霍山赋》吸收了杨敬之的《华山赋》的比喻写法,影射唐末中央集权的衰落和藩镇势力的跋扈。《桃花赋》借鉴舒元舆《牡丹赋》中注重描绘的写法,从花卉的分门别类引申到士族、寒族的对立,寄予了对门阀制度的不满。《河桥赋》通过对桥的"济人"作用过渡到历史上明君的"济世"之义,表现了皮氏联系发展的历史观念,以及呼唤理想政治的美好愿望。这种联想比附的艺术与唐末小品"说"体文中的如《俭不至说》等较为类似。与此相似的还有杨夔的《溺赋》,他是以"溺"结构全文,从人溺于水讲到溺于

---

① 萧涤非等点校,《皮子文薮》,第2页。

色、溺于酒、溺于贪、溺于权，这明显是警示那些沉溺于无穷欲望的世人。马积高先生指出这篇赋受到柳宗元《哀溺文》的启发①，而就其艺术结构来看，《溺赋》则更近于元结的《丐论》和来鹄的《俭不至说》，即通过一个概念的类比联系，逐步深化升华主题。散文赋在宋代得到充分发展，而在唐末五代只是一个发端，无论是较为浓郁的议论化色彩，还是艺术结构和手法的借鉴，都能看到其中与"辞不尚奇，切于理也"的唐末五代小品杂著的密切关系。

综上所述，作为唐末五代古文的重要支流，大量涌现的小品文呈现出寓庄于谐、艺术多样的特征，以其诙谐、幽默、风趣的艺术表达，寄托了作者对社会黑暗现实的抨击和批判，融说理、议论、抒情于繁复多样的艺术构思中，改变了传统古文的一本正经和过于沉闷，艺术表现力得到极大扩展，促使"说"、"解"、"辨"等文体迸发出耀眼的艺术光彩。一些小品文作家形成了独具面目的语体形式，如皮日休之语录体的精炼简洁、陆龟蒙之漫笔杂谈的新奇幽默、罗隐之故事新编的深刻犀利，充满个性化色彩的语言笔调对于韩愈之后古文过于求奇的偏颇也是一种有力的反拨。小品文创作的影响还带动了一些骈文文体的变革，形成了一股不大不小的"小品化"趋势，如"箴"、"铭"的化骈为散，赋的议论化而产生的散文赋等。这些新变都或多或少地借鉴了当时小品文的说理特点和艺术手法，体现出"辞不尚奇，切于理也"的小品杂著艺术所具有的广泛的时代影响力。

第二节　作为古文的晚唐墓志铭的演进

作为我国古代重要的实用文之一的墓志铭，自汉代产生以后，

---

① 马积高，《赋史》，第 359 页。

便在此后出现了数量巨大的篇章制作，尤其是在唐代的文章体裁中，墓志铭无疑在众多的文体之中占据着显著的地位。立碑树传广泛流行于唐代的丧葬习俗之中，家人去世后，亲属大都会倾资延请当时有名的文士秉笔制作墓志铭，以表彰其盛德功绩，一些颇得时名的文章家也成为当时写作墓志铭的不二人选。在这种风俗需求的刺激之下，作者队伍的创作水平提升必然意味着墓志铭文在实用润饰之外，其文学性也在不断增强，某些融叙事、抒情、说理于一体的墓志铭文甚至成为文学史上的经典名篇。这就使得在墓志铭中不仅可以折射出时代文章所达到的创作高度，而且其内容风格的变化也成为一个时代文风嬗变的突出标志。在中唐时期，墓志铭的佳作就成为代表韩、柳古文水平的重要标志，以古文笔法写作碑志也是中唐到晚唐的基本趋势，骈偶的因素已越来越退出碑志的体裁，承接中唐的晚唐墓志铭的发展虽在整体上无法与韩、柳的作品相媲美，但其中在主题选择和艺术手法的方面仍呈现出一些颇具价值的创新，不可轻视。本节拟基于晚唐墓志铭的创作实绩[①]，分析当时此类文体与前代之作的异同之处，墓志铭在中晚唐古文发展历程中的种种表现，以及这些演变所具有的文学意义。

一、墓志铭体制的基本要求和定义

墓志铭作为一种在丧葬习俗中使用的重要文体，有关其起源、发展、篇制结构、内容书写和风格要求等方面，都有著作论及。其中既有众说纷纭的争论，也有基于实际创作得出的相对一致的意

[①] 有关晚唐墓志的前代研究已有一些，如线仲珊所写的《唐代墓志的文体变革》（中国社会科学院研究生院硕士学位论文），刘城所写的《唐代墓志的写人进程》（广西师范大学硕士学位论文）。这两篇论文都是以整个唐代为研究对象，其中的晚唐部分涉及较少，以线仲珊的论文为例，他对晚唐墓志的定位是呈现回落的态势，而对优秀的墓志作家，主要分析了杜牧的作品，这在大致的判断上是对的，但晚唐的墓志还是需要更深细的考察。

见。而且此类实用文渊源既久,在漫长的发展历程中确实已形成了某些基本的篇制要求和内容要素,那么就有必要在具体文章的研究之前,先厘清墓志铭的文体定义及其在写作方面所具备的一些基本要素,以及历史上有关墓志铭作为文体的一些评论。

据学者论述,我国历史上最早的墓志可追溯到秦汉之时,它是从更早的记功于金器石碑的传统发展而来。从目前的出土实物和文献记载看,东汉时期是我国墓志发展历程中的第一个高峰,《西京杂记》中曾记载杜子夏自撰墓志,刻于石上并埋于墓侧。到东汉末年则出现了蔡邕这样的墓志写作大家。刘勰在《文心雕龙·诔碑篇》曰:"自后汉以来,碑碣云起。才锋所断,莫高蔡邕。观杨赐之碑,骨鲠训典,陈郭二文,词无择言。周乎众碑,莫非清允。"①其中提及的墓碑文有《司空文烈侯杨公碑》《郭有道碑》《陈太丘碑文》《汝南周勰碑》和《太傅胡广碑》,可见汉末名士的墓碑多出自蔡邕的手笔,而且已成为古代碑文创作的典范,刘勰的"骨鲠训典"、"莫非清允"就是从内容义理和文章风格两个方面对蔡邕这些碑文的很高评价,且郭有道的碑文被萧统列入《文选》,足见蔡邕的碑文写作代表了汉魏六朝时期的最高成就。

此后随着墓志在唐代的蓬勃发展,对此类文体的探讨也被当作中国古代文章学的重要内容。明代的两部有关古代文体的书都把墓志铭作为单独一类加以分析。首先是吴讷在《文章辨体序说》中的"碑"和"墓碑、墓碣、墓表、墓志、墓记、埋铭"两个部分中都有对作为文体的"墓志铭"的论述。《文章辨体序说·碑》曰:"按《仪礼·士婚礼》:'入门当碑揖。'又《礼记·祭义》云:'牲入丽于碑。'贾氏注云:'宫庙皆有碑,以识日影,以知早晚。'《说文》注有云:'古宗庙立碑系牲,后人因于上纪功德。'是则宫室之碑,所以识日影;

---

① 刘勰著,范文澜注,《文心雕龙注》,第214页。

而宗庙则以系牲也。秦汉以来,始谓刻石曰碑,其盖始于李斯峄山之刻耳。萧梁《文选》载郭有道等墓碑,而王简栖《头陀寺碑》以厕其间。至《唐文粹》《宋文鉴》,则凡祠庙等碑与神道墓碑,各为一类。"①虽然在先秦时代,碑的用途很多,既有入门作揖之用,也有宫庙计时之意,甚至还可用作系绑牲口,但吴讷显然是将后世的墓志碑铭溯源于立碑纪功的方面,到了后代才又发展出宗庙祭祠的石碑和个人的神道墓碑等小类。《文章辨体序说·墓碑、墓碣、墓表、墓志、墓记、埋铭》则曰:"按《檀弓》曰:季康子之母死,公肩假曰:'公室视丰碑。'注云:'丰碑,以木为之,形如石碑,树于椁前后,穿中为鹿卢绕之绋,用以下棺。'《事祖广记》曰:'古者葬有丰碑以窆。秦汉以来,死有功业,则刻于上,稍改用石。晋宋间始称神道碑,盖地理家以东南为神道,碑立其地而名云耳。'墓碣,近世五品以下所用,文与碑同。墓表,则有官无官皆可,其辞则叙学行德履。墓志,则直述世系、岁月、名字、爵里,用防陵谷迁改。埋铭、墓记,则墓志异名。古今作者,惟昌黎最高。行文叙事,面目首尾,不再蹈袭。凡碑碣表于外者,文则稍详;志铭埋于圹者,文则严谨。其书法,则惟书其学行大节;小善寸长,则皆弗录。近世弗知者,至将墓志亦刻墓前,斯失之矣。大抵碑铭所以论列德善功烈,虽铭之义称美弗称恶,以尽其孝子慈孙之心;然无其美而称者谓之诬,有其美而弗称者谓之蔽。诬与蔽,君子之所弗由也欤!"②如果说"碑"的部分大体可以说明墓志铭的起源,那么"墓碑、墓碣、墓表、墓志、墓记、埋铭"的内容则是关于墓志铭的发展历程及此类文体的一些体制要求。吴讷认为墓志的重点在于"叙学行德履"和"直述世系、岁月、名字、爵里",不论是为何人写墓志,其行履、世系和爵里都是

---

① 吴讷,《文章辨体序说》,第52页。
② 同上,第52—53页。

写作的重点。至于墓铭,则遵循"称美弗称恶"的原则,同时吴讷指出了须避免铭文中"无其美而称者谓之诬,有其美而弗称者谓之蔽"的不良倾向,但孝子慈孙的为尊者讳的心理难免会使墓志铭文中充斥着虚美溢美之辞。在古今写作墓志铭的作家中,韩愈无疑是吴讷心中的最高代表,他认为韩文不落前人窠臼,叙事写人的艺术手法别具一格。

明代的徐师曾则在《文体明辨序说·墓志铭》曰:"按志者,记也;铭者,名也。古之人有德善功烈可名于世,殁则后人为之铸器以铭,而俾传于无穷,若蔡郎中(名邕)集所载《朱公叔(名穆)鼎铭》是已。至汉,杜子夏始勒文埋墓侧,遂有墓志,后人因之。盖于葬时述其人世系、名字、爵里、行治、寿年、卒葬年月,与其子孙之大略,勒石加盖,埋于圹前三尺之地,以为异时陵谷变迁之防,而谓之志铭;其用意深远,而与古意无害也。迨夫末流,乃有假手文士,以谓可以信今传后,而润饰太过者,亦往往有之,则其文虽同,而意斯异矣。然使正人秉笔,必不肯徇人以情也。至论其题:则有曰墓志铭,有志、有铭者,是也。曰墓志铭并序,有志、有铭,而又先有序者,是也。然云志铭而或有志无铭,或有铭无志者,则别体也。曰墓志,则有志而无铭。曰墓铭,则有铭而无志。然亦有单云志而却有铭,单云铭而却有志者,有题云志而却是铭,题云铭而却是志者,皆别体也。其未葬而权厝者曰权厝志,曰志某,殡后葬而再志者曰续志,曰后志;殁于他所而归葬者曰归祔志;葬于他所而后迁者曰迁祔志。刻于盖者曰盖石文;刻于砖者曰墓砖记,曰墓砖铭;书于木版者曰坟版文,曰墓版文;又有曰葬志,曰志文,曰坟记,曰圹志,曰圹铭,曰椁铭,曰埋铭。其在释氏,则有曰塔铭,曰塔记。凡二十题,或有志无志,或有铭无铭,皆志铭之别题也。其为文则有正、变二体,正体唯叙事实,变体则因叙事而加议论焉。又有纯用'也'字为节段者,有虚作志文而铭内始叙事者,亦变体也。若夫铭之为体,则有三言、四言、七言、杂言、散文;有中用'兮'字者,有末用'兮'字者,有末用'也'字者;其用韵有一句用韵者,有两句用韵者,有三句用韵者,有前用韵而末无韵者,有前无韵而末用韵者,有篇中既用韵而章内又各自用韵者,有隔句用韵者,有韵在语辞上者,有一字隔句重用自为韵者,有全不用韵者;其更韵,有两句一更者,有四句一更者,有数句一更者,有全篇不更者:皆杂出于各篇之中,难以例列。故今录文致辩,但从题类,仍分正、变,稍以职官、处士、妇人为次,而铭体与韵则略序之,庶学者有考云。"[1]相比于吴讷的溯源来说,徐师曾的意见更显直接,他将儒家追求不朽的文化思想和纪功流传后世的行为联系起来,作为墓志铭源起的深刻背景,进而对汉代蔡邕的墓志碑文予以肯定,实际表明了汉代在墓志碑文发展史上的重要地位,这其实与刘勰在《文心雕龙·诔碑篇》的论述一致。在指出碑文难免"润饰太过,亦往往有之"的情形后,徐师曾转入了墓志铭文体的篇章体制的具体分析,志、铭、序三个部分中,以前两个最为重要,题名与墓志铭的内容之间也会出现不相符合的情况,另外还有一些从属于墓志铭的小类文体,如墓砖记、墓砖铭和墓版文等。至于墓志铭的内容,徐师曾则分为正、变两种,正体即是只有叙事,记述其人世系、名字、爵里、行治、寿年、卒葬年月,而变体则在此类叙事之外还有议论发挥,甚至志内无叙事而置于铭文中的情形。铭文的体式和用韵则是徐师曾关注的一个重点,三言、四言、七言和散文体等都曾在此前的墓志铭中出现过,而用韵的情况则更为复杂,徐师曾也总结了一些出现过的例子。

到了清末,王兆芳在《文章释》曰:"墓志铭者,'志'、'铭'文并见于前,墓,丘也,慕也。孝子所思慕之丘墓,以石志事铭功,而葬时埋之。丰碑与铭旌、器铭三者之变也。初但为铭,后乃首志尾

---

[1] 徐师曾,《文体明辨序说》,第148—150页。

铭,而浑称则志、铭通也。主于书名氏、叙爵里、述功绩,意恐年久失墓,欲子孙可得兆域。"①这是将前代的相关论述加以整合后概括出的墓志铭的基本特征,包括功用、内容和意义。当代研究中,褚斌杰先生在《中国古代文体概论》的《古代文章的各种体类》一章中专门探讨了碑志文,他指出:"碑文是刻在石碑上的文辞……古代的碑文,按照其用途和内容大致可以分为三种:纪功碑文、宫室庙宇碑文和墓碑文。""墓碑文则是记述死者生前的事迹兼诉悼念、称颂之情的。碑文是记事文体,古代的碑文往往保存许多珍贵的史料,因而具有重大历史价值。从文学角度看,许多著名的碑文,出自名家之手,写得质朴凝重,条理清晰,用语典雅,表现出一种特殊的风格。特别是汉、唐以后的墓碑,常常记人物生平事迹很具体、生动,且有感情,有文采。尤其是墓碑中的墓志铭一体,曾成为唐、宋散文家精心构思、驰骋文笔的一种文体,出现了不少名作。"②褚先生所说的"墓碑文"实际是侧重于记录墓主生平经历的墓志铭,明显不同于那些体国经野、润色鸿业的宫殿宗庙碑文。这种从内容方面的区分其实突出了墓志铭中的写人艺术特色,而写人艺术主要体现于墓志铭中的"志"的部分,除了记述墓主的名讳、门第、世系和卒年等要素外,在有关墓主的生平时所展开的描写,为作者的文学才华提供了驰骋的舞台,这一部分的成败实质上决定了墓志铭文学性的高下,像韩愈这样的大作家正是在对墓主的描写中注入了全新的艺术感知,完全打破了初盛唐之时在"志"中过于堆砌词藻和套语的单一局面。从墓志铭的发展线索来看,自中唐开始,本为丧葬实用文体的墓志铭的文学性之所以能不断加强,正是有赖于此时作家在创作中顺应了文学发展的趋势,不断吸

---

① 王兆芳,《文章释》,《历代文话》本,第6310页。
② 褚斌杰,《中国古代文体概论》(增订本),北京大学出版社1992年版,第427—428页。

收前代的文学经验，倾力创新写人艺术的手法，在保留墓志铭中诸如行履、世系、卒年等基本要素时，发挥作家的文学智慧，贯注自己对墓主生活及其性格的深刻理解，通过艺术手法的革新和综合运用，从而摆脱墓志铭创作中陈陈相因的俗套写法和千人一面的人物形象，能够真正写出墓主的身世遭遇和个性光彩。

二、晚唐墓志铭的创作概观

当前对唐代文学的划分基本沿袭了明代以来所形成的"四唐观"，即初、盛、中、晚。其中中唐的诗文都经历了重大的变革，就诗而言，盛唐气象那种羚羊挂角、无迹可求的浑融气象和刚健有力、积极向上的时代风气已为诗人独特个性的张扬和多元审美趋向发展所取代，出现了以韩愈、孟郊诗歌为代表的怪奇之美和元稹、白居易领衔的平易诗风，就诗人的个性所近而各具面貌。至于文的方面，则是在继承盛中唐之际已露端倪的古文转向，韩愈和柳宗元大量创作以单行散体为语言艺术特点的古文篇章，从"道"的内容和"文"的表现两个方面将古文运动推向高潮，彻底扭转了唐代前期骈文长期占据文章写作主流的局面，所创作的古文既具关注现实的时代意义，又带有强烈的作家个性和艺术表现力，各种文体都取得了很大的成就，出现了许多经典名篇，这也突破了前代古文家创作艺术乏力的弊端，使得以韩、柳为代表的古文运动在中唐文学的发展历程中具有特殊的魅力，而且为后世的古文创作和逐步发展树立了光辉的榜样，后世的许多古文作家都是从韩、柳的创作中汲取艺术经验，才将古文创作日渐推向深入。

晚唐承接中唐文学发展而来，古文在其中的影响不言而喻，受到韩愈提携的韩门弟子多数已生活到晚唐时代，而且韩愈古文的广泛影响也必然会反映到晚唐的文章创作中，其中墓志铭的创作在韩愈的古文革新中特征突出。与前代的墓志铭相比，韩愈之文并未模拟前人写法,而是在篇章的艺术结构、人物的艺术表现和题目的揣摩构思等方面都显出了极具匠心的创变,正是由于韩愈在墓志铭写作方面的经验,他才成为中唐时期代表这类文体最高成就的作家,明代的吴讷在《文章辨体序说》明确指出在墓志创作中,"古今作者,惟昌黎最高。行文叙事,面目首尾,不再蹈袭"[1]。韩愈古文的新变为晚唐墓志铭的发展确立了一个很高的标准,面对这种发展的契机,晚唐墓志铭的创作明显呈现出过渡的状态。

清代诗论家黄子云《野鸿诗的》曰:"凡题赠、送别、贺庆、哀挽之题,无一非诗,人皆目为酬应,不过捃摭套语以塞责,试问有唐各家集中,此等题十有七八,而偏有拔萃绝群之什者何也?其法要如昌黎作文,寻题之间隙而入于中,自有至理存焉。"[2]此条评论主要针对是"诗",但"文"的创作也是同样的道理。他在此指出,面对题赠、送别、贺庆和哀挽等主题,这些都属于特定场合而作的应酬文字,在长期的创作实践中难免形成创作格局上的套式和俗语,而墓志铭作为哀挽主题的重要文体,也必然可能会有这方面的弊端出现,这就是章学诚在《文史通义外编·墓铭辨体》中所说的:"铺排郡望,藻饰官阶,殆于以人为赋,更无质实之意。"[3]大多数的墓志铭都是对墓主郡望的排列和世袭门第的渲染,并将其所担任过的官职一一排列,无非是借此抬高墓主的身份和地位。但以这种方法创作出来的墓志铭显然只能是满篇充斥虚美之言的文章,很难展现出墓主的人物个性和作者的写作功力。加之王行在《墓铭举例》所列举的墓志铭中必需的"凡墓志铭,书法有例,其大要十有三

---

[1] 吴讷,《文章辨体序说》,第53页。

[2] 黄子云,《野鸿诗的》,《清诗话》本,上海古籍出版社1978年版,第855页。

[3] 章学诚,《章氏遗书·文史通义外编·墓铭辨体》,文物出版社1985年版。

事焉:曰讳、曰字、曰姓氏、曰乡邑、曰族出、曰行治、曰履历、曰卒日、曰寿年、曰妻、曰子、曰葬日、曰葬地,其数如此"①。这就更加剧了墓志铭行文的程式化,如果不能在人物的艺术表现上取得创变,那么写出来的墓志铭必然是呆板滞涩的。就晚唐墓志铭的多数来看,旧传统的因袭依然存在,毕竟墓志铭是为特定场合而作的文章,某些约定俗成的程式仍不可避免地遗留于创作中。如作于乾符五年(878年)的《参军傅府君(简文)董夫人合祔墓志铭并序》与作于咸通十一年(870年)的《唐故张府君(弼)墓志铭并序》两篇墓志铭中,对墓主的评价语言极为相似,前者云:

府君立身端谨,不好浮华。守道而安,与物无竞。何图哲人其萎,君子不禄。②

后者云:

立身端敏,不好浮华。守道而安,与物无竞。家传令誉,门有肃清。训子义方,悉至成立。③

两篇墓志相差八年,但对墓主的描写却不约而同地都是"不好浮华"之类的套语。由于墓志的内容多是孝子慈孙对先祖的称美之义,正如作于晚唐的《故朝议郎歙州北野县尉上骑都尉程府君(逸)志铭并序》中所说的那样:"志者记也,以记其勋庸;铭者名也,以名其大烈。"④既然要记其"勋庸"和"大烈",那么此类大而化之的颂扬之语在志文中的大量出现绝不是偶然的现象,这种"似曾相识"的雷同情形也就可以理解了。

除了这类语言的程式之外,晚唐墓志铭的结构也多是王行在

---

① 王行,《墓铭举例》卷一,《四库全书》本。
② 吴钢编,《全唐文补遗》(第四辑),三秦出版社1997年版,第513页。
③ 同上,第511页。
④ 同上,第418页。

《墓铭举例》中的所说的"书法有例"。如作于大和年间的《唐故京兆真化府折冲都尉鲁国车府君墓志铭并序》中：

> 公讳□，字益，其先京兆云阳青龙里之人也。历世簪缨，累传勋绩。守真履道，非礼不言。贞固居身，动不逾矩。国有庆命，官无遗贤。授公游骑将军、京兆真化府折冲都尉。授禄清廉，寮寀称美。公辅弼公卿，竭忠尽节。亚相择任，委之腹心。乃署公押衙、兼司勾检。守职清慎，吏徒敬之，策名立身，言行无点，精专坚白，慎终如初。公先君讳说，皇朝议郎、鄜州直罗县令。风宣百里，化洽一同，黎庶仰仁，感爱风义。公即县尹之中子也。公长男名元畅，礼乐成人，君侯所尚。列居牙爪，时辈钦风，宗族称仁，乡党称孝。次子元章、元孚、元扬，并孝仪承家，光仪不杂，有成人之美行，无苟且之风。长女第卅，适于韩氏。次女卅二，次女卅三，咸美丽芳姿，蕴斯令德，明洁素质，婉媚青阳，珪玉□可等其颜，兰菊安可齐其质。公一染□疾，绵历星霜，救疗无征，奄归大夜，以大和七年七月廿日，终于汧源县太平乡崇义坊之私第，享年六十有八。夫人丹阳朱氏，神聪正直，天假惠能。以早年遘疾，身先逝水。龟兆有吉，庆流后昆。即以其年十月三日，迁祔于汧源县临汧乡麻坊村北原，礼也。①

以上是本篇墓志的主体部分，其中已包括了王行在《墓铭举例》中的全部十三个要素，先言墓主的身份，再叙他的官职履历，最后交待他的家庭构成、卒年以及安葬的情况。在这些要素之外，也多是称颂墓主恪守正道和为政清廉，晚唐的许多墓志铭与此类似，可以说这篇墓志铭反映了晚唐墓志铭的大体结构方式。更有甚者，如

---

① 吴钢编，《全唐文补遗》（第五辑），三秦出版社1998年版，第432页。

作于会昌年间的《故宋州砀山县令荥阳郑府君墓志铭并序》中对墓主的曾祖、祖父和父亲也以大量的篇幅叙述他们的官职,使本来可以简短的篇幅显得较为冗长,而且这对墓主的人物描写没有任何实际意义,正如章学诚所批评的"铺排郡望,藻饰官阶,殆于以人为赋,更无质实之意"①。这种墓志的写法,其目的只是极力抬高墓主的身份高贵,而对其个性的展现毫无用处。

三、晚唐墓志铭在艺术上的继承与新变

在看到上文所举出的晚唐墓志铭确实有结构单调、语言雷同的弊端之时,还应该注意到晚唐墓志铭中毕竟还有继承中唐古文遗产而逐渐出现的在人物描写等艺术手法方面的一些成就。黄子云在《野鸿诗的》的评论正说明了应酬文字"捃摭套语以塞责"的例外情形,那些"拔萃绝群"之作的出现需要作家发挥自己的文学智慧,"寻题之间隙而入于中,自有至理存焉"。墓志铭虽然有传统遗存的种种套式,但如果作者能在"题之间隙"中深入琢磨以崭新的艺术方法表现墓主的人物个性,运用巧妙的语言方式最能达到人物描写的艺术效果,乃至在墓志铭的篇章结构方面找到突破前人的新路,只要在这些方向上做出有益的新创,那么精妙出彩的墓志铭文也就自然出现了。

首先,晚唐墓志铭中的亲情主题成为墓主生平的主要内容,在或长或短的篇幅内,通过总体的评价和一些细节事件的展示,作者将墓主的真挚亲情刻画得惟妙惟肖、含蓄有致,而且此类主题没有惹人注目的奇异色彩,多是在日常生活的仔细体会中把握墓主人格的闪光之处,并出之以蕴藉内敛的笔触娓娓道来,从而达到平易

---

① 章学诚,《章氏遗书·文史通义外编·墓铭辨体》,文物出版社1985年版。

流畅、以少总多、情貌无遗的艺术效果。这就使得晚唐的这些墓志在风格特征上与韩愈在中唐所作的《试大理评事王君墓志铭》等以传奇笔法取胜的篇章有明显的不同，同时也与晚唐古文中崇尚怪奇模拟的风气区别开来，最根本的是那种"铺排郡望，藻饰官阶"的情形明显减少，毕竟叙述的重心已从其政治生活转入家庭亲情，除了必要的交代外，官阶和郡望也就不会占据此类文章的过大篇幅了。如崔群作于中晚唐之交的《郑氏（造）季妹（崔珏）墓志铭并序》就是家庭亲情题材的代表：

> 五岁而慈颜违，俯笄而严训背。孝诚天至，啼号靡极。闻而见者，为之伤感废事。其后长于诸父诸母兄嫂之手，敬爱婉娩，不资雕琢。及辞家有行，祇事君姑。玷璜蚤暮，侍膳尝药。绵星霜，涉寒暑；无堕容，无懈心。由是姑爱异之加等。忆其始归汝坟之岁，尝命婢使之勤老者偕往。迨归，谓予曰："妇事姑尽顺矣，姑待妇不间矣。"然而恭命令，处劳约，有甚于诸妇者。予因知吾妹得所从，而郑君果佳士。非孝子顺妇，其何能致长上之推诚无外者欤。其后郑君从事于陕于蒲，奉丧助祭，达情中礼。暇日读经史、箴诫不释手。家人未尝见其有疾言变色之异。或退居郊园，躬阅树艺。理丝枲之事，安贫自乐，熙熙然终岁，唯亲爱离阔为□。及婴疾历时，赢然床笫，心识不乱。至于弥留，犹能喻其夫以常理，顾诸子以为托。①

崔珏父母早逝，由其叔父、兄嫂等人抚养成人，她在家中饱受温暖，因此对待长辈也极尽孝慈之举，"辞家有行"几句，用节奏急促的三言承接语调平缓的四言句，重复强调在季节变换中，崔珏始终如一，在"侍膳尝药"过程中坚持"无堕容，无懈心"，可见崔群在句式

---

① 吴钢编，《全唐文补遗》（第三辑），三秦出版社1996年版，第180—181页。

的选择和连接上也颇费心思。而且崔群以第一人称的角度进行细节描写,崔珏对崔群所说的妇姑情深就显得亲切如在目前。"予因知吾妹得所从,而郑君果佳士"的评论道出了崔珏嫁得其所而其夫家也确实通情达理,其实也是突出了崔珏嫁入郑家后所享受到的家庭融洽的关系。文章最后写崔珏临终弥留之际还念念不忘告诉夫君和子女一些生活的道理,更突出了墓主的贤惠及其对家人的深情。可见,崔珏的生平叙述是概括与细节交替而行,张弛有度,概括部分与细节部分的过渡也很自然。更值得注意的是,崔珏的个人形象与家族亲人之间形成巧妙的对比和衬托,亲族待崔珏无间,而崔珏也任劳任怨地操持家务,家人则未尝见其有疾言变色之异,崔珏越勤劳,则家人越认可她的通情达理,家人的认可则让崔珏更感受到家族的温馨,这一写法明显借鉴了韩愈在《考功员外郎卢君墓铭》中"两面对逼,互影而成"的经验①,只是韩愈出之以议论,而崔群则是在叙述中隐含了这一写法的效果。整个描写没有奇特的色彩,文字上也没有怪异的选择,但崔珏的形象及其亲族的和睦融洽却得到淋漓尽致地展现。崔群与韩愈交往甚深,对其古文笔法较为熟悉,因此才能在墓志铭的创作如此心有灵犀。这一主题在晚唐时代是墓志铭的重要内容,如《故荥阳郑夫人墓志铭》

---

① 林纾,《韩柳文研究法》,《历代文话》本,第6464—6465页。林纾分析道:《考功员外郎卢君墓铭》,乃有序而无铭。或易铭为表,表故不铭者也,考异仍作铭。文中叙事,用笔甚奇。卢东美在大历初,李栖筠辟为从事,此唐初恒有之事。文曰:"既起从大夫,天下未知君者,惟奇大夫之取人也不常,必得人;其知君者,谓君之从人也非其常守,必得其从。"读之可悟叙事之法。"奇大夫之取人",是信大夫之不妄取,一旦竟取天下之所不知者,此为非常举动,决其必得天下之才,语意是褒大夫,却藏下卢君隐德足以动人处。"常守"二字,根上头未出仕来,既未出仕,忽从李公,是必鉴别,李公为人之可从,必得其从者,信之果也,非其常守,惟知者始见其生平,外面是褒卢君,见得李公能为卢君所从,则李公之明于知人可不须称颂而见。两面对逼,互影而成,文盛称李公,而卢君之德愈彰;盛称卢君,而李公之识愈高,两三行中,具无尽机杼矣。

《唐故京兆韦府君夫人高阳齐氏墓志铭并序》《唐故京兆韦夫人墓志铭并序》和《唐河南府河南县尉李公别室张氏墓志铭并序》等都是以刻画家族亲情作为人物生平的主体部分。《唐故京兆韦府君夫人高阳齐氏墓志铭并序》中的墓主齐孝明自幼与韦家熟识,韦氏先姑也对其疼爱有加,后齐之夫君早逝,齐孝明独自承担赡养老人和抚育子女的家务,其孝节悯行成为宗族的典范。整个墓文中没有出现对墓主过于模糊的总体评价,而是通过先姑的疼爱、夫妻婚姻的短暂以及夫君去世后齐氏的任劳任怨等生活片断,写出了齐孝明在家中既是一位举止得体的好晚辈,也是对子女教养有方的好母亲,其品行善良的形象则不言自明了。《大唐洛阳县尉王师正故夫人河南房氏(敬)墓志铭并序》中回忆夫妇在贫贱生活中的怡然之乐,突出了当时的妇女在良母的形象之外还有贤妻的一面,可见家庭生活和亲情的其乐融融是此时墓志的重点之一。

与家庭主题相关的是,墓志铭中的骈偶成分越来越少,只是出现于对人物作整体描述时,而且在句式的排列上也不讲究整齐划一的四六言,典故的选择上也不注重深细冷僻,辞彩方面也没有过于华丽。在刻画人物的具体细节中,古文单行散体的写法更有利于对话的展开和一些细微表情、心理的突出,骈偶文字则在此方面不易发挥作用①。先看骈偶成分在晚唐墓志中的运用,《大唐易州上谷郡故罗府君(亮)墓志铭并序》:

> 夫人安定梁氏,柔姿不忒,令淑传闻。诫女同班氏之风,

---

① 晚唐是骈文复盛的阶段,出现了李商隐、温庭筠等骈文大家,而此时的古文则失去了中唐时期的光彩。在骈文与古文对抗的阶段中,墓志这一文体也面临着是以骈文还是以古文写作的问题。而判定骈文和古文的基本标准还应该是文章的行文方式,即骈偶与单行散体的差异。因此,欲考察墓志写作中骈文和古文因素问题,入手处应在行文的语言方式上。

训男齐孟母之德。①

《大唐故范阳卢氏君(荣)夫人刘氏墓志铭并序》：

> 夫人淑令天姿，姬姜比德。诚女有曹氏之风，训子有择邻之则。②

这都是墓志中对女性墓主的一些概括性语言，选择的是品德优良和温柔贤惠等套语，而这些都是以骈偶之文承担，其中对子女的抚育也是很多墓志写女性墓主的常见内容，这两篇也不例外，还不约而同地选用了为世人熟知的孟母三迁的典故，来表现母亲对子女教育的孜孜以求和尽心尽力。套语和熟典的运用既有重复俗套的弊端，但也造成此类墓志的风格显得平易显豁，而不再像初盛唐墓志在骈俪行文中堆垛一些华丽繁复的词语，不厌其烦地夸大墓主的品行，即使是一些在历史上存有争议的历史人物，看他们的墓志也会觉得其内容与史书的记载相距甚远，这就是墓志写作中经常出现的虚美之辞。在晚唐墓志中，骈偶成分的减少和辞采用典的平易已经显示出整体风格的差异，即使有些骈偶成分，也与晚唐骈文在书启类的特点大异其趣，没有书启类的骈文用典那么冷僻繁复，而且过于追求典故和辞采也会增加文章理解的难度，如《唐故试右内率府长史军器史推官天水郡赵府君墓志铭并序》：

> 烈考景阳，赠右金吾卫长史。并清风可沐，嘉迹犹存。或武以静边，或文能革俗。来苏作颂，去职兴思。铭鼎可观，存乎竹帛。……公幼而聪达，事类生知。处繁而曲直自明，居要而威刑可措。③

---

① 吴钢编，《全唐文补遗》(第四辑)，第516页。
② 同上，第510页。
③ 吴钢编，《全唐文补遗》(第二辑)，三秦出版社1995年版，第57页。

只是以骈偶之文的精炼来概括叙述墓主的大体生平,而不是逞才使气地夸张其辞,这才使得此时墓志的风格日趋平易流畅。至于单行散体的古文写法,则在细节描写的过程中显示了优势,前面所举的崔珙墓志中崔群与崔珙的对话就是细节中的亮点,而对话的插入如果放入骈文中,势必打破骈偶行文的固定节奏。以两个革新地方军政的官员墓志为例,明显可以看出骈偶与散体行文之间的差异,郑澣所作《唐故东都功德等使朝议大夫内侍省内常侍员外置同正员知东都内侍省事上柱国长城县开国公食邑一千五百户姚公(存古)墓志铭并序》:

穆宗初,入侍奏课,擢为银青光禄大夫、右监门衙将军,出护大梁兵。元年,复加冠军大将军。无何,汴人鼓噪起帐下,帅念军律不可整,夜缒亡去。于是,军中士偷立部将,赏僭令杂。以中群凶,血入齿牙,声倡万和。公曰:"我持诏来,以临视诸侯。况今逐帅乱行,安得若平居深视,以防危辱。"乃叩军门曰:"惟大梁四战,地地迥无表里可恃,自贞元来,连狂未醒。习熟枭音,用为宜然。人心尚愧耻,义士岂无愤怒乎!傥雷霆示威,兵压境上,波血横道,无徒为他人功。"于是十万无声,抑首低听,曰:"惟公死生之。"乃引伪将,语曰:"自章武皇帝观衅四方,公皆预战,虽蜀夏淮蔡,以势胜地险,而皆故侯王子孙,藉旧国邑。一朝背诞,鬼神剪辱。况其身乎!今公猝然起伍中,恃诈自负。当奔走阍阉,委身听罪,以免万死,可矣。"其后,事变戏下,机合彀中,皆出公之明智全略,揖让而成义旅,人用信伏。①

《故义昌军监军使正议大夫行内侍省掖庭局令上柱国赐绯鱼袋渤

---

① 吴钢编,《全唐文补遗》(第三辑),三秦出版社1996年版,第200—201页。

海高公(克从)墓志铭并序》：

> 公乃导之以礼乐，抚之以仁义。变九河为五湖之乡，遏豪强为鲁儒之国。说之以利害，齐之以国章。数日中间，大洽军意。乐之以歌吹，戏之以艛船。喜气浮空，欢声变野。迄至于今，规摹不易。①

姚存古临危受命去整顿汴州的军务，而高公面对"辕门列校，亲戚不许相亲，故旧不敢叙故，咫尺千里，对面云泥"的"军之旧令"也亟须改革，两人都以自己的智慧和勇气迎难而上，但在墓志铭中的描写却是大不一样。姚存古的墓志中主要描写他如何在情势危急的状态下进入汴州的，整个过程是以散体之文写就，其中姚存古与汴州守军的对话是主要内容，姚持帝诏而来，话语中透露的是义正词严的气概，而且亲自"叩军门"的举动很好地起到了以无畏的气魄震慑了汴州守军的嚣张气焰，一番威言之后，汴州守军胆战心惊，鸦雀无声。稳定军心后又对伪将晓以利害关系，对伪将和对军士的说辞明显语气不同，军士人数众多，只能以强大的实力和正统的道义予以威慑，而伪将则是为人胁迫，先表彰他们对国家征战的贡献，再摆明利害关系，问题自然迎刃而解。因此两番对话的内容截然不同，一是对军士的威吓，这种差异显示了姚存古审时度势、善于把握不同人群心理的性格，运用恰当的方式化解矛盾，而其中以单行散体写成的对话显然对展现人物个性起到了关键的作用。至于渤海高公受诏旨权军务，以义昌军监军的身份，改革弊政，打破以往的刻板沉闷，但对这一过程，墓志铭中并未具体写明，只是说出变河为湖和遏制豪强，以及简略提及推行礼乐仁义的儒道举措，至于细节表现则完全不见，相比于姚存古墓志中注重过程的生动

---

① 吴钢编，《全唐文补遗》(第三辑)，三秦出版社1996年版，第221页。

细节,高公墓志的骈偶行文只能大体描摹改革的局面和结果,程式化的色彩浓厚,读者无法看出高公在此过程中的个人光彩,只是对这段经历有个大致的了解。这就是骈偶之文与散体古文之间的不同,面对同样的事件和传奇的人物,骈偶写法不能细致入微地展现细节中的人物形象,无法协调大量对话、场景描写等艺术手段与严密的对偶文体之间的矛盾,造成了骈偶和古文散体彼此间在艺术效果上的巨大差异。

其次,晚唐墓志铭中的行文结构受到中唐古文发展的深刻影响,其中韩愈墓志铭的示范意义不容忽视。如晚唐一些篇幅较长的墓志借鉴了韩愈的《唐故江西观察使韦公墓志铭》中"顿笔"写法[1]。《唐故卫尉卿赠左散骑常侍柏公(元封)墓志铭》:

> 公讳元封,字子上,其先晋伯宗之后。始伯宗祖父食菜于伯,因伯为氏。及三郤害伯宗,伯宗死,其子周黎窜于楚,易人从木。至裔孙鸿仕汉为魏郡守,子孙留而不还,遂为魏郡人焉。曾高祖季纂,在隋为祁令,入唐为工部尚书。高祖敬仁,勒州长史。王父睿,赠大理少卿。大父造,赠邓州刺史。父良器,平原郡王,赠司空。公生有殊状,幼有老风。天资聪明,性本忠孝。七岁就学,达诗书之义理;十年能赋,得体物之玄微。十五以司空武功授太仆寺丞。公曰:"予家世儒也。昔予大父以射策甲科授获嘉令。禄山陷东都,围获嘉,持印不去,为贼

---

[1] 林纾《韩柳文研究法》中提出了"顿笔"的写作技巧,他在分析《唐故江西观察使韦公墓志铭》中写道:政绩多可纪,则序言不能不详。此文每录一事,必有小收束,学《史记》也。序文体近于传,本人事实过繁,乞文者不愿遗落,则一一须还他好处;苟无驾驭斩截之法,便近散漫平芜。文自叙姓氏起,至"以甥孙从太师鲁公真卿学,太师爱之",作一顿。自"举明经及第"至"征拜太子舍人,益有名",作一顿。自"迁起居郎"至"遂号为才匠",作一顿。自"刘辟反"至"上以为忠",作一顿。自"一岁,拜洪州刺史"至"其大如是其细可略也",作一顿。情事虽繁杂,无甚伟节,然每段拉以煞句,则眉目井然。

所害。故吾父痛吾祖之不终,遂学剑从戎,将复仇以快冤叫。今吾父武功立,予不可不守吾世业而苟且于宦达也。"遂请授其弟下帷读书,不窥园林者周于天。业成名光,登太常第。休问傍畅,播于藩方。故薛太保平为汝州刺史,辟署防御判官。公以有礼而就授秘书省校书郎,府罢还京。时韩公皋保厘东都,袁公滋镇白马,任迪简代薛太保刺汝州,霍从史帅泽潞,皆慕公声猷,辟书继至。公以袁公德可依,诺其请。奏授左金吾卫兵曹参军,充节度推官。寻以嘉画转支使。明年,迁观察判官。而薛太保复代袁公镇白马,乞留,公以旧知不去,职亦不改。会镇王士贞死,男承宗盗据其地。宪宗皇帝命中贵人承璀帅师以征,诏潞将从史合兵而进。从史持二心,阴与承宗比。承璀无功,乃请先诛从史,后讨承宗。上可诛从史奏,遂擒送阙廷。复念承宗祖父有破朱滔安社稷之功,释其罪,诏承璀还师。路出于魏,魏将田季安屈强不顺,亦内与承宗合。承璀不敢以兵出其境,请由夷仪岭趋太原而来。上以王师迂道而过,是有畏于魏也,何以示天下。计未出,公使来京师。上召对以问之。公曰:"非独不可以示天下,且魏军心亦不安,而阴结愈矣。臣愿假天威,将本使命谕季安,使以壶浆迎师。"上喜,即日遣之,驻承璀军以须。公乃将袁命至魏,语季安以君臣之礼,陈王师过郊之仪。季安伏其仪,且请公告承璀无疑。师遂南辕。上谓丞相曰:"承璀不比,出并而还,元封之谋也。用其谋不可不赏其力,宜进秩以劳之。无拘常限。"迁大理评事,摄监察御史。故其制曰:录以殊劳,岂限彝叙。明年转监察御史里行,充节度判官。寻加殿中侍御史内供奉,仍赐绯鱼袋。府罢,授京兆府渭南县令。弹琴无为,民自知化。时汴帅韩弘入觐,其妻继来,仆隶舆马,殆千数乘。监军转公食于御驿,自梁抵华,无以非法革之者,畏韩之势也。公遂停给,以正条令。

君子推其能。会夏大旱,谷不登,黎人告损。内史崔元略不欲损以希上旨,又将籴以入公,他县无敢逆其义者,惧崔之威也。公独正色陈民之困,词讫不回,竟罢籴而减其常赋。他县咸赖,民用不饥,君子嘉其道。①

墓主柏元封一生历事很多,作者在叙述柏氏漫长的生平时就采用了"顿笔"的写法,自"十五以司空武功授太仆寺丞"到"公以有礼而就,授秘书省校书郎",作一顿;自"时韩公皋保厘东都"到"公以旧知不去,职亦不改",作一顿;自"会镇王士贞死"到"寻加殿中侍御史内供奉,仍赐绯鱼袋",作一顿;自"府罢,授京兆府渭南县令"到"君子推其能",作一顿;自"会夏大旱"到"君子嘉其道",作一顿,通过"顿笔"的收束和过渡,柏元封仕途中的几个阶段和一些特殊的经历就变得层次井然,使本来繁杂的叙事显得清晰有致,这与韩愈在中唐古文写作中的经验是分不开的。类似这样的文章在晚唐墓志中还有一些,如《唐故陇西李公墓志铭》中,自"公自幼敏聪"到"浃洽军营,上下咸美",作一顿;自"至十五年春,又转授弓箭库西库判官"到"宽猛得中,内外畏服",作一顿;自"至其年秋,又加宣德郎"到"洎经再授,益茂器能",作一顿;自"至大和二年春,又加正议大夫"到"军城乐康,悉歌来暮",作一顿;自"直大和九年冬,随表入觐"到"课最陟明,美洽中外",再作一顿。李公的生平虽繁杂,但叙述起来却眉目清楚。另外韩愈在《殿中少监马君墓志铭》中的"逆笔"运用也为晚唐墓志铭的创作所继承②,如作于咸通年间的《唐

---

① 吴钢编,《全唐文补遗》(第四辑),三秦出版社1997年版,第132—133页。

② 参见高步瀛《唐宋文举要》,上海古籍出版社1982年版。"逆笔"出自《殿中少监马君墓志铭》评语,"以上摹写少监三世状态,历历入画,虽未尝叙一事,而其人之精神意象,无不毕见,是为神妙。然自下文言之,则皆系逆笔,与平铺直叙者迥别。"

河南府河南县尉李公(瑄)别室张氏(留客)墓志铭并序》中:

> 姓张氏,号留客,出余外氏家也。余外氏南阳张,世居东周。季舅白马殿中盄,以余幼年,遂留以训育。于诸甥中,慈煦最厚,故以斯人配焉。咸通三年,余选授伊阙丞。方挈之任,父全忠,母杨氏,号净意,偕随女焉。余虽官,贫且债,故衣饭常歉。洎秩满,僦居洛北,岁久益甚,斯人未尝有不悦之意在颜色间。余尝为之不怿,斯人乃相勉曰:"虽金帛坐致,有病苦支离,曷若贫清健聚常保团圆耶?况贫贱贵富有倚伏哉!苟躁其心,适足丧道。"余谓是言贤且达,古人无以过也。性仁孝廉慎,祗奉亲宾,常若不足。九年秋,余赴调上国,是岁黜于天官,困不克返。斯人与幼稚等寓居洛北,值岁饥疫死,家无免者。斯人独栖心释氏,用道以安,故骨肉获相保焉。十一年夏,余尉河南。才逾周星,而斯人遘疾。自徂暑至于穷冬,百药不灵,祷祝无效,竟以十二月廿四日,殁于恭安里,享年卅。①

本文前半部分都是在讲述张氏在丈夫的仕宦迁转中辛苦地操持家务,即使身处困顿之境,仍能以乐观饱满的语言开导夫君,宽慰家人,当李公任职京城、无暇顾及家事时,张氏毅然勇挑重担,在天灾之际保全骨肉,字里行间透露的是夫妻间的和睦和家族的融洽,以及张氏温淑贤惠的性格。写到此处,文章的正面描写已推向高潮,依张氏的所作所为,大家都希望能够她能够得到好的归宿,然而就在此时,作者以"逆笔"转折,"十一年夏"之后的叙述急转直下,张氏染疾卧病不起,去世时年仅三十岁,前后的对比如此之大,方才显出作者(即丈夫)的哀痛之深和悲伤之切。晚唐此类墓志文还有

---

① 吴钢编,《全唐文补遗》(第四辑),三秦出版社1997年版,第250—251页。

较多的实例,如董齐《大唐乡贡进士董府君(交)墓志并序》:

> 天种至性,生而敏慧。自龆龀岁,童戏出言成章,为前辈老成人器之。目之曰:"斯子也,不日不月,为龙□虎。"由是长而习诗礼,洞达圣贤之微旨。属词比事,穷物理之精极。郁郁茂异,卓然孤标。洎弱冠,以乡里之选,应进士举,尤能攻五字,风格旨趣,得六义之奥;教化理本,尽萃于此,为文友敬习雅重之。自此籍籍声价,洋溢文场。两失垂成,词口称□。常谓其蹑云路不远,俯青紫将拾。岂期时命不与,寝疾弥留。何艺之至而道之不行哉。惜乎!有志无时,时邪命邪!①

其内容结构与《唐河南府河南县尉李公别室张氏墓志铭并序》大体相当,当是与韩愈在中唐的创作经验的影响有着千丝万缕的联系。晚唐墓志不仅承上,而且还有启下之功,如《唐故渤海李参卿墓铭》:

> 会昌五年正月十五日,前庐州参军李存于亳州病死。其长兄端友、季弟璬,痛其夭,发人诉于其叔。其年三月廿二日,其叔闻其丧,即哭。读其书,不胜其哀,又三日哭。呜呼!存之生也,逾周岁,元关于情者皆达之。气度沉厚,言语有时节,虽家生小童亦敬畏之。至五六岁,则杰然成人矣。过十岁,则通礼乐,读九经三史文,亹亹在口,及见古人奇节至行,文字精洁者,必自钞纳,积数千幅。其勤如此。天与孝谨,未尝一日离其亲。居殿中府君及清河夫人之丧,杖而后起,亲戚见者皆不忍视。存好著章句,尚立名节,识礼玄远,是非善恶,内有别白,而不出于口。其诸叔父尝请于殿中府君,谓存可应进士举。时清河夫人沉疾未损,存闻之,泣不忍行。因此绝求名意。清河夫人尝欲见其为官,遂选补庐州参军事。一具簪笏,

---

① 吴钢编,《全唐文补遗》(第三辑),三秦出版社1996年版,第192页。

为太夫人寿。且非其好。其自处也，言行无所缺，其所蓄落落然不贮瑑细，长江万里，不见涯涘。以其所履，宜寿且贵。何天夺其贤而促速如此之甚也？①

开头描写李存的离世在家族中的反应，共分三层，先是其长兄和季弟的"痛其夭"，其后是"其叔闻其丧，即哭"，再次是其叔"读其书，不胜其哀，又三日哭。"通过三层的递进，写出了家人对李存过世的哀感。而欧阳修在《张子野墓志铭》中交代写作缘起时的痛感也是分为三层，"乐道天下之善以传焉"为一层，"平生之旧，朋友之恩"又一层，"与其可哀者"再一层②，说明了欧阳修对张子野的真挚情谊。两文比较，其中的延续之感还是明显的。

除了主题的新变和笔法的延续外，晚唐墓志的创作中在叙事视角的转换、不同文类间的借鉴以及叙述语言的选用等方面都显示出纯熟的技巧。很多时候，作者会综合运用多种艺术表现的手法，将墓主的生活和性格写得摇曳生姿，不落俗套，从而使墓志的写作更像是讲述曲折的故事，这必然会增强晚唐墓志的文学品位。如《唐故留守李大使士素夫人曲氏（丽卿）墓志铭并序》：

> 夫人姓曲氏，号丽卿。美容德，善词旨。其先祖环赫有武功，世为大官。及笄之年，初嫁刘仆射昌裔之幼子曰纾。生一女，适裴氏之子。未详其官秩存亡，故阙而不书。纾为贵公子，无所爱惜。迫于太夫人之命，不得已礼娶他室。遂厚遗金玉、缯彩、玩用、臧获，数盈百万。俾归于李大使士素之室，生四女二男：男从约，效职辕门，弓裘不坠，为东都留守衙前虞候。长女才适人而殁。幼子早世。次女嫁许玹，二年而逝。生一男，小字耐重□。季女号云卿，善音律，妙歌舞。词巧春

---

① 《考古》1984年第10期。
② 参见高步瀛《唐宋文举要》。

林之莺,容丽秋江之月。家洛桥之北,秋水泛涨,领女奴辈数人徐步金堤,闲观雪浪。裾服绰约,艳态横逸。洛阳令魏镰,鸣驺呵路,目逆而送之。俾媒妁导意于夫人,夫人曰:"某有幼女,善事贵人。不求财聘之厚,唯愿归依得地。"洛阳宰大嘉其诚意,喜而纳之。宠以玉容,贮于金屋。期年果产一男,小字曰路人。及迁南阳郡太守,挈而随之,益加专房之宠。又有梦熊之兆,夫人知之,以书戏曰:"金扇两重,玉颜双美,唯俟分娩之月,不惮省视之劳。"居无何,得寒热之疾,伏枕两月,迎医万方。从初至重,日诫其子及家人辈曰:"慎无报吾女。吾女性和孝,必惊奔请视吾疾。吾疾不瘳,兼病吾女。"由是寝疾累月,路遥莫闻。迨困亟之际,尚口占其书。训女深切,俾老于魏。用达其身,言讫奄然。大中十三年十月十八日,殁于东都铜驼里之私第,享年五十有九。①

本篇墓志没有遵从过往的程式,介绍墓主的姓氏好似唐传奇故事人物的开场白,文章起始两句是从曲氏的角度展开,自"纾为贵公子"又转入刘纾的角度,再经交待子女的出处,又转回曲氏的叙事节奏中,而到云卿的部分,叙事角度又发生变化,以幼女云卿的视角讲述任洛阳令的魏镰与云卿的一段奇遇,经媒妁之言再过渡到"夫人"曲氏,后经"魏镰"迁南阳太守的经历后,最终再次回归"夫人"曲氏的去世。整个叙事过程经历多次转折,从不同角度讲述了曲氏的遭遇及其家人的生活,这使得此篇志文更像是一个传奇故事。尤其是云卿与魏镰在金堤的奇遇以及云卿待产的"梦熊之兆",明显吸收了唐传奇对场景铺写和人物素描的手法,其中云卿的容貌和金堤的景色在寥寥数笔中显得缥缈优美,魏镰的"目逆而

---

① 吴钢编,《全唐文补遗》(第四辑),三秦出版社1997年版,第219—220页。

送之"融入了魏晋志人小说中的简约笔触,从"逆"到"送"也展示了云卿"徐步金堤"的轻盈姿态,通过魏镳的反应更加衬托了她的高华之美。由此可见,叙事视角的多次转换使文章避免了平铺直叙的呆板,增加了文气的曲折,对唐传奇和魏晋志人小说手法的借鉴更加重了志文的故事性和文学色彩。如果去掉最后曲氏的卒年等片断,剩下的内容就类似一个辞采斐然的传奇。本文中的"女奴"一词系晚唐俗语[①],将之置于描写云卿和魏镳的奇遇中,却丝毫不见俚俗之感,也可见作者的语言驾驭能力。值得一提的是,本文虽为叙述曲氏的生平,但也巧妙地嵌入了其女云卿与魏镳的偶遇和生活片断,使两个线索并行不悖,甚至还交相推进,云卿与魏镳的婚姻有赖于曲氏的玉成,体现了曲氏对子女终身幸福的看重,而曲氏临终前的一番告诫更是出于对云卿的深切关爱,实际也是对云卿与魏镳婚姻的肯定,因此作为主线的曲氏和作为副线的云卿在作者的深层叙事中是一种相辅相成的关系,这对北宋欧阳修在《张子野墓志铭》中的"主客双行法"的叙事线索有启发的意义[②]。

运用综合艺术手法最为娴熟的是郑仁表的《唐故左拾遗鲁国孔府君墓志铭》:

> 咸通十五年三月,侍讲学士右仆射太常孔公以疾辞内署职,其元子左拾遗养疾亦病。逾二旬,太常公疾少间,拾遗疾亦间。又旬日,太常公薨,拾遗哭无时,后七十六日亦终。呜呼!求诸古未闻也。仁表与拾遗同岁为东府乡荐,策第不中等,再罢去。明年偕宴于东堂。宴之日,博陵崔公荛出紫微,直观风甘棠下,表为知使校芸阁书。拾遗始及第,乞假拜庆,新进士得意归去,多不伏拘束假限,往往关试不悉集,贡曹久

[①] 参见姚美玲《唐代墓志词汇研究》,华东师范大学出版社2008年版。
[②] 参见高步瀛《唐宋文举要》。

未毕公事,故地远迫二千里,例不给告。

公至性自生知,虽欲全其礼传于后,开强忍抑,不能俯就,始得疾,不言于人,因晡哭若绝,左右始知有病□甚矣。□卧亚室中,不复进馔饵,疾益亟,方肯归常所居舍,悉召骨肉迨仆使,唯言仆射公葬时事,指挥制度,必以古礼,戒诲约束,委曲备悉,左右皆泣。公曰:"吾平生无纤小不是事,天报我甚厚,使亟得归侍地下,尔盍贺而返以泣耶?吾自遂性,不能无伤,生全大孝,送终设祀,宜益俭削,无以金铅纤华为殉,无以不时之服为殓。吾幼苦学尤嗜左氏传,所习本多自雠理,宜置吾左右。友人郑休范多知我所执守,相视若亲弟兄,我亦常以所为悉道之,请以志我。彼不能文,必尽其实。"言竟,抚弟妹,若将千百里为别者;视妻子,若将一两夕不面者,而怡然其容,如有失而复得。已而终,呜呼!其善归侍乎?

忆于洛阳里第,始相与定交。公曰:"何以契我?"余曰:"死患难,先禄位,托孤寄命,同休共戚,此义交也。见善相勉也,见利相远也,言之而必行,守之而必固。一旦离此,则攻而绝之,使处世为匪人,殁身无恶言。斯益友也,余将与吾子契之。"自是过必相攻,善必相激,相成如恐失,相长若临敌。虽朝夕共行止,人不以为朋比。亦君子之能贤善诱也。①

上述内容是选取了志文的三个主体部分,可以看到郑仁表是如何安排文章结构、过渡叙述视角和表现人物个性的。志文取倒叙之法,开篇以墓主去世写起,父子二人都身染重病,其父去世,孔府君也在悲痛中离世,这实际暗含了孔府君的孝子情怀,也为全篇设定了基调。但在这之后,郑仁表转入两人的交往经历,这就在孔府君的孝悌亲情之外又开始了一条真挚友情的线索。孔、郑二人同时参加乡

---

① 王昶编,《金石萃编》卷一一七,中国书店1985年版。

荐科举入仕,彼此倾心相交。承接两人友情的是孔府君在人生的最后阶段,自己已卧病不起,却还在操心父亲的丧事,这回应了起始的叙述,通过描写他抱病指示丧仪和与家人的对话等细节,补充了描述稍显简略的起始部分,充分展现了府君的纯孝之情。其中的对话耐人寻味,在大悲面前,孔府君以带泪的微笑式的语言宽慰家人,这也只有孔府君这样的孝子才能讲出。这一对话无疑为伤感的叙事中平添了复杂的情绪,更衬托了孔府君的个性光彩。对话的最后交待了选择郑仁表作为自己墓志的撰者,这又串联起前面两人交往日深的感情,并自然过渡到下文中郑仁表的回忆。而在回忆的开始,"忆于洛阳里第"的"忆"字看似不起眼,实际起到了转换叙事视角的奇效,虽没有说明"忆"的主体是谁,但从后文的发展看明显是郑仁表。另外,郑仁表在志文的前面提及自己时是第三人称,而到最后的部分,则是直接称"余曰",明显是以第一人称开始叙事,郑仁表就是通过"忆"来实现了暗中转换视角,这更加使人称的过渡极为自然,并能以一种更加贴近的姿态讲述他们之间的君子友情。最后的对话体现的是君子之风,彼此劝勉,互相鼓励,两人的交往真正是"义交",这也照应了孔府君临终为何选择郑仁表作自己的墓志铭,因为只有郑最了解自己,把墓志交给他写才不会有虚美溢美之言。这在孝子的基础上肯定了孔府君交友上的君子作风,并在起始的基调上进一步深化了孔府君的个性。由此可见,郑仁表在写作此篇墓志时,必定是颇费一番心思,隔层照应的回环结构中使人物的个性得到深化和升华,逐层推进中,如此繁复错综的叙事才显得井然有序,细节的处理上也达到情节的暗示和过渡,尤其是以"忆"字实现人称的转换,继续叙事的发展,对话中的内容在众人的悲伤和孔府君的自我宽慰中写得如此情真意切,使得整篇的沉郁顿增光彩,也确实体现了孔府君的生活智慧。从这些分析中看,本篇墓志中艺术手法的综合运用确是晚唐墓志中的代表。

尽管晚唐的墓志铭写作中没有出现韩愈那样的旷世大家，但仍有一些作家取得了很好的创作实绩，在坚持墓志写作的基本规范时，仍然可以调动多种艺术手段，展现文学才华，既借鉴了中唐古文尤其是韩愈在墓志撰写中的成就，同时更能在写人艺术的探索之路上继续前进，例如在情节过渡、篇章结构安排、借鉴其他文体、锤炼语言艺术等方面都有新创，并启发了北宋古文作家在墓志铭方面的一些艺术表现，这些都表明了晚唐墓志的创作在中唐向北宋的古文发展中的价值和意义。

第三节　中晚唐五代时期"厅壁记"的创作演变

"厅壁记"在古代属于"记"之一类，而"记"体文作为中国古代文章中的一种，其内涵之丰富、边界之模糊和类型之繁复，林纾曾有"综名为'记'，而体例非一"的感叹，这既为研究此种文体造成了概念界定的障碍，同时又留下了广阔的讨论空间和研究可能。本节拟撷取"厅壁记"这一唐代"记"体文中较为重要的一类，对之加以探讨，深入考察中晚唐五代"厅壁记"的发展流变，以及这些变化中所折射出的此类文章在品格、结构和创作理念方面的一些演进。

一、文体论探讨中的"记"体文

厅壁记从属于"记"，其大盛始于唐代。关于"记"的文体界定问题，明代学者吴讷和徐师曾都有过分析，吴讷在《文章辨体序说》曾吸收《金石例》中的观点，认为"记"体文是"纪事之文"，并追索其体名的源流问题："窃尝考之：'记'之名，始于《戴记·学记》等篇。'记'之文，《文选》弗载。后之作者，固以韩退之《画记》、柳子厚游山诸记为体之正。然观韩之《燕喜亭记》，亦微载议论于中。至柳之记新堂、铁炉步，则议论之辞多矣。迨至欧、苏而后，始专有以议论为'记'者,宜乎后山诸老以是为言也。大抵记者,盖所以备不忘。如记营建,当记月日之久近,工费之多少,主佐之姓名。叙事之后,略作议论以结之,此为正体。至若范文正公之记严祠、欧阳文忠公之记昼锦堂、苏东坡之记山房藏书、张文潜之记进学斋、晦翁之作《婺源书阁记》,虽专尚议论,然其言足以垂世而立教,弗害其为体之变也。学者以是求之,则必有以得之矣。"①以"记"之名题方式作为标准,《大戴礼记·学记》被吴讷定为"记"体文出现的起点,但从先秦到六朝的漫长创作实践中,"记"体文的佳作寥若晨星(除陶渊明的《桃花源记》个别名篇外),故而《文选》没有专列一类,这已为吴讷所注意。在吴讷的评论眼光中,韩愈和柳宗元创作的"记"体文虽在文学史上有举足轻重的地位,但"记"之正体是以叙事为主,结尾略加议论的结构。至于宋代的范仲淹、欧阳修和苏轼等人重议论的倾向则更是"记"体之变。徐师曾在《文体明辨序说》中对于"记"体文发展源流的评论大致与吴讷类似,只不过加入了从内容、语言和篇章结构等角度区别而得的类型划分:"又有托物以寓意者(如王绩《醉乡记》是也),有首之以序而以韵语为记者(如韩愈《汴州东西水门记》是也),有篇末系以诗歌者(如范仲淹《桐庐严先生祠堂记》之类是也),皆为别体。"②虽然有这种类型区别的雏形意识,但徐师曾在"记"体之正变的是非问题上则与吴讷基本一致,即认为"记"体应为纪事之文,其余诸如抒情、议论的变化都是正体之外的别调。作为"记"中蔚为大宗的"厅壁记",在吴讷和徐师曾的讨论中没有得到明确的重视,只是吴讷在《文章辨体序说》中论及的"记营建,当记月日之久近,工费之多少,主佐之姓名",实际指向的是为修建或重建的公署厅堂而

---

① 吴讷,《文章辨体序说》,第41—42页。
② 徐师曾,《文体明辨序说》,第145页。

作的"厅壁记"。

当代学者褚斌杰先生在《中国古代文体概论》中专列"杂记文",他认为:"古人将以'记'名篇的文章称为'杂记体'。杂记的内容是很复杂的。广义地说,它包括了一切记事、记物之文,故刘勰《文心雕龙·书记》篇称'书记广大,衣被事体,笔札杂名,古今多品'。结果他把所有形诸文字而难以归属的杂品文字,都置于'书记'类。"①"杂记"之名下包含众多内容各异的文章,已成历代学者的共识,因此为了研讨的方便,将这些内容驳杂的文章分门别类也是势属必然,褚斌杰先生将之大致分为四类——"台阁名胜记"、"山水游记"、"书画杂物记"和"人事杂记",这主要继承了晚清学者林纾在《春觉斋论文》中的说法。林纾尝言:"所谓'全用碑文体'者,则祠庙、厅壁、亭台之类;记事而不刻石,则山水游记之类。然勘灾、浚渠、筑塘、修祠宇、纪亭台,当为一类;记书画、记古器物,又别为一类;记山水又别为一类;记琐细奇骇之事,不能入正传者,其名为'书某事',又别为一类;学记则为说理之文,不当归入厅壁;至游宴觞咏之事,又别为一类。综名为'记',而体例实非一。勘灾、浚渠、筑塘,语务严实,必举有益于民生者,始矜重不流于佻。祠宇之记,或表彰神灵,及前贤之宦绩隐德。亭台之记,或伤今悼古,或归美主人之仁贤,务出以高情远韵,勿走尘俗一路,始足传之金石。"②这实际指出了"厅壁记"在古代是一种兼具实用性和文学性的文体,而勒于金石之上的特点则说明了"厅壁记"在实际生活中具有重要的意义。

正如吴讷在《文章辨体序说》中的追索,"记"文之名起源甚早,在先秦两汉时代,"记"作为记录之义,与"志"、"疏"、"纪"字等有着

---

① 褚斌杰,《中国古代文体概论》(增订本),第352页。
② 林纾,《春觉斋论文》,人民文学出版社1959年版,第70页。

密切的关系。作为记录的"记"也成为当时诸多经典和文章命名的选择,如《礼记·学记》《礼记·乐记》等儒学经典文本和一些史传地理类书籍的名称即是鲜明的体现。据曾军考察,"记"在汉魏六朝时期的发展还是偏于记事和记录风俗地理的实用功能①,虽然在出现了《洛阳伽蓝记》等文采斐然的著述,但它们在文献分类中仍被置于"杂传"、"地理"类,这说明时人对此类书的认识态度,并未肯定它们的文学价值。同时从六朝后期的《文选》和《文心雕龙》这样集前代文章于大成的著作中也反映出类似的观念,《文选》作为反映先秦到六朝文学成就的文章总集,其中并未单列"记"体。而在《文心雕龙》中有《书记》一篇,但其中列举文体众多,主要是基于"书记广大,衣被事体,笔札杂名,古今多品",刘勰只得将那些难以归属门类的文体置于"书记"名下,这说明刘勰在当时对于"记"体所应有的内涵并无清晰的认识,如黄侃先生《文心雕龙札记》中所言:"知记之名,亦缘有文字箸之竹帛,不限于告人,故书记之科,所包至广。"②凡是书于竹帛、形诸文字却又无法归类的篇章,都被刘勰归入"书记"中了。对于此种情形,清代学者孙梅在《四六丛话》中曾追述道:"记者,文笔之统宗,经子之径术。……窃原记之为体,似赋而不侈,如论而不断。拟序则不事揄扬,比碑则初无诵美。……盖自汉以上,抽圣人之绪,而半入于经;自汉以下,成一家之言,而兼通夫史。尝考萧氏《文选》,有奏记而无记;刘氏《文心》,有书记而无记。则知齐梁以上,列记不多。"③这对唐前记体文的概述大体符合文学史事实。

与唐前创作形成鲜明对比的是宋初李昉编选的《文苑英华》,

---

① 曾军,《从经史到文苑——"记"之文体内涵的源流及变迁》,《江汉大学学报》2007年第1期,第101—104页。
② 黄侃,《文心雕龙札记》,上海古籍出版社2000年版,第82页。
③ 孙梅,《四六丛话》,人民文学出版社2010年版,第418页。

这是一部反映有唐一代文章创作风貌的大书,其中"记"体赫然被单独列为一类,从797卷至804卷,包括宫殿、厅壁、公署、杂记、祠观、宴游等十余小类,共38卷308篇。这说明唐代是"记"体文得到极大发展的朝代,孙梅所言之"自唐以后,记始大鸣"。除了曾军在《从经史到文苑》一文中指出的此书所反映出的六朝入唐之后记体创作繁盛的面貌外,另外值得注意的是,《文苑英华》中所收记体文的作者多与唐代古文运动有着千丝万缕的密切关系,其中创作记体文较多者如韩愈、柳宗元、吕温、李华、独孤及、权德舆、沈亚之、欧阳詹等都是中唐古文大家,至于刘禹锡、杜牧、苻载、白居易等人也与当时写作古文的有名之士有着深厚的交谊。而且从《文苑英华》收录记文的创作时间来看,除了李白等人的几篇文章出于初盛唐外,大多数都是作于中晚唐五代时期,这也反映出记体文是中晚唐五代时期古文发展取得实绩中的重要文体,很多古文家如韩愈、柳宗元等都选择了"记"体文作为实践古文创作理念的"试验田",他们的古文创作得到后世的推崇和肯定,应该说有很多方面的原因。在这其中,他们能在所作记体文中摆脱固有的传统窠臼,在风格和体制上体现出明确的新变特色,则是重要的方面。而其中,"厅壁记"是引人注目的一类作品。

二、中唐"厅壁记"创作观念的转型

"厅壁记"主要是一些为曲台公署的修建或重建而作的文章。晚清文章学学者姚燮在《骈文类苑·叙录》中曾指出:"隋唐以前,文罕以记名,曲台名篇,非迩制也。"①前半句是说记体文的创作得以繁荣是在唐代,而后半句则突出了台阁名胜记是记体文中首先

---

① 《皇朝骈文类苑》卷首,清光绪七年(1881年)张寿荣刻本,北京大学图书馆古籍特藏部藏。

发展起来的重要类型,展现出与传统作品完全不同的风貌。在《文苑英华》中,数量最为可观的"厅壁记"就是台阁名胜记文的典型代表,其最初产生时间大概为开元末、天宝初,而且这也是记体文众多类型中最先得到古文家青睐、尝试文体革新的一类,以李华和元结为代表的古文先驱通过极具个性特色的创作,扭转了前代写作"厅壁记"陈陈相因的局面。

据前人研究,"厅壁记"属于刻于官府墙壁上的文字,因此与那些刻于金石之上的文章如碑版之作有着类似的创作特点①,一般会请当时较具文名者执笔而作,用语典雅,不可等闲视之,有固定的创作套式,其具体内容与所刻地方的一些制度名物有着紧密的联系。由于此类文字所具有的上述陈规,在李华和元结之前的厅壁记文基本没有跳出固有的模式,如孙逖、李白等人的作品都属这样的文章。对于厅壁记的实用性特征,马总在《郓州刺史厅壁记》中曰:"夫州郡厅事之有壁记,虽非古制,而行之已久,其所记者,不唯备迁授,书名氏,将以彰善识恶,而劝诫存焉。"②由此可见厅壁记的实用性主要体现于显劝诫和存文献。至于唐代厅壁记通常的篇制结构,韩国学者赵殷尚曾总结为"首先描写官府的由来,再记叙历任(或现任)官员的姓名、经历,最后表彰官员的政绩,以此作为纪念"③。

---

① 关于厅壁记与碑版文字的关系,可参见姚鼐在《古文辞类纂》(上海古籍出版社1998年版)中的论述,他指出:"杂记类者,亦碑文之属。碑主于称功颂德;记则所纪大小事殊,取义各异。故有作序与铭诗全用碑文体者,又有为记事而不为刻石者。柳子厚记事小文,或谓之序,然实记之类。"(目录第14页)虽然姚鼐是就"记"体文整体而言,但以"称功颂德"为标准,"厅壁记"无疑最接近碑版文章。

② 《全唐文》卷四八一,第4917页。

③ [韩]赵殷尚,《厅壁记的源流以及李华、元结的革新》,《文献》2006年第4期。

透过这种重复而机械的结构模式,"厅壁记"文的创作中反映出的更为关键的问题是满篇充斥着歌功颂美的创作观念。孙逖、张景、杜颁、李白的厅壁记在内容上以表彰个人功绩为中心,其结尾则多为颂美之音,如杜颁的《兵部尚书壁记》,篇首追溯兵部尚书官职的由来,继而将话锋引入当下,道出工部尚书李公改任兵部尚书,此人才学兼备,品德高尚,而且出身贵胄,门第高华。自从接任兵部尚书以来,东征西讨,战朔方而扫灭北虏,攻石堡而翦除夷狄,战无不胜,攻无不克,国家赖之以定,万姓藉之以安。正因有此功业,为彰往圣而激来者,杜颁才执笔记述李公的业绩,书于尚书官厅的墙壁上,其结尾的"用陈既往之烈,系今来之美"明确透露出对李公的歌颂之意。其他诸篇与杜颁此文的结构、基调大致相同,孙逖的《吏部尚书壁记》记述有唐以来四十八位任职吏部尚书的官员,称赞他们"嘉名已著于国史,故事宜存于台阁",而这样做的原因,孙逖认为是"系以日月,自得《春秋》之义;记其代迁,更是公卿之表。以备官学,列为壁记焉",即发挥《春秋》为代表的褒善抑恶的宗旨,使得那些官声嘉著者在流芳百世的同时可以激励更多的后来人,而实际只有褒善,没有贬恶。其《鸿胪少卿壁记》也是如此:"且有皇华之命,适表兼人之美。"称扬之意甚是明显。李白的《兖州任城县令厅壁记》中的主角是著名诗人贺知章,他在任职任城时,为政有方,使得百姓安居乐业,政和人通。对于这种"千载百年,再复鲁道"的景象,李白予以大力表彰。关于这种创作中的弊端,吕温和封演都曾指出过,吕温《道州刺史厅后记》曰:"壁记非古也。若冠绶命秩之差,则有格令在;山川风物之辨,则有图牒在。所以为之记者,岂不欲述理道、列贤不肖以训于后,庶中人以上得化其心焉?代之作者,率异于是,或夸学名数,或务工为文,居其官而自记者则媚己,不居其官而代人记者则媚人,《春秋》之旨,盖委地矣。"①吕温所谓之"述理道、列贤不肖"的意旨并未体现于孙逖、

---

① 《全唐文》卷六二八,第 6339 页。

李白等人的"厅壁记"文中,在吕温看来,他们更多的是"夸学名数"与"务工为文",用力于历史典实的罗列和骈偶俪藻的堆砌,至于"居其官而自记者则媚己,不居其官而代人记者则媚人",吕温则是一针见血地指出了初盛唐"厅壁记"中脱离现实、过分浓重的颂美之气,这种虚美藻饰的弊病也成为封演批评这些厅壁记的主要原因。基于此,他在《封氏闻见记》中明确提出:"朝廷百司诸厅皆有壁记,叙官秩创置及迁授始末,原其作意,盖欲著前政履历,而发将来健羡焉。故为记之体,贵其说事详雅,不为苟饰。"①叙述职官渊源是必须创作的内容,表彰往贤而激励来者固然是"厅壁记"文的实用目的,也是体现其现实价值之处,但其注意分寸之处在于"说事详雅,不为苟饰",即在照顾典雅文风追求的同时又能做到不落虚美苟饰的俗套。然而"厅壁记"是刻于金石且传之后世的重要文章,这种在公共场所发挥示范意义的要求必然会制约"厅壁记"的文风趋向,但由此而来的褒扬贤者的主旨对于众多作者来说也意味着难以回避颂美的创作路数。对此,封演的评价是"而近时作记,多措浮辞,褒美人材,抑扬阀阅,殊失记事之本意"。

除了"厅壁记"自身具有的创作规范是造成此类文章中虚美成分过度膨胀的重要原因外,上述诸人厅壁记中普遍具有的颂美化的文章基调,主要与六朝到初盛唐文章创作中强调政治教化、宗经述圣的思想观念密切相关。儒家的传统文学观受到浓厚的政治背景的影响,尤其在文道关系的认识上大多倾向于以儒学经典规范文章创作,因此在对文章创作传统进行溯源时,时人多有文章源出儒学经典的论调,如刘勰在《文心雕龙·宗经》中指出:"故论说辞序,则易统其首;诏策章奏,则书发其源;赋颂歌赞,则诗立其本;铭

---

① 封演著,赵贞信校注,《封氏闻见记校注》,中华书局2005年版,第41页。

诔箴祝,则礼总其端;纪传铭檄,则春秋为根;并穷高以树表,极远以启疆,所以百家腾跃,终入环内者也。"①颜之推在《颜氏家训·文章篇》中指出:"夫文章者,原出五经,诏命策檄,生于《书》者;序述论议,生于《易》者;歌咏诗赋,生于《诗》者;祭祀哀诔,生于《礼》者;书奏箴铭,生于《春秋》者。"②隋初的李谔则认为:"择先王之令典,行大道于兹世。"这种推崇先圣经典的观念,其背后隐含的是以颂美盛世为主导的认识,并将审美性特征日渐突出的文学重新纳入儒学教化的范畴,这影响到唐代最初的古文家大加肯定《尚书》的典谟训诰的文体意义,如独孤及在《检校尚书吏部员外郎赵郡李公中集序》中曰:"自典谟缺,雅颂寝,世道陵夷,文亦下衰。故作者往往先文字后比兴,其风流荡而不返。乃至有饰其词而遗其意者,则润色愈工,其实愈丧。"③他在此就视儒家经典中的典谟训诰作为古文创作的最高典范,这一观念不仅成为骈文大行其道的思想根源,同时也导致了古文先驱的观念中所具有以雅颂为本的浓郁色彩。李华、贾至等人均重视宪章典谟的意义,以讴歌盛世为本。他们以古文反对骈文,究其思想实质是一致的,因此这种反拨只具有文体层面的意义,而在文学观上一脉相承。

骈文依然以其创作惯性得到继续发展,初唐四杰那些文风更显繁冗、用典更趋密实的骈文就是突出的表现。以此反观当时"厅壁记"文中的创作特征,其主体部分多是骈辞俪句,典雅有余而个性不足,究其根源,正是这种重视颂美之意所带来的鲜明表现。孙逖、杜颁、李白等人"厅壁记"的文章主体都是以骈文写就,对那些

---

① 刘勰著,范文澜注,《文心雕龙注》,第22—23页。
② 颜之推著,王利器集解,《颜氏家训集解》,中华书局1993年版,第237页。
③ 独孤及撰,刘鹏、李桃校注,蒋寅审定,《毗陵集校注》,辽海出版社2006年版,第285页。

有为官吏歌功颂德本无可厚非，但在颂美之意的作用下过分追求典雅文风，出之以俪辞、典故，结构上也多是千篇一律，这无疑会大大削弱描写对象的生气和个性，也使得文章显得过分沉闷。

"厅壁记"这一类型的文章在创作风貌上的新变，始于李华、元结而成于韩愈，封演所期望的"说事详雅、不为苟饰"的要求逐渐在这些古文家创作的"厅壁记"文中落实。李华、元结作为中唐古文革新的先驱人物，其古文虽然尚未在创作中彻底扭转骈文主导的局面，但他们的创作本身却呈现出较为复杂的状态，对他们在古文发展上的整体评价不高，并不能遮掩他们在"厅壁记"创作革新上率先垂范的价值，韩国学者赵殷尚先生通过回顾唐代"厅壁记"源流正变的发展脉络，已经揭示出李华和元结创作的重要意义。

须要强调的是，李华和元结的作品与初盛唐时期最明显的不同是打破了骈文文体在"厅壁记"中的主流地位，古文在此逐渐显示出创作的生机，在这一现象的背后，更能彰显李华和元结创作意识转变的是，在"厅壁记"创作中，他们开始注意摆脱原有的颂美化倾向而关注一些具有普遍意义的社会时弊。李华的《中书政事堂记》分为两部分，前半部分简要介绍政事堂的变迁过程，这与此前的"厅壁记"相比还中规中矩，但后半部分就话锋一转，李华由政事堂作为国家议事的重要场所，进而引申到君臣在国家政治中如何行道以及君臣关系的问题。其主要思想就是议政的根本标准是以仁义为核心理想之"道"，凡遇无道之事都必须得到及时地纠正，主张君臣能够各安其位的合理关系，反对君弱臣强，这是出自李华对历史教训的反思，"自君弱臣强之后，宰相主生杀之柄，天子掩九重之耳，燮理化为权衡，论思变成机务，倾身祸败，不可胜数"。相比于李华的《中书政事堂记》，元结在《道州刺史厅壁记》中已完全打破了传统的结构模式，开篇没有再去追溯道州刺史官府的由来发展，而是从刺史的作用入手，深刻指出了作为地方官的刺史关系着一方黎庶平安的重要意义,在面对道州当时的衰败情形时进而提出了刺史的素质要求,即明辨是非、公正廉明和文才武略,不能"但以衣服饮食为事"。从李华和元结的厅壁记可以明显看出,不再有浮辞虚美的基调,而是在现实问题的刺激下开始思考国家的弊政,即在劝善之外更有惩恶之意,元结在《道州刺史厅壁记》结尾的"故为此记,与刺史作戒"就已将此类意识明确化了。对于这种变化,吕温的评价颇为中肯,他在《道州刺史厅后记》中指出:"贤二千石河南元结字次山,自作《道州刺史厅事记》,既彰善而不党,亦指恶而不诬,直举胸臆,用为鉴戒。昭昭吏师,长在屋壁,后之贪虐放肆以生人为戏者,独不愧于心乎? 予自幼时读《古循吏传》,慕其为人,以为士大夫立名于代,无以高此。"①这里的指恶不诬,在吕温看来是《春秋》之旨的关键,而不再是简单空洞的媚人媚己。这种惩恶鉴戒的意识也反映出厅壁记的创作到此时已日渐摆脱过分颂美的积弊,重视抒发个人对时政局势的评价议论,究其实质,是由于厅壁记的内容与社会现实问题的联系开始日益紧密,这是中唐古文革新中关注现实、切于世务精神的鲜明体现。台湾学者何寄澎先生也以李华的作品作为厅壁记创作转关的重要标志,他在《韩文特质形成的背景——论唐文的两个传统》曾指出:"至于记体,原多囿于宫、观、寺、佛像等对象,故颇入制式,甚少可观。但自李华之师孙逖以降,厅壁记之作蜂出,论各种职官之责分,兼及理治之道,遂开记体脱旧变新貌之契机,此中李华《中书政事堂记》以凛然严正、铿铿响亮之论,传诵千古,可谓先导之代表。"②可见,时至盛中唐之际,也就是古文运动先驱渐趋活跃之时,"厅壁记"的创作也迎来了取得突破的机遇。

---

① 《全唐文》卷六二八,第 6339 页。
② 何寄澎,《韩文特质形成的背景——论唐文的两个传统》,《台大中文学报》2006 年第 25 期。

到了韩愈那里,厅壁记在时政议论的基础上进一步融入浓重的个人悲慨,其抒情特征较为明显,同时在形象性表现的方面也极具普遍的社会意义,这在他的《蓝田县丞厅壁记》中体现得最为集中。在这篇厅壁记中,开头继承了李华和元结"厅壁记"中重视议论性的特征,韩愈主要指出了当时的县丞一职大多形同虚设、有职无权,不能很好地执行自己的职责。在这一部分中,韩愈设置了胥吏颐指气使的形象以衬托县丞低首下气的无奈,借助胥吏和县丞彼此之间的对话、神态对比,形象、鲜明而深刻地展现了县丞在行使职权时要面对的尴尬处境,这种情节的加入实质上反映出韩愈为增强厅壁记创作的文学性所作的努力。正是由于这样的意识,韩愈在本文的后半部分具体到崔斯立做县丞的状态,以他这样的人才不得重用而作县丞,只能每日打扫庭院,闲来感喟,其不平之气跃然纸上。韩愈的这篇文章反映出厅壁记的创作在两个方面又有所发展,一是在李华和元结创作的基础上能将议论的内容加以形象化的展现,另外就是韩愈在对崔斯立种种境遇的尽情刻画中,既是揭示出其遭际所具有的普遍意义,使贤人不得志的状况成为社会的极大讽刺,同时在描摹崔斯立不平之鸣的神态时更是饱含着自己的切身感受,这种情感趋向与韩愈重视下层文士在遭遇坎坷时的"不平之鸣"是紧密相关的。对于这种浓郁的抒情特色,日本学者斋藤正谦在《拙堂续文话》卷二中曾转引方苞在《答程夔州书》中论"记"的意见:"散体文惟记难撰结。论辨书疏有可言之事,志传表状则行谊显然,惟记无质干可立,徒具工筑兴作之程期,殿观楼台之位置,雷同铺序,使览者厌倦,甚无谓也。故昌黎作记,多缘情事为波澜。"[1]这里就明确指出了韩愈对厅壁记最重要的贡献

---

[1] 王水照、吴鸿春编选,《日本学者中国文章学论著选》,上海古籍出版社1994年版,第125页。

当然是"缘情事为波澜",抒情的介入无疑大大增强了"厅壁记"作品中的文学性。在此之外,我们还应注意到韩愈在《蓝田县丞厅壁记》中渗入形象塑造所起到的作用,这也是继李华和元结在"厅壁记"中通过加入议论表达个人见解的新变后的又一次革新。陈衍在《石遗室论文》卷四中曾高度评价韩愈的《蓝田县丞厅壁记》:"韩退之杂记文字,本不如子厚,而《蓝田县丞厅壁记》殊有别趣。"①对于韩愈在厅壁记创作发展线索中的作用,可以借用李淦在《文章精义》中的评价:"唐人文字,多是界定段落做,所以死。惟退之一片做,所以活。"②对于"厅壁记"这种极易落于俗套的文章体裁,大多数作者可能无法摆脱过往作品的影响,在此情形下,韩愈这样有着明确创新意识的大作家更显弥足珍贵,李淦所谓"死做"与"活做"的区别就在于是否能突破旧有的创作藩篱。

  与韩愈同时的古文大家柳宗元则在厅壁记的创作上显得新变不多,日本学者斋藤正谦在《拙堂续文话》中曾指出:"柳子厚惟记山水,刻雕众形,能移人之情;至《监察使》《四门助教》《武功县丞厅壁》诸记,则皆世俗人语言意思,援古证今,指事措语,每题皆有现成文字一篇,不假思索。是以北宋文家于唐多称韩、李,而不及柳氏也。其论柳州虽过贬,而于记体之文实中其窾,学者不可不知。"③柳宗元在山水游记方面的贡献已为文学史家所称道,但与此相比,他在"厅壁记"方面的创作则显然要逊色很多,其《监祭使壁记》《四门助教厅壁记》《武功县丞厅壁记》《诸使兼御史中丞壁记》和《馆驿使壁记》等既没有韩愈《蓝田县丞厅壁记》那样浓郁的抒情和鲜明的形象,也没有李华和元结那种指陈时弊、直举胸臆的议论,洪迈在《容斋随笔》卷五中曾指出:"韩退之作《蓝田县丞厅壁

---

① 陈衍,《石遗室论文》,《历代文话》本,第 6741 页。
② 李淦,《文章精义》,《历代文话》本,第 1171 页。
③ 王水照、吴鸿春编选,《日本学者中国文章学论著选》,第 125 页。

记》,柳子厚作《武功县丞厅壁记》,二县皆京兆属城,在唐为畿甸,事体正同,而韩文雄拔超峻,光前绝后。"①这实际区分了韩、柳在"厅壁记"创作方面的高下。相较而言,柳宗元在其"厅壁记"中更多的是以学者严肃考究的笔调叙述了相关的知识,例如在《监祭使壁记》与《四门助教厅壁记》中,柳宗元都以制度史的眼光追溯了监祭使和四门助教的官职来历和历史演变,这就是斋藤氏所说的"援古证今,指事措语"。至于《武功县丞厅壁记》,则是兼具概述官职演变和表彰地域风俗两个方面,最后以歌颂任职此地的贤官作结,这种结构也成为类似厅壁记的重要模式。就文章基调而言,柳宗元的这些厅壁记延续的是盛唐此类作品的"颂扬"传统,这与韩愈等人强调创作个性的倾向有着较大的差别,斋藤正谦所言之"皆世俗人语言意思"的评价正是指出了柳宗元在厅壁记的创作中因循多而创变少的实际。

在指出柳宗元"厅壁记"的不足之处时,还应注意其中的某些特点,如章士钊曾评价柳宗元的《四门助教厅壁记》曰:"此记大半叙制度,说历史,允为敷陈一代宏规之高文典册,简明扼要。与从事铺张,仅余肤廓,所谓燕许手笔者异趣。"②章氏的论调实际启发后人可以从另一个角度去审视柳宗元的"厅壁记",那就是相比于韩愈文章的"雄拔超峻",柳宗元的"厅壁记"更似学者之文的含蓄内敛、沉厚朴实,这代表了以学术化的笔墨写作"厅壁记"的趋向,对类似的文章有着不可忽视的示范意义。而且在这五篇"厅壁记"中,柳宗元也尽可能地在篇制结构上做到不重复,《四门助教厅壁记》是从时代发展的角度考证了助教一职的演变,全篇行文简洁,逻辑严密,章士钊"简明扼要"的评价可谓得当。在《监祭使壁记》

---

① 洪迈,《容斋随笔》,中华书局2005年版,第690页。
② 章士钊,《柳文指要》,中华书局1971年版,第782页。

中，柳宗元则是紧紧围绕祭祀的恭敬特征和礼仪程序组织文章，抓住了"敬""礼""教""肃""法""制""职"等与祭祀密切关联的问题，使整篇文章章法严密，层次井然有序，清人何焯曾高度评价此文为柳宗元文集中永州之前文之至者。而《馆驿使壁记》则显示了不同的结构特点，没有从制度考辨入手，而是渲染了"馆驿之制，于千里之内尤重"的盛况，以翔实的笔法叙述了各馆驿的位置，最后以春秋时代关于馆驿的典型事件作结，全文毫无烦乱之失，章士钊评之曰："子厚叙记之妙，在条贯错杂处，点次明白，如在掌上。"①由此可见，柳宗元的"厅壁记"虽无元结、韩愈那样创作上重大的突破，然亦有其章法安排的高妙之处，其学术化笔触的浓厚也是值得肯定的。

三、晚唐五代"厅壁记"的艺术演变

时至晚唐五代，厅壁记的创作成为古文家文章作品中的重点，而且面对盛唐时期的"厅壁记"和中唐时期出现的变化，晚唐五代的文人也选择了不同的取法对象，故而其作品特点也呈现出了较为复杂的样态，这通过与前代文章的对比可以明显地看出。

晚唐前期厅壁记创作较多的文士是韩门弟子沈亚之、皇甫湜和古文大家杜牧。其中沈亚之创作的记体文共有十七篇，以厅壁记为最多，包括《栎阳兵法尉厅记》《栎阳县丞小厅壁记》《解县令厅壁记》《河中府参军厅记》《寿州团练副使厅壁记》《陇州刺史厅记》等九篇，占记体文总数的一半。

沈亚之素以奇异瑰丽、哀怨恍惚的传奇文闻名，是一位在唐代传奇的发展中具有重要地位的作家，历代史家对沈亚之的传奇文有着高度的评价，尤其是沈亚之在传奇中贯以史家笔法，在人物塑

---

① 章士钊，《柳文指要》，第786页。

造和情境烘托的方面取得了很高的成就。这一点在他的厅壁记中也有体现,如他在《寿州团练副使厅壁记》中,就以寿州团练副使韦武为主要人物,记载了他的事迹,其中对寿春太守令狐通投奔韦武一节写得较为精彩:

> 时马塘邓家城既陷,霍邶方畏寇乘其虚,复飞语为谣以惑其俗曰:"狐死首邶。"井间多传言之。耆老曰:"果守不能保是矣。"守闻之益恐,遂弃其城亡归。是日霍邶焚。行未及郡,会日暮,使吏驰告副使以归状,令得夜开壁。吏至,壁卒捍关不得入,呼骂其卒。副使立城上曰:"某得命于诏,城书受即昼复之。今守独入而卒露,无为也。如驱与俱来,宁不知盗居其闲,得夜则祸成矣。或幸止于邮。"平明辟关,介士陈兵夹道,验其号以入,卒无敢越伍而趋。①

沈亚之在很短的篇幅内,把寿春太守令狐通弃城逃跑、投奔韦武的事件叙述得条理清楚,在讲述此事来龙去脉的同时又能通过语言对话和性格对比的手法,将人物的面目生动地呈现在读者的面前。太守的跟随小吏对守关壁卒的谩骂曲折地体现出太守令狐通傲慢跋扈的一贯作风,而守关壁卒的拒不开门则彰显出团练副使韦武的治军之严,韦武在城上的一番慷慨直言则反映出他在危急时刻临危不乱、体恤士卒、决策审慎和严谨行事的个性。正面描写和侧面烘托之下,韦武作为一位有胆识、有血肉的官吏形象呼之欲出,虽然沈亚之的笔力较之韩愈还有差距,尤其是在人物刻画的深度和社会意义的普遍性方面,但仍不失其史家笔法的锋芒和光彩。沈亚之在厅壁记中融入史家笔法的人物描写,也算是晚唐前期厅壁记创作新变的重要趋向。

---

① 《全唐文》卷七三六,第 7602—7603 页。

除了在厅壁记中加重刻画人物的色彩外，沈亚之的厅壁记作品中也不乏批判士风、揭露社会问题的方面，如《栎阳兵法尉厅记》。尉官虽然在当时的官职序列中看似无足轻重，但沈亚之没有受这种世俗认识的拘束，从当时的进士授官中看到，尉官实际成为那些初入仕途的士人得到锻炼的重要职位，所涉事务虽琐碎，但对培养新人有着不可忽视的作用。因此，世俗轻视尉官的风气在沈亚之看来实不可取，其中的劝诫意义不言自明。这种创作观念继承的是李华、元结等中唐古文家厅壁记的特点。

韩门弟子中的重要人物皇甫湜也有厅壁记作品存世，如《吉州庐陵县令厅壁记》《吉州刺史厅壁记》《睦州录事参军厅壁记》《荆南节度判官厅壁记》等。这些作品的中心主题是称颂地方官员的吏德，内中多以骈句组织行文，显得典雅详实，文风并不像皇甫湜所崇尚的险奇风格。在《吉州刺史厅壁记》中，皇甫湜为了突出官员治理地方的政绩，详细记录了百姓"扶老提稚，载路而歌"的歌词，这是唐代厅壁记中仅见的例子，对于研究江西地域的民风民俗有着重要的意义。

晚唐前期除了沈亚之外，在厅壁记方面用力较多的是杜牧，他有《淮南监军使院厅壁记》和《同州澄城县户工仓尉厅壁记》等文章。其中，《同州澄城县户工仓尉厅壁记》是以深刻揭露衰世弊政为主题的作品，通过耆老之言曲折地反映出当时各级贪官污吏对百姓横征暴敛的历史现实，而那些侥幸逃脱此苦的农民主要是由于他们身居"通涧巨壑，叉牙交吞，小山峭径"之地，官吏较少侵蚀当地民众的生活。此文最后的感慨耐人寻味：

> 嗟乎，国家设法禁，百官持而行之，有尺寸害民者，率有尺寸之刑。今此咸堕地不起，反使民以山之涧壑自为防限，可不悲哉！使民恃险而不恃法，则划土者宜乎墙山堑河而自守矣。

燕赵之盗，复何可多怪乎？①

国家法律理应起到约束官吏、保护百姓的作用，但逢衰世，法律难行，保护百姓的却是"山之涧壑"，可谓是世道的悲哀。这种浓郁悲慨之中的刺世之意确实能够引起后人的深思，而这种从国家制度的角度看待问题、流露悲愤之音的特点也与杜牧的政论文章有异曲同工之妙，显示出杜牧文章独具魅力的政治品格，这是杜牧厅壁记创作不同前作之处。此外，杜牧的《淮南监军使院厅壁记》则融合了柳宗元厅壁记之学者笔法和初盛唐厅壁记之颂扬笔调，大体符合厅壁记创作的基本体制，叙述较多而文学色彩不足。

唐末五代时期，很难提出在创作厅壁记方面卓有建树的重要作家，但仍有一些作家有厅壁记传世，如郑处诲、罗隐、杨夔、沈颜、薛文美和刘仁赡等。作为晚唐五代时期小品文的重要作家，杨夔的记体文在当时也值得注意。他留有《湖州录事参军新厅记》和《歙州重筑新城记》等。郑处诲的《邠州节度使厅记》、罗隐的《镇海军使院记》、沈颜的《宣州重建小厅记》、薛文美的《泾县小厅记》和刘仁赡的《袁州厅壁记》等都是存世能见的唐末五代的厅壁记文章。其中大多数篇章沿袭前代的痕迹较为明显，如罗隐的《镇海军使院记》与李华的《中书政事堂记》的结构颇为类似，先从制度沿革说起，进而由此地所具的政治作用开始发挥作者的政治见解，从处理政事的处所引申到居官为政的重要意义。更为明显的是，罗隐在《镇海军使院记》的语言运用上也与李华的《中书政事堂记》相仿，罗隐的《镇海军使院记》：

疆场之事，则议之于斯。聘好之礼，则接之于斯。生民之疾痛，则启之于斯。军旅之赏罚，则参之于斯。非徒以酒食骈

---

① 吴在庆，《杜牧集系年校注》，第803页。

罗，而语言嘲谑者也。其府属以下，或八都旧将，或从公于征，或禀之于朝廷，或拔之于乡里。①

李华的《中书政事堂记》：

> 政事堂者，君不可以枉道于天，反道于地，覆道于社稷，无道于黎元，此堂得以议之。臣不可悖道于君，逆道于仁，黩道于货，乱道于刑；克一方之命，变王者之制，此堂得以易之。兵不可以擅兴，权不可以擅与，货不可以擅蓄，王泽不可以擅夺，君恩不可以擅间，私仇不可以擅报，公爵不可以擅私，此堂得以诛之。事不可以轻入重，罪不可以生入死，法不可以剥害于人，财不可以擅加于赋，情不可以委之于幸，乱不可以启之于萌；法紊不赏，爵紊不封，闻荒不救，见馑不矜；逆谏自贤，违道变古，此堂得以杀之。②

这两段都是文中作者引申发挥的政治见解，而且都是出之以整齐划一的排比句式。结构模式相仿，语言句式类似，在相同体裁的文章有如此接近的创作，足见罗隐的这篇厅壁记与李华文章的渊源关系。

如果说罗隐的《镇海军使院记》是对李华一个作家创作的模仿，那么刘仁赡的《袁州厅壁记》则延续的是厅壁记的整体传统观念，即通体骈文和颂扬基调。刘仁赡的这篇厅壁记是以南唐崛起作为创作背景，以廉使彭城公治理地方的业绩作为主要的描写内容，除了其中小段的对话是单行散体的文字，其余皆为对仗工整、辞藻华丽的骈文，而且通篇充满了歌颂彭城公作为地方官表率的笔调。从刘仁赡的这篇作品可以看出厅壁记创作的传统观念在晚

---

① 《全唐文》卷八九五，第 9345 页。
② 《全唐文》卷三一五，第 3202 页。

唐五代之时仍有余绪。杨夔的《湖州录事参军新厅记》虽然从表面上看与刘仁赡之作形似,但杨夔的厅壁记将精彩的笔墨落于运用环境描写来衬托人物的君子人格,这就使得《湖州录事参军新厅记》没有太多的板滞之气,尤其是写景一段:"而又蘩蒌杂卉,荫翳阶序。……君乃命梓人,择瑰材,斲前楹,豁南荣,砥中唐,严层扃,设外屏以肃其入也,构环廊以庄其位也。撤旧增新,拥隘咸革。列目之物,罔不完美。睹其显敞,则夏夺其暑。居其奥密,则冬却其寒。地斯清,境斯胜,足以豁听视,爽精神,导中和之性,增冲澹之趣矣。君子是以知蕴智者于事敏,负才者应用周。"[1]在清丽之感中自有一种饱含人生哲理的韵味。除了上述诸作,薛文美的《泾县小厅记》是五代时期最具风采的一篇厅壁记。该文是以作者的主观视角展开,虽然起始是地方风土的溯源,但由于第一视角的介入,这就突破了以往厅壁记中那些偏于客观、从制度追溯的笔调,而是具有了作者切身观感的特色,显得亲切可爱。这一感觉可以说贯穿了《泾县小厅记》的全篇,这因为有了这种意识,薛文美在写作这篇厅壁记时不再出之以冷静客观的制度描述的眼光,而是颇具"仁者乐山,智者乐水"的审美意识去展现小厅周遭的清幽雅致。有了这样的胸怀,薛文美笔下的小厅显示出别样的风采:"虽水涸草侵,波澜不见,而斜湾曲岸,景致宛然。别有亭基五所,古木修篁,交荫若盖。睹斯遗址,甚郁于怀。……榱桷端坚,栋梁宏壮。威仪百里,花焕一方。复于厅后盖廊屋三间,水阁三间。重梁续柱,架嶮飞空,檐影照波,荷香入槛,曰'来风阁'。东北隅茅亭一所,花卉丛杂,果实枝繁,翠色长在,岚光不散,亦重修饰,别是幽奇,曰'烟锁亭'。"[2]从这些描写中可以看出薛文美在写景方面的

---

[1]　《全唐文》卷八六六,第 9078 页。
[2]　《全唐文》卷八七二,第 9122—9123 页。

功力,善于以极少的语言营造光影的和谐,能够捕捉细致入微的感觉,如"檐影照波,荷香入槛",而"花卉丛杂,果实枝繁,翠色长在,岚光不散"更是显示了薛文美极具概括力的笔法,从大处着眼,写出了"烟锁亭"的幽奇韵致。薛文美的这种创作明显不同于柳宗元那种别有幽怀的写景方式,而是具有六朝写景诗歌那种富含韵味的展现技巧,尤其是"檐影照波,荷香入槛"一句,颇似庾信和王勃等人笔下写景的诗句。

综上所述,中晚唐五代时期的厅壁记创作呈现出不断发展的状态,在承认初盛唐传统观念的余绪仍有影响的同时,还应注意到中唐以来厅壁记创作变革的意义,现实关怀的精神旨趣成为中唐时期厅壁记创作推陈出新的重要契机,其主题从虚美歌颂变为批判弊政,李华、元结便是这方面开风气之先的作家。此后的韩愈等古文家注重增强"厅壁记"的艺术表现,这使得原本流于浮泛的"厅壁记"逐渐发展为融叙事性、议论性、抒情性于一体的文学体裁。而到晚唐五代时期,虽然创变的力度不及中唐,但人物个性的精彩塑造、写景技巧的渐趋细腻和对前代创作经验的借鉴等,都体现出此时的"厅壁记"依然保持着创作的生气,这也潜移默化地影响到北宋的厅壁记创作。北宋时期虽然没有唐代大规模写作厅壁记的风气,但欧阳修、王安石等人的厅壁记佳作仍间续出现,后世评价之"永叔、介甫则别求义理以寓襟抱"的特点,其中透露出继承中唐以后厅壁记变革的线索清晰可循,清代姚鼐《古文辞类纂》中所选王安石的厅壁记对此有着鲜明的体现。回顾中晚唐五代时期厅壁记的创作状态,古文运动中的重要作家在其中起到的作用不容忽视,这说明"厅壁记"创作体式的由骈变散和写作观念的转折,与中唐古文革新的基本理念密不可分,直到晚唐五代时期的创作仍保持发展的趋势,鲜明地折射出这一阶段古文发展的面影。而诸如元结、韩愈等大作家能够突破程式,标新立异,则深刻而充分地印证了文章学理论中关于体式的规律,即"定体则无,大体须有"①。大作家的才力见识可以突破"定体"的拘束,从而推动他们写作光耀千古的不朽作品。

---

① 王若虚《文辨》卷四:或问:"文章有体乎?"曰:"无。"又问:"无体乎?"曰:"有。""然则果何如?"曰:"定体则无,大体须有。"(《历代文话》本,第1150页)

第七章　中晚唐五代时期江西地区古文的发展及其原因

在晚唐五代文学发展的历程中,文学创作的地域文化因素已为前贤发明颇多,如晚唐律赋的发展和闽籍作家律赋创作的繁荣,南唐及蜀地的文学实绩对晚唐五代词学勃兴的促进作用,这都说明此时文学发展中的地域特色非常突出。文学的地域文化因素之所以形成,有赖于具备两个条件,一是当地出现了众多具有影响力的作家和优秀的作品,二是这些作品中必须集中反映出鲜明的创作特色,构成这些作家作品独树一帜的创作倾向,从而成为地域文学的标志。在唐宋古文发展的过程中,作为承接中唐向北宋发展的重要过渡阶段,晚唐五代的古文创作具有联系上述两个阶段的显著作用。从中唐时期开始,江西文人在古文创作的领域发挥着越来越重要的作用,杜佑在《通典》中曾称道包括江西在内的江南道诸地为"艺文儒术,斯之为盛"[1]。而就中晚唐五代的古文创作实际来说,很多在文学史上卓有成就的作家或出自赣籍,或在江西游历,甚至在此地做官,他们在江西创作了大量的文章作品,为江西的文化建设做出了重要贡献。与此同时,中晚唐五代时期江西古文的发展也是以此为契机,逐步确立了颇具地域特色的文风特征。因此,探讨江西文人的古文创作特点、促成原因及其文学史意义就显得非常必要了。

---

[1]　杜佑,《通典》卷一八二,中华书局1988年版,第4850页。

第一节　中唐时期江西地区古文创作的特点

　　唐代的行政区划主要是以"道"为构架基准，大致说来，开元时期，全国分为十五道，其中江南道地域最大，因此又被分作江南东道和江南西道两个地区①。江南东道主要是指江浙一带的地区，而江南西道则是以江淮流域为主要范围的区域，根据《元和郡县图志》的记载，管辖江南西道的行政长官是江南西道观察使，治下州府包括洪州、饶州、吉州、虔州、信州、袁州、抚州、江州，其中观察使治所在洪州②。岑仲勉先生曾对唐代江西地区的经济文化活动勾勒出轮廓，其中，凡在江西地域做出贡献并对江西地方文化的发展有过影响的学士文人，都在其关注之列。因此，本文所涉及的江西地域作家也是以出生于或活动于上述几个州府为主要标准，他们的文章也多是作于此地，这些文章中所体现的风格特征在经过一段时期的积淀后便形成了一种独具个性的地域特色。

　　从唐代文学的发展实际来看，初盛唐时期江西的文化虽然有所成绩，但还不能与京畿、河内、河中等关洛地区相比。如初唐时期王勃南下之时路经洪州时曾作《滕王阁序》的名篇，这在后来的文学史上有着重要的影响，中唐的韩愈在任职袁州时所作《新修滕王阁记》就曾提及此事。而出生于江西的著名诗人应该就是盛唐时以山水田园诗作名世的綦毋潜了，比綦毋潜稍早且生于江西的代表士人则是钟绍京。作为虔州赣人的钟绍京曾在中宗朝升任宰相，他在书法文化史上享有盛誉，并在当时的政坛上有着重要影响，特别是佐命玄宗之事。而在江西生活并对此地文化传统有重

---

①　关于唐代行政区划的研究，参见史念海先生的《唐代历史地理研究》中的《论贞观十道和开元十五道》，中国社会科学出版社1998年版。

②　李吉甫，《元和郡县图志》卷二八，商务印书馆1937年版，第743页。

要贡献的初盛唐文人则属张九龄。他在贬官洪州期间曾有大量山水诗作,这也是张九龄的山水诗发生重要转变的时期。其中最为重要的意义就在于张九龄的这些诗歌中具有的深沉凝重的风格,是在取法谢灵运山水诗的基础上逐渐形成的,同时在人生追求和理想人格方面则与陶渊明的田园诗逐渐趋于一致,这就造成了山水诗与田园诗在精神层面的汇流①。而陶渊明和谢灵运都是魏晋六朝时期影响江西地域文化的重要人物,因此从接续江西文化传统的角度来看,张九龄在洪州生活期间大量写作山水诗的意义是不言而喻的。当然在看到初盛唐时期江西文化发展的同时,还是应该注意到此时的江西地区的文化仍不及关洛中原地域繁荣②。

经过初盛唐的低谷后,江西地区在中唐时期迎来了快速发展的历史契机,这主要由于安史之乱后经济中心逐渐南移,江南道在国家中的重要地位日益凸显。与此同时,北方的大量士人为躲避战祸而纷纷逃往南方,这也预示了南方文化的发展进程加快。作为当时的通衢大邑,江西地区成为当时北方士人选择生活的重要地点,如生活于盛中唐之交的于邵在《送王司议季友赴洪州序》指出江西的地域特点为:"当闽越奥区,扼江关重阻,既完且富,行者如归,迺往之国,今大和会。故朝廷重于镇定,咨尔宗枝,勉移独坐之权,实专方面之寄,七州奔走而承命。"作为沟通北方与闽粤的中转地,江西在地理位置上的重要性不言而喻,因此从北方逃亡过来的士人路经淮南和荆襄两地进入江西,他们之中有相当一部分此后就定居于江西。

江西地区古文的起步正是基于中唐时期南方文化取得重要发

---

① 有关张九龄诗风演变的研究,可参见葛晓音师《山水田园诗派研究》中"二张山水诗的再度复变"一节,辽宁大学出版社 1993 年版。

② 关于唐代文学地理的发展演变,可参见曾大兴《中国文学家之地理分布》,湖北教育出版社 1995 年版。

展的历史大背景。当时一些与中唐古文运动有着密切关系的士人生活于江西,带动了当地古文发展。这种趋势主要表现在当时生活于江西的士人在创作方面逐步形成具有地域个性的文风,其中以长期供职于江西观察使府的苻载与曾在庐山隐居的李渤最具代表性。先看苻载①,以往对其研究关注得较少,如果将苻载的文章及其学术特点置于当时的文化背景中,联系其交游的种种因缘,可以发现他与中唐古文运动的密切关系。他在《荆州与杨衡说旧因送游南越序》中曾自述早年生活和学习的经历:"载弱年与北海王简言、陇西李元象洎中师高明会合于蜀,四人相依然约为友,遂同诣青城山,斩刘蓁苇,手树屋宇,俱务佐王之学。初载未知书,其所览诵,章句而已。中师发明大体,击去疵杂,诱我于疏通广博之地,示我于精淳元颢之际,偲偲之道,实有力焉。无几何,共欲张闻见之路,方乘扁舟,沿三峡,造浔阳庐山,复营蓬居,遂我遁栖。二三子以道德相播,以林壑相尚,精综六籍,翱翔百氏,由是声誉殷然,为江湖闻人。居五六年,载出庐岳,归蜀问起居,中师爱惜离思,振衣相送,溯九江历楚,抵秭归而旋,执袪之际,互修前志。己巳岁,自成都至,中师自长安侨寓荆州,羁旅相依,各被婚娶,困于柴水。去岁迄今,凶问洊臻,王、李二生,相次殒零。草堂无主,云林索寞,乡风长想,不知涕之横坠也。噫!青城匡庐,岑嶔际天,下有烟霞,上有神仙。缅怀曩昔逍遥其下,背负素琴,手持道书,掬泉扫石,吟啸终昼。是时年少无事,费傲光景,造适则止,不知其他。孰谓倏忽与中师启烦襟,期晦明,一十二年于兹矣,辞山林,堕尘滓,五变星霜矣。岁月驰于外,忧喜攻于内,动非济当世之务,静不庇环堵之室,泥涂碌碌,视日旦暮,永言念此,厚用惭秽。思欲攀石门之松

---

① 苻载之"苻"在《全唐文》等典籍中作"符",据岑仲勉先生的研究,应作"苻",因此除典籍原文作"符"外,余处出现"苻载"之名时,都作"苻"。参见岑仲勉《岑仲勉史学论文集》中的《跋〈唐摭言〉》一文,中华书局1990年版。

桂,宿灵溪之烟月,可再得乎?然踶度者多系乎出处,知几者不滞于进取。前年冬,中师聊整文思起,尝于礼闱间飞声腾陵,噪动公卿,常伯输教,俯授高第。虽不当素尚,亦天路之鸿渐也。世之由此而进者,必联振六翮,聿求升蓦,苟有便捷,跃登青冥十六七矣。中师旅食淹恤,内顾勤婆,策马南向,慰其家室。未几而囊金中罄,庖烟屡绝,乘时蒸铄,将游炎方,又何其濩落也。相国齐公,挺鸾皇之仪,郁经纬之誉,新荷天宠,镇安越服。执事行业明白,且曰亲旧,或将修假道之礼,不为丁宁结约,求以自辅乎?重慎舟楫,无畏远道。议者云:五岭风候加餐饭,日举醇酒数觞,可以佐助正气。生其志之。"①符载在江西经历了从章句记诵到发明大体的学习过程,学习儒家经典,于庐山隐居修习志业,问学的视野扩大,在林壑美中不断砥砺道德修养,不仅继续"精综六籍",而且"翱翔百氏",从儒学经典已经扩展到诸子百家之学,这一学术路向与中唐时期韩、柳等人倡导的学风是一致的。更为关键的是,符载虽然身在林泉之中,但并未忘情世事,其治学的目的是"济当世之务",因此当他回首辞却山林的五年中的忧喜岁月时,为"动非济当世之务"而"厚用惭愧"。可见符载非常关心时务,希望能够有所作为,这与韩愈、柳宗元等人革新现实、切于世务的理念是合拍的。

此外,他在交游过程中还受到中唐古文运动的深刻影响,这主要表现在他与当时的代表性古文作家柳宗元有着深厚的交谊,这对其思想的发明深有作用。如柳宗元在《贺赵江陵宗儒辟符载启》:"某启:伏闻以武都符载为记室,天下立志之士,杂然相顾,继以叹息,知为善者得其归向,流言者有所间执。直道之所行,义风之所扬,堂堂焉实在荆山之南矣。幸甚幸甚!夫以符君之艺术志气,为时闻人,才位未会,盘桓固久,中间因缘,陷在危邦,与时偃

---

① 《全唐文》卷六九〇,第 7075 页。

仰,不废其道,而为见忌嫉者横致唇吻。房给事以高节特立,明之于朝;王吏部以清议自任,辨之于外。然犹小人浮议,困在交戟。凡诸侯之欲得符君者,城联壤接,而惑于腾沸,环视相让,莫敢先举。及受署之日,则皆开口垂臂,怅望悼悔,譬之求珠于海,而径寸先得,则众皆怏然罢去,知奇宝之有所归也。呜呼！巧言难明,下流多讪,自非大君子出世之气,则何望焉！瞻望清风,若在天外。无任感激欣跃之至。轻黩陈贺,不胜战越。不宣。谨启。"①这篇启文突出地表现了柳宗元心目中的符载有着奉行直道的风义之概,虽身陷危邦而不废其道。因此,柳宗元认为赵宗儒能够征辟符载为记室,可谓得人。从人品和文章两方面对符载的"艺术志气"有如此高的赞誉,柳宗元与其交情必定不浅,这也可想见符载的学风和人格符合中唐古文运动的基本理念。

此外,中唐另外一位古文大家崔群也与符载交从甚密,他在《送庐岳处士符载归蜀觐省序》中曰:"旄头光明,垂三十载,不习俎豆,化为侯王者,十有八九焉。由是隐逸憔悴,羔雁不行,苍山沈沈,侧陋不显。建中初,有峨嵋客符君,发六籍,棹三湘,深入匡庐,绝迹半纪。学窥颜子之门阈,文绍陈君之骨鲠,逸慕严光之垂钓,志效管宁之不欺,结庐熙熙,人不知其然也。顷予奉命江西,三年往复彭蠡,未尝不咏湖月,漱天倪,造符君云扃,宿五老峰下,动更晦朔,不理还棹。偶丹霄至人,白鹤羽客,搴灵芝,跪天坛,相顾永息乎蓬瀛,岂复又萦于尘网。睹君超澹怆,兴旧游,虽笑语饮食如常,终忽忽若居大梦。君家在岷蜀,展爱高堂,将圣贤典籍,充人子币帛,斯所以激衰俗,扇清风,方伯地君不以厚礼迟吾子,予未之信。秋九月,楚人歌《采兰》以送之。"②据文中陈述,崔群曾在江西

---

① 《柳宗元集》,第 899—900 页。
② 《全唐文》卷六一二,第 6184 页。

任职,当时符载就隐居于庐山之中,两人畅游名山,诗文唱和,可见彼此的情谊非常深厚。而且崔群对符载的评价是"学窥颜子之门阈,文绍陈君之骨鲠,逸慕严光之垂钓,志效管宁之不欺",这与柳宗元的认识大体相当,也与符载的自述一致。只有相知日深的朋友才能有如此心有灵犀的沟通,这正说明了符载在江西的学习和游历形成"济当世之务"的学风,与中唐古文运动时关注现实的特点非常相近。据符载所作《尚书比部郎中萧府君墓志铭》,中唐前期古文先驱萧颖士之子萧存也曾隐居庐山求学问道,此人与许孟容、杨凭等受到中唐古文运动影响的士人有着长年的交往,这从侧面说明江西此地的学风在符载之前就已与古文运动相因应了,符载与柳宗元、萧存的交往正是延续了这一地域传统风气。

符载在江西生活时间很长,仅在庐山隐居读书的生活就长达二十年,后在江西观察使李巽的举荐下还曾担任掌书记和南昌军副使。李巽在《请符载书》中称赞:"足下义高德茂,文藻特秀,栖迟衡茅之下,藉甚寰海之内,信儒者之徽猷,圣朝之公器。"可见符载是以文辞秀出和儒者风范著称于时。既然符载的交友中有柳宗元和萧存这样的古文作家,其学风必然受到当时古文运动的深刻影响。而从创作实际来看,符载的文章以古文为主,在内容方面,符载与韩、柳一样,始终关心着治国理乱的现实问题,坚持守道理想和追求务实致用是其文章内容的主要品格,如他在《与刘评事伯刍书》中说:"余友兰陵萧易简箧中获足下所制《穷达述》,高韵孤峙,词趣渊密,探圣贤性命之际,究天地否泰之理,固知殷纣之黄屋不为通也,颜子之陋巷不为穷也。使百世君子之知道益明,守道益坚,不汲汲,不戚戚,从容中道,斯立言之由也。"[1]这是从儒家"三不朽"的"立言"不朽出发表达了对喜愠不动于心而持守理想的欣

---

[1] 《全唐文》卷六八八,第 7049 页。

赏,这与韩、柳在中唐时期以道德理想呼唤寒士文人独立人格的精神是呼应的。符载在《上西川韦令公书》等文章中明确说明了自己关注现实的精神,如"其所务者,不专文字,亦尝有意窥佐王治国之术,思树勋不朽之事","其所学者,不独文章名数而已,意根于皇极大中之道,用在于佐王治国之术,常欲致君于尧舜,驰俗于中古,此乃小子夙夜孜孜不怠也"①。符载在上述文章中以"中道"称述自己向往的理想道德境界,而且提炼平生所学的核心思想,最终归结为"大中之道"。前已指出柳宗元和符载交谊匪浅,他们的交往必然会使符载受到柳宗元思想潜移默化的影响,符载文中"中道"和"大中之道"等就是这方面最鲜明的体现。柳宗元曾将自己对政治、社会、历史的认识归纳为"中道"思想,其辅时及物的现实精神正是"大中之道"思想的核心,因此符载在文中吸收了柳宗元的这些重要思想,这也说明了符载对当时的古文运动有着深刻的认识。与此同时,符载还批评了那些不根教化的文章。如《寄徐泗张大夫书》:"属一词,屯一事,上不陈教化,次不叙志意,皆游言也,岂曰文为?"值得注意的是,符载在具体内容中也继续着古文运动某些主题的探讨,如《邓州刺史厅壁记》中对刺史问题的关注:"刺史于他官为重,汉制秩中二千石,冠进贤,银印表绶,隼旟龙节,盖所以大其威而昭其德也。"作为管理地方行政的主要官员,刺史确实在保证民意上达和政令畅通的方面起着重要的作用,符载对此有清晰的认识,而这一问题首先在元结的《道州刺史厅壁记》中已提及:"天下太平,方千里之内,生植齿类,刺史能存亡休戚之。天下兵兴,方千里之内,能保黎庶,能攘患难,在刺史耳。凡刺史若无文武才略,若不清廉肃下,若不明惠公直,则一州生类,皆受其害。"②在

---

① 《全唐文》卷六八八,第7047页。
② 杨家骆编,《新校元次山集》,第146—147页。

类似的场合，写作类似的文章，发现的是同样的问题，其中的渊源关系由此可见。

至于苻载文章的文体特色，是以单行散文构成文章的主体，其中穿插杂以骈句。苻载较为擅长的文体包括书、记、序和墓志铭。如他在《答李巽第三书》等书信文章中，表达思想时以散文为主，辅之以骈偶句式，整篇文章文气贯通，达意简洁。而在他的记、序文章中，或借回顾历史以说理，如《邓州刺史厅壁记》等；或以小话题缘起来转接经典以形成议论，如《江州录事参军厅壁记》等；或借写景的文字以抒发不同的情绪和感慨，如《送薛评事还晋州序》和《长沙东池记》等篇章。而苻载所作墓志铭几乎全为散体的古文，在叙述生平的过程中也注意人物形象特征的刻画和描摹，如《犀浦县令杨府君墓志铭》和《尚书比部郎中萧府君墓志铭》等。书、记、序和墓志铭都是中唐古文运动时被重点改造的文体，在韩、柳的手中，此类文体中有很多作品都具有融写景、抒情、议论为一体的特色，文学性的色彩极为浓郁。由此可见，苻载的这些文章与当时古文的创作步调相一致，这说明了他在与时人的交往中对古文创作的风气所具有的敏感。

再看李渤，作为在江西生活多年后又任职于江西的士人，他的文章创作与江西确实有着莫大的关系。他的生活时代略晚于苻载，处于中晚唐之交，从其交游经历可以看出李渤与中唐古文运动的关系。李翱《故处士侯君墓志》："侯高字元览，上谷人。少为道士，学黄老练气保形之术，居庐山，号华阳居士。每激发则为文达意，其高处骎骎乎有汉魏之风。性刚劲，怀救物之略，自侪周昌、王陵，所如固不合，视贵善宦者如粪溲。与平昌孟郊东野、昌黎韩愈退之、陇西李渤浚之、河南独孤朗用晦、陇西李翱习之相往来。汴州乱，兵士杀留后陆长源，东取刘逸淮，乃作《吊汴州文》，投之大川以诉。贞元十五年，翱遇元览于苏州，出其词以示翱。翱谓孟东野曰:'诚之至者必上通,上帝闻之,刘逸淮其将不久。'后数月而刘逸淮竟死。其首章曰:'穹穹与厚厚兮,乌愤予而不摅。'翱以为与屈原、宋玉、景差相上下,自东方朔、严忌皆不及也。达奚抚为楚州,起摄盱眙,祭酒李公逊刺衢州,请治信安,其观察浙东,又宰于剡,三县皆有政。不幸得心疾,留其子狗儿于翱家而归庐山,不到,卒江西。其子婿王适使佣吉勉求君所如,值君卒,吉勉以君丧殡于袁州之野,而复于适。适又死,适之妻使吉勉来告于翱,翱以狗儿归适妻。居二年,适妻又死,狗儿尚童,翱虑吉勉之短长不可期,则君之丧终不坎矣,故使吉勉往葬之,而识其墓,以示狗儿。"[1]从李翱的这篇墓志可见侯高在庐山隐居时曾与韩愈、李翱等中唐古文运动的主要作家过从甚密,侯高曾出现于韩愈的名篇《试大理评事王君墓志铭》中,这显示出在庐山隐居的士人与当时以韩愈为代表的古文创作是彼此声气相通的,而在这些交往中也包括李渤。这也就说明了李渤在庐山隐居时就曾有机会受到当时古文创作风气的濡染。

关于李渤与韩愈的交谊,现存的材料之间有所抵牾,须认真辨析。韩愈《谒少室李渤题名》曰:"愈同樊宗师、卢仝谒少室李拾遗。"[2]这可看出李渤确曾与韩愈等人有不错的交谊。而据《临汉隐居诗话》载:"李固谓处士纯盗虚声。韩愈虽与石洪、温造、李渤游,而多侮薄之,所谓'水北山人得名声,去年去作幕下士。水南山人今又往,鞍马仆从照闾里。少室山人索价高,两以谏官征不起。彼皆刺口论时事,有力未免遭驱使'。夫为处士,乃刺口论时事,希声名,原驱使,又要索高价,以至饰仆御以夸闾里,此何等人也?其侮薄之甚矣。"[3]这条材料后被《苕溪渔隐丛话前

---

[1] 《全唐文》卷六三九,第6456页。
[2] 马其昶校注,《韩昌黎文集校注》,第732页。
[3] 陈应鸾校注,《临汉隐居诗话校注》,巴蜀书社2001年版。

集》吸收,但更为简略①,说的是针对李渤隐居以求名的行为而发,韩愈对李渤的此类行径深以为耻。据《新唐书·李渤传》②,韩愈曾对李渤征召不起之事作《与少室李拾遗书》,在此文中,韩愈认为元和之时正是有为君子施展抱负的机会,李渤如果待时而起,那么元和就是这样的时代,在这样的时代,李渤可以"抒所蓄积,以补缀盛德之有阙遗";如果李渤是为"高秩",那么就是"伤于廉而害于义"。韩愈在此其实是区分了两种隐居待时而动的行为,一是为天下的仁义之心,一是为个人的高官厚禄,韩愈明显肯定前者而否定后者,这说明韩愈对李渤隐居求名的行为并非全然驳斥,而是分析其内在的动机,揭示出胸怀天下才是士人应具有的素质。对此,李渤也深表赞同,"心善其言,始出家东都,每朝廷有阙政,辄附章列上"。此外,卢坦在《与李渤拾遗书》中也曾指出:"今天下欢康,异衰周之代也;万方一统,非列国之时也。而足下犹独超然高举,不答天之命,岂孔氏之徒欤?愚窃惑焉。大凡今之人,奔分寸之禄,走丝毫之利,如群蚁之附腥膻,聚蛾之投爝火。取不为丑,贪不避死;得以为荣,失以为辱。不由道以进退,不量能以授受。如此者多,有识知病。足下岂不欲矫弃流俗,独为君子哉?诚志之端操,贤人之大业也,敢不爱慕之乎,或闻足下又以蒲轮元纁,郡府之礼不到,遂徘徊山门,未果轻去,难进之道,三揖为宜。在足下俟驾而行,斯可矣。余复何可道哉!"③卢坦在此是以"道"为君子出处进退的根本标准,尤其是在天下欢康之时更应积极入世,而个人的得失荣辱微不足道,这与韩愈的认识从根本上是一致的。从李渤为

---

① 《苕溪渔隐丛话前集》载:"李渤、石洪、温造为处士,纯盗虚名,韩愈虽与之游,而多侮薄之。"
② 《新唐书》卷一一八,第4282—4283页。
③ 《全唐文》卷五四四,第5516页。

官的经历来看,他还是能做到关心民瘼的,如《旧唐书·李渤传》①载他在江州刺史任上曾力拒不合理的度支政策,其为民请命的仁心由此可见。从上述辨析看,李渤与韩愈的交谊非常深厚,《临汉隐居诗话》中的记载在断语方面并不可靠,史书中的记录则丰富了韩、李交往的细节,从中可以看出李渤吸取了韩愈的看法,他在为政方面也与韩愈的期待相符合。

李渤不仅在交友方面与中唐古文运动的重要作家保持良好的情谊,而且在文章创作方面也体现出当时古文革新的主要特点。李渤在《上封事表》中述及学业经历时说:"臣昔负薪,偷暇读书。……臣曾学《易》,见三皇之道;加之以《书》,见五帝之德;加之以《诗》《礼》,见三王之仁;加之以《春秋》,见五霸之义。寻《战国策》,极于隋史,见沿代得失,参以百家,统以九流,又遗其繁华,撮其精实,收视黜听,顺其所自,故游涉中理也。"②由儒学经典入手,旁及子史九流百家之言,遗其华而收其实,发掘其中的治世之理,可见李渤的为学趋向类似于中唐韩、柳的特点,这与他们之间的交流密不可分。在《上封事表》中,李渤总结了前代治乱兴亡的经验教训,针对当时国家政治中存在的问题,李渤从总体上提出了"以王道为尺,以大中为刀,度时之宜,裁酌古今"的建议,而且在具体措施上也有自己的看法,如"考校京官奏"、"处理投匦人奏"等五事,可见李渤文章中透露出的是达于权变、因时制宜、注重现实、关切世务的精神品格。李渤的这一创作精神在当时就已得到时人的重视,如李虞仲在《授李渤给事中郑涵中书舍人等制》中指出:"朝议郎守谏议大夫知匦使上骑都尉赐绯鱼袋李渤,清标雅裁,器韵不群,赡学积文,泉源益浚,有济人经国之术,资通时利物之才。"③这

---

① 《旧唐书》卷一七一,第 4440 页。
② 《全唐文》卷七一二,第 7305 页。
③ 《全唐文》卷六九三,第 7118 页。

里的"济人经国"和"通时利物"正道出了李渤在文章创作中所坚持的核心理念。《授李渤秘书省著作郎诏》所说的"谋议深远"也表现了李渤议论文章中对现实问题的深切思考。卢坦在《与李渤拾遗书》中则明确讲述了李渤的志向和精神,即"抱济世之资,抗出尘之迹"和"志周孔之道,以致君惠人为意",由于李渤在文章中倾注了自己对现实的深刻理解,因此这些对其精神人格的评价也都可以看作李渤所作文章的主要特点。

中唐时期,符载、李渤等人的创作奠定了江西地区古文的基本特点,他们或出生于江西,或在江西生活多年,其间经历对于他们的学术品格和创作特点的形成具有重要的意义。通过师友间的交游切磋,当时以韩、柳为代表的古文创作风气很自然地影响着符载等人的创作。他们同时结合自己的读书经历,逐渐形成既与时风相呼应又独具个性品格的学术取向和创作特点。归纳起来,符载更注意带着现实的问题,从历史兴亡和前朝治乱的高度探寻理道,李渤则更多地在文章中直面时政弊病。总体而言,符载和李渤的古文所共同具有的就是关心时政、务实致用的品格,当时评价李渤所用的"通时利物""致君惠人"就是这一文章特点的准确总结。不论是他们直陈时事之弊,抑或是在理论著述中的学理探讨,都是具有很强的现实感。他们以文章作品影响了江西地区的文学和文化发展,此后隐居于此地的文士又不断发扬这一文学传统,使得此地的古文创作不是如昙花一现般复归凋零,反而随着晚唐五代的发展继续有所变化。

第二节　晚唐五代江西地区古文的发展与演变

晚唐前期,刘轲是隐居庐山创作古文的突出代表。据白居易《代书》称述:"庐山自陶、谢泊十八贤已还,儒风绵绵,相续不绝。贞元初,有符载、杨衡辈隐焉,亦出为文人。今其读书属文,结草庐于岩谷间者,犹一二十人。即其中秀出者,有彭城人刘轲。轲开卷慕孟轲为人,秉笔慕扬雄、司马迁为文,故著《翼孟》三卷、《豢龙子》十卷、杂文百余篇,而圣人之旨,作者之风,虽未臻极,往往而得。予佐浔阳三年,轲每著文,辄来示予。予知轲志不息,异日必能跨符、杨而攀陶、谢。"①白居易在此追溯庐山隐居的文化传统,从晋宋之际的陶渊明、谢灵运等人到中唐的符载、杨衡等,说明了白居易在此时已对江西地区的文化传统有所归纳,并将符载看作影响中唐时期江西地域文化传统的关键人物,而刘轲生活之时,隐居于庐山的文人仍有不少,白居易所说的"结草庐于岩谷之间者"有一二十人之多,这就愈益见出相比于初盛唐时期,中晚唐的江西地区文化已大为改观。

刘轲其人,《唐摭言》载:"刘轲,慕孟轲为文,故以名焉。少为僧,止于豫章高安县南果园;复求黄老之术,隐于庐山。既而进士登第,文章与韩、柳齐名。"②可见刘轲在当时希慕《孟子》的文风,曾在豫章和庐山长期生活,其文章继承韩、柳古文的传统。而据刘轲当时行卷之文看,其学术旨趣确实与中唐古文运动的特征极为类似。他在《上崔相公书》曰:"伏念自知书来,耻不为章句、小说、桎梏声病之学,敢希趾退踪,切慕左丘明、扬子云、司马子长、班孟坚之为书。故北居庐山,亦常有述作。"③可见其不为章句声病之学,并在隐居庐山期间,喜读《左传》和扬雄、司马迁、班固的著述,曾著《隋鉴》和《左史》等书,而中唐古文革新的取法目标就是两汉文风,其中司马迁和扬雄都是代表两汉文章的重要作家,因此刘轲在文章创作上深受中唐古文风气的影响。他在《上座主书》又称:"元和初,方结庐于庐山之阳,日有芟荑畚筑之役。虽震风凌雨,亦

---

① 顾学颉校点,《白居易集》,第942—943页。
② 《唐摭言》卷十一"反初及第"条,第120页。
③ 《全唐文》卷七四二,第7670页。

不废力火耨。或农圃余隙,积书窗下,日与古人磨砻前心。岁月悠久,浸成书癖。故有《三传指要》十五卷,《十三代名臣议》十卷,《翼孟子》三卷。虽不能传于时,其于两曜无私之烛,不为堕弃矣。流光自急,孤然一生。"由此可见刘轲在庐山的耕读生活中不仅通过读书尚友古人,而且逐渐形成自己的思想认识,著有《三传指要》《十三代名臣议》《翼孟子》等书,这符合其不为章句之学的学术旨趣。尤其是他在《三传指要序》指出:"先儒以《春秋》之有三传,若天之有三光然。然则《春秋》盖圣人之文乎?圣人之文天也。天其少变乎?故《诗》有变风,《易》有变体,《春秋》有变例。变之为义也。非介然温习之所至,赜乎其粹者也。轲尝病先儒各固所习,互相矛盾,学者准裁无所。岂先圣后经以辟后生者邪,抑守文持论败溃失据者之过邪?次又病今之学者,涉流而迷源,舍经以习传,摭直言而不知其所以言。此所谓去经纬而从组缋者矣。既传生于经,亦所以纬于经也。三家者,盖同门而异户,庸得不要其终以会其归乎!愚诚颛蒙,敢会三家必当之言,列于经下,撰成十五卷,目之曰《三传指要》。冀始涉者开卷有以见圣贤之心焉。俾《左氏》富而不诬,公羊裁而不俗,《穀梁》清而不短。幸是非殆乎息矣,庶儒道君子有以相期于孔氏之门。"[①]刘轲不满于当时学者"涉流而迷源,舍经以习传"的治学路径,这显然继承的是中唐以来兴起的啖、赵学派所崇尚的复归儒学经典的学风,而这一学风与当时的古文创作相激荡,成为一时风气。刘轲受此影响,在《三传指要》中对《春秋》三传略其异而求其同,藉此探求《春秋》中的圣贤之心,这实际是对儒学之"道"的研究。根据《旧唐书·经籍志》和《新唐书·艺文志》的记载,刘轲除了自述中提及的著作外,还有《帝王历数

---

① 《全唐文》卷七四二,第 7678 页。

歌》一卷、《牛羊日历》一卷、《刘轲文》一卷等①。综合上述材料反映的内容,刘轲在学术上受到啖、赵舍传求经的学风影响,弃章句而务大义,能够异中求同,融会贯通,积极探寻儒学之"道",而且在史学、子学等方面也有独到的见解。同时他在学术上又不拘囿于儒学一隅,对黄老和佛学也有所涉猎。至于在文章创作方面,刘轲继承的是中唐韩、柳古文的传统,这说明了晚唐古文虽在总体上呈现衰落之势,但仍有文人效法韩、柳的文风,坚持古文的写作。

更为值得注意的是,刘轲的古文中开始显示向小品文过渡的特点,如他的《庐山黄石岩院记》《农夫祷》和《代荀卿与楚相春申君书》等。其中《庐山黄石岩院记》描写的是一位刘姓禅师隐栖黄石岩院的生活,文章先从刘轲探访禅师写起,进而重点呈现了禅师的隐逸生活,嘉山秀水相伴左右,满目澄澈,人迹罕至,但却通于自然大化,荣悴不入于心,最后文章的主旨归于禅师脱于桎梏、物我合一的精神境界。其中写景的部分较为出彩,刘轲以淡笔勾勒的方式点染了能够突出禅师心境的一些山水景致,如清澄的山色和岚霭飘荡于襟袖之间,文字洗练轻盈,含蓄蕴藉,禅师的飘然之态因而非常传神。《农夫祷》反映的是咸通七年发生于江南的饥荒,文章借一个祈祷丰收的农夫之口道出了他心中的种种忧虑,其中既有旱涝螟蝗等天灾,也有吴蜀弄兵的人祸,这都会导致底层民众的悲苦生活,不过最让农夫担心的还是官府的横征暴敛。刘轲在最后指出了"农人不饥而天下肥,蚕妇不寒而天下安,耒耜不销而天下饶"的道理,这显然是重视民生的思想。虽然小品文创作的高潮是在唐末,皮日休、陆龟蒙和罗隐的作品代表了唐末小品文的实际,但从中晚唐之际,某些作家就已开始零星地写作小品文,如皇甫湜的《寿颜子辨》《公是》《明分》以及舒元舆的《养狸述》等,刘轲

---

① 参见《旧唐书·经籍志》和《新唐书·艺文志》中子部和集部的内容。

的小品之作显然也是这一创作趋势的延续。

　　从江西地区的古文发展线索来看,刘轲之后,小品文创作在江西得到进一步的发展,与皮日休、陆龟蒙生活时代较为接近的赣籍小品文作家有来鹄和袁皓,而到了五代十国时期,则有长期生活于江西的沈颜。来鹄是江西豫章人,大约生活于咸通年间。袁皓是江西宜春人,属于袁州,于咸通中进士及第。沈颜是沈传师之孙,曾历仕楚国和吴国,后来主要生活于江西地区。从《全唐文》所存留的文章来看,来鹄和袁皓的多数文章都是小品文,而根据王定保《唐摭言》的记载:"来鹄,豫章人也,师韩、柳为文。大中末、咸通中,声价益籍甚。广明庚子之乱,鹄避地游荆湘,南返中和,客死于维扬。"①《唐诗纪事》此后也选录此条目②,由此可见来鹄继承的是中唐韩、柳古文的文风,只是在篇制上受到时风的影响而更偏于小品文的创作。而沈颜曾对当时浮靡的文风深表不满,效法中唐古文先驱元结创作《聱书》,另有单篇小品文若干,如《象刑解》《妖祥辨》等③。

　　除了上述诸人外,据《唐摭言》的记载,还有活跃于江西诸州的闵廷言、陈象、陈岳等在文风上取法先秦两汉的文章④,其中闵廷言是江西豫章人,"文格高绝。咸通中,初与来鹄齐名。王棨尝谓同志曰:'闵生之文,酷似西汉。'有《渔腹志》一篇,棨尤所推伏"。黄滔在《与王雄书》中曾提及闵廷言:"尝聆作者论近日场中,或尚辞而鲜质,多阁下能揭元次山、韩退之之风。故天所以否其道,窒其数。使若作《骚》演《易》,皆出于穷愁也,复何疑焉。……愿阁下

---

①　《唐摭言》卷十"海叙不遇"条,第113页。

②　"鹄"字一作"鹏",见《唐诗纪事》卷五六,上海古籍出版社1987年版,第862页。

③　关于唐末五代小品文的艺术分析,可参见本书第六章第一节《词不尚奇,切于理也——唐末五代小品文的内容特征与艺术特色》。

④　见于《唐摭言》卷十"海叙不遇"条,第113—115页。

脂辖跃辔,荐计贡闱,高取甲乙,然后使人人知斯之宝货。异于是也,元次山、韩退之之风复行于今日也。无令郑畋、孙泰、李瑞、闵廷言、陈峤数公寂寞而已。"[1]黄滔在此是希望王雄能够借选科取士的机会提倡古文,以元结、韩愈的文风为标准,使那些写作古文的士人得到肯定,其中就包括闵廷言,由此可见闵氏是当时创作古文较为有名者。陈象则是袁州新喻人,"少为县吏,一旦愤激为文,有西汉风骨,著《贯子》十篇。南平王钟传镇豫章,以羔雁聘之,累迁行军司马、御史大夫。传薨,象复佐其子文政。为淮师攻陷,象被擒送维扬,戮之。象颇师黄老,迄至于此,莫知所自也"。陈岳是吉州庐陵人,"少以辞赋贡于春官氏,凡十上竟抱至冤。晚年从豫章钟传,复为同舍所潜;退居南郭,以坟典自娱。因之埔览郡籍,尝著书商较前史得失,尤长于班、史之业,评三传是非,著《春秋折衷论》三十卷;约《大唐实录》,撰《圣经》一百二十卷。以所为述作,号《陈子正言》十五卷。其辞、赋、歌、诗,别有编帙"[2]。他们在文章创作上都效法两汉文风,而唐代古文的主要文体特色正是渊源于两汉文风,特别是西汉文风。同时他们善于思考的特征在其著述方面也有着鲜明的体现,与中唐古文的创作实际类似,因此尽管闵廷言等人文章传世数量很少,无从判断他们文章的具体情形,但上述评价还是能够说明他们的文章应以古文为主。

晚唐五代时期江西地域的古文作家不断涌现,其古文作品在继承中唐韩、柳古文革新传统的基础上,愈益显示出江西古文自身的地域特征,那就是关注现实、切于世务的精神品格。这些古文作家大多出身寒士阶层,能在政局昏聩、战乱频仍的晚唐五代保持如此政治情怀,实为难能可贵。更值得关注的是,"以文为制"的长篇

---

[1] 《全唐文》卷八二三,第 8670—8671 页。
[2] 王定保,《唐摭言》,第 115 页。

大论逐渐转向短小精悍的小品杂著,实现古文文体的艺术创新,这在晚唐五代的江西古文创作中也有深刻体现,说明此时的江西古文作家在坚持其地域固有的精神内核基础上,依然注重文体艺术变革的与时俱进。这从根本上决定了江西古文在中唐到五代的漫长历史进程中得以不断存续发展,形成了独具地域特色的艺术风貌。

第三节　中晚唐五代江西古文得到发展的原因

而到了晚唐五代,古文创作从总体上步入低潮,但小品文作为当时古文发展的支流,却在此时出现了很多优秀的篇章。此时的江西古文也与这一趋势是一致的,生于江西的来鹄和袁皓留存的文章主要是小品文,来鹄甚至明确继承了中唐韩、柳的文风,加上曾在江西生活多年的沈颜,这无疑显示着江西地区的小品文创作在晚唐五代具有重要的意义,加之闵廷言、陈象等文风酷似西汉的作家,其作品也应是以古文为主,这些史实都说明在古文衰落的晚唐五代之时,江西地区依然有相当数量的文人在进行着古文写作。

探求江西古文的地域特色及其地方文化在此时得以发展的原因,前人多从地理环境和人口迁徙方面寻找原因。如葛剑雄先生在《中国移民史·隋唐五代卷》中指出:"唐末除了因黄巢等北方武装力量经过发生的战争,江西全境相对安宁,在归属淮南杨行密之前,境内的大部分地区受钟传的统治。钟传重视文化建设,优待士人,'广明后,州县不乡贡,惟传岁存士,行乡饮酒礼,率官属临观,资以装赍,故士不远千里走传府'。这种环境也会吸引移民迁入,五代时江西是吴和南唐的大后方,战争很少,经济有了较快的发展,一些北方人愿意选择江西为定居地。"[①]这种解释大致不错。

[①] 葛剑雄、吴松第:《中国移民史·隋唐五代卷》,福建人民出版社1997年版,第292页。

但若仔细考察当时江西古文的发展原因，则还须要寻找更直接的诱导因素，其中不能忽视的是中唐以后江西崇古学风的流行，这与主政江西的官员的古文学养密切相关，一些创作古文的优秀作家提携后进，也在江西地区直接推动了古文的创作。

中唐以后江西崇儒希古学风的逐渐流行是与任职江西的众多官员分不开的。安史之乱后，颜真卿则是执政江西的主要官员之一。《颜真卿墓志铭》载："公受天纯休，克广前烈，识度元远，节行不群。……余力务学，甘味道艺，五经微言，及百氏精理，无所不究。"[1]颜真卿崇尚儒学精义，兼通诸子百家之学，这对其刚正骨鲠的人格养成具有重要意义，而且也使他在为政中更为重视文化的方面。据殷亮的《颜鲁公行状》叙述："代宗为罚过其罪，寻换吉州别驾。公（颜真卿）与往来词客，诗酒讲论，为乐甚。有所著，编为《庐陵集》十卷。于大历三年迁抚州刺史。在州四年，以约身减事为政。然而接遇才人，耽嗜文卷，未曾暂废焉。因命在州秀才左辅元编次所赋，为《临川集》十卷。"[2]颜真卿在江西的吉州和抚州都曾任职，这期间值得称道的是他与当地文士的诗文唱和，创作了为数不少的诗文，有《庐陵集》和《临川集》，由文集命名即可看出应是颜真卿在江西所作，这对江西当地的文化有着重要的推动作用。他的影响后来在沈颜那里有鲜明的体现，《唐语林》卷一载："沈颜游钟陵，自章江入剑池，过临川。时天旱，水将涸。阻风，泊小渚。获败碑，字存者十七八，乃抚州刺史颜鲁公之文，即临川所沈碑也。其文多载鲁公之德业。"[3]可见颜真卿在江西的事迹得到广泛流传，其德业之影响也更深远。

中唐时期，任职江西的刘太真、李端和王仲舒等人与当时古文

---

[1] 《全唐文》卷三九四，第4010页。
[2] 《全唐文》卷五一四，第5229页。
[3] 周勋初，《唐语林校注》卷一，中华书局1987年版，第23页。

运动的重要人物有着密切的交往,因此在他们身上必然体现着时风的特点,而这些特点则通过他们的为政经历影响到江西当地的风气。刘太真曾师从中唐古文先驱萧颖士,顾况在《信州刺史刘府君集序》曰:"公姓刘氏,名太真。天宝中,与兄太冲登秀才之科,兰陵萧茂挺(萧颖士)目以孔门游夏。"《新唐书·柳并传》载:"柳并者,字伯存。大历中,辟河东府掌书记,迁殿中侍御史。丧明,终于家。初,并与刘太真、尹征、阎士和受业于颖士,而并好黄、老。颖士常曰:'太真,吾入室者也,斯文不坠,寄是子云。'"①萧颖士对刘太真有如此高的评价,足见刘太真在古文写作方面应有很高的水平。而李端曾任饶州刺史,据顾况《饶州刺史赵郡李府君墓志铭》载:"粤考《春秋》叙事之实,赵郡东祖,源流甚长。卫州刺史嘉祚曾孙,荣州刺史璿孙,赠尚书郎恬子,讳端,字公表,官由台省兴元少尹少府监,出泉、饶二州刺史。……呜呼!神明无质,君子能通其意以为教本,仲尼阐教微言,七十子扬大义,去圣虽远,其七十子之季孟乎?至于饶礼将驱俗经以道俗,饶之人始有讲睦之声,上员不吊,奸我渠喆。昔桐乡啬夫,犹葬桐乡,桐乡之人皆祠之。今饶之葬如此。呜呼!《列章》载云:'精神天之久,骸骨地之久。'此言骸骨灭,其精神不灭者何?从心上变起而生展促,常读众圣之书,上于释典,如川及海之无翻流。蓬庐久处,奋迅泥滓,宜诸精爽,黜陟幽明,亦由是也。夫人赞皇郡清河崔氏,从其子拭,尽力哀敬,记石陵谷,永质天壤。铭曰:兰桂有丛,以熏其风。邯郸旧氏,厥祖惟东。吁嗟府君,其命不融。精神本天。不在乎地。旧国飞魂,新茔掩隧。逝不可止,哀何不既。"②李端在江西饶州当政期间,大力提倡儒学教育,使得儒家礼仪的风俗深入民间,这种对儒学文化的提

---

① 《新唐书》卷二〇二,第5771页。
② 《全唐文》卷五三〇,第5381—5382页。

倡对当地民风的转变有着深刻的影响。相比于李端在饶州一地的为政，王仲舒则是以江西观察使的职位对整个江西地区的政治和文化产生重要作用。

中晚唐之际，王仲舒作为与古文作家交往密切的重要文士，他在江西除了颁行一系列改善民生的举措外，还在地方文化的方面进行大刀阔斧的改革，其中最重要的就是在江西地区禁止供奉佛教和道教，防止僧侣道士借机搜刮民财。韩愈在《故江南西道观察使赠左散骑常侍太原王公墓志铭》中记述："即除江南西道观察使兼御史中丞。……禁浮屠及老子，为僧、道士不得于吾界内因山野立浮屠老子象，以其诳丐渔利，夺编人之产。"[1]韩愈在为王仲舒所作神道碑中也对此事大加赞扬："上藉其实，俾统于洪；逋滞攸除，奸讹革风；祛蔽于目，释负于躬。方乎所部，禁绝浮屠，风雨顺易，秔稻盈畴。"[2]由此来看，王仲舒在思想上与韩愈等古文作家是一致的，他在江西禁绝佛道的做法就深得韩愈的称许。至于其文风，韩愈曾指出王仲舒"所为文章无世俗气，其所树立，殆不可学"，可见王仲舒的作品与古文风格为近。《新唐书·王仲舒传》载："穆宗立，每言仲舒之文可思，最宜为诰，有古风。"[3]这与韩、柳等人倡导的文体变革的风气是相因应的。

王仲舒主政江西时，因《谏佛骨表》而被贬官潮州的韩愈也遇赦量移袁州刺史。从现存的诗文内容来看，韩愈在袁州曾与当时的江西观察使王仲舒交谊深厚，并应王的要求而作《新修滕王阁记》这样的古文名篇。这并非韩愈初次与王仲舒认识，早在贞元后期，韩愈就为王仲舒修燕喜亭而作《燕喜亭记》，可见王仲舒出于对韩愈古文的欣赏之情，才又在江西邀请韩愈作《新修滕

---

[1] 《韩昌黎文集校注》，第535页。
[2] 同上，第502页。
[3] 《新唐书》卷一六一，第4985页。

王阁记》。两人均为江西地区的重要官员,且修缮滕王阁也是当时江西的大事,因此王仲舒力邀擅长古文的韩愈创作记文。另外,韩愈在授命国子祭酒但未离袁州时还曾作《处州孔子庙碑》。在文中,韩愈肯定了孔子儒学的礼乐教化意义,并对各地孔庙的没落深表痛心,因此对处州刺史李繁躬行古礼、修缮孔庙的举措大加称赏,这从侧面也加强了江西地区崇古尚礼的风气。说到韩愈在袁州对古文创作的发展产生直接作用的就是提携后进,传授古文作法。袁州的黄颇和卢肇是当时受到韩愈关注的举人,其中黄颇是晚唐时期大力写作古文的作家之一,其创作古文就是从学韩愈,受其影响所致①。由此可见,韩愈不仅通过提倡儒学古礼来教化袁州民风,而且直接教授和提携后学,推动江西地区的古文创作。

　　晚唐五代时期,统辖江西的官员以钟传和彭玕为代表。作为在唐末农民起义中崛起的地方豪强,钟传担任江南西道观察使,并居江西三十余年,在他治下,江西地区的文教事业取得了长足的进步。在唐末乱世,经钟传的苦心经营,安定重士的江西俨然成为当时举子们奔集辐辏之地。彭玕是钟传的部将,他主要任职于江西的吉州,彭玕治理吉州成绩的重要方面即是十分重视文教、奖励士人,据《九国志》卷十一载:"当荒兵之岁,所在饥馑,玕延接文士曾无虚日,治具勤厚,人多归之。"②《新唐书·钟传传》中也曾载:"玕通《左氏春秋》,尝募求西京《石经》,厚赐以金。扬州人至相语曰:'十金易一笔,百金偿一篇,况得士乎?'故士人多往依之。"③可见

---

　　① 《唐摭言》卷四"师友"条:"后愈自潮州量移宜春郡,郡人黄颇师愈为文,亦振大名。"(姜汉椿校注,《唐摭言校注》,上海社会科学院出版社 2003 年版,第 99 页)明代《正德袁州府志》载:黄颇"少负异材,师韩退之为古文,声名大振"。
　　② 傅璇琮、徐吉军主编,《五代史书汇编》,第 3355 页。
　　③ 《新唐书》卷一九〇,第 5487 页。

彭玕对《左传》等古代经学典籍有着浓厚的兴趣。这种文化喜好对于他招揽士人起到重要作用，当时一些创作古文的作家都慕名而至，如陈岳等人就是如此。

中晚唐五代时期，江西的众多官员曾与古文运动的参与者过从甚密，其思想和行事都受到那些古文作家的影响。他们主政江西之时，就会把那种崇古右文的风气带到江西，对江西当地文化产生深刻作用，五代时韦庄在《袁州作》中曾有"家家生计只琴书，一郡清风似鲁儒"①的描述，袁州的景象可谓江西的缩影，可见晚唐五代时期江西当地重视儒学之风已非常流行，其文化水平在乱世中显得非常突出，这为江西的古文创作奠定广泛的文化基础。

综上所述，江西在中唐时期逐渐成为古文作家荟萃之地，符载和李渤即是其中的代表文人。在与友朋交游切磋过程中，他们逐渐形成注重现实、"通时利物"的文风特征，这种江西文风与当时古文革新的基本精神是合拍的，与韩、柳等人的交往则是江西地域呼应中唐古文革新的重要途径。到了晚唐五代，随着讽刺现实、褒贬善恶的小品文成为当时古文创作中的重要支流，江西地区的小品文作家也是人才辈出，这也显示出江西地区的古文创作能够随时代的演进而不断推陈出新。由此可见，江西的古文发展是中晚唐五代时期古文创作的缩影。追究其中的原因，这与当地历代官员坚持文教事业、崇古右文的政策是分不开的，尤其是像韩愈这样的古文大家对江西古文的推动更是功不可没。江西地区在宋代成为文化中心，洪迈《容斋随笔·四笔》曰："古者江南不能与中土等，宋受天命，然后七闽二浙与江之西东，冠带《诗》《书》，翕然大肆，人才

---

① 《全唐诗》卷六九八，中华书局1960年版，第8032页。

之盛,遂甲于天下。"①虽然江西文化鼎盛于北宋,古文创作大家辈出,这种文化态势的出现必有其持续不断的积累方可形成。因此在关注北宋江西的古文和文化时,还应注意中晚唐五代之时江西地区的古文创作和文化发展。

---

① 洪迈,《容斋随笔·四笔·饶州风俗》,第 682—683 页。

第七章 中晚唐五代时期江西地区古文的发展及其原因 379

附录：中晚唐五代时期江西地区代表文人及其著作简表

姓名	简　介	著述情况	史料来源	附　注
符载	（760—?），字厚之，自称庐山山人，家于蜀郡，大历末与杨衡、王简言、李元象同栖于青城山。建中初又相约同隐于庐山，称"山中四友"，以道德文章相砥砺。江州刺史包佶雅相敬重。贞元初年回蜀。后李巽任江西观察使，辟符载为大常寺奉礼郎充南昌军副使，贞元十八年自浔阳赴任淮南杜佑幕。	《符（荷）载集》十四卷，见于《新唐书·艺文志》，《全唐文》有文四卷，《唐文拾遗》有文一篇，《全唐诗》有诗二首，断句一联。	《荆州与杨衡说旧因送游南越序》（见《全唐文》卷六九〇），《唐摭言》卷二，《唐诗纪事》卷五，《太平广记》卷二三二，《唐才子传校笺》卷五。	《全唐文》录其文中，书、序，记和墓志铭等文体几乎都为单行散体之文。
李渤	（773—831），字濬之，贞元中与兄李涉偕隐庐山白鹿洞，读书治学。后于长庆元年十九年移居嵩山。未满岁迁江州刺史，五月贬虔州刺史，三年人为职方郎中。	《六贤图赞》一卷，《真系传》一卷，《御戎新录》二十卷，见于《新唐书·艺文志》。《全唐文》存其文一卷，《全唐诗》录诗五首。	《旧唐书》卷一七一，《新唐书》卷一一八。	李渤文见于《全唐文》卷七一二，单行散体古文为主，其中《真系传》约十余篇，历数庐山道教的传承系统。

续表

姓名	简介	著述情况	史料来源	附注
刘轲	元和初隐居庐山，从隐士茅君受史学。白居易为江州司马，刘轲尝携文章往见。十四年登进士第。	《隋监》一卷、《左史》十卷、《三传指要》十五卷、《十三代名臣议》十卷、《翼孟子》三卷、《汉书右史》十卷、《黄中通理》三卷、《三禅五革》一卷、《豢龙子》十卷、《帝王历数歌》一卷、《牛羊日历》一卷、《刘轲文》一卷。《全唐文》录文十四篇，《全唐诗》录诗一首。	《上座主书》《与马植书》《云溪友议》《唐诗纪事》卷四六、《新唐书·艺文志》。	《全唐文》所录文章中，"书"最多，为单行散体之文。另《农夫黄石岩院将》《庐山黄石岩院记》等文为小品文。
袁皓	字退山，号碧池处士。袁州宜春人。咸通六年登进士第。与罗隐、杨夔等晚唐五代作家相善。	《兴元圣功录》三卷、《碧池书》三十卷、《道林寺诗》二卷。《全唐诗》存文四首、《全唐文》存文三篇。	《新唐书·艺文志四》、《旧唐书》卷一六、《唐会要》卷二五。	《全唐文》所录文章全为小品文。
黄颇	字无颇，江西宜春人。元和十五年，韩愈量移袁州时，颇师愈为文，文名大振。会昌三年登第。	《全唐文》有文一篇，《全唐诗》存诗三首。	《唐摭言》卷三、《唐语林》卷三、《唐诗纪事》卷五五。	
来鹄	"鹄"一作"鹏"，徐孺子亭边人。豫章人。家于南昌钓矶子南昌钓矶，以园林自乐。大中、咸通间才名颇重。柳宗元文，师韩愈，以文章进士不第，时闵廷言文格高绝，鹄与之齐名。	《僧来鹏诗》一卷、《直斋书录解题》作《来鹏集》一卷。《全唐文》录文九篇，《全唐诗》录诗一卷。	《唐才子传校笺》卷八、《唐语林》卷十、《北梦琐言》卷二、《唐诗纪事》卷七、《唐诗纪事》卷五六。	《全唐文》所录九篇文章，有八篇为小品文。

续表

姓 名	简 介	著述情况	史料来源	附 注
沈 颜	曾祖既济,祖传师皆有文名。五代时为淮南巡官,累迁礼仪使。仕吴为兵部郎中,知制诰,翰林学士。	《聱书》十卷、《解聱》十五卷、《陵阳集》五卷、《沈颜赋》一卷。《全唐文》录文十一篇,《全唐诗》录诗二首。	《十国春秋》卷一一、《诗薮·杂编》卷二、《郡斋读书志》卷一八、《宋史》卷二〇五及二〇八。	《全唐文》所录文十一篇全为小品文。
闵廷言	豫章人。文格高绝,鸲齐名。咸通中与来鹄齐名,王棨尝曰:"闵生之文,酷似西汉。"	《渔腹志》一篇。	《唐摭言》卷五、卷十。	文皆散佚。
陈 岳	吉州庐陵人。晚年从镇南节度使钟传于江西,任观察判官,为同僚所憎,退居南郭,以著述自娱。博览群籍,尤善史学。	《春秋折衷论》一百二十卷、《大唐统纪》三十卷、《陈子正言》十五卷。《全唐文》录《春秋折衷论序》一篇。	《唐摭言》卷十。	
陈 象	袁州新喻人。少为县吏,愤激为文,有西汉风骨,后为镇南节度使钟传幕僚。	《贾子》十篇。	《唐摭言》卷十。	文皆散佚。
邵 拙	宣城人,后长期生活于南唐江淮间。博通经史,后归宋。应制科试,未放榜而卒。为文学韩愈、柳宗元。曾作诗三百卷,尚书郎孙孙迈为之作序,名《庐岳集》。	《庐岳集》一卷,手书史传文集三百卷。	顾嗣立三补五代史艺文志、马令《南唐书》卷二二、《十国春秋》卷二九。	

第八章 从"韩、李"并称看晚唐五代至北宋中期古文发展的趋势

当前文学史著作中有关中唐古文运动的主要论述都是围绕韩愈、柳宗元的创作而展开,"韩、柳"并称无疑成为中唐古文革新的代名词。然而检索晚唐五代至两宋有关当时古文发展的评论条目,在"韩、柳"并称之外另有为数甚多的"韩、李"并称,"李"是指韩愈的弟子李翱。"韩、李"并称反映出晚唐五代古文发展的某些带有根本性的内在趋势,其中隐含着影响北宋初年古文发展的关键因素①。本章拟在清理晚唐五代至两宋的文评中相关材料基础上,结合古文发展和时代背景,深入探讨"韩、李"并称所蕴含的古文发展的趋势,同时对晚唐时期王通儒学地位的凸显作出新的解释。

第一节 历代文评中的"韩、李"并称

中唐古文运动由于韩愈和柳宗元的出现而臻于高潮,韩愈通

---

① 前代有关"韩、李"并称的研究较少,就目前的资料而言,孙昌武先生在《唐代古文运动通论》中曾有简要说明,他指出:"宋人把他(李翱)与韩愈并称为'韩、李'。这主要是从道学观点看的,但也是因为他的文风对宋人很有影响。"(第246页)。需要指出的是,孙先生的大体结论不错,但就现有材料而言,古文中的"韩、李"并称并非始于宋人,生活于晚唐五代、主持《旧唐书》修撰的刘昫在《旧唐书·韩愈传》中就已将韩愈、李翱并称。本文在此基础上将对"韩、李"并称的出现及其代表的文化意义进行全面的研究和阐释。

过纯化儒道的方式而形成了道统的观念,并体现了从礼乐到道德的儒学内涵的思想转化,从而使文章创作观念突破了西晋以来所崇尚的以颂美正声和典谟训诰为文学最高理想的观念,并把抒发个人失意之感的"不平之鸣"纳入文章之"道"的范围内,因此实现了儒道思想和文学领域的双重革新①。在具体的文章创作中,原本骈文一统天下的局面被打破,碑志、游记、祭铭等实用文体在韩愈和柳宗元的手中成为了抒情言志的载体,其中既有对墓主人物性格的细腻刻画,也有对美丽景致的精彩描绘,而单行散体的文体则方便了韩、柳等古文家在文章创作中的流畅抒情,成就了韩愈碑铭中那些鲜活光彩的人物个性,以及柳宗元山水游记中那意境清幽、缥缈悠远的风格展现。由于文章观念的变革和成熟创作的垂范,在韩、柳周围便聚集了一批欣赏并致力于古文创作的作家,如张籍、裴度以及韩门弟子等人,其声势的高涨和影响的广泛,都使得古文创作在中唐文学的发展中必然占据着不可忽视的地位。因此在晚唐初期,提及古文创作的典范,韩、柳就已经成为时人最先想到的代表人物。如杜牧《冬至日寄小侄阿宜诗》:"经书括根本,史书阅兴亡。高摘屈宋艳,浓薰班马香。李杜泛浩浩,韩柳摩苍苍。"②虽然如前人那样继续强调经史之学和辞赋之作的重要意义,但杜牧在指导家中子侄学做文章时重点选取了盛唐的大诗人李、杜和中唐的古文大家韩、柳,足见韩、柳的古文创作在杜牧心中的崇高地位。值得注意的是,此处的"韩、柳"并称在目前所见的材料中出现最早,且其强调的重点是韩、柳在文学方面的卓绝成就,将之与屈原、宋玉等辞赋作家联系起来就明显透露出肯定"韩、柳"的侧重之处,这说明在杜牧所生活的晚唐初期,韩、柳的文学地位

---

① 参见葛晓音师《汉唐文学的嬗变》中的《论唐代的古文革新与儒道关系的演变》,第156—179页。

② 《全唐诗》卷五二〇,第5941页。

已得到时人的承认，影响到后世关于中唐古文的评论。

相对基于文学成就而形成的"韩、柳"并称，晚唐五代时期还出现了"韩、李"并称。如五代后晋刘昫所作的《旧唐书·韩愈传》"史臣曰"："韩、李二文公，于陵迟之末，遑遑仁义，有志于持世范，欲以人文化成，而道未果也。……赞曰：天地经纶，无出斯文。愈、翱挥翰，语切典坟。牺鸡断尾，害马败群。僻涂自噬，刘、柳诸君。"①在刘昫看来，韩门弟子李翱真正继承了韩愈古文传统中强调儒家道统在衰世之际能够"持世范"的特点，发挥古文的激扬教化之用，即"欲以人文化成"，只因世事凌迟，"而道未果也"。可见刘昫所认为的李翱与韩愈的一致之处即在道统的传承，以及儒道在衰世陵迟时起到的维系人心、教益万民的人文化成之效。同时刘昫更把韩愈与李翱的古文创作比作儒家的六经典坟，其地位之高无以复加。至于刘禹锡和柳宗元，则被刘昫视为古文运动中的"牺鸡断尾，害马败群"，根本不能像李翱那样将韩愈的古文传统发扬光大。因此刘昫的这一观念明显与杜牧的"韩、柳"并称相左，不仅明确视柳宗元的创作完全背离韩愈的古文思想，而且将李翱与韩愈并称体现的是中唐古文运动中道统方面的传承，而非文学意义的成就。

刘昫在《旧唐书》中的这番评论，于五代时期并不孤立。如前蜀的牛希济在《文章论》重视"以通经之儒，居燮理之任……使仁义治乱之道，日习于耳目，所谓观乎人文可以化成天下也"②。文章的极致是上古盛世理想的治化之文，具体到文本则是儒家经典，其中深含的"仁义治乱之道"正是牛希济最为肯定之处，希望帝王以孟子、扬雄等继承的儒道治理国家，从而达到人文化成天下的效果。至于要反对的正是以屈原、宋玉等辞赋家所开启的淫靡风气，

---

① 《旧唐书》卷一六四，第 4215—4216 页。
② 《全唐文》卷八四五，第 8878 页。

直至后来六朝时的骈文,这种对儒道人文化成政教功用的重视以及反对辞赋传统的认识与刘昫之论不谋而合,因而刘昫的"韩、李"并称在晚唐五代时期出现决非偶然。这些认识与当时的政治情势紧密相关。晚唐五代的社会矛盾进一步加剧,宦官专权、藩镇割据和士人党争的问题日益激烈,五代之时更是战乱频仍,政权更迭,政治形势更加恶化,受儒家思想熏染的士人处在这种局面之中,对当时的情势深表不满,所希望的只能是在衰敝的时代以儒学道统继续维持教化民心之用。

　　刘昫的这种认识在北宋时期引起了强烈的回应。《郡斋读书志·李翱集十八卷》引苏舜钦序曰:"唐之文章称韩、柳,翱文虽辞不逮韩,而理过于柳。"[1]作为北宋前期古文创作的重要作家之一,苏舜钦着眼于古文道统的延续意义,以此肯定李翱的成就高于柳宗元。这里虽没有明确并称"韩、李",但从儒道开拓的角度对"韩、柳"的说法提出了质疑。此后的北宋古文大家欧阳修则将"韩、李"并称固定化,其《苏氏文集序》曰:"韩、李之徒出,然后元和之文始复于古。"[2]由于欧阳修是北宋古文运动中的领军人物,对古文继中唐之后能够在北宋中期复盛贡献良多,其观念的权威性不言而喻。因此有关"韩、李"并称的问题,明清两代的文论家都是针对欧阳修的认识作出评判,足见欧氏的"韩、李"并称在后世影响极深。明代的胡应麟在《题李习之集》曰:"读翱集,斥异端崇圣道,词义凛如,在唐人茅靡仙佛中,可谓卓然不惑者,他文亦典实明健,一洗浮华。欧阳永叔至韩、李并称,而不及子厚,以其识也。……唐惟柳差可配韩,而欧公去取若是,盖一时论道之语,非定评也。"[3]虽然胡应麟并不同意欧阳修的认识,但他依然认为即使不能作为"定

---

[1] 晁公武,《郡斋读书志》卷一七,上海古籍出版社 1990 年版,第 886 页。
[2] 《欧阳修全集》卷四三,中华书局 2001 年版,第 614 页。
[3] 胡应麟,《少室山房集》卷一〇五,上海古籍出版社 1993 年版,第763 页。

评"的欧氏之论也还是"一时论道之语",代表了北宋时人的主流意见。清代方苞《答程夔州书》曰:"北宋文家,于唐多称韩、李,而不及柳氏也。"①这与胡应麟评价欧阳修认识中的"一时论道之语"如出一辙,都注意到北宋时期是以"韩、李"并称指示唐代古文革新,可见欧氏之论代表北宋文章家的总体观念。

南宋的范浚和理学大家朱熹则将欧阳修"韩、李"并称的观念从"道"的角度作了深入的发挥。范浚《答徐提干书》曰:"翱从韩愈为文章,辞彩虽下愈,而议论浑厚,如《复性书》三篇,贯穿群经,根极理要,发明圣人微旨良多,疑愈所不逮。"②《朱子语类》卷一三七载:"韩文公似只重皇甫湜,以《墓志》付之,李翱只令作《行状》。翱作得《行状》絮,但湜所作《墓志》又颠蹶。李翱却有些本领,如《复性书》有许多思量,欧阳公也只称韩、李。"③两人同时关注到李翱的《复性书》,强调李翱对"儒道"的思考是真正继承了韩愈创作的精神,而不像皇甫湜那样只是专注于文章局部艺术风格的写作。从范浚和朱熹的认识中,可以明确看出"韩、李"并称是基于肯定李翱在儒道思想的开拓方面所作出的贡献,从而将之视为可以继承韩愈古文传统的古文作家。

将李翱明确视为韩愈之后对儒道发展做出重大贡献的古文家的同时,柳宗元也因其思想方面的儒释杂糅而被贬低,这显然是从"道"的角度出发,对柳宗元在古文运动发展过程中的地位作出的评价,而这一认识也是由刘昫在《旧唐书·韩愈传赞》中首先提出,此后在宋代得到延续。如宋初的道学家柳开《东郊野夫传》曰:"或问退之、子厚优劣。野夫曰:'文近而道不同。'或人不谕。野夫曰:

---

① 方苞,《方望溪先生全集》,台湾文海出版社1970年版,第357页。
② 范浚,《香溪集》卷十八,上海商务印书馆1935年版,第173页。
③ 朱熹,《朱子语类》卷一三七,中华书局1986年版,第3275页。

'吾祖多释氏,于以不迨韩也。'"①文中以寓言对话形式道出了柳开认为柳宗元不及韩愈之处即是在"道"的问题上,韩愈重新构建的儒学道统深为宋初道学家所欣赏,故称赞备至。而柳宗元的儒佛杂糅则被看作其思想境界远不及韩愈。《郡斋读书志》所引苏舜钦的观点也反映出以"儒道"的高下区分李翱与柳宗元在思想方面的差别,显然隐含了视李翱为韩愈儒道成就的继承者的认识。欧阳修在将"韩、李"并称的同时,也延续了柳开、苏舜钦以儒释杂糅批评柳宗元的观念。他在《集古录跋尾·唐柳宗元般舟和尚碑》中曰:"子厚与退之,皆以文章知名一时,而后世称为韩、柳者,盖流俗之相传也。其为道不同,犹夷夏也。然退之于文章,每极称子厚者,岂以其名并显于世,不欲有所贬毁,以避争名之嫌,而其为道不同,虽不言,顾后世当自知欤。不然,退之以力排释老为己任,于子厚不得无言也。"②又在《唐南岳弥陀和尚碑》中曰:"自唐以来,言文章者惟韩、柳,柳岂韩之徒哉,真韩门之罪人也。"③将韩、柳在儒道思想上的差异理解成如夷夏之防一般相距悬殊,明确指出柳宗元不及韩愈的关键就在"为道不同",并反对流俗中曾经出现的"韩、柳"并称的说法。这都表明欧阳修强调"韩、李"并称是从理论层面总结了自晚唐五代以来对古文运动发展的核心认识,即不仅要辨清韩、柳之间儒道差异的根源,更要寻找出真正能继承韩愈古文道统的人选,那就是李翱。南宋时期,作为朱熹弟子的黄震在《黄氏日钞》卷六十中曰:"愚于韩文无择,于柳不能无择焉。而非徒曰并称,然此犹以文论也。若以人品论,则欧阳子谓如夷夏之不同矣。"④其认识与柳开、苏舜钦和欧阳修一脉相承,都认为柳宗元

---

① 柳开,《河东先生集》,上海商务印书馆缩印旧钞本,第12页。
② 欧阳修,《欧阳修全集》卷一四一,第2276页。
③ 同上,第2278页。
④ 黄震,《慈溪黄氏日抄分类》卷六十,清乾隆三十二年(1767)汪佩锷刻本,北京大学图书馆古籍特藏部藏,叶十八B。

的儒道思想无法继承韩愈的古文道统,这里的"人品"是指韩、柳在儒学思想方面的差异,柳的儒释杂糅不及韩愈的儒道精纯,并以此否定了两人的并称。

自五代刘昫开始以"韩、李"并称,到北宋初年的苏舜钦推崇李翱为文"理过于柳",逐渐明确了李翱的创作深化了韩愈古文中所孜孜追求的"道统"意义,从而才在欧阳修那里固定了"韩、李"并称的观念。南宋的理学也正是在这一基础上进一步强调了古文"道统"的重要意义,称赞了李翱在《复性书》等篇目中所作出的对儒道思想的开拓。由此可见,"韩、李"并称所代表的文化内涵就是突出强调了韩愈古文中的"道统"因素,而此点也成为晚唐五代至宋代的士人重视李翱古文的主要原因。与此同时,以宋初道学家柳开为代表,他对柳宗元思想中儒释杂糅的批判,也从反面印证了李翱才是时人心目中韩愈古文道统的真正传人,"韩、李"并称的说法也因此成为晚唐五代至宋代古文发展中不断重视"道统"意义、纯化儒道的缩影。

第二节　韩愈、李翱古文思想的比较及其在北宋的延伸

"道统"理念的标准成为柳宗元的历史地位被贬低的根本原因,这也成为时人观念中以"韩、李"取代"韩、柳"并称的必要前提。然而在"韩、李"并称的认识中,李翱从"道"的方面延续韩文传统虽成定论,范浚和朱熹也都举出李翱的《复性书》为证,但毕竟都语焉不详。李翱究竟在哪些方面继承并拓展了韩愈古文道统的价值,其中还有哪些不同,这是一个亟须认真总结的问题。

先看李翱和皇甫湜在韩愈之后对古文运动的发展所起的不同作用。作为韩门弟子中的两大代表,李翱与皇甫湜分别从两个方向延续着古文运动,后世(尤其是在明清两代)的评论屡有提及。

明代瞿佑《归田诗话·陆浑山火》曰："湜与李翱皆从公(韩愈)学文,翱得公之正,湜得公之奇。"①《四库全书总目·皇甫持正集六卷》载："其文与李翱同出韩愈,翱得愈之醇,而湜得愈之奇崛。"②刘熙载《艺概·文概》曰："文得昌黎之传者,李习之精于理,皇甫持正练于辞。"③瞿佑与四库馆臣的认识是着眼于古文作品的艺术风格,同是跟随韩愈学作古文,李翱之作趋于醇正,而皇甫湜之文则近于奇崛。至于刘熙载的评价,是从李、皇甫二人的古文内容方面作出判断,李翱的古文精通于道统的理论,皇甫湜的古文却更倾向于文辞的锤炼。综观上述观点,不论分析的重心在哪里,李、皇甫二人在古文创作方面的差异显而易见,其艺术风格的醇正和奇崛并不是问题的关键,相较而言,他们在古文内容方面的区分更为重要,即"精于理"和"练于辞"。《朱子语类》卷一三七载："韩文公似只重皇甫湜,以《墓志》付之,李翱只令作《行状》。翱作得《行状》絮,但湜所作《墓志》又颠蹶。李翱却有些本领,如《复性书》有许多思量,欧阳公也只称韩、李。"朱熹通过比较李翱为韩愈所作的《行状》和皇甫湜为韩愈所作的《墓志铭》,认为李翱对儒道的思考更值得称道,而皇甫湜的《韩文公墓志铭》则写得"颠蹶",原因就在于皇甫湜在评价韩愈的古文成就时,主要关注其艺术风格的特点。

皇甫湜《韩文公墓志铭并序》载："及其酣放,豪曲快字,凌纸怪发,鲸铿春丽,惊耀天下。然而栗密窈眇,章妥句适,精能之至,入神出天。"④韩愈古文在艺术上的豪放怪奇得到皇甫湜的赞美,形成此后古文发展中的奇险一路。朱熹批评皇甫湜《墓志铭》的"颠

---

① 瞿佑,《归田诗话》,上海商务印书馆1936年版,第6页。
② 《钦定四库全书总目》,第2011页。
③ 刘熙载,《艺概》卷一,第26页。
④ 《全唐文》卷六八七,第7039—7040页。

蹶"正是不满于他这种只就韩愈古文的艺术谈论其成就,而没有重视韩愈古文道统的意义。在儒道方面,李翱恰恰继承了韩愈的衣钵,高度评价了韩愈古文的价值。《祭吏部韩侍郎文》曰:"呜呼!孔氏云远,杨朱恣行。孟轲距之,乃坏于成。戎风混华,异学魁横。兄尝辩之,孔道益明。建武以还,文卑质丧。……及兄之为,思动鬼神。拨去其华,得其本根。开合怪骇,驱涛涌云。包刘越嬴,并武同殷。六经之学,绝而复新。"①李翱认为韩愈是继孔孟之后恢复儒道的第一人,其古文创作对世道人心的教化作用堪比六经,因此韩愈的古文超越了秦汉的成就而与上古三代的盛世文章相媲美,即"包刘越嬴,并武同殷"。这一评价不可谓不高,其中紧扣韩愈古文中"孔道益明"的主题内容,确实道出了韩愈古文道统的意义所在。从对韩愈的评价中可以明显看出两人思想侧重点的差异,即皇甫湜更加偏爱韩愈古文艺术的怪奇,而李翱则是发挥了韩愈古文所代表的伦理教化意义以及对儒学道统的承前启后之功。更为难得的是,李翱自己在创作实践中继续推进了古文道统的思想,这表现在朱熹所举的李翱的《复性书》等文章中的儒道思想。

韩愈之所以在中唐古文运动中享有崇高地位,主要就是他能从根本上革新儒"道"的内涵②。具体说来,首先,韩愈是以一种从现实出发的态度对待儒道和经典,根据时代的发展趋势,对儒道的内涵作出了新的阐释。他在《原道》中提出了"足乎己,无待于外之谓德"和"正心而诚意"等新的儒道观③,从而把士人的"穷则独善其身"与儒道理想沟通起来,使那些身处穷泽荒野的士人依然坚守儒道的行为获得了济世的意义,这与此时儒道从礼乐理想转向道

---

① 《全唐文》卷六四〇,第 6466 页。
② 参见葛晓音师《汉唐文学的嬗变》中的《论唐代的古文革新与儒道关系的演变》,第 156—179 页。
③ 马其昶,《韩昌黎文集校注》卷一,第 13、17 页。

德性理的现实是一致的。其次,他宣导的"师道"明显是针对此时尊师传统的衰落而发的。这种"师道"的核心在于激发士子的向学之心,能够在学习的过程中不断取得创新,"弟子不必不如师,师不必贤于弟子",一方面尊师的传统得以保留,更重要的是弟子能够在贤师的引导下通过解决现实问题而取得进步,这也是韩愈能在继承经典的基础上创新儒道的精神所在,其与现实紧密关联的特点和鼓励创立新说的认识反映出中唐时期学术思想活跃的一个侧面。再次,基于肯定师道、鼓励创变的观念,韩愈在《师说》《答刘正夫书》等文章中形成了崭新的"圣贤观",针对当时师道不存、儒学衰微的现实,确立了"师"的职责是"传道授业解惑",学者欲求道,必须从师受学的思想。以往的传统认识中,"圣贤"一直被认为具有生而知之的能力,因而也被当作儒学道统承传中的最高代表。而在韩愈看来,圣贤虽"出人也远",但仍与凡人一样需要"从师而问",另外圣贤的高明还在于学"无常师",并以孔子问学为例来说明"弟子不必不如师,师不必贤于弟子"的道理,可见韩愈没有把圣贤之学作神秘化的解释,而是从师道继承的角度道出了圣贤何以成为圣贤的原因。他们纵然有些异于常人的天赋,但从师问学才是其成功的关键因素。同时在"师"与"弟子"的学问关系上,韩愈也持论通达,认为后学经过努力,可以超越前辈,这实际就取消了"圣贤"和"道统"之间的绝对联系,不再视之为不可超越的偶像,不必亦步亦趋地模仿圣贤之作,每位问学之人都可以凭借自身的努力得到"道"的真谛。在《答刘正夫书》中,韩愈讲述了如何写作古文的方法,指出了"师古圣贤人"的关键在于"师其意,不师其辞","圣人之道,不用文则已,用则必尚其能者,能者非他,能自树立,不因循者是也"。古圣贤人"辞皆不同",但他们所作之文都是自己经过精深思考后的独立之见,"能自树立,不因循"决定了他们对"道"的把握面目各异,其中贯穿的个性精神却是一致的。因此韩愈所说的"师其意,不师其辞"不仅提醒后学学文要超越圣贤书的字句差异,而且还要对圣贤作文的精神有深入的体会,这种精神并不是指向"道"的最终形态,而是每位圣贤对"道"的独立思考精神。在这个意义上,韩愈对"圣贤"及其"道"的认识是基于"圣贤"并非"生而知之"者,同时圣贤之文与"道"是通过圣贤的个体感受联系,即"道"只能通过每位圣贤的主观体会才能转化为"文",亦即韩愈在《原道》中所说的"道其所道",因此"师其意"的"意"只能是圣贤在对"道"的独特体会中所具有的个性精神。韩愈《答李翊书》言:"学之二十余年矣,始者非三代两汉之书不敢观,非圣人之志不敢存,处若忘、行若遗,俨乎其若思,茫乎其若迷,当其取于心而注于手也,惟陈言之务去,戛戛乎其难哉!"[①]根据自己的读书经验,韩愈总结的重点也是"取于心而注于手",必须在读书的过程中形成自己的体会,下笔为文才能"惟陈言之务去",用自己的文辞写出对圣贤之道的独立思考。

在韩愈之后,李翱继续发挥了古文道统的思想,根据时势的要求,在其《复性书》中对"圣贤"和"儒道"作出了新的阐释,确立了儒道的权威地位,并将其置于道德性理的层面,从而使个人在面对艰难的时势时能够心有所属,保证对儒道的完全信仰。而要确立儒道的权威,在李翱看来,则必须突出"圣贤"的作用,因此他在《复性书上》中将"天地之性"专属于"圣人":

> 人之所以为圣人者,性也;人之所以惑其性者,情也。……性者天之命也,圣人得之而不惑者也;情者性之动也,百姓溺之而不能知其本者也。圣人者,岂其无情耶?圣人者,寂然不动,不往而到,不言而神,不耀而光,制作参乎天地,变化合乎阴阳,虽有情也,未尝有情也。然则百姓者,岂其无

---

① 马其昶,《韩昌黎文集校注》卷一六,第169页。

性耶？百姓之性与圣人之性弗差也，虽然，情之所昏，交相攻伐，未始有穷，故虽终身而不自睹其性焉。①

这段话中，一方面是"圣人"之性和"百姓"之情的截然分裂决定了两者之间的天壤之别，这就造成了"圣人"品格的神化，只有他们才可以代"道"立言，"百姓"要想得天地之大"道"，就必须以"圣人"为标准；另一方面，又为"百姓"与"圣人"之间的沟通提供哲学的基础，即"百姓之性与圣人之性弗差也"，这就又使得"百姓"达于"圣人"成为可能。而普通人若要成就圣贤的品格，则必须学习"圣人"所作的儒学经典来掌握"道"，如《复性书上》曰：

圣人知人之性皆善，可以循之不息而至于圣也，故制礼以节之，作乐以和之。安于和乐，乐之本也；动而中礼，礼之本也。故在车则闻鸾和之声，行步则闻佩玉之音，无故不废琴瑟，视听言行，循礼法而动，所以教人忘嗜欲而归性命之道也。道者至诚而不息者也，至诚而不息则虚，虚而不息则明，明而不息则照天地而无遗，非他也，此尽性命之道也。②

圣人以人性之善制礼作乐，而对普通人来说，文中所言之"教人忘嗜欲而归性命之道"的过程就是李翱在《复性书中》所言之"先觉觉后觉"的实质，使儒道的思想内化为普通人的道德才智，去"情"而返"性"，才能成就个人品德的高尚以达到"复性"的要求。这一哲学思想就将明"道"的关键与个人的心性联系起来，这一思想显然继承了前引韩愈《原道》中"足乎己，无待于外之谓德"的认识。

与此相类，李翱在《答独孤舍人书》中借《士不遇赋》的探讨进一步发挥了韩愈"足乎己，无待于外"的思想："凡人之蓄道德才智

---

① 《全唐文》卷六三七，第6433页。
② 同上，第6434页。

于身,以待时用,盖将以代天理物,非为衣服饮食之鲜肥而为也。董生道德备具,武帝不用为相,故汉德不如三代,而生人受其憔悴,于董生何苦,而为《士不遇》之词乎?仆意绪间自待甚厚,此身穷达,岂关仆之贵贱耶?虽终身如此,固无恨也。"①士人穷达贵贱需要有君臣相遇的机缘,有时非个人所能左右,而道德才智的修养则完全取决于个人对经典的学习,即使不能遭遇贤主而跻身仕途,只要自己"蓄道德才智于身","受其憔悴"也能安贫乐道,"虽终身如此,固无恨也",否则就是"为衣服饮食之鲜肥而为也"。李翱在此强调个人的贵贱取决于道德操守而非一己之穷达,道德备具的人能"自待甚厚",一己穷达是不能动摇儒道给予他的信念,至于能否得到时主的重用而有"立功"的机会,就显得不重要了。因此李翱从根本上解决了韩愈《原道》中"足乎己"的问题,即把儒道视为无可动摇的信仰,个人通过修身养性的过程而获得道德才智的锤炼,从而成就自己的完美人格。相比于此,得时而建功立业则退居次要位置。《答皇甫湜书》曰:"凡古贤圣得位于时,道行天下,皆不著书,以其事业存于制度,足以自见故也。其著书者,盖道德充积,厄摧于时,身卑处下,泽不能润物,耻灰泯而烬灭,又无圣人为之发明,故假空言,是非一代,以传无穷,而自光耀于后。故或往往有著书者。"②"道"的体现不仅有"得位于时"、"道行天下"的事业,而且"身卑处下,泽不能润物"的著书也能"是非一代,以传无穷,而自光耀于后",其关键在于个人品行的"道德充积"。这就解决了士人在穷达之间如何明"道"的问题,不再是以往强调的"得位于时,道行天下"的建功立业的方式,而是更加注重在士人的心性方面坚持儒道的价值意义,在穷愁之际不废著述,在书中体现出儒道的理想,

---

① 《全唐文》卷六三五,第 6409 页。
② 同上,第 6410 页。

这方是决定儒道是否行于世的关键所在。《答皇甫湜书》曰:"富贵而功德不著者,未必声名于后,贫贱而道德全者,未必不烜赫于无穷。"①其中对"贫贱而道德全者"的肯定正是由于士人身处穷途而在心理上依然难能可贵地坚持儒道理想。

李翱将道德蕴于己心而不以外在得失为意的思想,在《寄从弟正辞书》中发挥得最为清楚,而且对古文中的文道关系也有独到理解:"凡人之穷达所遇,亦各有时尔,何独至于贤丈夫而反无其时哉?此非吾徒之所忧也。其所忧者何?畏吾之道未能到于古之人尔。其心既自以为到,且无谬,则吾何往而不得所乐,何必与夫时俗之人,同得失忧喜,而动于心乎?借如用汝之所知,分为十焉,用其九学圣人之道,而知其心,使有余以与时世进退俯仰,如可求也,则不啻富且贵也,如非吾力也,虽尽用其十,只益劳其心尔,安能有所得乎?汝勿信人号文章为一艺。夫所谓一艺者,乃时世所好之文,或有盛名于近代者是也。其能到古人者,则仁义之辞也,恶得以一艺而名之哉?仲尼、孟子殁千余年矣,吾不及见其人,吾能知其圣且贤者,以吾读其辞而得之者也。后来者不可期,安知其读吾辞也,而不知吾心之所存乎?亦未可诬也。夫性于仁义者,未见其无文也;有文而能到者,吾未见其不力于仁义也。由仁义而后文者性也,由文而后仁义者习也,犹诚明之必相依尔。贵与富,在乎外者也,吾不能知其有无也,非吾求而能至者也,吾何爱而屑屑于其间哉?仁义与文章,生乎内者也,吾知其有也,吾能求而充之者也,吾何惧而不为哉?汝虽性过于人,然而未能浩浩于其心,吾故书其所怀以张汝,且以乐言吾道云尔。"②决定个人行道的关键因素是在士人的心中始终坚持圣贤之道,而体现作者心灵世界的文章创

---

① 《全唐文》卷六三五,第 6410 页。
② 《全唐文》卷六三六,第 6421—6422 页。

作若能表现仁义之道,则代表了士人行道的最大努力,这明显不同于中唐古文中重视"辅时及物"的观念。继韩愈之后,李翱实际是要将"道统"的性理意义揭示出来,即解决士人如何行为才算真正躬行儒道,那就是只有当个人的心灵与圣贤之道完全合一时,才会"何往而不得所乐",而在此情况下,外在的得失忧喜根本不能动摇自己的道德信念。

中唐时期,韩愈在《原道》中强调的"正心诚意",经过李翱对儒道的一番新阐释后,从个体道德性理的层面得到落实,个人之所以能在"士不遇"的艰难困境中依然保持安贫乐道的状态,是因为儒家思想的道德理想给予的精神力量,所以作为个人安身立命根本的儒道成了失意士人心灵的最终依靠,这就是李翱继韩愈之后在儒道方面所作的开拓。正如明代的宋濂在《胡仲子文集序》中说:"韩退之抗颜师一世,自李习之以下,皆欲弟子临之,而习之謇然不甚相下,崇言正论,往往与退之角。其《复性》《平赋》二书,修身治人之意,明白深切,得斯道之用。盖唐人之所仅有,而可与退之《原道》相表里者也。"[①]

到了北宋古文革新的时期,欧阳修在《读李翱文》中,借评述李翱的古文来表达了自己对当时古文发展的看法。北宋古文的曲折发展历经反对五代体、西昆体和太学体三个阶段,在欧阳修的宣导之下,北宋中期逐渐汇聚成一股古文创作的高潮。在这一漫长的发展过程中,欧阳修《读李翱文》中的感慨针对的是由西昆体向太学体转变过程中出现的古文发展的弊端。太学体作为北宋古文的一个阶段,其代表作家石介、孙复等明确标榜儒道的复古思想,抨击西昆体在语言辞采方面的"穷妍极态"和"浮华纂组",认为这一创作倾向有伤圣人之道。但从两者的内在思想

---

① 《宋濂全集》,浙江古籍出版社1999年版,第1506页。

而言,太学体依然是高倡儒家上古三代的雅颂理想,其复古的实质与西昆体讴歌太平气象的趋向无异,这导致太学体的文风反拨只局限于文体形式的方面。更为根本的是,太学体作家是从个人进身的角度宣扬儒学的圣贤之道,反映的是当时的寒士文人求名心切的态度。在这种士风的影响之下,一些士人频繁上书,要求举荐贤才,甚至为了显示自己与众不同的个性,他们鼓吹复古的目的无非是恢复雅颂之音,并以此偏激地反对西昆体时文,流露出浓重的躁进好名之态。针对这种弥漫成风的流弊,欧阳修从重塑士人的崭新人格切入,继承了中唐以来一直强调的理想士人的道德性理,将"道"的意义落实在士人的人生追求上,表达了藉此能够塑造出一批真正具有忧世济民情怀的士人的希望。他们无论在庙堂还是在草野,出处穷达的得意与失意都不会动摇心中以天下为忧的社会责任感,而不是只顾个人的"光荣而饱"。《读李翱文》中的这一思想是欧阳修革新当时士风的一贯主张,他在《论凌景阳三人不宜与馆职奏状》中指出:"进一善人则天下劝,退一不肖则天下惧,用功至简,其益极多。……窃以累年以来,风教废坏,士无廉耻之节,官多冒滥之称。"这非常准确地切中士风之弊,用《论杨察请终丧制乞不夺情札子》的表述,就是"推禄利之小惠,废人臣之大节"。推究欧阳修如此重视士人人格的问题,正如他在《再论按察官吏状》中指出的:"今朝廷虽有号令之善者降出外方,若落四色冗官之手,则或施设乖方,不如朝廷本意,反为民害;……若外边去却冗官,尽得良吏,则朝廷所下之令,虽有乖错,彼亦自能回改,或执奏更易,终不至为大害,是民之得失,不独上赖朝廷,全系官吏善恶。"[1]地方官员的道德品格和政治才干是保证国家举措顺利施

---

[1] 欧阳修,《欧阳修全集》卷一〇六,第 1616 页。

行的关键,那些参加科举的士人是官员选拔的基础,因此,保证这些士人的道德品格,也是欧阳修古文思想的重要内容。

既然士人的品行如此重要,欧阳修就极为重视官吏选拔任用的问题。而官吏选拔与科举取士密切相关,因此欧阳修强烈要求革除士人科举中出现的弊端。他在《议学状》中指出:"臣请详言方今之弊,既以文学取士,又欲以德行官人,且速取之欤,则真伪之情未辨,是朝廷本欲以学劝人修德行,而反以利诱人为矫伪,此其不可一。"①国家本欲兴学劝善,提高士人的品德修养,并以此作为选官的标准,但本末倒置的后果却是躁进的士人为了急求功名而刻意追求异众,逐渐形成虚伪的道德品行,欧阳修批评此种士风是"苟欲异众,则必为迂僻奇怪以取德行之名,而高谈虚论以求材识之誉"②。针对这一"庆历之学"的弊端,欧阳修不遗余力地呼吁士人要有高远的理想,不能只求自己的"光荣而饱",这样行道才能以天下为忧,务实致用。同时,欧阳修又提出砥砺士人的德行要通过教育的方式潜移默化地逐步进行,"若夫设教,则以劝善兴化、尚贤励俗为事,其被于人者渐,则入于人也深,收其效者迟,则推其功也远,故常缓而不迫"③,以这样的思想使道德理想真正深入人心。正是有了这些认识的铺垫,《读李翱文》中的思想显得非常重要。因此欧阳修在李翱思想的基础上,发展了士人个体人格中的道德性理价值,呼吁优秀士人积极入世,并以此延伸到政治时局中的具体问题,使得自晚唐五代以来"韩、李"并称所蕴含的人文教化之道落实于士人的主体人格之上,实现了古文儒道思想的螺旋式上升,从根本上修正了北宋古文发展中"太学体"文风的弊端,回应了北宋古文革新的关键问

---

① 欧阳修,《欧阳修全集》卷一一〇,第1673页。
② 同上。
③ 《议学状》,《欧阳修全集》卷一一〇,第1672页。

题,确立了士人身怀道德理想、关心社会时政的用世精神后,才使得北宋古文走上了发展的坦途。

第三节 王通的儒学地位提升之再思考

晚唐五代至宋代文评中的"韩、李"并称,关注的是古文发展中的道统问题。与此同时,儒学道统序列中有关王通地位提升的问题也特别引人注目,那么两者之间的联系究竟如何,成为值得探讨的话题。韩愈在中唐时树立的儒学道统中并未提及王通,甚至对荀子和扬雄的儒学思想也颇有微词,而在晚唐时代,皮日休、陆龟蒙和司空图等突然大加赞赏王通的价值。对此,罗宗强先生归因于王通的儒道带有空言明道的特征,因此被注重"务裨实用"的韩愈所忽略。这虽然解决了韩愈对王通的态度问题,但王通在晚唐五代受到突然关注的原因,罗先生并未给予明确的解释①。但如果注意到李翱对王通的评价,并结合"韩、李"所代表的儒学道统在晚唐五代至宋代引起关注的文化背景,那么关于王通在此时所受到的突然重视就可以有比较透彻的解释了。

通观王通的文化思想,他思想中最突出的特点是以儒学的礼乐理想为社会发展的极致,崇尚上古三代的王道政治。而这种社会的理想形态只是存在于儒家的文献经典中,带有明显的理想色彩,但王通对此深信不疑,《中说·事君》曰:"王道盛,则礼乐从而兴焉。"②《中说·王道》曰:"五行不相沴,则王者可以制礼矣。四灵为畜,则王者可以作乐矣。"③国家太平兴盛,则制礼作乐以奉王

---

① 参见罗宗强先生《隋唐五代文学思想史》,第352—353页。
② 王通著,郑春颖译注,《文中子中说译注》,黑龙江人民出版社 2003 年版,第 45 页。
③ 同上,第 15 页。

道就成为王通儒学的最高理想,因此他就以儒学经典为范本,模仿圣贤六经,完成了自己的续六经,历经九年拟作《续诗》《续书》《礼论》《乐论》《易赞》《元经》,深入阐发了自己的儒学思想,由此可见王通是以当世孔子自居,难怪其学生有"仲尼没而文在兹乎"的感叹了。虽然王通距离中晚唐的时代已远,其思想也不可能完全一致,但李翱在《答朱载言书》中还是称赞道:"其理往往有是者,而词章不能工者有之矣,刘氏《人物表》、王氏《中说》、俗传《太公家教》是也。"①其意为《中说》在词章方面过于质朴,但"其理往往有是者"。而与李翱时代接近的刘禹锡在《唐故宣歙池等州都团练观察处置使宣州刺史兼御史中丞赠左散骑常侍王公神道碑》中曰:"始,文中先生有重名于隋末,其弟绩,亦以有道显于国初,自号东皋子。"②这是目前所见中唐时期较早提及王通的史料,但其评价过于简单,只是为了追溯王质家族世系时的一种常规铺垫。而清代刘熙载则在《艺概·文概》中评价:"韩文出于《孟子》,李习之文出于《中庸》,宗李多于宗韩者,宋文也。韩昌黎不称王仲淹《中说》,而李习之《答王(朱)载言书》称之。今观习之之文,俯仰揖让,固于《中说》为近。"③虽然中晚唐之交的刘禹锡提到了王通儒学在隋末的重要影响,刘熙载也注意到李翱对王通及其《中说》的推崇,并就此判断李翱古文的文风近于《中说》,但这些证据还是稍显单薄。要深入探究李翱是在何种意义上认同王通的《中说》,就必须对李翱肯定王通《中说》时所提及的"往往有是"的"理"作仔细的分析。

在李翱现存的古文作品中,"理"是其文章批评中的一个重要术语,如《答朱载言书》曰:"创意造言,皆不相师。……故义深则意远,意远则理辩,理辩则气直,气直则辞盛,辞盛则文工。……天下

---

① 《全唐文》卷六三五,第6411—6412页。
② 《刘禹锡集》,中华书局1990年版,第42—43页。
③ 刘熙载,《艺概》,第26页。

之语文章,有六说焉:其尚异者,则曰文章辞句,奇险而已;其好理者,则曰文章叙意,苟通而已;其溺于时者,则曰文章必当对;其病于时者,则曰文章不当对;其爱难者,则曰文章宜深不当易;其爱易者,则曰文章宜通不当难。此皆情有所偏,滞而不流,未识文章之所主也。……故义虽深,理虽当,词不工者不成文,宜不能传也。文、理、义三者兼并,乃能独立于一时,而不泯灭于后代,能必传也。"①李翱以"义"、"意"、"理"、"气"、"辞"、"文"等术语评价古人的著作特点,最终指出能兼"文"、"理"、"义"三者之长的著作才能流传后世。根据文中"理辩"、"文章叙意,苟通而已"的表述,这里的"理"指的应是作者在文章中通畅表达出的思想,接近于文章的内容方面,其具有清晰、辩证、经得起推敲等特点。在李翱其他文章中,"理"也曾多次出现。如《答皇甫湜书》:"览所寄文章,词高理直,欢悦无量,有足发予者。"②《百官行状奏》:"盖亦为文者又非游、夏、迁、雄之列,务于华而忘其实,溺于辞而弃其理,故为文则失六经之古风,记事则非史迁之实录,不如此,则辞句鄙陋,不能自成其文矣。由是事失其本,文害于理,而行状不足以取信。"③《与本使杨尚书请停率修寺观钱状》:"凡所举措,宜与后生为法式,安可举一事而不中圣贤之道,以为无害于理耶?"④从以上的行文看,李翱文中的"理"是与"词"、"辞"等相对,指文章内容中表现的思想趋向,而且李翱认同的"理"又往往是与"圣人之道"密不可分。如《百官行状奏》中把"理"与"六经之古风"联系起来,《与本使杨尚书请停率修寺观钱状》中的"圣贤之道"也是代指"理"。因此,李翱文中的"理"是受到"圣人之道"的濡染而表达的思想内涵,这与他在《寄

---

① 《全唐文》卷六三五,第 6411—6412 页。
② 《全唐文》卷六三五,第 6410 页。
③ 《全唐文》卷六三四,第 6400 页。
④ 《全唐文》卷六三四,第 6405 页。

从弟正辞书》"由仁义而后文者,性也"的看法是一致的。因此李翱的古文是以"圣人之道"为标准的,《答侯高第二书》:"吾之道非一家之道,是古圣人所由之道也。吾之道塞,则君子之道消矣;吾之道明,则尧舜文武孔子之道未绝于地矣。"①李翱以"理"评价王通的《中说》,实际是认为《中说》的内容符合儒道的基本思想,其性有仁义,并将这种"仁义"贯穿于著述之中,只是文采稍逊。因此,《答朱载言书》中称赞王通《中说》的"其理往往有是",说明王通的《中说》在李翱的观念中确实继承了儒学之道的传统,这是李翱肯定王通及其著述的立足点。

李翱这种重视文章之"理"的观念恰与王通《中说》中评价文章的认识类似。《中说·王道》指摘李德林谈论文章时"言文而不及理",并指出"言文而不及理,是天下无文也,王道从何而行乎?"②这里将"文"与"理"对举的评论模式,与李翱《答朱载言书》中的"理"与"词章之工"的观念极为相似。除了这种"文"、"理"二分的模式外,王通在《中说》中的"理"偏于重视文章内容之道的方面。如《中说·王道》:"盖先生之述曰《时变论》六篇,其言化俗推移之理竭矣。"③《中说·天地》载李伯药与王通谈论历代诗歌创作得失时,王通未置可否,此后薛收对此解释道:"闻夫子之论诗矣,上明三纲,下达五常,于是征存亡,辨得失。……今子营营驰骋乎末流,是夫子之所痛也。"④这即是说王通更为关心文章诗歌内容所承载的三纲五常之"道",而鄙薄于李伯药所谈论的诗歌技艺之"文",这与他反对的"言文而不及理"的认识是一致的。而王通对

---

① 《全唐文》卷六三五,第 6415 页。
② 张沛,《中说校注》,中华书局 2013 年版,第 15 页。
③ 同上,第 4 页。
④ 同上,第 43 页。

"文"的要求就是"词达而已矣"①,他对历代著述所痛心的是"述作多而经制浅,其道不足称也"②。将王通的思想与李翱对照来看,正可见两人在文章之"文理"观方面的一脉相承之处。而清代刘熙载在《艺概·文概》中的评价一语中的:"韩昌黎不称王仲淹《中说》,而李习之《答王(朱)载言书》称之。今观习之之文,俯仰揖让,固于《中说》为近。"③

关于王通在儒学道统中的地位问题,李翱的认识不同于韩愈。经过对李翱作品中"理"的分析,可以说他是从儒"道"的角度肯定王通的思想,这明显成为由中唐到晚唐影响对王通评价的认识桥梁。先是皮日休在《请韩文公配飨太学书》中曰:"夫孟子、荀卿翼传孔道,以至于文中子。文中子之末,降及贞观、开元,其传者醨,其继者浅。或引刑名以为文,或援纵横以为理,或作词赋以为雅。文中之道,旷百世而得室授者,惟昌黎文公焉。"④在皮氏看来,孔孟之道到中唐的韩愈之间,是由王通承前启后,这一主张并非来自韩愈,而是明显源自李翱在《答朱载言书》中思想的启发。正因为前有李翱对王通《中说》中儒道思想的肯定的铺垫,皮日休才会于晚唐时在道统的谱系中加入王通。从儒道思想的角度肯定王通及其《中说》思想的历史贡献也因此在晚唐成为时代的普遍风气。如陆龟蒙《甫里先生传》称赏王通的儒学,《送豆卢处士谒丞相序》指出:"龟蒙读扬雄所为书,知《太玄》准《易》,《法言》准《论语》。晚得文中子王先生《中说》,又知其书与《法言》相类。……文中子生于隋代,知圣人之道不行,归河汾间,修先王之业。九年而功就,谓之

---

① 张沛,《中说校注》,中华书局 2013 年版,第 66 页。
② 同上,第 62 页。
③ 《艺概》卷一,第 26 页。
④ 《全唐文》卷七九六,第 8349 页。

《王氏六经》,门徒弟子有若钜鹿魏公、清河房公、京兆杜公、代郡李公,咸北面称师,受王佐之道。"①陆龟蒙视王通为继扬雄之后对儒道承传做出重要贡献的学者,而皮日休和司空图在《文中子碑》中都将王通列入儒学道统之中②。究其思想渊源,这与李翱对王通儒学的称道是密不可分的,一以贯之的是充分赞同王通在儒学道统延续中所起到的重要作用。

就在此时,晚唐五代"韩、李"并称所代表的儒学道统意义成为文化发展中的重要线索,此种思想趋向一直延伸到北宋。伴随着重视古文道统的文化背景,王通在儒学道统中的位置日益稳固,这主要表现在北宋初年的很多强调古文道统意义的士人都将王通作为儒学道统谱系中的重要人物。柳开在《补亡先生传》中曰:"补亡先生,旧号东郊野夫者也。既著野史后,大探六经之旨,已而有包括扬、孟之心,乐为文中子王仲淹,齐其述作,遂易名曰开,字曰仲塗。其意谓将开古圣贤之道于时也。"③柳开欣赏王通以述作之功传承古圣贤之道,并以此激励自己。而孙复在《信道堂记》中则曰:"吾之所谓道者,尧、舜、禹、汤、文、武、周公、孔子之道也,孟轲、荀卿、扬雄、王通、韩愈之道也。"④这与皮日休的观念相同,将王通置于扬雄和韩愈之间,肯定其在儒道系统中的价值。孙复在《答张洞书》中指出儒道教化的传统能在汉魏至唐的历史时段中得到维系,有赖于几位学人的努力,其中有董仲舒、扬雄、王通和韩愈:"噫,斯文之难至也久矣!自西汉至李唐,其间鸿生硕儒,摩肩而起,以文章垂世者众矣。然多杨、墨、佛、老虚无报应之事,沈、谢、徐、庾妖艳邪侈之言杂乎其中,至有盈编满集,发而视之,无一言及于教化

---

① 《全唐文》卷八〇〇,第8406页。
② 参《全唐文》卷八〇九,第8506页。
③ 柳开,《河东先生集》卷二,上海商务印书馆缩印旧钞本,第13页。
④ 《全宋文》卷四〇一,第十九册,第313页。

者,此非无用瞽言,徒污简策者乎? 至于终始仁义,不叛不杂者,惟董仲舒、扬雄、王通、韩愈而已。"①石介在《怪说》中曰:"周公、孔子、孟轲、扬雄、文中子、韩吏部之道,尧、舜、禹、汤、文、武之道也。"②他的《上张兵部书》也有同样的看法:"今斯文也剥已极矣而不复,天岂遂丧斯文哉? 斯文丧,则尧、舜、禹、汤、周公、孔子之道不可见矣。……顾己(已)无孟轲、荀卿、扬雄、文中子、吏部之力不能亟复斯文。"③其《与士建中秀才书》中则是以孟子、扬雄、王通、韩愈为四贤,而与孙、石声气相通的孔道辅作为孔子四十五代孙,曾于孔氏家庙中构孟轲、荀卿、扬雄、王通、韩愈为五贤堂。对孔道辅的五贤堂,孙复在《上孔给事书》曰:"国朝自柳仲涂开、王元之禹偁、孙汉公何、种明逸放、张晦之景既往,虽来者纷纷,鲜克有议于斯文者,诚可悲也。斯文之下衰也久矣,俾天下皆如龙图,构五贤之堂像而祠之,则斯文其有不兴乎?"④祖无择《李泰伯退居类稿序》:"孔子殁千有余祀,斯文衰敝。其间作者,孟轲、荀卿、贾谊、董仲舒、扬雄、王通之徒,异代相望,而不能兴衰救敝者,位不得而志不行也。苟得位以行其志,则三代之风,吾知其必复。"⑤由此可见,在北宋时期的士人观念中,王通在儒学道统中的历史地位已然稳固,成为继东汉扬雄之后、中唐韩愈之前儒学发展过程中最重要的思想家。

这些北宋初年的道学家十分关注儒学道统的传承问题,都曾不止一次地列出自己心中的儒道系统,结果是不约而同地都将王通作为儒学道统承上启下的关键人物,尤其是与韩愈古文道统的

---

① 《全宋文》卷四〇一,第十九册,第294页。
② 石介著,陈植锷点校,《徂徕石先生文集》卷五,第62页。
③ 石介著,陈植锷点校,《徂徕石先生文集》卷一二,第141页。
④ 《全宋文》卷四〇一,第十九册,第293页。
⑤ 《全宋文》卷九三五,第四十三册,第312页。

密切联系也被完全确定下来。这一共同的认识与晚唐皮日休在《请韩文公配飨太学书》中的观念是一致的。因此北宋初年的种放在《退士传》中曰："又条自古之文精粹者,汉则扬子云,隋则王仲淹,唐则韩退之。然以退之当子云而先仲淹,次则蜕之文,樵之《经》《纬》,皮氏《文薮》,陆氏《丛书》,皆句句明白,剔奸塞回,无所忌讳,使学者窥之,则有列圣道德仁义之用。彼刻章断句、补缀偶属者,徒为戏尔。"①可见孔教儒学中的仁义道德经汉之扬雄、隋之王通到韩愈的古文道统,最后发展到晚唐之时的皮、陆、孙樵等人的古文创作,贯穿始终的是道德仁义的思想内容。由此可见自韩愈之后,王通的儒学地位得到不断提升经历了三个阶段。先是李翱在《答朱载言书》中的肯定作铺垫,后经皮日休、陆龟蒙等人的推崇,至迟于北宋时期,越来越多的士人已把王通当作韩愈古文道统的先行者。因此,王通地位在晚唐时的突然抬高是与古文运动发展到晚唐五代时期越来越重视其中道统的思想背景完全同步,而后经北宋众多道学家的普遍认同则又更加巩固了王通在儒学道统中的重要地位。正如刘熙载在《艺概·文概》中所言:"习之一宗,直为北宋名家发源之始。"②如果说李翱在创作上继承和发展了韩愈古文中的"道"的因素,此后迅速出现并得到确认的"韩、李"并称给认识王通的儒学地位提供了宏观的文化背景,那么李翱表彰王通著作中所包含的对儒道延续的历史贡献,则从具体而微的方面影响到晚唐五代以至北宋的古文发展和有关儒学道统的思想认识,王通经过唐代前中期长时段的沉寂后而能够突然在晚唐被重视的真正原因也可以得到更为深刻的解释。

清代史学家全祖望在《李习之论》尝言:"伊洛诸儒未出以前,

---

① 《全宋文》卷二〇六,第十册,第 221 页。
② 刘熙载,《艺概》,第 26—27 页。

其能以扶持正道为事,不杂异端者,只韩、李、欧三君子。说者谓其皆因文见道。夫当波靡流极之世,而有人焉。独自任以斯道之重,斯皆因文而见,安得谓非中流之一柱哉!……自秦汉以来,《大学》《中庸》杂入《礼记》之中,千有余年,无人得其藩篱,而首见及之者,韩、李也。退之作《原道》,实阐正心诚意之旨,以推本之于《大学》,而习之论《复性》则专以羽翼《中庸》。观其发明至诚尽性之道,自孟子推之子思,自子思推之孔子,而超然有以见夫颜子三月不违仁之心。一若并荀、扬而不屑道者,故朱子亦以'有本领有思量'称之。"①对"韩、李"并称的这段分析主要着眼于思想史的演变,而就韩、李的古文创作而言,李翱继韩愈之后将作为一种先验性思想的儒道抬到极高的地位,将其仁义道德的力量根植于士人的心中,以抵御外在种种的是非得失,从而解决了韩愈提出的"足乎己,无待于外"的问题,这一思想的开拓也为欧阳修在北宋时期改造士人的道德人格准备了条件。

综上所述,最早真正从重"道"角度提出"韩、李"并称的是晚唐五代的刘昫,这反映出发展到晚唐之时,面对衰敝已极的浇薄世风,发挥古文道统所代表的人文教化功用,已与时人的危机意识相联系。至北宋中期,针对当时争论的士人道德人格问题,欧阳修在《读李翱文》中提出以"忧世之言"反对"光荣而饱",这不仅继承了李翱古文中从士人的道德方面肯定儒道意义的认识,更是开拓了"韩、李"并称中"道"的文化内涵,使"道"落实在士人道德人格的性理价值方面,呼吁优秀士人积极入世,并以此延伸到政治时局中的具体问题,使得自晚唐五代以来"韩、李"并称所蕴含的人文教化之道落实于士人的主体人格之上,实现了古文儒道思想的螺旋式上

---

① 全祖望,《鲒埼亭集》集外编卷三十七,上海商务印书馆1936年版,第1192页。

升。欧阳修正是通过这一转变,准确纠正了当时士风的不良倾向,最终推动了古文在北宋中期的复兴。

"韩、李"并称中"道"的具体内涵会随着时势的转移而变化,但其中也有其一贯的意义,即古文运动中重视"道统"的趋向。王通儒学地位在晚唐五代的突然提升,就与"韩、李"并称所代表的古文道统在此时被广泛关注相关。北宋时期出现的儒学道统的评论也是受此时古文发展中日益重视"道统"的影响而进一步发展的结果。当然,对于道统内涵的不同理解最终促成了北宋古文运动中的不同倾向,已是后话①。

---

① 关于北宋古文发展倾向的研究,可参见郭绍虞先生的《中国文学批评史》中的《文与道之偏胜与三派之分歧》一节,他认为北宋时期,由于对道统理解的差异,造成古文创作分成三派,即道学家之文、政治家之文和文学家之文,其代表分别为二程、王安石和苏轼。(第286—290页)

结　语

　　晚唐五代古文相对于此前的中唐和此后的北宋，虽未出现韩、柳和欧、苏这样的大家，并且在骈文的再次回潮影响下陷入低谷，但通过本书从文道关系的演变、士风嬗变的影响和古文艺术的提升等方面对晚唐五代古文的论述可以看出：古文虽未占据此时文章创作的主流，但仍有其内在发展变化的轨迹可循。而就骈散文体之间的对立消长而言，古文经历中唐的崛起，晚唐时期因骈文复兴重又回落，但又在唐末悄然占领骈文的某些传统领地，这也为两种文体的相互影响和相互较量提供了经验，从而促使古文在北宋中期与骈文经过再度较量，最终达到了包容骈文、空前繁荣的历史高峰，确立了在文章领域中的永久性主导地位。在这样的文学史线索之中，如何辩证而客观地估量晚唐五代古文在当时的价值和地位，及其在唐宋古文发展中的历史作用，探索影响古文自身发展的内在规律到底有哪些，骈散对立消长的趋势又反映出唐宋文章学嬗变中的哪些根本特征，这些问题便成为晚唐古文研究后留下的思考目标。下面就对上述问题略作总结，权作结语。

　　第一，古文在晚唐时期的总体衰落是文学史的事实。在承认这一事实的前提下，晚唐古文创作仍有值得研究和肯定之处。其中包含两个方面的问题，一是古文何以衰落的原因，二是古文又因何而在北宋重新占据主流，前者回应的是古文至晚唐衰落的现实，后者则需要靠晚唐古文的创作实绩来解释，尤其是与中唐相比取得的进步，对北宋古文产生的影响。古文在中唐的轰轰烈烈之势有其外在和内在的诸多原因所致。就外因而言，安史之乱后政治形势的渐趋稳定和复苏、儒学复古思潮在当时的流行以及士人积极用世的进取精神，都为古文的成功营造了良好的时代氛围；就内因而言，古文自身的发展线索也预示着其日益成熟的趋势，尤其是出现了韩愈和柳宗元这样理论思想和创作才力兼擅的大家。而到晚唐五代，绮艳柔靡的反功利文学观成为文学风气的主流，以伦理节义为核心的儒学思想与战乱频仍的政治环境格格不入，文士在乱世难有用武之地，这使得与政治情势和实用思想紧密结合的古文走向衰落势属必然。除了这些外因的变化，韩、柳之后创作中文道关系的变化是导致古文总体成就不高的关键，这突出地表现在韩门弟子的文章中。李翱继承韩愈古文思想中"道"的方面，过分强调道德性理对于个人安身立命的先验意义，使得他在创作中重道而轻文；而皇甫湜则片面张扬韩愈古文的怪奇特色，致使古文艺术走入歧途。除了割裂"文"与"道"的紧密联系外，李翱和皇甫湜同时还忽视了古文创作中艺术个性的发挥问题，模拟韩文的习气过重，包括孙樵也有类似倾向，这恰恰违背了韩愈倡导的"能自树立不因循"、"师其是"和"取于心而注于手"等充分尊重作者个性的思想，更抛弃了韩、柳古文中关心现实的精神，这些都成为古文在晚唐五代不能推陈出新的重要原因。与此同时，古文创作并非完全一无是处，与韩门弟子形成鲜明对照的是李商隐、杜牧、皮日休、陆龟蒙和罗隐等人，他们的古文仍旧继承了韩、柳古文的精神实质，批判现实弊政，抒发寒士悲慨，注重个性流露，这些都说明在古文成就普遍较低的晚唐五代，中唐古文革新的成果仍得以保留，其突出表现是"子学精神"在此时的传承。六朝以来文笔之辨的结果使得对文章文学性的认识日渐清晰，重视文章音韵、辞采、对偶等审美性因素，这强化了骈文的艺术价值，同时也导致一些以说理性和叙述性为主的文章被排除出"文"的范畴。而中唐古文以反对骈文为目标,因此韩、柳等人打破六朝以来的传统观念,将儒家经典、先秦诸子和史传文学都纳入学习的范围,这无形中扩大了"文"的疆域,其中先秦诸子饱含的独立思考世道人心和关注现实政治的精神,即本文中的"子学精神",成为影响韩愈、柳宗元构筑古文思想的重要渊源,而这些又在晚唐五代的古文中得到很好的体现。韩门弟子的创作教训和韩门以外其他作家的成功经验,都或隐或显地影响到此后北宋古文的发展进程,因此我们对晚唐五代的古文应该有一个辩证的认识和评价。

第二、晚唐古文的创作状态鲜明地反映出其在唐宋古文发展线索上所具有的过渡特征。对于过渡性特点的认识,可以从两个层面理解。一是思想和创作上新旧混融的复杂性,既有值得肯定之处,也有回复倒退的弊病。二是承上启下的价值意义,中唐古文是以韩、柳创作为主导,而处于韩、柳之后的晚唐五代则出现了不同的创作倾向,这对北宋古文的发展具有重要的影响。先看晚唐五代古文新旧混融的特点,相对于韩、柳古文中思想观念的革新和艺术特色的探索,晚唐五代的古文在理论观念和创作实践上呈现出新旧杂陈、亦新亦旧的特征,既有对韩、柳古文务实致用精神的继承,如杜牧、李商隐的古文创新和皮日休、陆龟蒙、罗隐等人的讽刺小品文,同时也夹杂有回复到李华、贾至等古文先驱之时的某些旧认识,如牛希济在《文章论》中提倡雅颂之音和礼乐王道。这种旧观念的回潮,一方面制约着古文的进一步发展,同时也对骈文的复盛起到推波助澜的作用,成为古文在晚唐五代陷入低谷的重要原因。而对中唐古文革新精神的延续则昭示着此时古文创作自有值得重视的价值。就个人而言,对此时一些古文家的思想和创作进行研究时,也应注意到其中新旧交织的问题。如牛希济作为晚唐到五代颇具代表的古文家,他既有讴歌三代、推崇雅颂等不利于古文发展的思想观念,同时也强烈关注着那些具有道德才学的寒士文人的仕进问题,这是韩愈领导的中唐古文革新在政治上的主要诉求。由此可见,牛希济的古文思想和创作折射出的是当时古文中利弊共生的时代特点。因此对晚唐五代古文的分析,必须充分考虑到内中复杂的情形,辩证地看待其中的问题,这是过渡时代必然具有的特色。

至于晚唐五代古文在唐宋古文演变中承上启下的过渡作用,则需要结合前后两个古文高峰的实际来看。中唐古文在韩、柳的手中成熟,尤其是韩愈代表着当时古文创作的方向,因此在他周围聚集着一批韩门弟子。但他们的作品代表着对韩愈文道合一的古文传统的审美偏离。除此以外,晚唐五代古文又开拓出新的创作趋向,即以杜牧为代表的才识兼具、切中时弊的经世古文,李商隐"行道不系今古"、重视创作主体个性的古文以及皮、陆、罗抨击时代黑暗的讽刺小品,而这正是对韩、柳古文真精神的继承和发展。对于北宋中期的古文创作,郭绍虞先生在《中国文学批评史》中曾根据理论主张和创作特点分为三类:"因文统、道统各有其中心主张,所以北宋的文论以古文家与道学家的主张,最足以代表其两极端,至界其间者,则又有政治家的论调。古文家所重在文,道学家所重在道,政治家则以用为目标而不废道与文。"[1]这种划分大体可以呈现北宋中期古文发展的格局,欧、苏代表的古文家艺术成就最高,是韩、柳古文精神的真正传人;以二程为代表的道学家则有重道而轻文之弊,极端强调个人的道德心性修养,忽视文学艺术的自身特点;以司马光和王安石代表的政论家,则因积极投身到当时的政治改革中而在古文创作中展示自己的经世才识,从而使古文发挥政治事功之用。北宋的这三种古文创作趋向,正是孕育于晚唐五代时期的古文脉络中。道学家承继的是李翱重道德性理的古文,欧、苏等古文家远接韩愈而与

---

[1] 郭绍虞,《中国文学批评史》,第289页。

李商隐、皮日休、陆龟蒙等人的古文思想一脉相承,至于司马光和王安石重视经世才识的古文则与晚唐杜牧的文章特点密切相关。由此可见,从中唐古文的以韩、柳为主导到北宋中期的古文分流,处于衔接转关的晚唐五代古文渐趋显现的多样化特点值得关注,其承上启下的作用至关重要,这种过渡意义恰恰说明了晚唐五代古文必然成为唐宋古文演变线索上的重要一环。

第三,古文作为一种与儒学复古和政治实用密切相关的文体形式,在唐宋时期成为文章学探讨的焦点。从中唐到北宋中期,历时两百余年,究竟出现了哪些因素,导致古文能逐渐步入高峰后跌入低谷,又最终走向新的兴盛,并形成如此持续而浩大的声势反响?这应归结于唐宋之际的社会结构正发生着深刻的变革,传统的依据门第高低取士与具有道德才学的寒士文人迫切参政的现实要求发生激烈的碰撞,这个问题是当时选拔士人的主要矛盾,也是影响才士向上层流动的重要因素。而科举制度的日渐完善实际为那些道德才学之士提供了入仕的可靠保障,这成为左右唐宋社会结构变化的关键。

韩、柳古文中大量篇章的内容都是针对寒士文人如何更好地仕进而发,尤其是韩愈,他在革新"道"的内涵时重视寒士文人的失意之悲,主要是基于从礼乐到道德的观念转变,强调那些道德才学之士真正体现着儒家道德的精神理想。在韩愈看来,即使是这些寒士的失意之作,也是值得肯定的。以推崇儒家的道德理想为基础,韩愈将古文的提倡和呼吁那些身处草野的道德才学之士积极参政密切结合起来,这无疑顺应了中唐时期众多寒士文人迫切入世的政治要求,因而才能得到群体的广泛响应,即刘禹锡所言之"人皆乐其道行"。这一点已为葛晓音师明确指出[1]。这种情势说

---

[1] 葛晓音师,《论唐代的古文革新与儒道演变的关系》,收入《汉唐文学的嬗变》。

明了中唐古文革新不是一次单纯的文学变革，而是具有深刻而广泛的社会政治意义。在这样的背景中，韩愈虽然创造性地将儒学道统的内涵落实于士人的个体道德层面，但他并没有解决士人在政治生活中应该坚持怎样的道德标准。尤其是李翱将"道德"内转为个体心性的修养之后，抑制由此带来的过分"独善其身"及以道求名、空言明道的不良倾向，如何有效地规范士人道德在社会政治层面上的价值取向，就显得非常重要了，这也是晚唐五代到北宋中期古文发展亟须解决的重大问题。就晚唐五代古文而言，理论方面，先是裴度、李德裕等人通过树立创作主体的君子人格来提升古文的内在品格，以此反对"磔裂章句，䙅废声韵"而不重思想内涵的古文之弊。此后以牛希济为代表的古文家则继承韩愈的传统，呼吁那些具有道德才学的寒士文人积极入世。而在创作上，皮日休、陆龟蒙、罗隐等心怀儒道理想的唐末寒士文人则以小品文延续着韩、柳古文关心现实的精神，针砭时弊，讥刺黑暗，这都显示了韩愈所强调的道德价值并未因李翱的内转而失去其社会意义。北宋古文中对君子道德品格的重视以及议论时政的现实精神都是在此基础上的延伸。在继承晚唐五代古文创作的基础上，欧阳修等人才能扭转此前对"道德"理解的种种偏颇，号召士人应具有忧世济民的情怀，道德内涵的社会意义得以彰显。围绕道德的价值取向，树立寒士文人的社会理想以"兼济天下"，这从根本上发展了韩愈的古文思想。由此可见，中唐至北宋的古文发展始终贯穿着鼓励寒士文人积极入世的政治理念。这种理念围绕着士人应有的道德人格和社会担当不断完善，而晚唐五代士人的有关探讨在这一理念发展中的作用是不可忽视的。

上述理念正是贯穿于中唐到北宋的古文之"道"的核心内涵，也是古文能够取得社会回应的广泛基础。但对比韩愈和欧阳修所领导的古文高峰来看，若古文创作仅局限于底层寒士而缺乏上层的支持,则无法形成声势而难以获得真正的成功。晚唐五代缺少类似韩、欧那样具有领导力的文宗出现,古文作者多以沉沦草野的寒士为主,而且人群相对分散,这也是造成晚唐五代古文难有广泛社会影响的重要原因。

第四,在"道"的观念发生转变后,加强艺术形式的革新,促进自身艺术水平的提高,则成为推动古文进步的重要方面。由于古代文章的范围较广,公私领域的创作几乎都是文章学研究的对象,而古文艺术的推陈出新主要体现于较具私人化的创作中,至于那些程式化较高的公文,如典、谟、诰、令等,虽有元稹在长庆年间短暂的复古改革,但古文始终难以真正占据此类文章的主导。因此,体现古文艺术发展最明显的是墓志铭、记和序等具有私人写作色彩的文体。其中墓志铭的写人艺术历来是显示古文水平的重点,利用细节刻画人物形象,选取生活的典型彰显传主的个性,繁简得当的描写和流畅自然的叙述,都是晚唐五代墓志铭的艺术特色,代表了此时古文的创作水平。厅壁记作为"记"之一类,虽有官方公文的因素,但仍有作家个性的驰骋空间。尤其是其中变颂美为批判的观念革新呼应了中唐古文运动的精神,加之艺术形式方面的不断创新,从而实现了厅壁记创作的转型,元结、韩愈等人的厅壁记小品即是明证。晚唐五代的厅壁记正是沿着这一趋势,在人物塑造、写景艺术和主题思想上都有所新变,为北宋古文提供了有益的借鉴。

古文创作不仅密切关系到时代政治风气的转移,也与地域文化的传统有着深刻的关联,中晚唐五代时期江西地区的古文发展就是一例。苻载和李渤在中唐与韩、柳交往密切,将当时的古文风气引入江西,而到晚唐五代,江西出现了来鹄、袁皓等小品文作家,说明了江西地区的古文反映出的古文整体的发展趋势。究其原因,这与此时任职江西的地方官推行崇儒右文的文化政策紧密相连。通过江西古文的实例，既可以展示古文发展的某些地域特色，也可看出古文创作是通过怎样的途径自上而下地产生广泛的影响。

古文、骈文在晚唐五代的上下移位，内中的原因极为微妙，葛晓音师曾在《中晚唐古文趋向新议》中指出："散文和骈文本来各有独立存在的用途和价值。但因古文运动以反对骈文为目标，所以二者之间自然形成了互为消长之势。骈文的复兴是古文衰落的一个重要原因，而骈文之所以复兴，却又与古文运动的影响和局限有关。"[1]骈文地位的提升，其中部分源于古文创作走入怪奇的歧路，而骈文自身创作水平在晚唐的飞跃又成为此时古文被边缘化的重要因素。因此，晚唐五代时期骈散对立态势的变化突出地表现为彼此之间互为因果的复杂关系。韩、柳古文的成功说明只有实现自身艺术的提升才是古文能够获得真正革新的根本，晚唐五代时期，古文创作虽然出现了某些审美偏颇，但韩、柳古文创作的基本精神得以保留；与此同时，骈文在李商隐和温庭筠等大家手中取得了极大的发展，但其审美极端化的艺术表现又更加暴露出骈文的种种局限和弱点[2]，对北宋初年的骈文创作产生不利的影响，上述两个方面构成了北宋古文运动再度兴起的重要原因。而北宋的骈文则在古文占主导地位后退居到一些特殊公文的领域而继续得到发展，形成具有时代特色的宋四六。

纵观骈文和古文从中唐到北宋的发展趋势，我们发现单纯的文体区分并不是决定文章艺术水平高下的关键，只有随着社会生活的发展，以内容的革新带动艺术形式的革新才是影响文章创作

---

[1] 葛晓音师，《汉唐文学的嬗变》，第190页。
[2] 骈文成为近来文章学研究的重要方面，有关晚唐五代骈文的论述，可参见翟景运的《晚唐骈文研究》。沈松勤先生在《宋代政治与文学研究》中有《宋体四六的功能与价值》，亦可参看。

质量的决定性因素。到欧阳修等人那里,古文、骈文形成了新的创作面貌,它们在各自的领域发挥着作用,古文创作也不再盲目地以反对骈文为目标,骈文在古文家那里也得到应有的重视。欧阳修曾在《论尹师鲁墓志》中指出:"偶俪之文苟合于理,未必为非,故不是此而非彼也。"①即只要是反映社会现实、切于世用的文章就是值得赞赏的。北宋古文运动形成了对古文和骈文关系的理性认识,古文和骈文的冲突也最终得以解决,在相互包容中共同发展。

综上所述,从韩、柳到欧、苏,古文发展完成了螺旋式的上升,古文实现了自身艺术的升华,平易畅达的风格成为北宋古文的文风主流,古文、骈文的对立消长也最终演变成北宋文章创作的崭新格局。在关注这些转变的同时,我们应该对晚唐五代时期的古文在其中所起的过渡作用给予准确而客观的评价。

---

① 欧阳修,《欧阳修全集》,第1046页。

参考书目

基本典籍

《十三经注疏》,中华书局1998年版。
司马迁,《史记》,中华书局1959年版。
班固,《汉书》,中华书局1955年版。
范晔,《后汉书》,中华书局1973年版。
陈寿,《三国志》,中华书局1982年版。
房玄龄等,《晋书》,中华书局1974年版。
沈约,《宋书》,中华书局1974年版。
萧子显,《南齐书》,中华书局1972年版。
姚思廉,《梁书》,中华书局1973年版。
姚思廉,《陈书》,中华书局1972年版。
魏收,《魏书》,中华书局1974年版。
李百药,《北齐书》,中华书局2000年版。
令狐德棻,《周书》,中华书局1971年版。
李延寿,《南史》,中华书局1975年版。
李延寿,《北史》,中华书局1974年版。
魏徵等,《隋书》,中华书局1973年版。
刘昫,《旧唐书》,中华书局1975年版。
宋祁、欧阳修等,《新唐书》,中华书局1975年版。
薛居正等,《旧五代史》,中华书局1976年版。

欧阳修,《新五代史》,中华书局1974年版。
陈尚君,《旧五代史新辑会证》,复旦大学出版社2005年版。
司马光著,胡三省注,《资治通鉴》,中华书局1979年版。
王溥,《唐会要》,上海古籍出版社2006年。
王溥,《五代会要》,上海古籍出版社2006年版。
吴任臣,《十国春秋》,中华书局1976年版。
林宝,《元和姓纂》,中华书局1976年版。
王鸣盛,《十七史商榷》,上海书店出版社2005年版。
王鸣盛,《蛾术编》,商务印书馆1958年版。
杜佑,《通典》,中华书局1988年版。
马端临,《文献通考》,中华书局1986年版。
王应麟,《玉海》,广陵书社2011年版。
王应麟,《困学纪闻》,上海古籍出版社2008年版。
章学诚著,叶瑛校注,《文史通义校注》,中华书局1985年版。
仓修良编注,《文史通义新编新注》,浙江古籍出版社2005年版。
王定保,《唐摭言》,中华书局上海编辑所1959年版。
王定保著,姜汉椿校注,《唐摭言校注》,上海社会科学院出版社2003年版。
王谠著,周勋初校证,《唐语林校证》,中华书局1987年版。
洪迈著,《容斋随笔》,中华书局2005年版。
钱易著,黄寿成点校,《南部新书》,中华书局2002年版。
郑处诲著,裴庭裕著,田廷柱点校,《明皇杂录·东观奏记》,中华书局1994年版。
黄震,《慈溪黄氏日抄分类》,清乾隆三十二年汪佩锷刻本,北京大学图书馆古籍部。
储欣,《唐宋十大家全集录》,清光绪八年(1882)江苏书局,北京大学图书馆古籍善本部藏。

刘熙载,《艺概》,上海古籍出版社1978年版。

范摅,《云溪友议》,古典文学出版社1957年版。

高彦修,《阙史》,上海商务印书馆1936年版。

李肇、赵璘,《唐国史补·因话录》,上海古籍出版社1979年版。

封演,《封氏闻见记》,中华书局1985年版。

王夫之,《读通鉴论》,中华书局1975年版。

钱大昕,《廿二史考异》,上海古籍出版社2003年版。

赵翼著,王树民校注,《廿二史札记校注》,中华书局1984年版。

严可均,《全上古三代秦汉三国六朝文》,中华书局1958年版。

彭定求等编,《全唐诗》,中华书局1975年版。

董诰等编,《全唐文》,中华书局1983年版。

徐松著,孟二冬补正,《登科记考补正》,北京燕山出版社2003年版。

姚铉编,《唐文粹》,上海古籍出版社1994年版。

李昉编,《文苑英华》,中华书局1982年版。

王钦若编,周勋初校注,《册府元龟》,江苏古籍出版社2006年版。

吴钢编,《全唐文补遗》(1—9),三秦出版社1994—2005年。

吴钢编,《全唐文补遗·千唐志斋新藏专辑》,三秦出版社2006年版。

陈尚君,《全唐文补编》,中华书局2005年版。

周绍良主编,《唐代墓志汇编》,上海古籍出版社2001年版。

周绍良、赵超主编,《唐代墓志汇编续集》,上海古籍出版社2001年版。

陈鸿墀纂,《全唐文纪事》,上海古籍出版社1987年版。

计有功撰,王仲镛校笺,《唐诗纪事校笺》,中华书局2007年版。

曾枣庄、刘琳主编,《全宋文》,上海辞书出版社、安徽教育出版社2006年版。

独孤及撰,刘鹏、李桃校注,蒋寅审定,《毘陵集校注》,辽海出版社2006年版。

韩愈著,马其昶校注,马茂元整理,《韩昌黎文集校注》,上海古籍出版社1986年版。

柳宗元,《柳宗元集》,中华书局1979年版。

章士钊,《柳文指要》,中华书局1971年版。

刘禹锡,《刘禹锡集》,中华书局1990年版。

欧阳修,《欧阳修全集》,中华书局2001年版。

苏轼著,孔凡礼点校,《苏轼文集》,中华书局1986年版。

石介著,陈植锷点校,《徂徕石先生文集》,中华书局1984年版。

萧涤非等点校,《皮子文薮》,上海古籍出版社1980年版。

罗隐著,潘慧惠校注,《罗隐集校注》,浙江古籍出版社1995年版。

胡应麟,《少室山房集》,上海古籍出版社1993年版。

方苞,《方望溪先生全集》,台湾文海出版社1970年版。

范浚,《香溪集》,上海商务印书馆1935年版。

朱熹,《朱子语类》,中华书局1986年版。

晁公武著,《郡斋读书志》,上海古籍出版社1990年版。

陈振孙著,《直斋书录解题》,上海古籍出版社1987年版。

纪昀等著,《钦定四库全书总目》,中华书局1997年版。

宋濂,《宋濂全集》,浙江古籍出版社1999年版。

钱谦益著,钱仲联标校,《钱牧斋全集》,上海古籍出版社 2003 年版。

今人专著

陈寅恪,《金明馆丛稿初编》,生活·读书·新知三联书店 2001 年版。

陈寅恪,《金明馆丛稿二编》,生活·读书·新知三联书店 2001 年版。

陈寅恪,《寒柳堂集》,生活·读书·新知三联书店 2001 年版。

陈寅恪,《元白诗笺证稿》,生活·读书·新知三联书店 2001 年版。

陈寅恪,《隋唐制度渊源略论稿·唐代政治史述论稿》,生活·读书·新知三联书店 2001 年版。

陈寅恪,《陈寅恪史学论文选集》,上海古籍出版社 1992 年版。
缪钺,《杜牧传》,人民文学出版社 1977 年版。
缪钺,《杜牧年谱》,人民文学出版社 1980 年版。
钱穆,《中国学术思想史论丛》(3、4),安徽教育出版社 2004 年版。

郭绍虞,《照隅室古典文学论集》,上海古籍出版社 1983 年版。
郭绍虞,《中国文学批评史》,百花文艺出版社 2008 年版。
陈柱,《中国散文史》,商务印书馆 1937 年版。
葛晓音,《汉唐文学的嬗变》,北京大学出版社 1990 年版。
葛晓音,《唐宋散文》,上海古籍出版社 2011 年版。
葛晓音,《诗国高潮与盛唐文化》,北京大学出版社 1998 年版。
冯志弘,《北宋古文运动的形成》,上海古籍出版社 2009 年版。
刘宁,《唐宋之际诗歌演变研究》,北京师范大学出版社

2002 年版。

刘宁,《汉语思想的文体形式》,华东师范大学出版社 2012 年版。

陈尚君,《陈尚君自选集》,广西师范大学出版社 2000 年版。

陈尚君,《唐代文学丛考》,中国社会科学出版社 1997 年版。

吴宗国,《唐代科举制度研究》,北京大学出版社 2010 年版。

吴宗国,《盛唐政治制度研究》,上海辞书出版社 2004 年版。

罗立刚,《史统、道统、文统——论唐宋时期文学观念的转变》,东方出版社 2005 年版。

宗福邦、陈世铙、萧海波主编,《故训汇纂》,商务印书馆 2003 年版。

陈彭年等编,《宋本广韵》,江苏教育出版社 2002 年版。

岑仲勉,《隋唐史》,中华书局 1958 年版。

岑仲勉,《岑仲勉史学论文集》,中华书局 1990 年版。

岑仲勉,《通鉴隋唐纪比事质疑》,中华书局 1964 年版。

岑仲勉,《唐人行第录》,中华书局 1962 年版。

岑仲勉,《岑仲勉史学论文续集》,中华书局 2004 年版。

王运熙,《中古文论要义十讲》,复旦大学出版社 2004 年版。

王运熙,《中国古代文论管窥》(增订本),上海古籍出版社 2006 年版。

邵传烈,《中国杂文史》,上海文艺出版社 1991 年版。

黄永年,《六至九世纪中国政治史》,上海书店出版社 2004 年版。

谭家健,《中国古代散文史稿》,重庆出版社 2006 年版。

钱钟书,《管锥编》,中华书局 1986 年版。

翟景运,《晚唐骈文研究》,商务印书馆 2010 年版。

吴小如,《读书札丛》,北京大学出版社 1987 年版。

王仲荦,《隋唐五代史》,上海人民出版社1988年版。

罗宗强,《隋唐五代文学思想史》,中华书局1999年版。

杜晓勤,《隋唐五代文学研究》,北京出版社2001年版。

傅璇琮,《李德裕年谱》,齐鲁书社2003年版。

傅璇琮,《唐代科举与文学》,陕西人民出版社2003年版。

傅璇琮,《唐翰林学士传论·晚唐卷》,辽海出版社2007年版。

傅璇琮、周建国,《李德裕文集校笺》,河北教育出版社2000年版。

傅璇琮主编,《唐才子传校笺》,中华书局2000年版。

傅璇琮主编,《唐五代文学编年史》,辽海出版社1998年版。

葛剑雄主编,《中国移民史》,福建人民出版社1997年版。

黄云鹤,《唐代下层士人研究》,河北人民出版社2006年版。

毛汉光,《中国中古社会史论》,上海书店出版社2002年版。

毛汉光,《中国中古政治史论》,上海书店出版社2002年版。

唐长孺,《魏晋南北朝隋唐史三论》,武汉大学出版社1993年版。

钱冬父,《唐宋古文运动》,中华书局1962年版。

钱冬父,《韩愈》,中华书局1980年版。

李道英,《唐宋古文研究》,北京师范大学出版社1997年版。

吴相洲,《中唐诗文新变》,学苑出版社2007年版。

王秀林,《晚唐五代诗僧群体研究》,中华书局2008年版。

朱世英、方遒、刘国华,《中国散文学通论》,安徽教育出版社1995年版。

方遒,《散文学综论》,安徽教育出版社2005年版。

李道英,《韩愈》,春风文艺出版社1999年版。

傅璇琮、徐海荣、徐吉军主编,《五代史书汇编》,杭州出版社2004年版。

方坚铭,《牛李党争与中晚唐文学》,中国社会科学出版社2009年版。

赵俊波,《中晚唐赋分体研究》,华龄出版社、中国社会科学出版社2004年版。

查屏球,《唐学与唐诗:中晚唐诗风的一种文化考察》,商务印书馆2000年版。

查屏球,《从游士到儒士——汉唐士风与文风论稿》,复旦大学出版社2005年版。

李浩,《唐代三大地域士族文学研究》,中华书局2002年版。

陈平原,《中国散文小说史》,上海人民出版社2004年版。

陈平原,《从文人之文到学者之文》,生活·读书·新知三联书店2004年版。

熊礼汇,《先唐散文艺术论》,学苑出版社1999年版。

熊礼汇,《中国古代散文艺术史论》,湖北人民出版社2005年版。

熊礼汇主编,《中国古代散文艺术二十四讲》,武汉大学出版社2010年版。

王葆心编撰,熊礼汇标点,《古文辞通义》,武汉大学出版社2008年版。

刘咸炘著,《刘咸炘学术论集·文学讲义编》,广西师范大学出版社2007年版。

王水照主编,《历代文话》,复旦大学出版社2007年版。

蒲铦著,何新文、路成文校证,《历代赋话校证》,上海古籍出版社2007年版。

王水照、吴鸿春编选,《日本学者中国文章学论著选》,上海古籍出版社1994年版。

王水照,《王水照自选集》,上海教育出版社2000年版。

王水照,《唐宋文学论集》,齐鲁书社1984年版。

刘大櫆、吴德旋、林纾,《论文偶记·初月楼古文绪论·春觉斋论文》,人民文学出版社1959年版。

牟润孙,《注史斋丛稿》(增订本),中华书局2009年版。

葛兆光、戴燕,《晚唐风韵》,江苏古籍出版社1991年版。

刘学锴,《李商隐传论》,安徽大学出版社2002年版。

刘学锴、余恕诚,《李商隐文编年校注》,中华书局2002年版。

张仁青,《中国骈文发展史》,浙江大学出版社2009年版。

张仁青,《骈文学》,文史哲出版社1984年版。

祝尚书,《北宋古文运动发展史》,巴蜀书社1995年版。

佐藤一郎著,赵善嘉译,《中国文章论》,上海古籍出版社1996年版。

龚书炽,《韩愈及其古文运动》,商务印书馆1945年版。

孙昌武,《唐代古文运动通论》,百花文艺出版社1984年版。

孙昌武,《柳宗元传论》,人民文学出版社1982年版。

孙昌武,《柳宗元评传》,南京大学出版社1998年版。

吴小林,《柳宗元散文艺术》,山西人民出版社1989年版。

孙昌武,《韩愈散文艺术论》,南开大学出版社1996年版。

刘国盈,《唐代古文运动论稿》,陕西人民出版社1984年版。

陈植锷,《北宋文化史述论》,中国社会科学出版社1992年版。

卞孝萱、张清华、阎琦,《韩愈评传附李翱评传》,南京大学出版社1998年版。

张清华,《韩学研究》,江苏教育出版社1998年版。

张清华主编,《韩愈大传》,中州古籍出版社2003年版。

陈弱水,《唐代文士与中国思想的转型》,广西师范大学出版社2009年版。

陈弱水,《柳宗元与唐代思想变迁》,江苏教育出版社2010

年版。

程章灿,《古刻新诠》,中华书局 2009 年版。

傅斯年,《性命古训辨证》,广西师范大学出版社 2006 年版。

柳无忌著,倪庆饫译,《中国文学新论》,中国人民大学出版社 1993 年版。

蒋凡,《文章并峙壮乾坤——韩愈柳宗元研究》,上海教育出版社 2001 年版。

朱刚、刘宁主编,《欧阳修与宋代士大夫》,上海人民出版社 2007 年版。

朱刚,《唐宋四大家的道论与文学》,东方出版社 1997 年版。

崔瑞德主编,《剑桥中国隋唐史》,中国社会科学出版社 1990 年版。

向燕南、李峰主编,《新旧唐书与新旧五代史研究》,中国大百科全书出版社 2009 年版。

高步瀛选评,《唐宋文举要》,上海古籍出版社 1982 年版。

郑临川记录,徐希平整理,《笳吹弦诵传薪录——闻一多、罗庸论中国古典文学》,上海古籍出版社 2002 年版。

王运熙、杨明,《隋唐五代文学批评史》,上海古籍出版社 1994 年版。

包弼德著,刘宁译,《斯文:唐宋思想的转型》,江苏人民出版社 2001 年版。

黄正建主编,《中晚唐社会与政治研究》,中国社会科学出版社 2006 年版。

陈晓芬,《传统与个性——唐宋六大家与儒佛道》,上海古籍出版社 2002 年版。

张兴武,《五代十国文学编年》,人民文学出版社 2001 年版。

张兴武,《五代艺文考》,巴蜀书社 2003 年版。

张兴武,《五代作家的人格与诗格》,人民文学出版社 2000 年版。

李定广,《唐末五代乱世文学研究》,中国社会科学出版社 2006 年版。

杨庆存,《宋代散文研究》,人民文学出版社 2002 年版。

马茂军,《宋代散文史论》,中华书局 2008 年版。

杨国安,《宋代韩学研究》,中国社会科学出版社 2006 年版。

沈松勤,《宋代政治与文学研究》,商务印书馆 2010 年版。

史念海,《唐代历史地理研究》,中国社会科学出版社 1998 年版。

陈正祥,《中国文化地理》,生活·读书·新知三联书店 1983 年版。

李才栋,《江西古代书院研究》,江西教育出版社 1993 年版。

张清华,《唐宋散文:建构范型》,广西师范大学出版社 2000 年版。

刘真伦,《韩愈集宋元传本研究》,中国社会科学出版社 2004 年版。

曾大兴,《中国历代文学家之地理分布》,湖北教育出版社 1995 年版。

段双喜,《唐末五代江南西道诗歌研究》,上海古籍出版社 2010 年版。

曾枣庄,《唐宋文学研究》,巴蜀书社 1999 年版。

曾枣庄,《宋文通论》,上海人民出版社 2008 年版。

方孝岳等,《中国文学七论》,广西师范大学出版社 2007 年版。

郭预衡,《历代散文史话》,中国文联出版公司 2009 年版。

郭预衡,《中国散文史》,上海古籍出版社 2000 年版。

顾彬著,周克骏、李双志译,《中国古典散文》,华东师范大学出版社 2008 年版。

莫道才，《骈文通论》（修订本），齐鲁书社 2010 年版。

莫山洪，《骈散的对立与互融》，齐鲁书社 2010 年版。

马积高，《赋史》，上海古籍出版社 1992 年版。

何新文，《辞赋散论》，东方出版社 2000 年版。

王凯符等，《古代文章学概论》，武汉大学出版社 1983 年版。

姜涛，《古代散文文体概论》，山西人民出版社 1990 年版。

黄金明，《汉魏晋南北朝诔碑文研究》，人民文学出版社 2005 年版。

郭建勋，《辞赋文体研究》，中华书局 2007 年版。

房锐主编，《晚唐五代巴蜀文学论稿》，巴蜀书社 2005 年版。

陶懋炳、张其凡、曾育荣，《五代史》，人民出版社 2009 年版。

顾歆艺译注，《晚唐小品文译注》，巴蜀书社 1991 年版。

金滢坤，《中晚唐五代科举与社会变迁》，人民出版社 2009 年版。

李福标，《皮陆研究》，岳麓书社 2007 年版。

池泽滋子，《吴越钱氏文人群体研究》，上海人民出版社 2006 年版。

褚斌杰，《中国古代文体概论》（增订本），北京大学出版社 1992 年版。

孙敏，《李德裕与牛李党争：〈穷愁志〉研究》，四川大学出版社 2000 年版。

吴在庆，《杜牧论稿》，厦门大学出版社 1990 年版。

吴在庆，《杜牧集系年校注》，中华书局 2008 年版。

孙国栋，《唐宋史论丛》，上海古籍出版社 2010 年版。

胡可先，《杜牧研究论稿》，人民文学出版社 1988 年版。

胡可先，《新出石刻与唐代文学家族研究》，北京大学出版社

2017年版。

蒋寅,《百代之中——中唐的诗歌史意义》,北京大学出版社2013年版。

李宁编,《小品文艺术谈》,中国广播电视出版社1990年版。

陈幼石,《韩柳欧苏古文论》,上海文艺出版社1983年版。

王德权,《为士之道——中唐士人的自省风气》,中西书局2020年版。

顾建国,《唐代文儒与文风研究》,上海三联书店2021年版。

曲景毅,《唐代"大手笔"作家研究》,中国社会科学出版社2015年版。

傅锡壬,《牛李党争与唐代文学》,台湾东大图书有限公司1984年版。

杨家骆编,《新校元次山集》,(台湾)世界书局1984年版。

田启文,《晚唐讽刺小品文之风貌》,文津出版社2004年版。

何寄澎,《北宋的古文运动》,台北幼狮文化事业公司1992年版。

何寄澎,《唐宋古文新探》,台湾大安出版社1990年版。

黄奕珍,《宋代诗学中的晚唐观》,文津出版社1998年版。

吕武志,《唐末五代散文研究》,台湾学生书局1989年版。

罗联添,《韩愈研究》,台湾学生书局1987年版。

淡江大学中文系主编,《晚唐的社会与文化》,台湾学生书局1990年版。

曾进丰,《晚唐诗的锋芒与光彩》,台湾汉风出版社2003年版。

杨承祖,《元结研究》,台北国立编译馆,2002年版。

赖玉树,《晚唐五代咏史诗之美学意识》,台湾秀威资讯科技股份有限公司2005年版。

王基伦,《唐宋古文论集》,台湾里仁书局2001年版。

张蜀蕙,《文学观念的因袭与转变——从〈文苑英华〉到〈唐文粹〉》,台湾花木兰文化出版社 2007 年版。

川合康三著,刘维治、张剑、蒋寅译,《终南山的变容——中唐文学论集》,上海古籍出版社 2007 年版。

池泽滋子,《丁谓研究》,巴蜀书社 1998 年版。

清水茂,《清水茂汉学论集》,中华书局 2003 年版。

内藤湖南,《中国史通论》,社会科学文献出版社 2004 年版。

泽田总清原著,王鹤仪编译,《中国韵文史》,上海书店 1984 年版。

副岛一郎,《气与士风》,上海古籍出版社 2005 年版。

高津孝,《科举与诗艺》,上海古籍出版社 2005 年版。

东英寿,《复古与创新》,上海古籍出版社 2005 年版。

倪豪士,《传奇与小说:唐代文学比较论集》,中华书局 2007 年版。

William H. Nienhauser(倪豪士),*P'i Jih hsiu*(皮日休), Boston：Twayne, 1979.

William H. Nienhauser(倪豪士) editor, *The Indiana Companion to Traditional Chinese Literature*, Indiana University Press, 1986.

Victor. H. Mair(梅维恒) editor, *The Columbia History of Chinese Literature*, Columbia University Press, 2001.

Anthony DeBlasi, *Reform in the Balance—The Defense of Literary Culture in Mid-Tang China*, State University of New York Press 2002.

学位论文

林伟宏,《试论韩愈对古文运动的贡献》,北京大学硕士论文,

1995年,程郁缀指导。

周乐,《李德裕与牛李党争》,厦门大学硕士论文,2009年,毛蕾指导。

潘玲,《罗隐思想、心态及创作研究》,北京大学硕士论文,2002级,钱志熙、孟二冬指导。

姚颖,《全唐文用韵研究》,华中科技大学硕士论文,2006年,尉迟治平指导。

黄洁洁,《韩门弟子研究》,华东师范大学硕士论文,2005年,陈晓芬指导。

刘金柱,《唐宋八大家与佛教》,河北大学博士论文,2004年,姜锡东指导。

南哲镇,《唐代讽喻文研究》,复旦大学博士论文,2004年,陈尚君指导。

贾名党,《中唐儒学与文学研究》,扬州大学博士论文,2006年,田汉云指导。

杨再喜,《唐代柳宗元文学接受史》,苏州大学博士论文,2007年,高凯征指导。

张卫宏,《萧颖士研究》,西北大学博士论文,2007年,韩理洲指导。

刘心,《中唐文编年》,厦门大学博士论文,2008年,吴在庆指导。

杨娟娟,《晚唐文编年》,厦门大学博士论文,2008年,吴在庆指导。

王玥琳,《序文研究》,北京师范大学博士论文,2005年,尚学锋指导。

胡燕,《盛唐散文研究》,四川大学博士论文,2007年,刘文刚指导。

李伏清,《论柳宗元与儒学复兴》,华东师范大学博士论文,2008年,陈卫平指导。

何婵娟,《以嘉祐为中心的散文研究》,华东师范大学博士论文,2008年,洪本健指导。

黄爱平,《李翱研究》,复旦大学博士论文,2007年,杨明指导。

符懋濂,《唐代明道文学观与正统历史观的比较研究》,复旦大学博士论文,2006年,杨明指导。

白盛友,《吕温研究》,复旦大学博士论文,2009年,陈尚君指导。

吴伯雄,《〈古文辞通义〉研究》,复旦大学博士论文,2009年,王水照指导。

丁恩全,《孙樵研究》,华中科技大学博士论文,2009年,刘真伦指导。

张巍,《中晚唐经学研究》,山东大学博士论文,2008年,郑杰文指导。

张胜璋,《林纾古文论研究》,福建师范大学博士论文,2009年,汪文顶指导。

史素昭,《唐代传记文学研究》,暨南大学博士论文,2009年,张玉春指导。

何李,《唐代记体文研究》,华东师范大学博士论文,2010年,陈晓芬指导。

邓芳,《从〈箧中集〉诗人到孟郊——天宝后期到建中贞元年间诗歌的复古与革新》,北京大学博士论文,2007年,葛晓音指导。

刘占召,《门第、才学之争与中唐文学》,北京大学博士论文,2008年,孟二冬、葛晓音指导。

康建强,《柳宗元的文道观及其文学创作研究》,北京大学博士论文,2008年,孟二冬、葛晓音指导。

仇海平,《秦汉魏晋南北朝奏议文研究》,河北师范大学博士论文,2010年,詹福瑞指导。

王基伦,《韩欧古文比较研究》,台湾大学中文研究所博士论文,1991年。

兵界勇,《唐代散文演变关键之研究》,台湾大学中国文学研究所博士论文,2005年。

单篇论文

钱穆,《杂论唐代古文运动》,载《中国学术思想史论丛》(4),安徽教育出版社2004年版。

钱穆,《读〈柳宗元集〉》,载《中国学术思想史论丛》(4),安徽教育出版社2004年版。

钱穆,《读姚铉〈唐文粹〉》,载《中国学术思想史论丛》(4),安徽教育出版社2004年版。

吴承学,《从破体为文看古人审美的价值取向》,《学术研究》1989年第5期。

吴承学,《宋代文章总集的文体学意义》,《中国社会科学》2009年第2期。

刘宁,《论唐末科场黑暗的根源》,《中国典籍与文化》1998年第4期。

刘宁,《论韩愈〈毛颖传〉的托讽旨意与俳谐艺术》,《清华大学学报》2004年第2期。

刘宁,《"论"体文与中国思想的阐述形式》,《北京大学学报》2010年第1期。

[韩]赵殷尚,《"厅壁记"的源流以及李华、元结的革新》,《文献》2006年第4期。

周建国,《李德裕与牛李党争考述》,《唐研究》(第五卷),北京大学出版社 1999 年版。

程章灿,《从碑石、碑颂、碑传到碑文——论汉唐之间碑文体演变之大趋势》,《唐研究》(第十三卷),北京大学出版社 2007 年版。

刘浦江,《正统论下的五代史观》,载《唐研究》(第十一卷),北京大学出版社 2005 年版。

孙少华,《汉初骈散之分途及其政治与文学功能》,《文史哲》2010 年第 2 期。

刘兴超,《论唐代厅壁记》,《四川大学学报》2008 年第 3 期。

蒋寅,《权德舆与贞元后期诗风》,《文学史》(第 2 辑),北京大学出版社 1995 年版。

蒋寅,《权德舆与唐代赠序文体之确立》,《北京大学学报》2010 年第 2 期。

余恕诚,《韩愈"破体"为文与唐人文体革新的精神》,《国学研究》第十九卷,北京大学出版社 2007 年版。

鞠岩,《贾至中书制诰与唐代古文运动》,《北京大学学报》2010 年第 4 期。

林大志,《论唐代苏、张变革文风的功绩》,《东方丛刊》2007 年第 2 期。

王祥,《论儒学复兴与晚唐五代古文的新变》,《沈阳师范大学学报》2010 年第 2 期。

熊礼汇,《唐末三家古文艺术论——从皮、陆、罗"小品"的"光彩与锋芒"说起》,《武汉大学学报》2005 年第 5 期。

陈尚君,《欧阳修与北宋古文革新的成功》,《陈尚君自选集》,广西师范大学出版社。

赵荣蔚,《论皮日休尊儒重道思想的时代内涵》,《南京师大学报》2000 年第 2 期。

何寄澎,《韩文特质形成的背景——论唐文的两个传统》,《台大中文学报》2006年第25期。

何寄澎,《唐文新变论稿(一)——记体的成立与展开》,《台大中文学报》2008年第28期。

何寄澎,《简论唐代古文运动中的文学集团》,载《古典文学》第六集,台北学生书局1984年版。

许铭全,《"变"、"正"之间——试论韩愈到欧阳修亭台楼阁记之体式规律与美感归趋》,《中国文学研究》第19期,台湾大学中国文学研究所2004年。

柯庆明,《从亭台楼阁说起——论一种另类的游观美学与生命省察》,《中国文学的美感》,台北麦田出版公司2000年版。

吕武志,《杜牧散文所呈现之思想》,《师大学报》1993年第38期,台湾师范大学主办。

吕武志,《杜牧散文之写作艺术》,《师大学报》1994年第39期,台湾师范大学主办。

Yung S. Teng, *The Theory of Ku-Wen Prose in The Literary thought of Tu Mu*,(台湾)《清华学报》1990年第1期。

陈幼石,《韩愈的古文》,(台湾)《清华学报》1968年第1期。

兵界勇,《论〈唐文粹〉"古文类"的文体性质及其代表意义》,(台湾)《中国文学研究》2000年第14期。

衣若芬,《试论〈唐文粹〉之编纂、体例及其"古文类"作品》,(台湾)《中国文学研究》1992年第6期。

何沛雄,《宋代古文家的"尊韩"》,《清华大学学报》2002年第1期。

何沛雄,《略论〈唐文粹〉的"古文"》,载《唐代文学研讨会论文集》,台北文史哲出版社1987年版。

吴旻旻,《"框架、节奏、神化":析论汉代散体赋之美感与意义》,《台大中文学报》2006年第25期。

后　记

敲下本书的最后一个字符,终于完成了一个已迟滞延宕了十余年的著述,自己却没有那种应该获得的满足感,心中充满的是怅惘与无奈,也许这正是刘勰在《文心雕龙·神思》中表达的"方其搦翰,气倍辞前;暨乎篇成,半折心始"之感。摩挲着这些十余年来伴随自己的思考而不断形成的文字,蓦然回想起的是十余年前初入燕园时的读书时光。十余年来虽然自己的发际线越来越靠后,但当年博士生活的点点滴滴仍如旦晚才脱笔砚的唐诗一般,鲜活如昨,温暖如初。

2007年9月,我有幸考入北大中文系,投于葛晓音老师帐下,开始了四年的读博生涯。说起这段师生缘分,其实还真有点命中机缘的味道。最早知道葛老师,是在自己上高中时。一位邻居兄长家的书架上摆放着一本名为《诗国高潮与盛唐文化》的著作,书的作者正是葛老师,当时大约是1998年的暑假。这本书的开卷印着葛老师在家中读书的一张照片,书桌上摆放着白色的水仙花,戴着金丝边眼镜的葛老师面对相机镜头温文尔雅,其清雅之气颇具学问大家的风范。当时的那位兄长将古代文学研究的种种学界掌故娓娓道来,我虽然听得云里雾里,但对葛老师的印象由此而生。此外,葛老师能够于2007年继续在北大招博士也是一大机缘。我读硕士的那几年,葛老师本已在北大停招多年,因她早已成为北大与香港浸会大学的双聘教授,主要精力在香港那边。但在2007年初,北大中文系古代文学博士招生导师名单突然出现葛老师的名字，这令我喜出望外，随即决定报考。这些机缘巧合仿佛命运的牵引，我真没想到十年之后能够忝列葛师门下，得以亲承音旨，师徒名分真像是前缘注定！

　　燕园风景自是引人入胜，所蕴含的万千气象和历史记忆早已使它成为众多学子的向往之地，能够在此读书本已十分幸运，而能够立雪葛门则更是幸运中的幸运。北大读博四年，葛老师大多数时间都在香港浸会大学任教，但每年三四月份的两会期间都会回京，另外寒暑假期间葛老师也是在京休息。每到此时，葛老师都命我去家中或在教研室讨论学术和论文写作的情况，畅谈之中，葛老师每每耳提面命，分享研究心得时，不时有犀利之语。这些经验之谈，可惜我没有逐字逐句地记下来，否则会是一部兼有《世说新语》与《五灯会元》妙旨的佳作。而就我记忆所及，葛老师强调最多的学术研究经验是读透作品典籍和尽力寻求材料之间的内在联系，这是一切学问研究的根基，成为她后来极力倡导文学的内部研究的重要内容。当然，看似简单的经验背后，都蕴含着深刻的洞见。在当今日渐纷扰且流转炫目的学术研究名利场，葛老师的这些经验理念犹如空谷足音，时时指引着我的研究方向，虽不能至，然心向往之。

　　选择晚唐五代与古文研究，一方面是自己的兴趣所致，更重要的是这一领域作为唐代文学研究中的"热中之冷"，既有开掘的余地，又有今后延续的空间。在写作论文过程中，葛老师除了假期回京的当面指导外，大部分时间都是利用电子邮件联系。我每写完一节，就以电邮发送给葛老师。她很快就会用红色字体标识文中需要注意的部分，其中有表示肯定之处，但更多的是指出论证的不足、材料的缺失和认识上还需提升的地方。四年下来，与葛老师研讨论文的邮件已达数百封。正如当年陈贻焮先生指导葛老师，葛老师拿回先生批阅的读书笔记时总会迫不及待地先数一数有多少对号（那是陈先生的肯定之意）和需要改进之处。我的这些电邮也饱含着葛老师对我的细致指导，至今仍保存在我的电子信箱中，时时提醒自己要谨慎对待交出的每一篇论文。

读博四年，能够进入北大中文系，确实是作为一名中文系学子的幸运，因为这里不仅是中国最好的中文学科，甚至可以说是世界上最好的研究中文的教学科研单位，有人戏称这是中文研究的"国家队"，而且是乒乓球级别的。能够有如此评价，主要是这里既有良师，也有益友，形成了一个气氛和谐且积极思考的学术共同体。在我读博期间，自资格考试、开题、中期检查、预答辩直至最后的答辩，要感谢北大中文系不同教研室和外校相关专业的老师的赐教和指导。如文艺理论教研室的董学文教授和卢永璘教授在我资格考试中，提示我注意古代文论与文学史研究相结合的研究方法，并从理论上帮助我理清研究思路。而在开题和预答辩中，傅刚教授、杜晓勤教授、李鹏飞师兄和清华大学中文系的孙明君教授等都给了我很多研究的启示和帮助。在答辩准备过程中，首都师大的邓小军教授、北大中文系的程郁缀教授、中国社科院文学研究所的刘宁研究员作为评审专家，参与了我的论文外审，给予了积极的评价和很多有益的修改意见。答辩中则要感谢北京语言大学人文学院的彭庆生先生、首都师大的马自力教授、中国社科院文学研究所的刘宁研究员和北大中文系的杜晓勤教授、李鹏飞师兄等诸位老师，他们不辞辛劳，在褒扬拙文时又能指出今后需要修改的方向。特别要说明的是北京语言大学的彭庆生先生，他作为国内著名的唐诗研究专家，冒着酷暑来参加答辩实属不易，而且对我论文中的一些细节问题提出了很有针对性的修改建议，例如怎样运用音韵学和制度史的知识进行古文研究等。这种细致严谨的精神体现出老一辈学者的学术风范，令我十分感动！可惜彭先生于2016年上半年因病辞世，我已无法再向先生呈送小书以求指正，至今思之，不禁泫然。

北大中文2007级博士班是一个和谐团结的集体，虽然来自四面八方，所学专业不尽相同，但入校后大家曾同游京郊，畅聊学术，特别是每年两次去地坛公园一起淘书买书，每月在宿舍楼附近的驴肉火烧店一起聚餐，略显逼仄的店面却更烘托了大家热烈讨论的气氛，恍惚间真有点"精神贵族"的意思，其中的欢乐不足为外人道也。而如今日益强调竞争和考核的学术风气，促使大家很难再有如此从容的姿态去生活了，这也只能成为我脑中的美好记忆。

博士毕业后，我起先就职于济南大学文学院，成为一名地道的"青椒"。我在教学上曾很长一段时间教授过广告学和新闻传播的相关课程，虽增长了见识，但毕竟距离中文专业的学习渐行渐远。后经努力才重回旧业，教学与科研能够结合起来才是一个良好的状态。十年之后，到2021年初，我有幸加盟山东师范大学文学院的古代文学专业，山师的中文学科蜚声学界，能够以省属高校的整体平台而位于中文学科的国内前列，实属不易。我也将珍惜此契机，在自己心仪的专业上继续前行，不负初心。

此外，一路走来，还有很多老师不断关心我的成长。其中我的本科老师刘怀荣教授和硕士导师傅绍良教授，领我进入古代文学研究的专业之门，指示学术门径，惠我良多。一些老师在我碰到学术迷茫时也曾给予关心和帮助，如山东大学文学院李剑锋教授，他是我的博士后合作导师，他作为陶学接受史研究专家，给我很多研究启发。中国社会科学院文学研究所的刘跃进教授，学识渊博，见解深刻，是我做访问学者时的指导老师。在我最感学术困惑之时，刘老师也曾以专业理想和学术精神激励我，为我释疑解惑。如今移席华南师大的蒋寅教授则一直关注我的成长，每当召开唐代文学学会的年会期间，他都不断鼓励身在学术边缘地带的我要继续努力研究。其他如山东师范大学文学院的孙书文教授、肖光军书记，山东省社科联的高玉宝先生，山东大学的刘运兴教授，武汉大学的尚永亮教授，杭州师范大学的张树国教授和湖南师范大学的曾绍皇教授等，都曾给予我关心、支持和帮助。

书中的相关内容曾先后发表于《中华文史论丛》《山东大学学报》《中南民族大学学报》《陕西师范大学学报》《山东社会科学》《斯文》和《东海中文学报》（台湾）等刊物，感谢上述期刊的编辑为修改拙文而付出的辛劳！

本书能够列入上海古籍出版社的出版计划，有赖于杜东嫣女士和龙伟业编辑的热情联系，他们的专业精神和大力支持令人感佩。上海古籍出版社作为我国古籍出版方面的专业出版社，出版了一系列影响深远、嘉惠学林的图书。前总编赵昌平先生是一位难得的出版家，更是享誉学界的唐代文学研究专家。能够在上古社出版研究著述，于我而言也是一种幸运。在本书出版前的校对过程中，我的研究生亓玉、孙月、赵文萱等同学助力良多，感谢他们的辛劳！

最后感谢我的父母、妻子和孩子！他们一直默默支持我的生活和研究，让我能够在清贫的古典学术研究中安心地走下去，虽然我能够回报他们的实在太少！特别是李昊骏小朋友的成长，让我更加明白生活的乐趣。近年来的学术研究经由大众传媒的传播，已从象牙塔逐渐走向民众，各种项目和基金的介入也使得此前的贫瘠学苑变成众神狂欢的热闹道场，但古典人文学术研究终究还是"为己之学"。天道悠长，人生苦短，自己还是希望能够效法先贤，在纷扰的世俗中去努力探究一个学术的究竟。

李 伟
于泉城积跬斋
2022 年 3 月 12 日

图书在版编目(CIP)数据

晚唐五代士风递嬗与古文变迁研究/李伟著.--上海:上海古籍出版社,2022.11
ISBN 978-7-5732-0508-7

Ⅰ.①晚… Ⅱ.①李… Ⅲ.①古典文学研究-中国-晚唐 ②古典文学研究-中国-五代十国时期 Ⅳ.①I206.424

中国版本图书馆 CIP 数据核字(2022)第 200599 号

晚唐五代士风递嬗与古文变迁研究

李伟 著

上海古籍出版社出版发行

(上海市闵行区号景路159弄1-5号A座5F 邮政编码201101)
(1)网址:www.guji.com.cn
(2)E-mail:guji1@guji.com.cn
(3)易文网网址:www.ewen.co
常熟市人民印刷厂印刷
开本635×965 1/16 印张28.5 插页5 字数394,000
2022年11月第1版 2022年11月第1次印刷
印数:1—1,300
ISBN 978-7-5732-0508-7
I·3675 定价:138.00元
如有质量问题,请与承印公司联系